त्राहि-त्राहि

त्राहि-त्राहि

नरेन्द्र कोहली

वाणी प्रकाशन

वाणी प्रकाशन
4695, 21-ए, दरियागंज, नयी दिल्ली 110 002
शाखा
अशोक राजपथ, पटना 800 004
फ़ोन: +91 11 23273167 फ़ैक्स: +91 11 23275710
www.vaniprakashan.in
vaniprakashan@gmail.com

TRAHI-TRAHI
by Narendra Kohli

ISBN : 81-7055-585-X
Satire

प्रथम संस्करण 1998
द्वितीय संस्करण 2015

मूल्य : ₹ 695.00

हर्ष प्रिंटर्स, दिल्ली-110 093 में मुद्रित

वाणी प्रकाशन का लोगो मक़बूल फ़िदा हुसेन की कूची से

सेना स्वास्थ्य सेवा के
कप्तान किंशुक कोहली
के लिए
सस्नेह

अनुक्रम

पाँच एब्सर्ड उपन्यास

उपन्यास

त्रासदी एक कामना की

पिछले महीने कॉलेज की 'विज्ञान-परिषद्' के लिए 'वे' संसद-सदस्य को पकड़ लाये थे। संसद-सदस्य साहब ने 'विज्ञान-परिषद्' का उद्घाटन तो किया ही, साथ ही विज्ञान के मूल स्वरूप का भी उद्घाटन कर डाला। उन्होंने बताया : "विज्ञान वह है, जिसने एक चीज बनायी है, उसका नाम बिजली है। बिजली से बहुत बड़े-बड़े काम होते हैं...।"

लड़कों को जब लगा कि यह 'विज्ञान-परिषद्' का उद्घाटन न होकर, बिजली-चालित उपकरणों को बनानेवाली किसी फर्म का विज्ञापन है, तो उन्होंने शोर मचाना आरम्भ कर दिया तो 'वे' उठ खड़े हुए। बोले, "एम्पी साहब को बोलने दीजिये। वे आपको बड़ी अच्छी बातें बतायेंगे।" (अर्थात् बुरी-बुरी बातें स्वयं तक ही सीमित रखेंगे)।

'एम्पी' चले गये और 'वे' उदास हो गये।

"आप क्यों उदास हैं?" मैंने पूछा, "नहीं सुना गया तो एम्पी का भाषण नहीं सुना गया। संसद में भी उनकी कोई नहीं सुनता। आपकी बात तो फिर भी लड़के क्लास में सुन लेंगे।"

"मेरा तो इम्प्रेशन खराब हो गया न!"

'वे' उदास ही रहे। कई दिनों तक उदासी को खाते-खाते, ओढ़ते-बिछाते रहे। मुझे किसी ने बताया कि उनकी उदासी का कारण युवा-लेखन के समान जेनुइन है। लड़कों के हुल्लड़ ने, निकट भविष्य में उनके घर पर लगनेवाले टेलीफोन के तार काट दिये थे। भाषण के लिए कॉलेज की ओर आते समय 'एम्पी' उनके घर टेलीफोन लगवाने के लिए संस्तुति-पत्र टाइपिस्ट की देकर आये थे, पर हुल्लड़ के पश्चात् लौटकर उन्होंने उस पर हस्ताक्षर करने से इंकार कर दिया था।

पर 'वे' उदास रहकर भी जानते थे कि कॉलेज की एकमात्र संस्था 'विज्ञान-परिषद्' ही नहीं थी। उन्होंने तुलसी-जयन्ती के अवसर पर 'एम्पी' को बुला लाने का अपना स्थायी प्रस्ताव दुहरा दिया।

"तुलसी जयन्ती जैसे साहित्यिक उत्सव में उस अनपढ़ एम्पी का क्या काम?" मैंने पूछ लिया।

"काम 'एम्पी' का नहीं, काम तो मेरा है।" 'वे' बोले।

उनकी 'चातक-रट' को सुनकर, उनके काम में मैं कैसे बाधा दे सकता था। मैं उनका सम्मानित सहकर्मी होने के कारण बाध्य था। लड़के शोर मचाकर उनके तार काट सकते थे, पर मैं लड़का नहीं था। मैं देख रहा था, वे कॉलेज का पैसा अपने घर टेलीफोन लगवाने में खर्च कर रहे थे, पर शरीफ आदमी की हैसियत से इन टुच्ची और छिछली बातों की ओर से मेरी आँखें बन्द थीं।

'तुलसी जयन्ती' पर 'एम्पी' आये। उन्हें फूलमालाएँ थोक के भाव पहनायी गयीं। देश में प्रचलित, भगवान की प्रसिद्ध आरतियाँ तनिक संशोधन के साथ 'एम्पी' के लिए गायी गयीं; और उनसे तुलसीदास के विषय में 'दो शब्द' कहने का निवेदन किया गया। जो कुछ कहने को था, वह तो 'एम्पी' के विषय में कह दिया गया, निश्चित रूप से तुलसी के लिए 'दो शब्द' ही बचे थे।

'एम्पी' उठे। बोले, "वे जो टेलीफोन की एप्लिकेशन लेकर आये थे, उन्होंने मुझे बताया था कि आप लोग मेरा अभिनन्दन करना चाहते हैं, क्योंकि आज मेरा हैप्पी बर्थडे है। पर लगता है, आप लोग तुलसीदास की जयन्ती मना रहे हैं। मुझे इस बात की प्रसन्नता है कि हमारे देश में साहित्यिक पात्रों को भी इतना मान दिया जाता है। निरालाजी मेरे घनिष्ठ मित्र रहे हैं। मुझे किसी ने बताया था कि निरालाजी ने 'तुलसीदास' नामक एक पोथी लिखी है, जिसके हीरो तुलसीदास हैं। तो आप उनकी जयन्ती...।"

लड़कों ने फिर शोर मचा दिया। लड़के तो लड़के ही हैं; चाहे विज्ञान-परिषद्' ने नाम पर एकत्र हों या 'तुलसी-जयन्ती' के नाम पर। शोर में 'एम्पी' बोल नहीं सके और 'वे' टेलीफोन के जुड़ते तारों के पुनः कट जाने पर भयंकर रूप से उदास हो गये।

फोटोग्राफिक क्लब की वार्षिक प्रदर्शनी पर 'वे' फिर एक 'एम्पी' को पकड़ लाये।

मैंने पूछा, "इनका भाषण करवाओगे?"

'वे' बोले, "नहीं। इनके साथ अपनी फोटो खिंचवाऊँगा।"

"इनको फोटोग्राफी की कोई पहचान है?"

'वे' बोले, "किसको नहीं होती। किसी फोटोग्राफ में अपने आपको कौन नहीं पहचानता। हमारा मुनुआ भी पहचान लेता है और अभी कुल मिलाकर छः बरस का है।" वे कुछ भेदभरी आवाज में बोले, "इन 'एम्पी' की एक विशेषता और भी है। ये दूसरे 'एम्पियों' से भिन्न हैं। ये चित्र में अपने साथ खड़े व्यक्ति को भी पहचान लेते हैं।... भाषणवाले प्रोग्राम में बड़ा घपला रहता है। लड़के साले हर बार मेरे तार काट देते हैं। पता नहीं, क्यों मेरे साथ वैर पाल रहे हैं। वैसे एक बात है कोहली साहब! मैंने इस विषय में थोड़ी-सी रिसर्च भी की है। आपने कभी ध्यान दिया है कि हर देश में, हर काल में, जब कभी गड़बड़ हुई, लड़कों ने रेल की पटरियाँ उखाड़ीं,

टेलीफोन के तार काटे। पता नहीं इन लोगों को टेलीफोन से इतना वैर क्यों है?... मैं दो निष्कर्षों पर पहुँचा हूँ : एक यह कि टेलीफोन बड़ी मेच्योर चीज है, क्योंकि इम्मेच्योर लड़के उसे बर्दाश्त नहीं कर सकते; और दूसरी बात यह कि टेलीफोन बड़ी अहिंसक और शान्तिप्रिय चीज है, क्योंकि हिंसा और गड़बड़ के होते ही यह बेचारा कट जाता है।"

प्रदर्शनी शान्तिपूर्वक समाप्त हो गयी। 'एम्पी' जाते-जाते एक फोटोग्राफ को एक विशेष पुरस्कार दे गये। उस फोटोग्राफ की विशेषता यह थी कि उसमें जो लड़का था, उसने गाँधी-टोपी पहन रखी थी। 'एम्पी' को युवा पीढ़ी के सिर यह टोपी देखकर हार्दिक प्रसन्नता हुई थी।

'वे' फिर सफल हो जाये। उन्होंने प्रिंसिपल को मना लिया और कॉलेज के वार्षिक खेलकूद पर अध्यक्षता करने के लिए एक 'एम्पी' को पकड़ लाये।

"इनका खेलों से क्या सम्बन्ध है?" मैंने पूछा।

"ये फुटबाल-जैसे दीखते हैं।" 'वे' बोले, "आप हर चीज का सम्बन्ध क्यों पूछते रहते हैं? सम्बन्ध जो है, वह मैं जानता हूँ।"

सम्बन्ध तो खैर मैं भी जानता था, पर पूछने पर कोई टैक्स तो है नहीं। मास्टर लोग क्लास में लड़कों से पूछते रहते हैं। संसद-सदस्य मन्त्रियों से पूछते रहते हैं। पूछने में क्या हर्ज है?

'उनकी' जिह्वा ने चाहे 'एम्पी' को फुटबाल-जैसा बताया था; पर मैं अच्छी तरह जानता हूँ कि उनके अन्तश्चक्षुओं को 'एम्पी' टेलीफोन एक्सचेंज ही दिख रहे होंगे।... पर इस टेलीफोन एक्सचेंज से भी उनके घर एक तार जुड़े नहीं, पता नहीं, यह 'एम्पी' किस कारण नाराज हो गये।

यहाँ से 'उनके' जीवन में वैसा ही एक अद्‌भुत मोड़ आरम्भ हुआ जैसा पुराण पुरुषों के जीवन में कनपटी पर श्वेत बाल आ जाने पर तथा फिल्मी नायकों के जीवन में इंटरवल के बाद आरम्भ होता है। उन्होंने कॉलेज में 'एम्पियों' को लाना छोड़ दिया। उनका अधिकांश ध्यान अपनी वेश-भूषा पर केन्द्रित होने लगा। पहले उन्होंने टाई का त्याग किया। फिर कमीज-पतलून की जगह चूड़ीदार पाजामा और कुरता पहनना आरम्भ किया। वास्कट पहनने लगे। हाथ में चमड़े का बैग भी लटकाने लगे। खासे 'ऑफिशियल' आदमी लगने लगे थे।

मैं पूछ बैठा, "इधर बहुत दिनों से कॉलेज में किसी 'एम्पी' को नहीं लाये?"

"अब आवश्यकता नहीं रही।"

"क्यों?"

"मैं 'एम्पी' फ्लैट्स में शिफ्ट कर गया हूँ न। अब वहीं उन लोगों से भेंट हो जाती है।"

मैं चकरा गया। उन्होंने तो टेलीफोन के स्थान पर एम्पी फ्लैट पर ही हाथ मार

दिया। उस फ्लैट में टेलीफोन तो होगा-ही-होगा। जिज्ञासा मुझे हुई तो कुछ और लोगों को भी हुई होगी।

यार लोगों ने पता लगाया, वे किसी एम्पी के आउट हाउस में शिफ्ट कर गये थे। उस फ्लैट के साथ लगी जमीन में आलू-पालक उगाते थे और उन्हीं सब्जियों की डालियाँ पहुँचा कर 'एम्पी' को प्रसन्न कर रहे थे। पता नहीं, मियाँ यह समझ रहे थे कि नहीं, कि उन्हीं की जूती उनके सिर पर बज रही है। साथ ही साथ 'वे' 'एम्पी' के बच्चों को ट्यूशन पढ़ाकर 'एम्पी' की अगली पीढ़ी को एम.पी. बनने से वंचित कर रहे थे।

इन दिनों 'उन्हें' अपने स्वास्थ्य का भी बहुत ध्यान रहने लगा था। आजकल रोज सवेरे सैर करने जाते थे और सड़क पर टहलते हुए मिलनेवाले प्रत्येक 'एम्पी'-नुमा व्यक्ति को तो सलाम करते ही थे, उनके नौकरों, बावर्चियों तथा मालियों तक को भी नहीं बख्शते थे।

"क्या यह आदमी इतना कुछ एक टेलीफोन के लिए कर रहा है?" मैंने 'उनके' एक जानकार से पूछा।

"नहीं।" जानकार ने बताया, "टेलीफोन का विचार इन्होंने छोड़ दिया है। आउट हाउस में टेलीफोन नहीं लग सकता।"

"तो यह सब किसलिए है?"

"ऊँची चाल है।" जानकार बोला, "'वे' 'एम्पी'-कोटे में से स्कूटर लेने के चक्कर में हैं।"

त्रासदी कहनेवाले की

बहुत सोच-विचार और माथापच्ची के बाद विज्ञापन का बोर्ड तैयार हो पाया था। फिर भी मिल के प्रचार विभाग का चित्रकार जो चाहता था, चित्रित नहीं कर पाया था। वह चाहता था कि चित्र में अपनी प्रेमिका को, अपनी मिल के बने हुए कपड़े पहने हुए दिखाये। इससे मिल का विज्ञापन तो होगा ही, साथ ही अपनी प्रेमिका का सुन्दर-सा चित्र बनाने और उसे दिल्ली के सबसे बड़े चौराहे पर प्रतिष्ठित करने की अपनी इच्छा भी पूरी कर पायेगा। किन्तु, उसके मैनेजर ने उसे अपने मन की नहीं करने दी थी। मैनेजर का विचार था कि दिल्ली की सड़कों पर इतनी सुन्दरियाँ खुलेआम घूमती हैं कि सुन्दरी को एक विज्ञापन में देखने के लिए कोई देहाती भी एक क्षण को नहीं रुकेगा। मैनेजर चाहता था कि कोई बहुत ही आकर्षक चित्र बने। ऐसा कि चलता आदमी तो रुक ही जाये; लोग अपने मित्रों को अपनी कारों से भर-भरकर लायें और पोस्टर दिखायें। प्रचार अधिकारी का विचार था कि ऐसा तो तभी हो सकता है जब उस लड़की के साथ-साथ एक लड़का भी बनाया जाये। उसने भी उन्हीं की मिल के बने कपड़े पहने हुए हों। और लड़की लगभग लड़के की गोद गें बैठी हुई हो। चित्रकार को उनके विचार सुनकर बहुत बुरा लगा था। उसने अपने मन में तभी तय कर लिया था कि अब वह उस लड़की का चेहरा अपनी प्रेमिका के समान न बनाकर, मैनेजर की पत्नी के समान बनायेगा।

मैनेजर और प्रचार अधिकारी की बातचीत और आगे बढ़ी थी और वे लोग दो निष्कर्षों पर सहमत हो गये थे। पहला निष्कर्ष यह था कि उन लोगों ने सूटों का कपड़ा बनानेवाली मिल चलाकर, विज्ञापन की दृष्टि से बहुत बड़ी भूल की है। उन्हें तो भीतरी कपड़े बनाने की मिल चलानी चाहिए थी; और दूसरा नगर निगम की, अश्लील विज्ञापनों की रोकथाम की नीति के विषय में था। उनका हार्दिक मत था कि नगर निगम नंगे विज्ञापनों का निषेध कर विज्ञापनदाताओं की धार्मिक स्वतन्त्रता पर रोक लगा रहा है। विज्ञापनकर्ता आलिंगन, चुम्बन या उसके आगे की प्रक्रिया न दिखायें तो फिर विज्ञापन का ही क्या अर्थ?

अन्त में विज्ञापन का एक नमूना तैयार हुआ। एक लड़का और लड़की ही बनाये गये। दोनों ने उसी मिल के बने हुए कपड़े के सूट पहन रखे थे। वे दोनों अत्यन्त निकट खड़े थे। दोनों ने मिलकर अपने चारों हाथों में एक सॉफ्टी आइसक्रीम पकड़

रखी थी और दोनों के होंठ आइसक्रीम को छू रहे थे। यह आइसक्रीम के माध्यम से लिया गया चुम्बन था।

मैनेजर, प्रचार अधिकारी और चित्रकार—तीनों ही बहुत प्रसन्न थे। उन्होंने नगर निगम तथा अन्य विभागों के अधिकारियों की समस्त सावधानियों को अँगूठा दिखा दिया था और अब वे इस विज्ञापन को चौराहे पर प्रतिष्ठित करने जा रहे थे।

विज्ञापन लगा, तो सचमुच आते-जाते लोगों की दृष्टियाँ उसकी ओर उठती रहीं। मैनेजर अपनी कार में, प्रचार अधिकारी और चित्रकार के नाम बैठा मुग्ध भाव से विज्ञापन और उसके दर्शकों को देखता रहा और अपनी सफलता पर प्रसन्न होता रहा।

थोड़ी देर में उन तीनों की दृष्टि विज्ञापन के दो विशिष्ट दर्शकों पर जम गयी। वे दो थे : एक वयस्क था और एक बच्चा। कदाचित् पिता-पुत्र ही रहे हों। वे बड़ी देर से विज्ञापन को देख रहे थे और आपस में बातचीत कर रहे थे। लगता था, जैसे वे किसी बहस में पड़ गये हैं।

मैनेजर और उसके साथियों को उत्सुकता हुई। वे लोग कार से उतर आये और उन दोनों दर्शकों से इतनी दूर पर खड़े हो गये कि उनकी बातें तो सुन सकें, किन्तु उनकी दृष्टि में न पड़ें।

उन दोनों के बीच एक विकट विवाद चल रहा था। स्वर में कुछ-कुछ आवेश भी था और वे दोनों ही अपने तर्कों से एक-दूसरे को सहमत करने का प्रयत्न कर रहे थे।

"पापा! मेरी बात मानो।" बच्चा कह रहा था, "यह सॉफ्टी आइसक्रीम का ही विज्ञापन है। नहीं तो दोनों एक ही आइसक्रीम क्यों खाते?"

"नहीं बेटे!" बाप ने अपने आवेश को सायास दबाते हुए कहा, "यह कपड़े की मिल का विज्ञापन है। देखो! नीचे अंग्रेजी में लिखा हुआ है कि सभी स्मार्ट लोग इसी मिल के बने कपड़े पहनते हैं।"

"तो फिर दोनों ने एक ही कमीज-पतलून क्यों नहीं पहनी?" बच्चे ने जिद की।

"कपड़े तो सब अलग-अलग पहनते हैं।" बाप ने बताया।

"आइसक्रीम भी तो सब अलग-अलग खाते हैं।" बच्चे ने कहा।

"तो फिर यह दोनों का ही विज्ञापन होगा।" पिता ने ऊबकर कहा।

बच्चा एक क्षण तो भौचक-सा खड़ा पिता के चेहरे को देखता रहा, फिर सहसा प्रसन्न होकर बोला, "इस बार आपको ठीक बात सूझी है। यह विज्ञापन दोनों का ही है।"

"कपड़े और आइसक्रीम दोनों का विज्ञापन एकसाथ करने का क्या अर्थ?" बाप ने अपनी खीझ प्रकट की।

"क्यों, अर्थ तो इतना साफ है।" बच्चे ने पिता को समझाया, "क्या आप इतना भी नहीं समझ सकते कि यह विज्ञापन कह रहा है कि इस मिल का कपड़ा इतना महँगा है कि इसे खरीदने के बाद इस लड़के और लड़की के पास इतने भी पैसे नहीं बचे कि वे लोग दो आइसक्रीमें खरीद सकते। बेचारों को एक से ही काम चलाना पड़ रहा है।"

मैनेजर और उसके साथियों ने आगे की बातचीत नहीं सुनी। वे समझ गये कि उनके विज्ञापन का वक्रोक्ति अलंकार हो गया है।

वक्रोक्ति अलंकार काव्यशास्त्रियों के अनुसार वहाँ होता है, जहाँ कहनेवाला कुछ और कहे और सुननेवाला कुछ और समझे। यह अपने देश का सबसे अधिक लोकप्रिय अलंकार है।

रामलुभाया ने नगर निगम से साइकिल, स्कूटर और कार पार्किंग का ठेका लिया। जहाँ पार्किंग बनायी गयी थी, उसके सामने पटरी थी। लोग अधिकांशतः पटरी पर ही साइकिल और स्कूटर खड़े कर देते थे। रामलुभाया को विशेष आय नहीं हो रही थी। उसने नगर निगम से पूछा, "मुझे पार्किंग का बोर्ड कहाँ लगाना है?" नगर निगम का उत्तर अत्यन्त स्पष्ट था, "मूर्ख! इतना ही नहीं जानते। बोर्ड पार्किंग के बाहर लगाया जाता है।" नगर निगम के कहने का अर्थ क्या है, इसकी चिन्ता रामलुभाया को नहीं थी। यह वही समझा, जो उसे समझना चाहिए था। उसने पार्किंग का बोर्ड स्टैंड के बाहर लगाया—पटरी के खम्भे पर! परिणामतः पटरी पार्किंग में आ गयी और वहाँ खड़े साइकिलों और स्कूटरों के भी वह पैसे वसूल करने लगा।

पार्किंग के विस्तार के साथ, रामलुभाया की बुद्धि का भी थोड़ा विस्तार हुआ। संयोग से उसके स्टैंड के सामनेवाली सड़क पर दस फुट आगे ट्रैफिक की बत्तियाँ लगी हुई थीं। भीड़भाड़ के समय बत्ती लाल हो जाती तो कुछ सवारियों को पार्किंग के सामने भी रुकना पड़ता। रामलुभाया तुरन्त अपनी टिकटोंवाली कापी लेकर वहाँ पहुँचता, "तीस पैसे।"

"क्यों?" स्कूटर सवार पूछता।

"आपने पार्किंग में गाड़ी की है।"

"मैं लाल बत्ती के कारण रुका हुआ हूँ।" स्कूटर सवार झल्लाकर कहता।

"किसी कारण से रुके हों।" रामलुभाया कहता, "स्कूटर खड़ा करने पर ही पैसे लगते हैं। चलते स्कूटर से तो मैं भी पैसे नहीं माँगता।"

पर अधिकांश स्कूटर सवार वक्रोक्ति का ही सहारा लेते और रामलुभाया के कहे का कुछ और अर्थ समझते। वे उसे पागल समझ, धकियाकर आगे बढ़ जाते।

काव्यशास्त्र का ज्ञान मुझे जरा कम है; किन्तु व्यवहार से वक्रोक्ति के दो भेद हैं।

पहला अपनी सुविधा के कारण अर्थभेद करना और दूसरा अपनी असुविधा के कारण अर्थभेद करना। रामलुभाया की वक्रोक्ति पहले प्रकार की थी और स्कूटर सवार की दूसरे प्रकार की।

कभी-कभी ऐसी वक्रोक्तियाँ काफी ऊँचे स्तर पर होती हैं। कहते हैं कि क्रान्ति से पहले जब जनता ने अपने जुलूसों और प्रदर्शनों में यह कहा था कि उन्हें रोटी उपलब्ध नहीं होती तो फ्रांस की रानी ने समझा था कि उन्हें केक उपलब्ध हो रहे हैं। अंग्रेजों के भारत आने पर जब कुछ सुविधाकांक्षियों ने उनके सामने नाक रगड़ी थी तो अंग्रेजों ने उसे भारत की जनता का श्रद्धा-प्रदर्शन समझ लिया था।...

इतना लिखने के पश्चात् मैं डर गया हूँ। कहीं ऐसा तो नहीं कि काव्यशास्त्रियों ने कुछ और ही कहा हो और मैं अपनी सुविधा के कारण उसका कुछ और ही अर्थ समझ रहा होऊँ...।

त्रासदी एक धोबन की

मैंने दरवाजा खोला तो सामने एक इतनी मोटी स्त्री खड़ी थी, जितनी मोटी सिवाय धोबन के और कोई नहीं हो सकती थी। धोबी कहा करता था, "साब, ट्रक से टकराकर कोई बच जाये, तो बच जाये; हमारी धोबन से टकराकर तो उसके चीथड़े ही उड़ जायेंगे।"

पर वह धोबन नहीं भी हो सकती थी। यह ठीक है कि वह इतनी मोटी थी और यह धोबी के आने का समय भी था। उसमें कुछ ऐसा था कि वह मुझे धोबन ही लग रही थी। पर शायद यह धोबन थी नहीं।

उसने बड़ी शिष्टता से पहला प्रश्न पूछा, "आपने शायद मुझे पहचाना नहीं।"

जी में आया, कह दूँ–'आपको पहचाना हो या ना पहचाना हो, आपकी आत्मा को पहचान गया हूँ : वह एक धोबन की आत्मा है।' पर ऐसी बातें मैं कह नहीं सकता था। सम्भव है वह किसी फर्म की ओर से नमूने की चीजें मुफ्त देने आयी हो और मेरी इस बात से नाराज होकर चीजें मुझे दिये बिना ही लौट जाये। लोग चाहे मुझे कुछ कहें, पर मैं आज भी स्वयं को एक शिष्ट-व्यक्ति मानता हूँ। बचने का एक ही तरीका था : मैंने वही अपनाया। मैं दार्शनिक हो गया, "आज के युग में कौन किसी को पहचानता है जी।"

जब मैं किसी को पहचान नहीं पाता तो अक्सर दार्शनिक हो जाता हूँ। इसकी प्रेरणा मुझे एक शराबी पड़ोसी से मिली थी। एक रोज वह सड़क के बीच नशे में लड़खड़ा रहा था। मैं उसे सहारा देकर घर तक लाया था। मैंने उससे भी यही प्रश्न किया था, "आपको कौन नहीं पहचानता। आप एक मनुष्य हैं।"

तभी से मैं ऐसे अवसरों पर दार्शनिक हो जाता हूँ। लोगों ने दार्शनिक बनकर बड़े-बड़े स्वार्थ साधे हैं, मैं क्या अपनी एक छोटी-सी दुर्बलता नहीं छिपा सकता?

पर मेरा मन अब भी चीख रहा था–'धोबन! धोबन!!'

उसने मुझे बताया, "आप मुझसे प्रेम करते थे। मैं आपकी भूतपूर्व प्रेमिका हूँ।"

मैं उसे पहचान तो गया, पर थोड़ी-सी कठिनाई हुई। काफी हिसाब-किताब लगाना पड़ा। बात यह है कि मैं सदा ही किसी-न-किसी से प्रेम करता रहा हूँ। मैट्रिक तक के प्रेम मैं अब उसी तरह भुला चुका हूँ जिस प्रकार तब तक लिखी

गयी अपनी कहानियाँ रद्दी समझ कर नष्ट कर चुका हूँ (हायर सेकंडरी का फैशन मेरे बाद चला था। इंटर में दो वर्षों में मैंने चार प्रेम किये थे—एक के बाद एक। बी.ए. में मैं साइमलटेनियसली पाँच-सात प्रेम इकट्ठे ही करता रहा था।) एम.ए. में मैं हर पीरियड में अलग-अलग लड़की से प्रेम करता रहा हूँ। पी-एच.डी. में यदि उनके पति ने वार्निंग न दी होती तो मैं अपनी लेडी-सुपरवाइजर से ही प्रेम कर बैठा था। असल में यह सब कुछ धोखे में ही होता चला गया था। लड़कियाँ लंच पर मेरे खाने के लिए चीजें ले आती थीं, कभी-कभी मुझे अपने घर बुला लेती थीं, तो वे मुझे अच्छी लगने लगती थीं। बाद में वे यह कहकर मुझे बदनाम करने लगती थीं कि मैं उनसे प्रेम करता हूँ।

वैसे मुझे आज तक यह समझ ही नहीं आया कि प्रेम करने में बदनामी कैसी है। एम.ए. में एक लड़की एक दिन बहुत रोयी। मैंने कारण पूछा तो बोली, "लड़कियाँ कहती हैं 'क' उस पर बहुत मरता है।" मेरी समझ में तब भी नहीं आया था कि मरता है तो 'क' मरता है, रोयेंगे उसके घरवाले। आखिर उस लड़की को रोने की क्या आवश्यकता थी!

मेरे एक मित्र हैं, उन्हें मुहल्ले की एक लड़की ने पत्र लिख दिया कि वह उनसे प्रेम करती है। वे बहुत तड़पे। पत्र लेकर मुहल्ले के बुजुर्गों के पास फटफटाते रहे कि लोग उस लड़की को मना करें कि वह ऐसे पत्र न लिखे। नहीं तो वे बदनाम हो जायेंगे।

मैंने पूछा, "भले आदमी, इसमें चिल्ल-पों मचाने की क्या बात है? उसने यह तो नहीं लिखा कि वह तुमसे घृणा करती है। प्यार ही तो करती है। तुम्हारा क्या लेती है। किये जाने दो प्यार। साला मुफ्त का काम है, एक पैसा तक खर्च नहीं होता।

तब वे नहीं समझे थे, पर अब समझते हैं। अब बड़ी शान से अपनी पत्नी को बताते हैं कि लड़कियाँ उन्हें प्रेम-पत्र लिखती थीं। यदि अपने इस बड़प्पन को वे पहले ही समझ जाते तो मुहल्ले के बुजुर्गों को कष्ट देने की उन्हें आवश्यकता ही न पड़ती।

मैं आरम्भ से इस विषय में वैज्ञानिक दृष्टिकोण लेकर चला हूँ। मुझे जब भी किसी लड़की ने कहा कि वह मुझसे प्रेम करती है, मैं बहुत खुश हुआ। मैंने उसे तुरन्त बता दिया, "तुम्हें पता है, कृष्णा भी मुझसे प्रेम करती है, निर्मला भी...।" परिणाम यह हुआ कि उन तीनों से मुझसे प्रेम करना छोड़ दिया।

वैसे, ऐसे अवसर भी कम ही आये। मेरा अपना व्यवहार लड़कियों से इतना अच्छा था कि बहुधा वे यह कहकर मुझे बदनाम करती रहती थीं कि मैं उनसे प्रेम करता हूँ। वैसे वे अपने प्रेम से घबराया करती थीं, क्योंकि वे प्रेम को छिपाने की वस्तु मानती थीं, और मैं दिखावे की। बस इसी सैद्धान्तिक मतभेद से मेरे प्रेम अक्सर अधूरे ही रह गये। पर पता नहीं, वे अब भी मेरे उस मित्र के समान अपने पतियों

के साथ अपने प्रेम की बात बता कर, गर्व कर पायी हैं या नहीं।

तो मैंने हिसाब लगाया कि वे जो बैठी थीं, उनसे मैं एम.ए. में बुधवार के दिन तीसरे पीरियड में प्रेम करता था। बात यह थी कि वह वैकल्पिक पर्चे का पीरियड था। और उस पीरियड में क्लास की सारी सुन्दर लड़कियाँ अपने-अपने आप्शनल्स के लिए दूसरे कमरों में चली जाती थीं। हमारी क्लास में एक ही लड़की थी। प्रेम करना ही पड़ता था। बात उपलब्ध होने की है। जो चीज बाजार में मिलती होगी, उसी का तो प्रयोग होगा।

पर किसी समय उसके साथ मेरा प्रेम गम्भीर हो उठा। जिन्दगी में किसी क्षण ब्राह्मण महत्त्वपूर्ण हो जाता है, कभी चमार! तो, किसी समय वह भी महत्त्वपूर्ण हो उठी थी। हमने आपस में शादी की भी बात की थी। पर शादी नहीं हो सकी। उसका कहना था कि वह मुझसे प्रेम तो करती है, क्योंकि प्रेम किसी से भी किया जा सकता है। पर वह शादी मुझसे नहीं कर सकती, क्योंकि मैं ज्यादा से ज्यादा एक लैक्चरर बनूँगा। शादी वह किसी ऊँची चीज से करेगी।

"कहिए, आपकी शादी हो गयी?"

"हाँ, हो गयी। तभी तो इतनी 'हैल्दी' हो गयी हूँ।"

तो यह आपकी हैल्थ है—मैंने सोचा—शादी का सर्टिफिकेट। मैं कितना बाल-बाल बचा। यदि कहीं इससे शादी हो गयी होती, तो आज कहीं इसकी 'हैल्थ' का इलाज कराता फिरता।

सहसा मुझे वैज्ञानिकों पर बड़ा क्रोध आया। दुनिया-भर के अल्लम-गल्लम पर रिसर्च कर मारी है, पर इतनी महत्त्वपूर्ण चीज की ओर इनका ध्यान क्यों नहीं गया। अभी तक इन्होंने ऐसी मशीन क्यों नहीं बनायी, जो शादी के पूर्व यह पता लगा सके कि शादी के पश्चात् लड़की की हैल्थ कितनी सुधरेगी। इनलार्जमेंट की इस क्षमता को नापना जरूरी है। मैं तो बच गया—मेरी किस्मत अच्छी थी। पर मेरे साथ के कितने लड़के, अपनी पत्नियों की सुपर हैल्थ को लेकर परेशान हैं।

मैं कुछ संकोच का अनुभव तो अवश्य कर रहा था, पर बात तो कोई करनी ही थी। पूछा, "आपके पति क्या करते हैं?"

"जी! हमारा अपना बिजनेस है!" वे बोलीं, "दिल्ली में हमारी ड्राईक्लीनिंग की चार दुकानें हैं।"

तभी—तभी—मैंने सोचा—धोबन! धोबन! तो वह सचमुच धोबन थी। मैं बाल-बाल बचा। वह चाहती थी कि मैं कोई ऊँची चीज बनूँ तो वह मुझसे विवाह करे। ऊँची चीज अर्थात् धोबी। बड़ी किस्मत से बचा मैं। यदि कहीं विवाह हो गया होता, तो वह मुझे अवश्य ही धोबी बनाकर छोड़ती। पर जिसकी जन्म-कुण्डली में धोबी से विवाह करना लिखा था, वह मुझसे विवाह कैसे करती!

"कहिए, कैसे कष्ट किया?" मैं बहुत औपचारिक हो उठा था।

“जी, हम अपने बच्चे को जिस स्कूल में एडमीशन दिलाना चाहते हैं, उसमें वे उसे ले नहीं रहे। स्कूल के प्रिंसिपल ने कहा कि वे लोग बुद्धिजीवियों के बच्चों को बिजनेसमैनों के बच्चों पर प्रेफरेन्स देते हैं। बिजनेसमैनों के घरों में इंटलैक्चुअल एटमासफियर नहीं होता।”

“ठीक कहते हैं प्रिंसिपल।” मैंने कहा।

“हमें इससे कब इंकार है। पर आप यदि कोई एप्रोच...”

“मैं देखूँगा।”

वह प्रसन्न हो गयी। पर मैं उसकी प्रसन्नता से डर गया। वह प्रसन्न होकर कुछ और ‘हैल्दी’ हो जाती थी।

“अच्छा जी।” वह उठ खड़ी हुई, “कभी हमारे योग्य कोई सेवा हो तो...।”

“जरूर-जरूर।” मैं बोला, “कभी कहीं से कपड़े साफ धुलवाने होंगे तो आपकी सिफारिश की आवश्यकता पड़ेगी।”

“आपकी मजाक की आदत अभी गयी नहीं,” वह हँस पड़ी। और मैं उसकी प्रसन्नता से डरकर एक कोने में दुबक गया।

परेशानियाँ

रामलुभाया की परेशानियों का इतिहास बहुत पुराना है। गिरते-गिरते स्कूल की पढ़ाई पूरी कर, जब कॉलेज में प्रवेश पाने के लिए, रामलुभाया ने फार्म भरकर प्रिंसिपल की मेज पर रखा था, उसी क्षण उसने अपनी परेशानियों के साम्राज्य की नींव रखी थी।

रामलुभाया के चाचाजी उसी कॉलेज में पढ़ाने की नौकरी करते थे। वह बड़ा मस्त था कि चाचाजी तो हैं ही। आजकल तो वैसे भी 'स्टाफ-युग' चल रहा था। प्रत्येक संस्था बनती तो 'जनता' के लिए है, पर हो जाती है 'स्टाफ' की। और उसके चाचाजी तो केवल स्टाफ नहीं थे...क्योंकि स्टाफ तो चपरासी होता है...वे तो अध्यापक थे। पर जब प्रिंसिपल ने फार्म पर 'प्रवेश निषेध' की पर्ची चिपका दी तो रामलुभाया बहुत नाराज हुआ। उसे कॉलेज में प्रवेश नहीं मिलता, न सही; किन्तु चाचा-भतीजावाद के युग में चाचाजी के कॉलेज में भतीजे का अपमान हो; यह तो प्रलयंकारी अनर्थ हुआ। रामलुभाया अपना अपमान तो फिर भी सह जाता, पर युग का अपमान कैसे सहता!

उसने कॉलेज में किसी से बात करने की आवश्यकता नहीं समझी। किसी प्रचंड राष्ट्र के झंडे के समान फड़फड़ाता हुआ अपने चाचाजी के पास चला गया, "चाचा जी! आपके कॉलेजवाले मुझे एडमिशन नहीं दे रहे!"

पर जाने चाचाजी की समाधि कितनी गहरी थी कि 'सती-दाह' जैसे इस कांड से भी वे विचलित नहीं हुए। बोले, "कितने प्रतिशत अंक हैं तुम्हारे?"

"बयालीस प्रतिशत!" रामलुभाया ने अपने कीर्तिमान की घोषणा की।

"एडमिशन सम्भव नहीं है।" चाचाजी ने इतनी सहजता से कह दिया जैसे कहा हो, 'बेटा! चाय पी लो।'

"क्यों?" रामलुभाया जैसे अन्तरिक्ष से गिर पड़ा।

"क्योंकि तुम्हारे अंक बहुत कम हैं।" चाचाजी ने उसे डाँटा, "कैसे डफर हो, इतनी-सी बात भी नहीं समझते।"

"पर आप वहाँ पढ़ाते हैं!" जामवन्त ने हनुमान को उसके बल की याद दिलायी, "आप स्टाफ हैं।"

"पर चाचाजी को नहीं चेतना था, नहीं चेते। वे अपनी औकात को अच्छी तरह जानते थे, "मैं वहाँ नौकरी करता हूँ।"

"आप चाहें तो किसी लड़के को एडमिट नहीं करा सकते?"

"कॉलेज मेरे बाप का नहीं है।" चाचाजी माया के बन्धनों के काफी मुक्त थे, "विश्वविद्यालय के बनाये हुए नियमों के अनुसार वहाँ लड़कों को प्रवेश दिया जाता है। यह काम प्रवेश समिति करती है; और प्रिंसिपल उनकी राय पर ही चलते हैं।"

अब तक तो रामलुभाया परेशान ही था, पर अब नाराज भी हो गया। उसकी नाराजगी विश्वविद्यालय और कॉलेज के विरुद्ध तो थी ही, पर सबसे अधिक नाराज वह अपने चाचाजी से था, "चाचाजी अपने-आपको बड़ा आदमी समझते हैं। किसी की कोई सहायता नहीं करना चाहते। डरते हैं कि कोई और पढ़-लिखकर उनके समान बड़ा आदमी न बन जाये। हैल विथ हिम एंड हिज कॉलेज। अब मैं पढूँगा ही नहीं।"

रामलुभाया की पढ़ाई आगे नहीं चली : वह कहता है कि उसने किसी और कॉलेज में प्रवेश चाहा नहीं, पर मेरा उससे मतभेद है। मेरा विचार है कि उसे प्रवेश मिला नहीं।

कई वर्षों के बाद एक दिन जब वह मेरे घर आ धमका तो बहुत प्रसन्न था। कुछ तो उसकी प्रसन्नता छुतहा रोग रही होगी, और कुछ एक लम्बे अन्तराल के बाद, अपने एक पुराने सहपाठी को इस प्रकार अपने सामने खड़ा देख मैं प्रसन्न हो गया।

पूछा, "भई! कैसे हो?"

"सेवानगर में एक कोठी खरीद ली है।" वह बोला, "गाड़ी भी खरीदी है। बाहर खड़ी है, चलकर देखो।"

वह मुझे घसीटकर बाहर ले आया। देखा, एक चमचमाती एम्बैसेडर कार मेरे दरवाजे पर खड़ी थी। मैं बहुत प्रभावित हुआ।

"नयी है क्या?" मैंने पूछा।

"नयी नहीं लग रही क्या?" उसने ट्रक ड्राइवर के अंदाज में कहा, "कोई नयी गाड़ी इतनी चमकाकर तो दिखा दे।"

मैं समझ गया, बहुत चमकनेवाली गाड़ी नयी नहीं होती।

"कौन-सा मॉडल है?" मैंने पूछा।

"मॉडल तो बहत्तर का ही है, पर है ब्रैंड न्यू!"

मैं रामलुभाया की तर्क-पद्धति का अनुसरण कभी नहीं कर पाया : बहत्तर का मॉडल सन् पचासी में ब्रैंड न्यू कैसे हो सकता है! स्वयं को रोक नहीं पाया। पूछ ही बैठा, "नया कैसे है?"

"बहुत कम चली है। लगभग नहीं के बराबर। और जो कुछ घिसा-घिसाया था, वह तो मैंने बदल ही डाला है।"

"मेरे मन में उसके तर्क के समानान्तर एक उदाहरण जागा, "कोई पुरुष नौकरी न करे तो पचास के वय में पन्द्रह वर्ष का माना जायेगा क्या?"

"तुम हमेशा गधोंवाली बात ही करोगे।" मेरे तर्कों का शमन उसके इस एक वाक्य से ऐसे हो गया, जैसे दमकल से आग का शमन हो जाता है।

मैं चुप हो रहा। उसकी तर्क-प्रणाली में एकदम कोरा जो था।

"आकर किसी दिन हमारी कोठी देखो।" वह अपने उल्लास को छिपा नहीं पा रहा था, "कैसी चमक रही है। टीक की लकड़ी लगायी है, फर्श पर मार्बल का पत्थर, दीवारों पर धौलपुर का पत्थर, रैम्प पर करेजी का पत्थर। बस कोठी में पत्थर-ही-पत्थर कर दिया है। ऐसा पेंट कराया है कि सारे टाउन के अन्दर किसी दूसरे ने नहीं कराया। फंटास्टिकवाली कोठी है।"

कोठी के नाम पर मैं कुछ ऐसा रौब में आया कि मन में एक पूरा चित्र खींच डाला : वर्तुल मार्ग पर एक बड़ा-सा फाटक। बाहर लकड़ी के डब्बे में खड़ा खुखरीवाला नेपाली दरबान। सामने ड्राइव-वे और गैरेज। चारों ओर विस्तृत लॉन। दो सीढ़ियाँ चढ़कर चबूतरा। फिर बरामदा, प्रवेश-द्वार, बड़े-बड़े कमरे। भीतर खुला आँगन। बीचोबाच बना सरोवर, जिसमें फव्वारे चल रहे हों।"

सोचा, गर्मियों की इन छुट्टियों में बाहर क्यों जायें। चलकर सप्ताह-दो सप्ताह रामलुभाया की कोठी में ही रहा जाये।

मन में उभरे कोठी के चित्र की प्रामाणिकता परखने के लिए पूछा, "कितना बड़ा पलॉट है?"

"एक सौ पाँच गज का।" गर्व से उसकी छाती प्लाट से भी अधिक चौड़ी हो गयी, "ऐसी बनायी है कि लोगों की आँखें गड़ी-की-गड़ी रह जायें।"

कोठी के बड़प्पन और कार की नवीनता सुनकर मेरा मन बुझ गया। पर इस सन्दर्भ में कुछ कहकर उसका दिल दुखाना व्यर्थ था। इतने वर्षों के बाद एक पुराना मित्र मिला था। स्वयं चलकर मेरे घर आया था। फिर वह इतना प्रसन्न था, तो मैं ही क्यों रंग में भंग डालता?

पूछा, "काम क्या कर रहे हो, जिसमें इतनी चाँदी बरस रही है?"

"काम क्या है, सप्लाई का धन्धा है।" वह बोला।

"दुकान है?"

"नहीं!" वह बोला, "अबे दुकान क्या करनी है। एक कम्पनी के परचेज अफसर का पी.ए. मेरा कजन है। बस उसी पटा को रखा है। हल्का माल सप्लाई कर देते हैं, चेक भारी-भरकम मिल जाता है। कुछ परचेज अफसर का, कुछ पी.ए. का और कुछ मेरा।"

"ऐसे में तो कम्पनी मिट जायेगी।" मुझ पर उपदेश का भूत सवार हो गया, "वह परचेज अफसर गाय का दूध नहीं पी रहा, उसका रक्त पी रहा है। जब गाय

नहीं रहेगी तो वह दूहेगा किसे?"

मेरे उपदेश का उस पर उल्टा प्रभाव पड़ा। उसकी नाक ऐसे सिकुड़ गयी, जैसे उसे कोई भीषण दुर्गन्ध आयी हो। बोला, "आजकल ग्वालों में रहते हो या कसाइयों में?"

"क्यों?"

"गाय दूहने और गाय को मारने की बात कर रहे हो।"

"मैं तो कम्पनी के बनने-बिगड़ने की बात कर रहा था।"

"कम्पनी बिगड़ जायेगी तो मैं तो बन जाऊँगा न।"

"कितना बना रहे हो?"

"बस, बन ही रहा है। वह बोला, "जो नहीं बना, वह भी बन जायेगा।"

"शादी हो गयी?"

"हाँ, हो गयी!" वह बोला, "पर हुई बड़ी मुश्किल से है।"

"क्यों? मुश्किल से क्यों?" मैंने जिज्ञासा की, "लड़की की शादी में तो कठिनाई होती है, पर लड़के की शादी में और कठिनाई!" फिर कुछ समझकर मैंने स्वयं ही पूछ लिया, "दहेज में कुछ बहुत ज्यादा माँग रहे थे क्या? वहाँ भी भावी ससुराल को मिटाकर स्वयं को बनाने का धन्धा तो नहीं चला रखा था?"

"वह भी था ही।" उसने स्वीकार किया, "मेरी माँ अपने कमाऊ पूत को सस्ते में, किसी परायी लड़की को हैंड-ओवर करने को तैयार नहीं थी। पर कठिनाइयाँ और भी थीं। कोई लड़की मुझे चुड़ैल लगती थी, किसी लड़की को मैं राक्षस नजर आता था। किसी लड़की के माँ-बाप, मेरे माँ-बाप को गधे चरानेवाले लगते थे; और कहीं लड़की के माँ-बाप को मेरे माँ-बाप घसियारे।"

"फिर शादी हो कैसे गयी—घसियारों को घसियारे मिल गये क्या?"

"नेम-व्रत, पूजा-पाठ। बिरादरी के चौधरियों की खुशामद और फाइनली मेरे माँ-बाप द्वारा दहेज की रकम में डिस्काउंट की घोषणा।"

"कॉलेजवालों ने तेरे एडमिशन के समय ही नम्बरों में डिस्काउंट की घोषणा कर दी होती तो तेरी शादी साल-दो साल में वैसे ही हों जाती। सारा दोष कॉलेजवालों का ही है।"

मैंने अपनी ओर से लाखों रुपयों की बात कही थी, पर वह मुझसे एकदम सहमत नहीं हो पाया। बोला, "नहीं। दोष कॉलेजवालों का नहीं है। मैं ही पागल था।"

"क्यों?" रामलुभाया का यह शालीन रूप देखकर मैं चकित रह गया। उसने जैसे पैसा कमाया है, वैसे ही कहीं से कुछ समझदारी भी बटोर ली है क्या?"

"आजकल मैं खर्च घटाने की नहीं, आय बढ़ाने की सोचता हूँ। उसमें लगता ही क्या है। जरा-सी हेरा-फेरी बढ़ा दो, बस पैसा-ही-पैसा। वैसे ही तब यदि मैंने उनके

परसेंटेज को नीचे लाने के स्थान पर अपना परसेंटेज बढ़ाने की बात सोची होती तो मुझे तुरन्त प्रवेश मिल जाता।"

"पर अंकों पर परसेंटेज बढ़ाना तुम्हारे वश में था क्या?"

"सीधे ढंग से अधिक अंक लाने की सोचता तो नहीं ला सकता था, जैसे आज सीधे ढंग से कमाने की सोचूँ तो कमाई नहीं बढ़ा सकता। पर आज पैसों के लिए हेरा-फेरी करता हूँ, वैसे ही तब अंकों के लिए हेरा-फेरी कर सकता था। नकल की मात्रा बढ़ा देता, तो अंकों की संख्या बढ़ जाती।... पर यार! तब तो मेरी शादी होती ही नहीं।"

"क्यों?" मैं हैरान रह गया, "अधिक अंक आते, कॉलेज में प्रवेश मिलता। तुम बी.ए., एम.ए., कुछ करते; तो कई लड़कियोंवाले तुम्हारे यहाँ चक्कर काटते।"

"वे तो चक्कर काटते," वह बोला, "पर मेरी माँ मेरे दहेज की रकम इतनी बढ़ा देती कि मेरी शादी होती ही नहीं।"

"बड़ी विचित्र बात है," जाने क्यों मैं कह गया, "कि माँ ही अपने बेटे के विवाह में आड़े आये।"

"विचित्र क्या है इसमें?" रामलुभाया ने घूरकर मुझे देखा, "सीधे-सीधे बिजनेस की बात है। मकान और दुकान दूसरे के लिए खाली करने से पहले कोई भी व्यक्ति पगड़ी माँगता है। जितने मौके की जगह होगी, उतनी ही पगड़ी ऊँची होगी।"

"बेटे का विवाह क्या मकान खाली करने जैसा है?" मैंने भरसक उसे डपटा।

"ऊपर से तो नहीं लगता, पर बात वही है।" वह पूर्ण आत्मविश्वास के साथ बोला, "सास, बहू के पक्ष में बेटे पर से अपना कब्जा हटाती है या नहीं? बहू बेटे का कब्जा लेती है या नहीं?"

"तुम दुकान हो या मकान?"

"मैं गोदाम हूँ।" वह हँसा, "ताला लगा गोदाम। किसी को भी पता नहीं है कि गोदाम में क्या भरा है। सास भी ब्लाइंड ही खेलती है और बहू भी।..."

मामला कुछ ज्यादा ही टैक्निकल होता जा रहा था।

"खैर!" मैंने उसकी बात काट दी, "अब तो हो गयी न शादी!" सहसा मुझे बात का अगला सूत्र सूझ गया, "बच्चे?"

"हाँ!" मेरी अपेक्षा के विपरीत रामलुभाया कुछ चहककर बोला, "शादी हो गयी तो बच्चा ही होने पर न आये, जैसे धन्धा तो चले पर उसका लाभ हाथ न आये।"

"फिर?"

"फिर क्या!" वह बोला, "माताजी ने आदेश दे दिया कि दूसरा विवाह कर लो। उन्हें अपनी पिछली बहू से छुटकारा और एक भरा-पूरा नया दहेज सामने दिखायी दे रहा था।"

"तुम्हारे लिए भी तो वह बोनस ही था।"

"नहीं! दूसरा विवाह होने की नौबत नहीं आयी।" पता नहीं, वह प्रसन्न था या उदास, "उससे पहले ही एक पुत्र-रत्न का जन्म हो गया।"

"चलो! अच्छा हुआ।" मैंने कहा, "नहीं तो व्यर्थ ही घर टूटता।"

"घर तो टूट ही चला था।" रामलुभाया मुस्कराया, "मुझे तो जीवन में पहली बार अपनी माँ के रण-कौशल का ज्ञान हुआ। वह बूढ़ी, निरीह और असहाय-सी स्त्री कैसी रण-बाँकुरी हो उठी थी उन दिनों। कैसे-कैसे मोर्चे बाँधे, कैसी-कैसी व्यूह-रचना की, आरोप जुटाये, कैसे-कैसे हथियार जमा किये... वाह! मजा आ गया।"

"तो तुम्हारी पत्नी रह कैसे पायी तुम्हारे घर में?"

"रह पायी!" रामलुभाया बड़े उत्साह से बोला, "वह तो ऐसी रही कि राज करने लगी—मुझ पर भी और मेरी माँ पर भी।..."

मैं आश्चर्य से उसकी ओर देखता रह गया।

"वह मेरी माँ के करतब चुपचाप देखती रही, जैसे कोई उस्ताद किसी नौसिखिये के पैंतरे देखता है; और जिस दिन अम्मा के एक सम्भावित समधी मुझे देखने आनेवाले थे, उस दिन उसने चुपके से एक प्रसिद्ध लेडी डॉक्टर का सर्टिफिकेट निकालकर मेरे सामने धर दिया। उस लेडी डॉक्टर ने प्रमाणित किया था कि मेरी पत्नी में किसी प्रकार की कोई कमी अथवा शारीरिक दोष नहीं था। वह माँ बन सकने में पूरी तरह सक्षम थी। मैंने सर्टिफिकेट देखा और घूरकर पूछा, 'मैं क्या करूँ इसका?' उसने अत्यन्त शान्त भाव से उत्तर दिया, 'इसका अर्थ समझो', 'क्या है इसका अर्थ?' मैंने कुछ क्रुद्ध होकर पूछा। 'नहीं समझे?' उसने उसी प्रशान्त मुद्रा में मुझे समझाया, 'इसका अर्थ है कि तुममें ही कोई कमी है, जो हमारी सन्तान नहीं हो रही।' जी में आया कि खींचकर एक चाँटा दूँ उसे, हरामजादी मुझमें कमी बता रही है! पर मामला इतना नाजुक था कि बहस का कोई स्कोप नहीं था। न ही उसे प्रमाणित कर दिखाने का चैलेंज दिया जा सकता था। नहीं तो वह अपना स्त्रीत्व और मेरा हिजड़ापन साबित कर मेरे मुँह पर कालिख पोत देती। साली ने डाक्यूमेंटरी प्रूफ तो पर्स में रख छोड़ा था। दूसरा प्रूफ लाने के लिए भी उठकर कहीं चल देती।" उसने रुककर मुझे देखा, "डॉक्टरी सर्टिफिकेट के सामने कोई क्या कह सकता है। डॉक्टर चाहे तो मुर्दे को जीवित होने का सर्टिफिकेट दे दे और न चाहे तो जीवित को भी मुर्दा ही बता दे।..."

"फिर?" मैंने उसके डॉक्टरी विश्लेषण में रुचि नहीं ली।

"फिर क्या! माँ के नये समधियों के आने से पहले ही मैं अपनी पत्नी को ले उड़ा। जितनी मिठाइयाँ माँ ने नये समधियों को खिलाने के लिए मँगवा रखी थीं, उनसे कहीं ज्यादा मैंने अपनी पत्नी को खिलायीं। उसे दिल्ली से हर रेस्ट्राँ में खाना खिलाया। उसके साथ जाकर हर मन्दिर में नाक रगड़ी। हर ज्योतिषी को अपनी

जन्म-कुण्डली दिखायी। पत्नी के कहे अनुसार हर व्रत-उपवास किया। पचासों तरह की अँगूठियाँ पहनीं... और... और पत्नी से छुपकर कई डॉक्टरों की सलाह ली...और अन्त में ये पुत्र-रत्न आये।... और भैया! अब हम तुम्हारी शरण में आये हैं।"

"मेरी शरण में क्यों भाई?" मेरी बुद्धि कोई असम्भव कल्पना करने में लगी हुई थी।

"यार! उसका किसी स्कूल में एडमिशन करवा दो।"

"क्यों? क्या हो गया?"

"होना क्या है," वह बोला, "हालत मेरी शादीवाली हो रही है। किसी स्कूल को हमारा बेटा पसन्द नहीं आता, और कोई स्कूल हमारे बेटे की माँ को पसन्द नहीं आता।"

"कैसा स्कूल चाहते हो?"

"अरे कोई हो जाये।" वह बोला, "हमें कौन-सा उसे कोई पंडत-शंडत बनाना है।"

"नगर निगम का स्कूल...।"

"अरे गोली मारो।" वह बोला, "वहाँ तो भंगी पढ़ते हैं। मैं अपने बच्चे को वहाँ नहीं भेजना चाहता।"

मैं जल्दी ही समझ गया। बोला, "और जिस स्कूल में तुम उसे भर्ती कराना चाहते हो, वहाँवाले तुम्हें भंगी समझते हैं। है न?"

"बिल्कुल ठीक!" वह मुस्कराया, "तुम आदमी समझदार हो। अब फटाफट कहीं सोर्स भिड़ा दो।"

"मैं तो कॉलेज में पढ़ाता हूँ।" मैंने भागने का प्रयत्न किया, "स्कूलों के विषय में मैं क्या जानूँ।"

"बको भी मत और बनो भी मत।" वह मेरी अपेक्षा से अधिक चतुर हो चुका था, "स्कूल और कॉलेज में क्या फर्क है? कॉलेज में पढ़ाते हो तो स्कूल में पढ़नेवालों को भी जानते ही होंगे। मैं यदि खारी बावली में काम करता हूँ तो यह थोड़ी है कि सदर बाजारवालों को नहीं जानता। खूब जानता हूँ।"

"कोशिश करूँगा!" मैंने उसे टालना चाहा।

"चालू काम तो करो मत!" वह हँसा, "हम बिजनेस में हैं। जो डंडा लेकर हमको मारने दौड़ता है, उसकी जेब में से भी रुपया-दो रुपया उड़ा ही लेते हैं। तुम जैसे कल्मी लोग भी हमें टाल दें तो फिर हम खा-कमा चुके।"

"कैसा स्कूल चाहिए भाई! तुम्हें?" मैंने हथियार डाल दिये।

"अंग्रेजी स्कूल।" वह बोला, "ऐसा स्कूल, जहाँ हिन्दी-शिन्दी तो आसपास दिखायी ही न पड़े।... बड़ी तैयारी की है हमने, अंग्रेजी स्कूल के लिए।" उसने अपनी बायीं आँख दबायी, "मेरी पत्नी अंग्रेजी जानती नहीं, नहीं तो मुन्ने की तो मदर-टंग ही

अंग्रेजी हो जाती। पर कसर फिर भी कोई नहीं छोड़ी हमने।"

"बच्चे के साथ घर में अंग्रेजी बोलते हो क्या?" मैंने पूछा।

"नहीं!" वह बोला, "बोलते तो हिन्दी ही हैं, पर ऐसी हिन्दी जिसमें हिन्दी कम-से-कम हो।"

"कैसे?" मैं समझ नहीं पाया।

वह हँसा, "बाबा! नोजी पोंछो। बाबा! चेयर पर बैठकर स्पून से खाओ...।"

"इससे तो तुम लन्दन के भारतीयों की ही हिन्दी-पंजाबी बोल लेते।"

लगा, उसके मुँह में पानी आ गया, "कैसे?"

मैंने नमूना बताया, "अच्छा फिर थिंक-थाट कर लो, ईवनिंग में किसी पब में मीटते हैं।

वह निढाल हो गया, "किसी ने पहले इशारा किया होता तो ऐसी ही हिन्दी सिखाता।"

"तो अब ही क्या बिगड़ गया है?" मैंने कहा, "आज से शुरू कर दो। स्कूल खोजते-खोजते वह निपुण हो जायेगा।"

"उसके लायक कोई स्कूल तो मिले।"

मैंने कुछ देर सोचकर कहा, "शेख सराय में एक नर्सरी है...।"

"नहीं यार!" वह बोला, "चिराग दिल्ली वहाँ से पास है, मदनगीर भी। मैं ऐसे गरीब-गुर्बा मुहल्लों के निकट अपना बच्चा नहीं भेजना चाहता। गरीब लोग चोर होते हैं।"

"चोर होते तो गरीब ही क्यों रह जाते?" मैंने पूछा।

"अब बहस नहीं करना चाहता, पर मैं अपने बच्चे को वहाँ नहीं भेजूँगा।"

"अच्छा, ग्रेटर कैलाश में?..."

"हाँ, ग्रेटर कैलाश ठीक है। मुहल्ले का नाम ही अंग्रेजी में है।" उसने कहा, "इंग्लिश मीडियम है।"

"हाँ इंग्लिश मीडियम!"

"ठीक है।" वह बोला, "वहाँ की टीचरें क्रिश्चन हैं?"

"मैंने कभी पूछा तो नहीं। पर शायद ईसाई नहीं हैं। पर यदि हों भी तो तुम्हारा बच्चा ईसाई तो नहीं हो जायेगा।" मैंने उसे डाँट दिया।

पर रामलुभाया मेरी डाँट से हत्प्रभ नहीं हुआ। उल्टे उसकी बात ने मुझे हत्प्रभ कर दिया, "मैं तो क्रिश्चन टीचरों को स्कूल खोज रहा हूँ गुरु! वे लोग अच्छा पढ़ाती हैं।"

मैं हैरान रह गया : भला किसी के धार्मिक विश्वास से उसकी अध्यापन-क्षमता का क्या सम्बन्ध? यह रामलुभाया तो प्रकारान्तर से मुझे भी अयोग्य शिक्षक घोषित कर रहा है, क्योंकि मैं ईसाई नहीं हूँ। पर इससे उलझना व्यर्थ था। टालने का एक

ही तरीका था कि कोई स्कूल सुझाकर उससे मुक्ति पा ली जाये।

मैंने उसे एक दूसरा स्कूल सुझाया, जिसमें निश्चित रूप से ईसाई अध्यापिकाएँ ज्यादा थीं।

"देसी ईसाई हैं या ऐंग्लो इंडियन?" उसने तपाक से पूछा।

"भारतीय ईसाई हैं।" मैंने बताया, "मलयाली हैं।"

"नहीं!" उसकी नाक चढ़ गयी, "ईसाई हैं तो क्या हुआ, हैं तो देसी ही। मैं ऐसे स्कूल में अपने बच्चे को नहीं भेजना चाहता।"

"हाँ! एक और स्कूल है।" मेरे मन में कम्प्यूटर की-सी तेजी से एक और स्कूल ढूँढ़ निकाला, "उसकी मालिक, संचालिका और प्रिंसिपल एक फ्रेंच महिला हैं।"

"फ्रेंच!" उसकी आँखों में चमक आ गयी, "अरे वह तो ऐंग्लो इंडियन से भी बढ़ गयी। वेरी गुड! कहाँ है वह स्कूल?"

"पास ही है।"

"तुम उसे जानते हो?"

"उससे सीधा परिचय तो नहीं है।" मैंने बताया, "पर कई बार उसे देखा अवश्य है। सादी-सी बूढ़ी औरत है। वर्षों से भारत में रह रही है और एकदम भारतीय हो गयी है। साड़ी..."

मेरी दृष्टि उठी तो पाया कि रामलुभाया के चेहरे पर पतझड़ छा गया है। पूछा, "क्या हुआ?"

"साड़ीवाली बूढ़ी मेम में मेरी कोई रुचि नहीं है।" वह बोला, "मैं अपने बच्चे को स्मार्ट टीचरों के पास भेजना चाहता हूँ। गोरी-गोरी, कटे बालोंवाली ऐंग्लो इंडियन या अंग्रेज लड़कियाँ हों, स्मार्ट! एकदम स्मार्ट! ऊँचे-ऊँचे फ्राक या स्कर्ट पहनती हों। उनकी गोरी-गोरी पिंडलियाँ देखकर सीने में दर्द होने लगता हो। गिटपिट अंग्रेजी बोलती हों। बच्चे का बाप मिलने जाये, तो मुस्कराकर उसका स्वागत करती हों।"

"तुम्हें बच्चे की पढ़ाई का प्रबन्ध करना है या रोमांस लड़ाना है?" मैं कुछ खीझा।

"मुझे अपने बच्चे को ऊँची सोसायटी के लायक बनाना है।" वह बोला, "मैंने सुना है कि तुम्हारे पड़ोस में छोटे बच्चों का कोई ऐसा स्कूल है, जहाँ सिर्फ मेमें पढ़ाती हैं और केवल गोरे बच्चे पढ़ते हैं।"

याद करने के लिए मुझे थोड़ा प्रयत्न करना पड़ा, "हाँ, है तो!" मैं बोला, "एक छोटा-सा स्कूल है, जहाँ विदेशी दूतावासों के कर्मचारियों के बच्चे पढ़ते हैं।"

"वही! वही!" वह बोला।

"पर वहाँ गोरे बच्चे कम हैं।" मैंने बताया, "वहाँ तो अफ्रीकी और एशियाई देशों से आये हुए, दूतावासों के साधारण, कर्मचारियों के बच्चे अपना समय काटने जाते हैं। वहाँ पढ़ाई-वढ़ाई कुछ नहीं होती।"

"पढ़ाई चाहिए किसको।" उसका आत्मबल जाग उठा, "तुमने इतना पढ़कर क्या पाया? अभी तक किराये के मकान में रहते हो, दिल्ली मिल्क स्कीम का दूध पीते हो, बाजार से खरीदकर सस्ते सिले-सिलाये कपड़े पहनते हो, बाजारी पिसा हुआ आटा खाते हो और डी.टी.सी. की बसों में धक्के खाते हुए यात्रा करते हो...।"

मैंने उसकी बात पर विचार किया। वह ठीक कह रहा था : उसका अपना मकान था, जिसे वह कोठी कहता था। वह भैंस का ताजा दूध दुहाकर लाता था। किसी देहात से गेहूँ मँगवाकर उसका आटा पिसवाता था। अपनी पसन्द का कपड़ा खरीदकर अपनी पसन्द के दर्जी से उसे सिलवाता था और अपनी बहत्तर मॉडल की तेरह साल पुरानी ब्रैंड न्यू ऐम्बैसेडर कार में घूमता था...। और यह ठीक बात है कि उसने पढ़ाई नहीं की...

"तो बच्चे को स्कूल में भर्ती क्यों करवाना चाहते हो?"

"स्मार्टनेस के लिए!"

"ओह!" मैंने कहा, "तो तुम अपने शाहजादे को इसी स्कूल में भर्ती करवा दो; पर फीस वे कसकर लेते हैं।"

"फीस की चिन्ता मत करो।" उसने कहा, "तुम भर्ती करवा दो। फीस भी दे देंगे। और यदि उन्होंने चाहा तो दस-बीस हजार रुपये डोनेशन के भी दे देंगे।..."

मैंने आश्चर्य से उसकी ओर देखा।

"हाँ!" उसने अपनी बायीं आँख दबायी, "इतनी हैसियत है मेरी। यही तो बिजनेस के ठाठ हैं कि दस-बीस हजार रुपये कोई अर्थ नहीं रखते।"

मैंने उसे देखा : यह आदमी, जिसे अपनी नाक साफ करने की भी तमीज नहीं है, वह उतनी रकम को कुछ समझता ही नहीं—जितनी रकम मुझ जैसे कितने ही लोगों का स्वप्न है।

और सहसा जैसे उसे दौरा पड़ा : वह हाथ जोड़कर इस मुद्रा में मेरे सामने खड़ा हो गया, जैसे मेरा संकेत पाकर अभी अपनी नाक से जमीन पर लकीरें खींचने लगेगा, "तुम उसे किसी प्रकार भर्ती करवा दो यार। मेरे बच्चे तेरा गुण गायेंगे।"

उसकी अतिशय दीनता पर मुझे लज्जा आने लगी। मुझे लगा, उसकी यह मुद्रा मुझे अपमानित कर रही है। मैं किसी भी रूप में इस योग्य नहीं था कि वह मुझे इस प्रकार हाथ जोड़ता।

"मैं उस स्कूल में किसी को नहीं जानता," मैंने अपनी बात साफ की, "न वे लोग मुझे जानते हैं। मैं तो केवल इतना जानता हूँ कि यहाँ एक ऐसा स्कूल है। तुम चाहते हो तो मैं तुम्हें वहाँ ले चलता हूँ।"

"हाँ, ले चलो।" वह अब तक उसी प्रकार दीन बना खड़ा था, "पर वहाँ यह जरूर बता देना कि तुम प्रोफेसर हो।"

"अच्छा!"

मैं रामलुभाया और उसके बेटे को उस स्कूल में ले गया; पर वहाँ जाकर कुछ भी कहने की नौबत ही नहीं आयी। फाटक पर ही कई बच्चों को आते-जाते देख, रामलुभाया चौंक उठा, "इन बच्चों ने टाई नहीं बाँध रखी?"

मैंने आज तक इस ओर ध्यान नहीं दिया था। अब देखा : बच्चों ने बहुत प्यारे-प्यारे सुन्दर और मूल्यवान कपड़े पहने रखे थे, टाई किसी बच्चे ने नहीं बाँधी थी। उस स्कूल में शायद वर्दी का बन्धन नहीं था, तभी तो इतका वैविध्य था कपड़ों में।

"इन बच्चों ने टाई क्यों नहीं बाँध रखी?" रामलुभाया प्रायः विक्षिप्त-सा बोल रहा था। पता नहीं वह मुझसे पूछ रहा था या अपने-आप से।

मैंने उसे इस विक्षिप्तावस्था से उबारने के लिए कहा, "इनकी स्कूली वर्दी नहीं है।"

"वर्दी नहीं है।" वह अपना सिर पीटने को तैयार खड़ा था, "मैं तो वह स्कूल खोज रहा था, जहाँ लड़के ही नहीं, लड़कियाँ भी टाई बाँधती हों और यहाँ वर्दी ही सिरे से गायब है। और तुम कहते हो यहाँ एम्बेसियों के इम्प्लाइयों के बच्चे पढ़ते हैं। रब्बिश! इससे तो हमारे मुहल्ले की ममटियों में खुले गिटगिट कॉनवेंट ही अच्छे हैं। चाहे बच्चे की नाक बह रही हो, पर टाई तो वह बाँधता ही है।"

मेरी समझ में कुछ नहीं आया। मैंने कहा, "तुम अपने बच्चे को टाई बाँधकर भेज देना।"

"नहीं! टाई कम्पलसरी होनी चाहिए। चलो।"

उसने बच्चे को अपने पड़ोस में खुले किसी गिटपिट कॉनवेंट में ही भरती करवा दिया और अपने बच्चे को अंग्रेजी सिखाने के लिए कॉनवेंट की प्रिंसिपल की ट्यूशन लगवा दी। कहते हैं कि वह प्रिंसिपल पहले किसी बड़े स्कूल में बच्चों को घर से स्कूल लाने और स्कूल से घर तक पहुँचानेवाली बुलावी थी।

मैं, मेरी पत्नी और चमेली का फूल

मेरी चमेली की बेल में जब फूल आने लगे तो मैं भी कवियों और प्रेमियों के समान भावुक हो उठा। सुबह-सुबह झरा हुआ एक फूल उठाकर दो-चार बार सूँघा तो उसकी महक से मन ही नहीं आत्मा तक गमक उठी। उसे सूँघने-भर से तृप्ति नहीं हुई तो उस फूल का और अच्छा उपयोग ढूँढ़ने निकला। पर मन तो पहले से भावुक हो रहा था। ऐसे में उपयोगिता के नाम पर चमेली का इत्र या तेल बनाने की बात सूझने से रही। उपयोग के रूप में एक ही बात मन में आयी कि चमेली का यह निष्कलंक उज्ज्वल फूल अपनी पत्नी को भेंट करूँ तो कितनी प्रसन्न होगी! सोचेगी कि इस उम्र में भी मेरा पति किशोर प्रेमी की तरह मेरा ध्यान रखता है। जाने कहाँ से मेरी खोपड़ी में डेल कारनेगी आन घुसा। मुझे लगा कि उसने अवश्य कहीं कहा होगा कि अपनी पत्नी को प्रसन्न रखने के लिए सुबह-सुबह उसे एक-आध फूल भेंट करना चाहिए।...वैसे डेल कारनेगी को मैंने विशेष पढ़ा-बढ़ा नहीं है। बचपन में हमारे पड़ोस में एक नेगी साहब रहते थे, जो मुझे कभी नहीं भाये। इसीलिए मुझे डेल कारनेगी भी रास नहीं आया, पर मैं जानता हूँ कि वह मित्र बनाने के लिए ऐसे ही आडम्बरपूर्ण घटिया नुस्खे बताता रहता है।

मेरी मति भ्रष्ट हुई और डेल कारनेगी मेरी खोपड़ी पर चढ़ बैठा। मैं चमेली का वह फूल लिये-लिये अपनी पत्नी के पास पहुँचा। मैंने फूल उसकी ओर बढ़ाया तो उसने पकड़ तो लिया पर प्रश्नवाचक दृष्टि से मेरी ओर देखा, 'क्या करूँ?'

मैं समझ गया कि उसने डेल कारनेगी को नहीं पढ़ा है। इसलिए फूल चाहे उसके हाथ में पहुँच गया हो, पर मेरा प्यार उस तक नहीं पहुँचा।

कुछ तो कहना ही था। बोला, "सूँघकर देखो। कितनी अच्छी गन्ध है।"

"चमेली में अच्छी गन्ध होती है।" उसने दो-एक बार फूल सूँघा और उसे पास पड़े क्रोटन के पत्तों के बीच टिका दिया।

मेरी खोपड़ी से डेल कारनेगी उतर गया और वहाँ मद-मोह, काम-क्रोध जाने क्या-क्या सवार हो गया। मैंने कुछ कहा नहीं, पर डेल कारनेगी को पढ़े बिना भी मेरी पत्नी अपनी सहज बुद्धि से समझ गयी कि मैं नाराज हो चुका हूँ।

बोली, "दो-तीन बार सूँघ लिया। अब इससे अधिक क्या करती मैं उसका?"

मैं कुछ नहीं बोला।

"तुम्हारे अन्दर यही एक बड़ा दोष है।" वह बोली, "अपने-आप से इतना प्यार करते हो कि जीवन का सारा सन्तुलन बिगड़ जाता है। व्यक्ति को इतना स्वकेन्द्रित तो नहीं होना चाहिए।"

मैं तत्काल समझ नहीं पाया कि मेरे उपहार का अपमान कर मेरे ही चरित्र को लांछित करने का अधिकार उसे कैसे मिल गया।

"इसमें स्वकेन्द्रित होने की बात कहाँ से आ गयी?"

"और नहीं तो क्या," वह लगभग रुआँसी हो गयी, "अपनी तो हर बात को इतना महत्त्व देते हो कि दूसरा तुम्हारे सामने एकदम छोटा हो जाता है।"

"क्या कर दिया मैंने?" अब मुझे अपना ही बचाव करना पड़ गया।

"ऐसे ही झड़ा हुआ चमेली का एक फूल दे दूँगी और कहूँगी, 'लो प्रियतम! इसको स्वीकार करो।' फिर देखूँगी कि तुम क्या करते हो।"

स्थिति मेरी समझ में आ गयी। कल उसने सचमुच ही एक फूल मुझे टिका दिया—जो वह सचमुच ही टिका देगी—तो क्या करूँगा उसका? तावीज में मढ़वाकर गले में पहने फिरने से तो रहा! और एक-आध भी लूँ तो क्या? यहाँ तो रोज फूल झड़ेंगे।

मुझे अपनी स्थिति साफ करनी पड़ी, "ऐसी बात नहीं है, प्रियतमे! तुम मुझे कुछ गलत समझ रही हो।"

"हाँ, गलत समझ रही हूँ।" वह मुँह बिचकाकर बोली, "कह दो तुम मुझसे नाराज नहीं हो।"

"नाराज तो नहीं हूँ।" मैंने महात्मा बुद्ध का मध्यम मार्ग खोज निकला, "हाँ! मेरा मन कुछ-कुछ बुझ अवश्य गया था।"

"क्यों बुझ गया था तुम्हारा मन!" उसने मुझे ललकारा, "इसीलिए तो कि मैंने तुम्हारा दिया हुआ चार पंखुड़ियों का यह फूल अपने जूड़े में नहीं लगाया...?"

सहसा मेरी बुद्धि सुवासित हो उठी। मुझे उत्तर सूझ गया था।

"यह बात नहीं है।" मैं पूरे आत्मविश्वास के साथ बोला।

"तो क्या बात है?"

"तुम्हारे विषय में सोचकर ही दुखी हो गया था।"

"क्या सोचा मेरे विषय में?" उसने फिर पूछा।

"तुमने फूल को क्रोटन के पत्तों में टाँक दिया न!"

"हाँ-हाँ!" वह बोली।

"उससे तुमने अपना सारा भविष्य बिगाड़ लिया।"

वह हँस पड़ी, "किसी देवता का प्रसाद था कि माथे पर चढ़ा लेती?" वह रुकी और फिर बोली, "हाँ, वैसे भी तो देवता ही होता है।"

"नहीं, यह बात नहीं है।" मैं फिर बोला, "तुम यह सोचो कि फूल को क्रोटन

में टाँककर क्या कर दिया।"

"क्या कर दिया?" वह कुछ उग्र हो उठी, "दो-चार बार सूँघ लिया। अब इससे ज्यादा मैं फूल का कर भी क्या सकती थी? जिन्दगी-भर उसे हाथ में लिये-लिये सूँघती तो रह नहीं सकती थी।"

"यही तो कमी रह गयी तुममें। तुम्हारा इतिहास का अज्ञान आड़े आ गया।" मैंने कहा, "जिन्दगी-भर फूल को हाथ में लिये-लिये यदा-कदा सूँघती रहती तो तुम बादशाह अकबर, जहाँगीर, शाहजहाँ या नूरजहाँ हो सकती थी।"

"और?" उसने पूछा।

"पर तुमने अपनी इच्छा से फूल क्रोटन में टाँक दिया।" मैंने कहा, "फूल क्रोटन में नहीं टाँका, देश की बादशाहत गँवा दी।"

"तो?" वह कुछ नाराज होने लगी थी।

"न सूँघती रहती, हाथ में पकड़े-पकड़े।" मैंने अपनी बात आगे चलायी, "आखिर तुम्हें बर्तन माँजने होते हैं, आटा माँड़ना होता है, सब्जी बनानी होती है। तुम अपना हाथ फूल में कैसे उलझाये रह सकती हो?"

"क्यों उलझाये नहीं रह सकती।" इस बार वह काफी विनीत हो चुकी थी, "तुम बर्तन-भांडे, चूल्हे-चौके से मुक्त कर दो—फिर देखो, दिन-भर बैठी फूल सूँघती रहूँगी।"

मैं चौंक गया। हमारी बातचीत खतरनाक क्षेत्र की ओर बढ़ रही थी। इसी दिशा में बढ़ते रहे तो वह अभी घर में नौकर रखने की पुरानी माँग, नये सिरे से रखकर सत्याग्रह करने बैठ जायेगी।

"उसे रहने दो।" मैं टाल गया, "शाहों का युग तो चला गया। अब प्रजातन्त्र का युग है। तुम उसे शेरवानी में टाँक लेती तो पंडित जवाहरलाल नेहरू या ज्ञानी जैलसिंह बन सकती थी।"

"शेरवानी पहनने की अनुमति है मुझे?" पत्नी ने डाँटा, "कुर्ते के साथ तो चूड़ीदार पहनने नहीं देते, शेरवानी के साथ पहनने लगूँगी तो मुझे घर से ही निकाल दोगे।"

मैं अटका, "चलो कोई बात नहीं। फूल को बालों में लगा लेती तो सलमा सुलतान ही बन जाती। न सही फिल्म स्टार, चलो टी.वी. स्टार ही सही।"

मैं डर रहा था कि वह मुझे फिर डाँट देगी कि जब वह मॉडलिंग करना चाह रही थी तो मैंने उसे रोक दिया। तब उसे अच्छा-भला मॉडलिंग का अवसर मिल रहा था और यदि मैंने उसे न रोका होता तो वह मॉडलिंग से सीधे बम्बई के किसी फिल्म-स्टूडियो में पहुँची होती... पर यह उत्तर मेरी पत्नी को नहीं सूझा। वैसे उसे बहुत अच्छे-अच्छे उत्तर सूझते हैं और मुझे हमेशा यह सूझता है कि दूसरा मुझे क्या कहेगा।...

मेरी पत्नी बोली, "एक बात भूल रहे हो कि वे सारे उदाहरण जो तुमने दिये हैं, गलत हैं। मैं चाहे तुम्हारे दिये फूल को हाथ में रखती, शेरवानी में लगाती या जूड़े में टाँकती—उनमें से कुछ भी नहीं बन सकती थी, जो तुम चाहते हो।"

"क्यों?" मैं नाराज हुआ, "दूसरे लोग फूल को हाथ में पकड़े-पकड़े सूँघते रहने से बादशाह बन सकते हैं, तो तुम क्यों नहीं बन सकती।"

"क्योंकि उसके लिए गुलाब का फूल चाहिए।" वह तमककर बोली, "और तुमने मुझे चमेली का फूल पकड़ाया था।"

मैंने सिर पर हाथ मारा कि हाय! गैंने चमेली के स्थान पर गुलाब की बेल क्यों नहीं लगायी।...पर तभी मुझे एक प्रचलित चुटकुला याद आ गया।

एक व्यक्ति बीस वर्ष यूरोप में रहकर भारत लौटा और गाँव देखने के शौक में टहलता हुआ नगर से बाहर चला गया। वहाँ खेतों में बैठा एक किसान खुरपी से घास-वास छील रहा था। तभी आकाश पर एक विमान प्रकट हुआ। किसान बड़ी देर तक ध्यान से उसे देखता रहा, फिर बोला, "बाबूजी! यह क्या है?"

उस व्यक्ति का मन विषाद और करुणा से उतना ही भर गया जितना वाल्मीकि का मन क्रौंच-वध देखकर भरा था। कितना पिछड़ा है हमारा देश! दुनियावाले बृहस्पति और शुक्र पर जा रहे हैं और हमारा भारतीय किसान विमान को भी नहीं जानता।

"यह विमान है।" उस व्यक्ति ने बड़े धैर्यपूर्वक बताया।

"वह तो मैं जानता हूँ।" किसान बोला, "मैं तो पूछ रहा हूँ कि यह मिग है या जोगुआर।"

इस बार सिर पर हाथ मारने की बारी उस व्यक्ति की थी।

मुझे लग रहा था कि मेरी पत्नी वही किसान है और मैं इतिहास ग्रन्थों में बीस वर्षों तक जी कर लौटा हुआ वह व्यक्ति!

मेरी परेशानी और रहीम खानखाना

इन दिनों रहीम खानखाना मुझे बहुत परेशान कर रहे हैं। यह कोई नयी बात तो है नहीं। न उनके लिए, न मेरे लिए। उनके हाथ में कलम भी थी और तलवार भी। दोनों ही चीजें चुभनेवाली हैं, किसी-न-किसी को चुभती ही रही होंगी। और जहाँ तक मेरा सम्बन्ध है, मैं तो परेशान रहता ही हूँ। परेशान करने की आदत यहाँ तक पक गयी है कि यदि कोई परेशान न होने की सलाह देता है तो मुझे बुरा लगता है। कभी-कभी तो झल्लाकर पूछता हूँ कि 'परेशान क्यों न होऊँ?' या स्थिर मन से अपना संकल्प दोहरा देता हूँ कि 'मैं तो परेशान होऊँगा, मैं तो चिन्ता करूँगा। जिसे जो करना हो कर ले...'

पर बात रहीम खानखाना की थी। उन्होंने मेरे मन में भयंकर हलचल मचा रखी है। हलचल का विषय है—कुत्ता! आखिर कुत्ते से उन्हें क्या बैर था। आजकल तो हर बड़ा आदमी कुत्ता पालता है। जिस तरह से प्राचीन काल में राजदंड के बिना राजा की कल्पना नहीं की जा सकती थी, उसी प्रकार कुत्ते की जंजीर के बिना आज किसी बड़े आदमी की कल्पना सार्थक नहीं हो सकती। तो रहीम ने कुत्ते का विरोध क्यों किया? क्या वे बड़े आदमी नहीं थे? या बड़े आदमी होना नहीं चाहते थे? अब देखिये, कुत्ते का तो क्या बिगड़ना था—रहीम के बड़प्पन पर ही प्रश्नचिह्न लग गया। उन्हें क्या अपने समय के बड़े लोगों से भय नहीं लगता था? उनका साहस तो देखिये—'काटे-चाटे स्वान के, दुहूँ भाँति विपरीत।' मैं बड़े लोगों का विरोध करने से बहुत डरता हूँ। इसी भय के कारण कुत्तों के विरुद्ध कुछ नहीं कहता; किन्तु व्यक्तिगत रूप से मैं रहीम का समर्थन भी कर लेता हूँ। उनका निष्कर्ष मुझे जँचता है तो उनका अनुभव भी ठीक ही रहा होगा। पर मेरा अनुभव रहीम से भी अधिक व्यापक है। मुझे लगता है कि कुत्ता ही क्या 'काटे-चाटे कोहू के, दुहूँ भाँति विपरीत।' किसी का काटना तो विपरीत होता है—चाटना भी अनुकूल नहीं पड़ता। किसी के भी बहुत अपने हो जाइये, वही आपके विपरीत हो जाता है। पत्नी के लिए पति से बढ़कर कोई अपना नहीं होता, इसीलिए वह उसके सबसे अधिक विपरीत होती है, तभी तो वामा कहलाती है। बच्चों के लिए पिता से अधिक अपना कौन होगा; किन्तु उनके लिए सबसे बड़ा गौरव पिता के विपरीत होना ही है।

पर मैं पत्नी और सन्तान की बात नहीं कर रहा। बात रहीम खानखाना की

कर रहा हूँ पर बताना अपने एक परम मित्र के विषय में चाहता हूँ।

हमारे उस मित्र ने फोन किया, "हमारे कॉलेज में वाद-विवाद प्रतियोगिता हो रही है, तुम उसमें निर्णायक के रूप में आ रहे हो। मैंने तुम्हारा नाम दे दिया है। कार्ड छप गये हैं।"

मैं सकपका गया। वे मेरे बहुत अपने थे, इसलिए मेरी सुविधा-असुविधा देखने की उन्हें क्या आवश्यकता थी! उन्होंने मेरा नाम दे दिया था, इसलिए मुझे पहुँचना ही था। अपने न होते, कुछ पराये होते तो पहले पत्र से या फोन से सम्पर्क करते, मिलने का समय माँगते। नियत समय पर आते, अपने कॉलेज पधारने का आग्रह करते। यदि मैं मान जाता तो मेरी सुविधा के अनुसार कोई दिन तय करते और एक व्यक्ति को भेजते जो टैक्सी में लिवा जाता। और यह सब तय हो जाता तो बच्चों के वाद-विवाद को सुनने की यातना देने के लिए तो नहीं ही बुलाते। मुझसे अपने किसी प्रिय विषय पर बोलने का अनुरोध करते...पर ये मित्र हमारे बहुत अपने थे इसलिए उन्होंने मुझे वाद-विवाद प्रतियोगिता में भिड़ा दिया था। सस्ते में मिल रहा था, उनका बहुत अपना जो था! वहाँ बैठो और पचास लोगों को एक ही बात तरह-तरह से कहते-दुहराते सुनो और अपना सिर धुनो।

मैंने दया की याचना करते हुए घिघियाकर कहा, "भाई, कोई और दंड दे लो। वाद-विवाद सुनने के लिए बुलाकर क्यों परेशान करते हो? मैं फिर कभी आ जाऊँगा।"

"बकवास मत करो।" उन्होंने उत्तर दिया चूँकि बहुत अपने थे, इसलिए अभद्र हो सकते थे, "मित्र होकर ऐसी बात करते हो। अहसान नहीं मानते कि तुम्हें निर्णायक बनवा दिया। तुम्हारा नाम दे दिया, नहीं तो लोग जूते घिसते फिरते हैं कि हमें अपने कॉलेज में बुला लो। अपनी नहीं तो मेरी प्रतिष्ठा का ही विचार करो।"

मेरी आत्मा चमगादड़ की तरह पंख फड़फड़ा रही थी कि तुम्हारी प्रतिष्ठा तो ठीक है, पर मेरी प्रतिष्ठा का क्या होगा? नरेन्द्र कोहली इतना सस्ता हो गया कि स्कूली बच्चों की वाद-विवाद प्रतियोगिता का निर्णायक भी अहसान जताकर बनाया जाये और वह इस यातना को अपना गौरव माने। पर वे मेरे इतने आत्मीय थे कि उनसे यह सब नहीं कह सकता था। वे न मेरी आत्मा से परिचित थे, न चमगादड़ से। उनके गौरव का ऊँट कभी किसी पहाड़ी के निकट भी खड़ा नहीं हुआ था, हिमालय की तो बात ही क्या।

पर मैं इतना पूछे बिना नहीं रह सका, "लेने के लिए किसी को भेज रहे हो न?"

"किसी को भेजने की क्या आवश्यकता है?" वे बोले, "तुम्हें हमारे कॉलेज का रास्ता मालूम नहीं है क्या?" वे रुके, पर मुझे बोलने का अवसर दिये बिना पुनः बोले, "हम तो तुम्हें इतना सम्मान दे रहे हैं, और तुम नखरे बघार रहे हो।"

मन में आया कि उनसे सम्मान की परिभाषा मैं पूछ ही लूँ। पर वे मेरे इतने अपने थे कि इस तरह का प्रश्न उनके लिए अपमानजनक हो जाता।

"अच्छा, ठीक है।" मैंने पूरी तरह से हथियार डाल दिये, "मैं एक टैक्सी ले लूँगा और अपने आप आ जाऊँगा।"

"टैक्सी-वैक्सी क्या करनी है।" वे बोले, "अपने स्कूटर पर आ जाओ। हमारा कॉलेज टैक्सी-भाड़ा नहीं देगा। अपने खर्च पर टैक्सी में आना चाहो तो और बात है।"

मुझे कुछ ज्यादा ही जोर का झटका लगा : मैं यह सब कुछ केवल इसलिए झेल रहा हूँ क्योंकि वे मेरे अपने हैं। पर इनकी तो कोई मर्यादा ही नहीं है। तो वे शायद अपने कॉलेज में यह शैली बघारकर गौरवान्वित होना चाहते हैं कि वे बड़े-बड़ों को उनके कालर से पकड़कर घुटनों के बल बैठा सकते हैं। अपना होने के नाते वे सार्वजनिक रूप से मेरा घोषित निरादर करना चाहते हैं। मेरा निरादर कर पायेंगे तो अपना आदर करवा पायेंगे। एकदम विपरीत। मेरी मर्यादा की रक्षा कर अपनी मर्यादा की प्रतिष्ठा नहीं करना चाहते थे।... मित्र के साथ वार्ता का सामाजिक शिष्टाचार मानकर मेरा लेखक चुप था, पर अब जैसे वह व्यक्तिगत सम्बन्धों से मुक्त हो गया। उससे चुप रहा नहीं गया। न्याय को शब्द लेखक नहीं देगा तो कौन देगा? बोला, "अपने स्कूटर पर मैं नहीं आऊँगा।"

"मेरे बुलाने पर भी नहीं?" उसने बहुत तमककर कहा। पता नहीं उसकी बात में महाशक्ति का वीटो-बल था या परम्परागत प्रिया की प्रेम की कसौटी पर कसने का अनुरोध।

"अपने घर बुलाओ, दस बार आऊँगा।" मेरे लेखक ने अपने सत्य पर सामाजिक शिष्टाचार का मुलम्मा चढ़ाया, "पर एक संस्था की ओर से बुला रहे हो। अपने लेखक की मर्यादा की रक्षा तुम या तुम्हारी संस्था नहीं कर सकती तो मुझे तो करनी ही होगी।"

"अब अपनी लेखकी मत झाड़ो हमारे साथ।" यह उनका प्यार जताने का ढंग था, "चुपचाप हाजिर हो जाओ। तुम क्या समझते हो कि मुर्गा बांग नहीं देगा तो सवेरा ही नहीं होगा! तुम नहीं आओगे तो हम किसी और को कान से पकड़कर बैठा लेंगे। तुम ही वंचित रह जाओगे।"

"मुझे वंचित ही रखो।" मैंने कहा, "तब से यही प्रार्थना तो कर रहा हूँ।"

"अच्छा! अब बड़े आदमी हो गये हो।" वे विपरीत होते ही चले गये, "तुमसे हम फिर निबटेंगे।"

उन्होंने झल्लाकर फोन रख दिया; और तब से मैं किसी का बहुत अपना होने में डरने लगा हूँ।

विश्वविद्यालय में एक गोष्ठी हो रही थी। कई कथाकार आये हुए थे। जिन कथाकारों को मैंने कलम पकड़कर लिखना सिखाया था, उनके परिचय में बड़े-बड़े कसीदे पढ़े गये और मेरे विषय में कहा गया, "ये तो हमारे अपने हैं, एक कॉलेज में पढ़ाते हैं।"

मैं हत्प्रभ उन्हें देखता रह गया : कितना अपमानजनक था, किसी का अपना होना। जो मेरे अपने नहीं थे, वे तो मुझे पहचानते ही नहीं थे और मेरे अपने जो थे वे मुझे सम्माननीय नहीं मानते थे।

विश्वविद्यालय ने बड़े परिश्रम से नया पाठ्यक्रम बनाया था। नयी-नयी पुस्तकें पाठ्यक्रम में निर्धारित कर दी गयी थीं। बड़े गर्व से घोषणा की गयी थी कि अब हमारे विश्वविद्यालय का पाठ्यक्रम इतना आधुनिक और पूर्ण-सम्पूर्ण था कि आज तक के हिन्दी साहित्य के इतिहास में आज तक का कोई महत्त्वपूर्ण लेखक छूटा नहीं था। मैं उस सूची को दस बार पढ़ गया, उसमें नरेन्द्र कोहली का 'न' भी नहीं था। मान लिया कि अपना विश्वविद्यालय हंस की तरह नीर-क्षीर विवेकी है। उसने सारी महत्त्वपूर्ण कृतियाँ छान ली हैं और मेरी कोई भी पुस्तक उसमें नहीं आयी। नहीं होगी अपनी कोई रचना इतनी महत्त्वपूर्ण।—धैर्य धारण कर लिया, जो असमर्थ का सामर्थ्य है।

एक साहित्यिक समारोह में विभागाध्यक्ष भी आये थे। अपने विभागीय समारोहों में तो वे सिरमौर होते थे; पर यह साहित्यकारों का मेला था, इसलिए उनकी यहाँ कोई पूछ नहीं थी। उनसे मिलने के लिए कोई भी ललक के साथ आगे नहीं बढ़ रहा था। उनके चारों ओर लोगों का जमघट नहीं था। वे जब किसी साहित्यकार के पास जाकर खड़े हो जाते तो कोई शिष्टाचारवश उनका परिचय भी पूछ लेता।... उन्होंने मुझे देखा तो खिल गये जैसे डूबते को तिनके का सहारा मिला हो। बोले, "आपको यहाँ देखकर कितना अच्छा लगा। आखिर हमारे विश्वविद्यालय का एक अध्यापक देश के महान लेखकों में से एक है। हमारा विभाग आपके कारण गौरवान्वित हो रहा है..."

उन्होंने अनजाने ही मेरे पके फोड़े को छेड़ दिया था। अब सब कुछ कह निकलना आवश्यक ही था। बोला, "यदि आप मुझे इतना ही महत्त्वपूर्ण लेखक मानते हैं तो आपने विश्वविद्यालय के सारे पाठ्यक्रमों में मेरी कोई भी रचना क्यों नहीं रखी?"

"ओह! वह!" वे तनिक भी हत्प्रभ नहीं हुए, "इसका अर्थ यह कहाँ है कि हम आपके साहित्यिक महत्त्व को नहीं पहचानते। वह तो बड़ी सीधी-सी बात है कि आप हमारे इतने अपने हैं कि हम आपकी रचनाओं को पाठ्यक्रम में नहीं रख सकते। आप हमारे विभाग में पढ़ा नहीं रहे होते तो अब तक आपकी तीन-चार पुस्तकें पाठ्यक्रम में लगा चुका होता।" मैं देख रहा था कि लज्जाजनक तथ्यों की घोषणा वे कितने गौरव से कर रहे थे, "इतना ही नहीं, आपसे बहुत कम उम्रवाले, छोटे और महत्त्वहीन लेखकों पर शोध हो रहा है; पर आपके साहित्य पर शोध भी नहीं

होगा।” वे मुस्कराये, “आप आज विश्वविद्यालय से अलग हो जाइये, आपके साहित्य के विभिन्न पक्षों पर चार थीसिस तो मैं करवाऊँगा इसी विश्वविद्यालय से।”

मुझे ग़ालिब की याद हो आयी। उन्होंने ठीक ही कहा था; वे कॉलेज में पढ़ाने की नौकरी करना चाहते थे, ताकि उनका सम्मान बढ़े, इसलिए नहीं कि वह उनका कलंक हो जाये।... विश्वविद्यालय में पढ़ाना, उसी विश्वविद्यालय में मेरे लिए शाप हो गया था। मैं उनका बहुत अपना था न।

पड़ोस में एक सज्जन वर्षों से रह रहे थे। रोज आमना-सामना होता था। नमस्कार-चमत्कार भी होता था। किसी सरकारी दफ्तर में बहुत ऊँचे पदाधिकारी थे। एक रोज शाम को दफ्तर से लौटकर मिले तो बहुत गर्मजोशी से मिले। बोले, “आज हमारे आफिस का लायब्रेरियन कुछ बुक्स लाया था, बिल एप्रूव कराने। बिल पर साइन करने से पहले मैंने एक किताब का फ्लैप पलटा। साहब, उस पर आपकी फोटो छपी हुई थी।”

उन्होंने रुककर मुझे देखा। मैं क्या कहता। ज्यादा से ज्यादा यही पूछता कि “कौन-सी पुस्तक थी मेरी?” पर यह भी नहीं पूछा।

वे ही बोले, “मैंने लायब्रेरियन से पूछा, ‘इस किताब पर इनकी फोटो क्यों छपी है?’ लायब्रेरियन ने कहा, ‘साहब! ये इस पुस्तक के लेखक हैं।’ मुझे विश्वास नहीं हुआ। मैंने कहा, ‘अरे ये तो बरसों से मेरे पड़ोस में रहते हैं...’”

इससे आगे सुनने की आवश्यकता मुझे नहीं रही। समझ गया कि वे क्या कहना चाहते हैं। जो उनके निकट रहता हो, वह लेखक कैसे हो सकता है? कोई नयी बात तो नहीं है। हर व्यक्ति यही तो सोचता है कि यह हमारे साथ बस में चलता है, यह लेखक कैसे हो सकता है? यह दूध की लाइन में हमारे साथ खड़ा होता है, यह लेखक कैसे हो सकता है? यह हमारे पड़ोस में रहता है, यह लेखक कैसे हो सकता है?...

और मैं रहीम खानखाना को पुकारने लगता हूँ कि वह कुत्तों के ही पीछे क्यों पड़ा है। क्यों नहीं उसने लिखा, ‘काटे चाटे कोहू के, दुहूँ भाँति विपरीत।’

काटने की संस्कृति

टेलीफोन की घंटी बजी। मैंने रिसीवर उठाकर कहा, "कहिए।"

उन्होंने कुछ कहने से पहले पूछना बेहतर समझा, "आप सेवेन डबल वन सेवेन सिक्स जीरो फाइव से बोल रहे हैं?"

"जी हाँ!" मैंने कहा।

"कौन बोल रहे हैं?"

"मैं नरेन्द्र कोहली बोल रहा हूँ जी।"

तब उन्होंने अपना भेद खोला, "मैं नेहरू प्लेस के टेलीफोन एक्सचेंज से बोल रहा हूँ। आपका एक पैंडिंग बिल है सात सो नवासी रुपयों का। आपने वह बिल जमा क्यों नहीं कराया?"

जरा सोचना पड़ा कि वे किस बिल की चर्चा कर रहे हैं। जो बिल भेजता है, उसे कुछ भी सोचना नहीं पड़ता। पर भुगतान करनेवाला बिना सोचे कैसे रह सकता है...दिमाग पर जोर दिया तो याद आया—बहुत पहले एक बार हमारा ग्यारह सौ रुपयों का एक बिल आ गया था। वह बिल आग तौर पर आनेवाले बिलों का चार गुना था। इतना महँगा टेलीफोन रखने की क्षमता मुझमें नहीं है। पहले तो मैंने घरवालों से पूछताछ की, कुछ डाँट-डपट भी की; पर इतना अधिक बिल आने का भेद नहीं खुला। तब मैंने टेलीफीन विभाग से सम्पर्क साधा। मैंने प्रतिवाद किया तो उन्होंने सामान्य बिल की राशि लेकर शेष राशि के लिए छानबीन का वचन दे दिया। मेरे हिसाब से वह छानबीन अभी तक चल रही थी, क्योंकि न चलने या उसके थम जाने की कोई सूचना मुझे थी नहीं। इस बीच में हम अपना पिछला मकान भी छोड़ आये थे। वह फोन भी नेहरू प्लेस एक्सचेंज के हवाले कर आये थे और अब शक्तिनगर एक्सचेंज से नया फोन ले चुके थे।

"हाँ, एक बिल था तो!" मैंने पूरी ईमानदारी से स्वीकार कर लिया, "उसकी तो छानबीन चल रही थी!"

"हमने आपको रिग्रेट-लैटर भेज दिया है।"

"मुझे वह पत्र मिला नहीं।" मैंने कहा।

"आपके पिछले पते पर गया होगा।" और उसका स्वर डाँटयुक्त हो गया, "आप वहाँ थे ही नहीं तो आपको मिलेगा कैसे?"

"जब आप जानते हैं कि मैं वहाँ नहीं था," मैंने बड़ी शालीनता से कहा, "तो आपने पत्र वहाँ क्यों भेजा?"

"एकार्डिंग टू रूल्स पत्र उसी पते पर जा सकता है, जो हमारे पास यहाँ दर्ज है। और हमारे पास आपका पिछला पता ही तो दर्ज है। मालूम तो हमें आपका नया पता भी था, पर वह पता दर्ज नहीं माना जा सकता। मालूम होने और दर्ज होने में फर्क होता है। सहसा उनका स्वर प्रखर हो गया, "आप कल तक बिल जमा करा दीजिये, नहीं तो आपका नया फोन कट जायेगा।"

मैं अवाक् हो गया। शुक्रवार की दोपहर को सूचना दी जा रही है कि शनिवार को अपने घर से कम से कम तीस किलोमीटर दूरवाले एक्सचेंज में रुपये जमा कराओ, नहीं तो फोन कट जायेगा। रुपये भी कितने? सात सौ नवासी—यानी मेरी तरफ से तो आठ सौ। शुक्रवार कौन-सा? तेईस मार्च! एक तो महीने का अन्त, फिर वित्त-वर्ष का अन्त! वैसे ही किसी महीने की तेईस तारीख को कभी अपने पास आठ सौ रुपये नहीं हुए और यहाँ तो वित्त-वर्ष का भी अन्तिम सिरा था। इनकमटैक्स और प्राविडेंट फंड के चक्कर में पिछले दो महीने से वेतन के नाम पर कुल दो-दो सौ रुपये मिले थे। दो सौ रुपयों में तो दोनों बच्चों की स्कूल की फीस भी पूरी नहीं होती, महीने का खर्च कहाँ से चलता! हम ही जानते हैं कि पिछले दो महीने कैसे कटे थे।... और वह कह रहा था कि कल सुबह तक आठ सौ रुपये जमा कराओ।

"आप चम्बल घाटी से बोल रहे हैं?" मैंने साहस करके पूछ ही लिया।

"मैंने आपसे कहा न कि मैं नेहरू प्लेस एक्सचेंज से बोल रहा हूँ।"

"आपके हाथ में दोनाली बन्दूक है क्या?" मैंने फिर पूछा।

वह भन्ना गया, "क्या अनाप-शनाप बक रहे हैं आप?"

"अनाप-शनाप नहीं बक रहा हूँ," मैंने अपना धैर्य नहीं छोड़ा, "ठीक ही तो पूछ रहा हूँ। आप एक्सचेंज से बोल रहे होते तो कहते कि हमने अपनी इनक्वायरी पूरी कर ली है। हमारे हिसाब से वह बिल ठीक है। आपको अपनी ओर से कुछ कहना हो तो सात दिन के अन्दर अपनी शिकायत भेज दीजिये। कुछ नहीं कहना हो तो सात दिन में बिल जमा करा दीजिये।"

"वही तो कह रहा हूँ।" वे झल्लाकर बोले।

"वही कैसे कह रहे हैं," मैंने कहा, "आप तो पिस्तौल निकाले मेरे सामने खड़े हैं कि तुरन्त निकाल नहीं तो गोली दाग दूँगा। यह तो चम्बल घाटी का तरीका है, दिल्ली शहर की तो रीति यह है नहीं।"

"हमने आपको बाईस फरवरी को पत्र लिख दिया था।" उन्होंने सफाई दी, "आज चौबीस मार्च है। और आप क्या चाहते हैं?"

"मैंने आपसे कहा न कि मुझे आपका कोई पत्र नहीं मिला।"

"तो उसके लिए हम जिम्मेदार नहीं है।"

मैं भौचक्का होकर हाथ में पकड़े चोंगे को घूरता रहा—जब डाक-तार विभाग अपने काम के लिए जिम्मेदार नहीं है तो उनके काम के लिए मैं कैसे जिम्मेदार हो सकता हूँ?...

अचानक मुझे एक बात सूझी, "यदि मैं आपको कहूँ कि मैंने भी आपको चेक भेज दिया था तो?"

"हमें चेक नहीं मिला है।"

"मुझे भी आपका पत्र नहीं मिला है।" मैंने कहा।

"तो हम आपका फोन काट रहे हैं, आपसे जो कुछ कटता हो, आप काट लीजिये।" और उस भले आदमी ने रिसीवर रख दिया।

मैं क्या काटता? अपने दाँतों से अपने होंठ काट लिये, गनीमत है कि जीभ नहीं काटी।

पहले केवल कुत्ता या साँप काटते थे, अब हर सरकारी विभाग काटता है। पिछले महीने मेरे साथ यही सब कुछ बिजलीवालों ने किया था। उनका मेरा तरफ बारह रुपये पचहत्तर पैसे का निकलता था। और उनकी जिद थी कि मैं बिल जमा कराऊँ, नहीं तो वे बिजली की लाइन ही नहीं काटेंगे, मीटर भी उतारकर ले जायेंगे।

मैं जाकर उनके अधिकारियों से मिला था और निवेदन किया था, "मैंने जब आपसे अस्थायी कनेक्शन लिया था तो तीन सौ रुपये सेक्योरिटी जमा करायी थी...।"

"हमारे सिर अहसान किया था क्या?" उन्होंने मेरी बात बीच में ही काट दी थी, "सब जमा कराते हैं।"

"मैंने छः महीने पहले वह कनेक्शन कटा दिया था और आपका मीटर लौटा दिया था।"

"तो?" उन्होंने मुझे घूरा।

"आपकी ओर मेरे तीन सौ रुपये निकलते हैं। कृपया वे मुझे लौटा दिये जायें।"

"बनिये की दुकान है क्या?" वे नाराज हो गये, "जब मन आया, आकर बैठ गये—पैसे लौटाओ। हमारे गल्ले में धरे हैं कि उठाकर दे दें। अरे हर काम का एक प्रोसीजर होता है। दफ्तरी कार्रवाई होगी। बिल बनेंगे। चेक कटेंगे। डाक से भेज देंगे।"

"तो यह बारह रुपये पचहत्तर पैसों का बिल मेरे तीन सौ रुपयों में से आप नहीं काट सकते हैं?" मैंने कहा।

"हम आपकी बिजली का स्थायी कनेक्शन काट सकते हैं।" वे बड़ी निर्लज्जता से बोले, "चुपचाप बिल जमा करा दीजिये।"

मेरी समझ में नहीं आया कि यह विश्व का कौन-सा तर्क था कि मुझे उनसे

तीन सौ रुपये लेने थे और बारह रुपये पचहत्तर पैसे देने थे; पर वे मुझे धमका रहे थे और मैं हाथ जोड़ रहा था। मैं न उनके कान काट सकता था, न गला—वे मेरी बिजली के तार काटने को तैयार बैठे थे। 'यह कौन धौं पाटी पढ़े हो लाला। मन लेहू पै देहू छटाँक नहीं,' गाता हुआ मैं घर आ गया था।

काटने का अधिकार केवल सरकार को है। कनेक्शन काटे, जेब काटे या गला काटे।...जल विभाग ने मुझे सूचना दी कि मेरा मीटर खराब है, उसे मैं ठीक करवाऊँ। मैं एक भले और अच्छे नागरिक के समान जाकर जल-विभाग के अधिकारी से मिला और उनसे अपनी कठिनाई कह सुनायी, "मीटर की मरम्मत के लिए मुझे मीटर उतरवाना पड़ेगा और हो सकता है कि मीटर की मरम्मत में एक-आध सप्ताह लग जाये। ऐसे में मैं एक सप्ताह पानी के बिना रह नहीं सकता और बिना मीटर के एक सप्ताह पानी लेता रहूँ तो यह सरकारी पानी की चोरी होगी।"

अधिकारी बड़ा शरीफ और उपभोक्ताओं के साथ सहानुभूति रखनेवाला था। बोला, "यदि आप इस समस्या का स्थायी समाधान चाहते हैं तो अपने प्राइवेट मीटर के स्थान पर नगर निगम का मीटर लगवा लीजिये। हमारा मीटर होगा तो इसकी मरम्मत की जिम्मेदारी हम पर ही होगी। आपको कोई चिन्ता ही नहीं करनी पड़ेगी।"

मैं तत्काल प्रसन्न हो गया। तुरन्त निर्णय कर बोला, "तो आप आज ही अपना मीटर लगा दीजिये।"

वह मेरी सरलता पर हँस पड़ा। हँसा तो वह मेरी मूर्खता पर था, पर मैं इसे जानते हुए भी 'सरलता' शब्द का ही प्रयोग करता हूँ। मुझे बुरे भावों के लिए भी अच्छे शब्दों का प्रयोग करना अच्छा लगता है। वैसे तो यह सबको ही अच्छा लगता है, पर अपनी-अपनी पद्धति है। जैसे बहू को 'सास' शब्द बहुत अश्लील लगता है इसलिए वह उसे 'मदर इन ला' कहती है; छात्र को 'पुस्तकें' शब्द बहुत भद्दा लगता है इसलिए वह उसे 'बुक' कहता है'; पति को 'पत्नी' या 'वाइफ' दोनों ही शब्द अमर्यादित लगते हैं इसलिए वह उसे 'मिसेज' कहता है। पर मेरी पद्धति अपनी ही भाषा में दूसरा शब्द खोजने की है—अंग्रेजी पर्यायों में मेरा बहुत अधिक विश्वास नहीं है।

वह फिर मेरी सरलता पर हँसा। बोला, "आपकी इच्छा मात्र से ही तो नगर निगम का मीटर नहीं लग जायेगा। उसके लिए आपको तीन सौ पैंसठ रुपये जमा कराने होंगे। हाँ, मैं आपकी इतनी सहायता अवश्य कर सकता हूँ कि आपके रुपये जमा होते ही मैं एक सप्ताह में आपका मीटर लगवा दूँ।"

मैं सोचता रह गया कि पैसे जमा करने के बाद यदि यह अधिकारी सहायता न करे तो मीटर उसी वर्ष में लगेगा या अगले वर्ष में?

खैर, मैंने सरकार की मनोवांछित धनराशि जमा कर दी। उस अधिकारी के

वचनानुसार एक सप्ताह में मीटर भी लग गया। पर उसके तीसरे महीने ही मुझे फिर सूचना दी गयी कि मेरा मीटर खराब है, मैं उसकी मरम्मत करा लूँ।

एक निरीह नागरिक इस देश में कर ही क्या सकता है, सिवाय अधिकारियों की शरण में जाने के! मैं उनके दफ्तर पहुँचा। पिछले भले अधिकारी का स्थानान्तरण हो चुका था और वहाँ एक नयी मूर्ति विराजमान थी। मैंने निवेदन किया, "मुझे सूचना दी गयी है कि मेरा पानी का मीटर खराब है।"

"तो हम क्या करें?" अधिकारी ने मुझे डाँटा, "सूचना की पुष्टि करें। जब सूचना दी गयी है तो ठीक ही दी गयी है। मीटर खराब ही होगा। उसकी मरम्मत कराओ, नहीं तो पानी बन्द। कनेक्शन काट देंगे। ऊपर से बहुत सख्त आर्डर हैं। कुछ समझे?"

"पर वह मीटर तो नगर निगम का है।" मैंने फरियाद की।

"और भी अच्छा है।" वे हँसे। मुझे लगा, जैसे कोई बैल हँस रहा हो। "अपना मीटर काटने का अधिकार और भी अधिक है।"

"अपना मीटर काटने का अधिकार आपको है," मैंने उन्हें समझाने की धृष्टता की, "पर उसकी मरम्मत की जिम्मेदारी भी आपकी ही है।"

"आप हमको हमारी जिम्मेदारियाँ मत समझाइये।" वे नाराज हो गये, "अपनी बात हम खूब समझते हैं।"

"समझते होते तो मीटर की मरम्मत करा चुके होते, मुझे सूचनाएँ न भिजवाते रहते।" मैंने जरा डपटकर कहा।

उन्होंने मुझे घूरकर देखा, "सोच-समझकर बात कीजिये। मीटर की मरम्मत हो न हो, कहीं आपकी मरम्मत न हो जाये।"

मैं कुछ सहम गया, "मैंने कुछ अनुचित कहा क्या?"

"सरकार या सरकारी अधिकारियों को उनका कर्त्तव्य याद दिलाना अनुचित ही होता है श्रीमान्‌जी!"

चाहे ऊपर से मैंने प्रकट न किया हो, पर मन-ही-मन महान्‌ व्यक्ति के सम्मुख मैं नतमस्तक हो गया। बातों ही बातों में कितना बड़ा सूत्र उसने मेरे हाथों में थमा दिया था। भविष्य में मुझे अपने व्यवहार को इसी सूत्र से अनुशासित करना चाहिए। यह अधिकार केवल सरकार का है कि वह हमको हमारा कर्त्तव्य याद दिलाये। हम कौन होते हैं, सरकार माई-बाप को कुछ भी याद दिलानेवाले!

मैंने विनीत भाव से हाथ जोड़ दिये, "अपनी भूल के लिए क्षमा चाहता हूँ। पर वैसे ही अपना सामान्य ज्ञान बढ़ाने के लिए एक सैद्धान्तिक प्रश्न पूछ सकता हूँ?"

"अवश्य पूछिए।" अधिकारी ने कुछ इस अन्दाज से कहा, जैसे कहा—अवश्य पूछो वत्स।

"यदि एक मीटर नगर निगम का हो और नगर निगम उसका किराया उपभो. क्ता से लेता हो और यदि वह मीटर खराब हो जाये तो फिर भी नगर निगम का अधिकारी उसकी मरम्मत न कराना चाहे तो उसका क्या कारण हो सकता है?" मैंने पुनः हाथ जोड़े, "इतना ध्यान रहे श्रीमन् कि इस प्रश्न का न आपसे कोई सम्बन्ध है, न मुझसे! यह तो बस एक सैद्धान्तिक प्रश्नमात्र है।"

"मैं समझ गया।" अधिकारी को तनिक भी क्रोध नहीं आया, "जब कभी ऐसा ही तो समझ जाओ कि स्टोर में मीटर नहीं है कि खराब मीटर बदला जाये और मरम्मत के लिए भेजा जाये।"

"पर यदि नगर निगम के स्टोर में मीटर नहीं है तो दोष नगर निगम का है। उसका दंड उपभोक्ता को क्यों दिया जाता है?" मैंने दीन भाव से कहा, "यह भी एक सैद्धान्तिक प्रश्न ही है।"

"नियम! नियम यह है कि मीटर खराब होने पर उपभेक्ता को आर्थिक दंड दिया जाये।" अधिकारी शान्त मुद्रा में बोला, "यह भी नियम है कि बिना मीटर के उपभोक्ता को पानी न दिया जाये। पर कहीं कोई नियम ऐसा नहीं है जो यह बताता हो कि स्टोर में मीटर न होने पर नगर निगम का क्या किया जाये...।" सहसा अधिकारी की मुद्रा बदल गयी, "बहुत हो गया। अब और सैद्धान्तिक प्रश्न मत पूछना।"

"तो व्यावहारिक समाधान ही बता दीजिये श्रीमन्!" मैंने हाथ जोड़ दिये।

"व्यावहारिक समाधान है मिस्त्री रामलुभाया!" अधिकारी ने कहा, "अब तुम जाओ।"

मैंने मिस्त्री रामलुभाया को खोजा। वह कैंटीन में बैठा चाय पी रहा था। मैंने उसे अपनी समस्या अच्छी तरह समझायी।

"पच्चीस रुपये लगेंगे।" वह बीड़ी का धुआँ मेरे मुँह पर फेंकते हुए बोला।

"पर मीटर तो नगर निगम का है।" मैंने कहा, "फिर पैसे किस बात के लगेंगे?"

"तो नगर निगम से ही ठीक करवा लो।" वह बीड़ी का धुआँ उड़ाता हुआ चल दिया, जैसे रेल का इंजन चल पड़ा हो।

"तुम नगर निगम नहीं हो क्या?" मैं हताश होकर उसके पीछे भागा।

"वैसे तो मैं मिस्त्री रामलुभाया हूँ, पर आवश्यकता होने पर मैं नगर निगम भी हो जाया करता हूँ।" उसने मुझे अपना विराट् रूप दिखाया।

"मैं समझा नहीं।" मुझसे कहे बिना नहीं रहा गया।

"समझ जाओगे।" वह बड़ी आत्मतुष्टि से बोला, "अभी जो व्यक्ति तुम्हारे सामने खड़ा पच्चीस रुपये माँग रहा है, और तुम उसे मना कर रहे हो, वह मिस्त्री रामलुभाया है।" उसने बड़ी ऊँचाई से मुझ पर दृष्टि डाली, "और जब मैं तुम्हारा

मीटर काटकर पानी बन्द करने आऊँगा तब मैं नगर निगम होऊँगा।"

मैं उसका संकेत समझा गया। उसे मनाकर अपने साथ घर ले गया। चाय-पानी पिलाया। नकद पच्चीस रुपये दिये। उसने मीटर निकाल लिया और पानी का सीधा कनेक्शन कर दिया।

उसने मुझे देखा और मुस्कराकर बोला, "अब जितने दिन मीटर मरम्मत के लिए वर्कशॉप में पड़ा रहेगा, उतने दिन मुफ्त पानी पियो।" उसने बड़ी आत्मीयता से अपनी बायीं आँख दबायी।

"और किसी ने रिपोर्ट कर दी तो?" मैंने घबराकर पूछा।

"कौन रिपोर्ट करेगा?" उसका विराट् रूप फिर प्रकट हो गया था, "मैं ही मीटर लगानेवाला हूँ, मैं ही मीटर उतारनेवाला हूँ। मैं ही रिपोर्ट करनेवाला हूँ, मैं ही रिपोर्ट फाड़नेवाला हूँ। मैं ही पानी देनेवाला हूँ, मैं ही पानी रोकनेवाला हूँ।"

"धन्य हो मिस्त्री रामलुभाया तुम।" मैंने उसे नमन किया।

तब मुझे मिस्त्री रामलुभाया मिल गया था, जो पानी काट भी सकता था, जोड़ भी सकता था। पर, फोन के सन्दर्भ में मुझे ऐसा कोई आदमी नहीं मिला जो दोनों काम कर सकता हो। फोन काटनेवाले को तो मैं जानता था, जोड़नेवाले को नहीं जानता था। अतः दूसरे दिन बिल जमा कराने के लिए पहुँच गया।

जब आठ सौ रुपये जमा करा दिये थे तो सोचा अपनी कुछ और समस्याएँ भी सुलझा लूँ जो मेरे आलस और संकोच के कारण अब तक उलझी पड़ी थीं।

मैं उनके जन-सम्पर्क अधिकारी के पास गया, पर पहुँच नहीं पाया। चपरासी ने बाहर ही रोक दिया, "साहब पब्लिक से तीन और चार बजे के बीच में मिलते हैं।"

"पर वे तो जन-सम्पर्क अधिकारी हैं।" मैंने कहा, "उन्हें तो हर समय हमसे मिलने को तैयार रहना चाहिए।"

"उन्हें और कोई काम नहीं है क्या कि हर समय तुमसे मिलने को तैयार रहें।" चपरासी ने मुझे डाँटा, "हर समय तो कोई अपनी बीवी से भी मिलने को तैयार नहीं होता, तू क्या उससे भी खास चीज है?"

"इन प्रश्नों का उत्तर देने से ज्यादा सुविधाजनक मेरे लिए यह था कि मैं तीन बज लेने की प्रतीक्षा ही कर लेता।

मैं तीन बजे जन-सम्पर्क अधिकारी के दरबार में उपस्थित हुआ, "हमने ग्रेटर कैलाश से वैशाली में शिफ्ट किया है।"

"किया होगा।" उसने कहा।

"हमारा फोन भी नेहरू प्लेस से शक्तिनगर एक्सचेंज में शिफ्ट हुआ है।"

फोन की बात सुनकर वह सावधान हो गया, "तो?"

"शिफ्टिंग के समय नेहरू प्लेसवालों ने हमसे फोन के साथ-साथ डायरेक्टरी भी

ले ली थी।"

"अच्छा किया था।" वह बोला, "चिट्ठी ले लें और लिफाफा न लें, यह भी कोई बात है!"

"इन्होंने तो अच्छा ही किया," मैं बोला, "पर शक्तिनगर एक्सचेंजवाले हमको डायरेक्टरी नहीं दे रहे हैं।"

"क्यों?"

"वे कहते हैं कि वे केवल नये कनेक्शन के साथ डायरेक्टरी देते हैं। शिफ्टिंग केसेज में वे डायरेक्टरी नहीं देते।"

"वे रूल्स नहीं जानते!" उसने उत्तर दिया।

"यही बात वहाँ का जन-सम्पर्क अधिकारी आपके एक्सचेंज के विषय में कहता है।" मैंने कहा।

"आप उससे तर्क नहीं कर सकते क्या?"

"नहीं! मैं आपमें से किसी से भी तर्क नहीं कर पाता हूँ।" मैंने स्वीकार किया।

"क्यों?"

"क्योंकि आपमें से जिसके मुँह से जो निकल जाता है, वही आपके विभाग का नियम बन जाता है। फिर आप लोग नियमों से बहुत पक्के हैं।"

"हाँ, याद आया।" वह बोला, "हमारा नियम है कि हम किसी उपभोक्ता को दो मिनट से अधिक का समय नहीं देते। आपका समय हो गया है। अब आप जाइये।"

"एक बात और सुन लीजिये।" मैंने उठते-उठते कहा, "नियम यह है कि जन-सम्पर्क अधिकारी को शालीन होना चाहिए।"

वह शालीन हो गया, "कहिए।"

"नेहरू प्लेस एक्सचेंज में जब हमने फोन वापस किया और शक्तिनगर एक्सचेंज ने जब हमको फोन दिया, इसके बीच दो महीने तक हमारे पास फोन नहीं था।"

"नहीं रहा होगा।" उसने कहा।

"तो फिर आप मुझसे उन दो महीनों का भी किराया क्यों ले रहे हैं?"

"नियम यही है।" उसने कहा।

"पर आपने मुझे फोन क्यों नहीं दिया? फोन देते तो किराया ले लेते।"

उसने बहुत गम्भीरता से मुझे देखा, "हम किराया लेना शुरू करते हैं तो लेते ही चले जाते हैं। आपके पास फोन होने न होने का उससे कोई सम्बन्ध नहीं है।"

"ऐसा क्यों है?" मैंने पूछा।

"क्योंकि नियम यही है।"

"ऐसा नियम क्यों बनाया गया?" मैंने हठ किया।

"यह तो हमारा एकाउंट्स अफसर बतायेगा। जाइये उससे मिलिए। मेरा कलेजा काफी चबा चुके आप।"

मैंने उसे आश्चर्य से देखा। मुझे लग रहा था कि मैं अपना खून पी रहा हूँ और वह कह रहा था कि मैं उसका कलेजा चबा रहा हूँ।

मैं एकाउंट्स अफसर से मिलने गया। पर वहाँ भी एक चपरासी बैठा था। बोला, "एकाउंट्स अफसर का पब्लिक से मिलने का टाइम सुबह दस से ग्यारह है।"

मैं कुछ नहीं बोला। अपना कार्यक्रम वहीं काट दिया और घर लौट आया।

अपनी-अपनी जरूरत

उनके हाथों में फूलों का गुच्छा देखकर मैंने कहा, "बड़े सुन्दर फूल हैं।"

"जी हाँ!" उन्होंने मुस्कराकर कहा, "फरवरी में दिल्ली हो भी तो बड़ी सुन्दर जाती है।"

दिल्ली के सुन्दर होने और उनके हाथ में पकड़े फूलों का सम्बन्ध तुरन्त मेरी समझ में नहीं आया। मेरी आँखों के प्रश्न उन्हें कोंचते रहे तो उन्होंने स्वयं ही बताया, "यहीं बाग में से तोड़े हैं। बाग बड़ा सुन्दर हो रहा है।"

"पर बाग तो आपकी निजी सम्पत्ति नहीं है।" मैंने कहा, "आपको निजी प्रयोग के लिए सार्वजनिक सम्पत्ति नष्ट करने का अधिकार किसने दिया।"

"अधिकार की इसमें क्या बात है," वे बहुत ही भोलेपन से मुस्कराये, "मुझे चाहिए थे, मैंने ले लिये।"

मैं उनसे पूछताछ करता तो वे मुझे बता सकते थे कि उन्हें फूल पूजा के लिए चाहिए। भगवान के नाम पर चोरी करना तो अब सिद्ध अधिकार है ही। फिर यह भी कह सकते थे कि उन्हें अपने घर में गुलदस्ता सजाना है। उनके घर में कोई मेहमान आनेवाले हैं। मेहमान बड़े आदमी हैं। गुलदस्ते के बिना उनका मन नहीं बहलेगा इत्यादि-इत्यादि।

पर मैंने कुछ पूछा नहीं। असल में मुझे ठाकुर साहब याद आ गये। ठाकुर साहब को मैं बहुत पहले मिला था। तब मैंने उन्हें बहुत महत्त्व भी नहीं दिया था, क्योंकि बात सीमेंट की थी। सीमेंट का मेरे लिए बहुत महत्त्व नहीं है, फूलों का है। इसलिए फूलों के बहाने सीमेंट याद आ गया। सीमेंट याद आया तो ठाकुर साहब भी याद आ गये।

हुआ यूँ कि एक बार यात्रा के दौरान रेल के डिब्बे में संयोग से वे मिल गये। बातचीत में उन्होंने अपना परिचय दिया और अपने गाँव का नाम बताया। बाकी बातें तो मेरे मस्तिष्क में उसी समय धुल गयीं, जैसे मैंने कुछ सुना ही न हो। पर उनके गाँव का नाम बार-बार मुझे चुभने लगा। यदि वह 'फाफामऊ' या 'मंचेश्वर' जैसा कोई नाम होता तो मैं मान लेता कि अपनी विचित्रता के कारण मुझे परेशान कर रहा है। पर वह तो एकदम साधारण नाम था, 'जमालपुर'। तब मुझे अचानक याद आ गया–

"यह जमालपुर वही है न, जो गंगा के तट पर है?"

"जी हाँ!" वे बोले, "गंगा मैया के तट से वासी हैं हम।"

"वहाँ कोई पुल-वुल भी बन रहा था?" मैं पूछा।

उन्होंने उचककर मुँह मेरी ओर कर लिया, जैसे कोई बेंग अपनी जगह से फुदका हो और दिशा बदलकर वहीं जम गया हो।

"बिल्कुल ठीक! बिल्कुल ठीक!" प्रसन्न वदन वे बोले, "आप कभी वहाँ गये हैं क्या?"

"गया तो नहीं।" मैंने बताया, "पर समाचार-पत्र में यह जरूर पढ़ा था कि पुल के लिए जो सीमेंट वहाँ आया था, वह रातोरात चोरी हो गया।"

"चोरी हो गया न कुछ और!" उन्होंने मुँह बिचकाया, "साले अखबारवाले जो न लिख दें। या तो इनके पास भाषा ठीक नहीं है। यह फिर इनको बुद्धि नहीं है।"

"क्यों, क्या हो गया?" मैंने पूछा।

"होना क्या है।" वे बोले, "वहाँ कोई चोरी-ओरी नहीं हुई थी। वह सीमेंट हमने उठवा लिया था।"

"आपने?"

"और क्या?" वे बोले, "हमको जरूरत थी। हमारी हवेली में निर्माण-कार्य चल रहा था! उसके लिए सीमेंट नहीं और ससुर पुल बनवायेंगे।" उन्होंने मुझे देखा, "आप ही बताइये। हमारे घर से सीमेंट के लिए हाय-हाय मच रही हो और वहाँ गंगा मैया के तट पर सीमेंट पड़ा रहे तो हम उठावेंगे नहीं? इसको चोरी कहेंगे क्या?"

मैं चुपचाप उन्हें देखता रहा! क्या कहता? इतनी सज्जनता और आत्मीयता से पूछनेवाले को कैसे कह देता कि वह चोर है। अब मामला चाहे सीमेंट का हो या फूलों का। मैं क्या कह सकता हूँ। यह चोरी कैसे है। उनको जरूरत थी और एक जगह सामान पड़ा हुआ था...सारे देश में आजकल यही तर्क-प्रणाली चल रही है। उत्तर प्रदेश में एक मकान होता है और एक आदमी को उसकी आवश्यकता है तो वह क्यों न उसे हथिया ले। किसी और का है, तो क्या? उन्हें मकान की जरूरत थी, उन्होंने कब्जा कर लिया। खाली पड़ा था तो बहुत ही सुविधा है, नहीं तो जो रह रहा है—उसे निकाल फेंकेंगे।

सरकार के खजाने में रुपया पड़ा है और मन्त्रियों के परिवारों को उसकी आवश्यकता है। ठाकुर साहब का तर्क तो सब जगह चल रहा है। भूखे मरते हैं तो मरते रहें। उन्हें समय से क्यों नहीं दिखा कि धन कहाँ पड़ा है और क्यों नहीं सूझा कि उन्हें उसकी आवश्यकता है? बात तो सारी दिखने और सूझने की है। दृष्टि भी सूक्ष्म होनी चाहिए और बुद्धि भी। फिर हाथ तो अपने-आप ही बढ़ जाते हैं; और इस देश में बढ़े हुए हाथ को खाली लौटाने का तो प्रचलन ही नहीं है।

जिनका हाथ बढ़ता नहीं है, वे पंगु हैं। ललचायी दृष्टि से देखते रहेंगे कि लाइसेंस

पड़ा है, पर उठा नहीं पायेंगे, क्योंकि हाथ पर फालिज गिरा है। मीर ने कहा है न–

"कैसे किसू के सामने करें दस्त-ए-तमअ दराज़
वह हाथ सो गया है सिरहाने धरे-धरे।"

हाथ सिरहाने धरे रहेंगे तो सो ही जायेगा। सोये हाथवाला आदमी न सरकारी खजाने से पैसा ले सकेगा, न गंगा मैया कर तट पर पड़ा सीमेंट उठवा सकेगा; और न सार्वजनिक उद्यान से फूल तोड़ सकेगा। कर्मयोगी अपना हाथ सिरहाने नहीं धरता, वह तो लगातार कुछ-न-कुछ उठाता-धरता है, क्योंकि उसे जरूरत होती है।

मैं अटपटा गया–उन्होंने फूल तोड़ लिये, क्योंकि उन्हें जरूरत थी। मैं देखता ही रह गया, क्योंकि मुझे जरूरत ही नहीं थी। मुझे जरूरत कैसे होती–न तो मैं भगवान् की पूजा करता था और न मेरे घर मेहमान आते थे।

आ बैल, मुझे मार

"हमारे मुहल्ले में एक बैंक खुला है।" उन्होंने बड़े उल्लास के साथ सूचना दी।

"मुझे क्या करना है बैंक का," मैंने कुछ झुँझलाकर पूछा, "बैंक ही खुला है, उसमें मेरा खाता तो नहीं खुला न।"

उनकी समझ में मेरी बात आ गयी। बैंक खुलने से खाता खुलना ज्यादा महत्त्वपूर्ण है। खाता तब खुलता है, जब गाँठ खुलती है। पर जब मेरी गाँठ में कुछ है ही नहीं तो उसके खुलने न खुलने से क्या फर्क पड़ता है।

पर जब दोपहर को आयी डाक खुली तो उसमें से एक लिफाफे में से एक चेक भी निकल आया।

पत्नी ने कहा, "लो अब खाता खुलवा लो, ताकि तुम्हारी जीवनी में किसी को यह न लिखना पड़े कि तुम्हारा किसी बैंक में खाता ही नहीं था।"

मैंने उत्साह-भरे हाथ से चैक थाम लिया। देखा—पच्चीस रुपयों का चैक था। एक पत्रिका से आया था। वह मेरी एक रचना का पारिश्रमिक भी था और उनकी श्रद्धा का पत्रं-पुष्पम् भी। मुझे तो वह उनकी श्रद्धा का श्राद्ध ही दिखायी पड़ा।

मुझे कुछ संकोच हुआ। जाने नये बैंकवाले पच्चीस रुपयों के चेक से नया खाता खोलें, न खोलें। अभी तो इसमें से डेढ़-दो रुपये कमीशन के भी कट जायेंगे। इतने रुपयों की तो बैंकवालों की पास-बुक तथा चैक-बुक ही हो जायेंगी।

पर खैर, मैं वे बाईस-तेईस रुपये भी छोड़ना नहीं चाहता था, इसलिए चला गया।

बैंक में आमने-सामने दो बड़े-बड़े चित्र लगे थे। एक में एक बड़ी प्यारी-सी बच्ची, गुड़िया का खेल खेल रही थी और दूसरे चित्र में एक बड़ी आकर्षक-सी दुल्हन बैठी थी। नीचे लिखा था—"आप अब बचाना चाहते हैं, जब वह आठ वर्षों की है या तब उधार लेना चाहते हैं, जब वह अठारह वर्षों की होगी।"

मेरा मन बहक गया। मैं अपना खाता खुलवाना भूलकर गुत्थी सुलझाने में लग गया।

"यह क्या है?" मैंने बैंक मैनेजर से पूछा।

"आपकी बेटी की दहेज की समस्या का समाधान!" उसने प्रफुल्ल-वदन बताया।

मैं गम्भीर हो गया। यही नहीं कि वह दहेज लेने और देने से मना नहीं करता। वह हमसे पूछता भी नहीं है कि हम दहेज देना चाहेंगे या नहीं। वह मान ही लेता है कि दहेज तो हमको देना ही पड़ेगा।

"दहेज देना अनिवार्य है क्या?" मैंने उससे पूछा।

"देना ही पड़ता है।" उसकी प्रसन्नता में कहीं कोई कमी नहीं आयी।

"सरकार कह रही है कि न दहेज लो, न दहेज दो और सरकारी बैंक कह रहा है कि दहेज देना ही पड़ेगा।" मैंने जरा नाराज होकर कहा।

पर मेरी नाराजगी उसे तनिक भी डरा नहीं सकी। बोला, "सरकार कहती है गरीबी हटाओ। तुमने हटा ली?"

"नहीं!" मैं बोला।

"सरकार कहती है कि भ्रष्टाचार मिटाओ। तुमने मिटा लिया?"

"नहीं!" मैंने कहा।

"तो दहेज के मामले में ही सरकार का कहा मानना क्यों जरूरी है?" उसने पूछा, "सिर्फ इसलिए कि हमारे पेट पर लात मार सको?"

"क्योंकि...क्योंकि...!" मैं जरा हकलाया। पर मैंने अपनी हकलाहट सँभाल ली, क्योंकि दहेज के बिना विवाह हो सकता है।"

"लड़के का या लड़की का?" उसने पूछा।

"दोनों का!" मैंने कहा।

"तो फिर मेरी लड़की का विवाह बिना दहेज के करवा दो।"

"करवा दूँगा।" मैंने कहा, "पर तुम्हारी कोई शर्त है?"

"शर्त कोई नहीं।" वह बोला, "हम लड़कीवाले हैं, हमारी क्या शर्त! बस लड़का ठीक-ठाक हो और घर ठीक-ठाक हो।"

"लड़का ठीक-ठाक हो से क्या तात्पर्य है?" मैंने उससे व्याख्या करने को कहा।

"बस, लड़का ठीक-ठाक हो।" वह बोला, "स्वस्थ हो, सुन्दर हो, हृष्ट-पुष्ट हो, पढ़ा-लिखा हो, ऊँची नौकरी में हो। तीन-चार हजार कमाता हो। शरीफ हो। भोला हो। सास-ससुर की इज्जत करता हो। शादी के बाद माँ-बाप से अलग रहने को तैयार हो।...हमारी क्या शर्त होगी? हम लड़कीवाले हैं। हमें कुछ नहीं चाहिए।"

"तुमने कहा था, घर भी ठीक-ठाक हो?"

"हाँ।"

"घर ठीक-ठाक हो का मतलब?" मैंने फिर पूछा।

"पढ़े-लिखे लोग हों। लालची न हों। दिल्ली में उनका चार-पाँच सौ गज के प्लाट में अपना मकान हो। लड़के की बहनें न हों। हों तो ब्याही हुई हों। छोटे भाई अपनी पढ़ाई कर काम-धन्धे में लग चुके हों। सास-ससुर स्वस्थ हों और अपना

काम खुद करते हों। सास तनिक भी डॉमिनेटिंग न हो। ससुर अपने पास से बहू-बेटे को देता रहनेवाला हो।...और हमें क्या देखना है? हम लड़कीवाले हैं। और...।"

मैं डर गया। अभी तो और भी है।

"और क्या?"

"लड़का हमारी बिरादरी का हो।"

मैं कुछ सोच में पड़ गया। फिर पूछा, "आपने बेटी के विवाह के लिए कितने की व्यवस्था कर रखी है?"

वह हँसा, "ढाई-तीन लाख की।"

"तुम्हें क्या जरूरत है दहेज बचाने की।" मैंने कहा, "तुम तो वर्षों से दहेज देने की तैयारी कर रहे हो। अब दे ही डालो। नहीं तो क्या छाती पर रखकर ले जाओगे?"

"जी?" वह मेरी शक्ल देखने लगा।

"तुमको बिना दहेज दिये लड़का मिल गया तो तुम बहुत परेशान होगे।" मैंने कहा, "तुम तो उन लोगों में से हो जो कहते हैं, आ बैल मुझे मार! और बैल तुम्हें नहीं मारेगा तो उसे दुत्कारोगे कि साले ने हमारी बात नहीं मानी। एक बार सींग तक नहीं मारा।"

"जी।"

मैंने बैंक में खाता नहीं खुलवाया।

बहुत बड़ा आदमी

श्री रामलुभाया को सुबह आठ बजे फोन किया। वे घर पर थे पर मुझसे बात नहीं कर सकते थे। वे वहाँ थे, जहाँ उन्हें होना चाहिए था—बाथरूम में! सुबह आठ बजे का सुहाना समय हो और वे बाथरूम में न हों तो कहाँ हों! अभिशप्त लोग सुहाना समय फुलवारी में बिता सकते तो अभिशप्त ही क्यों होते। रामलुभाया के घर से जिन्होंने फोन उठाया था, वे यह सूचना देकर कि रामलुभाया बाथरूम में हैं, आगे कुछ कहना ही नहीं चाहते थे। मैंने ही पूछा, "वे बाथरूम से निकलेंगे न?"

"क्यों नहीं निकलेंगे?"

उन्होंने कुछ इस भाव से कहा जैसे कोई सूर्य के विषय में कहे, "क्यों नहीं निकलेगा। रोज निकलता है। आज ने ही क्या अपराध किया है कि नहीं निकलेगा। आज भी जरूरत निकलेगा।"

मैंने कहा, "तो कृपया मेरा फोन नम्बर लिख लीजिये। उन्हें दे दीजियेगा; ताकि जब उन्हें सुविधा हो मुझे फोन कर लें।"

"आपके पास फोन है?"

उनके इस एक सहज प्रश्न ने मेरे मन में टेलीफोन विभाग के सन्दर्भ में अनेक सम्भावनाएँ बना दीं। मैं तो जानता नहीं था, पर ऐसा होता ही होगा—तभी तो उन्होंने पूछा है। माँग इतनी ज्यादा है और सुविधाएँ उतनी हैं नहीं। हो सकता है टेलीफोन विभाग को यही समाधान सूझा हो। कुछ लोगों को केवल फोन देते हों और कुछ को केवल नम्बर। ऐसे सौभाग्यशाली तो कुछ बिरले ही होंगे जिनको वे लोग फोन और नम्बर दोनों देते हों। खैर, मैं उन सौभाग्यशाली लोगों में से हूँ जिनको फोन और नम्बर दोनों ही दिये गये हैं।

मैंने कहा, "जी हाँ। जो नम्बर मैं आपको दे रहा हूँ, इसका फोन भी मेरे पास है। यदि वे इस नम्बर पर डायल करेंगे तो फोन की घंटी मेरे घर में ही बजेगी। और आम तौर पर, घर में होने पर और घंटी सुन लेने पर मैं फोन का चोंगा अवश्य उठा लेता हूँ। चोंगा उठाता हूँ तो सम्भवतः बात भी करता हूँ। मैं उस समय बात करने की स्थिति में होता हूँ; क्योंकि उस समय मैं बाथरूम में नहीं होता।"

इतना समझाना पर्याप्त था। वे अच्छी तरह समझ ही गये होंगे। उन्होंने नम्बर लिख लिया और आश्वासन दिया कि जैसे ही रामलुभाया बाथरूम से बाहर

निकलेंगे—मुझे फोन अवश्य करेंगे।

मैंने तीन दिन तक उनके फोन की प्रतीक्षा की; किन्तु उधर से फोन नहीं आया। तीसरे दिन सुबह आठ बजे, मैंने फिर से फोन मिलाया। उधर घंटी बजी और जिन्होंने फोन उठाया, उन्होंने सूचना दी कि रामलुभाया बाथरूम में हैं।

मुझे आश्चर्य हुआ। वे तीन दिन से बाथरूम में हैं और यह आदमी इतने सहज रूप से कह रहा है कि 'वे बाथरूम में हैं,' जैसे कोई असाधारण बात ही न हो।

"अभी निकले नहीं?" मैंने पुष्टि कर लेनी चाही।

"अभी तक तो नहीं निकले।" उसने उतने ही शान्त स्वर में कहा।

वह इतनी शान्ति से बात कर रहा था और मेरे भीतर इतनी देर में जाने कितना कुछ घट गया : कितने मूर्ख हैं ये लोग। तीन दिन पहले एक आदमी बाथरूम में घुसा था और आज तक नहीं निकला है। क्या अर्थ है इसका? क्या वे लोग इतनी-सी बात नहीं समझ रहे कि रामलुभाया तीन दिनों तक बाथरूम से नहीं निकला तो सब कुछ ठीक-ठाक नहीं है। हो सकता है, उसे चक्कर आ गया हो और वह बेहोश होकर भीतर गिर पड़ा हो। हो सकता है कि उसकी हृदयगति रुक गयी हो और वह मर गया हो। ये मूर्ख लोग क्या सोच रहे हैं? किस बात की प्रतीक्षा कर रहे हैं?

"बार्थरूम में मुर्दा सड़ने की बदबू तो नहीं आ रही?" मैंने पूछा।

"जी?" उधर से आश्चर्य-भरा स्वर सुनायी दिया, "क्या मतलब है आपका?"

मुझे बहुत क्रोध आया। अब इन मूर्खों को इसका मतलब भी समझाना पड़ेगा। पर समझाना तो पड़ेगा ही। "हो सकता है कि बाथरूम में रामलुभाया की दिल की धड़कन बन्द हो गयी हो और वह मर गया हो...।"

"क्या कह रहे हैं आप?" उस आदमी ने मेरी बात पूरी नहीं सुनी, "यह सब आप किस आधार पर कह रहे हैं?"

"अरे जो आदमी तीन दिन से बाथरूम में घुसा है और अभी तक बाहर नहीं निकला, वह क्या अन्दर पिकनिक मना रहा होगा?" मैंने उसे डाँटा, "या बेहोश पड़ा होगा या मर गया होगा। अब अन्दर पड़ी-पड़ी तो उसकी लाश सड़ेगी ही न।"

"आपको किसने कहा कि वे तीन दिन से बाथरूम से नहीं निकले?" उस आदमी ने मुझे डाँट दिया, "वे तो अभी पाँच मिनट पहले ही बाथरूम गये हैं।"

"तो वे तीन दिन पहले जब बाथरूम में गये थे उसके बाद निकल आये थे क्या?"

"और नहीं तो क्या?"

"तो उन्होंने मुझे फोन क्यों नहीं किया?" मैंने पूछा, "मैंने तो नम्बर छोड़ा था।"

"आप जैसे सैकड़ों साधारण आदमी नम्बर छोड़ते रहते हैं। वे उन सबको फोन करते रहें तो अपना काम कब करेंगे?"

"मैं साधारण आदमी हूँ?"

"और क्या प्रिंस आफ वेल्स हैं आप?"

"रामलुभाया बड़े आदमी हैं?"

"हैं ही!"

"क्या वे महात्मा गाँधी से भी बड़े आदमी हैं?" मैंने पूछा ही लिया।

"नहीं। महात्मा गाँधी तो बहुत बड़े आदमी थे।" वह कुछ सकपका गया।

"मैंने तो सुना है कि महात्मा गाँधी बड़े ही इसलिए हुए, क्योंकि वे साधारण लोगों में जा बैठे थे।" मैंने कहा।

"मैंने कहा न, महात्मा गाँधी बड़े आदमी थे।" वह चिड़ चिड़ाकर बोला, "रामलुभाया उतने बड़े आदमी नहीं हैं।"

"रामलुभाया केवल बड़े आदमी हैं और महात्मा गाँधी बहुत बड़े आदमी?" मैंने पूछा।

"जी हाँ।"

"तो रामलुभाया बहुत बड़े आदमी क्यों नहीं बनना चाहते?" मैंने पूछा, "आगे बढ़ने का प्रयत्न तो हर आदमी करता है—छोटा आदमी बड़ा आदमी बनना चाहता है, बड़ा आदमी बहुत बड़ा आदमी।"

"नहीं। वे बहुत बड़े आदमी नहीं बनना चाहते।" उधर से स्पष्ट उत्तर मिला।

"क्यों?"

"क्योंकि वह बहुत कठिन है।"

"कठिनाई क्या है?" मैं हैरान रह गया, "मुझे फोन करना बहुत कठिन है क्या?"

"तुम मूर्ख हो।" उधर से उत्तर मिला, "छोटा आदमी वह होता है, जिसके पास कुछ नहीं होता। बड़ा आदमी वह होता है, जो बहुत कुछ अर्जित कर लेता है; और बहुत बड़ा आदमी वह होता है जो अपना अर्जित किया हुआ सब कुछ त्याग देता है।"

मेरी समझ में कुछ नहीं आया। मैंने समझ लिया कि वह व्यक्ति न केवल मूर्ख है; वरन् गणित में बहुत कच्चा भी है। जो व्यक्ति इतना साधारण-सा गणित भी नहीं समझता कि यदि 'क' के पास कुछ नहीं है तो वह छोटा आदमी है। उसने एक लाख रुपये कमाये तो वह बड़ा आदमी हो गया। अब यदि वह अपने एक लाख रुपये किसी को दे देता है तो गणित की दृष्टि से $0+100000-100000 = 0$ ही हुआ। वह तो फिर से छोटा आदमी हो गया। वह बहुत बड़ा आदमी कैसे हो सकता है? और यदि किसी और सिद्धान्त से बहुत बड़ा आदमी हो ही जाता है तो रामलुभाया बहुत बड़ा आदमी बनने के स्थान पर बार-बार बाथरूम में क्यों घुस जाता है?

दिल का दौरा

वैसे तो दोनों मित्र थे; पर एक लेखक था और एक आलोचक। लेखक और आलोचक की मैत्री मुझे वैसी ही लगती है जैसी नेता और डाकू की। नेता और डाकू में यह तो स्पष्ट है कि कौन क्या है; पर लेखक और आलोचक में इसका निर्णय अभी नहीं हो पाया है कि कौन नेता है और कौन डाकू।

मुझे कहा गया था कि मैं अस्पताल में उससे मिल लूँ। डकैती की खबर नहीं थी, दिल का दौरा पड़ा था। डाकू से मिलने अस्पताल जाना हो तो मान लेना चाहिए कि उसे पुलिस मुठभेड़ में गोली लगी है; और लेखक से अस्पताल में मिलन हो जाये तो मैं बिना पूछे ही मान लेता हूँ कि उसे दिल का दौरा ही पड़ा होगा। वैसे संसार के प्रसिद्ध प्रेमियों का कहना है कि दिल का दर्द, गोली से भी अधिक पीड़ादायक है। पर यहाँ मामला दिल के दर्द का नहीं, दिल के दौरे का था। लेखकों को दिल का दर्द कभी होता हो तो होता हो—अब तो उन्हें दिल के दौरे ही पड़ते हैं।

जब मैं अस्पताल में पहुँचा तो देखा कि लेखक पलंग पर लेटा है और आलोचक उसके पास खड़ा है। वह स्वर्गीय दृश्य देखकर मैं गद्‌गद हो उठा। पर यह क्या, लेखक का चेहरा खिला हुआ था और आलोचक का मुखड़ा चूसे हुए आम सरीखा हो रहा था। क्षण-भर को तो मुझे भ्रम हो गया कि दौरा आलोचक को पड़ा है और लेखक उसका हाल पूछने आया है। वैसे अपने देश के अस्पतालों में बहुत गड़बड़ियाँ हैं। वे लोग जीवित रोगी को शव-परीक्षा के लिए भेज देते हैं और मुर्दे को मेडिकल फिटनेस का सर्टिफिकेट देकर टैक्सी-स्टैंड पर खड़ा कर आते हैं। पर इतने मूर्ख तो अस्पतालवाले भी नहीं हो सकते कि रोगी को भी खड़ा कर दें और हाल पूछने आये व्यक्ति के लिए पलंग बिछा दें। मुझे एक क्षण के लिए अपनी दृष्टि पर सन्देह हुआ। कहीं ऐसा तो नहीं कि किसी दोष के कारण मुझे पड़ी चीजें खड़ी और खड़ी चीजें पड़ी दिखायी देने लगी हों। यदि किसी दृष्टि-रोग के कारण ऐसा हो जाता हो तो फिर खड़ा व्यक्ति पड़ा और पड़ा व्यक्ति खड़ा तो दिखायी देगा। पर खड़े व्यक्ति के नीचे पलंग कैसे आ जायेगा? लेखक के नीचे पलंग था।...तो फिर ऐसा क्यों है—लेखक अस्वस्थ होकर भी स्वस्थ लग रहा है और आलोचक स्वस्थ होकर भी रोगी? कहीं संवेदना के कारण ही तो लेखक का रोग आलोचक को नहीं लग गया? यदि ऐसा है तो एक लेखक की मृत्यु पर संवेदना के कारण अनेक आलोचकों को

मर जाना चाहिए। पर लेखकों का ऐसा सौभाग्य कहाँ! वैसे भी आलोचक के पास संवेदना नहीं होती, जो वह बड़ी उदारता से लेखकों को देता रहता है।

"क्या हुआ?" मैंने पलंग के निकट जाकर यथासम्भव गम्भीर होकर पूछा।

"दिल का दौरा पड़ा है।" लेखक ने कुछ इस प्रकार चहककर कहा, जैसे साधारणतः इस देश में 'बेटा हुआ है' कहते हैं।

आलोचक ने कुछ नहीं कहा। वह और भी उदास हो गया। लगा, उसके सारे शरीर में पीड़ा ही पीड़ा है और मस्तिष्क में धुआँ ही धुआँ।

मैंने कुछ समय तक, ऐसे अवसरों पर संवेदना में कहे जानेवाले शब्दों के लिए अपने मस्तिष्क को खटखटाया। बोला, "मुझे बड़ी प्रसन्नता है कि आपने बड़े साहस और धैर्य से अपनी इस असुविधा को...।"

पर लेखक मेरी बात सुनने की मनःस्थिति में नहीं था। उसकी आत्माभिव्यक्ति की इच्छा इस समय भी पूरे यौवन पर थी। बोला, "साधारण दौरा नहीं है। डॉक्टर तो घबरा ही गये थे...।"

"तुम चुप रहो।" आलोचक ने डाँटा, फिर स्वर को कोमल करते हुए जोड़ा, "डॉक्टर ने तुम्हें बोलने से मना किया है।"

लेखक उदास हो गया।

मुझे बड़ा बड़ा कष्ट हुआ। इतना बड़ा लेखक होकर भी उसे अभी आलोचक की डाँट सुनने की आदत नहीं पड़ी। आलोचक का तो काम ही लेखक के स्वर को अवरुद्ध करना है–क्या इतना-सा साहित्यशास्त्रीय तथ्य भी यह लेखक नहीं समझता?

"अच्छा! अब तुम जाओ।" कुछ देर बाद लेखक स्वयं को सहेजकर बोला, "बहुत देर हो गयी तुम्हें आये। मेरे पीछे क्या अपना सारा काम-काज छोड़ दोगे?"

"नहीं! मैं सोच रहा था," आलोचक बोला, "तुम्हारी देखभाल के लिए कोई आ जाता...।"

"सुबहवाली उस नर्स की ड्यूटी खत्म हो गयी है। वह आज नहीं आयेगी।" लेखक बोला, "उसकी प्रतीक्षा व्यर्थ है। तुम जाओ।"

आलोचक उदास होकर चला गया। लेखक उसे पीड़ा पहुँचाकर बहुत प्रसन्न दीख रहा था।

मेरे मन में अनेक प्रश्न उठ रहे थे। मैं लेखक से पूछना चाहता था कि वह अपने रोग को लेकर इतना प्रसन्न क्यों है?...और आलोचक को क्या कष्ट है?...

पर मैं तो उसका हाल पूछने आया था। आलोचक ने कहा था कि डॉक्टर ने लेखक को अधिक बोलने से मना किया है।...

लेखक अपने आप ही बोला, "साला आया था मेरा हाल पूछने और पूछता रहा सुबह की ड्यूटीवाली उस नर्स का...।"

"पर वे तो आपके मित्र हैं।" मैंने उसे याद दिलाया।

"मित्र तभी तक हैं, जब तक अपनी महँगी-महँगी पुस्तकें इन्हें ससम्मान भेंट करते रहो। अपने खर्च पर गोष्ठियाँ करवाओ और इनके सिर पर अध्यक्ष का मुकुट रखते रहो।" उसने मुझे देखा, "अपनी इच्छा से बोलने लगेंगे या लिखने बैठेंगे तो सैद्धान्तिक चर्चा छेड़ देंगे। कहीं किसी का नाम न लेना पड़ जाये। इनकी जीभ न हो गयी सती-सावित्री हो गयी, तो पर-पुरुष का नाम तो लेगी ही नहीं, अपने खसम का नाम भी अपने मुँह से उच्चारित नहीं करेगी। समझते हैं कि जिसका नाम इनके मुँह से निकल गया—वह अमर ही हो गया। किसी को अमर होते यह कैसे देखेंगे...।"

मैं उजबक-सा खड़ा उसकी बात सुनता रहा। डाकू और नेता की मैत्री को याद करता रहा। समझ नहीं पाया कि दोनों मित्रों में खटक कैसे गयी। कुछ निर्णय नहीं कर पाया। कुछ बोलना ही था, इसलिए अन्त में कहा, "इस दौरे से आपको कोई तकलीफ..."

इस बार भी उसने मुझे अपनी बात पूरी नहीं करने दी। बोला, "इसमें तकलीफ की क्या बात है। यह तो होना ही था और जो अपरिहार्य है, उसका प्रतिकार क्या और विलाप क्या! यह तो प्रामण-पत्र है कि अब जवानी की उम्र नहीं रही। अब जाल समेटना शुरू कर देना चाहिए। जीवन का लेखा-जोखा हो जाये—क्या किया? कैसा किया?..."

इससे पहले कि वे कोई भजन गाने लगते, मैंने चलने की तैयारी कर डाली, "अच्छा! आप आराम कीजिये। आपको अधिक थकना नहीं चाहिए।"

उन्होंने मुझे रोका नहीं, पर बुरा-सा मुंह अवश्य बनाया, जैसे बादाम खाते-खाते मुँह में कोई कड़वी गिरी आ गयी हो।

मैं अगले दिन भी उनका हाल पूछने गया। दृश्य आज भी कल जैसा ही था, पर मुद्राएँ बदली हुई थीं। लेखक पलंग पर लेटा था और आलोचक उनके पास खड़ा था। पर आज लेखक था कि पीड़ा से ऐंठा-ऐंठा जा रहा था और आलोचक की बाँछें खिली हुई थीं। दोनों की ही मुद्राओं ने मुझे डरा दिया। अपनी इस रुग्णावस्था में लेखक कहीं ऐंठता-ऐंठता पलंग से गिर पड़ा तो? और इस कारुणिक स्थिति में आलोचक अपने-आपको बहुत सँभालता-सँभालता भी मुस्करा पड़ा तो?

मैंने पास जाकर धीरे से पूछा, "आज क्या हाल है?"

आज लेखक नहीं आलोचक बोला, "भगवान का शुक्र है कि उसने हमारे मित्र को बचा लिया।"

"क्या अब कोई खतरा नहीं?" मैं स्वयं नहीं समझ पा रहा था कि मेरे इस वाक्य का क्या अर्थ है।

"अब क्या, तब भी कोई खतरा नहीं था।" आलोचक बहुत ही प्रसन्न था, "अरे इसे दिल का दौरा तो पड़ा ही नहीं। सर्वाइकल स्पौंडलाइटस है—मात्र कन्धों

का दर्द और गर्दन का अकड़ाव...” उसने उस दृष्टि से लेखक को देखा जैसे कोई केंचुए पर नमक छिड़ककर देखता है कि वह ठीक से ऐंठता है या नहीं, “खतरा तो कोई है ही नहीं। उल्टे लाभ है, फालतू चीजें लिखने से बच जायेगा।”

मेरे मन में आया कि मैं पूरे उल्लास से लेखक को अपनी बाँहों में भरकर फिल्मी स्टाइल में दो-चार चक्कर देकर कहूँ, ‘यार! तूने तो हमें डरा ही दिया था। चल उठ! तू रोगी नहीं है। चल कहीं चाट खाने चलते हैं...।’

पर लेखक के चेहरे की पीड़ा देखकर मुझसे एक शब्द भी नहीं कहा गया। लगता था, जैसे उसे कैंसर हो गया हो।

इस बार भी आलोचक ही बोला, “अच्छा भाई! चलते हैं। तुम अब आराम करो।”

“जरा रुको।” लेखक बड़ी ही मरियल आवाज में कहा “कोई आ ले, तो जाना।”

“अरे किसी के आने से हमें क्या,” आलोचक चहक रहा था, “सुबह की ड्यूटीवाली वह सुन्दर नर्स तो अब आज आयेगी नहीं।”

“मैं अकेला रह जाऊँगा।” लेखक और भी मरी हुई आवाज में बोला।

“तुम्हें तकलीफ ही क्या है।” आलोचक ने उसे डाँटा, “और फिर यह अस्पताल है, कोई गोष्ठी-कक्ष तो है नहीं कि लेखकों की बारात तुम्हारे साथ रहेगी।”

“आओ चलें।” आलोचक न केवल स्वयं चल पड़ा, बल्कि उसने बाँह से पकड़कर मुझे भी घसीट लिया। आलोचक के सशक्त पंजे में फँसा, मैं केवल इतना ही कर सका कि मुड़कर एक उचटती हुई नजर उन पर डालकर कहा, “अच्छा! चल रहा हूँ।”

आलोचक सचमुच बहुत प्रसन्न था। इतना कि उसने बाहर आकर मुझे अपने पैसों से पान खिलाया और बहुत मैत्रीपूर्ण स्वर में बोला, “झूठ बहुत दिन नहीं चलता। सत्यमेव जयते।”

मेरी समझ में उसकी सत्य की तरंग आयी नहीं। पूछ ही बैठा, “सत्य की विजय कहाँ होती देखी आपने?”

“सब जगह!” उसने पान की पीक को इस तरह थूका जैसे सारे भूमंडल को सत्य के नाम पर कत्थे के रंग से रँग देंगे।

मैं भौचक्का खड़ा उसकी ओर देखता रहा। यह वही महापुरुष था जो डंके की चोट कहता था कि “हमें अच्छी और खराब कृति से क्या लेना। हमें तो हमारी मनचाही पिला दो और जो मन में आये लिखवा लो—अपने पक्ष में चाहो पक्ष में लिखवा लो; किसी के विरोध में चाहो तो विरोध में लिखवा लो।”

वे समझ गये कि मैं उनकी बात की तह तक नहीं जा पाया हूँ। मुस्कराकर बोले, “यह साला लेखक, जिसे हम अभी अस्पताल में छोड़कर आये हैं...”

"हाँ!" मैंने जिज्ञासावश उनकी ओर देखा।

"क्या समझता है, अपने-आपको!"

मैं समझ गया था कि उसका वाक्य प्रश्नवाचक नहीं था, फिर भी मैंने उत्तर दिया, "वह! वह अपने-आपको दिल का रोगी समझता है।"

"नहीं! रोगी नहीं समझता!" आलोचक का दर्प अभी विद्यमान था, "वह अपने-आपको बहुत चालाक समझता है।"

"कैसे?" आज मैं उसकी कोई भी बात समझ नहीं पा रहा था।

"वह समझता है कि हम मान जायेंगे कि उसको दिल का दौरा पड़ा है।" उसका स्वर ओज से भर उठा, "यह मानकर कि अब वह मरनेवाला है, हम उसके विषय में निबन्ध लिखने लगेंगे? गोष्ठियों में उसकी चर्चा करने लगेंगे? रुग्णावस्था में उसकी सहायतार्थ धन इकट्ठा करेंगे? या सरकार से कहकर उसे पुरस्कार दिलवा देंगे...।"

मैं तो जैसे आकाश से गिरा। मुझे तो पता ही नहीं था कि निबन्ध, चर्चा या पुरस्कार लेखन पर नहीं दिल के दौरे पर मिलते हैं। मुझे क्या पता था कि आलोचक, लेखक का नाम तब ही लेता है या सरकार तब ही उसे पुरस्कार देती है जब निश्चित हो जाता है कि अब वह मर ही जायेगा...

"हम सारी दुनिया को बतायेंगे।" आलोचक कह रहा था, "कि इसे दिल का दौरा सिरे से पड़ा ही नहीं है। इसे तो सर्वाइल स्पौंडलाइटस की तकलीफ है। यह अभी मरेगा नहीं—अभी इसकी चर्चा करने की कोई आवश्यकता नहीं। अभी इसे कोई पुरस्कार नहीं मिलेगा...।"

आलोचक ने मेरे कन्धे पर इतनी जोर से हाथ मारा कि मेरा भी स्पौंडलाइटस का दर्द जाग उठा।

लेखक के दिल का दर्द मेरी समझ में आने लगा था।

भौगोलिक परिवर्तन

उनका क्या बिगड़ा। उन्होंने तो बस तार दे दिया—"आ जाओ।"

"आकर क्या करना होगा?" मैंने पूछा।

उत्तर मिला, "एक छोटा-सा भाषण दे देना।"

"भाषण तो मैं दे दूँगा," मैंने पूछा, "पर तुम मुझे क्या दोगे?"

"आने-जाने का किराया देंगे।" उन्होंने लिख भेजा, "यहाँ रहने का प्रबन्ध करेंगे। भोजन करायेंगे। घुमायें-फिरायेंगे। सैर-करायेंगे।"

पत्नी ने भी धक्का दिया, "चले क्यों नहीं जाते? जेब से एक पैसा खर्च नहीं होगा। घूम-फिर आओगे। पचास लोगों से मिलोगे। जन-सम्पर्क होगा। तुम्हारी चर्चा होगी। चर्चा होगी तो पुस्तकें बिकेंगी। रॉयल्टी मिलेगी। जाते क्यों नहीं!"

उसे रॉयल्टी बढ़ने की आशा थी और मैं साफ-साफ देख रहा था—वह व्याख्यानमाला का निमन्त्रण नहीं था; मेरे बीस वर्ष पुराने प्रेम-विवाह के टूटने का अलार्म था।

इस बार पत्र नहीं व्याख्यानमालावालों का फोन आया, "किस गाड़ी से आ रहे हैं?"

"गाड़ी गयी भाड़ में," मैं बोला, "जूतों के लिए पैसे भेजो।"

वे टेलीफोन पर भी हैरान हो गये, "अरे रेलगाड़ी में आइये साहब! हम रेलगाड़ी का किराया देंगे। पैदल तो आना नहीं कि आपके जूते घिस जायेंगे।'

मुझे बताना ही पड़ा, "मेरे पास जूते नहीं हैं। एक टूटी चप्पल है। उस चप्पल में आने से मेरा तो कुछ नहीं बिगड़ेगा; आप ही लोगों का अपमान होने की सम्भावना है। रेलगाड़ी में आऊँ या हवाई जहाज पर—मंच पर नंगे पैर या टूटी चप्पल में बैठूँगा तो अच्छा लगेगा क्या आपको?"

वे परेशान होते रहे, "पर आमन्त्रित भाषणकर्त्ता को जूतों के लिए धन देने का हमारे पास कोई नियम नहीं है।"

"पर मैं अपनी जेब से पैसे खर्च करने की स्थिति में नहीं हूँ।" मैंने बताया, "मेरे पास कोई रूमाल भी नहीं है। भाषण करते हुए मुझे पसीना आ गया तो?"

"आपके रूमाल क्या हुए?" उन्होंने मेरे व्यक्तिगत मामलों में टाँग अड़ायी, 'हमने सुना है कि भोपालवालों ने आपको पिछले महीने ही दो दर्जन रूमाल भेंट

किये थे।"

"हाँ!" मैंने रहस्य की बात बता ही दी, "मेरे बेटे को नाक पोंछने की तमीज आ गयी है।"

"तो?"

"वह मेरे रूमाल ले जाता है और स्कूल में खो आता है।"

"तो आपको रूमाल के लिए भी पैसे भेजूँ?"

"आपकी श्रद्धा पर है।" मैं तड़पकर बोला, "लोग समझते हैं कि रेल-भाड़ा दे दिया तो हो गया; पर शरीफ आदमी घर से निकलता है तो चार कपड़े खरीदने पड़ते हैं। साफ तौलिया चाहिए होता है। बिस्तर की चादर भी ढंग की होनी चाहिए।"

"तो यह सब भी हम दें आपको?" उन्होंने पूछा।

मैं टेलीफोन पर भी उनकी आवाज से समझ रहा था कि वे पूछना चाह रहे हैं, "आप इतने ही गन्दे रहते हैं तो आपको पहले नाई के पास ले जाकर आपकी हजामत करवानी होगी क्या है? और नहाने का साबुन भी आपको हम देंगे या है आपके पास?"

पर यह सब कहा नहीं उन्होंने। अपने अधूरे प्रश्न के उत्तर के लिए धैर्यपूर्वक रुके रहे।

"आप दें या न दें या दूसरी बात है।" मैंने कहा, "मैं तो केवल यह कह रहा था कि मेरा तो इतना खर्च होगा ही।"

क्षण-भर उनकी आवाज नहीं आयी, लगा जैसे कुछ सोच रहे हैं। फिर बोले, "हम आपको रेल की प्रथम श्रेणी का किराया दे रहे हैं। आप द्वितीय श्रेणी में यात्रा करने का कष्ट करें। आपके पास पर्याप्त पैसे बच जायेंगे—उनसे अपने रूमाल, बनियानें खरीद लें।"

"और वहाँ स्टेशन पर आप लोगों के सामने द्वितीय श्रेणी के डिब्बे से उतरते हुए मुझे संकोच नहीं होगा क्या?" मैं अनायास ही कह गया, हालाँकि ऐसी बातें कहने की मेरी इच्छा नहीं होती है।"

"हम स्टेशन के निकास-द्वार पर आपकी प्रतीक्षा करेंगे।" उन्होंने उत्तर दिया, "किस श्रेणी के डिब्बे से उतर रहे हैं—हम नहीं देखेंगे।"

मैंने उनकी सारी बातें मान लीं। यात्रा की तैयारी आरम्भ हुई। भागा हुआ गया और जूतों की पहली दुकान में घुस गया।

"मेरे नाप के जो सस्ते जूते हों, दिखाइये।"

मेरा चिन्तन बहुत ही स्पष्ट और साफ है। मैं अपने विषय में बहुत अच्छी तरह जानता हूँ कि मुझे क्या चाहिए। इसलिए कभी-कभी स्पष्टता का इतना अतिरेक हो जाता है कि जो बातें दुकानदारों से नहीं भी कहनी चाहिए, वे भी कह देता हूँ।"

उस सेल्समैन ने एक बार शक्ल देखी और फिर एक पुराना-सा डिब्बा अन्दर

से निकालकर मेरी ओर उछाल दिया। मैंने अकबका कर डिब्बा तो पकड़ लिया; किन्तु मुझे गुस्सा बहुत चढ़ा : आखिर यह कौन-सा तरीका है...पर तभी मुझे अपनी गलती का अहसास हो गया—मैंने ही तो कह दिया था कि मुझे सबसे सस्ता जूता चाहिए। तो मेरे साथ ऐसा ही व्यवहार होना चाहिए था। मैंने महँगा जूता माँगा होता तो वह अच्छे-से बूट का तलवा कोमल हाथों से सहलाता हुआ लाता। मेरे पैरों को सम्मान से पकड़ता। उनकी झाड़-पोंछ करता। नये जूते पहनाता, तस्मे बाँधता, लार टपकाती दृष्टि से मेरी ओर देखता...

मेरा स्पष्ट चिन्तन भी तो मेरे लिए समस्या हो जाता है न।

मैंने डिब्बा खोलकर जूता देखा तो वह कुछ ज्यादा ही सस्ता निकला। मुझे अपनी इज्जत के साथ-साथ व्याख्यानमालावालों के सम्मान का भी ध्यान आ गया। मैंने डिब्बा सेल्समैन को लौटा दिया, "इतना सस्ता भी नहीं चाहिए। आखिर जूता है, पैरों में ही पहना जायेगा; कोई ताज तो है नहीं कि सिर पर धर लेंगे...।"

इच्छा हुई कि जूते और ताज के भेद पर एक अच्छा-सा मौलिक भाषण दे डालूँ, पर जूतेवाले की नजर को भाँपकर चुप हो गया।

"दूसरा जूता इससे पच्चीस रूपये महँगा है।"

मैं उसके वाक्य का निहित अर्थ समझ गया। वह साफ-साफ कह रहा था कि अपना पर्स निकालकर, नोट गिनकर देख लो—इतने पैसे हैं भी या नहीं। यदि हैं, तो अपने दिल पर हाथ रखकर पता कर लो कि इस भाव जूते खरीदने पर दिल की धड़कन रुक तो नहीं जायेगी।

मैंने अपने-आप को समझा लिया—कौन-से मेरे अपने पैसे हैं। व्याख्यानमालावालों के पैसे हैं। रेलवालों को दूँ या जूतेवालों को—मुझे क्या फर्क पड़ना है। आखिर रेलवाले भी तो जूतों के बल पर ही हमसे पैसे वसूल कर रहे हैं। अपनी जेब में तो रहने नहीं हैं। दे डालूँ—इसी को दे डालूँ। इसकी दृष्टि में मेरा सम्मान कुछ तो बढ़ेगा।

मैंने राजसी मुद्रा बनायी, "सस्ते जूते माँगे थे, घटिया नहीं। दूसरे दिखाओ।"

वह रौब में आ गया। एक अच्छा-सा डिब्बा उठा लाया। जूते भी बुरे नहीं थे। मैंने एक बूट में पैर डालकर देखा। मुझे ठीक ही लगा। मन हुआ कि जूते खरीदने आये बच्चों के समान मैं भी दोनों जूते पहनूँ, तस्में बाँधूँ, दुकान में बिछे टाट पर दो-तीन चक्कर लगाऊँ। नये जूते पहनने का मजा तो आये। सड़क पर नये जूते पहनकर चलने का मजा ही क्या आयेगा, जिसे न अच्छे और बुरे जूते की तमीज है, न नये और पुराने की। वह तो बस जूतों को घिसना जानता है। हर नये जूते को पुराना बनाने को आतुर...

पर समय कम था। मुझे भागम-भाग गाड़ी पकड़नी थी। और फिर मैं कोई बच्चा भी तो नहीं था...

पैसे चुकाये। डिब्बा उठाया और घर भागा चला आया। सामान तैयार था। खाना मेज पर लगा था। यहाँ तक कि यात्रा के साथ ले जाने के लिए भी खाना पैक हुआ रखा था। यानी सब कुछ तैयार था—बस, एक मैं ही तैयार नहीं था।

नये जूते पहनकर जब मैं तैयार हुआ तो मुझे अपनी चाल कुछ बहकती-सी लगी। दो क्षणों को तो समझ नहीं पाया कि क्या हुआ है, पर फिर बात साफ हो गयी। एक जूता तो मैंने दुकान पर भी पहनकर देखा था और घर पर भी देखा—वह तो ठीक ही था; पर जो दूसरा जूता था, जिससे मेरा परिचय दुकान पर नहीं, घर पर आकर हुआ था, वह मुझे कुछ ढीला लग रहा था। चलने के लिए जैसे ही मैं पैर उठाता था—बूट जमीन पर ही रह जाता था और मेरी एड़ी ऊपर उठ आती थी। मुझे शक हुआ : हो न हो, मैं एक बूट बड़ा और एक छोटा ले आया था। मैंने भरपूर निरीक्षण करने के लिए जूता उतारा तो पत्नी की दृष्टि मुझ पर ठहर गयी।

"तुम तो कह रहे थे कि गाड़ी छूटने में एक घंटा रह गया है और अब बच्चों के समान कभी जूते पहन रहे हो, कभी उतार रहे हो।"

मेरी आत्मा भीतर तक काँप गयी। यदि मेरी पत्नी को पता लग गया कि मैं जूते छोटे-बड़े ले आया हूँ तो तत्काल मुझे बाजार की ओर लौटा देगी, चाहे मेरी गाड़ी छूट ही क्यों न जाये। उसे मेरा खरीदारी का यह तरीका एकदम पसन्द नहीं है कि किसी दूकान पर जा बैठे। एक-आध चीज देखी और खरीद ली। उसकी रुचि वस्तु की खरीद से अधिक, बाजार के सर्वेक्षण में रहती है। मैं जानता हूँ कि यदि कहीं कोई पद 'हाट-सर्वेक्षण अधिकारी' का होता और मेरी पत्नी की नियुक्ति उस पद पर हो जाती तो वह बहुत ही सफल अधिकारी सिद्ध होती।

मैंने डरकर कहा, "मुझे जरा बाथरूम जाना है...।"

"तो बूट पहनकर क्यों नहीं जाते?"

"गीले हो जायेंगे...नये हैं न!" मैं बोला।

"तो ट्रेन में बाथरूम नहीं जाओगे?" उसने पूछा, "यह वहाँ भी बूट डिब्बे में असुरक्षित छोड़कर स्वयं बाथरूम चले..."

मैं नये बूटों समेत बाथरूम की ओर भागा। ऐसा न करता तो एक आरोप यह भी लग सकता था कि मैं गाड़ी में सामान की सुरक्षा के प्रति सावधान नहीं हूँ।

बाथरूम में छिपकर मैंने दोनों जूतों की एड़ियाँ और तले जोड़कर नापे—पर वे तो बराबर निकले। इसका तो एक ही निष्कर्ष निकलता था कि मेरे अपने ही दोनों पैर आपस में बराबर नहीं हैं।...मेरी स्मृति में कई वर्ष पुरानी एक घटना कौंध गयी...

मेरी पत्नी की एक परिचित महिला बाजार में मिल गयी थीं। उन्होंने मेरे नमस्कार के उत्तर में पूछा था, "अरे क्या हुआ?"

"क्यों? क्या हुआ?" मैं हतप्रभ-सा रह गया था।

"पैर में चोट लगी है क्या?" वे बोलीं, "आप लँगड़ाकर क्यों चल रहे हैं?"

वैसे वे महिला इस योग्य नहीं थी कि उनके साथ चुहल की जाती; पर जाने क्यों मेरा मन उस समय चुहलमय हो आया था। मैं सहज ही कह गया, "नहीं, चोट नहीं लगी है। मैं तो शुरू से ही ऐसा हूँ। बचपन में तो कुछ लोग मुझे लँगड़ा कहकर चिढ़ाते भी थे।..."

महिला की जिह्वा पर शब्द नहीं आया, चेहरे पर एक भाव आया। भाव कुछ ऐसा था, जैसे मेरी पत्नी के प्रति उनकी सारी करुणा उमड़ पड़ी हो—'बेचारी!'

आज वह घटना फिर से सामने आ गयी थी। मैं जानता था कि कहीं मेरे ससुरालवालों को इस बात की भनक मिल गयी तो मेरा विवाह बैक डेट में ही यह कहकर रद्द कर दिया जायेगा कि मैंने अपनी शारीरिक विकृतियों को छिपाकर विवाह किया था।

मैंने अपनी हिम्मत बँधायी, 'कह दूँगा कि तब ऐसा नहीं था।"

वे कहेंगे, 'तो अब ऐसा क्यों हो गया?'

मैं कहूँगा, कि जब पृथ्वी में भौगोलिक परिवर्तन आ सकते हैं तो क्या शरीर में नहीं आ सकते। आखिर शरीर भी तो मिट्टी से ही बना है।

पर मैं स्वयं अपने तर्क से बहुत प्रभावित नहीं था। व्याख्यानमालावालों पर क्रोध आ रहा था कि कमबख्तों ने आमन्त्रित कर मुझे किस झंझट में फँसा दिया। न वे बुलाते, न मैं जूते खरीदता, न यह मुसीबत आती।

राष्ट्रीय शोक

समाचार के पहले पृष्ठ पर बीचोबीच बड़ी प्रमुखता से उसका चित्र छपा था। उसे देखते ही मेरा मन डूबने लगा। यद्यपि लेखक असाधारण रूप से ख्याति का भूखा होता है; और प्रमुख राष्ट्रीय समाचार-पत्र के मुखपृष्ठ पर चित्र का छपना ख्याति का ऊँचा प्रमाण है। फिर भी मुझे उससे ईर्ष्या नहीं हुई, दुख ही हुआ।

मुझे इतना दुखी देखकर पत्नी ने पूछा, "क्या बात है?"

"यह भी चल बसा।"

"क्या?" पत्नी उछलकर खड़ी हो गयी, "तुम्हें कैसे मालूम हुआ?"

"समाचार-पत्र में चित्र छपा है।"

"ओह-हो!" वह कुछ तीखी पड़ी, "केवल मरने पर ही तो समाचार-पत्रों में चित्र नहीं छपते।"

"भाषण करने पर तो केवल राजनीतिज्ञों के ही छपते हैं।" मैंने कहा, "लेखकों के तो मरने पर ही छपते हैं।"

पत्नी मुझसे कुछ-कुछ सहमत हो चली थी, "अंग्रेजी के अखबारों में राजनीतिज्ञों के चित्र भाषण करने पर, डाकुओं के आत्मसमर्पण करने पर, स्त्रियों के बलात्कार का शिकार होने पर तथा लेखकों के मर जाने पर ही छपते हैं।"

मेरी इस धारणा की और भी पुष्टि हो गयी कि वह मुझसे अधिक ध्यान से समाचार-पत्र पढ़ती है। मैं तो केवल लेखकों के सन्दर्भ में ही उनकी नीति को समझता था, पर वह तो उनकी रग-रग से परिचित थी। कितने रूढ़िवादी हैं ये पत्रकार। ढर्रे से तनिक भी नहीं हटते। लेखक के चित्र जमा करते रहेंगे, उसकी जीवनी के तथ्य बटोरते रहेंगे और उसके मरने की प्रतीक्षा करते रहेंगे। मर गया तो चित्र भी छापेंगे और जीवनी भी, न मरा तो कुछ भी नहीं छपेगा।

"हमें उसके घर जाना चाहिए।" पत्नी ने कहा।

"क्यों?" मैंने पूछा।

"उसकी पत्नी को सान्त्वना देने।"

"मुझे देखकर उसकी पत्नी को सान्त्वना नहीं मिलेगी। उल्टे कष्ट होगा।" मैं बोला, "कहीं यह ही न समझ बैठे कि उनके मरने के पीछे मेरा भी हाथ है।"

"अरे शत्रुता जीवन तक ही होती है।" पत्नी ने समझाया, "मृत्यु के साथ ही

शत्रुता समाप्त हो आती है।"

"ओह!" मेरे सामने एक नया तथ्य उद्घाटित हो गया।

"क्या हुआ?"

"मेरी समझ में आ गया।"

"क्या?"

"कोई किसी की हत्या क्यों करता है?"

"क्यों?"

"शत्रुता समाप्त करने के लिए।"

"तुम तो पता नहीं, बात को कहाँ से कहाँ तक ले जाते हो।" पत्नी ने समाचार-पत्र मेरे हाथ से ले लिया, "अच्छा, अखबार तो दो।"

मेरी पत्नी समाचार-पत्र पढ़ती रही और मैं सोचता रहा कि उसकी पत्नी को किन शब्दों में क्या कहूँगा। मेरी समझ में नहीं आता कि ऐसा क्या है कि मैं तुरन्त अच्छे और सही शब्द खोज नहीं पाता हूँ। इसलिएं अच्छा वक्ता बनने का प्रयत्न कभी नहीं किया। लेखक बनने में यही तो सुविधा है कि जो कुछ भी लिखा, उसे बाद में काट-पीटकर ठीक कर लिया। जब अच्छा-सा ड्राफ्ट बन गया, तभी उसे भेजा।...

"कैसे बौड़म हो जी तुम!" सहसा पत्नी ने कहा।

"क्यों?" क्या हुआ?"

"अरे उनकी मृत्यु कहाँ हुई है..."

"तो?"

"उन्हें तो पुरस्कार मिला है।"

मैंने माथे पर हाथ मारा, "अरे तो इससे यह कहाँ सिद्ध हुआ कि उनकी मृत्यु नहीं हुई है। लेखक को पुरस्कार भी तो उसके मरने पर ही मिलता है।"

"जी नहीं!" पत्नी बोली, "कभी-कभी बिकने पर भी मिल जाता है।"

"बिकना तो मरने से भी बुरा है।" मैंने कहा, "अब चलो उनके घर। सान्त्वना न दे सकें, तो शोक ही प्रकट कर आयें।"

"पर पहले यह तो तय कर लो कि शोक उनके मरने पर प्रकट करना है या बिकने पर!"

मैंने समाचार-पत्र के दफ्तर में फोन मिलाया। सम्पादक महोदय ने स्वयं बात की।

"आपने जो हिन्दी के लेखक का अपने समाचार-पत्र में चित्र छापा है...।"

"गलती से छप गया है।" वे बोले, "बाई मिस्टेक।"

मैं समझ नहीं पाया कि क्या गलती से छप गया है—पुरस्कार किसी और को मिला था और उनका चित्र गलती से छप गया था (अधिक सम्भावना इसी बात की थी); या सचमुच उनकी मृत्यु हो गयी थी और यह गलती से छप गया था कि

उनको पुरस्कार मिला है!

अंग्रेजी समाचार-पत्र के मुख्य सम्पादक से बात करते हुए मैं वैसे ही हकलाने लगता हूँ और यहाँ तो बात भी मतिभ्रम की थी।...एक बार तो ऐसा हुआ था कि एक पनवाड़ीनुमा आदमी को मैंने इसी बात पर डाँट दिया था कि वह मुझसे इतनी अंग्रेजी क्यों झाड़ रहा है। पर वह हत्प्रभ नहीं हुआ था। उसने मुझे बताया कि वह एक प्रमुख अंग्रेजी दैनिक का सम्पादक है और मेरी हकलाहट लौट आयी थी।

खैर, अभी फोन मेरे हाथ में ही था। मैंने जाने क्या समझकर पूछ लिया, "आपका वह संवाददाता...।"

पर सम्पादक ने मेरी पूरी बात ही नहीं सुनी। बोला, उसे डिसमिम कर दिया है। "आयी हैव किक्ड हिम आउट।"

और उसने फोन रख दिया।

मैं अब क्या करता। मेरा तो मतिभ्रम इतना बढ़ गया था कि कुछ समझ में ही नहीं आ रहा था। सम्पादक से तो कुछ कह ही नहीं सका था, अन्त में अपनी पत्नी से ही कहा, "चलो! उसके घर शोक प्रकट कर ही आते हैं।"

"पर शोक ही क्यों? बधाई क्यों नहीं?" उसने पूछा।

"अरे मर गया है तो भी शोक की ही बात है। पुरस्कार मिला है, तो वह सत्ता के हाथों में बिक गया है—यह भी शोक की बात है। फिर यदि मरा कोई और है और चित्र इसका छप गया है, तो यह भी शोक की ही बात है; पुरस्कार किसी और को मिला, तो भी शोक की ही बात है।..."

"तो फिर नियम बना लो।" पत्नी ने कहा, "अंग्रेजी के अखबार में हिन्दी के लेखक का चित्र छपेगा तो वह शोक की ही बात होगी और हम भविष्य में बिना किसी से पूछे शोक कर आया करेंगे।"

पर मैं इतनी जल्दी निष्कर्षों पर पहुँचना नहीं चाहता। बोला, "लेखक मरा या नहीं, पर उसका चित्र छापकर सम्पादक की नानी अवश्य मर गयी है।"

"अच्छा सुनो।" मेरी पत्नी को कोई नयी बात सूझ गयी, "उस संवाददाता के घर भी तो जाना चाहिए, शोक प्रकट करने, जिस गरीब की नौकरी गयी।"

"इस संवाददाता के ही नहीं अखबार के मालिक के घर भी तो जाना चाहिए, शोक प्रकट करने।" मैंने कहा।

"क्यों?"

"क्यों क्या?" मैंने कहा, "उसके लिए इससे बड़ा शोक और क्या हो सकता है कि बेचारों को हिन्दी के लेखक का चित्र छापना पड़ा। नाम ही डूब गया बेचारों का।"

"यह तो राष्ट्रीय शोक हो गया।" मेरी पत्नी ने कहा।

हम लोग अखबार के दफ्तर की ओर चल पड़े।

त्राहि-त्राहि

नयी दिल्ली रेलवे स्टेशन के बाहर कभी भीड़ कम होती ही नहीं। जाने किसने इस सदा-सुहागन धरती को दूधों नहाने और पूतों फलने का ऐसा सच्चा आशीर्वाद दे दिया है कि वह प्रशासन को भी भारी पड़ने लगा है।

वहीं मैं एक बस में बैठा। बस भरी हुई थी। दिल्ली में बसें भरी हुई ही होती हैं, खाली तो लोगों के पेट हैं। मेरे आगे की सीट पर एक महिला बैठी हुई थीं। सम्भ्रान्त महिला थीं। उन्होंने लिपस्टिक भी लगा रखी थी। मेरी नजर शायद उन पर न भी पड़ी होती। इसलिए नहीं कि मैं नारी-सौन्दर्य की ओर आकृष्ट नहीं होता, बल्कि इसलिए कि वे किसी भी दृष्टि से असाधारण नहीं थीं।

बस चली तो उन्होंने एक सन्तरा छीलकर उसके छिलके खिड़की से बाहर सड़क पर दे मारे। ठीक भी था। भारतीय संविधान के अधीन एक स्वतन्त्र नागरिक के रूप में उन्हें पूरा अधिकार था कि वे अपने सन्तरे के छिलके अपने देश में कहीं भी फेंकें। सन्तरा उनका, छिलका उनका, देश उनका—मैं खामखाह। पर मुझसे रहा नहीं गया। मुँह से निकल गया, "किसी को लग जाता तो?"

यद्यपि मैंने उन्हें सुनाने के लिए नहीं कहा था, पर वे बड़ी दयालु थीं। उन्होंने मेरी बात सुन ली। उनकी त्योरियाँ चढ़ गयीं। नासिकापुट फकड़ने लगे। काव्यशास्त्र में रौद्र रस के जितने भी लक्षण हैं, सब उनके चन्द्रमुख पर प्रकट हो गये।

बोलीं, "लग जाता...तो?"

वैसे तो मेरे पास उनका ही कोई उत्तर नहीं था, पर उनके इस 'तो' का एकदम ही नहीं था। हक्का-बक्का रह गया। प्रयत्न करके अपनी किंकर्त्तव्यविमूढ़ता से उबरा तो इतना ही कहने की बुद्धि जुटा पाया, "उसे बुरा लगता।"

उनकी भंगिमा कुछ और उग्र हो उठी, "उसे लगता। मुझे क्यों लगा...?"

मेरी चिन्तन-प्रक्रिया आरम्भ हो गयी। ठीक कह रही हैं—जिसे छिलका लगता, उसे बुरा लगता। मुझे क्यों बुरा लगा? मेरा और उसका सम्बन्ध ही क्या है? मानवीय संवेदना तो अब हमारे समाज में दोष-स्वरूप ही कहीं-कहीं पायी जाती है। उसकी तो भर्त्सना होनी ही चाहिए। किसी बलात्कारी को कोई भला आदमी रोकता है कि 'भाई, इस स्त्री के साथ अत्याचार न करो', तो बलात्कारी भी कुछ ऐंठकर कहता है, 'क्यों? तेरी बहन लगती है क्या?'

"तुझे तो दूसरों के मामले में टाँग अड़ाने की बुरी आदत है," उनका स्वर बहुत ऊँचा हो गया था और बस के भीतर बैठी सारी आँखें हम पर ही टिकी थीं, "मुझे तो नहीं मारा। छिलका ही मारा, कोई पत्थर तो नहीं मारा। किसी का सिर नहीं फूटा, तो मेरा दिल क्यों टूटा..." उनके कवित्व की दाद देने का मन हो रहा था, पर स्थिति बड़ी नाजुक हो उठी थी। सारी बस की आँखें मुझे सन्देह के डंक चुभो रही थीं।

एक ने पूछ ही लिया, "क्या बात है, भाई साहब?"

"जी, इन्होंने सन्तरे का छिलका बाहर फेंका, तो मैंने इतना ही कहा कि किसी को लग जाता। ये तो मुझसे ही लड़ने लगीं।" मुझे अपनी सफाई देनी पड़ रही थी।

"तेरा तो दिमाग खराब हैं।" वे इतने विश्वास से बोलीं, जैसे मुझे वर्षों से जानती हो, "कोई इतना भी बदतमीज होता है कि बिना देखे छिलके फेंक दे।"

"तो आप यह कह देतीं कि मैंने देख लिया था।"

"क्यों कह देती?" उनका स्वर ऊँचा उठा, "तुझे बताना जरूरी था क्या?"

"आप ही चुप कर जाइये भाई साहब!" एक लहीम-शहीम पहलवान ने अत्यन्त भयभीत स्वर में मुझे सलाह दी।

महिला की बमबारी से बचने के लिए मैं तो कोई आड़ खोज ही रहा था। भयभीत पहलवान की बात मानकर मैं चुप हो गया। पर वे गोले दागती ही रहीं, "बदतमीज कहीं का।...दूसरों के मामलों में टाँग अड़ाने की बुरी आदत...।" साथ ही साथ वे सन्तरे के बीज बस के अन्दर ही थूकती जा रही थीं! सन्तरा खत्म हो गया, पर वे अपना गुस्सा नहीं थूक पायीं।

इस बुरी आदत ने मुझे पहले भी एक जगह पिटवाया था। तब हम लोग रेल में यात्रा कर रहे थे। हममें से एक साहित्य के स्वनामधन्य आलोचक भी थे। उन्होंने बीजवाले बड़े अंगूर का दाना मुँह में डाला। काव्यशास्त्रीय भंगिमाओं में उसका रस चूसा—जैसे वे आमतौर पर लेखकों का खून चूसा करते थे—और अंगूर का बीज साफ-सुथरे फर्श पर थूक दिया।

"अरे, बीज फर्श पर क्यों थूक दिया!" अपनी बुरी आदत के कारण मुझसे टोके बिना नहीं रह गया।

"उग आयेगा क्या?" उन्होंने हेला के साथ पूछा।

समझ गया कि कम्पार्टमेंट के फर्श के गन्दे होने की उन्हें कोई चिन्ता नहीं थी। उन्हें चिन्ता थी तो बस यही कि कहीं कम्पार्टमेंट में अंगूर की बेल न उग आये। वैसे अंगूर की बेल के उग आने को मैं आज तक चिन्ताजनक नहीं मान पाया हूँ। हो सकता है कि उन्हें यह आशंका हो कि बेल उग जाने पर उन्हें शायिका से उठाकर बेल पर टाँग दिया जायेगा।

उनके प्रश्न का उचित उत्तर मुझे नहीं सूझा। मैंने सफाई के महत्त्व पर एक सीधा-सादा भाषण दे डाला। उन्हें बुरा लगा। बोले, "यही तो बुरी आदत है तुममें, सब जगह उपदेशक बने रहते हो।"

स्वीकार करने के सिवा और कोई चारा ही नहीं था कि ऐसा ही है। मैं आज तक यह समझ ही नहीं पाया कि कोई व्यक्ति कैसे अपने घर को तो साफ रखता है पर बस, ट्रेन और सड़कें गन्दी करता फिरता है! इसी समस्या का समाधान पाने के लिए मैंने दूसरों के मामले में टाँग अड़ानेवाली अपनी बुरी आदत का एक बार और सदुपयोग किया था।

कॉलेज के स्टाफ-रूम में मैं अपने एक मित्र के साथ बैठा था। मित्र सिगरेट के रूप में अपना पैसा फूँक रहे थे और धुएँ के रूप में अपनी चिन्ता उड़ा रहे थे। सहसा उन्होंने कालीन पर सिगरेट की राख झाड़ी और जाने क्या हुआ कि सिगरेट को कालीन पर पटककर अपने जूते के तले से उसे कुचल दिया।

मैं जान नहीं सका कि सुलगते सिगरेट से कालीन का तन जला या नहीं, पर मेरा मन अवश्य जल गया।

"घर में इस तरह से गन्दगी फैलाते हो तो तुम्हारी पत्नी तुम्हें कुछ नहीं कहती?"

अपनी ओर से मैंने ट्रम्प कार्ड चला था। पर यह ज्ञान तो मुझे मित्र के उत्तर से ही मिला कि संसार में सब लोग अपनी पत्नियों से मेरे ही समान नहीं डरते। आज भी कुछ शेरदिल मर्द हैं, तो अपनी पत्नी से डरते तो नहीं ही हैं—उसे डराकर भी रखते हैं।

"नो फियर्स!" मित्र ने उत्तर दिया, "घर में घुसते ही ऐसी त्राहि-त्राहि मचा देता हूँ कि किसी को कुछ कहने का साहस ही नहीं होता।"

अब यह कला मेरी भी समझ में आ गयी है। आज का युग त्राहि-त्राहि मचवाने का ही है। कितना भी अनुचित काम किया जाये, पर साथ त्राहि-त्राहि मचवा दी जाये, तो आपका अनुचित काम भी उचित में बदल जाता है।

ज्यामिति के निष्कर्ष

मेरी पत्नी को शिकायत है कि मैं अपने बच्चों से प्यार नहीं करता। बस! मैं प्रसन्न हूँ कि वह यहीं तक कहकर बस कर देती है। यदि आगे भी कुछ कहती तो निश्चित रूप से उसका अगला वाक्य होता है कि मैं पड़ोसियों के बच्चों को प्यार करता हूँ। इस विषय में मैं शत-प्रतिशत निश्चिन्त इसलिए हूँ, क्योंकि जब भी वह यह कहती है कि मैं अपनी पत्नी से प्रेम नहीं करता तो यह आरोप अवश्य लगाती है कि मैं पड़ोसियों की पत्नियों से प्रेम करता हूँ। पड़ोसियों से प्रेम करनेवाला व्यक्ति तो भलामानस होता है, पर पड़ोसियों की पत्नियों से प्रेम करनेवाला आदमी किसी भी सभ्य समाज में भला आदमी नहीं माना जाता। पर पड़ोसियों के बच्चों से प्यार करना भलेपन का ही नहीं, महानता का लक्षण है। अब भला बताइये कि कभी किसी पत्नी ने भी पति पर महान् होने का आरोप लगाया है?

मैंने इधर ज्यामिति का अध्ययन आरम्भ कर दिया है। पत्नी के आरोपों की काट केवल ज्यामिति के पास है। उदाहरण के लिए बड़ा सीधा-सा तथ्य है कि यदि मैं अपने बच्चों से प्यार नहीं करता तो किसी और के बच्चों से भी प्यार नहीं करता; क्योंकि वह मानती है कि अपने बच्चों से अधिक, कोई किसी के बच्चों से प्यार कर ही नहीं सकता। इसलिए ज्यामिति के सिद्धान्तों से यह प्रमाणित हुआ कि जो अपनी पत्नी से प्रेम नहीं करता, वह किसी और की पत्नी से भी प्रेम नहीं कर सकता। जो अपने देश से प्रेम नहीं करता, वह किसी और के देश से भी प्रेम नहीं कर सकता।... बाकी सब जायें भाड़ में, पर एक बात सिद्ध हुई कि मैं किसी और की पत्नी से प्रेम नहीं करता। अतः प्रमाणित हुआ कि मेरी पत्नी का यह आरोप कि मैं उससे प्रेम नहीं करता, सरासर गलत है।

ज्यामिति सचमुच बड़े काम का विज्ञान है। इससे कई ऐसे तथ्य प्रमाणित हो जाते हैं, जो अन्य किसी विज्ञान से नहीं होते। मेरी पत्नी चाय में चीनी नहीं लेती। लोग इसका कारण पूछते हैं तो मैं तनिक भी नहीं छिपाता। साफ-साफ बता देता हूँ कि उसकी सास को मधुमेह का रोग है, इसलिए वह सावधानीवश चाय में चीनी नहीं लेती। तब लोग हँसकर मुझे आयुर्विज्ञान पढ़ाने लगते हैं। वे कहते हैं, देखिये इस रोग की सम्भावना केवल रक्त-सम्बन्धों से ही होती है और सास-बहू में रक्त-सम्बन्ध नहीं होता।

"होता है।" मैं कहता हूँ।

"दुनिया का कोई विज्ञान इसको नहीं मानता।" वे कहते हैं।

मैं समझ जाता हूँ कि उन्होंने ज्यामिति नहीं पढ़ी। मैं उन्हें समझाता हूँ, "मेरे बच्चे का मेरी पत्नी से, अर्थात् अपनी माँ से रक्त-सम्बन्ध है?"

"है!" वे मान जाते हैं।

"मेरे बच्चे का मुझसे, यानी अपने पिता से रक्त-सम्बन्ध है?"

"है!"

"तो मेरा अपनी पत्नी से रक्त-सम्बन्ध हुआ या नहीं?"

"नहीं!"

"क=ख और क=ग तो ख=ग हुआ या नहीं?"

"हुआ।" वे कहते हैं।

"मेरा रक्त-सम्बन्ध अपने बच्चे से है, बच्चे का अपनी माँ से है।" मैं कहता हूँ, "इसलिए ज्यामिति के नियमों से सिद्ध हुआ कि पति-पत्नी में भी रक्त-सम्बन्ध होता है। और पति का अपनी माँ से रक्त-सम्बन्ध होता है; इसलिए बहू का अपनी सास से भी रक्त-सम्बन्ध हुआ।" मैं प्रमाणित करता हूँ, "इसलिए यदि सास को मधुमेह का रोग हो तो बहू को मीठी चीजों से परहेज करना चाहिए।"

सृष्टि के नियमों में एक विकट समस्या प्रेम-विवाह की भी है। मैंने सैकड़ों लोगों से यह प्रश्न किये हैं और मुझे प्रेम-विवाह की परिभाषा के सम्बन्ध में कोई दो व्यक्ति आज तक सहमत नहीं मिले हैं। एक ने बताया कि प्रेम-विवाह वह होता है जो घर से भाग कर किया जाये। किसी और ने बताया, जो विवाह कचहरी या मन्दिर में हो वह प्रेम-विवाह होता है। पर मुझे किसी और ने बताया कि जब बहुत निकट के रिश्ते में विवाह हो तो प्रेम-विवाह होता है, वहाँ प्रेम-विवाह होता है। जब मेरी समझ में कुछ नहीं आया तो मैं ज्यामिति देवी की शरण में गया। ज्यामिति देवी ने संकेत किया और मैं स्केल और कम्पास ले आया। देवी ने कहा, "एक सेंटीमीटर अर्धव्यास का एक वृत्त खींचो।" मैंने वैसा ही किया। देवी ने फिर कहा, "उसी केन्द्र से छः सेंटीमीटर अर्धव्यास का दूसरा अर्धवृत्त खींचो।" मैंने फिर वैसा ही किया। देवी ने कहा, "अब देखो, एक सेंटीमीटर वृत्त के भीतर के लोग निकट सम्बन्धी हैं—यानी चाचा, मौसी, बुआ, मामा! इस वृत्त के भीतर विवाह निषिद्ध है। छः सेंटीमीटर के वृत्त के बाहर जाति, बिरादरी, धर्म और क्षेत्र के बाहर के लोग हैं। उनमें भी विवाह निषिद्ध है। किन्तु एक सेंटीमीटर और छः सेंटीमीटर के भीतर का क्षेत्र विवाह-क्षेत्र है। उनमें किया गया विवाह प्रेमविहीन विवाह होता है।"

ज्यामिति देवी ने बहुत ठीक समझाया था, पर मेरी अपनी बुद्धि ने गड़बड़ कर दी। इस उदाहरण में से मैंने समाजशास्त्रीय निष्कर्ष निकालने आरम्भ कर दिये। अर्थात् जहाँ निषेध हो—प्रेम-विवाह वहीं सम्भव है। अर्थात् सामाजिक मान्यता यह

है कि विवाह से प्रेम का सम्बन्ध नहीं होना चाहिए। जहाँ प्रेम हो, वहाँ विवाह न हो; और जहाँ विवाह हो, वहाँ प्रेम न हो—अरे यही तो जैनेन्द्र कुमार कहते हैं। लगता है कि जैनेन्द्र कुमार का ही दूसरा नाम समाज है।

पर मेरा मन यहीं रुकता है। मैं ज्यामिति की सरल रेखा पर आगे चलता हूँ। ...जहाँ विवाह का निषेध हो, वहाँ विवाह प्रेम-विवाह है, तो जिस क्षेत्र में कमाई का निषेध हो, वहाँ कमाई प्रेम की कमाई कहलायेगी। इसमें हमें 'चोरी-डकैती' आदि व्यवसायों के लिए कितना अच्छा नाम मिला—प्रेम की कमायी। जो खाना निषिद्ध हो—उसे खाया जाये तो वह 'प्रेम का खाना' हुआ। इस प्रकार तो किसी को घर बुलाकर 'प्रेम का खाना' खिलाने के नाम पर निषिद्ध चीजें खिला दी जायेंगी तो धर्म भ्रष्ट हो जायेगा। पर यह भी तो सत्य है न कि निषिद्ध सेब खाने से ही आदम और हव्वा में प्रेम हुआ था और यह सृष्टि आगे चली थी?

देशभक्ति और आत्मा का उत्थान

वे अत्यन्त उच्च कोटि के देशभक्त थे। अपना वर्तमान देश के उज्ज्वल भविष्य के लिए तिल-तिल कर कुर्बान कर रहे थे। देश के भविष्य को लेकर उनकी चिन्ता असाधारण थी। देश का भविष्य देश की अगली पीढ़ी से था। इसलिए अगली पीढ़ी को शक्तिशाली बनाने में उनका दृढ़-विश्वास था। वे सुबह उठकर मुँह अँधेरे पास के एक गाँव में जाते थे। ग्वाले को जगाते थे। स्वयं अपने हाथों बाल्टी धोकर उसको पकड़ाते थे, ताकि वह न तो गन्दी बाल्टी में दूध दुहे और न उसमें पानी मिला सके। फिर भैंस और ग्वाले के सिर पर खड़े होकर भैंस के थनों से बाल्टी में गिरते दूध को आँखें फाड़-फाड़कर देखते रहते थे—ताकि भैंस के थन और बाल्टी के तले के बीच की दूरी में कोई षड्यन्त्र रचित न हो जाये। इस प्रकार वे शुद्ध दूध अपने घर लाते और इस विश्वास के साथ अपने बच्चों को पिलाते थे कि देश की अगली पीढ़ी हृष्ट-पुष्ट है और देश का भविष्य सुरक्षित है।

किन्तु एक दिन कुछ नया घटित हो गया। पता नहीं उन्होंने चक्रवर्ती दशरथ के समान अपने सिर में कोई सफेद बाल देख लिया या उन्हें शुद्धत्व की प्राप्ति हो गयी, या भावी पीढ़ी के प्रति उनका मोह भंग हो गया। बस, आत्मा की मुक्ति की रट लग गयी। उन्हें स्पष्ट दिखायी पड़ रहा था कि सारी प्रभात वेला, जो हजारों वर्षों से आत्मोत्थान और आत्मा के मोक्ष के प्रयत्न करने के लिए अमृतवेला थी, वे माया में फँसे हुए नष्ट कर रहे थे। 'आध जनम हम नींद गंमाइल, जरा-सिसुकत दिन गेला'। उनके जीवन की तो सारी अमृतवेला अपने शिशुओं की मोह-माया में व्यतीत हो जाती है। उनकी देशभक्ति और राष्ट्र के भविष्य के प्रति आस्था भी आत्मा की मुक्ति की इस आँधी के सामने नहीं टिक पायी। अन्ततः मोह के अन्धकार पर ज्ञान की विजय हुई और उन्होंने अपनी पत्नी के साफ-साफ कह दिया कि अब वे अपना मानव-जन्म और नष्ट नहीं कर सकते।

पत्नी भौचक मुद्रा में फटी आँखों से उन्हें देखती रही : अपनी पत्नी और बच्चों से प्रेम करनेवाले इस सद्गृहस्थ को आज क्या हो गया है? वह अपने कर्त्तव्य से कैसे मुँह मोड़ सकता है? राष्ट्रीयता और देशभक्ति के भविष्य का अब क्या होगा?

"तो बच्चे सुबह क्या पियेंगे?"

"दिल्ली मिल्क स्कीम की बोतलों का दूध।" वे दृढ़ता से बोले।

"वह गन्दा और घटिया दूध?" पत्नी ने नाक चढ़ायी।

"सारी दुनिया पीती है!"

पति की दृढ़ता के सामने पत्नी अधिक टिक नहीं सकी। बोली, "पर बोतलें लायेगा कौन?"

"तुम लाओगी, और कौन लायेगा!" वे बोले, "सारे मोहल्ले की औरतें लाती हैं।"

पत्नी समझ गयी कि पति को साधारणीकरण का दौरा पड़ा है। कल तक यही व्यक्ति कहता था, मेरे बच्चे साधारण बच्चों के समान मिल्क स्कीम का दूध नहीं पियेंगे। मेरी पत्नी, मुहल्ले की साधारण औरतों के समान मिल्क-बूथ पर जाकर 'लाइन' में नहीं लगेगी। वह परपुरुषों के धक्के सहने को अभिशप्त नहीं है।

...पर वह विशिष्ट व्यक्ति आज साधारण हो गया था और उसकी पत्नी और बच्चों का भी वैसा ही अधःपतन हुआ था। किन्तु वह व्यक्ति उसे 'उत्थान' की प्रक्रिया कह रहा था।

"सुबह-सुबह अँधेरा होता है और मुझे अँधेरे बाहर निकलते डर लगता है।" पत्नी ने अपना सारा साहस बटोरकर कहा।

"डरने से संसार में कभी कोई काम नहीं हुआ। भय मोह है। उसे त्याग दो!" पति आज ऋषियों की-सी वाणी बोल रहे थे।

"मैं तो अपने मन का डर निकाल भी दूँ।" पत्नी बोली, "पर आजकल सुबह-सुबह बड़ी दुर्घटनाएँ हो रही हैं। स्त्रियों के गहने छीन लिये जाते हैं।"

"गहने पहनकर मत जाओ।" पति बोले, "गहने इसलिए नहीं होते कि पहनकर दूध लाया जाये।"

"गहने न सही!" पत्नी बोली, "अकेली स्त्री का अपहरण भी हो जाता है। तुम चाहोगे कि...!"

"ऐसी सुन्दरी नहीं हो कि तुम्हारे लिए अपहरणकर्ता अपनी सुबह की नींद खराब करें।"

बाध्य होकर पत्नी को पति की आज्ञा का पालन करना पड़ा। वह रात को छड़ी में अलार्म लगाकर सोई और सुबह पाँच बजे जागी। किन्तु उसे यह देखकर आश्चर्य हुआ कि पति उससे भी पहले जागे हुए थे।

"दूध लेने तो मैं जाऊँगी, तुमने अपनी नींद क्यों खराब की?" पत्नी ने पूछा।

"आत्मा की मुक्ति के लिए।"

पत्नी को इतना क्रोध आया कि कहते-कहते रुक गयी कि छत से कूद पड़ो तो आत्मा पूरी तरह मुक्त हो जायेगी।

पर पति के लिए ऐसे अपशब्द सुबह-सुबह न कह सकी और बोतलें उठाकर दूध लेने चली गयी। जाते-जाते कनखियों से देखती गयी कि पति बड़ी व्याकुलता से

बाहरी बरामदे में चक्कर लगाकर अपनी आत्मा की मुक्ति की प्रतीक्षा कर रहे थे।

पत्नी जब मिल्क-बूथ पर धक्के खा, दो बोतलें तुड़ा चार बोतलों में आधा-आधा लिटर दूध लेकर लौटी तो उसने देखा कि पति बैठे समाचार-पत्र पढ़ रहे हैं।

पूछा, "आत्मा मुक्त हो गयी?"

"तमाशा मत बनाओ।" पति डपटकर बोले, "आत्मा की मुक्ति के लिए ज्ञान आवश्यक होता है। ज्ञान समाचार-पत्र पढ़ने से आता है। मैं दूध, भैंसों और गोबर के मोह के अन्धकार में डूबा रहा और लोग समाचार-पत्र पढ़कर ज्ञान-योग के माध्यम से अपनी आत्माओं को मुक्त करते रहे!" उन्होंने घूरकर अपनी पत्नी को देखा, "भविष्य में कभी न कहना कि मैं समाचार-पत्र पढ़ रहा हूँ। आज से यह जान लो कि यह ज्ञान-योग है, ज्ञान-यज्ञ है। आत्मा की मुक्ति की साधना है।"

पत्नी ने दूध की बोतलें पति के चरणों के पास, फर्श पर रख दीं। एक कुर्सी घसीटी और पास ही बैठ गयी, "मैं तुम्हारी धर्मपत्नी हूँ न?"

"हाँ, हो! इसमें क्या सन्देह है।" पति को आध्यात्मिक आवेश का दौरा पड़ा, "मेरा और तुम्हारा धर्म में साझा है, पुण्य में साझा है।..."

"तो लाओ, थोड़ी साधना इधर करो।"

"क्या मतलब?" पति चौंके।

"समाचार-पत्र के कुछ पृष्ठ मुझे भी दो। मैं भी थोड़ा ज्ञान-यज्ञ करूँ।"

पति को समाचार-पत्र माँगा जाना अच्छा नहीं लगा। पुराना रोग है उनका। समाचार-पत्र के पृष्ठ अलग-अलग करने उन्हें अच्छे नहीं लगते। बैड मैनर्स। कोई एक पृष्ठ माँगे तो सारा समाचार-पत्र उसके मुँह पर दे मारते हैं। पर आज सारा समाचार-पत्र पत्नी के मुँह पर नहीं मार सके। यदि समाचार-पत्र दे देंगे तो ज्ञान-यज्ञ अधूरा रह जायेगा। देश की अगली पीढ़ी को दूध भी मशीन का पिलायें और आत्मा की मुक्ति भी न हो।

वे बोले, "मैं पढ़ रहा हूँ। तुम जो दूध लायी हो, उसे उबाल लो।"

पत्नी ने तनिक भी उत्तेजना नहीं दिखायी, "जब तुम दूध लेकर आते थे तो मैं तुरन्त अखबार तुम्हें देकर दूध उबालने चली जाती थी।"

"तुम समाचार-पत्र पढ़ रही होती थी," पति बोले, "और मैं ज्ञान-यज्ञ कर रहा हूँ।"

पर पति का मन अपने ही तर्क से सन्तुष्ट नहीं था। ज्ञान-यज्ञ के नाम पर समाचार-पत्र पढ़ने का कोई तुक नहीं था। उठे और घूमने के लिए पड़ोस के उद्यान में जा पहुँचे।

बाग के पहले ही चक्कर में उनके सामने ज्ञान का एक नया लोक खुल गया। समाचार-पत्र में क्या रखा था : चोरी-डकैती, हत्या, बलात्कार और राजनीति की खबरें। उन खबरों से आत्मा कैसे मुक्त होती? वे तो आत्मा का पतन करतीं। बाग

की सैर अच्छी है। कैसी ठंडी हवा है। प्रकृति का सौन्दर्य चारों ओर बिखरा पड़ा है। सुबह खिले स्वच्छ फूलों को देखो तो मन कितना निर्मल हो जाता है, आत्मा उत्फुल्ल हो जाती है।

उन्होंने निर्णय किया कि वे कल से सुबह उठकर समाचार-पत्र पढ़ने के स्थान पर सैर करने आया करेंगे।

घर पहुँचे तो पत्नी ने तमककर पूछा, "कहाँ गये थे?"

"बाग में सैर कर रहा था।"

पत्नी का दृष्टि बड़ी मुखर थी, जैसे कह रही हो, "तुम बाग में सैर करते रहोगे तो बच्चों को तैयार कर स्कूल भेजने का काम तुम्हारा बाप करेगा।" पर मुँह से इतना ही बोली, "बच्चों को तैयार करने में थोड़ी सहायता कर दिया करोगे तो वे समय से स्कूल जा सकेंगे।"

"तो सैर कब करूँगा?" पति ने रुआँसे होकर पूछा।

"सैर करना बहुत जरूरी है?" पत्नी बोली, "तुम दूध लेने जाते थे तो मैं बच्चों को तैयार करती थी, सैर करने नहीं जाती थी।"

"पर हाथ-पैर नहीं हिलाऊँगा तो शरीर जड़ हो जायेगा। चालीस का हो गया हूँ। सैर नहीं करूँगा तो हार्ट-अटैक भी हो सकता है।"

"हाँ, इस उम्र में व्यायाम बहुत जरूरी है।" पत्नी बोली।

पति प्रसन्न हो गये, "वही तो!"

"तो कल से दूध लेने जाया करो।" पत्नी ने सख्त आवाज में कहा, "सैर हो जायेगी। दूध का डोल उठाकर लाने से व्यायाम भी हो जायेगा। हार्ट-अटैक से बच जाओगे।"

पति के सामने सहमत होने के सिवा कोई चारा नहीं था।

"और हाँ!" पत्नी बोली, "अब चालीस के हो गये हो। चिकनाई से बचो। अब भविष्य में दूध पिओगे नहीं, केवल दूध लाओगे।"

पति को बुद्धत्व प्राप्त हुआ : आध्यात्मिक उत्थान से तो देशभक्ति ही भली थी।

धक्का

उसकी दुकान से बाल कटवाने के अपने पन्द्रह वर्षों के इतिहास में उस दिन पहली बार न केवल वह मेरी ओर देखकर मुस्कराया, बल्कि उसने हाथ जोड़कर नमस्ते भी कर दी। मैं सही मानों में बगलें झाँकने लगा। मेरी समझ में कुछ नहीं आया कि मैं क्या करूँ। एक बार तो सोचा कि वापस लौट चलूँ। शुरू-शुरू में मुझे उससे काफी शिकायत रही थी कि न वह नमस्ते करता है, न मुझे देखकर उसकी आँखों में कोई पहचान उभरती है। मैं वहाँ बाल कटवाने जाता हूँ, नाक कटवाने नहीं। ऐसी जगह जाने का क्या लाभ, जहाँ बाल कटाई ही नहीं बख्शीश भी दो और नाई नमस्ते तक न करे। मैं गुस्से में उसकी दुकान छोड़ गया था। पर जो दूसरा नाई मैंने ढूँढ़ा था, वह न केवल नमस्ते करता बल्कि हँस-हँसकर इतना बोलता-बतियाता था कि उसके शब्दों के साथ उसके मुख से झरनेवाले तुषार-कणों से मेरे बाल गीले हो जाते थे। मुझे सन्देह था कि उससेवालों में एक प्रकार की दुर्गन्ध भी आने लगी है। इसीलिए मैं वापस अपने इस नाशुक्रे नाई के पास लौट आया था।

तो अपनी 'नमस्ते' और रहस्यमयी मुस्कान से जब वह मेरे मन में काफी हलचल मचा चुका तो धीरे से प्रशंसात्मक भाव से बोला, "साब! हम तो आज तक पकड़ ही नहीं पाये।"

मेरी समझ में नही आया कि वह किसे पकड़ने की बात कर रहा है। समाचार-पत्रों में कई प्रकार के लोगों के पकड़े जाने की चर्चा रोज ही रहती है। और अब तो उसकी इतनी आदत पड़ गयी है कि किसी दिन वैसा समाचार न हो तो समाचार-पत्र रसहीन ही नहीं संवादहीन भी लगने लगता है। चोरी-चकारी, हत्या-बलात्कर, काला-बाजार-जमाखोरी, तस्करी-राजनीति इत्यादि में लोग पकड़े ही जाते हैं; पर उनमें कोई साहित्यकार नहीं होता। साहित्यकार तो विद्रोही लेखन के आरोप में ही पकड़े जाते हैं। हाँ, अब तो एक जमाने से कोई इस आरोप में भी नहीं पकड़ा गया। पता नहीं लेखकों में विद्रोह नहीं रहा या पकड़नेवालों में बुद्धि नहीं रही। हाँ, अपवादस्वरूप उस दिन एक ख्यात लेखक के जालसाजी के आरोप में कुख्यात होने का समाचार भी छपा था। मैं डरा, कहीं मेरी दाढ़ी के कारण मेरा नाई मुझे पहचानने में भूल तो नहीं कर रहा।... पर नाई का साहित्यकारों को पकड़ने से क्या सम्बन्ध—बालों में

टहलती जुँओं को पकड़ने से चाहे हो।

पर थोड़ी ही देर में स्पष्ट हो गया कि उसकी रुचि न साहित्यकारों में थी, न उन्हें पकड़ने-पकड़वाने में। उसकी दृष्टि तो मेरी दाढ़ी पर गड़ी थी। मेरी कलमों से लेकर गालों तक की दाढ़ी सफेद थी और उसके नीचे काली।

नाई हँसकर बोला, "दाढ़ी भी रँगवा लेते।"

मेरा मन 'भी' शब्द का अटक गया। दाढ़ी भी...यानी?

मैंने उसकी ओर जिज्ञासा-भरी दृष्टि से देखा।

वह मुस्कराया, "बाल कहाँ से रँगवाते हैं, मैं तो आज तक पकड़ ही नहीं पाया।"

"मैं बाल रँगवाता नहीं हूँ भाई!" मैं घिघियाकर कहा। मुझे उसका यह आरोप उतना ही बुरा लगता था, जितना किसी पतिव्रता को व्यभिचार का आरोप लगता है।

वह अविश्वास से हँसा, "तो फिर दाढ़ी ही क्यों सफेद हो गयी, सिर के बाल क्यों नहीं हुए?"

मुझमें एक बहुत बड़ी दुर्बलता यह है कि मुझे सही समय पर सही बात नहीं सूझती। और यदि पहले से सोच-समझ न रखा हो तो मुँह से बात निकलती ही नहीं। दाढ़ी और बोलों की सफेदी का तुलनात्मक अध्ययन पहले से न कर रखा होने के कारण मैं अपने नाई के तर्क का उत्तर नहीं दे पाया। चुप बैठा रह गया।

उसका साहस बढ़ गया। बोला, "मेरी बात मानिये साब! या तो दाढ़ी भी रँगवा लीजिये या बाल ब्लीच करवा लीजिये। ऐसा ब्लैक एंड वाइट चेहरा अच्छा नहीं लगता।"

मैं समझ गया कि मेरे नाई का सौन्दर्य-बोध एकरूपतावादी है। वह जीवन में वैविध्य बर्दाश्त नहीं करेगा। इस प्रकार के लोग मुझे अच्छे नहीं लगते; पर खुशी मुझे इस बात की थी कि मेरी दाढ़ी देखकर उसकी चुप्पी टूटी थी। और धीरे-धीरे मुझे मालूम होता गया कि मेरी दाढ़ी ने उसी की नहीं बहुतों की चुप्पी तोड़ी थी। दाँत भींचकर चुप बैठे रहनेवाले साहित्यिक आलोचकों के जबड़े भी खुल गये थे।

यह सच है कि शायद ही मेरी किसी पुस्तक की इतनी चर्चा हुई हो; जितनी इन दिनों मेरी दाढ़ी की हो रही है। एक के बाद एक पुस्तक छपकर आती रही और यार लोग चुप्पी लगाये बैठे रहे। किसी ने पुस्तक देखी ही नहीं, किसी ने देखकर भी अनदेखी कर दी। किसी को स्वयं दिखायी तो भी उसने उसे एक ओर ठेल दिया और पुस्तक की चर्चा के स्थान पर बोले, "आज गर्मी बहुत है। अब वर्षा तो हो ही जानी चाहिए।"

मन में आया कि कहूँ, 'मेरे लेखन की अनदेखा करने की नौटंकी बहुत हो ली, अब कुछ चर्चा हो जाये।'

पर दाढ़ी के साथ एकदम ऐसा नहीं हुआ। दाढ़ी किसी को दिखानी नहीं पड़ी। सबको अपने-आप ही दिखायी पड़ने लगी, जैसे उगता सूरज सबको दीख जाता है। उगते सूरज और बढ़ती दाढ़ी में पता नहीं कोई समानता है या नहीं—पर चर्चा दोनों की होती है। किसी आलोचक को नहीं लगा कि दाढ़ी की चर्चा से नरेन्द्र कोहली स्थापित हो जायेगा। पुस्तक की चर्चा में यह खतरा उन्हें रात-भर सोने नहीं देता था। इससे यह भी सिद्ध हुआ कि दाढ़ी बड़ी गुट-निरपेक्ष चीज है। साहित्यिक गुटबाजी यहाँ घुटने टेक देती है।

मजेदार बात यह है कि जिन पुस्तकों को वर्षों खून जलाकर लिखा था, उनके विषय में तो किसी ने पूछा नहीं और दाढ़ी के विषय में तत्काल पूछ बैठे, "इतना सृजन कैसे कर लिया भाई?" जब वे एक चीज का श्रेय मुझे दे ही रहे थे तो मैं क्यों अकड़ता। विनीत स्वर में बोला, "इसमें मेरा तनिक भी श्रेय नहीं है।"

"यह कैसे हो सकता है।" वे बोले, "हम तो अपने चेहरे पर कभी इतनी सघन दाढ़ी नहीं जमा पाये।"

वे पूछते तो मैं उन्हें बता देता कि वे अच्छी कृति भी क्यों नहीं रच पाये, पर बात केवल दाढ़ी की थी। मैंने रहस्य बता दिया, "दाढ़ी को मूड़ना बन्द कर दो।" इच्छा थी उन्हें बता देता कि साहित्य को मूड़ना बन्द कर दो तो अच्छी कृति भी रच लोगे। पर बिना माँगे दान करने के लिए मन नहीं माना।

"ओह!" वे बोले।

उनका 'ओह' मुहल्ले की महिलाओं के चेहरों पर 'उई अल्ला!' या 'हाय राम!' के अन्दाज में आया। एक ने शालीनता से कहा, "भाई साहब! बुजुर्ग नजर आने लगे हैं आप!" दूसरी ने कुछ अधिक आत्मीयता दिखायी, "क्या समझ रहे हैं अपने-आपको! एकदम बुढ़ऊ लग रहे हैं। चलिये मुड़ाइये इसे।"

अब मेरी पत्नी भी बोली, "देख रहे हैं न आप। गली की एक भी औरत को आपकी दाढ़ीवाली सूरत नहीं भायी!"

मन में आया कि पूछूँ कि बिना दाढ़ीवाली सूरत किसी को भायी थी क्या! पर पूछा नहीं। पत्नियों से इतने वैज्ञानिक प्रश्न नहीं पूछे जाने चाहिए।

इस क्षेत्र में अपनी दृष्टि कुछ ज्यादा ही साफ है। कोई संकोच नहीं होता मुझे। कह दिया, "गली की औरतों को पसन्द आने के लिए दाढ़ी नहीं बढ़ायी है मैंने!"

कह तो दिया, पर साथ ही साथ इस वाक्य के खतरों का आभास भी हो गया। इसमें एक ओर तो गली की स्त्रियों के प्रति अपमान और अवमानना का भाव था,

दूसरी ओर पत्नी को सन्देह हो सकता था कि जिसकी पसन्द के कारण दाढ़ी रखी है, वह गली के बाहर है। संयोग कुछ ऐसा हुआ कि गली के बाहर से जो टिप्पणियाँ आयीं, वे दाढ़ी के पक्ष में थीं; अर्थात् बाहरी महिलाओं का सौन्दर्य-बोध दाढ़ियाना था। अब मेरी पत्नी और गली की महिलाएँ एक ओर हैं और विपक्ष गली के बाहर है।

पर मैं अपनी इस छोटी-सी नवजात (कमजात नहीं) दाढ़ी को भौगोलिक सीमाओं या क्षेत्रीयता में उलझाना नहीं चाहता। (अभी यह इतनी बड़ी है भी नहीं कि कहीं उलझ सके।) मैंने तो सदा संकीर्णताओं का विरोध किया है। मेरी रुचि इस बहस में अधिक है कि दाढ़ी के कारण मैं नोबेल प्राइज विजेता पाकिस्तानी वैज्ञानिक मुहम्मद इसलाम लगता हूँ या नोबेल प्राइज विजेता अमरीकी उपन्यासकार अर्नेस्ट हैमिंग्वे। इससे कम में मेरी कोई रुचि नहीं है। पर मेरी समझ में यह भी नहीं आ रहा कि मेरी दाढ़ी से लोगों को कला और विज्ञान का ही आभास क्यों होता है—मेरे पड़ोसी की दाढ़ी से तो उन्हें क्रान्ति करनेवाली तोपों की गूँज सुनायी देती थी। उसने दाढ़ी क्या मुड़ायी कि क्रान्ति को ऐसा धक्का लगा कि वह सौ वर्ष पीछे खिसक गयी।

शायद इससे भी बड़ा धक्का मेरी दाढ़ी देखकर शर्माजी को लगेगा। शर्माजी से मेरा परिचय काफी पुराना है। जब वे पहली बार विदेश से लौटे तो उन्होंने बहुत उल्लसित होकर मेरी ओर स्कॉच ह्विस्की की वह बोतल बढ़ा दी। मैंने ऐसे देखा जैसे ह्विस्की की बोतल न हो, बैंगन हो। पूछा, "क्या है यह?"

वे खिल उठे। अपने स्वर को दुगुना ऊँचा करके बोले, "मैं जानता था कि चखना तो दूर, अरे तुमने कभी देखी भी न होगी।"

"हाँ, नहीं देखी।" मैं बोला, "पर यह है क्या?"

"अरे ह्विस्की है! स्कॉच ह्विस्की!"

"मैं नहीं पीता।" मैं बोला, "मेरे किस काम की?"

वे ताव खा गये, "साले! घामड़! स्कॉच ह्विस्की का अपमान करता है। अब तक नसीब नहीं हुई, तो अब पी! पी नहीं सकता तो किसी को पिलाकर अहसान चढ़ा। कुछ न कर सके तो बेचकर सौ-दौ सौ रुपये कमा ले।"

पर मैंने बोतल को हाथ नहीं लगाया। बोला, "तू इसे ले जा यार! मुझे नहीं चाहिए।"

शर्माजी ने ऐसा बुरा मुँह बनाया जैसे धोखे में छिपकली चबा गये हों।

पर अगली बार वे मेरे लिए फ्रांसीसी आफ्टर शेव लोशन ले आये।

"अरे भाई! यह क्या ले आये।" मैं बोला, "ये सब चीजें मेरे उपयोग की नहीं हैं।"

"तुम्हारे उपयोग का कुछ है भी दुनिया में?" वे बोले, "चुपचाप ले लो! और

दाढ़ी मूड़ने के बाद इससे अपने गालों को सुगन्धित किया करो।"

मित्र का आग्रह था। शीशी थाम ली। कभी-कभार किसी विशेष समारोह में जाना होता तो पत्नी याद भी दिला देती, "वह शर्माजीवाला आफ्टर शेव लोशन लगा लो।"

आज्ञाकारी पति हूँ। उसकी बात मान लेता था।

पर अब?

आफ्टर शेव लोशन अब भी घर में पड़ा है। मैं एक पूरी शीशी भी काम में नहीं ला सका। जब कभी झाड़-बुहार करते हुए, पत्नी की दृष्टि उस पर पड़ जाती है, वह एक बार आग्नेय दृष्टि से मेरी दाढ़ी को भी निहार लेती है। उसकी मुझे विशेष चिन्ता नहीं है। चिन्ता तो मुझे शर्माजी की है। अगली बार जब वे विदेश में मेरे लिए कोई नफीस-सा आफ्टर शेव लोशन लेकर लौटेंगे तो मेरी दाढ़ी को किस दृष्टि से देखेंगे वे?

दुर्घटना

मैं दफ्तर जाने के लिए तैयार होकर बाहर निकला ही था कि मेरी पत्नी दौड़कर मेरे सामने जमीन पर घुटनों के बल ऐसे आ बैठी जैसे लोग मुगल बादशाहों के सामने बैठा करते थे। उसने मेरे पैर भी पकड़ लिये। मैंने यह दृश्य आज तक केवल फिल्मों में ही देखा था। इसलिए इसे पत्नी का व्यवहार न मानकर उसका अभिनय ही माना। पर घर का बरामदा कोई मंच तो था नहीं। यहाँ अभिनय का क्या अर्थ? या यह रिहर्सल मात्र है क्या? रिहर्सल का क्या अर्थ है, उपयुक्त स्थान के अभाव में कहीं भी सम्पन्न हो जाती है।

पूछा, "क्या बात है?"

"तुम्हें मेरी कसम! मेरे सिर की कसम!" वह बड़े मैलोड्रेमेटिक अन्दाज में बोली। मैं डरा, कहीं फर्श पर सिर ही न दे मारे। बोली, "आज दफ्तर साइकिल पर मत जाओ।"

"क्यों?" मैंने अपनी भौचक स्थिति से उबरने का प्रयत्न किया, "साइकिल में पंचर है क्या?"

"नहीं!" उसकी आँखों में आँसू तैर आये, "मेरी बात को मजाक में मत टालो। मुझे अनाथ करने का प्रयत्न मत करो।"

मैं घबराया, "क्या बात है भाई! कुछ मालूम भी तो हो!" मेरी कल्पना ने छलाँग लगायी, कल दफ्तर में अपनी साथी क्लर्क सुषमा के साथ बैठकर मैंने लंच खाया था। किसी ने इस घटना की सूचना धर्मपत्नी के कानों में डाल दी होगी। उसी से परेशान होगी बेचारी। सोचती होगी कि कहीं मैं उसे छोड़ जाऊँ। यह नहीं समझती कि उसे छोड़कर जाऊँगा भी कहाँ। अब मुझे और स्वीकारेगी भी कौन? पर वह दफ्तर जाने से तो रोक नहीं रही थी—बस साइकिल ले जाने से मना कर रही थी।

"देखो!" उसने मुझे बड़ी करुण दृष्टि से देखा, जैसे उस जिगर का सारा दर्द अपनी आँखों में उँडेल दिया हो, जिसके बारे में कहा गया है, 'सारे जहाँ का दर्द हमारे जिगर में है।' "मैंने तुम्हारा साप्ताहिक भविष्य पढ़ा है।"

"तो क्या हुआ," मैंने कुछ और अपटपटाकर पूछा, "क्या इस सप्ताह दफ्तर से साइकिल के चोरी जाने का योग है?"

"नहीं!" वह बोली, "तीव्रगामी वाहन से दुर्घटना का भय है।"

"ओह!" मैंने इतना ही कहा, पर मन में पचासों बातें घूम गयीं। किस युग में रहती है यह मेरी पतिपरायणा पत्नी! यह साइकिल को भी 'तीव्रगामी' वाहन मानती है। यह तो तय था कि मुझे उसकी बुद्धि के अनुसार नहीं चलना है, पर मुझे अपनी बुद्धि से तो सोचना ही था और मेरी सोच तो विज्ञान से लेकर भाषा-विज्ञान तक एक साथ घूम गयी। क्या अर्थ था इस वाक्य का? मैं तीव्रगामी वाहन पर चलूँगा तो दुर्घटना का भय है या तीवग्रामी वाहन मुझ पर आ चढ़ेगा? यदि मैं साइकिल पर जाऊँ तो बस मुझे कुचल सकती है या बस में जाऊँ तो वह दुर्घटनाग्रस्त हो सकती है और मैं मर सकता हूँ। यदि मैं दफ्तर जाऊँ ही नहीं, घर में ही बैठा रहूँ तो कोई तीव्रगामी वाहन, जैसे आकाश पर उड़ता हुआ विमान मेरे घर पर गिर सकता है। किसी मित्र के घर जा बैठूँ, दफ्तर चला जाऊँ—विमान तो कहीं भी गिर सकता है। तो अपना या अपने किसी मित्र का घर क्यों ध्वस्त कराऊँ? विमान को मुझ पर ही गिरना है तो मैं दफ्तर में ही जा बैठूँ। कम-से-कम मेरे घर का तो नुकसान नहीं होगा। मेरा तो जो होगा, सो होगा ही।

पत्नी से पूछा, "तो दफ्तर न जाऊँ?"

"दफ्तर जाने से कौन रोक रहा है।" वह बोली।

उसकी आवाज की थरथराहट में से बोलती घबराहट को मैं पहचान रहा था। मेरा दफ्तर न जाना उसे पसन्द नहीं था। दफ्तर नहीं जाऊँगा तो मित्रों के घर चला जाऊँगा और उनकी पत्नियों से बतियाऊँगा। वहाँ नहीं जाऊँगा तो पान की दुकान पर बैठूँगा और सौन्दर्यशास्त्र की दृष्टि से आती-जाती सुन्दरियों का वर्गीकरण करता रहूँगा।

"तो दफ्तर कैसे जाऊँ? पैदल?" मैंने पूछा।

"नहीं! नहीं!!" वह और भी घबरा कर बोली। इस घबराहट का कारण पहले से भी अधिक स्पष्ट था। बात यह है कि जब कभी हम दोनों एक साथ चलते हैं तो वह हमेशा पिछड़ जाती है और मैं उसे तीव्रगामी वाहन दिखायी पड़ने लगता हूँ।

"तो कैसे जाऊँ!"

"आज बस पर चले जाओ।" उसने नकद साठ पैसे मेरी हथेली पर धर दिये। इस लक्ष्मीरूपा स्त्री को देख मेरे मन में आया कि काश! कहीं इसके मन में मेरी सुरक्षा के विचार से टैक्सी का ध्यान आया होता तो वह मेरी हथेली पर टैक्सी का किराया रख देती। मैं बस में चला जाता और जो पैसे बचते, उसमें कुछ चाय-वाय...

पर मन ने धिक्कारा; पत्नी और सरकार में कुछ तो भेद करना चाहिए। सरकार के ही समान पत्नी को लूटने की इच्छा कोई अच्छी बात तो नहीं है। हर समय खर्च और बिल की हेरा-फेरी।

बस में बैठा तो तीव्रगामी वाहन की बात सोच, थोड़ा-सा भय मन में जागा, पर फिर मैंने अपने-आपसे तर्क करना शुरू किया : तीव्रगामी वाहन का क्या तात्पर्य?

विज्ञान-बुद्धि ने जोर मारा कि ज्योतिष के अर्थ को भी समय के अनुसार ग्रहण करना चाहिए। अरे ये बसें और कारें क्या तीव्रगामी वाहन हैं? तीव्रगामी वाहन हैं सुपर सॉनिक विमान, रॉकेट, अन्तरिक्ष यान...

बस यहीं मेरे मन ने निर्णय कर लिया कि न तो मैं इन तीव्रगामी वाहनों में इस सप्ताह यात्रा करूँगा और न उनके मार्ग में आऊँगा। मेरा यह निश्चय इतना पक्का था कि वह केवल चिन्तन के धरातल तक सीमित नहीं रहा। वह मेरे कर्म में उतर आया। दफ्तर पहुँचते ही मैंने एक प्रार्थनापत्र लिखा :

अन्तरिक्ष यात्रा अधिकारी
भारत सरकार
नयी दिल्ली

श्रीमन्!

मैं अपने कुछ निजी कारणों से इस सप्ताह अन्तरिक्ष यान में यात्रा करने में असमर्थ रहूँगा। कृपया अन्यथा न मानें और मुझे इस सप्ताह के लिए अन्तरिक्ष यात्राओं में अनुपस्थित रहने की अनुमति प्रदान करें।

सधन्यवाद,

भवदीय,
नरेन्द्र कोहली

पत्र को डाक में छोड़कर मैं निश्चिन्त हो गया। मेरी ओर से पूरी किलेबन्दी थी। अब तीव्रगामी वाहन मेरा कुछ नहीं बिगाड़ सकते थे।

पर मेरे निश्चिन्त रहने से क्या होता है। मेरे उस एक छोटे-से पत्र ने अनेक लोगों को चिन्तित कर दिया। डीलिंग क्लर्क के पास जब मेरा पत्र पहुँचा तो उसने रजिस्टर के पृष्ठ उलटे और इस सप्ताह अन्तरिक्ष उड़ान के लिए जानेवालों की सूची में मेरा नाम ढूँढ़ा। पर वहाँ मेरा नाम नहीं था। उसने फिर ढूँढ़ा; पर उसे फिर मेरा नाम नहीं मिला। मेरे नाम में एक बड़ी विकट विशेषता है—जिस सूची में मेरा नाम लिखा न गया हो, उस सूची को हजार बार पढ़ा जाये तो भी उसमें मेरा नाम नहीं मिलता। और सरकारी सूचियों से तो मेरा ऐसा घनिष्ठ सम्बन्ध है कि यदि किसी सूची में मेरा नाम भला आदमी लिख भी दे, तो पढ़नेवाले को वह नाम कभी भी वहाँ दिखायी नहीं देता।

तो उस क्लर्क को मेरा नाम सूची में मिला नहीं। उसने मेरा साप्ताहिक भविष्य तो पढ़ा ही नहीं था, उसने तो केवल सरकरी सूची ही पढ़ी थी। उसकी समझ में यही

आया कि मेरा पत्र छुट्टी के लिए प्रार्थनापत्र था, और छुट्टी कोई तब ही माँगता है, जब उसकी ड्यूटी है। अर्थात् इस सप्ताह नरेन्द्र कोहली नामक व्यक्ति को अन्तरिक्ष उड़ान का दायित्व सौंपा गया था और वह ठीक आम सरकारी कर्मचारी के समान काम को टाल रहा है, इसलिए बहाना मारकर छुट्टी चाह रहा है।...तो इसका अर्थ यह हुआ कि इस व्यक्ति का नाम इस हफ्ते उड़ानें भरनेवालों की सूची में होना चाहिए था, पर है नहीं। निश्चित रूप से ऐसा सूची तैयार करनेवाले की असावधानी के कारण हुआ है। सूची उसके सेक्शन अफसर ने तैयार की थी। अतः यह सेक्शन अफसर की ही भूल थी।

वह कर्मचारी ही क्या जो अपने अधिकारी की भूल का सदुपयोग न करे। क्लर्क उठकर अंडर सेक्रेटरी के पास जा पहुँचा, "साहब! इस अन्तरिक्ष यात्री का नाम इस उड़ान-सूची में नहीं है। सेक्शन अफसर साहब अपनी सीट पर नहीं हैं इसलिए यह मैटर आपके नोटिस में ला रहा हूँ। अब आप जैसा आदेश दें।"

अंडर सेक्रेटरी ने मेरा पत्र देखा, सूची देखी और फिर क्लर्क का मुखड़ा देखा, "काम तो यह सारा सीक्रेट ही है, पर इतना सीक्रेट भी नहीं है कि उड़ानें भरनेवाले का नाम उड़ान-सूची में भी छिपाकर रखा जाये। तुम्हारा यह सेक्शन अफसर एकदम नाकारा है। अभी इसे मीमो भिजवाता हूँ। पर तब तक तुम इस उड़ाकू की फाइल ढूँढ़ कर लाओ।"

कलर्क ने बहुत सिर मारा, पर उस गरीब को अब अपनी सूची में मेरा नाम तक नहीं मिला तो अलमारी में फाइल कहाँ से मिल जाती। उसने आप घबराहट में अंडर सेक्रेटरी को तुरन्त सूचना दी कि इस उड़ाकू की फाइल भी रिकॉर्ड से गायब है। इसका अर्थ यह हुआ कि यहाँ कोई भयंकर षड्यन्त्र चल रहा है, जो हमारी उड़ानों को सैबोटेज करना चाहता है। उसने इस उड़ाकू का नाम सूची में से हटाने के पहले ही उसकी फाइल भी गायब कर दी है और इसका अनुमान है कि इस लड़ाकू से सम्बन्धित सारे डाक्यूमेंट्स भी गायब कर दिये होंगे। यह तो संयोग से उड़ाकू की एप्लिकेशन आ गयी, नहीं तो किसी को इस बात का पता भी न चल पाता और उड़ान के समय उड़ाकू गायब पाया जाता। यह राष्ट्रीय महत्त्व और प्रतिष्ठा का प्रश्न है और देशद्रोह का अत्यन्त शोचनीय कांड भी। कृपया इस सम्बन्ध में तत्काल ऐक्शन लिया जाये।

अंडर सेक्रेटरी ने क्लर्क की टिप्पणी पढ़ी तो उसके हाथों के तोते उड़ गये। भारत सरकार के अति गोपनीय विभाग के अत्यन्त गुप्त कार्यालय में यह घपला! बात तत्काल ऊपर तक पहुँचा दी गयी।

मन्त्रालय के मन्त्री ने तत्काल जाँच करवायी और यह सत्य खोज निकलवाया कि नरेन्द्र कोहली नामक व्यक्ति का नाम पत्रिकाओं की विषय-सूची में तो कभी-कभी होता है, कभी-कभी प्रकाशकों की पुस्तक-सूची में भी होता है। अधिकांशतः वह

बैंकों और सरकारी महकमों से उधार माँगनेवालों की सूची में होता है, पर अन्तरिक्ष उड़ानें भरनेवालों की सूची में वह कभी नहीं होता। इस जाँच से सब लोग बहुत सन्तुष्ट हुए पर भारत सरकार का सतर्कता विभाग अत्यन्त चिन्तित हो उठा। वह तर्क कर उठा कि आखिर नरेन्द्र कोहली जैसे साधारण व्यक्ति को यह कैसे मालूम हो गया कि इस सप्ताह भारत कोई अन्तरिक्ष यान छोड़नेवाला है? इस व्यक्ति को इस सूचना का मिलना निश्चित रूप से प्रमाणित करता है कि कहीं से गोपनीय सूचनाएँ भी बाहर निकल रही हैं और यह बहुत गम्भीर बात है।

नरेन्द्र कोहली को पकड़ मँगाने का आदेश जारी हुए तो पहली बार मेरी कल्पना में यह जागा कि पत्रिकाओं में छपनेवाला साप्ताहिक भविष्य कैसे सच प्रमाणित होता है और तीव्रगामी वाहनों से दुर्घटना का भय मुझे किस रूप में था।

एक और सूरदास

भैयाजी उनके अत्यन्त प्यारे हैं और मुझे वे कभी एक आँख नहीं भाये। इसी को अपने देश में राजनीतिक विरोध कहते हैं। भैयाजी उनके राजनीतिक गुरु हैं और मेरे राजनीतिक विरोधी। पर भैयाजी हम दोनों को ही नहीं जानते। न हम कभी उनसे मिले हैं, न वे हमसे मिले हैं। पर इससे क्या होता है! भैयाजी हमसे कितनी भी दूर सही, पर भैयाजी के चेले और मुझमें बहुत निकट का सम्बन्ध है। हम दोनों पड़ोसी हैं। घर में निकलते-घुसते आमना-सामना हो जाता है। शिष्टाचारवश हँसकर ऊपर से नमस्कार भी हो जाता है। एक-दूसरे का हाल-चाल भी हम पूछ लेते हैं। मौसम के सुहावने अथवा असुहावने होने की चर्चा भी इसमें हो ही जाती है। और मन ही मन कुढ़ते हुए कि किस मनहूस से आमना-सामना हो गया, हम अलग हो जाते हैं।

पर हमारा सम्बन्ध इतने निकट का है कि अलग हो ही नहीं पाते। सब्जी हम एक ही दुकान से खरीदते हैं। दूध भी हमें एक ही बूथ से मिलता है। ब्रेड और अंडे खरीदने की हमारी दुकान एक ही है। हम अपने घरों के दरवाजों के अतिरिक्त भी दिन में तीन बार एक-दूसरे के आमने-सामने पड़ जाने को अभिशप्त हैं। पर जब हम इन सार्वजनिक स्थानों पर मिलते हैं, तो भी बातचीत का शिष्टाचार निभाते ही हैं। भगवान की कृपा से चुप न वे रह सकते हैं और न मैं। वाक्पटुता हम दोनों को ही भरपूर मिली है; तो फिर अपने गुणों का प्रदर्शन तो करना ही पड़ता है।

पर हमारा नियम है कि सार्वजनिक स्थानों पर अपनी निजी बातें नहीं करते। यदि मैं सब्जी की दुकान पर उनसे पूछूँ कि उनका क्या हाल है और उन्हें बताना पड़ जाये कि उन्हें जुकाम पीड़ित किये हुए है; या दूध के बूथ पर मैं पूछूँ कि कैसा चल रहा है और उन्हें कहना पड़े कि बच्चे आजकल दूध पी नहीं रहे और उनके जूठे छोड़े दूध का वे दही जमाकर खाते हैं; अथवा अंडे-ब्रेड की दुकान पर मेरे प्रश्न के उत्तर में यह सूचना देने को बाध्य हो जायें कि महँगाई के कारण उनकी पत्नी आमलेट बनाते हुए तवे पर घी डालने में इतनी कंजूसी करती है कि अंडे का आमलेट बेसन के पूड़े का भी स्वाद नहीं देता—तो यह सब अच्छा लगेगा क्या? घर-परिवार की निजी बातें इस प्रकार सरेआम, सार्वजनिक रूप से प्रकट करना तो गोपनीयता की हत्या है। माना कि गोपनीयता कोई अच्छी बात नहीं है, पर 'प्राइवेसी' को नष्ट करना भी तो भले आदमियों का तरीका नहीं है।

तो ऐसे में हम सार्वजनिक बातें ही करते हैं, "कहिये क्या हाल है आपके भैयाजी का? कुछ सिड़ी हो गये हैं आजकल। कोई ढंग का वक्तव्य ही नहीं देते।"

वे नाराज हो जाते हैं, "सिड़ी हो गये होंगे आप। भैयाजी तो गजब जा रहे हैं। उन्होंने स्पष्ट शब्दों में घोषणा की है कि पापी को दंड अवश्य मिलेगा।"

मैं हँस पड़ता हूँ, "यह तो श्रीकृष्ण भी गीता में कह गये हैं।"

"कौन-से श्रीकृष्ण?" वे चिढ़कर पूछते हैं, "पराग प्रकाशनवाले, कामर्स डिपार्टमेंटवाले या महाभारतवाले?"

मैं उनकी चिढ़ की ओर अधिक ध्यान नहीं देता। जानता हूँ और चिढ़ा दिया तो पूछ बैठेंगे, "कौन-सी गीता?" और माता-पिताओं की कृपा से अपने मुहल्ले में पाँच-छः लड़कियों का नाम गीता है।

मैं कहता हूँ, "श्रीभगवद्गीतावाले श्रीकृष्ण। उन्होंने कहा था कि पापी को दंड अवश्य मिलेगा। उन्होंने ही नहीं, प्रत्येक महापुरुष ने यही कहा है। आपके भैया ने ही कौन-सी नयी बात कह दी है।"

"भैयाजी इसलिए तो महापुरुष हैं, क्योंकि उन्होंने भी वही कहा है।" वे बोले, भैयाजी क्या आपके श्रीकृष्ण से कुछ कम हैं।"

"नहीं जी, आपके भैयाजी कैसे कम होंगे। कम होंगे तो श्रीकृष्ण ही होंगे। श्रीकृष्ण ने तो कौरवों को मरवाया था, आपके भैयाजी उनका पोषण कर रहे हैं।"

"कौरवों क्या होता है," उन्होंने मेरा परिहास किया, "गोरों कहिये। हिन्दी का व्याकरण भी नहीं आता आपको।"

मैं समझ गया, उन्होंने 'कौरवों' को 'गौरवों' सुना है और अपने शब्दकोश के अनुसार उसे शुद्ध भी कर लिया है।

मैं मुस्कराकर रह गया।

"गोरों का पोषण भैयाजी नहीं कर रहे।" उन्होंने सगर्व घोषणा की। गोरों को तो महात्मा गाँधी ने ही देश से भगा दिया। यदि न भी भगाया होता तो भैया गोरों का भी पोषण ही करते। भैयाजी रंग-भेद में विश्वास नहीं करते। फिर शोषण से तो पोषण ही अच्छा है। क्या बुराई है भैयाजी मैं, यदि वे दीन-हीन जन का पोषण करते हैं तो?"

"दीन-हीन जन!" मैं अपना धैर्य खो बैठा, "सारे गुंडों-बदमाशों-डाकुओं और तस्करों का पोषण करते हैं आपके भैयाजी!"

"झूठ है।" वे निर्द्वन्द्व भाव से बोले, "भैयाजी कोई गलत काम नहीं करते। कर ही नहीं सकते। बुरे से बुरा काम, बुरे से बुरा आदमी भैयाजी के स्पर्श से पवित्र हो जाता है..." सहसा वे अपनी नाटकीय मुद्रा छोड़कर मुझ पर झपटे, "कैसे साहित्यकार हैं आप?"

"क्यों?" मेरे साहित्यकार का इससे क्या सम्बन्ध?"

इस आकस्मिक धक्के से मेरे हाथ की दूध की बोतल गिरने-गिरने को हुई।

"आपने उस महान कवि सूरदास को नहीं पढ़ा?"

"पर यह सूरदास कहाँ से बीच में आ गये?" मैं एकदम डर गया था कि सूर पंचशती के नाम पर सरकारी अनुदान डकारकर अब कहीं वे मुझ से चन्दा न माँगें।

पर उन्होंने मुझसे चन्दा नहीं माँगा। स्वयं पर मुग्ध होते हुए बोले, "उस महान कवि ने कहा है, 'इक लोहा पूजा में राखत, इक घर बधिक धरौ; यह दुविधा पारस नहीं जानत, कंचन करत खरौ।"

और तत्काल ही मेरे सामने एक सत्य उद्घाटित हो गया कि भैयाजी के पारस तत्त्व ने हमारे इस मित्र को भी कंचन बना रखा था। मुझ जैसी तुच्छ धातु का उन पर क्या प्रभाव हो सकता था।

"पर सूरदास तो..."

वे छाती फाड़कर नाराज हो उठे, "कुछ नहीं। आप लोग चाहे साहित्यकार हों, चाहे अध्यापक, पढ़ते-लिखते नहीं हैं। आप जिस कवि को महान मानते हैं, जिसे कथा में पढ़ाते हैं, उसकी बात नहीं मानते। पर भैयाजी मानते हैं। भैयाजी सब मनुष्यों को बराबर मानते हैं, बल्कि दुष्टों को, पापियों को अधिक प्यार करते हैं। सभी कहते हैं, गिरे हुओं को प्यार करो। भैयाजी करते हैं।"

मैं भौचक उनका चेहरा देखता रहा। इतना सब तो सूरदास ने भी नहीं सोचा होगा।

बयालीसवीं वर्षगाँठ पर

ठीक अपनी बयालीसवीं वर्षगाँठ के दिन मुझे पता चला कि मेरी एक टाँग लम्बी है और एक छोटी। यदि मैं बाल-कथाओं की उस शैली में कहूँ, जिसमें राजकुमारी एक ही साथ हँसती भी है और रोती भी है; तो कहना पड़ेगा कि यह सोचकर मुझे सुख हुआ कि लम्बी टाँग के नाम से मैं लम्बा आदमी कहलाऊँगा, और दुख यह सोचकर हुआ कि छोटी टाँग के कारण मैं नाटा माना जाऊँगा। पर थोड़े-से चिन्तन के पश्चात् मैं शीघ्र ही इस निष्कर्ष पर पहुँच गया कि टाँगों की इस लम्बाई-छोटाई से मेरे कद के विषय में लोगों की मान्यता पर कोई भी प्रभाव नहीं पड़ने जा रहा; क्योंकि न तो मेरी लम्बी टाँग अन्य पुरुषों की तुलना में लम्बी थी, न छोटी, उनकी तुलना में छोटी थी। हुआ केवल इतना ही था कि मेरी अपनी दोनों टाँगें बराबर नहीं थीं।

अपने शरीर के सम्बन्ध में जब मुझे यह महत्त्वपूर्ण सूचना प्राप्त हुई तो मुझे अपने ऊपर बड़ी हैरानी भी हुई कि कैसे मैं बयालीस वर्षों तक, बावजूद अपनी छोटी-बड़ी टाँगों के, इतने सन्तुलित ढंग से चलता रहा हूँ कि मुझे स्वयं ही पता नहीं चला कि मेरी दोनों टाँगें बराबर नहीं हैं। उन लोगों की पर्यवेक्षण शक्ति पर पड़ा आश्चर्य हुआ, जो इतने वर्षों से मुझे देख रहे थे और कभी जान नहीं पाये कि मेरी दोनों टाँगें बराबर नहीं हैं।

यह ज्ञान मुझे बड़े ही विचित्र ढंग से मिला। हुआ यह कि सूट सिलवाने की तो अपनी औकात ही नहीं थी। शामत के मारे हम अपनी बयालीसवीं वर्षगाँठ पर, मुहल्ले के दर्जी से एक पतलून सिलवा बैठे। पतलून सिलकर आयी तो हम उसे पहन भी बैठे। अपनी यह बड़ी बुरी आदत है कि नया कपड़ा आया नहीं और हमने पहना नहीं। यह नहीं कि बेचारा सिलकर आया है। थका होगा। जरा वार्ड-रोब में आराम ही कर ले। सिलकर आने और चलकर आने में कोई इतना अन्तर तो है नहीं कि चलकर आनेवाला तो थक जाये और सिलकर आनेवाला न थके।

इसका अर्थ यह नहीं है कि नया सिला कपड़ा हम पहन लेते हैं और पुराना वार्ड-रोब में टँगा रहने देते हैं। कपड़ा पुराना हुआ नहीं, कि हमने किसी को दिया नहीं। कपड़े को पुराना हुआ हम मानते ही तब हैं, जब हमारा नौकर उसे घर की झाड़-पोंछ के लायक नहीं मानता। हम उन शरीफ लोगों में नहीं हैं, जिनके बार्ड-रोब में टँगे सूट वर्षों, परकीया के समान उन्हें रिझाने का प्रयत्न करते रहते हैं और वे

पलटकर उनकी ओर देखते भी नहीं हैं। हमारे वार्ड-रोब तो साहब आज तक चिर वैधव्य ही भोग रही है और आगे भी भोगेगी।

तो, नयी सिलकर आयी पतलून हमने तुरन्त पहन ली। पहनकर शीशे के सामने जाने की नौबत नहीं आयी, वैसे ही नजर झुकाकर देखा... नजर झुकाने से अभिप्राय संकुचित होना या शरमाना नहीं है। बस नीचे की ओर देखा तो पाया कि पतलून की एक टाँग दूसरी से लम्बी है। ऐसा लगा हमें अज्ञानवश ही था; पर जब तक ज्ञान का प्रकाश आकर अज्ञान के अन्धकार का नाश नहीं कर दे तब तक अज्ञान की बात ही सत्य मानी जाती है। तो हमने भी यही मान लिया कि उस दर्जी ने हमारी पतलून खराब कर दी है। बेवकूफ कहीं का—हर समय गले में नापने का फीता लटकता रहता है, पर उससे पतलून को नापता तक नहीं है। फीता न हुआ, साहित्य अकादमी का पुरस्कार हो गया, जिसके गले में मर्जी लटका दो। कम-से-कम नापने का फीता तो ठीक आदमी के गले में लटकाना चाहिए।...वैसे भी दर्जी के विषय में अपनी धारणा एकदम अच्छी नहीं है। मैं सदा से मानता आया हूँ कि दर्जी वह व्यक्ति होता है, जो सीने के नाम पर आपके कीमती-से-कीमती कपड़े को खराब करने का परिश्रम आपसे सिलाई के नाम पर वसूलता है।

तो साहब! हम चल दिये टेलर मास्टर नामक उस सज्जन से मिलने। यह नाम बड़ा ही भ्रामक है। मैं वर्षों तक, गले में लटकाये इस व्यक्ति को 'मास्टरजी' सम्बोधन के कारण किसी स्कूल का अध्यापक ही समझता रहा था और मन ही मन कुढ़ता रहा था कि यह सकूल में पढ़ाने क्यों नहीं जाता—हमेशा दर्जी की दुकान पर अड्डा क्यों लगाये रहता है। बात केवल 'मास्टर' तक ही नहीं है। 'टेलर' भी ऐसा ही बखेड़ेवाला शब्द है। मुझे जानकर बड़ा धक्का लगा था कि 'टेलर इंस्ट्रूमेंट कम्पनी' से दर्जी का कोई सम्बन्ध नहीं है। टेलर किसी अमरीकी सज्जन का नाम है। अमरीकी लोग नाम रखने के क्षेत्र में जाने इतने घामड़ क्यों हैं!

दर्जी के पास पहुँचकर मैंने पतलून की टाँगें छोटी-बड़ी होने की शिकायत की तो उसने मुझे ठीक वैसे ही देखा, जैसे चिड़ियाघर में अपने पिंजरे के सामने आ खड़े हुए अतिथि को उल्लू देखता है।

"मैं आपकी बड़ी इज्जत करता हूँ मास्टर साहब!" कॉलेज में पढ़ाने की नौकरी करने के कारण वह मुझे 'मास्टर साहब' कहता है, "पर आज कह ही लेने दीजिये कि आप जैसा भकुआ आदमी भी मैंने नहीं देखा।"

"क्या मतलब?" यद्यपि मैंने बरसों पहले अपनी पत्नी से भी नाराज होना छोड़ दिया था, पर आज नाराज होने का मन हो ही आया—"आप होश में तो है मास्टरजी!"

"जी, आप खुद भी देखिये न!" दर्जी ने कहा, "आप यह तो देख नहीं रहे कि आपकी एक टाँग छोटी है और एक बड़ी। पतलून की शिकायत करने यहाँ तक आ पहुँचे।"

"मेरी एक टाँग छोटी है और एक बड़ी?" मैंने उसे डाँटने का प्रयत्न किया, "मुझे आज तक किसी ने नहीं कहा।"

"देखिये साहब! मैं आपके साथ बहस नहीं करना चाहता।" वह बड़े ही नम्र स्वर में बोला, "कुछ होने के लिए किसी का कहना आवश्यक नहीं होता।"

"कोई न भी कहे तो मुझे तो मालूम होता।" मैंने अपने क्रोध को बनाये रखने का प्रयत्न किया, "बयालीस वर्षों तक मेरी टाँगें छोटी-बड़ी नहीं थीं तो आज कैसे हो सकती हैं?"

"जब किसी दिन डॉक्टर आपको कहेगा कि आपको कैंसर या हृदय-रोग है तो उसको यही कहियेगा कि आज तक नहीं था तो अब कैसे हो गया?" उसने उल्टे उन्हें ही डपट दिया।

"तुम डॉक्टर हो क्या?" मैं उनसे दबा नहीं।

"डॉक्टर क्या होता है," वह तनिक भी नहीं सहमा, "वह शरीर के भीतर के दोषों को बताता है, हम उसके बाहरी दोषों को बताते हैं। शरीर के एक-एक खम को बताते हैं जनाब।"

मेरे सामने ज्ञान का एक नया संसार खुल रहा था। दर्जी और डॉक्टर एक ही चीज हैं, वह मुझे आज ही पता चला था। मैं डॉक्टरों का बड़ा सम्मान करता हूँ, उसी क्षण से मेरे मन में दर्जियों का सम्मान भी जाग उठा।

"डॉक्टर तो रोगों को दूर करता है, तुम भी कुछ करते हो क्या?" मैंने उससे पूछा।

"डॉक्टरों से ज्यादा।" वह बोला, "वह तो रोगों को ही ठीक करता है, हम तो दोषों को भी ठीक करते हैं।"

"मैं समझा नहीं।" मैंने विनीत होकर पूछा।

"कार्य-पद्धति में गड़बड़ हो जाये, यानी फंक्शन डिफेक्ट, तो उसे डॉक्टर ठीक करता है।" वह बोला, "पर रचना दोष यानी मैन्युफैक्चरिंग डिफेक्ट को तो हम ही ठीक करते हैं।"

"जैसे?"

"एक साहब का एक कन्धा ऊँचा था और एक नीचा", उसने बताया, "दुनिया का कोई डॉक्टर उनके कन्धों को बराबर नहीं कर सका। यहाँ तक कि अमरीका के सर्जन भी असफल हो गये। वह बेचारा इस दुख में तड़प-तड़पकर आधा रह गया।" वह मुस्कराया, "मेरे पास आकर रोया कि हजारों रुपये लुटा चुका, पर किसी ने कन्धे बराबर करके नहीं दिये। मैंने उसे तसल्ली दी और कुल चार सौ रुपयों में दोनों कन्धे बराबर कर दिये।"

"कैसे?" मैं आयुर्विज्ञान के इतिहास के इस चमत्कार को सुनने के लिए बहुत आतुर हो उठा था।

"बहुत आसान है मास्टर साहब!" उसने मुस्कराकर मुझे आँख मारी, "एक कोट सी दिया, जिसमें छोटे कन्धे की ओर खूब रुई भर दी, इसे अंग्रेजीवाले पैडिंग कहते हैं न! बस दोनों कन्धे बराबर हो गये।"

"मेरा भी कोई इलाज है क्या?" मैंने मानवता के उस नये मसीहा से पूछा।

"क्यों नहीं!" वह पूरे आत्मविश्वास के साथ मुस्कराया, "अब आप बूढ़े हो रहे हैं। दुनिया भरके रोग आपको घेरेंगे। आपका थोड़ा-बहुत इलाज डॉक्टर भी करेंगे, पर ज्यादा काम तो हम ही आयेंगे।"

मैं उसकी ओर देखता रह गया, बोला कुछ नहीं।

"अभी तो आपके लिए एक ऐसी पतलून भी देता हूँ, जिसकी एक टाँग लम्बी हो और एक छोटी। बस दोनों टाँगें पूरी ढक जायेंगी। कोई जान भी नहीं पायेगा कि आपकी टाँगें छोटी-बड़ी हैं।" उसने क्षमा-याचना की-सी मुद्रा बनायी, "श्रीमान्! यह कष्ट तो आपको हमारी ईमानदारी के कारण हुआ। हम अपनी ईमानदारी छोड़ देते तो आपको कोई कष्ट नहीं होता।"

मैं भकुआ सरीखा उसकी ओर देखता रहा।

"अब देखिये न!" वह बोला, "इस साल अपनी दुकान का कैलेण्डर हमने छपवाया है, उस पर लिखवा दिया है, 'ऑनिस्टी इज आवर बेस्ट पॉलिसी।' बस, इसी मजबूरी में हम अपनी ईमानदारी नहीं छोड़ पाते। नहीं तो हमारे लिए क्या मुश्किल था, आपकी पतलून की टाँगें पहले से ही छोटी-बड़ी सी देते, तो आपको कष्ट न होता। पर जब तक आप हमें विशेष रूप से आदेश न दें, हमारी ईमानदारी का तकाजा यही है कि हम आपकी दोनों टाँगें बराबर ही सियें। आप इस असुविधा के लिए बुरा न मानें श्रीमान्!"

मुझे वह संसार में अपना सबसे बड़ा शुभचिन्तक लगा। और ईमानदार कितना था! एक ऐसा ही ईमानदार दुकानदार मुझे पहले भी एक बार टकरा गया था।

मैंने उसकी दुकान से अपने बच्चे के लिए डेढ़ सौ रुपये का एक खिलौना खरीदा था। खिलौना खरीदकर मैंने उससे कहा था, "दाम कुछ तो कम कीजिये। आपको नहीं लगता कि आप ज्यादा पैसे माँग रहे हैं?"

"आप ठीक कह रहे हैं।" वह बोला था, 'दाम हैं तो कुछ ज्यादा ही। मैं कम कर भी सकता हूँ। पाँच रुपयों में आपको कोई फर्क नहीं पड़ेगा। फर्क मुझे भी नहीं पड़ेगा। पर कम करने से सिद्धान्त टूट जायेगा।" उसने दुकान में लगे एक बोर्ड की ओर मेरा ध्यान खींचा, "देखिये हमने लिख रखा है 'एक दाम', यानी फिक्स्ड प्राइस। क्या आप चाहेंगे कि कुल पाँच रुपयों के लिए किसी का सिद्धान्त टूटे? आप स्वयं सोचिये, सिद्धान्त बड़ा है या पाँच रुपये?"

मैं उससे सहमत हो गया कि सिद्धान्त के सामने पाँच रुपये कोई चीज नहीं हैं। सिद्धान्त के लिए तो लोगों ने अपने प्राण दे दिये थे। मैं क्या पाँच रुपये नहीं

छोड़ सकता था।...मैंने पाँच रुपये छोड़ दिये।

और यह मेरा दर्जी था कि मेरी खातिर अपने सिद्धान्त भी तोड़ने को तैयार बैठा था। मेरी इच्छा हुई, उसके चरण छू लूँ।"

"इतना ही नहीं," वह बोला, "अब बुढ़ापे में आपकी कमर भी झुकेगी। हम आपको ऐसा कोट सी देंगे, जिसे पहनकर पीछे से आपकी झुकी कमर या कूबड़—कुछ भी दिखायी नहीं देगा। जिस किसी पर आपको अच्छा प्रभाव डालना हो, हमारा कोट पहनकर, उसकी ओर पीठ कर, खड़े हो जाइयेगा।"

मुझे वह दर्जी अपनी भविष्य-निधि-सा प्यारा लगा। कितना खयाल है उसे मेरा!

उस दिन घर लौटकर सन्त कवियों के समान मैंने स्वयं को नीच और पापी घोषित करके बहुत धिक्कार। कितना दुष्ट हूँ मैं! दर्जियों के विषय में कितने दूषित विचार थे मेरे!

द्वन्द्वात्मक भौतिकवाद

रामलुभाया से मेरा मतभेद है; अक्सर ही होता है। मैं मानता हूँ कि अपने देश में जनतान्त्रिक शासन प्रणाली है, और उनका विचार है कि यहाँ द्वन्द्वात्मक भौतिकवाद लागू है।

"द्वन्द्वात्मक भौतिकवाद कोई शासन प्रणाली नहीं है महाराज!" मैंने उन्हें समझाया, "यह एक दार्शनिक सिद्धान्त है।"

"होगा! होगा!" उन्होंने दार्शनिक मुद्रा में कहा, "आवश्यक नहीं है कि जो सिद्धान्त है, हम उसी को मानें। यह भी तो सम्भव है कि जो हम मानते हैं, वह सिद्धान्त हो जाये।"

मैं सहमत हो गया। बात को आगे चलाने के लिए सहमति आवश्यक होती है।

"भौतिकवाद तो तुम समझते ही हो," उन्होंने भाष्य किया, "अर्थात् भौतिक मूल्यों को माननेवाला। तुम मानोगे कि भारत में आध्यात्मिकता के स्थान पर भौतिकता बढ़ रही है।" वे उदाहरण सोचने की मुद्रा में चुप रहे, "जैसे किसी भी बच्चे से पूछो कि वह बड़ा होकर क्या बनेगा तो कोई यह नहीं कहता कि वह संन्यासी या ऋषि बनेगा। सब इंजीनियर, डॉक्टर या आई.ए.एस. अफसर बनना चाहते हैं। है न भौतिकता?"

"है।" मेरे पास सहमत होने के सिवाय कोई चारा ही नहीं था।

"द्वन्द्वात्मकता जरा विस्तार से समझानी पड़ेगी।" वे बोले, "है समय? सुनोगे?"

"क्यों, समय की क्या कमी है?" मैंने पूछा।

"सारी दुनिया कह रही है कि जीवन बहुत व्यस्त है, किसी के पास समय नहीं है," उन्होंने सिद्धान्त-वाक्य उच्चारा।

"पर मैं तो देखता हूँ मित्रवर!" मैं बोला, "कि इस देश में हर समय सिनेमाघर अटे पड़े रहते हैं। होटलों-रेस्ट्राओं में खड़े होने की जगह नहीं होती। क्रिकेट मैच से लेकर सर्कस तक में भीड़ होती है। बाजार में, सड़कों पर, मेले-ठेले में सब जगह लोग अपना समय नष्ट कर रहे होते हैं। कहाँ है वयस्तता या समय का अभाव?"

"एक्जैक्टली!" रामलुभाया ने ताली बजायी, "यही है द्वन्द्वात्मकता। समय नहीं है पर हर समय खाली हैं। हो गया न सिद्ध इस देश में द्वन्द्वात्मक भौतिकवाद? यही

तो मैं कह रहा था।"

अब मुझे अपनी द्वन्द्वात्मकता का बोध हुआ। मैं रामलुभाया का विरोध करते-करते उसका समर्थन कर बैठा था।

"एक उदाहरण से सिद्धान्त नहीं बनता।" मैंने सख्त आवाज में कहा, "वैज्ञानिक सिद्धान्त इस प्रकार निष्कर्षित नहीं होते।"

"और उदाहरण लो।" वे बोले, "तुम जानते हो कि हमारी राष्ट्रीय नीति है कुटीर उद्योग का विकास।"

"हाँ! हमने स्थान-स्थान पर खादी भंडार खोल रखे हैं।" मैंने कहा।

"हाँ!" उनका 'आँ' जरा लम्बा खिंचा, "भंडार इसलिए खोले हैं कि खादी का प्रचार हो। प्रचार का अर्थ है कि लोग आपकी दुकान पर आयें, कपड़ा खरीदें और पहनें।"

"हाँ!" मैं बोला।

"और जब कोई ग्राहक खादी भंडार में जाता है तो जानते हो कि सेल्समैन अपने व्यवहार से बहुत जल्दी समझा देता है कि वह कपड़ा बेचने की नौकरी नहीं कर रहा, देश की सेवा कर रहा है। इसलिए ग्राहक उसे परेशान न करे। परिणामतः ग्राहक लौट जाता है। प्रचार करने के लिए खोली गयी दुकान से ग्राहक यह सीखकर आता है कि खादी नहीं पहननी चाहिए।... हुआ द्वन्द्वात्मक भौतिकवाद?" उन्होंने मेरी ओर देखा।

"हुआ!" मेरे मुख से निकला।

"और देखो!" वे बोले, "अपने देश के सारे प्रकाशक चिल्ला रहे हैं कि कोई पुस्तक नहीं खरीदता।"

"हाँ!" मैं बोला।

"तो पुस्तकों का प्रचार होना चाहिए?"

"हाँ! होना चाहिए।"

"कैसे हो?" उन्होंने पूछा।

"पाठकों को अधिक सुविधाएँ दी जायें!"

"तो जरा सुविधा देने का ढंग देखो।" वे बोले, "मैं एक बड़े प्रकाशक की दुकान पर गया। ढाई सौ रुपये की पुस्तकें खरीदीं। पूछा, 'आप मुझे कितनी छूट देंगे?' 'व्यक्तिगत खरीद के लिए हम कोई छूट नहीं देते।' मैंने पूछा, 'रामलुभाया खरीदे तो कोई छूट नहीं और यदि ग्रेटर कैलाश पुस्तकालय खरीदे तो?' 'पच्चीस प्रतिशत छूट।' उसने कहा। 'तो फिर पुस्तकालय को ही खरीदने दो।' कहकर मैं लौट आया।"

"आपने पुस्तकें नहीं खरीदीं?" मैं चकित था।

"अजी, राम का नाम लो।" वे बोले, "अब जीवन-भर कभी कोई पुस्तक नहीं

खरीदूँगा, अब तो पुस्तकालय से लेकर ही पढ़ूँगा।...मिली द्वन्द्वात्मकता?"

"मिली!" मैंने बोला।

"और सुनो।" उन्होंने अपनी बात आगे चलायी, "अपने देश में फिल्मों का बहुत प्रचार है?"

"है!"

"उसका दुष्प्रभाव भी बहुत है?"

"है!"

"इस दुष्प्रभाव को काटने के लिए नाटक का विकास होना चाहिए? विशेष रूप से बच्चों के लिए।"

"होना चाहिए।"

"उसके लिए हमने क्या किया?"

"हमने राष्ट्रीय नाट्य विद्यालय की स्थापना की।"

"ठीक।" वे बोले, "मेरी पत्नी ने बताया कि राष्ट्रीय नाट्य विद्यालयवाले बच्चों के लिए दो नाटक 'एकलव्य' और 'काबुलीवाला' कर रहे हैं। टिकटें ले आना। मैं दस किलोमीटर चलकर टिकटें लेने गया और दस किलोमीटर लौटा भी।"

"स्वाभाविक है।"

"8 जनवरी, 1982 को हम पति-पत्नी अपने दोनों बच्चों के साथ दस किलोमीटर चलकर नाटक देखने गये। पहले तो उन्होंने हमें यह सिखाया कि समय की पाबन्दी दंडनीय है, जबकि टिकट पर साफ-साफ लिखा था 'Please be in time.' पर हमने नाटक की रुचि नहीं छोड़ी। डटे रहे। राशन लिये बगैर लौटना मुझे स्वीकार हो सकता है, पर नाटक देखे बिना नहीं। और फिर मैं तो देश की अगली पीढ़ी की रुचि सँवारने के लिए उन्हें नाटक दिखाने ले गया था। नाटक समय से शुरू नहीं हुआ तो क्या मैं अपने राष्ट्रीय दायित्व से मुँह मोड़ लेता?"

"कभी नहीं!" मैंने कहा।

"हम लोग बाल रंगमंच के विकास के लिए वहाँ बैठे रहे।" उन्होंने बताया, "जब पहला नाटक 'एकलव्य' समाप्त हुआ तो निर्देशक महोदय बाल कलाकारों के चित्र लेने मंच पर आ गये। हमने पूछा, 'क्यों साहब! दूसरा नाटक?' 'आज एक ही होगा।' वे बोले। 'पर हमारी तो टिकटों पर दूसरे नाटक का भी नाम लिखा है।' मैंने कहा। 'लिखा होगा।' वे बोले, 'तो हम क्या करें?' मैंने पूछा। 'काउंटर पर जाकर बात कीजिये।'..."

"तो आप काउंटर पर गये?" मैंने पूछा।

"जी हाँ! गये। हम तो बाल रंगमंच का विकास करके ही लौटना चाहते थे, उनके दुर्व्यवहार से क्या होता।" रामलुभाया बोले, "हम काउंटर पर गये। काउंटरवाले ने कहा कि उसे जितनी मुहरें दी गयी हैं, उसने टिकट पर लगा दी हैं। अब वह क्या

करे। उसने हमें सलाह दी कि हम डायरेक्टर महोदय से बात करें। पर हम वहाँ नहीं गये।”

“तो आप कहाँ गये?”

“हम गये उनके एक अधिकारी कटारिया साहब के पास।” रामलुभाया बोले, “उनसे हमने अपनी शिकायत कही। ‘गलती से हो गया होगा।’ वे मुस्कराये। ‘आपने तो बड़ी सरलता से कह दिया कि गलती से हो गया।’ मैं बोला, ‘पर हम जो चार आदमी पूरा दिन खराब करके पूरी टिकट खरीदकर इतनी दूर से आये हैं। हमारी असुविधा और नुकसान का क्या होगा?’”

रामलुभाया रुक गये।

“फिर?” मैंने पूछा।

“उन्होंने पूछा, ‘टिकट नम्बर?’ ‘179, 180, 233, 234’ मैंने नम्बर बता दिये। वे मेरी टिकटें लेकर उठ खड़े हुए, ‘आप बैठिए, मैं अपने अधिकारी से बात करके आता हूँ।”

“वे लौटे?” मैंने पूछा।

“लौटे और बोले, ‘पूरी टिकटों का दाम है छः रुपये। आपने एक नाटक देख लिया है, इसलिए आधे पैसे लौटाये जा सकते हैं–यानी तीन रुपये।’ ‘और हमारा समय, असुविधा, दूरी?’ मैंने पूछा। ‘तो जो आपका जी चाहे कर लीजिये।’ मुझे क्रोध आ गया। मैंने कहा, ‘अब जो कुछ होगा, उसके जिम्मेदार आप होंगे। मैं नहीं।’ ”

“तो क्या हुआ?” मैंने पूछा।

“होना क्या था,” रामलुभाया बोले, “मैंने अपना द्वन्द्वात्मकता का सिद्धान्त पुष्ट कर लिया है। मैं मानता हूँ कि इस देश में बाल नाटक का प्रचार-प्रसार न हो, इसलिए राष्ट्रीय नाट्य विद्यालय ने बाल-नाटक आरम्भ दिये हैं।” वे रुककर बोले, “इतना ही नहीं, हम लोग जिस क्षेत्र में विकास रोकना चाहते हैं, उस क्षेत्र के विकास के लिए एक संस्थान खोल देते हैं। बस विकास अपने-आप रुक जाता है!...सहमत हो?”

“सहमत! सौ प्रतिशत!” मैं बोला।

उनके घर आग लगी

सूचना मिली कि उनके घर में आग लग गयी है और एक पूरा कमरा जल गया है। अपना कलेजा ठंडा हो गया। सोचा, उनके घर रोज ऐसा हो। भगवान की यह कृपा बार-बार उन पर हो। पर थोड़ी ही देर में समझ आ गया कि अपनी खुशी ऐसे नहीं सँभलेगी। इस खुशी को स्थायी बनाने के लिए आवश्यक है कि अपनी सहानुभूति प्रकट करने के बहाने उनके घर जाया जाये। उनका उड़ा हुआ चेहरा, उनकी सूजी हुई आँखें, उनकी बँधी हुई हिचकियाँ...वाह! तबीयत खुश हो जायेगी। साले! हमसे जलते थे न! जो हमसे जलेगा, उसका घर ऐसे ही जल जायेगा...

अपने यहाँ बड़ा अच्छा प्रचलन है। खुशी के अवसर पर किसी के घर जाओ न जाओ, पर शोक के अवसर पर अवश्य जाओ। खुशी के अवसर पर जाओ तो अगला अपनी प्रसन्नता में बहुत ऊँचाई पर उड़ रहा होता है। आपको वह कुछ समझता ही नहीं। आप ही उस वातावरण में स्वयं को छोटा महसूस करने लगते हैं; और उत्सव से लौटते हैं तो उदास होकर। इसके विपरीत जब शोक के मौके पर जाते हैं तो अगला अपने दुख से बेहाल होता है। उस समय अपनी दीन-हीन अवस्था के कारण, वह आनेवाले प्रत्येक व्यक्ति को अपने से बड़ा प्रसन्न और श्रेष्ठ मानता है। जब आप अपनी सहानुभूति प्रकट कर लौटते हैं तो बहुत प्रसन्न होते हैं कि वह देखा भाग्य का मारा कैसे सिर पटक-पटककर रो रहा था और हम हैं कि भाग्य सोना बरसा रहा है...इसीलिए हमारे पूर्वजों ने कहा है कि किसी की खुशी में जाओ न जाओ, पर उनके शोक में अवश्य जाओ। मैं भी अपना सुख दुगुना करने के लिए उनके घर चला।

मृत्यु के अवसर पर भी तम्बू तो लगते ही हैं। तम्बू के भीतर किराये की विभिन्न मेजों पर उनकी जली हुई चीजें रखी थीं और उनके साथ-साथ चित्र लगे हुए थे, कि जलने के पूर्व वे वस्तुएँ कैसी थीं। लग रहा था जैसे उनके घर आग न लगी हो, हड़प्पा की खुदाई से नकली चीजों की प्रदर्शनी लगी हो।

भीड़ में घिरे प्रसन्न वदन वे लोगों को बता रहे थे कि आग उनके वीडियो से शुरू हुई थी। मेरे मन ने तत्काल प्रतिक्रिया प्रकट की : उच्च श्रेणी की आग थी। वीडियो से पैदा हुई थी। अंगीठी या सिगरेट-बीड़ी से शुरू होनेवाली टुच्ची आग नहीं थी। वीडियो की आग! वाह! पता नहीं वीडियो जर्मनी में बना था, जापान में या अमरीका में। उससे

लगी आग, झारसुगुड़ा में बनी बीड़ी की आग से तो भिन्न होगी ही।

"अरे! आपको नहीं पता कि हमारे पास वीडियो था।" वे किसी से कह रहे थे, "नहीं! नया-नया नहीं था। काफी पुराना हो गया था। नये का मूल्य तो कुल साठ हजार है। वह बढ़िया क्वालिटी का था—पुराना। उसका मूल्य बाजार में पचहत्तर हजार था।"

मैं फिर एक झटका खा गया। यह टोटका तो मुझे आज तक किसी ने बताया ही नहीं था। मैं तो अपनी हर चीज को नया बताना चाहता था। पर नयी चीजें जैसे-जैसे घटिया सिद्ध होती जा रही हैं, बाजार में पुरानी चीजों का भाव बढ़ता जा रहा है। कुछ दिनों में लोग हनीमून के लिए जायेंगे और लोगों को बतायेंगे कि वे अपने विवाह की सिलवर जुबली मना रहे हैं।

इस सन्दर्भ में मुझे एक घटना याद आ रही है। मैं यात्रा कर रहा था और मेरे एक सहयात्री लगातार अपने जीवन के सिद्धान्तों की श्रेष्ठता का बखान करते जा रहे थे। अनेक सिद्धान्तों के पश्चात् उन्होंने घोषणा की, "मेरा परखा हुआ है कि किसी का बच्चा गोद लेने से अपना बच्चा भी हो जाता है।"

"आपने कैसा परखा है?" किसी ने पूछा।

"अजी! मैंने तो अपने विवाह के तीन महीने बाद ही अपने छोटे भाई का बच्चा गोद ले लिया था।..."

वे शायद अभी और भी कुछ कहते, पर मेरे मन में एक जिज्ञासा उठी, "आपके छोटे भाई का विवाह आपसे पहले हो गया था क्या?"

वे कैसे स्वीकार कर लेते कि वे इतने निखट्टू थे कि उनके अविवाहित रहते ही उनके छोटे भाई का विवाह हो गया था। बोले, "नहीं जी! हमारा विवाह साथ-साथ ही हुआ था।"

"तो फिर जब आपके विवाह को तीन महीने हुए थे, तो आपके भाई के विवाह को भी तीन ही महीने हुए होंगे!"

"जी हाँ! जी हाँ!" लगा, वे गणित में काफी कच्चे हैं।

"आपके भाई को बच्चा दहेज में मिला था क्या?"

वे सज्जन भी शायद अपने भाई के बच्चे के पुरानेपन की श्रेष्ठता सिद्ध कर रहे थे; पर खैर, बात पुराने वीडियो की थी...

"समय से फायर ब्रिगेड नहीं आ पाया क्या?" मैंने विधिवत शोक प्रकट करने की तैयारी की।

"फायर ब्रिगेड तो समय से पहले ही आ गया था..."

"समय से पहले?" मैंने टोका।

"जी हाँ?" वे बोले, "आग तो अभी लगी भी नहीं थी कि फायर ब्रिगेड आकर खड़ा हो गया। हमारे लल्लू को जानते हैं न वे लोग।"

"जी हाँ! लल्लू बड़ा आदमी है भाई।" मैं सहमत हो गया, "तभी तो उनको पता लग गया कि यहाँ आग लगनेवाली है। होनहार बिरवान के होत चीकने पात! साधारण आदमी की झुग्गी जलकर स्वाहा हो जाती है, तब कहीं पता चलता है कि यहाँ आग नाम की वस्तु लगी थी।"

"हाँ साहब! आग लगने और लौकी लगने में फर्क है। आग जब आकाश को छूने लगती है तब पता चलता है। लौकी के तो फूल आते हैं तो पता चल जाता है कि लौकी लगेगी।"

"तो फिर उन्होंने आग बुझायी क्यों नहीं?" मैंने यूँ ही पूछ लिया।

"कोशिश तो उन्होंने की।" वे बोले, "पर उनसे कहाँ बुझती। अरे ऐसी दमकल से इम्पोर्टेट वीडियो की आग कहीं बुझी है क्या?"

"आपने शिकायत नहीं की कि इतना घटिया दमकल क्यों भेजा, जिससे एक छोटी-सी आग नहीं बुझी?"

"शिकायत की जरूरत ही क्या थी। आग-मन्त्री का सन्देश अपने-आप आ गया था। उसे किसी को भेजकर मँगवाना भी नहीं पड़ा था। हमारे घर में लगी आग के विषय में सुनकर उन्हें बहुत कष्ट हुआ था। वे शर्म से पानी-पानी हुए जा रहे थे।..."

"उनके पानी से भी आग नहीं बुझी?"

"साधारण आग थी क्या कि उनके पानी से बुझ जाती?" वे गौरव से अपनी गर्दन अकड़ाकर बोले, "विदेशी वीडियो की आग थी साहब! ऐसी जबर्दस्त कि उसने मन्त्री महोदय का पानी ही सुखा डाला।" क्षण-भर के लिए एक रौबदार मौन ने उन्हें घेर लिया, "उन्होंने कहलवाया है कि जब हमारा घर जल चुकेगा तो वे मलबा देखने स्वयं आयेंगे।..."

"आपका पूरा घर तो जला ही नहीं," मैंने शोक प्रकट किया, "मलबा भी कोई खास नहीं है। अब मन्त्री महोदय कैसे आयेंगे!"

"हाँ! यह कसर तो रह ही गयी।" पहली बार उनके चेहरे पर मलाल आया, "पर चलो, फिर सही।"

मैं उनका हौसला देखकर दंग था। पर दंग खड़े रहने से कहीं दंगा न हो जाये, यह सोचकर पूछा, "यह आग-मन्त्री किस विभाग के मन्त्री हैं साहब! कभी इनके विषय में सुना नहीं।"

"सुना क्यों नहीं।" वे झल्लाकर बोले, "अभी-अभी तो आपने हमसे सुना। आपकी भी झूठ बोलने की आदत गयी नहीं कोहली साहब!" वे मुस्कराये, "आग-मन्त्री का विभाग बहुत बड़ा है। लोगों के घरों के चूल्हों में आग जले न जले, उनके हृदय में ईर्ष्या की आग यह जलाता रहता है; हृदय चाहे देशी हों, चाहे विदेशी। इसके अनेक विभाग हैं : घरेलू विभाग, मनोविज्ञान विभाग..."

वे शायद अभी और अनेक विभागों की चर्चा करते, किन्तु मैंने उन्हें बीच में ही टोक दिया। टोकना कई दृष्टियों से आवश्यक हो गया था। पहले वे विभागों के नाम बताते और फिर उनकी व्याख्या करते। भाषण लम्बा हो सकता था। देर होती जा रही थी और मैं अभी तक अपना शोक और संवेदना ही प्रकट नहीं पर पाया था।

बोला, "किसी और मन्त्री का सन्देश नहीं आया?"

"घरेलू मन्त्री का भी आया है।" वे बोले, "घर जला है न हमारा। बड़े हाई लेबल पर कमेटी बनी है, जो इस पर विचार कर रही है कि यह मामला आग-मन्त्रालय का है या घर-मन्त्रालय का। दो मन्त्रालय इनवाल्व हो गये हैं। मामला कुछ कम्पलिकेटेड हो गया है। जब तक यह तय न हो जाये कि मामला किस मन्त्रालय है, तब तक कोई ऐक्शन नहीं हो सकता।"

मैंने उनसे पूछा नहीं कि इसमें 'ऐक्शन' क्या हो सकता है—जाने वे कोई गहरी बात कह देते, जो मेरी समझ से बाहर होती। अपनी समझ से बाहर ही बातें सुनकर मैं ही आपे से बाहर हो जाता हूँ और तब कोई-न-कोई ऐसी बात हो जाती है, जो शिष्टाचार से बाहर होती है।

बात को दूसरी ओर मोड़ने के लिए मैंने कहा, "यदि सम्भव हो तो आप आग-मन्त्रालय को एक सुझाव दे दें।"

"क्या?" उनको अपने लपटदार भाषण के बीच मेरा बोलना अच्छा नहीं लगा था।

"वे लोग अपने मन्त्रालय में एक-एक शोध-विभाग भी खोल लें।"

"क्यों?"

"क्योंकि जहाँ भी आग लगेगी, वह मामला आग मन्त्रालय के पास आयेगा और तब प्रश्न उठेगा कि आग किसमें लगी? आग में एक बुराई यह है कि वह अपने-आप जलती ही नहीं। कभी गैस को जलाती है, कभी लकड़ी-कोयले को और कभी किसी के कलेजे को। फिर आग बुझाने के लिए, जो पानी खर्च होगा, उसका बिल कहाँ से आयेगा? उसके बाद जो मलबा या राख होगी, वह किसकी सम्पत्ति होगी? ऐसे अनेक विषय हैं, जिन पर शोध करना पड़ सकता है..."

उनको मेरी बात पसन्द नहीं आयी, इसलिए नाक पर बैठी मक्खी के समान मेरी बात को उड़ाकर बोले, "घर मन्त्री ने कहलवाया है कि वे भी एक जाँच कमेटी बैठानेवाले हैं कि आखिर आग को इतना साहस कैसे हुआ कि आपके मकान को लग गयी! क्या उसने आपका मुहल्ला नहीं देखा। वी.आई.पीज़. का मुहल्ला है। और फिर आपके घर का नम्बर। एकदम एम.पीज़. और मिनिस्टरोंवाला। इन नम्बरों में भी आग लगने लगी तो फिर देश का गुजारा कैसे चलेगा?"

"आपको यह नम्बर मिला कैसे?" पास खड़े एक सज्जन ने पूछा।

"अरे हमारे लल्लू की खातिर!" वे मुस्कराये, "ऐसी कौन-सी खुराफात है, जो हमारा लल्लू नहीं करता, इसी से बड़े-बड़े लोगों तक पहुँच है।"

"हाँ! जी आपका लल्लू बड़ा आदमी है।" मैंने स्वीकार किया।

"बड़ा आदमी!" वे बोले, "जिस-जिस रिपोर्टर को खबर मिली, वही अपने दफ्तर की तरफ भागा और फटाफट अपने अखबार में खबर छाप दी। पुलिसवालों को पता चला तो उनके फोन आने शुरू हो गये। पुलिस कमिश्नर ने स्वयं फोन किया लल्लू को कि हाय! आग का मामला हमारे विभाग से सम्बन्धित क्यों न हुआ। हम आग को भी हथकड़ियाँ लगा देते।" उन्होंने आत्म-गौरव से लपलपाती एक दृष्टि मुझ पर डाली, "इन दिनों ऐसी व्यस्तता है कोहली साहब! कि क्या कहें! साँस लेने की मोहलत नहीं है। जिधर देखो, बस इस आग की ही चर्चा है।"

मुझे लगा, रावण बेचारा व्यर्थ कल्पता फिरा। अरे उसकी लंका में जब आग लगी थी तो आकाश तक उठी थी और दुनिया ने उसे देखा था। अब इनको देखकर क्या कहूँ, "जैसे इनके दिन फिरे वैसे ही सबके फिरें।"

मैं घर लौटा तो बहुत पीड़ित था : भला अपने शत्रुओं के घर उनके उत्सव पर जाने का क्या लाभ?

मैं कहाँ रहता हूँ...

वे मुझसे पूछ रहे हैं कि मैं कहाँ रहता हूँ, और मैं इस सोच में हूँ कि मैं कहाँ रहता हूँ। मेरे लिए यह प्रश्न उतना ही भारी पड़ रहा है, जितना कि ईश्वर कहाँ रहता है।

यह दिक्कत केवल दर्शनशास्त्र के कारण नहीं है। यह मैं इसलिए कह रहा हूँ, क्योंकि हमारे एक परिचित का कहना है कि संसार के सारे अज्ञान, अस्पष्टता और मूर्खता का कारण दर्शनशास्त्र है। कोई भी शरीफ आदमी अच्छी तरह जानता है कि उसका नाम रामलुभाया है और वह किसी खास नगर के एक मुहल्ले की एक गली के एक मकान की किसी खास मंजिल के एक निश्चित कमरे में रहता है। पर, दर्शनशास्त्र उसे समझा देता है कि वह दूसरों को तो नहीं ही पहचानता, अपने-आप को भी नहीं जानता, क्योंकि वह रामलुभाया तो है ही नहीं। वह तो शुद्ध आत्मा है; और शुद्ध आत्मा, परमात्मा से भिन्न नहीं है। इसलिए वह स्वयं परमात्मा है।

रामलुभाया को जब पहली बार अपने परमात्मा होने का पता चला तो वे अपनी भूतपूर्व मूर्खता पर सिर धुन-धुनकर रोये। अपने परमात्मा होने के समाचार को जानकर उनका मन उत्फुल्ल हुआ। सोचा, इस खुशी में अपने मित्रों को एक अच्छी-सी पार्टी दे दें। अरे, पड़ोस के घसीटाराम ने अपने अपर डिवीजन क्लर्क होने पर पार्टी दे डाली थी, तो रामलुभाया तो ईश्वर हो गये हैं। हो क्या गये हैं—वे हैं ही ईश्वर। यह दूसरी बात है कि उन्हें इसका पता नहीं था। यह तो वैसी ही बात हुई जैसे बचपन की कहानियों में किसी लकड़हारे को वर्षों लकड़ियाँ काटने के पश्चात् यह पता चलता था कि वह वस्तुतः राजकुमार है। उसकी माँ किन्हीं कारणों से उसे पैदा होते ही, जंगल में फेंक गयी थी। तो यह उस लकड़हारे की पदोन्नति नहीं है। यह तो अज्ञान से ज्ञान में आ जाने की स्थिति है। अन्धकार का पर्दा चिर जाने का परिणाम है।

तो रामलुभाया भी अज्ञान से ज्ञान की स्थिति में आ गये थे। उनकी आँखों के सामने से माया का पर्दा हट गया था। तो इतनी बड़ी उपलब्धि के बाद, वे यदि अपने मित्रों को एक पार्टी भी न दें तो उनके समान ओछा आदमी कौन होगा!

श्रीमती रामलुभाया को पता चला कि उनके पति एक जबर्दस्त पार्टी देनेवाले हैं तो वे बहुत चिल्लायीं, "अरे ईश्वर ही बने हो, कौन-सी लाटरी खुली है?"

रामलुभाया चकित, क्या ईश्वर बनकर भी उन्हें अपनी पत्नी की धौंस सहनी होगी? फिर रामलुभाया होने में ही क्या बुराई थी?

रौब से बोले, "ईश्वरत्व बड़ा है या लाटरी?"

"लाटरी!" पत्नी के मन में कोई सन्देह नहीं था।

रामलुभाया तत्काल समझ गये कि यह उनकी पत्नी नहीं, माया है—शुद्ध माया! यदि वे डटकर न लड़े तो यह माया, उनके ईश्वरत्व को भी पछाड़ देगी।

"कैसे?" उन्होंने पूछा।

"लाटरी निकलने से घर धन से भर जाता है," श्रीमती रामलुभाया ने कहा, "और ईश्वर बनने से गाँठ का पैसा भी खर्च हो जाता है।"

"अरे वह घसीटाराम..." रामलुभाया कह रहे थे, पर श्रीमती रामलुभाया ने उन्हें टिकने नहीं दिया, बोलीं, "अपर डिवीजन क्लर्क ही लोगों को पार्टियाँ देता है। ईश्वर ने कभी किसी को पार्टी नहीं दी।"

रामलुभाया की आँखों के सामने से अज्ञान का एक और पर्दा हटा : ठीक तो कह रही है। ऐसा तो न कभी सुना, न देखा, न ही समाचार-पत्रों में पढ़ा कि ईश्वर ने कभी किसी को पार्टी दी हो। रामलुभाया से चूक होते-होते रह गयी। बच गये। यदि पार्टी दे दी होती तो अपर डिवीजन क्लर्क का धर्म निभाते और उनके ईश्वरत्व का पतन होता। उसकी पत्नी ने झगड़ा कर, अपने पति की नाराजगी का जोखिम मोल लेकर भी उन्हें ज्ञान का मार्ग दिखाया था जैसा कि बाबा तुलसीदास की पत्नी ने किया था। अब रामलुभाया सोचते हैं तो उनकी समझ में आता है कि अब तक हर पार्टी देनेवाला उन्हें अपर डिवीजन क्लर्क क्यों दिखायी पड़ता था।

उनका मन चाहा कि अपनी पत्नी के पाँवों पर गिरकर न केवल क्षमा माँगें वरन् उसका धन्यवाद भी करें। पर तुरन्त चेत गये। अब ईश्वर हो गये हैं तो ईश्वर के समान ही व्यवहार भी करना चाहिए। ईश्वर कहीं पत्नी के पैरों में गिरता है? या क्या ईश्वर कहीं किसी का धन्यवाद करता है? परम्परा तो यही है कि लोग ही ईश्वर का धन्यवाद करें।

उन्होंने क्षमा नहीं माँगी; पर उनकी पत्नी का इस ओर ध्यान ही नहीं गया। वह तो इसी से प्रसन्न थी कि पार्टी टल गयी थी और महीने का बजट लड़खड़ाने से बच गया था।

पर तभी रामलुभाया का ईश्वर-बोध कुछ और आगे बढ़ गया। उनकी समझ में अच्छी तरह आ गया कि ईश्वर होकर उन्हें ईश्वर के ही समान रहना चाहिए—रामलुभाया के समान नहीं। रामलुभाया एस-362 में रहे तो कोई बात नहीं। उसे कहीं तो रहना ही है, तो एस-362 ही क्या बुरा है। पर ईश्वर तो वहाँ नहीं रह

सकता। ईश्वर यहाँ रहा तो कब तक छिप पायेगा। लोग मिलने आने लगेंगे। मिलने आयें तो कोई बात नहीं, पर वे चाहेंगे कि उन्हें चाय भी पिलायी जाये। यद्यपि वे अच्छी तरह जानते हैं कि ईश्वर किसी को चाय नहीं पिलाता। पर इन सामाजिक बुराइयों का वे क्या करे—लोग ईश्वर के घर में भी यही अपेक्षा लेकर जाते हैं कि उन्हें खिलाया-पिलाया जाये—उनकी खातिर की जाये।

जो लोग मिलने नहीं आ पायेंगे—वे पत्र लिखेंगे। डाकिया भी जान जायेगा कि एस-362 में ईश्वर रहता है। बेकार में ही फोन कट जायेगा। भला ईश्वर को फोन की क्या आवश्यकता?

तो फिर ईश्वर होकर वे कहीं भी रहें—लोग तो उनके पास आयेंगे ही। और ईश्वर से कोई केवल मिलने तो आता नहीं है—उससे कुछ-न-कुछ माँगने ही आता है। इससे बचा नहीं जा सकता। हर पद की अपनी एक मजबूरी होती है।

रामलुभाया चिन्तित हो उठे। पद का महत्त्व होता है, तो पद का अपना दायित्व भी होता है। सहसा रामलुभाया को कुछ सूझा। उन्हें ऐसे स्थान पर रहना चाहिए, जहाँ लोग सुबह-शाम उनसे माँगने तो आयें; पर साथ-ही-साथ मन में यह विश्वास लेकर आयें कि उनकी बात मानी नहीं जायेगी। और ऐसा स्थान केवल एक ही है—मन्दिर।

रामलुभाया कपड़ों की एक छोटी-सी अटैची और हल्का-सा बिस्तर लेकर मन्दिर में जा पहुँचे। पुजारी ने उन्हें बड़े ध्यान से देखा : मन्दिर में किसी का आना न नया था, न विचित्र! लोग आते ही रहते थे। रामलुभाया ही इससे पहले कई बार आ चुके थे। पर अटैची और बिस्तर...मन्दिर के इतिहास में अटैची और बिस्तर लेकर आनेवाला भक्त यह पहला ही था।

रामलुभाया ने एक ओर बिस्तर लगाया और लेटने जा रहे थे कि पुजारी बौराया हुआ बोला, "ऐ, क्या कर रहे हो?"

रामलुभाया का तेज जागा; यह ईश्वर का पुजारी ईश्वर से इस प्रकार बात कर रहा है। डपटकर बोले, "ढंग से बात करो। अपनी औकात पहचानो और मुझे पहचानने में भूल मत करो।"

उनके तेज से पुजारी कुछ हत्प्रभ हुआ। बोला, "अरे बाबू जी! खूब पहचानता हूँ आपको। आप एस-362 में रहते हैं। पर इस बोरिया-बिस्तर का क्या अर्थ? क्या बबुआइन ने घर से धकिया दिया है?"

रामलुभाया पुजारी की बुद्धि पर मुस्कराये, "नहीं, बबुआइन ने नहीं धकियाया। मैं ही घर छोड़कर चला आया हूँ।"

"क्या? पुजारी हैरान था।"

"मुझे वस्तुस्थिति का ज्ञान हो गया है।" रामलुभाया बोले।

"क्या वस्तुस्थिति?" पुजारी ने पूछा।

"मेरा वास्तविक घर यह है, वह नहीं जहाँ मैं आज तक रह रहा था।"

"मन्दिर तुम्हारा घर कैसे हो सकता है?" पुजारी हत्प्रभ था।

"क्योंकि मुझे ज्ञात हो गया है कि मैं ईश्वर हूँ। अहं ब्रह्मास्मि! और ईश्वर का घर यह मन्दिर है, एस-362 नहीं।"

अब तक पुजारी काफी कुछ सँभल चुका था। बोला, "तुम्हारे ईश्वर होने में रत्ती-भर की आपत्ति नहीं है; पर यह मन्दिर तुम्हारा घर नहीं हो सकता।"

"क्यों! क्या मन्दिर ईश्वर का घर नहीं है?"

"मन्दिर में ईश्वर की मूर्ति होती है।" पुजारी बोला, "घर तो यह हम पुजारियों का होता है। हम यहाँ रहते हैं।"

"तो तुम रहते चलो!" रामलुभाया उदारता से बोले।

"रहते चलो तो ऐसे कह रहे हो जैसे यह मन्दिर तुम्हारे बाप की जागीर है।" पुजारी कुछ रुष्ट था, "यह मेरा घर है, मैं तुम्हें यहाँ नहीं रहने दूँगा।"

तभी रामलुभाया की आँखों के सामने से माया का एक और पर्दा हट गया। तो मन्दिरों की यही महिमा है। जो व्यक्ति दिल्ली में अपने लिए पच्चीस गज जमीन का टुकड़ा न खरीद सके, वह सार्वजनिक जमीन पर कब्जा कर मन्दिर बना ले और फिर उसमें रहने लगे।

रामलुभाया दुखी हो गये : कैसी विडम्बना है कि मन्दिर पर नामपट्ट तो उनका है और रहता उसमें पुजारी है।

रामलुभाया के ठीक विपरीत घटना मेरे साथ घटी है। हम दोनों—मैं और मेरी आत्मा नहीं, मैं और मेरी पत्नी ठीक-ठाक रह रहे थे अपने घर में। पहले तो मैंने उसे विश्वास दिलाया जैसा कि हर पति कहता है कि मैं उससे बहुत प्रेम करता हूँ। पर जब उस पर प्रेम का असर होना बन्द हो गया तो मैं उसे समझाया कि उसकी पूजा करता हूँ। मुझे अपना पुजारी जान वह तो प्रसन्न हो गयी, पर मेरे जीवन में एक त्रासदी घट गयी। हुआ यह कि तभी मैंने कहीं पढ़ लिया कि "जहाँ नारी की पूजा होती है, वहाँ देवता रहते हैं।" मेरे घर में नारी की पूजा हो रही थी, इसलिए मेरे घर में भी देवता ही रहते होंगे। और यहीं से त्रासदी शुरू हो गयी, कि यदि मेरे घर में देवता रहते हैं, तो आखिर मैं कहाँ रहता हूँ, वैसे तो मैं यह समझता हूँ कि मैं अपने ही घर में रहता हूँ—पर जब वहाँ देवता निवास करते हैं तो निश्चित रूप से मैं वहाँ नहीं रहता हूँ। जब पुजारी और रामलुभाया रूपी ईश्वर एक साथ नहीं रह सके तो मैं इन

अनजान देवताओं के साथ कैसे रह सकता हूँ? और फिर मेरा मकान मालिक दो लोगों को तो यहाँ रहने ही न देगा। वह इसे 'सबलेटिंग' का केस बना देगा।

अपनी शंका मिटाने के लिए मैंने देखा कि बाहर नामपट्ट भी मेरा ही था और घर के भीतर सामान भी मेरा ही था—पर रहते यहाँ देवता थे। तो फिर मैं कहाँ रहता हूँ? अब मेरे सामने एक रास्ता तो यह है कि मैं देवताओं का मुकदमा दायर करूँ कि जिस मकान का किराया मैं देता हूँ, उसमें वे लोग क्यों रहते हैं। दूसरा मार्ग यह है कि मैं पत्नी की पूजा करनी छोड़ दूँ—देवता अपने-आप मेरे घर से चले जायेंगे। पर डरता हूँ कि कहीं पूजा बन्द होने से यह देवी भी चली गयी तो?

अब यही सोचा है कि बजाय इस मकान को देवताओं से खाली कराने के मैं यही खोज क्यों न करूँ कि जब इस मकान में वे रहते हैं, तो आखिर मैं कहाँ रहता हूँ? और उसका किराया कौन देता है?

उपहार

रजा शाह पहलवी ने तेहरान छोड़ा और अपने मालिक मकान से मेरा झगड़ा हो गया। यह झगड़ा न इकलौता है न आखिर! जब-जब धर्म की हानि होती है, तब-तब पृथ्वी पर भगवान का अवतार होता है, वैसे जब-जब संसार में कहीं कोई दंगा-फसाद होता है, अपने मकान मालिक से मेरे सम्बन्ध बिगड़ जाते हैं। बंगाल में संयुक्त मोर्चा सरकार आये, युगांडा में से ईदी अमीन भारतीयों को खदेड़े, काबुल में रूसी फौजों का प्रवेश हो या इंग्लैंड में रंग-भेद का दंगा, अपने मालिक मकान के साथ मेरे सम्बन्धों पर इसका प्रभाव अवश्य पड़ता है। अन्तर्राष्ट्रीय हलचल और अपने मकान मालिक से मेरे झगड़े के इस कार्य-कारण सम्बन्ध का भेद या तो तुलसीदास जानते थे या फिर किराये पर मकान दिलानेवाले दलाल। राम का जन्म अयोध्या में होता है और लंका में शोक छा जाता है। दुनिया में दंगा कहीं होता है, मकानों का किराया दिल्ली में बढ़ जाता है, क्योंकि वहाँ से भारतीयों के दिल्ली लौट आने की सम्भावना बढ़ जाती है।

जब-जब ऐसा होता है संसार की संचार व्यवस्था के विकास के दोष मैं प्रकट रूप से देखने लगता हूँ। दिल्ली के मेरे पड़ोसी मेरे मकान मालिक को बढ़े हुए किराये की सूचना देते हैं और उसका पत्र मेरे नाम आ जाता है, जिसमें किराया बढ़ाये जाने की प्रार्थना होती है। मेरी समझ में आज तक नहीं आया कि किरायेदारों की कोई संस्था, कहीं किसी के विस्थापित होनेवाले लोगों को उनके विस्थापन के पहले उन्हें सूचना क्यों नहीं देती कि दिल्ली में पहले ही किराये बहुत अधिक हैं—विस्थापित हो जाने की स्थिति में कृपया वे दिल्ली की ओर न आयें।

आखिर शेष देशों की राजधानियों के मकान मालिकों ने क्या अपराध किया है कि संसार के झगड़ों का लाभ उनको न पहुँचे। मैं मकान मालिकों की सार्वकालिक और सार्वदेशिक समता में विश्वास करता हूँ—उनमें कोई बड़ा और कोई छोटा नहीं है। सबको समान लाभ होना चाहिए। इसलिए अन्य नगरों में मकानों के किराये बढ़ाने के लिए विस्थापितों और प्रवासियों को दिल्ली के अतिरिक्त, संसार के दूर नगरों में भी जाना चाहिए।

यदि किरायेदार का कोई संगठन यह महत्त्वपूर्ण कार्य नहीं कर पा रहा तो अन्य नगरों के मकान मालिकों में ही इतनी बुद्धि होनी चाहिए कि वे संसार की विकसित

संचार व्यवस्था का लाभ उठाकर यह प्रचारित कर सकें कि उनके नगरों में मकान के किराये कितने कम हैं, ताकि संसार के विस्थापित उनके नगरों में जाकर दोहरा लाभ उठा सकें।

पर इस संचार व्यवस्था का लाभ मेरे पड़ोसी ही उठाते हैं। मैं भी इसी संचार व्यवस्था का लाभ उठाकर अपने मकान मालिक को लिख देता हूँ कि मैं किराया बढ़ाने में असमर्थ हूँ। वह मेरे बैंक-खाते में से किराये की बढ़ी हुई दर के हिसाब से मेरा पैसा तो नहीं निकलवा सकता, पर उसे अपने घाटे की मद में डाल लेता है। जैसे-जैसे और जितना-जितना उसका घाटा बढ़ता जाता है, वैस-वैसे और उतनी ही मात्रा में मेरे प्रति उसका आक्रोश भी किसी खाते में जमा होता जाता है।

घाटे और आक्रोश के इस सानुपातिक विकास के सवाल अभी हमारे गणितशास्त्र में नहीं पढ़ाये जाते। पर मेरे जैसे लोग कक्षा में गणित पढ़ें-न पढ़ें, अपने जीवन में व्यावहारिक गणित अवश्य पढ़ते हैं। घाटे और आक्रोश के इन अनुपातों को मैंने पूर्ण वैज्ञानिकता से अध्ययन किया है और मैंने मानवता के लाभ के लिए कुछ बहुत ही लाभदायक और व्यावहारिक निष्कर्ष प्राप्त किये हैं, जो न्यूटन के निष्कर्षों से किसी भी प्रकार कम ठोस नहीं हैं। इन निष्कर्षों के आधार पर गणित का नोबल पुरस्कार प्राप्त करने की बात मैं बाद में सोचूँगा। मैं इतना स्वार्थी नहीं हूँ कि देश के पहले मैं अपनी बात सोचूँ। मैं अपनी राष्ट्रीय भावना और देशप्रेम के कारण पहले देश के बच्चों का गणित सुधार लेना चाहता हूँ। इसलिए देश के गणितशास्त्रियों से मेरा निवेदन है कि वे इस विषय-सम्बन्धी एक नया अध्याय गणित की पाठ्य पुस्तकों में जोड़ें और उसमें बच्चों से इस प्रकार के प्रश्न पूछें :

"कनाडा में के.के.के. संगठन का आन्दोलन सफल होने पर नरेन्द्र कोहली के मकान मालिक का अपने किरायेदार के विरुद्ध कितना आक्रोश जमा होगा?"

बड़ी कक्षाओं में इसमें यह भी जोड़ा जा सकता है कि कनाडा में कितने भारतीय हैं। उनमें से कितनों का घर दिल्ली में है इत्यादि। इस प्रकार यह सांख्यिकी की एक नयी शाखा होगी। वे लोग चाहें तो मकान मालिक के ब्लड प्रेशर, किरायेदार की दिल की धड़कन जैसे शरीरवैज्ञानिक विषय भी जोड़े जा सकते हैं। बाजार दर और घाटे के प्रश्न से उसे वाणिज्य का प्रकाश भी दिया जा सकता है। इस प्रकार इस क्षेत्र में गणित की आधुनिक और विभिन्न विषय-सहभागिनी शाखा का निर्माण किया जा सकता है।

पर विज्ञान मनुष्य के लिए है, मनुष्य विज्ञान के लिए नहीं। और मनुष्य को शान्ति बहुत प्यारी है। मैं विश्व शान्ति का सबसे जुझारू सिपाही हूँ। यह दूसरी बात है कि इसका पता न नोबल-शान्ति-पुरस्कार के निर्णायकों को है और न नेहरू-शान्ति-पुरस्कार के निर्णायकों को। युद्ध संसार के किसी कोने में हो, मेरी जान निकलने लगती है। संसार में कहीं गोली चले, वह मेरा मोर्चा होता है। संसार में

कहीं शान्ति-वार्ता हो, मेरी शुभकामनाएँ उनके साथ हैं। युद्ध और किरायेदार की सुख-शान्ति में वैपरीत्य सम्बन्ध है। इराक-ईरान युद्ध से भी किराये बढ़ते हैं। और पाकिस्तान-बांगलादेश संघर्ष से भी। युद्धों से सदा मकान मालिक का ही भला होता है। किरायेदार उसमें सदा पिसता है। मैं तब तक विश्व शान्ति के लिए लगातार और अनवरत संघर्ष करता रहूँगा, जब तक मैं इस मकान में किरायेदार के रूप में रह रहा हूँ। यदि कभी मेरा अपना मकान हो गया तो फिर शायद मुझे विश्व शान्ति की इतनी आवश्यकता न रहे।

पर इस मतभेद, विरोध और झगड़े के बावजूद पिछले दिनों मेरे मालिक मकान ने अमरीका में छपी वेदान्त की एक पुस्तक उपहारस्वरूप भेज दी। अन्तर्राष्ट्रीय राजनीति में तो यह सन्धि का एक 'फीलर' है, पर मेरी प्रसन्नता का कारण और ही था। मैंने सोचा, कैसा नासमझ व्यक्ति है, मेरा मकान मालिक। एक तो अपनी लाखों की सम्पत्ति नाममात्र के किराये पर मुझे दे गया है। और फिर अमरीकन पुस्तकों के उपहार भेज रहा है। दर्शन भारतीय है तो क्या हुआ, पुस्तक तो अमरीकन है। भारत में यह दो-तीन सौ से कम क्या होगी। इतना तो मैं एक महीने में उसके मकान का किराया भी नहीं देता हूँ।

पर मैं नहीं जानता था कि मेरे साथ उपहार की त्रासदी घट रही है।... यह मकान जब बना था तो पच्चीस हजार का था, पर अब आठ लाख का हो चुका था। मैं पिछले बीस वर्ष से इसमें अपने मकान के समान रह रहा हूँ और वह अमरीका में किराये के मकानों में धक्के खा रहा है। हम दोनों जानते हैं कि अब मुझे इस मकान से निकाला नहीं जा सकता। मकान उसके नाम था, पर वास्तविक मालिक तो मैं था। अब देखो न, उपहार के रूप में उसने मुझे किराया भेजना भी आरम्भ कर दिया था।

उसकी भेजी हुई वेदान्त की पुस्तक पढ़ने में मुझे वैसा ही मजा आ रहा था, जैसा दूसरे के मकान में बिना किराया दिये रहने में आता है। मजा आया तो पुस्तक अच्छी लगी। अच्छी क्या लगी, दुनिया के सारे भेद मेरी समझ में आ गये। मैं समझ गया कि मकान न उसका था न मेरा! जब मकान उसका था ही नहीं तो उस पर मैंने कब्जा कहाँ किया। और जब मैंने उसका कुछ लिया ही नहीं तो हमारा झगड़ा कैसा। मेरा मन आर्द्र हो गया। मुझे याद आया, 'सबै भूमि गोपाल की'। फिर मेरे मन में इकबाल की पंक्ति आयी, 'जो ज़ेरे आसमान है, वह माल-ए-ज़मीं है।' जमीन हमारी नहीं है, हम जमीन के हैं। हम उस पर क्या कब्जा करेंगे, वह हम पर कब्जा करेगी। इस ज्ञान के बाद मैं एक झूठे कब्जे पर दूसरा झूठा कब्जा करने के लिए तैयार नहीं था। मैंने तत्काल मकान खाली करने का संकल्प कर लिया।

मेरी पत्नी ने माथा पीटा लिया : जो काम मकान मालिक स्वयं नहीं कर सका था, अपने किराये के गुंडों, पुलिस और कचहरी से नहीं करवा सका था, वह उसने

एक उपहार के माध्यम से करा लिया था। अब मेरी पत्नी मान गयी है कि वेदान्त दर्शन किसी मकान मालिक की खोपड़ी की उपज है। यह दर्शन दूसरों की जायदाद पर कब्जा करनेवालों के छक्के छुड़ाने के लिए ही रचा गया है। वह वेदान्त की विरोधिनी तो हुई ही है—दर्शनशास्त्र और पुस्तक मात्र की शत्रु हो गयी है। अब वह उपहार को तो इस दृष्टि से देखती है, जैसे वह मकान खाली कराने का पकवानमात्र हो।

पर इतना कच्चा मैं भी नहीं हूँ, जितना वह मुझे समझती है। स्त्रियों में यह एक बहुत बड़ी बीमारी है : अपने पति को दुनिया का सबसे बड़ा भकुआ समझती हैं ये। उन्हें सदा डर लगा रहता है कि उनके पति को कोई भी ठगकर ले जायेगा। इतने सीधे हैं 'वे' कि जो स्त्री चाहे चला ले जाये और जो पुरुष प्रयत्न करे ठगकर ले जाये।

पर बात ऐसी नहीं है। दर्शन और अध्यात्म का तो बहाना ही था। मुझे अर्थशास्त्र का एक रहस्य समझ में आ गया था :

मेरे दो मित्र मिलने आये—उनमें एक अर्थशास्त्री थे और दूसरे अनर्थशास्त्री। अर्थशास्त्री ने बताया कि यह मकान अब खाली तो होगा नहीं। मैं समझ लूँ कि मेरे मकान मालिक ने आठ लाख का यह मकान मुझे उपहार रूप में दिया है। इस प्रकार मुझे आठ लाख का लाभ हुआ है।

पर अनर्थशास्त्री सहमत नहीं हुए। बोले, "तुम्हारे साथ जो लोग दिल्ली आये थे, उन लोगों ने दस रुपये गज जमीन में कोठियाँ बनायी थीं। अब उन कोठियों की कीमत पचास-पचास लाख है। अपनी लागत निकालकर उन्हें अब उसमें उनचास लाख का लाभ हुआ है। तुमने बनायी होती तो तुम भी अब तक उनचास लाख रुपया कमा चुके होते।"

"पर मैंने बनायी तो नहीं न!" मैंने उत्तर दिया।

"क्यों नहीं बनायी तुमने?"

"कौन झंझट करे यार!"

"नहीं!" वे बोले, "तुम्हारे मकान मालिक ने तुम्हें यह मकान उपहार में दे दिया इसलिए।" उन्होंने मुझे समझाया, "तुम्हें यह मकान उपहार में न मिलता। तुम दिल्ली में धक्के खाते तो अपने-आप पैसे का जुगाड़ कर मकान बनाते और आज उनचास लाख का लाभ कमाते। तुम्हारे मकान मालिक ने आठ लाख रुपये का उपहार देकर तुम्हारे हाथ में आये उनचास लाख तुमसे छीन लिया। इस प्रकार तुम्हारा सीधा-सीधा इकतालीस लाख का घाटा हुआ है। अब भी समय है, चेत जाओ। इस मकान को खाली करो, धक्के खाओ, अपना मकान बनाओ और लाभ कमाओ।"

मेरी समझ में उनका गणित आ गया। वस्तुतः मेरे मकान मालिक ने मेरे साथ धोखा ही धोखा किया था—मकान को उपहार मानूँ तो भी; और पुस्तक को उपहार

मानूँ तो भी। यह उपहारों के इतिहास में विश्व की सबसे बड़ी त्रासदी थी।

अपने घर में उपहार लेने से यह त्रासदी घट गयी, पर मेरे पड़ोस में पिछले दिनों उपहार न देने से एक त्रासदी घट गयी लगती है।

श्रीमती शर्मा ने बाजार में एक साड़ी पसन्द कर ली, पर शर्माजी इतने कोरे निकले कि उन्होंने वहीं, घटनास्थल पर, आन-द-स्पाट मना कर दिया कि वे अपनी पत्नी को साड़ी उपहार में नहीं देंगे। पत्नी को उपहार नहीं देंगे का तात्पर्य यह नहीं था कि वे उपहार किसी पड़ोसन को देंगे। उसका अभिप्राय यह था कि वे किसी को भी उपहार नहीं देंगे, क्योंकि इन दिनों वे कुछ आर्थिक तंगी का अनुभव कर रहे थे।

शर्माजी के इस निर्णय से मैं भी नाराज हो गया और श्रीमती शर्मा भी। मैं तो इसलिए नाराज हुआ कि जिस देश में ऊँचे से ऊँचे धरातल पर, बड़े-से-बड़े अधिकारी के द्वारा कोई निर्णय आन-द-स्पाट नहीं किया जाता, उस देश में यह ससुर शर्मा आन-द-स्पाट निर्णय लेने की जहालत कैसे कर सकता है। अरे कोई कमेटी बैठाओ, कोई मीटिंग करो। रपट आने दो। उसका विश्लेषण करो। यह क्या बदतमीजी है—आन-द-स्पाट! राष्ट्रीय परम्परा का यह अपमान मेरे लिए असह्य था। मैं ऐसे आदमी का मुँह नहीं देखना चाहता—मुँह तो क्या उस आदमी को ही नहीं देखना चाहता।...पर इसका अर्थ यह तो नहीं है कि उसकी सुन्दरी पत्नी को भी नहीं देखना चाहता।

उनके घर गया तो पता चला कि श्रीमती शर्माजी नाराजगी का कारण, शर्माजी का राष्ट्रीय नीति के विरुद्ध काम करना नहीं था। अपने रूठने का कारण ऊपरी तौर पर तो उन्होंने यही बताया था कि शर्माजी ने सबके सामने उपहार देने से इंकार कर उनका अपमान किया था; पर भीतरी बात कुछ और थी। भीतरी बात उन्होंने मुझे अलग से बतायी : उसका विचार था कि जो पुरुष अपनी पत्नी को एक साड़ी का उपहार भी न दे सके, उसके समान नाकारा आदमी दूसरा कौन हो सकता है। और एक नाकारा आदमी से श्रीमती शर्मा प्यार नहीं कर सकती थीं।

इस मोर्चे पर मैंने जमकर श्रीमती शर्मा का साथ दिया। शर्माजी को मैंने उससे भी कहीं अधिक नाकारा सिद्ध कर दिया, जितना कि उन्हें श्रीमती शर्मा समझती थीं। वे तो इतना ही कहती थीं कि वे अपने घर की अर्थव्यवस्था सँभाल पाने में असमर्थ थे; पर मैं जानता था कि वे अपनी पत्नी को सँभाल पाने में भी असमर्थ थे : पहले, पुरुष के हाथ से पत्नी निकलती है और फिर अर्थव्यवस्था। पत्नी अपने हाथ में रहे तो अर्थव्यवस्था की क्या मजाल कि वह साली हाथ से निकल जाये।

मेरे मन में अत्यन्त स्पष्ट था कि उपहारों के मामले में शर्मा कितना मूर्ख व्यक्ति था। पत्नी को एक साड़ी का उपहार नहीं दिया और पड़ोसी को पत्नी का उपहार दे दिया। एक मेरा मकान मालिक है कि एक पुस्तक का उपहार देकर, अपने हाथ

से निकला मकान लौटा लेता है; और एक शर्माजी हैं कि एक साड़ी बचाकर पत्नी को हाथ से निकल जाने देता है। अन्तर्राष्ट्रीय दंगों से मैं हमेशा घाटे में रहता था, पर पड़ोस के इस घरेलू दंगे में मैं लाभ देख रहा था। अन्तर्राष्ट्रीय शान्ति के लिए जान लड़ा देनेवाले मेरे मन ने, अपने पड़ोस के घर में कभी शान्ति नहीं माँगी।

पर शर्माजी के दफ्तर में जाने कैसा दंगा हुआ कि उनके बॉस ने उन्हें उपहार में एक प्रमोशन दे दी। इस प्रमोशन से उनका वेतन बढ़ा, गाड़ी मिली, ड्राइवर मिला, टेलीफोन मिला और दफ्तर से चपरासी के नाम पर एक घरेलू नौकर मिल गया। देखकर यह नहीं लगा कि शर्माजी की प्रमोशन हुई है, लगा उनका विवाह हुआ है—अरे इतना सामान तो किसी को दहेज में भी नहीं मिलता। और फिर जहाँ दहेज आता है, वहाँ दुल्हन भी आती ही है। श्रीमती शर्मा अपने पति के पास लौट गयीं। उधर शर्माजी की प्रमोशन हुई और इधर मेरी पत्नी मुझे नाकारा समझने लगी। अरे जिसके हाथ से, मिली-मिलाई पड़ोसन निकल जाये—वह पुरुष नाकारा तो हुआ ही। अब मैं अपने दफ्तर में लिखकर देनेवाला हूँ कि कृपया मुझे भी किसी अच्छी-सी प्रमोशन का उपहार दिया जाये, नहीं तो मेरे घर में सुख-शान्ति जाने किसके घर उपहार में चली जाये। घर में दंगा हो और कुछ लोग विस्थापित होकर अन्य मुहल्लों के मकानों के किराये बढ़ाकर, उनके मालिकों को लाभ पहुँचायें—यह मुझे एकदम पसन्द नहीं है।

आदर्श शिक्षा-पद्धति पर एक निबन्ध

वह जो हमारे पड़ोस की लड़की इंग्लैंड में पाँच साल रहकर नर्सिंग की ट्रेनिंग लेकर आयी थी, मुझ पर उसका सारा रौब अब समाप्त हो गया था। मैं न केवल यह समझ गया था कि उसने इंग्लैंड जाकर भी भाड़ ही झोंका है; यह भी जान गया था कि वह अपने माँ-बाप को मूर्ख बना रही थी। क्या सीखा था उसने पाँच वर्षों में : इंजेक्शन देना, पट्टी बाँधना, रोगों के लक्षण, दवाओं के नाम, कर्त्तव्यनिष्ठा और रोगी के प्रति सहानुभूति। पर फिल्म की नायिका तो बी.ए. पास करके ही नर्स का काम करने लग गयी थी। और वह हमारी पड़ोसी लड़की के समान मरीज का मन बहलाने के लिए हँसकर बोलती ही नहीं थी, उसे सितार बजाकर भी सुनाती थी, और पार्टी में गाना भी गाती थी।

मुझे लगता है, यह सब इंग्लैंडवालों का हमारे देश को पिछड़ा हुआ रखने का षड्यन्त्र है। उन्होंने जान-बूझकर पाँच वर्ष के लम्बे अर्से तक उस लड़की को वहाँ रखकर केवल रोगों, दवाइयों, इंजेक्शनों तथा पट्टियों के विषय में ही बताया। वे तो चाहते ही हैं कि भारतीय लड़कियाँ वहाँ जाकर अपना समय इसी प्रकार नष्ट करें और कुछ भी सीखकर न जायें। नहीं तो नर्सिंग का कोर्स इतना सीमित रखने की क्या आवश्यकता थी?

इतना ही नहीं, एक और बहुत बड़ा षड्यन्त्र अन्तर्राष्ट्रीय धरातल पर हमारे देश के विरुद्ध चल रहा था। इन्हीं विदेशों की देखा-देखी हमने अपने देश में भी वही व्यवस्था कर रखी है। हम जिस लड़की को नर्सिंग की ट्रेनिंग देते हैं, वह केवल नर्स का ही काम कर पाती है। और कोई काम उसके लिए होता ही नहीं है। यदि ऐसी स्थिति आ जाये कि देश में नर्स की कोई नौकरी न हो तो वह एकदम बेकार हो जायेगी।

जबकि उस फिल्म की नायिका ने बी.ए. की डिग्री नर्सिंग के साथ-ही-साथ ले ली थी। यही कारण था कि उसने नर्स का काम छोड़ा तो अध्यापिका की नौकरी कर ली। उसे किसी भी प्रकार की कठिनाई नहीं हुई। मैंने बहुत सारे लोगों को कहते सुना है कि हमारी फिल्में बनानेवाले यथार्थ का चित्रण नहीं करते हैं। पर मैं अब पूरी तरह समझ गया हूँ कि वे आलोचक लोग सच्चाई को नहीं समझते। वस्तुतः सही बात यह है कि हिन्दी-फिल्मों के निर्माता अपने देश से अत्यधिक प्रेम करते हैं

और चाहते हैं कि सारी बुराइयाँ तुरन्त दूर हों और देश उन्नति करें।

देश के पिछड़ेपन में हमारी शिक्षा-पद्धति का बहुत बड़ा हाथ है। हमारा फिल्म निर्माता इस बात को समझता है। वह जानता है कि ऐसी शिक्षा किसी काम की नहीं होती, जिसको प्राप्त कर आदमी एक ही काम कर सके। यही कारण है कि वे लोग अपनी फिल्मों में एक आदर्श शिक्षा-पद्धति को प्रस्तुत करते हैं—जिसमें बी.ए. की डिग्री प्राप्त कर लेने पर नायिका घरेलू कर्मचारी, नर्स, अध्यापिका, गायिका तथा और भी बहुत सारे कार्य करने के योग्य हो जाती है। इतना ही नहीं, वह शिक्षा-पद्धति तो इतनी विकसित एवं उन्नत है कि इधर नायक का परीक्षाफल निकला; वह इंजीनियर बना और उधर उसे नियुक्ति-पत्र मिला। उस पद्धति में न नौकरी के लिए आवेदन-पत्र देना पड़ता है, न इंटरव्यू होता है और न ही बेकारी की समस्या से जूझना पड़ता है। वहाँ नौकरी मिलती है। इंजीनियर साहब पहाड़ों पर पिकनिक मनाने चले जाते हैं। लड़कियों की टोलियों को लंच और डिनर खिलाते हैं। और बढ़िया गाने गाते हैं। उनकी शादी होती है तो जंगलों में उनके हनीमून के लिए 'नवाबी महल' जमीन फाड़कर निकल आते हैं और हेलेन जैसी पचासों नर्तकियाँ उनके मनोरंजन के लिए अश्लील नृत्य करने के लिए वहाँ पहुँच जाती हैं। यह है कि डिग्री की वास्तविक शक्ति।

हमारी शिक्षा पद्धति कुछ ऐसी दूषित है कि उसमें पाँच साल सिर मारकर भी इंजीनियर को न अच्छी नौकरी मिलती है, न अच्छा वेतन। फिर यदि कहीं नौकरी मिल भी जाये तो काम भी करना पड़ता है। बेचारा इंजीनियर न पहाड़ों पर जा पाता है न लड़कियाँ ही उस पर मरती हैं। दूषित शिक्षा-पद्धति से यही हानि होती है। मैंने अच्छे-अच्छे इंजीनियरों को घटिया-से-घटिया बी.ए. पास लड़की से विवाह करने के लिए नाक रगड़ते देखा है। यह वस्तुतः अपने देश की पीढ़ी का अपमान है। हमें चाहिए कि हम अपने सारे विश्वविद्यालय बन्द कर सब जगह फिल्म स्टूडियो खोल दें, ताकि हमारी युवा पीढ़ी वही सुख-स्मृद्धि पा सके जो फिल्मी इंजीनियर को मिलती है। मुझे लगता है कि देश की गरीबी भी इसी दूषित शिक्षा-पद्धति का परिणाम है। हम यदि आज भी फिल्मी शिक्षा-पद्धति को अपना लें, तो तुरन्त अपनी गरीबी को हटा सकते हैं। फिल्मी इंजीनियर गाना गायेगा तो हीरोइन फावड़ा चलायेगी। हीरोइन को फावड़ा चलाते देखकर सारी जनता जुट जायेगी। सड़कें घंटों के भीतर बनकर तैयार हो जायेंगी, पुल बन जायेंगे, कारखाने तैयार हो जायेंगे; और समृद्धि देश के चरण चूमेगी।

फिल्मी शिक्षा-पद्धति में वयस्क-शिक्षा (Adult Education) पर भी पर्याप्त बल दिया जाता है। 45 वर्ष का हीरो निकर पहनकर बी.ए. प्रथम वर्ष में भर्ती हो सकता है : वह भी कोई दिल्ली विश्वविद्यालय है कि आयु पर रोक लगा दे। हमारे वे विश्वविद्यालय जो Age-bar की बात करते हैं, वस्तुतः शिक्षा-विरोधी हैं। वे

चाहते हैं कि लोग कम आयु में ही पढ़ाई समाप्त कर लें। पर वे मनोविज्ञान का एक साधारण-सा सिद्धान्त भी नहीं समझते कि कम आयु में बच्चों का ध्यान पढ़ाई में नहीं लगता। जो बच्चे माँ-बाप के डर से कम आयु में पढ़ाई कर भी लेते हैं, उनकी समझ में कुछ नहीं आता। अतः वे लोग पूर्ण रूप से शिक्षित नहीं हो पाते। यह देश के साथ विश्वासघात है।

फिल्मी शिक्षा-पद्धति इससे कहीं श्रेष्ठ है। उसमें 45 वर्ष का नायक बी.ए. प्रथम वर्ष में आता है तो उसकी बुद्धि पहले से ही पर्याप्त परिपक्व होती है। उस समय उसका सामान्य ज्ञान अपने अध्यापक से भी अधिक होता है। यही कारण है कि फिल्म के प्रत्येक अध्यापक अपने उन स्मार्ट छात्रों के सम्मुख एकदम गधा नजर आता है। ऐसी स्थिति में न तो अध्यापक छात्र को रोकने की क्षमता रखता है, न रोकता है, (क्योंकि छात्र फिल्म का हीरो होता है) अतः अनुशासनहीनता की समस्या नहीं उठती। छात्रों में अनुशासनहीनता की समस्या हमारे अदूरदर्शी विश्वविद्यालयों द्वारा उत्पन्न की गयी है। इसमें छात्रों का तनिक भी दोष नहीं है। यदि वे लोग फिल्मी शिक्षा-पद्धति का एक कण भी अपनायें तो यह समस्या तुरन्त समाप्त हो सकती है।

सामान्यतः यह देखा जाता है कि दिन-प्रतिदिन कॉलेजों और विश्वविद्यालयों में भीड़ बढ़ रही है। लड़के कॉलेज में भर्ती तो हो जाते हैं, पर पढ़ाई नहीं करते हैं। इसका दोष भी विश्वविद्यालयवालों के सिर ही है। उन्होंने फीस इतनी कम रखी है, वे लोग इतनी अधिक छात्रवृत्तियाँ देते हैं कि लड़के पढ़ाई का मूल्य ही समझ नहीं पाते। उन्हें फिल्मी-शिक्षा-पद्धति से इसका समाधान भी सीखना चाहिए। फिल्मों में शिक्षा इतनी महँगी है कि बी.ए. (पास) की पढ़ाई करते-करते ही नायक-नायिकाओं के पुश्तैनी मकान बिक जाते हैं, गहने बन्धक हो जाते हैं। यही कारण है कि अपनी डिग्री का मूल्य वे लोग समझते हैं, उसी अनुपात में धन कमाते हैं। वह ऊँचा व्यापार है।

देश के शिक्षा-मन्त्री को मेरा यह विनम्र सुझाव है कि वे कुछ दिन जाकर बम्बई के फिल्म स्टूडियो में रहें और वहाँ किसी डायरेक्टर की शिष्यता ग्रहण कर सही प्रकार की शिक्षा-पद्धति से परिचय प्राप्त करें। तब ही वे अपने देश की वर्तमान घटिया शिक्षा-पद्धति को समाप्त कर उपयुक्त पद्धति ला पायेंगे।

आदर्श पुलिस व्यवस्था पर एक भाषण

रोज समाचार-पत्रों में पढ़ता हूँ : कोई न कोई नेता, मन्त्री, बड़ा पुलिस अधिकारी, पुलिसवालों को यह सलाह दे जाता है कि वे लोग जनता की दृष्टि में अपने स्वरूप को सुधारें। कोई कमबख्त जनता को यह नहीं कहता कि वह अपनी दृष्टि सुधारे। सब लोग हाथ धोकर अपनी देशभक्त पुलिस के पीछे पड़ गये हैं। पुलिस बेचारी अपने कर्त्तव्य में लगी, अनुशासन में बँधी किसी से कुछ कहती नहीं तो लोग उसके सिर पर ही चढ़े चले जाते हैं। वस्तुतः स्वरूप बनाना और बिगाड़ना किसी के अपने हाथ में तो है नहीं। अब यदि पाकिस्तान सारी दुनिया में भारत के विरुद्ध प्रचार कर उसका स्वरूप बिगाड़ता है तो भारत बेचारा कर ही क्या सकता है। वैसे ही यदि हिन्दी का साहित्यकार लट्ठ लेकर पुलिस के पीछे पड़ जाये तो गरीब पुलिस क्या करे। जिसे देखो वही कमिटेड साहित्य के नाम पर पुलिस को काले रंग में रँग रहा है। मैं पूरे आत्मविश्वास के साथ कह सकता हूँ कि हिन्दी में एक भी ऐसा गम्भीर साहित्यकार नहीं है जिसने अपने साहित्य में पुलिस का उज्ज्वल रूप चित्रित किया हो।

पर भारत में भी सब ओर अँधेरा ही नहीं है। सत्य और न्याय की हल्की-सी ही सही, पर लौ अभी जल रही है। फिल्मवालों ने साहित्यवालों की इस दुरभिसन्धि का शत-प्रतिशत विरोध किया है। फिल्मवालों ने देशभक्त राष्ट्रीय पुलिस के त्यागी और बलिदानी स्वरूप को न केवल पूरी तरह से देखा और परखा है, वरन् बड़ी अच्छी तरह अंकित भी किया है। उनके यहाँ पुलिसवाले एकदम ठीक समय पर आते हैं। उन्होंने आज तक किसी भी फिल्म में नायक-नायिका से अविनीत व्यवहार नहीं किया है। फिल्मवालों से पुलिस का इतना सद्‌भावनापूर्ण व्यवहार है कि फिल्म से बाहर भी फिल्म-अभिनेता एवं अभिनेत्रियाँ जहाँ कहीं भी जाती हैं, पुलिसवाले अत्यन्त विनम्र सेवकों के समान उनकी रक्षा करते हैं। मैंने स्वयं अपनी निजी आँखों से देखा है कि किस प्रकार पुलिसवाले आगे-आगे भागकर भीड़ में रास्ता बनाते हैं, कैसे उनके चारों ओर घेरा डालकर दुष्ट भीड़ से उनकी रक्षा करते हैं और कैसे उनके साथ सट-सटकर चित्र खिंचवाते हैं।

यह उस सद्‌भावना का ही परिणाम है कि फिल्मों में एक भी पुलिसवाला कभी किसी से उत्कोच नहीं लेता, कभी किसी शरीफ आदमी को परेशान नहीं करता;

और कभी किसी अपराधी को बिना पकड़े नहीं रहता। फिल्मी पुलिस कुछ इतनी कार्य-सक्षम और कर्त्तव्यपरायण है कि किसी भी अपराधी को तीन घंटे से अधिक स्वतन्त्र नहीं रहने देती।

जब साहित्यकार पुलिस के प्रति अपनी सद्भावना न निभायें तो बेचारी पुलिस का क्या दोष है। यदि वे लोग अपने साहित्य में पुलिस का उज्ज्वल रूप चित्रित करें, तो उनके उपन्यासों में भी पुलिस अपराधियों को पुस्तकों के अन्तिम पृष्ठों तक अवश्य पकड़ लेगी। यदि साहित्यकार चाहे तो उसकी पुस्तक में भी पुलिस उत्कोच नहीं लेगी। बात तो केवल सद्भावना की है।

जहाँ तक आम जीवन का प्रश्न है, यह प्रश्न अत्यन्त गम्भीर है। आम जीवन में चोरों-डाकुओं तथा अन्य अपराधियों ने पुलिस को भ्रष्ट तथा कार्य-अकुशल बना रखा है। उन्हें चाहिए कि वे भी फिल्मी अपराधियों से कुछ सीखें। फिल्मी पुलिस कभी भी उत्कोच स्वीकार नहीं करती, क्योंकि फिल्मी अपराधी भी उत्कोच देता ही नहीं है। यदि कभी वह उत्कोच देने का प्रयत्न करता है तो डायरेक्टर की देख-रेख में ऐसा करता है। किसी की देख-रेख में पुलिस को उत्कोच देने से पुलिस भ्रष्ट नहीं होती—क्योंकि तब पुलिस उत्कोच नहीं लेती। किसी एकस्ट्रा की क्या मजाल कि वह डायरेक्टर के सामने नायक अथवा खलनायक से उत्कोच स्वीकार कर ले।

वस्तुतः जिस प्रकार समाचार-पत्रों में पुलिस का रूप बिगाड़ने का दायित्व संवाददाताओं का है, साहित्य में साहित्यकारों का है, उसी प्रकार समाज में पुलिस का रूप बिगाड़ने का पूरा-पूरा दायित्व चोरों-डाकुओं तथा अन्य अपराधियों का है। यदि वे लोग भी फिल्मी अपराधियों से सहयोग तथा सद्भावना की शिक्षा ग्रहण कर पुलिस के आदर्श रूप की रक्षा करने के लिए उत्कोच न दें और अपराध करने के तीन घंटों के अन्दर-अन्दर फिल्मी अपराधियों के समान ही पुलिस की पकड़ में आ जायें, तो उनका क्या बिगड़ जायेगा? उनके इस जरा-से त्याग से फिल्मों के समान समाज में भी पुलिस का स्वरूप उज्ज्वल हो जायेगा।

किन्तु अपने देश को ईर्ष्या का बड़ा पुराना रोग है। अपराधी-वर्ग जरा भी यह नहीं चाहता कि पुलिस को उन्हें पकड़ने का यश मिले; अतः वह पुलिस से सहयोग नहीं करता। लेखक-समुदाय तो जन्म से ईर्ष्यालु होता है। वे लोग एक-दूसरे से जल-जलकर कार्बन हुए पड़े हैं—पुलिस से सहयोग क्या करेंगे! कुल मिलाकर एक फिल्मवाले ही हैं, जिनमें सद्भावना तथा सहयोग है। मैं तो इस निष्कर्ष पर पहुँचा हूँ कि आदर्श पुलिस व्यवस्था केवल फिल्मी वातावरण में ही सम्भव है।

स्मार्ट लड़के का दर्द

उदयन को बस ने लेट कर दिया था। यदि बस इस प्रकार लेट न हुई होती और ठीक समय पर पहुँच गयी होती तो वह भी ठीक समय पर कॉलेज गया होगा।

वह लेट हो गया था पर घटोत्कच लेट नहीं हुआ था। घटोत्कच उनको अंग्रेजी पढ़ाता था। उनका डील-डौल देखकर उदयन को उसका नाम जानने की कभी उत्सुकता नहीं हुई थी। इस डील-डौलवाले व्यक्ति का नाम यदि उसके माता-पिता ने घटोत्कच नहीं रखा था, तो उन्होंने गलती की थी; और उदयन को उनकी गलती सुधारने का पूर्ण नैतिक अधिकार था।

घटोत्कच ने उसे घूरकर देखा, "आज फिर देर से आये?"

"नहीं सर! आज भी उसी बस में आया हूँ, जो रोज लेट हो जाती है।"

"शट अप! चोंच बन्द रखो और बैठ जाओ।"

"थैंक्यू सर!"

वह जाकर सबसे पिछली सीढ़ी पर बैठ गया।

चाहता तो वह आगे भी बैठ सकता था, पर पिछली सीट पर पपीता बैठी थी। नाम उसका शायद बबीता था, पर उदयन को पपीता कहना ही अच्छा लगता था। वह कई दिनों से उसके साथ बैठने के चक्कर में था; पर वह इतनी शुद्धतावादिनी थी कि जहाँ पहले से चार लड़कियाँ बैठी होती थीं, वहीं घुसकर बैठती थी, ताकि वहाँ पाँचवाँ लड़का न आ सके। आज उदयन को अवसर मिल गया था।

उसे पास बैठा देख, पपीता कुछ और परे सरक गयी और घटोत्कच के भोंडे और नीरस लैक्चर में और भी खो गयी।

उदयन ने पूरी गम्भीरता से अपनी फाइल खोली और नोट्स देने लगा :

"प्रिय पपीता,

तुम्हें कैसे बताऊँ, मैं तुमसे कितना प्रेम करता हूँ। जितना प्रेम मैं तुमसे करता हूँ, उतना प्रेम बच्चे टॉफियों से भी नहीं करते। क्या तुम मेरे प्रेम को स्वीकार करोगी?

तुम्हारा ही
उदयन"

वह कागज उसने फाइल से निकाला और धीरे से पपीता की ऊपरवाली पुस्तक में डाल दिया।

घंटी हुई, घटोत्कच गया और साथ ही साथ पपीता भी दफा हो गयी।

उदयन उठकर कैंटीन में आ बैठा। घटोत्कच ने अंग्रेजी बोल-बोलकर उसके सिर में दर्द कर दिया था।

"एक पीरियड में यह मेरा सिरदर्द कर देता है"—वह सोच रहा था—"और चार-चार पीरियड बकवास करके इस साले के अपने फेफड़े नहीं दुखते? जो आदमी भारत जैसे गर्म देश में अंग्रेजी जैसी ठंडी भाषा जीवन-भर रोज तीन-चार घंटे बोलेगा, वह अन्त में फेफड़ों के कैंसर से नहीं मरेगा तो और क्या होगा...?"

"चलिये आपको प्रिंसिपल साहब बुला रहे हैं।"

उसने सिर उठाकर देखा, उसकी मेज का चढ़ा-सा 'यमदूत' खड़ा था। यमदूत 'सच-सच कहना' का विशेष चपरासी था। और 'सच-सच कहना' इस कॉलेज का प्रिंसिपल था।

उदयन ने चुपचाप सिगरेट की डिबिया यमदूत की ओर बढ़ायी और अपने दैनिक अन्दाज में बोला, "दूर हटकर बात कर! कहाँ सिर पर चढ़ा आ रहा है। कह दे, वह नहीं मिला।"

उदयन उठ खड़ा हुआ, "चल यार!"

वह समझ गया था कि पपीता को लिखा गया प्रेम-पत्र 'सच-सच कहना' तक पहुँच गया है।

वह जाकर खड़ा हो गया, "गुड मार्निंग सर!"

प्रिंसिपल ने उसे घूरा, "यह पत्र तुमने लिखा है, सच-सच कहना?"

"जी हाँ!"

'सच-सच कहना' एकदम नाराज हो उठा, "क्यों लिखा, सच-सच कहना! उल्लू के पट्ठे! तुम इसी के लिए कॉलेज आते हो, सच-सच कहना।"

"सर! सच-सच कहूँ?"

"हाँ! बिल्कुल सच-सच कहना।"

"सर! आता तो इसी के लिए हूँ।"

"पत्र लिखने के लिए?"

"नहीं! सर बबीता के लिए। सच-सच कह रहा हूँ।"

'सच-सच कहना' गुस्से से लाल मिर्च हो उठा, पर दम साधकर बोला, "बेटी! तुम बाहर जाओ।"

बबीता बाहर चली गयी।

"अब सच-सच कहना, तुमने यह पत्र क्यों लिखा?"

उदयन 'सच-सच कहना' के एकदम निकट चला गया, "सर! सच-सच कहूँ तो

कहना पड़ेगा, मैं इससे प्रेम करता हूँ।"

"अब गधे! कह, गलती हो गयी। आगे से नहीं करूँगा।"

"सर! गलती नहीं हुई है, प्रेम हो गया है। पत्र तो रोज लिखूँगा।"

"लिखेगा?" 'सच-सच कहना' को क्रोध आ गया।

"हाँ!"

"सच-सच कहता है?"

"सच-सच कहता हूँ।"

"मैं तुझे कॉलेज से निकाल दूँगा।"

"तो भी लिखूँगा! सच-सच प्यार करता हूँ, मजाक नहीं है!"

"जा फिर दफा हो जा!"

"थैंक यू सर!"

प्रिंसिपल ने बबीता को बुलाया, "बेटी! मैंने इस लड़के को बहुत धमकाया है। कड़ी परीक्षा ली है। वह सचमुच तुमसे प्रेम करता है।"

बबीता रोने लगी, "मेरे पिताजी मेरी बात का विश्वास नहीं करेंगे।"

"मेरी बात का कर लेंगे?"

"हाँ, आप तो प्रिंसिपल हैं। मैं तो लड़की हूँ। लड़की की बात का विश्वास कौन करता है।"

"अच्छा, मैं लिख देता हूँ।"

प्रिंसिपल ने अंग्रेजी में लिखा, "मैं प्रमाणित करता हूँ कि उदयन, रोल नम्बर 113, बी.ए., तृतीय वर्ष, बबीता से प्रेम करता है।"

"थैंक यू सर!" बबीता चली गयी।

थोड़ी देर में उदयन 'सच-सच कहना' के सामने अपनी इच्छा से उपस्थित हुआ, "सर! मुझे कॉलेज से मायग्रेशन दे दीजिये।"

"क्यों? क्या हुआ? सच-सच कहना।"

"सर! मैं तो कहीं का नहीं रहा।" उदयन रुआँसा हो गया, "उस पपीता की यह हिम्मत कि वह मुझसे प्रेम करे!" उसने एक कागज 'सच-सच कहना' की ओर बढ़ाया, "वह मुझे प्रेम-पत्र लिखने लगी है। मैं अब इस कॉलेज में कैसे रह सकता हूँ सर! मैं तो बदनाम हो गया...।"

प्रिंसिपल को लगा, उदयन सचमुच रो पड़ेगा।

नालायक पीढ़ी

वे मेरे पास आये बैठे हैं, उनका हृदय बहुत पीड़ित है, धर्मयुद्ध हार गये हैं, उनके लड़के ने एक ईसाई लड़की से विवाह कर लिया।

"बड़ी शैतान है लड़की।" वे मुझे बताते हैं, "लड़के को फाँस लिया और भ्रष्ट कर दिया।"

मैं समझ गया हूँ, लड़की अवश्य ही शैतान है। कमबख्त कितनी पक्की है, विधर्मी लड़के से विवाह कर खुद तो भ्रष्ट हुई नहीं, लड़के को भ्रष्ट कर दिया। कलियुग है और क्या।

"आपने लड़के को रोका नहीं?" मैं पूछता हूँ।

"रोका क्यों नहीं।" वे कहते हैं, "मैंने उसे घर से ही निकाल दिया। कह दिया कि घर में कदम न रखे।"

तो रोकने का मतलब है, घर से निकालना। मैं सोचता हूँ, ये देश में नदियों का पानी रोकना चाहेंगे तो उसे बाहर निकाल समुद्र में धकिया देंगे।

"पर आपने उसे रोकने के लिए क्या किया?" मैं पूछता।

"किया क्या?" वे कहते हैं, "उसको चाहिए था मेरे पैरों पर गिरकर मुझसे माफी माँगता। मैं उसकी बात नहीं मान रहा था, तो उसे मेरी बात माननी चाहिए थी। पर वह उल्लू का पट्ठा तो अपनी नाक सीधी किये घर से बाहर निकल गया।"

मैं समझ गया कि लड़का अवश्य उल्लू का पट्ठा ही था।

"फिर?" मैं पूछता हूँ।

"फिर क्या!" वे आवेश में कहते हैं, "मैं पीछे से आवाज लगाकर कह दिया, "याद रख! अपनी कोठी में तो एक ईंट भी नहीं दूँगा। चाणक्यपुरी में कोठी है। कम से कम पाँच लाख की।"

"तो अच्छा ही है।" मैं कहता हूँ, "अब आप पाँच लाख की कोठी अपने पास रख सकेंगे।"

"अच्छा खाक है!" वे झल्ला उठते हैं, "कोठी क्या मैंने अपने बाप के लिए बनवायी थी। अपने सारे जीवन की कमायी लगाकर इसके लिए कोठी बनवायी और...।"

"आप दुखी किस बात से हैं?" मैं पूछता हूँ, "धर्म के अपमान से या अपनी कोठी के अपमान से?"

"उसने बाप का दिल दुखाया है। वह कभी सुखी नहीं रहेगा।" वे तड़पकर कहते हैं।

मैं सोचता हूँ, इस बूढ़े को यह नहीं पता कि इसने अपने लड़के का दिल कितना दुखाया है।

पर उनका दिल कुछ अधिक दुख गया है। उनकी अवस्था काफी उत्तेजना की है। वे हाँफ रहे हैं और धाराप्रवाह बोलते जा रहे हैं, "क्या बतायें, कोहली साहब! उस हरामजादे ने नाक कटवा दी। यह नहीं कि शादी कर ली, बैंड बाजे के साथ धूम-धड़ाका कर पार्टी भी कर ली। अरे पार्टी ही करनी थी तो कार्ड बाप के नाम से ही छपवा लेता, तो क्या हो जाता। कार्ड भी अपने नाम से छपवा लिये। दुनिया को कोई-न-कोई तमाशा चाहिए ही होता है। भीड़-की-भीड़ जा जुटी। किसी ने पूछा, लड़के का बाप नहीं आया? तो किसी ने उत्तर दे दिया, अजी! वे पुराने विचारों के आर्थोडॉक्स बूढ़े हैं। इस विवाह को स्वीकार नहीं कर पा रहे। सुना आपने! मैं ...डॉक्टर विद्याधर खन्ना, मैं पुराने विचारों का, पिछड़ा हुआ, आर्थोडॉक्स, अनपढ़ बूढ़ा हूँ! मैं, जिसने तब पी-एच.डी. की थी, जब हिन्दुस्तान की किसी यूनिवर्सिटी में पी-एच.डी. की डिग्री नहीं होती थी। और यह कल का लड़का, एक ईसाई लड़की से शादी कर, बड़ा क्रान्तिकारी बन गया। अरे हम भी अपने समय के दुनिया-पलट क्रान्तिकारी हैं। उस जमाने में, जब कोई ऐसी बात सोच भी नहीं सकता था, हमने जात-बिरादरी का विचार छोड़ रायबहादुर टीकमदास की बेटी से शादी कर ली थी। सारे लाहौर में वाह-वाह हो गयी थी। क्रान्ति की थी तो साथ में दो लाख रुपयों का दहेज आया था। इस साले ने क्या क्रान्ति की? चार पुराने स्कर्ट लेकर छोकरी घर आ गयी। लानत है ऐसी क्रान्ति पर। बड़ा बना फिरता है माडर्न आदमी की दुम..."

अभी पिछले दिनों लाला खूबचन्द भी इससे कुछ मिलती-जुलती पीड़ा से ही पीड़ित थे। उनका बेटा पूरे पाँच वर्ष जर्मनी में रहकर लौटा था। बड़े प्रसन्न थे कि इतनी देर तक विदेश में रहकर भी, बिना कोई गड़बड़ किये, बेटा सकुशल स्वदेश लौट आया था। लाला खूबचन्द स्वयं उसका स्वागत करने के लिए पालम हवाई अड्डे पर पहुँचे थे। और अपने खर्च पर उसे टैक्सी में बैठाकर पालम से मॉडल टाउन लाये। जीवन में पहली बार टैक्सी का इतना लम्बा-चौड़ा बिल दिया था उन्होंने।

पर दूसरे दिन ही बेटा बाजार से सब्जियों के साथ-साथ एक मुर्गा भी खरीद लाया, लाला का माथा ठनका। पूछा, "बेटा! विदेश में रहकर कहीं धर्म-परिवर्तन तो नहीं कर लिया?"

"नहीं पिताजी! पूरा-पक्का हिन्दू हूँ, हंड्रेड परसेंट।"

"अबे हिन्दू तो तू पक्का है, पर साले यह मुर्गा क्या तेरा बाप खायेगा?"

लड़का बड़ा शालीन निकला, बोला, "आप भी ले लेना, पिताजी! मैं नहीं जानता था कि आप भी सुधर गये हैं। नहीं तो एक की जगह दो लाता, या कम-से-कम बड़ा तो लाता ही।"

"दो लाता के बच्चे!" लाला खूबचन्द ने उसे डाँटा, "मैं कहता हूँ, मेरे घर में न मांस पकेगा, और न यहाँ कोई मांस खायेगा।"

"क्यों पिताजी?"

"यह मेरा सिद्धान्त है।"

"पर पिताजी!" लड़के ने जिरह की, "मैंने सुना है कि, पिछले साल जब आपके बॉस घर पर आये थे, तो आपने इसी घर में न केवल उन्हें मुर्गा और बकरा खिलाया था, बल्कि शराब भी पिलायी थी।"

लाला खूबचन्द विकट नाराज हुए, खुलकर बरसे, "उल्लू के पट्ठे! बाप से जुबान लड़ाता है। मैंने तुझे इसलिए गोद ले-लेकर बोलना नहीं सिखाया था कि तू मेरे सामने बकवास करे।"

"तो नहीं खिलाया था मुर्गा?"

"हाँ, खिलाया था मुर्गा। बकरा भी खिलाया था। शराब भी पिलायी थी। जरूरत पड़ती तो रंडी भी नचवाता। सिद्धान्त तोड़ा था तो दो वर्षों का एक्सटेंशन भी ले मरा था। तूने सिद्धान्त तोड़कर क्या पाया, बोल!"

लड़का अपने धर्म पर अड़ गया, स्वार्थ के लिए सिद्धान्तों की हत्या करनेवाला व्यक्ति घोर पापी होता है, पिताजी! ऐसा व्यक्ति रौरव नरक में जाता है।"

और उसी दिन से लाला खूबचन्द लड़के को रौरव नरक में भेजने का प्रबन्ध कर रहे हैं।

नाराज श्रीमती चोपड़ा भी हैं।

उनकी बेटी ससुरालवालों से लड़कर अलग हो गयी है। मूर्खा ने अपने ससुर की ग्रेटर कैलाश की कोठी छोड़ दी है और अमर कालोनी में दो छोटी-छोटी कोठरियाँ किराये पर ले ली हैं। उसके पास न तो अभी रसोई के बर्तन हैं और न घर का फर्नीचर। पर लड़की हिम्मतवाली है। उसने एक प्राइवेट स्कूल में नौकरी कर ली है।

लड़की काफी तकलीफ में है। बड़ी कोठी में पूरे साजो-सामान तथा नौकर-चाकरों की सुविधा के साथ रहने की आदत है लड़की को। अब इस बेसरो-सामानी की हालत में जीना दूभर हो रहा है। पर लड़की का विचार है कि कुछ ही महीनों में सब कुछ ठीक-ठाक हो जायेगा। इस बार जो घर बनायेगी, वह उसका अपना घर होगा, उसके लिए उसे किसी की बात नहीं सुननी होगी। वह अपने ढंग से स्वतन्त्र जीवन बितायेगी। अपनी स्वतन्त्रता खोकर वह कोठियों पर थूकना भी नहीं चाहती।

पर श्रीमती चोपड़ा समझती हैं, लड़की नादान है। वे उससे कैसे प्रसन्न हो सकती हैं? इसे पागलपन नहीं कहेंगे तो क्या कहेंगे? अपनी इच्छा से भी कोई सारी सुख-सुविधाओं को लात मारता है? उन्होंने अपनी लाड़ली लड़की को इन सुख-सुविधाओं के लिए ही तो इस घर में ब्याहा था। नहीं तो लड़के में क्या था। और लड़की है कि सब कुछ छोड़कर चली आयी। नालायक!

"मम्मी, उस घर में मुझे लगता था, मेरा दम घुट जायेगा।" लड़की कहती है।

"लगता ही था न, घुटा तो नहीं।" श्रीमती चोपड़ा उत्तर देती हैं, "यहाँ अपनी हड्डियाँ घिसती-घिसती तो तू सचमुच ही मर जायेगी। बोल, लगना बुरा है या होना।"

"यह अपना घर तो है।"

"तो वह पराया घर था क्या?"

"मम्मी!" लड़की क्षुब्ध हो जाती है, "आपने हमें सैकड़ों बार कितने गर्व से सुनाया था कि आप संयुक्त परिवार के पक्ष में एकदम नहीं हैं। संयुक्त परिवार में लड़की का दम घुट जाता है। उसका व्यक्तित्व कुंठित हो जाता है। आप नहीं लड़ी थीं अपने सुसरालवालों से? आप नहीं अलग हो गयी थीं? आज तक पापाजी और चाचाजी में बातचीत तक नहीं है..."

श्रीमती चोपड़ा का क्षोभ लड़की से भी अधिक उबल पड़ता है, "बात सुन लो और पल्ले बाँध लो। मूर्ख लड़की! कभी उसे समझने का भी प्रयत्न किया है? मैंने संयुक्त परिवार तोड़ा था तो पचास हजार रुपयों की जायदाद हड़प ली थी। तेरी तरह नहीं कि सिद्धान्त के नाम पर पल्ला झाड़कर अलग हो गये और दो सौ रुपल्ली की नौकरी में जान-मारी की। बड़ी आयी संयुवत परिवार तोड़नेवाली! तू मेरा नाम डुबोयेगी, नालायक!"

तर्क

रामलाल वर्मा मेरे पड़ोसी हैं—रिटायर्ड हैडक्लर्क। नौकरी से रिटायर हो गये हैं, किन्तु पीड़ा से नहीं। रोज रोते हुए आते हैं और पूछते हैं : "बताइये कोहली साहब! कौन-सी बात ठीक है?"

दो बेटे हैं वर्मा साहब के : एक-से-एक सुन्दर, होनहार, पढ़े-लिखे, समझदार और कमाऊ। वर्मा साहब ने बड़े का रिश्ता अपनी बिरादरी में एक जगह पक्का कर दिया था। लड़की समझदार और सुन्दर थी; और फिर गहने-कपड़े-सामान के साथ, दस हजार नकद की बात थी।

पर लड़का अड़ गया—वह बिरादरी से बाहर शादी करेगा। लड़की उसने पसन्द कर ली थी। लड़की पढ़ी-लिखी भी खूब थी और सुन्दर भी भरपूर थी। बिरादरी के बाहर दहेज की बात हो ही नहीं सकती थी। वर्मा साहब ने सब्र कर लिया : चलो दहेज न सही। पर, अपनी बिरादरी में उनकी नाक कट रही थी। सारी बिरादरी थू-थू कर रही थी। "देखो तो, सारी बिरादरी में से किसी ने अपनी लड़की को वर्मा के घर ब्याहना स्वीकार नहीं किया।"

बेटे ने वर्मा साहब को समझाया, "पिताजी! इसमें नाक कटने की कोई बात नहीं है। लोगों की बातों में उल्लू मत बनो। समझने की कोशिश करो।"

"क्या?"

"यदि कोई आदमी अपने देश भारत में नौकरी न करके इंग्लैंड, अमरीका में नौकरी करने चला जाता है, तो उसका क्या अर्थ होता है?"

"क्या होता है?"

"उसका अर्थ यह होता है कि यह व्यक्ति इतना योग्य है कि उसे दुनिया के किसी भी देश में नौकरी मिल सकती है।"

बात वर्मा की समझ में आ गयी : उनका बेटा इतना योग्य है कि कोई भी बिरादरी, अपनी लड़की उसे देगी। तो फिर अपनी ही बिरादरी की क्या धौंस! मान गये। लड़के का विवाह हो गया।

दूसरे लड़के के विवाह के समय, वर्मा साहब ने बड़े लड़के का तर्क याद रखा। दूसरा लड़का भी योग्य और सुन्दर है—यह प्रमाणित करने के लिए उन्होंने अपने

एक गैर-बिरादरी के मित्र की लड़की के लिए 'हाँ' कर दी।

पर इस बार छोटा लड़का अड़ गया। वह गैर-बिरादरी में विवाह नहीं करेगा।

"क्यों?"

"क्यों क्या पिताजी।" वह बोला, "आप ही सोचिये, जिसको अपने देश में अच्छी नौकरी मिल जाये, वैसा योग्य आदमी विदेशों में धूल फाँकने क्यों जायेगा?"

वर्मा साहब तब से परेशान हैं, "दोनों उल्लू के पट्ठों ने मुझे उल्लू बनाकर अपनी-अपनी पसन्द की शादी कर ली।"

हत्या एक प्रकार की

गोपाल ने अपनी पत्नी राजलक्ष्मी की हत्या कर दी, और लोगों ने यह कहकर उसे गोली मार दी कि वह पागल हो गया था। पुलिसवाले भी यही करते हैं, दिल्ली के चिड़ियाघरवालों ने भी यही किया। गोपाल उनका अपना हाथी ही सही, पर चिड़ियाघरवालों को क्या अधिकार था कि वे इस प्रकार के वक्तव्य देकर एक घरेलू त्रासदी पर पर्दा डालें?

आजकल इस प्रकार की घरेलू त्रासदियाँ आम होती जा रही हैं। मैं इस विषय में जितना सोचता हूँ, उतना ही परेशान हो जाता हूँ। मैं जितनी बार उनसे मिलने गया, देखा कि गोपाल और राजलक्ष्मी मजे से केले के पेड़ या गन्ने खा रहे हैं। कभी नहीं सोचा था कि उनके दाम्पत्य-जीवन में भी ग्रन्थि होगी, पर लगता है कि उनका ऊपरी व्यवहार भी मन्त्रियों का-सा ही था। आखिर कैसे मारा होगा गोपाल ने राजलक्ष्मी को? वह उसका गला तो घोंट नहीं सकता—हाथी भी बस नाम का ही हाथी होता है, हाथ उसका एक भी नहीं होता। हत्या की अन्य कौन-सी पद्धति हो सकती है? समाचार-पत्रवाले पृष्ठ के पृष्ठ छापकर भी कुछ बताते नहीं। समाचार-पत्रवालों की कला ही और है, वह तो लिखा भी है और नहीं भी लिखा। है भी और नहीं भी। उन्होंने लिखा है कि 'क' ने 'ख' को चाकू से मार दिया। 'ख' का पेट फट गया, रक्त निकल आया और वह मर गया। पर पुलिस तब भी नहीं मानती। चक्षु-साक्षियों की बात नहीं मानती। वह शव को एक डॉक्टर के पास भेज देती है; और डॉक्टर मरने के कारण-रूप में अंग्रेजी का कोई इतना दीर्घकाय शब्द बना देता है, जो अंग्रेजी के पी-एच.डी. लोग भी समझ नहीं पाते। पुलिस तुरन्त मान जाती है कि मरनेवाला वैसे ही मरा होगा, जबकि सारा जगत जानता है, कि डॉक्टर हत्या-स्थल पर उपस्थि नहीं था और चक्षु-साक्षी वहाँ उपस्थित था। चक्षु-साक्षी की बात सब लोग समझ सकते हैं, डॉक्टर की बात कोई नहीं समझता; फिर भी बात डॉक्टर की ही मानी जाती है। निष्कर्ष यह निकला कि सत्य वह है, जो किसी की समझ में न आये।

'डॉक्टर' शब्द की बड़ी महिमा है, साहित्य में डॉक्टरों की जितनी महिला है, उतनी अस्पतालों में भी नहीं है (हाँ, वैसे तो अमरीका में भी डॉक्टरों की महिमा है, पर मैं यहाँ साहित्य और अमरीका को पर्याय नहीं मान रहा हूँ)। 'आदमी' की

समझदारी की बात भी कोई नहीं मानता, डॉक्टर की मूर्खतापूर्ण बात भी सब मान जाते हैं। एक आदमी कहता है कि मैंने अच्छी रचना लिखी है, कोई सुनता ही नहीं; कोई डॉक्टर रचना की लाश को नोच-खसोटकर समझ में न आनेवाली कोई बात कह देगा, तो लोग उसे बिना समझे-बूझे ही रट लेंगे और उद्धृत करते फिरेंगे। सब जगह वही पुलिस-बुद्धि काम कर रही है।

पर मुझे कोई नहीं बताता कि गोपाल ने राजलक्ष्मी को कैसे मारा। हत्या मथुरा रोड पर न होकर, उससे कुछ हटकर, चिड़ियाघर के फाटक के पीछे हुई, तो क्या वहाँ कानून का हाथ नहीं पहुँचेगा। अपना देश भी क्या अमरीका हो गया है कि कैनेडी के हत्यारे को गोली मारकर सब कुछ समाप्त कर दिया जाये और रहस्य कभी खुले ही नहीं।

हत्या कैसे हुई—पता नहीं चलता। पर क्यों हुई? क्या उन दोनों में कोई आर्थिक झगड़ा था? पर आर्थिक झगड़ा कैसे हो सकता है? दोनों सरकार की छत्रछाया में पल रहे थे। सरकार की शरण में पलनेवाले दूसरों के लिए आर्थिक संकट पैदा करते हैं, उनके लिए कोई आर्थिक संकट नहीं हो सकता। सम्भव है, उनके यौन-सम्बन्धों में कोई ग्रन्थि पैदा हो गयी हो। पर सारे चिड़ियाघर में दूसरा कोई हाथी ही नहीं था। हथिनियाँ तीन और थीं। यदि राजलक्ष्मी ने गोपाल की हत्या की होती, तो इस बात की सम्भावना हो सकती थी पर अन्य किसी हाथी के अभाव में भी गोपाल ने हत्या की। सैक्स-स्कैंडल किसी भी प्रकार सम्भव नहीं है।

'सैक्स' की न सही, 'फिगर' की बात हो सकती है। और एक मित्र ने अपनी बेहद मोटी—लार्ज फैमिली साइज—पत्नी को 'हथिनी' कह दिया था, तो वह अपने पति को विष दे देने को तैयार हो गयी थी। सम्भव है, राजलक्ष्मी ने हाथी कह दिया हो और वह बिगड़ उठा हो। सारे चिड़ियाघर में चार हथिनियों में एक हाथी था। जैसे फिल्मों में एक हीरो होता है। गोपाल भी अपने-आपको किसी हीरो से कम थोड़ी समझता होगा। समझता भी क्यों नहीं? एक-से-एक थुल-थुल हीरो भरे पड़े हैं बम्बई में—पर सब स्वयं को गुलफाम समझते हैं।

क्या राजलक्ष्मी की वाणी में इतना ओज था कि वह गोपाल को इस प्रकार का कठोर कदम उठाने के लिए उकसा सकती? यहाँ तो हिन्दी के सैकड़ों छोटे-बड़े व्यंग्यकार सरकार को दिन-रात डंक मारते रहते हैं; पर कुछ होता ही नहीं : न सरकार अपना रुख ही बदलती है, न व्यंग्यकारों का मुँह बन्द करती है। पता नहीं, व्यंग्यकारी की वाणी में विष नहीं है या सरकार की बेशरम खाल ही इतनी मोटी है।

सम्भव है, यह राजनीतिक हत्या हो। घरों में पति-पत्नी परस्पर विरोधी राजनीतिक दलों के शिकार हो गये हैं। यदि गोपाल और राजलक्ष्मी के साथ भी यही हो गया, तो कौन-सी बड़ी बात है! एक दम्पत्ति को मैं जानता हूँ, पति कांग्रेस-समर्थक

हैं, और पत्नी जनसंघ की सदस्या। उनका घरेलू झगड़ा यहाँ तक बढ़ गया है कि उन्होंने पत्नी के हाथ का खाना खाने से इंकार कर दिया है। वे विरोधी दल के हाथ की रोटी खाने से भूखे रहना श्रेष्ठतर समझते हैं।

यदि गोपाल और राजलक्ष्मी की घरेलू त्रासदी के मूल में भी राजनीति ही है, तो यह पता लगाना कठिन नहीं होगा कि कौन सत्ताधारी दल के साथ होगा—और कौन विरोधी दल के साथ। यदि हत्यारा सत्ताधारी दल का होगा, तो अवश्य ही दंड से बचेगा। पुलिस उसे अवश्य बचा लेगी, रोज बचाती है। पर गोपाल को गोली मार दी गयी, तो बात अवश्य ही उलटी रही होगी तभी तो बेचारा राजनीतिक हत्या करके भी बच नहीं पाया। पर, कौन जाने, शायद हाथियों की राजनीति में कोई बौद्धिक तत्त्व भी होता हो—आवश्यक तो नहीं कि उनकी राजनीति भी, हमारी राजनीति के समान, केवल भ्रष्टाचार पर ही पनपे।

नाटक : एक प्रयोग

[खाली मंच, जिस पर न कोई व्यक्ति है, न फर्नीचर। न पर्दा, न विंग्स। एक व्यक्ति मंच पर आता है।]

पहला व्यक्ति : मैं आपसे अपना परिचय करवा दूँ। यह इसलिए आवश्यक है कि उसके पश्चात आप मेरी बात ठीक से सुनेंगे और शायद समझ पायेंगे। मैं इस कॉलेज में पढ़ाता हूँ और मेरा नाम है (जोर से) सुभाष कुमार।

[दर्शकों में एक स्थान पर हलचल होती है और एक व्यक्ति खड़ा होकर जोर से कहता है—'आयाजी।' और दूसरे ही क्षण वह व्यक्ति भागता हुआ मंच पर आ जाता है।]

पहला व्यक्ति : तुम यहाँ क्यों आये?

दूसरा : देक्खो, अब ऐसे मुझसे बात मत करो प्रोफेसर साब। एक तो बीच नाटक में बुला लिया और अब पूछते हो क्यों आये। अगर प्रिंसिपल साहब ने यह न कहा होता कि आज आप नाटक करवानेवाले हैं, इसलिए आपकी बात मानूँ, तो मैं यह आवाज सुनकर भी नहीं आता। अब जल्दी से बोलो भी कि बात क्या है, मुझे नाटक देखने के लिए वापस अपनी जगह पर जाना है; नहीं तो मेरी कुर्सी पर कोई बैठ जायेगा।

पहला व्यक्ति : तुम्हें भ्रम हुआ है भाई, मैंने तुम्हें नहीं बुलाया।

दूसरा : तुम प्रोफेसरों की यही बात मुझे बुरी लगती है। लड़कों से भी झूठ, हमसे भी। पहले खुद्दे किसी को फाइन करवा दोगे, फिर उसको विश्वास दिलवा दोगे कि वह काम तुमने नहीं किसी और न करवाया है।

पहला : भई तुम मेरी बात समझो।

दूसरा : बात तो हम समझ रहे हैं और बहुत दिनों से सोच रहे हैं कि तुम लोगों के विरुद्ध अपनी यूनियन में एक परसताब भी पास कर दें।

पहला : अच्छा सुभाष बाबू! इस समय तो क्षमा करो, फिर जो चाहे कह लेना।

दूसरा : जा रहे हैं, पर अब हमें बेकार में आवाज मत लगाना।

[दूसरा आदमी मंच से उतर जाता है।]

पहला : दर्शकगण! क्षमा कीजियेगा। मैंने प्रिंसिपल साहब से कहा था कि मेरे ही नाम का चपरासी कॉलेज में मत रखिये...

दूसरा : (लौटता हुआ मुड़कर) चपरासी होयेगा तुम्हारा बाप। हम तो दफ्तरी हैं, दफ्तरी।

पहला : पर प्रिंसिपल साहब माने ही नहीं। मैंने यह भी कहा था कि अब रख ही लिया है तो इसका नाम बदल दो। तो आपने फरमाया कि न वह तुम्हारी भाभी है, न तुम उसकी ननद कि उसका नाम बदल दें। खैर...तो यह नाटक होने जा रहा है, मैं उसका निर्देशक हूँ। नाटक एक नया-सा प्रयोग है, इसलिए आपको कई बातें बड़ी अटपटी-सी लग सकती हैं। पर जैसाकि मैंने कहा, यह एक प्रयोग है, इसलिए बहुत सारी बातें आपके लिए बड़ी अपेक्षित होंगी। आपसे निवेदन है कि आप लोग एकदम चुपचाप बैठे रहियेगा—मंच पर जो कुछ हो उसमें हस्तक्षेप मत करियेगा, नहीं तो गड़गड़ हो जायेगी। अच्छा अब नाटक आरम्भ होता है।

[पहला व्यक्ति मंच से उतर जाता है। तीसरा व्यक्ति मंच पर आता है। वह बहुत थका हुआ। आकर वह थका-सा एक काल्पनिक कुर्सी पर बैठने की-सी मुद्रा में बैठ जाता है।]

तीसरा : आज मैं पानी का बिल देने के लिए कार्पोरेशन के दफ्तर गया था। वहाँ कार्य-समय लिखकर लगाया गया था, नौ बजे से दो बजे तक। मैंने पूछताछ अधिकारी से भी पूछ लिया था, उसने भी यही बताया था कि बिल लेने का समय नौ बजे से है, पर कोई साला बिल लेने के लिए काउंटर पर नहीं था। हाँ, बिल देने के लिए जरूर पन्द्रह-बीस उल्लू के पट्ठे वहाँ जमा थे। मैं भी उनकी भीड़ में मिल गया...

[सहसा सीधा खड़ा हो जाता है।]

तीसरा : थके हुए की ऐक्टिंग करनी है या सचमुच थकना है? ऐसे

हवा की कुर्सी पर बैठे-बैठे...

[पहले व्यक्ति का घबराहट में प्रवेश।]

पहला : सुरेश! क्या कर रहे हो तुम? साला प्ले गड़बड़ कर रहे हो, मैं जब तुमको प्ले में लेता नहीं तो तुम रोते हो और जब स्टेज पर आते हो तो जरा भी सीरियस नहीं रह पाते। विद्यार्थियों की इसी उत्तरदायित्वहीनता से तो मैं परेशान हूँ।

तीसरा : सर! आप मुझे यह बताइये कि यह साला प्ले है या योग का कोई आसन। मेरी एक-एक मसल दर्द करने लगी है।

पहला : मैंने तुमको पहले ही बता दिया कि यह एक एक्सपेरिमेंट है। तुम रोल न लेते। न रिहर्सल करते हो और न मंच पर ही सीरियस रह सकते हो। सब साले अपने-आप को चार्ली चैपलिन ही समझते हैं।

तीसरा : सर! आप मेरी बात सुनिये। एक्सपेरिमेंटल प्ले का मतलब होता है—सुविधाजनक नाटक।

पहला : यानी?

तीसरा : जो चीज हम वैसे मंच पर प्रस्तुत नहीं कर सकते, उसे अपने नाटक का अंग बनाकर सरल कर लेना। जैसे हमारे कॉलेज के पास यदि हाल नहीं है तो हमने इस प्लेटफार्म को स्टेज बनाकर ओपन-एयर थियेटर बना डाला। यानी हाल के बिना। काम चलाया। इसका मतलब यहाँ यह होता है कि हम कुर्सी के बिना, हवा पर बैठने का द्रविड़ प्राणायाम करें...अपने देश में हर चीज ही औंधी है...

पहला : तुम पहले नाटक में प्रयोग की बात मत समझाओ। मैंने इसी विषय पर पी-एच.डी. डिग्री ली है।

तीसरा : ली होगी। पर डिग्री लेकर आदमी समझदार हो ही जायेगा, इसकी क्या गारंटी।

[एक लड़की का प्रवेश।]

पहला : नीना! तुम क्यों आयी स्टेज पर?

लड़की : आ गयी तो क्या हो गया, यहाँ कौन-सा नाटक चल रहा है। झगड़ा ही तो हो रहा है, मैंने सोचा कि मैं भी एक बात कह आऊँ।

पहला : कहो।

लड़की : आप इसकी इतनी खुशामद क्यों कर रहे हैं? प्रयोग ही

तो है। एक तरह से न हो तो दूसरी तरह से कर लें।

पहला : कैसे?

लड़की : यदि बिना कुर्सी के माना जा सकता है कि यह कुर्सी पर बैठा है तो एक खाली कुर्सी रखकर भी तो माना जा सकता है कि उस पर कोई बैठा है?

पहला : तो कुर्सी पर से उठकर टहलेगा कौन? तुम! जाओ भागो, मैं इसे मना लेता हूँ।

लड़की : अच्छा सर!

[लड़की चली जाती है।]

पहला : हाँ भई! नाटक आगे चलेगा या नहीं?

तीसरा : अच्छा सर! आप जाइये। मैं फिर एक बार कोशिश करता हूँ।

[पहला व्यक्ति जाता है।]

तीसरा : (उसी प्रकार काल्पनिक कुर्सी पर बैठने की मुद्रा में) तो में कार्पोरेशन में पानी का बिल देने गया। कैशियर आधा घंटा लेट आया।

[कैशियर आता है और आकर काल्पनिक काउंटर की काल्पनिक कुर्सी पर बैठ जाता है। तीसरा व्यक्ति काल्पनिक काउंटर पर खड़ा हो जाता है।]

तीसरा : क्यों साहब! आप नौ बजे नहीं आ सकते।

कैशियर : नौ बजे तो मेरा भूत भी नहीं आ सकता। आप क्यों चले आये? आपको क्या रात को नींद नहीं आती? आप देर तक सोते, देर से उठते, यहाँ आधा घंटा देर से आते। क्या आपकी जन्मपत्री में लिखा है कि आप यहाँ ठीक नौ बजे ही पहुँच जायें? नौ बजे दफ्तर खुलता है, बन्द तो नहीं हो जाता...

तीसरा : यदि नौ बजे नहीं आ सकते, तो साले, यह अपने खानदान का फैमिली ट्री यहाँ क्यों लटका रखा है? यह लिखकर लगाने की क्या आवश्यकता थी कि पानी के बिल देने का समय नौ बजे से दो बजे है? यहाँ साढ़े नौ नहीं लिख सकते थे?

कैशियर : तुम यहाँ के सीधे जाओ चिड़ियाघर, और वहाँ जाकर देखो हाथी को। उसके दिखाने के दाँत और होते हैं और खाने के और। समझे? दोष मेरा नहीं है। दोष तुम्हारे बाप का

है जिसने तुम्हें कभी हाथी नहीं दिखाया। अब फूटो यहाँ से।

तीसरा : अच्छा, ये लो बिल के पैसे।

कैशियर : (बिल पढ़कर) बीस रुपये सात पैसे। सात पैसे टूटे हुए दो।

तीसरा : टूटे हुए नहीं हैं।

कैशियर : जो साला यहाँ जाता है, वह यही समझता है कि यहाँ उसके बाप ने टकसाल खोल रखा है। अबे तुम सात पैसे नहीं दे सकते तो मैं तुम्हें तिरानबे पैसे कहाँ से दूँ?

तीसरा : तो अब क्या करूँ?

कैशियर : आओ, बाहर से तुड़वाकर लाओ।

[तीसरा व्यक्ति मुँह फेरता है और कैशियर मंच से उतर जाता है। तीसरा व्यक्ति थोड़ा-सा टलहता है। एक व्यक्ति कोका कोला का एक ट्रे लेकर मंच के एक कोने में बैठ जाता है।]

तीसरा : एक कोका कोला।

[कोका कोलावाला कोका कोला की बोतल खोलकर देता है। तीसरा व्यक्ति कोका कोला पीते हुए उसे एक रुपये का नोट देता है। कोका कोलावाला उसे पैसे लौटाता है।]

तीसरा : कितने पैसे लिए?

कोका कोलावाला : पचपन।

तीसरा : कम्पनी का रेट पचास का है।

कोका कोलावाला : तो कम्पनी से ले लो। मैंने पाँच पैसे ज्यादा ले लिये तो नानी मर गयी। वो साले होटलवाले एक बोतल के एक रुपया पचास पैसे ले लेंगे, तो वहाँ तो ऊपर पन्द्रह पैसे टिप भी दोगे।

तीसरा : तू होटलवाला है?

कोका कोलावाला : नहीं तो क्या तुझे झल्लीवाला नजर आ रहा हूँ?

[तीसरा व्यक्ति मुँह फेर लेता है। कोका कोलावाला चला जाता है। तीसरा व्यक्ति फिर अपने घर में बैठने की मुद्रा में, काल्पनिक कुर्सी पर बैठ जाता है।]

तीसरा : मुझे रुपये का नोट तुड़ाने के लिए पचपन पैसे खर्च करने पड़े। फिर भी कैशियर ने सात की जगह दस पैसे ले

लिए। इस प्रकार सात की जगह पैंसठ, यानी कुल अट्ठावन पैसे नकद नष्ट हुए। अपने देश में सब जगह यही होता है, हर सात नये पैसों के काम के पीछे अट्ठावन पैसों की शक्ति व्यर्थ नष्ट होती है।

[लड़की का प्रवेश।]

लड़की : आप आ गये?

तीसरा : तुम्हें क्या लगता है?

लड़की : बहुत थक गये हैं।

तीसरा : हाँ, थक तो गया हूँ (सीधा खड़ा हो जाता है) पर थकानेवाला काम बिल देना नहीं, डॉक्टर सुभाष कुमार के नाटकों के प्रयोग करना है।

[पहले व्यक्ति का प्रवेश।]

पहला : देखो तुम फिर गड़बड़ कर रहे हो।

तीसरा : देखिये, मंच पर हम पति-पत्नी के रूप में अभिनय कर रहे हैं। इसलिए हमारी बातचीत पति-पत्नी की बातचीत है। आपको इतनी तमीज नहीं है कि पति-पत्नी की बातचीत में तीसरे आदमी को नहीं बोलना चाहिए।

पहला : तुम बकवास मत करो।

[चौथे व्यक्ति का प्रवेश।]

चौथा : क्या बात है?

पहला : (नाराज होकर) तुम क्यों आये? यहाँ नाटक हो रहा है। तुम मंच पर क्यों आये?

चौथा : बार-बार आप क्यों आते हैं?

पहला : जब नाटक में गड़बड़ होती है, तो मुझे आना ही पड़ता है।

चौथा : कॉलेज में कहीं भी कोई भी गड़बड़ हो, तो मैं भी यूनियन के प्रेसिडेंट के रूप में हस्तक्षेप कर सकता हूँ।

पहला : मैं कहता हूँ, तुम यहाँ से जाओ।

चौथा : यदि नहीं जाऊँ तो क्या कर लेंगे आप?

पहला : आखिर तुम चाहते क्या हो?

चौथा : अपना अधिकार?

पहला : कैसा अधिकार?

चौथा : यूनियन के प्रेसिडेंट का अधिकार।

पहला : क्या है वह?

चौथा : कॉलेज में कोई भी गड़बड़ हो तो उसमें हस्तक्षेप का अधिकार टीचर्स के समान यूनियन को भी मिलना चाहिए।

पहला : नहीं मिलेगा।

चौथा : मिलेगा कैसे नहीं।

पहला : मैं कहता हूँ, तुम यहाँ से जाओ।

चौथा : मैं तो जा रहा हूँ, पर आप भी चलिये।

पहला : मैं नहीं आऊँगा।

चौथा : जाओगे कैसे नहीं! चलो।

[चौथा व्यक्ति पहले को घसीटता हुए मंच से नीचे ले आता है।]

पहला : (मंच के नीचे से) दर्शको! यह जो कुछ मेरे साथ हुआ है यह नाटक का भाग नहीं था। आपको चाहिए था कि आप इस लड़के को मंच पर जाने से रोकते। पर आपने वैसा नहीं किया, इसलिए मैं नाटक यहीं समाप्त करता हूँ। चलो सुरेश, सुषमा, उतरो नीचे। मैं कहता हूँ, इस कॉलेज में तो नाटक करना ही बेकार है।

[तीसरा व्यक्ति और लड़की मंच से उतर आते हैं।]

ग़ालिब : राष्ट्रीयता : दिल : ईंटें

उस दिन सुना कि रामलाल ने श्यामनाथ के सिर पर किसी बात से नाराज होकर ईंट दे मारी। झगड़ा उन दोनों का था। ईंट बेचारी मुफ्त में बीच में आ फँसी। परिणाम यह हुआ कि ईंट बुरी तरह घायल हुई, उसकी कई हड्डियाँ टूट गयी। वह इर्विन अस्पताल में केजुएलिटी डिपार्टमेंट में पड़ी है। उसे ऑक्सीजन और ग्लूकोज धड़ाधड़ दिया जा रहा है। डॉक्टर राधाकृष्णन, डॉक्टर के.एल. राव तथा डॉक्टर कर्णसिंह जैसे बड़-बड़े डॉक्टर फोन मार्ग से वहाँ पहुँच गये हैं। फोन मार्गवाली बात कुछ स्पष्ट नहीं हो सकी।

एक ईंट के इस प्रकार खुल्लमखुल्ला घायल किये जाने के कारण ईंटों में असुरक्षा की भावना फैल गयी है। नगर की सारी ईंटें स्वयं को अपमानति-सी अनुभव कर रही हैं और सांकेतिक हड़ताल पर हैं। ईंटों के लम्बे इतिहास में यह उनका दूसरी बार अपमान किया गया है। पहली बार ग़ालिब ने कहा था, 'दिल ही तो है, न संगो-ख़िश्त, दर्द से भ रन आये क्यों!' तब भी ईंटों को बहुत बुरा लगा था। 'दिल है, कोई ईंट-पत्थर तो नहीं' कहने में साफ-साफ ईंटों का अपमान है, जैसे वे कोई घटिया-सी चीज हैं। पर तब ईंटें अपने अपमान का बदला नहीं ले सकी थीं। ग़ालिब की आदत थी किसी-न-किसी शासक के दरबार में रहने की। अतः वे बहुत सुरक्षित थे। उन्हें कोई क्या कह सकता था।

यह ग़ालिब की पुरानी आदत थी कि दूसरों का अपमान कर जाते थे और अपनी प्रशंसा। कहने लगे, 'ये मिसायले तसव्वुफ ये तेरा बयान ग़ालिब, तुझे हम वली समझते, जो न बादाख़्वार होता।' बात महत्त्व की थी। हमारे नेताओं ने पकड़ ली। अब जिसको सुनिये वही तसव्वुफ की बातें करता नजर आता है। क्या बयान है, क्या आध्यात्मिकता है, क्या आदर्श है, लगता है कि सारे नेता ही वली हो गये हैं। बस, कमी एक रह गयी है : सभी बादाख़्वार हैं। ग़ालिब का नुस्खा है : आध्यात्मिकता–शराब–ऋषि। ऋषि से मेरा मतलब वही है, जो ग़ालिब का वली से है।

इस देश के लोग ग़ालिब की बात नहीं मानते, पर विदेशों ने ग़ालिब की बात खूब मानी है। ग़ालिब कह गये–'यह कहाँ की दोस्ती है जो बने हैं दोस्त नासेह, कोई चारासाज़ होता, कोई गमगुसार होता।' कवि की बात है, देर तक प्रभाव रखती है। उक्ति का प्रभाव पड़ा पंडित नेहरू के दोस्तों पर। जब चीन या पाकिस्तान से

झगड़ा हुआ, सब ही बहानेबाज हो गये, सहायता के नाम पर बस गमगुसार बनकर आ गये। ग़ालिब आज होते तो कितने प्रसन्न होते! उनकी दोस्ती का आदर्श आज पूरा हो रहा है।

पर बात तो ईंटों के अपमान की थी। मुझे लगता है कि अपमान का हमारी संस्कृति से कहीं बहुत गहरा सम्बन्ध है। अपमान सहना हमारी राष्ट्रीयता का पहला अंग है। देश के भीतर, देश के बाहर हम अपमान सहते हैं। और प्रसन्न होते हैं। जहाँ कहीं किसी ने हमको जूता मारा और हमारे मुख पर भूदानी मुस्कान आ बिराजी। और जहाँ कहीं किसी ने भारत की राष्ट्रीयता छोड़ी, उसे नोबेल प्राइज मिल गया। डॉक्टर हरगोविन्द खोराना (इस नाम को अंग्रेजी में पढ़ियेगा) से पूछ लीजिये।

वैसे हम अपना अपमान करवाने का कोई अवसर हाथ में नहीं देते। प्रयत्न यह करते हैं कि हम वही काम करें, जहाँ हमारा अधिक-से-अधिक अपमान हो। हमने इसी महान कार्य के लिए अपनी राजधानी में विज्ञान भवन नाम का एक पुण्य भवन बनवा रखा है। हम समय-समय पर विश्व के उन्नत और पतित देश के प्रतिनिधियों को वहाँ आमन्त्रित करते हैं और उन लोगों से कहते हैं कि आओ और हमारा अपमान करो। वे लोग आते हैं, हमारा खाते हैं, हमारे घरों में रहते हैं और फिर हमारा अपमान करते हैं। कोई हमें जाते हुए कुछ दे जाता है, कोई नहीं भी दे जाता। भला हम क्या कर सकते हैं। देना-न देना तो उनकी इच्छा पर है। भीख-संस्कृति में न अपनी इच्छा चलती है, न हिंसा।

एक बार इसराइल के रक्षा मन्त्री की पत्नी श्रीमती दयान भी उसी विज्ञान भवन में आयी थीं। लोगों ने उन्हें उकसाया तो उन्होंने अपने देश की प्रशंसा कर दी। पर तब तक उन्होंने हमारे देश का अपमान नहीं किया था। अतः अपने लोगों का मन नहीं भरा। बोले, "भारतीय यहूदी तो आपके देश से लौट आये। आप अपने देश को अच्छा कैसे बता रही है?" तब श्रीमती दयान ने अपने लोगों की लालसा पूरी करते हुए कहा कि भारतीय यहूदी इसराइल का कठोर जीवन जीने को तैयार नहीं थे। मतलब यह कि वे आलसी थे और परिश्रम करने को तैयार नहीं थे। और जिस देश के यहूदी तक आलसी हों, वहाँ के बाकी लोग तो और भी माशाअल्लाह ही होंगे। वहाँ कोई भी ऐसा व्यक्ति उपस्थित नहीं था, जो भारतीय संस्कृति से पूरी तरह परिचित हो, नहीं तो कहता कि आलस्य भी हमारी संस्कृति का अंग है। हमारी संस्कृति अजगरों की संस्कृति है—'अजगर करे न चाकरी, पंछी करे न काम...'

तो यह सिद्ध हो गया कि अपमान करवाना हमारी राष्ट्रीयता का प्रथम गुण है। और ग़ालिब अपना अपमान करवाता नहीं, दूसरों का अपमान करता है, जैसे कि उसने ईंटों का अपमान किया। इससे हम इस निष्कर्ष पर पहुँचते हैं कि वह राष्ट्रविरोधी व्यक्ति थे। फिर भी लोग उसे आज राट्र-कवि बनाने पर तुले हुए हैं। ग़ालिब को राष्ट्र-कवि बनाना अपनी संस्कृति की परम्परा के अनुसार उसका अपमान

करना है। मेरा विचार यह है कि वह एक निकम्मे राष्ट्र का राष्ट्र-कवि बनना कभी भी पसन्द न करता।

आप कह सकते हैं कि ग़ालिब को इसमें कोई आपत्ति न होती, क्योंकि ग़ालिब ने अपना निकम्मापन स्वयं स्वीकार किया था–'इश्क़ ने ग़ालिब निकम्मा कर दिया, वरना हम भी आदमी थे काम के।' उस उक्ति से दो बातें ग़ालिब की राष्ट्रीयता के पक्ष में जाती हैं। एक तो यह कि यह निकम्मा था और दूसरी यह कि वह प्रेम करता था। प्रेम भी हमारा राष्ट्रीय गुण है। हमें महात्मा गाँधी ने कहा, सबसे प्रेम करो। महात्मा बुद्ध ने कहा, सबसे प्रेम करो। जैन साहब ने...मेरा मतलब है वर्द्धमान महावीर ने कहा कि सबसे प्रेम करो। तो ग़ालिब ने प्रेम किया। और हमारी राष्ट्र-विरोधी सरकार है कि जनता को प्रेम नहीं करने देती। जो नौजवान प्रेम करता पकड़ा जाता है, उसे दंड दिया जाता है। इस देश में प्रेम करने का अधिकार केवल नेताओं और सरकारी अफसरों को है। वे लोग जनता से प्रेम कर सकते हैं, जनता की धन-सम्पत्ति से प्रेम कर सकते हैं, जनता की बहू-बेटियों से प्रेम कर सकते हैं। और इसी प्रेम के कारण वे लोग विद्वान बन गये हैं। कबीर बाबा ने कहा था, 'ढाई आखर प्रेम के पढ़े सो पंडित होय'। तो एक नया निष्कर्ष यह निकला कि इस देश के सभी नेता और सरकारी अफसर लोग पंडित हैं। पंडित का अर्थ पढ़े-लिखे या ब्राह्मण। देखिये बात अब जात-पाँत पर आ रही है और यदि मैं इसी गति से निष्कर्ष निकालता चला गया तो जाति-पाँति के चक्कर में किसी सरकारी घपले में फँस जाऊँगा। डर के मारे यहीं खड़ी पायी लगा देता हूँ (वैसे डरना भी हमारी राष्ट्रीयता का ही एक और तत्त्व है)।

आदर्श फिल्मी कॉलेज

उस लड़की का नाम रेखा है। उसकी आयु बयालीस वर्ष की है। कूल्हे खूब भारी हैं। वक्ष खूब सम्पन्न हैं। गाल लटक आये हैं। पेट उभरा हुआ है। और शरीर पर जगह-जगह पर अनावश्यक चर्बी लटक रही है। चेहरे का भोलापन उसका साथ पच्चीस वर्ष पहले छोड़ गया था। पर वह कॉलेज में प्रथम वर्ष में पढ़ती है। स्कर्ट पहनती है, बालों को दो चोटियाँ कर झूले बना लेती है और चेहरे पर आधा इंच 'मेक-अप' थोपकर सोलह वर्ष की कन्या लगने का प्रयत्न करती है; क्योंकि बी.ए. प्रथम वर्ष की कन्या का वय सोलह वर्ष ही होना चाहिए था—और फिल्म निर्माता रेखा को ही वह लड़की बनाना चाहता था।

(सावधान! अब यदि किसी पाठक या दर्शक ने कहा कि वह कॉलेज की छात्रा नहीं लगती तो वह निर्माता-निर्देशक-लेखक के अपमान का अपराधी माना जायेगा।)

उसका कॉलेज राष्ट्रपति भवन में था। उस कॉलेज की बिल्डिंग पर करोड़ों रुपये खर्च हुए लगते थे। कॉलेज-भवन वैसा होता है या नहीं, उससे कोई बहस नहीं है। निर्माता सेठ लालू भाई को 'ग्लेमर' बहुत पसन्द है, इसलिए वे कॉलेज का भवन ऐसा ही चाहते हैं और फिर जब वे बयालीस वर्षों की रेखा को बी.ए. प्रथम वर्ष की छात्रा बना सकते थे तो राष्ट्रपति भवन को कॉलेज क्यों नहीं बना सकते? निर्माता में बड़ी शक्ति होती है, वह जो चाहे कर सकता है। भगवान ने इस महान भारत जैसे देश में एक साथ ही इतने नंपुसक पैदा कर दिये, तो किसी ने उसका क्या बिगाड़ लिया। निर्माता बुद्धि से परे होता है।

जहाँ तक निर्देशक का सम्बन्ध है, उसे सातवीं कक्षा में ही मास्टर ने कान पकड़कर स्कूल से बाहर कर दिया था, इसलिए वह क्या जाने कॉलेज कैसा होता है। सेठ लालू भाई ने जैसा कहा, उसने कॉलेज को वैसा ही मान लिया। सेठ लालू भाई से पैसा मिलता है, तो वह उसी की बात मानेगा, विश्वविद्यालय-अनुदान-आयोग से मिलता तो उनकी बात मान लेता।

उसी कॉलेज में एक लड़का भी पढ़ता है। उसका नाम राजू है। लड़के की उम्र पचपन वर्ष है; निकर, मेक-अप और सिर पर घुँघराले बालों का विग पहनकर भी वह चालीस-पैंतालीस से कम का नहीं लगता; पर कॉलेज में प्रथम वर्ष का छात्र होने

के नाते उसे सोलह न सही, सत्रह-अट्ठारह वर्ष का तो मानना ही पड़ेगा।

लड़के का पिता बहुत बड़ा उद्योगपति है, इतना बड़ा कि उसके भंगी के घर जो भंगी काम करता है उसके पास भी रोल्स राईस कार है। वह ड्राइंग रूम सें बेडरूम में जाने के लिए हैलिकाप्टर का सदुपयोग करता है। देखने में उसका वय अपने बेटे से कम लगता है, पर हमें उसे राजू का बाप मानना पड़ेगा, क्योंकि राजू स्टार है और बाप एक एक्स्ट्रा है। हर एक्स्ट्रा को 'स्टार' का बाप बनना पड़ता है, जबकि वास्तविकता में हर 'स्टार' एक्स्ट्रा के बाप के बाप का भी बाप होता है।

राजू के पास दो मिलें थीं जिनका काम केवल उसके लिए कपड़े बनाना था। इसलिए जैसे कपड़े वह पहनता था, वैसे ऊटपटांग कपड़े, संसार के किसी भी बाजार में नहीं मिलते थे। यह दूसरी बात है कि उसको देखकर कॉलेज के लड़के हर दिन वैसे कपड़े पहनने लगते थे। वस्तुतः अपने देश में कॉलेज में लड़कों को कुछ पाठ्येत्तर विषयों पर भी काम करना पड़ता है, उनमें सबसे अधिक महत्त्वपूर्ण फिल्म अभिनेताओं के कपड़ों की नकल करना। लड़का अपनी पढ़ाई की परीक्षा में असफल हो जाये, तो भी वह कॉलेज का छात्र माना जायेगा; किन्तु यदि वह अभिनेताओं की नकल की परीक्षा में असफल हो गया तो कॉलेज में पढ़ते हुए भी अपने मित्रों द्वारा वह कालेजियट नहीं माना जायेगा। इतना बड़ा अपमान भला कौन-सा लड़का सह सकता है : डूब मरने की बात है।

राजू के पास कारों की कमी नहीं थी। इस विषय में वह किसी अमरीकी कार-निर्माता उद्योगपति से भी ऊँची चीज था। जब कभी कहीं जाना होता उसके लिए एक नयी कार तैयार खड़ी होती। घर से पैदल भी निकलता तो कोई-न-कोई स्वतः चालित कार लालू भाई के आदेश से आकर, बीच सड़क में उसे गोद में बैठा लेती। वैसे राजू तो चाहता था कि कारों के समान, संसार की सारी लड़कियाँ भी यही करें; पर अभी संसार की स्थिति इतनी खराब नहीं हुई। संसार की किसी भी कार को कम या अधिक पैसों से खरीदा जा सकता है; किन्तु संसार की प्रत्येक लड़की अभी इतनी मूर्ख सिद्ध नहीं हुई है। लालू भाई राजू जैसे 'स्टार' को नाराज करने का दुस्साहस नहीं कर सकता था और दुनिया को कोई भी कार लालू भाई की आज्ञा की उपेक्षा नहीं कर सकती थी।

राजू की जेब में नोटों की गड्डियाँ भरी रहा करती थीं जैसे कबाड़िये की बोरी में रद्दी कागज भरे हुए होते हैं। किसी कारण से कभी उसके हाथ गन्दे हो जाते तो वह जेब से दो-चार नोट निकालकर उनसे हाथ पोंछ नोट फेंक दिया करता था। अपना देश बड़ा गरीब देश है। राजू की नोट फेंकनेवाली आदत देखकर कुछ लोग उसके पीछे लग गये। उसने जब फेंके तो उन्होंने झपटकर नोट उठा लिये। ध्यान से देखने पर उन्हें मालूम हुआ कि वे तो फिल्मी नोट थे।

पहले दिन जब राजू कॉलेज गया तो वहाँ उसने रेखा को देखा, जैसा कि उसे

देखना चाहिए था। यदि उस समय वह रेखा को न देखता तो रेखा को अपने ढलते वय के अहसास से निराशा तो होती ही; किन्तु उससे कहीं अधिक निराशा लालू भाई को होती, जिन्होंने 'ब्लैक' तथा 'वाईट' में इतनी लम्बी-चौड़ी फीस देकर, रेखा को देखने के लिए राजू को कॉलेज भेजा था।...राजू जिस समय रेखा को देख रहा था, उस समय उसने कॉलेज में उपस्थित अन्य लोगों को एकदम नहीं देखा। वस्तुतः हजारों की भीड़ में केवल एक ही व्यक्ति को देखना और शेष लोगों के लिए अन्धे हो जाना एक विशिष्ट कर्म है। जिसे देखा जा रहा हो, वह यदि 'लड़की' हो तो उस देखने को 'प्रेम' कहते हैं; और यदि वह कोई बड़ा आदमी हो तो उस देखने का नाम 'चापलूसी' होता है। तो, राजू को केवल रेखा ही नजर आयी; और वह उसे संसार की सर्वश्रेष्ठ सुन्दरी लगी। राजू के अनदेखे से शेष लोगों की आँखें बन्द नहीं हुईं—हो भी नहीं सकती थीं; हाँ, लालू भाई की ऐसी इच्छा होती, तो बात और थी : 'कहते हैं कि ग़ालिब का है अन्दाज़े बयाँ और।' ग़ालिब के ही समान लालू भाई की भी और बात है। पर इस स्थिति में लालू भाई ने ऐसा नहीं चाहा; अतः शेष लोगों की भीड़ ने राजू द्वारा रेखा को देखे जाते हुए देख लिया। तब राजू को भी अपनी आँखें खोलकर उन लोगों को देखना पड़ा। उसने देखा, उसके और रेखा के अतिरिक्त, कॉलेज में जितने भी लड़के और लड़कियाँ थीं, वे सब लोग 'एक्स्ट्राज' थे, जिनमें से कुछ लोग तो 'स्टार' बनने के स्वप्न लेकर घर से भागे थे और कुछ अपनी मजबूरी से परेशान होकर, दो वक्त की रोटी के लिए इस भट्ठी में आ गिरे थे। उनकी उमरें पैंतीस वर्ष के नीचे एकदम नहीं थीं, पर वे सब लोग उसी के समान कॉलेज के प्रथम वर्ष में पढ़ रहे थे, क्योंकि लालू भाई ने ऐसा ही चाहा था। उनमें कुछ लोग सीधे-सीधे 'कॉमेडियन' थे, कुछ एकदम 'विलेन' और कुछ एकदम ही भीड़ थी।

उसने यह भी देखा कि सारे कॉलेज में मात्र एक ही प्राध्यापक है, जिसे सब लोग प्रोफेसर कहते हैं। वह शक्ल-सूरत से प्रोफेसर से अधिक, चरागाहों में गधों के लिए घास छीलनेवाला घसियारा लगता था। उसे किसी विषय पर इतना भी ज्ञान नहीं था कि वह तीसरी कक्षा को वह विषय पढ़ा सकता। वह इकलौता अध्यापक उसे एक दृश्य में अंग्रेजी के तीन वाक्य बोलता हुआ दिखायी पड़ा, दूसरे दृश्य में वह हकला-हकलाकर वनस्पति-शास्त्र के विषय में कुछ कहने का प्रयत्न कर रहा था और तीसरे दृश्य में वह उन्हें पिकनिक ले जाता हुआ दिखायी पड़ा। उस 'प्रोफेसर' के अतिरिक्त उस कॉलेज में प्रिंसिपल नामक एक जन्तु भी था, जो किसी व्यक्ति के समान कुर्सी पर बैठा हुआ ही दिखायी पड़ा और एक-आध दृश्य में बेहूदे ढंग से चीख-चिल्लाकर उसने अपने अस्तित्व की सार्थकता सिद्ध कर दी थी।

उस कॉलेज का पुस्तकालय, कलकत्ता के राष्ट्रीय पुस्तकालय से भी बड़ा था। वहाँ पुस्तक प्राप्त करने क लिए सीढ़ी लगाकर ऊपर शेल्फ तक जाना पड़ता था।

वैसे तो सेठ लालू भाई चाहते थे कि पुस्तकालय इतना बड़ा हो कि सीढ़ियों से नहीं, स्टैक-हाल में ऊपर की शेल्फ तक पहुँचने के लिए लिफ्ट लगानी पड़े; पर लिफ्ट में शूटिंग की सुविधा न होने के कारण सीढ़ियों से ही काम चलाना पड़ा। सीढ़ी पर एक उपयोग यह भी था कि राजू बन्दर के समान, उस पर चढ़ा बैठा रहे; (शायद लालू भाई के अनुसार छात्र और बन्दर में कोई भेद नहीं है) और जब रेखा पुस्तकालय में आये तो राजू को हाल में बैठा न पाकर परेशान हो उठे।

उस पुस्तकालय में पुस्तकों का कोई ऐसा विशेष महत्त्व नहीं था, क्योंकि लालू भाई के आदेशानुसार वहा तथाकथित कॉलेज के लड़के-लड़कियाँ पढ़ने के लिए नहीं राजू और रेखा को देखने के लिए आते थे। हाँ, कुछ मोटे-मोटे ग्रन्थ इसलिए जरूर चाहिए थे कि रेखा उन्हें सिर पर रखकर नाच सके, राजू उन्हें तकिये की जगह सिर के नीचे रखकर लेट सके, विलेन उन्हें ईंटों के समान नीचे रखकर उन पर खड़ा हो बाथरूम के रोशनदानों से झाँक सके और कॉमेडियन उन्हें भारी-भरकम ट्रंक के समान सिर पर उठाकर, बोझ में लड़खड़ा-लड़खड़ाकर गिर सके। ऐसे दो-चार मोटे-मोटे महान ग्रन्थ उस पुस्तकालय में लालू भाई ने बड़ी प्रमुखता से सजवा दिये थे।

पुस्तकालय का रीडिंग रूम माल रोड के समान शहर के एक कोने से दूसरे कोने तक फैला हुआ था और उसमें पढ़ने के लिए एक कोने में मकड़ी के जाले के समान एक मेज लगा दी गयी थी; बीच का सारा हाल खाली रखा गया था, ताकि बाद में जब रेखा और राजू में प्रेम हो जाये और वर्षा के कारण बाहर नाचने-गाने और हुड़दंग मचाने की सुविधा न रहे तो वे लोग इस हाल में गलबहियाँ डाले गाना गायें और मधुमक्खियों से पीड़ित बन्दरों के समान हुड़दंग-शैली में नाचें। पुस्तकालय में इस प्रकार की सुविधा के प्रति विभिन्न छात्र-संगठनों में अभी चेतना नहीं आयी है। उनसे निवेदन है कि छात्रों की सर्वांगीण उन्नति के लिए वे लोग इस ओर भी ध्यान दें।

उस पुस्तकालय में प्रत्येक दिशा में अनेक स्थानों पर 'कृपया शान्त रहें' की तख्तियाँ प्रमुखता से लटकी हुई थीं और पुस्तकालय में आनेवाला प्रत्येक व्यक्ति आदेशों का पालन भी करता था; पर रेखा और राजू को ट्रक के नीचे टाँग कुचलवाकर चिंचियाते हुए कुत्ते के समान चीख-चीखकर गाने से मना करनेवाला वहाँ कोई माई का लाल नहीं था। फिल्म निर्माता सेठ लालू भाई ने उन दोनों के लिए विशेष अनुमति-पत्र ले रखा था।

तो, राजू ने रेखा को देखा। वह उसे अच्छी लगी। वैसे कॉलेज के प्रथम वर्ष के किसी विद्यार्थी को बयालीस वर्षों की स्कर्ट पहननेवाली कोई बुढ़िया अच्छी लगनी तो नहीं चाहिए; पर सेठ लालू भाई के सामने मनोविज्ञान के ही नहीं, प्रकृति तक के नियम फेल हो जाते हैं। राजू को रेखा अच्छी लगी और वह जाकर शरमाता-शरमाता उसके साथवाली सीट पर बैठ गया। शरमाता हुआ राजू उतना ही फूहड़ और वल्गर लग रहा

था, जितना कि पचपन वर्षीय व्यक्ति को ऐसे शरमाते हुए लगना चाहिए। अपनी पसन्द जताने के लिए राजू ने रेखा को धक्का मारकर उसकी किताबें बेंच से नीचे गिरा दीं। किताबें उठाने के लिए झुकते हुए उसने अपना विग-धारी, गंजा सिर, रेखा के बुद्धि हीन-पोपले सिर पर दे मारा; और किताबें उठाकर उसे देते हुए अशिष्टता से घूरता रहा, जैसे अभी उसे नोच-खसोटकर खा जायेगा। उसने रेखा को तो नहीं खाया पर उसका लंच-बॉक्स छीनकर, उसका सारा खाना खा गया। अपना प्रेम जताने के चक्कर में यह भूल गया कि वह बेचारी दिन-भर भूखी रह जायेगी। इस सबके प्रतिकार में रेखा क्रुद्ध होकर उसे घूरती रही, डाँटती रही और उससे दूर भागती रही।

छुट्टी हुई तो राजू ने अपनी जहाज-जैसी लम्बी-सी कार लाकर रेखा के मार्ग में अड़ा दी।

"आइये, आपको आपके घर तक पहुँचा दूँ। कहाँ बसों में धक्के खाती हुई अपने इस कोमल शरीर को थकायेंगी!" राजू ने कहा।

राजू को अपनी कार का रौब मारते हुए देख, भोली रेखा को गुस्सा आ गया। बोली, "मुझे पहचानने में भूल न करो मिस्टर! साधारण चीज मैं भी नहीं हूँ। इस समय तो सेठ लालू भाई के कारण मैं तुम्हें कुछ कह नहीं रही हूँ; नहीं तो अपना नाम भी बता दूँ तो दूर गश खाकर गिर पड़ो। ऐसी-ऐसी कारें तो रोज सवेरे उठकर मैं अपने नौकरों को दान कर देती हूँ।"

ऊँची एड़ी के सैंडलों पर अपने भारी-भरकम शरीर को मटकाती हुई रेखा तेजी से चली गयी; पर तुरन्त उसे याद आ गया कि उसे राजू से एकदम नाराज नहीं होना है। बस, इतना ही नाराज होना है कि राजू को लगे कि वह उससे नाराज है, पर दर्शकों को सदा यह आभास मिलता रहे कि वह राजू से प्रेम करती है। वह राजू से प्रेम नहीं करेगी तो लालू भाई तो जो नाराज होंगे वह होंगे ही; दर्शक भी फर्नीचर तोड़-तोड़कर चीखते-चिल्लाते हाल से बाहर निकल जायेंगे।

रेखा अपने होंठों पर एक हल्की-सी मुस्कान ले आयी और शरमाने का अभिनय करती हुई बोली, "शैतान कहीं का।"

खट्-खट् करती हुई वह घर चली गयी।

पाँच एब्सर्ड उपन्यास

दि कॉलेज

अंस्पताल

दि लाइफ

शफा देनेवाले

मुहल्ला

दि कॉलेज

एक

भारत की राजधानी दिल्ली। इसी दिल्ली का एक कॉलेज। कॉलेज काफी बिखरा-बिखरा है। लड़के-लड़कियों के बहुत सारे दल इधर-उधर फैले हुए हैं। पतलूनें कसी हुई और चपटी हैं। कमीजों के तीन-चार बटन खुले हुए हैं। भीतर से गन्धी-गन्धाती बनियान नजर आती है। आस्तीनें रुई की बत्ती के समान लपेटी हुई हैं और सींकों जैसी बाँहें नजर आ रही हैं। किसी के भी हाथ में कोई कॉपी-किताब नहीं है। किसी-किसी ने दो-चार कागज और एक-आध किताब मोड़-तोड़कर अपनी जेबों में ठूँसी हुई है या हाथ में डायरी जैसी कोई चीज पकड़ रखी है।

लड़कियों ने चुस्त कमीजें और सलवारें पहन रखी हैं या फिर साड़ियाँ हैं, जो शरीर को बहुत आकर्षक रूप में प्रस्तुत कर रही हैं। शकलों पर मनहूसियत है और सिरों पर ऊँचे-ऊँचे रूखे बाल। हाथों में बड़े-बड़े पर्स हैं। उन पर्सों के भीतर की बात इस उपन्यास का लेखक नहीं जानता (या उनके विषय में लिखना नहीं चाहता)।

ये अमीर और पढ़े-लिखे, सभ्य-सुसंस्कृत पैरेंट्स के बच्चे हैं।

एक और दल भी है। इस दल में लड़के भी हैं और लड़कियाँ भी। उनके कपड़े ढीले-ढाले और शैबी हैं। बालों में सरसों का तेल लगा हुआ है और काफी चपटी कंघी की हुई है। लड़कियों ने कसी हुई कुरूप चोटियाँ कर रखी हैं। इन लोगों के हाथों में बहुत सारी पुस्तकें। ये लोग कॉलेज की लायब्रेरी में बैठते हैं। सबसे डरते हैं। किसी से मन की बात नहीं कहते। न ऊँचा बोलते हैं, न ऊँचा हँसते हैं। ये कॉलेज के बैकवर्ड लोग हैं। एकदम डल और भौंदू समझे जाते हैं। इनसे कोई बात करना भी पसन्द नहीं करता। ये लोग ऐसे मूर्ख हैं, केवल पढ़ने के लिए ही कॉलेज आते हैं। ये गरीब और अनपढ़ माता-पिताओं के बच्चे हैं।

दो

कॉलेज का एक दूसरा अंग उसकी बिल्डिंग है। बहुत लम्बी-चोड़ी बिल्डिंग है। सारी खिड़कियों के शीशे टूटे हुए हैं। ये पिछले विद्यार्थी-जागरण के चिह्न हैं। इस कॉलेज के एक प्रोफेसर ने एक लड़के से कहा था और लड़के ने दूसरे कॉलेज में पढ़नेवाले

अपने एक दोस्त लड़के से कहा था, "माई डियर यार! सारा स्टूडेंट-अनरेस्ट साला तुम्हारे कॉलेज तक ही आकर रुक गया। हमारे हिस्से में कुछ नहीं पड़ा। नो, पापे! दिस इज नॉट गुड। कुछ अनरेस्ट हमारे कॉलेज में भी भेजो। वी विल मदद यूँ!"

दूसरे दिन, दूसरे कॉलेज के पाँच-सात लड़के और बाकी न पढ़नेवाले उन लड़कों के दोस्त लड़के—कुल मिलाकर चालीस-पचास लड़के—आये थे। उन्होंने पत्थर मार-मारकर खिड़कियों के सारे शीशे तोड़ दिये थे।

इस कॉलेज के उसी प्रोफेसर ने पुलिस को टेलीफोन किया था। उसी लड़के ने अपने कॉलेज के लड़कों की ओर से पथराव का विरोध किया था। पुलिस आयी थी। लड़के अपने उन लड़कों के दोस्त लड़के भागकर पुलिस के पास गये थे कि बाहर के लड़के आकर उनको पत्थर मार रहे हैं। पथराव रुक गया था। पुलिस चली गयी थी और इस कॉलेज में भी स्टूडेंट्स-जागृति और छात्र-अनरेस्ट आ गया था।

बिल्डिंग के कमरों के भीतर डेस्क और कुर्सियाँ एक-दूसरे के ऊपर पड़ी हैं, जिसका मतलब है कि थोड़ी देर पहले कुछ लड़के यहाँ बैठे हुए थे। जब वे आपस में मिलकर बैठते हैं तो धींगा-मस्ती जरूर करते हैं। एक-दूसरे को कुर्सियाँ और डेस्क फेंककर जरूर मारते हैं। न भी मारें तो फर्नीचर की उठा-पटक तो करते ही हैं। ऐक्टिव और स्मार्ट स्टूडेंट्स किसी कमरे को ठीक-ठाक नहीं रहने देते।

बिल्डिंग की दीवारों पर चाक और पेंसिलों से और कहीं-कहीं कोयले से भी ढेर सारी चित्रकारी की गयी है। इससे दीवारें अजन्ता और एलोरा की गुफाओं के समान चित्रमयी हो गयी हैं। अधिकांश स्थानों पर परिवार-नियोजन से सम्बद्ध बहुत सारी बातें लिखी गयी हैं। सरकार का काम है, अतः जनता भी करती है। इस देश का युवक वर्ग अब अपना कर्त्तव्य समझने लगा है। युवक वर्ग जागृत है।

तीन

उस बिल्डिंग के एक कोने में एक बड़ा-सा कमरा है। उसके दरवाजों पर बड़ी-सी चिक लटक रही है और उस चिक से छनकर बहुत-सा शोर बाहर आ रहा है, जो बरामदों में तैरता हुआ सारी बिल्डिंग में फैल जाता है।

चिक के भीतर शोर और भी ज्यादा है। यहाँ कोई किसी को शोर मचाने से नहीं रोकता। यहाँ सच्चा स्वराज्य है। यहाँ वे लोग बसते हैं, जो केवल बोलते हैं, सुनते नहीं हैं। यह स्टाफ-रूम है।

खिड़कियों के कपड़े वर्षों बाद धुलने गये हैं, अतः वर्षों बाद लौटेंगे। इसीलिए बारह से कभी भी कोई चिड़िया या कौवा आकर खिड़की की सलाखों पर बैठ जाता है।

इस समय खिड़की की उन्हीं सलाखों में से एक पर बैठा हुआ एक कौवा बकवास कर रहा है।

और साथ-साथ स्टाफ-रूम में कुर्सियों पर बैठे, सूट-बूटवाले लोग बकवास कर रहे हैं।

"स्टूडेंट्स में इनडिसिप्लिन बहुत बढ़ रहा है।"

"देश में गरीबी बहुत बढ़ रही है।"

"गरीबी नहीं, महँगाई बढ़ रही है।"

"आपका दिमाग खराब है।"

"दिमाग खराब होगा आपका! हम सही बात कह रहे हैं, क्योंकि डालडा खाते हैं।"

"एक्सेलसियर पर 'यहूदी की बेटी' लगी हुई है।"

"कल साला सब्जीवाला सड़े हुए टिंडे दे गया।"

"कांग्रेस के राज में सड़े टिंडे नहीं बिकेंगे तो और क्या बिकेगा!"

"महाशय! पाँच सौ श्लोक याद हैं मुझे।"

"आपकी क्या बात है! आप तो डिक्शनरी हैं, जनाब!"

"इन्हें उठवाकर पुस्तकालय में रखवा दो।"

"सुरैया ज्यादा अच्छा गाती है लता से।"

"बकवास बन्द करो।"

और कौवा बकवास बन्द करके उड़ गया!

चार

कॉलेज के समीपी बस-स्टैंड पर एक लड़का और एक लड़की खड़े हैं। वे दोनों आपस में प्रेम करते है। और पिछले ढाई वर्षों से करते आ रहे हैं—भविष्य की बात स्टूडेंट्स यूनियन जाने। लड़का बहुत सीरियस है अपने इस प्रेम में। पहले वर्ष इसी प्रेम के कारण उसकी अटैनडेंस शॉर्ट हो गयी थीं। दूसरे वर्ष प्रेम की अथाह गहराइयों में डूबे रहने क कारण वह पढ़ाई में गोता खा गया था और अब तीसरे वर्ष भी वह प्रथम वर्ष का ही होनहार विद्यार्थी है। कोई उसकी पढ़ाई के विषय में पूछे तो बताता है, "थर्ड इयर इन फर्स्ट इयर। अण्डरस्टैंड?"

लड़की बेवफा है। प्रेम में बहुत नॉन-सीरियस है। पहले वर्ष भी पास हो गयी थी, दूसरे वर्ष भी। अब वह बी.ए. के अन्तिम वर्ष में थी। लड़का उससे नाराज है। लड़की को नारजागी की कोई चिन्ता नहीं है। वैसे भी अब इस कॉलेज में उसके तीन महीने शेष हैं। इतने समय तक तो वह बिना प्रेम के भी जीवित रह सकती है। एम.ए. में जाकर वह किसी और से प्रेम कर लेगी। एक ही दूकान से सदा प्रेम करनेवाला बोर हो जाता है।

"कल तुम मेरे लिए रुकी क्यों नहीं?" लड़का नाराजगी से पूछता है।

"मेरी छुट्टी हो गयी थी तो तुम क्यों नहीं आये?" लड़की उससे भी ज्यादा

तुनककर कहती है, "डिसओबिडियेंस! इनसबार्डिनेशन!"

"तब तो मेरी क्लास हो रही थी न।" लड़का पिघलकर गन्दे फुटपाथ पर बह जाता है, "मेरी अटैनडेंस इस साल भी शॉर्ट हैं न।"

"अटैनडेंस ज्यादा जरूरी है या मैं?" लड़की उसे अदा से देखती है। शायद दोनों इकॉनोमिक्स पढ़ते हैं।

—और लड़का शहदी हो जाता है। उसके खून के परनाले बहने लगते हैं।

बगल से बस गुजरती है—उड़-उड़कर कहेगी खाक सनम...

"तुम मेरा इन्तजार कर लेती।" लड़के के खून के परनाले में से आवाज आती है।

"मैं बसों की इन्तजार में ही इतनी थक चुकी हूँ," लड़की की वाणी में देश का भविष्य बोलता है, "कि मैं और किसी का इन्तजार नहीं कर सकती।"

लड़की बस में बैठ जाती है। लड़का फुटपाथ पर बिकते धूल और मसाले से भरे अमरूद खरीदकर खाने लगता है।

पाँच

दो लड़के आते हैं, उसी बस-स्टैंड पर।

फुटपाथ पर बैठे सिगरेटवाले से कहते हैं—"यार! एक-एक बीड़ी दे दे जरा।"

"मैं बीड़ी नहीं बेचता, साहब!" सिगरेटवाला खालिस अंग्रेजी लहजे में कहता है।

"तो अंग्रेजी बीड़ी दे दे, यार। नाराज क्यों होता है!" एक लड़का कहता है।

सिगरेटवाला बिना कुछ बोले, नथुने फुलाये हुए उन्हें दो सिगरेटें दे देता है।

एक लड़का सिगरेट जलाता है!

दूसरा कहता है, "अबे! वह वर्मा आ रहा है पीछे।"

"आने दे।" पहला धुआँ उड़ाकर कहता है, "हम कॉलिज से बाहर हैं और फिर वर्मा इस साल मेरी कोई क्लास नहीं लेता। साला पिछले साल लेता भी था तो मैं उसकी क्लास अटैंड नहीं करता था।"

"पर उसके साथ जमूरिया है। वह मेरी क्लास लेता है।" दूसरा भी सिगरेट सुलगा लेता है, "कोई बात नहीं। मैं उधर पीठ किये रहूँगा। जब मैं उसे नहीं देखूँगा तो वह कैसे देखेगा मुझे।"

वर्मा और जमूरिया चुपचाप गुजर जाते हैं।

लड़के स्टैंड के ए.टी.आई. से मजाक करने लगते हैं, "ताऊ! कोई बस आयेगी कि तुम्हारे इस डिब्बे में आग लगा दें?"

"अबे, यह बूथ है।" ए.टी.आई. कहता है, "भैंस के कट्टो! इसे डिब्बा कहते हो!"

"नहीं ताऊ! यह तो तेरा बँगला है, कोठी है, महल है—साला ताजमहल है! इसी में तेरी कब्र बनेगी।" एक-दूसरे से कहता है, "आ बे, आ, ताऊ का कफन बनवा

लायें!"

"तुम्हारी माँ..." ए.टी.आई. की आँखों में वात्सल्य उमड़ आता है।

छः

दूसरे दिन या शायद उसी दिन। कुछ ठीक याद नहीं। प्रो. जमूरिया स्टाफ-रूम से निकलते हैं।

"गुड आफ्टरनून, सर!" भीड़ में से एक लड़का कहता है।

"गुड आफ्टरनून!" प्रो. जमूरिया के होंठों पर चाँदनी खिलती है, दाँतों पर केसर चमकता है, आँखों में कीचड़ से सने हुए कमल खिलते हैं, "क्या कर रहे हो यहाँ?"

"यूँ ही, सर!"

"अच्छा, ए, सुनो।" प्रो. जमूरिया उसे कन्धे से पकड़कर एक ओर ले जाते हैं, "प्रिंसिपल तो बहुत नाराज हैं तुम लोगों से। तुम लोग स्ट्राइक क्यों नहीं कर देते? निकाल बाहर करो इसे! क्या फायदा है ऐसे प्रिंसिपल का!"

"हमें तो पता ही नहीं था, सर! हम कल से ही स्ट्राइक कर देंगे।" लड़का गुस्से में कहता है।

"हाँ, कर दो।" प्रो. जमूरिया के होंठों पर किरणें थिरकने लगती हैं, "पापा कैसे हैं तुम्हारे?"

"ठीक हैं, सर!" लड़का कहता है, "आपको याद कर रहे थे।"

"अच्छा।" प्रो. जमूरिया प्लाईमाउथ जैसी लम्बी मुस्कान बिखेरते हैं, "उनसे कहो, ह्विस्की की दो-एक बोतलों का इन्तजाम कर दें। आर्मीवालों के लिए क्या मुश्किल है।"

"अच्छा, सर!"

"अच्छा, भई।"

प्रो. जमूरिया इठलाते हुए आगे बढ़ जाते हैं। जाते-जाते प्रिंसिपल के कमरे के सामने रुकते हैं। सतर्क नजरों से आसपास देखते हैं, फिर चिक उठाकर प्रिंसिपल के कमरे में घुस जाते हैं।

"सर! कॉलेज में यह सब क्या हो रहा है?"

"क्या हो रहा है?" प्रिंसिपल साहब पूछते हैं।

'सुना है, लड़के स्ट्राइक करने की धमकी दे रहे हैं।" प्रो. जमूरिया सूचना देते हैं।

"अच्छा!' प्रिंसिपल साहब आश्चर्य दिखाते हैं, "मुझे तो कोई इनफर्मेशन नहीं है।"

"लीजिये!" प्रो. जमूरिया अपनी मेंढक जैसी आँखें फाड़कर उनमें लगा कीचड़

दिखाते हैं, "आपको कोई बताता नहीं। सारे कॉलेज में हवा उड़ी हुई है। अब यदि स्टाफ ही प्रिंसिपल का साथ न दे तो एडमिनिस्ट्रेशन कैसे चलेगा!"

एडमिनिस्ट्रेशन नहीं चलता, पर प्रो. जमूरिया चल पड़ते हैं, "आई थिंक, इसके पीछे वर्मा साहब का हाथ है।"

"अच्छा!" प्रिंसिपल चिन्ता में डूब जाते हैं।

छह और सात के बीच का अध्याय

एक लड़की कॉलेज के गेट से बाहर निकलने लगती है। दूसरी रोकती है, "कहाँ चली?"

"घर।" पहली उत्तर देती है।

"अभी से!" दूसरी को आश्चर्य होता है।

"थक गयी हूँ।" पहली कहती है।

"अच्छा! अभी तो तुमने एक भी पीरियड अटेंड नहीं किया है।" दूसरी जिरह करती है।

"तुम सबको अपनी तरह मत समझा करो।" तीसरी भाष्यकार बन जाती है।

"क्यों?" दूसरी पूछती है।

"भई, कॉलेज में रहना इसके लिए बहुत स्ट्रेन का काम है।" तीसरी समझाती है दूसरी को, पहली के विषय में, "जब से कॉलेज में आयी है, डेढ़ सौ लड़कों को हैलो कर चुकी है। पाँच सौ बार इसे मुस्कराना पड़ा है। बात एक से करती है, देखती दूसरे को है। इस तरह से होंठ भी थकते हैं और आँखें भी। इतने हार्ड वर्क से आदमी बिना पीरियड अटेंड किये ही थक जाता है।"

"अच्छा, जा!" दूसरी अनुमति देती है पहली को। पहली चली जाती है। दूसरी गेट पर खड़े चपरासी को बाहर खड़ी रेढ़ी से कुल्चे-छोले लाने के लिए भेज देती है। तीसरी चपरासी के स्टूल पर बैठ मुग्धा-सी मुस्कराने लगती है।

सात

"समाचार है कि प्रो. खत्री आई.ए.एस. में आ गये हैं।"

प्रो. खत्री ने जब से आई.ए.एस. की परीक्षा दी है, तब से स्टाफ के आधे लोगों से बात करनी छोड़ दी है, "सिली पीपल! कौन बात करे इनसे!" आज यह बाकी के आधे स्टाफ से भी नहीं बोल रहे हैं। "नाऊ ही इज़ फुल फ्जेज्ड आई.ए.एस. ऑफिसर!"

"गधा है साला! लैक्चरशिप छोड़कर सरकार की जूतियाँ चाटने जा रहा है।"

"अरे, समझदार लोग तो आई.ए.एस. की नौकरी छोड़-छोड़कर आ रहे हैं। सोंधी को...!"

"चुप बे जनसंघी!"

"जनसंघी तेरा बाप!"

"अच्छा, चल, तू मेरा बाप!"

एक कोने से इंटलैक्चुअल लोग बैठे हैं। चेहरों पर श्मशान-भूमि है। हाथों में सिगरेट। एक कुर्सी पर बैठे हैं, दूसरी पर पैर रखे हैं। कोई किसी से बात नहीं करता। बहुत ज्यादा आवाज होने पर उनींदी आँखों से दूसरे को देखकर धुआँ उड़ा देते हैं।

अपने साइज से बहुत बड़े कपड़े पहने, ये स्टाफ-रूम के 'स्क्रेअर-क्रो' हैं। इनके पास कोई नहीं फटकता।

दूसरे कमरे में लोग एक-दूसरे को कॉम्प्लिमेंट दे रहे हैं।

"तेरे जैसा हरामी भी कोई नहीं देखा।"

"नहीं गुरु! हम क्या हैं तेरे सामने!"

"साले, खत्री आई.ए.एस. हो गया है और तू यहाँ घास छील रहा है।"

"आई.ए.एस. हमसे कोई बड़ी चीज है क्या!"

"और नहीं कम है!"

"तेरे जैसे थ्रूआउट थर्ड क्लास, जो स्कूल में चूतड़ घिसकर यहाँ आये हैं—उनके लिए होगी बड़ी चीज। यहाँ तो फर्स्ट क्लास फर्स्ट हैं यूनिवर्सिटी के। जब परीक्षा में बैठ जायें, आई.ए.एस. हो जायें।"

"अरे भई चपरासी, इंचार्ज आफ स्टाफ-रूम! इन्हें ठंडा पानी पिलाओ।"

आठ

स्मार्ट लड़के और लड़कियों की मीटिंग हो रही है।

"हम स्ट्राइक करेंगे।"

"हाँ, हम स्ट्राइक करेंगे।"

"अत्याचार हम नहीं सह सकते।"

"क्यों सहें हम अत्याचार!"

"नहीं चलेगी लाठी-गोली की सरकार।"

"बात क्या है, भाइयो?" एक भौंदू लड़का पूछता है।

"तुम्हें यह भी नहीं मालूम?"

"नहीं।"

"हमारे पास अच्छी लेबोरेटरी नहीं है।"

"हमारे पास कैंटीन नहीं है।"

"इस कॉलेज की बिल्डिंग में कमरे कम हैं।"

"हमें हर हफ्ते पिक्चर नहीं दिखायी जाती।"

"हमें पिकनिक पर नहीं ले जाया जाता।"

"हमें बिना पुस्तकों के क्लास में नहीं आने दिया जाता।"

"हम क्लास में नहीं जाते तो हमें हाजिरी नहीं दी जाती।"

"जो भौंदू पढ़ते हैं, उन्हें पास कर दिया जाता है।"

"हमारी परीक्षाएँ क्यों होती हैं?"

"तो क्या करें?" फिर प्रश्न उठता है।

"स्ट्राइक!"

"स्ट्राइक!!"

"हाँ, स्ट्राइक।"

"फर्नीचर तोड़ दो। लेबोरेटरी को आग लगा दो! कैंटीन के तम्बू को भी जला दो।" स्मार्ट लड़के-लड़कियों का नेता कहता है।

लोग चले जाते हैं।

नेता अपनी गर्ल-फ्रेंड के साथ पिक्चर देखने चला जाता है।

कॉलेज में स्ट्राइक हो जाती है।

नौ

कॉलेज का हाल खचाखच भरा है। आज वादविवाद-प्रतियोगिता है। विषय है–'भारत को एटम बम नहीं बनाना चाहिए।' भाषण होते हैं :

पहला भाषण

एटम बम नहीं बनाना चाहिए। नहीं बनाना चाहिए। एकदम नहीं बनाना चाहिए। कहता हूँ, नहीं बनाना चाहिए। बल्कि मैं कहता हूँ कि एकदम नहीं बनाना चाहिए...

तालियाँ...तालियाँ...तालियाँ...

दूसरा भाषण

एटम बम नहीं बनाना चाहिए, क्योंकि बच्चे उसके धमाके से डर जाते हैं। और हमें अपने बच्चे बहुत प्यारे हैं। बच्चे देश का भविष्य हैं। बच्चे आँखों का नूर हैं। बच्चे दिल का सरूर हैं। बच्चे...

तालियाँ...तालियाँ...तालियाँ...

तीसरा भाषण

एटम बम नहीं बनाना चाहिए, क्योंकि दीपावली के अवसर पर जब एटम बम बनता है तो बच्चे एटम बम ही खरीदते हैं और मेरे पड़ोसी का व्यापार फेल हो जाता है, क्योंकि वह केवल फुलझड़ियाँ बनाता है। मुझे अपने पड़ोसी से प्यार है। ईसा मसीह ने कहा था, 'अपने पड़ोसियों से सदा प्यार करो...'

तालियाँ...तालियाँ...तालियाँ...

जजों का निर्णय–एक को प्रथम पुरस्कार, एक को द्वितीय पुरस्कार और एक को तृतीय पुरस्कार। जिसे जो चाहें, दे दें।

दस

भौंदू लड़के-लड़कियों का दल बहुत परेशान हैं। परीक्षा सिर पर आ गयी है। उनकी तैयारी पूरी नहीं हुई है। उन्हें अध्यापकों ने इतना अथक पढ़ाया है, इतनी सारी किताबें हैं। पुस्तकालय में, वे सवेरे से शाम तक लगे रहते हैं, तब भी उनके नोट्स पूरे नहीं हुए हैं। वे परीक्षा कैसे देंगे। अभी वे अपना कोर्स ही कवर नहीं कर पाये हैं।

स्मार्ट लड़के-लड़कियाँ बहुत प्रसन्न हैं। न कभी उन्होंने क्लास अटैंड की, न नोट्स लिये। मन को यह समझा दिया कि लायब्रेरी में कोई पुस्तक ही नहीं है। वे पढ़ाई से बहुत थक गये हैं, इसलिए आज पिकनिक पर जा रहे हैं।

कॉलेज में वे ऑन ड्यूटी समझे जायेंगे।

वर्मा साहब परेशान हैं। कॉलेज में इस वर्ष छुट्टियाँ इतनी अधिक हुई हैं कि एक्स्ट्रा क्लासें लेकर भी कोर्स पूरा नहीं कर पा रहे हैं। परीक्षा सिर पर है। क्या होगा? विद्यार्थी देश का भविष्य हैं और वह देश के भविष्य का निर्माण कर रहे हैं। उन्हें अपना कर्त्तव्य पूरी निष्ठा से निभाना चाहिए।

प्रो. जमूरिया भी बहुत परेशान हैं। वह क्लासें नहीं लेते, फिर भी ये भौंदू लड़के-लड़कियाँ ट्यूटोरियल लिख लिखकर उन्हें दिये जाते हैं और उनकी मार्किंग के लिए उन्हें अपनी पत्नी से लॉटरी निकालने के लिए कहना पड़ता है। उनकी पत्नी उनसे नाराज हो जाती है। विद्यार्थी जायें भाड़ में! पत्नी का प्रसन्न रहना अधिक आवश्यक है। पत्नी रातों की नींद है, दिन का चैन है। पत्नी खुश हो तो खुदा खुश।

सब ही बहुत परेशान हैं।

ग्यारह

प्रेमी लड़के ने फुटपाथ पर से अमरूद लेकर खाया है। उसके पेट में दर्द हो रहा है। तबीयत बहुत खराब होने पर वह टैक्सी में घर की ओर चल पड़ता है। तीन-चार स्टॉप पार करते ही वह अपनी प्रेमिका की बस को पीछे दौड़ जाता है। बस में खिड़की के साथ लगी बैठी अपनी प्रिया को देखता है। अमरूद हजम हो जाता है। तबीयत ठीक हो जाती है।

अगले स्टॉप पर वह टैक्सी छोड़ देता है और बस की प्रतीक्षा करने लगता है। बस आती है। लड़की लड़के को देखती है। बस से उतर आती है। उसके साथ एक भौंदू लड़की भी है।

"यहाँ क्या कर रहे हो?" लड़की पूछती है।

"तुम्हें बताना भूल गया था कि आज के ईवनिंग शो की दो टिकटें लेकर आया हूँ।"

"चलो, फिर चलें।"

लड़के की लाश साथ चलती है और पूछती है, "इस बीमारी को साथ क्यों लायी हो?"

"इसके नोट्स परीक्षा में मेरी मदद करते हैं।"

तीनों एक टैक्सी में बैठकर, 'ओडियन' पहुँचते हैं। भौंदू लड़की के हाथ में एक किताब देकर, उसे पार्क की एक बेंच पर बैठाकर, दोनों हॉल में चले जाते हैं। भौंदू लड़की किताब पढ़कर नोट्स लेती रहती है। लड़का-लड़की पिक्चर देखते रहते हैं।

बारह

बस-स्टैंडवाले दोनों लड़के सिगरेट पीकर बस में जा बैठते हैं। उनके चार और साथी भी आ जाते हैं। बस चलती है तो छहों अपनी सीट छोड़कर गेट पर आ जाते हैं और घंटी बजाकर बस रोक देते हैं।

"क्या है?" कंडक्टर पूछता है।

"हम गलती से इस बस में आ गये हैं।" लड़के कहते हैं।

"तो उतर जाओ।"

पहला लड़का उतरता है।

दूसरा लड़का उतरता है।

तीसरा लड़का उतरता है।

चौथा लड़का उतरता है।

पाँचवाँ लड़का उतरता है।

छठा लड़का उतरता है।

"दोजखी साले!" कंडक्टर घंटी देता है। बस चल पड़ती है।

"रोको-रोको!" छहों लड़के फेफड़ों का पूरा जोर लगाकर, एकसाथ सियारों की तरह चीखते हैं। कंडक्टर घंटी देता है। ब्रेक लगता है। चक्के घिसटकर रुक जाते हैं।

"अब क्या है?" कंडक्टर झल्लाकर पूछता है।

"गलत बस है तो क्या हुआ! हमने सोचा, इसी में चलेंगे।" लड़के कहते हैं, "हमें तुमसे इश्क हो गया है, यार! तुम्हारे बिना कैसे जीयेंगे।"

"तो आओ फिर! तुम्हें हनीमून पर ले चलूँ!" कंडक्टर दाँत पीसता है।

पहला लड़का चढ़ता है।

दूसरा लड़का चढ़ता है।

तीसरा लड़का चढ़ता है।

चौथा लड़का चढ़ता है।

पाँचवाँ लड़का चढ़ता है।

छठा लड़का चढ़ता है।

कंडक्टर बड़बड़ाता रहता है। लड़के हँसते हैं। उनके साथ-साथ देश का भविष्य हँसता है। हँसने से टूथपेस्ट ज्यादा बिकती है।

बारह और तेरह के बीच का अध्याय

पहली लड़की थकावट के कारण दूसरे दिन भी कॉलेज नहीं आती है। दूसरी लड़की के लिए कुलचे और छोले लेकर चपरासी लौट आया है। लड़की ने उन्हें खा लिया है और पानी पीकर डकार भी ले चुकी है (दि अनरोमैंटिक गर्ल)।

तीसरी लड़की की मुसकान उसके होंठों से चिपककर रह गयी है (ह्वाट ए बोर!)।

तेरह

मीटिंग हुई। सब की। स्मार्ट लड़के-लड़कियों की। भौंदू लड़के-लड़कियों की और अध्यापकों की। मीटिंग में फर्नीचर तोड़नेवाले, लेबोरेटरी में आग लगानेवाले और कैंटीन जलानेवाले लड़कों को माफ कर दिया गया। इन कामों में उनका बहुत समय नष्ट हो गया था। और पढ़ने का समय उन्हें एकदम नहीं मिला था, इसलिए उन्हें एक कमरे में अलग बिठाकर परीक्षा में आनेवाले प्रश्न लिखा दिये गये। उन प्रश्नों के उत्तर तैयार करने के लिए भौंदू लड़के और लड़कियों के नोट्स उनसे लेकर, इन्हें दे दिये।

उनमें से एक-आध लड़के की कमीज आग लगाते हुए झुलस गयी थी। उसे नयी कमीज खरीदने के लिए कॉलेज से पैसे दिये गये। सहानुभूति में उसकी फीस भी माफ कर की गयी। लेबोरेटरी की चीजें टूट चुकी थीं, इसलिए साइंस के सारे विद्यार्थियों को बिना परीक्षा लिये ही पास कर दिया गया। कैंटीन जल गयी थी, इसलिए खाना खाने की छुट्टी पन्द्रह मिनटों से बढ़ाकर दो घंटों की कर दी गयी, ताकि लड़के घर जाकर खाना इत्यादि खाकर, यदि लौटना चाहें तो लौट सकें।

स्ट्राइक करवाने के अपराध में प्रो वर्मा को कॉलेज से निकाल दिया गया।

उपसंहार

प्रो. खत्री आई.ए.एस. के इण्टरव्यू में फेल हो गये। आजकल वह सबसे बात करते हैं।

बस-स्टैंडवाले लड़के-लड़की की नाराजगी दूर हो गयी है।

बस में बैठनेवाले छह लड़के रात को नौ बजे घर पहुँचे।

पहली लड़की की थकावट दूर नहीं हुई।

दूसरी लड़की रोज कुलचे-छोले खाती है। चपरासी से मँगवा तो रोज लेती है, पर उसे कभी चखने के लिए भी नहीं कहती।

तीसरी लड़की अब भी मुस्कराती रहती है।

भौंदू लड़के-लड़कियाँ पढ़ते हैं।

स्मार्ट लड़के-लड़कियाँ पिकनिक पर जाकर, फिल्मी गानों के साथ ट्विस्ट करते रहे।

प्रो. जमूरिया को स्ट्राइक के विषय में प्रिंसिपल की सहायता करने के लिए हैड ऑफ दि डिपार्टमेंट बना दिया गया।

प्रो. वर्मा ने नौकरी के अभाव में कॉलेज के सामने पान-सिगरेट की दूकान खोल ली, साथ ही फिल्मी गानों की पुस्तिकाएँ—टीका समेट—भी रख लीं।

कॉलेज फिर उसी ठर्रे पर चलने लगा।

अस्पताल

एक

मेडिकल कॉलेज के अस्पताल के बोर्ड के बाद मैदान ही मैदान है। कहीं वसन्त है, कहीं उजाड़। उन मैदानों-उद्यानों के बीच अस्पताल की बिल्डिंग एक ओर इस प्रकार पड़ी है, जैसे लिखने की बड़ी, दोहरे दराजोंवाली मेज के नीचे कहीं ढाँक-छिपाकर रद्दी की टोकरी रख दी गयी हो। वैसे बिल्डिंग अपने में डरी-सहमी, साफ-सुथरी और सुन्दर है। बिल्डिंग के बीचो-बीच, गेट पर एक गन्दा-सा चौकीदार बहुत ही चमकदार ड्राइंगरूम की सेंटर टेबल पर पड़े पोंछे के गन्दे कपड़े का आभास देता है।

गेट के सामने एक टैक्सी, मकड़े के जाल में फँसी मक्खी के समान भर्राती है, भर्र...र। टैक्सी में से एक साहब और साहबिन निकलते हैं। एक छोटा-सा बच्चा साहब की गोद में है, एक साहबिन की।

वे गेट के भीतर घुसने लगते हैं, तो तेजी से जाती हुई कार के मार्ग में, रेलवे क्रासिंग के फाटक के समान चौकीदार की टाँग आ पड़ती है, "कहाँ जाना है?"

"चिल्ड्रन वार्ड।" साहब कहता है, "बच्चे बीमार हैं।"

"पेशेंट को जाने से तो हम नाहीं रोकते।" चौकीदार कहता है, "पर तुमको जाना है तो पास दिखाओ।"

"अजीब आदमी हो!" साहबिन कहती है, "बच्चे बीमार हैं। उनको अस्पताल में भरती करना है। पास एडमिट कराने से पहले कहाँ से बनेगा?"

"अच्छा!" चौकीदार मजमा लगानेवाले बाजीगर के समान खरखराता है, "तो कौन-सा बच्चा बीमार है?"

"दोनों बीमार हैं।" साहब दीन होकर कहते हैं, "देर मत करो, नहीं तो बच्चे मर जायेंगे।"

साहब की आँखों से छत के बरसाती परनाले के समान आँसू गिरते हैं। चौकीदार की सरकारी जूती उसमें भीग जाती है। वह ऊदबिलाव का-सा मुँह बनाकर अपने स्टूल पर बैठ जाता है।

"भीतर जाना है तो पास बनवाओ।" वह श्रद्धापूर्वक अस्पताल संहिता के मन्त्र उच्चरित करता है।

"तो पास बना दो।" साहब अपने आँसुओं का स्विच ऑफ कर देते हैं।

"पास भीतर जाकर बनता है।" चौकीदार झींककर कहता है।

"तो भीतर जाने दो।"

"बिना पास के भीतर नहीं जा सकते।"

और साहब अपना एप्रोच भिड़ाने लगते हैं।

दो

साहब तथा साहबिन अर्थात् बच्चों के बाप और माँ भक्तिभाव के काउंटर पर बैठे क्लर्क के सामने खड़े हैं।

"इन बच्चों को एडमिट कराना है।" बच्चों के बाप कहते हैं।

"दूसरे बच्चे के माँ-बाप कहाँ हैं?" क्लर्क बच्चों की माँ से पूछता है। वह बच्चों के बाप को देखना भी नहीं चाहता।

"दूसरा बच्चा भी हमारा ही है।" बच्चों का बाप कहता है।

"मजाक मत करिये।" क्लर्क अपच के कारण गन्दी जीभ निकालकर कहता है, "यह भी कोई होलसेलवाली एजेंसी की बात है।"

वह जोर का डकार लेता है, हरिओम कहता है। दराज से निकालकर चूरन खाता है।चूरनवाली डिबिया दराज में रखता है। फिर दराज को बन्द करता है...खटाक्...

"बच्चे जुड़वाँ हैं।" बच्चों का बाप लज्जित हो जाता है।

"उम्र क्या है?" क्लर्क तोप दागता है।

"चौबीस दिन।" बच्चों का बाप झटके से उबरकर बड़ी कठिनाई से कह पाता है।

क्लर्क फार्म तैयार करता है और कहता है, "दो सौ रुपये एडवांस जमा करवा दीजिये।"

बच्चों के बाप का मुँह ऐसे खुल जाता है, जैसे कठपुतली के जबड़ों के धागों को अनाड़ी हाथों से छेड़ दिया हो।

क्लर्क अपना पैन, पैन-स्टैंड के बदले बच्चों के बाप के खुले मुँह में रख देता है।

"दुनिया के किसी अस्पताल में ऐसा नहीं होता।" बच्चों का बाप अपने मुँह से क्लर्क का पैन निकालकर अपनी जेब में रख लेता है।

"यह अस्पताल दुनिया में नहीं, चाँद पर है।" क्लर्क बच्चों की माँ की ओर ताकता है।

बच्चों के बाप के मुँह पर फिर महात्मा बुद्ध की करुणा उभरती है, "साहब! आप मजाक कर रहे हैं और इधर मेरे बच्चे मर रहे हैं। मैं बच्चों को घर से ऐसी बुरी अवस्था में लाया हूँ। ऐसे समय में मैं दो सौ रुपये कहाँ से बटोरता।"

क्लर्क बच्चों के बाप के दुख से रो पड़ता है। फिर बच्चों का बाप रो पड़ता है। दोनों गले लग जाते हैं। हिचकियाँ बँध जाती हैं। फिर दोनों चुप होकर थोड़ी देर मुहुज्जत करते हैं :

"चिक चिक।"

"चिक चिक।"

"हू हू।"

"हा हा।"

"शट-अप!"

"मैनर्स प्लीज़!"

"लैंग्वेज प्लीज़!"

"मारूँगा।"

"पीटूँगा।"

"अबे, जा बे जा।"

"तेरी..."

"जब तक पैसे जमा नहीं कराओगे, इलाज नहीं होगा।" क्लर्क पागल भैंसे की तरह डकारकर कहता है।

"मेरे बच्चे मर गये तो तुम जेल जाओगे।" बच्चों का बाप औरतों के समान आँखें भींचकर रोनी सूरत बनाकर, मच्छर की तरह भिनभिनाता है।

"जेल में जायेगा मेडिकल सुपरिंटेंडेंट।" क्लर्क दराज बन्द करता है, जैसे मेडिकल सुपरिंडेंटेंड को अन्दर कर जेल का दरवाजा बन्द किया हो।

बच्चों का बाप एप्रोच की खोज में पैर पटकता फट-फट करता निकल जाता है।

"ईडियट साला...!"

तीन

ट्रीटमेंट रूम में दोनों बच्चों को मेज पर लिटा दिया जाता है।

"इनको क्या तकलीफ है?" डॉक्टर नर्स से पूछता है।

"ये मेरे बच्चे नहीं हैं।" नर्स डॉक्टर को आँख मारती है।

"इनको डायरिया है।" बच्चों का बाप कहता है।

"आपसे किसी ने पूछा?" नर्स बिल्ली की तरह पंजा झाड़ती है।

डॉक्टर एक बच्चे का सिर टटोलता है। बड़ी देर तक बच्चे का सिर प्यार से सहलाता रहता है और खिड़की से बाहर देखता रहता है।

फिर डॉक्टर धीरे से कहता है, "लाओ।"

नर्स कहती है, "लाओ।"

बच्चों का बाप कहता है, “लाता हूँ।”

वह दरवाजे से बाहर निकल जाता है।

बाहर से झाँककर वह पूछता है, “क्या लाऊँ?”

“जो डॉक्टर साहब पे माँगा है।” नर्स कहती है।”

“ब्लेड लाओ, बाजार से ब्लेड लाओ।” डॉक्टर खिड़की से बाहर देखता हुआ कहता है और बच्चे का सिर सहलाता रहता है।

दोनों बच्चे चीख-चीखकर रोते रहते हैं।

चार

बच्चों का बाप लौटकर देखता है कि अस्पताल के गेट के सामने काफी भीड़ लगी है। वह लोगों की ओर देखता है और फिर भीतर जाने लगता है।

“क्या है? कहाँ जा रहे हो?” चौकीदार रास्ते में टाँग अड़ा देता है।

“भीतर जाना है।” बच्चों का बाप कहता है, “मेरे बच्चे ट्रीटमेंट-रूम में पड़े हैं।”

“अभी ठहरो।” चौकीदार झपाक से उसे हटा देता है, “बाकी लोग भी तो खड़े हैं। सबके बच्चे ट्रीटमेंट-रूम में ही पड़े हैं। पड़े रहेंगे, उन्हें कोई उठाकर नहीं ले जायेगा।”

बच्चों का बाप भीड़ में मिल जाता है।

“क्या बात है?” वह एक उजबक से पूछता है।

“मिनिस्टर आ रहे हैं।” उजबक के मुँह से लार टपक पड़ती है।

“तो सालों ने रास्ता बन्द कर दिया है!” बच्चों का बाप बड़बड़ता है, मेरे बच्चे भीतर मर जायेंगे। अबे भीतर कोई मिनिस्टर को गोली मार सकता है, तो यहाँ भी मार सकता है।”

“गोली मारने से कौन रोकता है!” मेडिकल सुपरिंटेंडेंट सीढ़ियों से अवतरित होकर कहता है, “हम तो कहते हैं कि हमारे अस्पताल के भीतर गोली मत मारो।”

पाँच

“आप कहाँ गायब हो गये थे!” झगड़ालू पत्नी के सामने डॉक्टर बच्चों के बाप को डाँटता है।

“अस्पताल में कोई मन्त्री आनेवाले थे, इसलिए रास्ता बन्द था।” बच्चों का बाप कहता है, “वे दफा हुए तो मैं भीतर आया।”

“और सैर करो।” डॉक्टर छिपकली के समान सिर हिलाता है, “तुम्हारा एक बच्चा मर गया है।”

“एक मर गया!” बच्चों का बाप हँसता है, “आधी इंकमटैक्स कंसेशन गोल;

दूसरा कब मार रहे हो, डॉक्टर?"

"दूसरा इतनी जल्दी नहीं मरेगा।" डॉक्टर कहता है, "आई एम सॉरी। पहला डिहायड्रेशन से मरा, उसकी वेन नहीं मिली। तुम ब्लेड जल्दी ले आते, तो हम दूसरे का सिर शेव करके उसके सिर की वेन से फ्लुइड देने का प्रयत्न करते। उसी प्रयत्न से उसके सिर की वेन काटकर उसे मार सकते थे। पर तुमने देर कर दी, तब तक उसकी टाँग की वेन मिल गयी और वह बच गया। सो सॉरी।"

छः

बच्चों का बाप घर जाने के लिए अस्पताल से बाहर निकलता है।

स्कूटर रिक्शा के स्टैंड पर स्कूटरों की भीड़ है।

"बारी की क्या बात है, तुमको जाना कहाँ है?" स्कूटर स्टैंड उससे पूछता है। उसकी मूँछें ऐंठी हुई हैं और उसकी जेब से चाकू झाँक रहा है।

"डिफेंस कॉलोनी।" बच्चे के बाप को स्कूटर स्टैंड की जगह चाकू ही नजर आता।

"ले चलेंगे।" स्टैंड बच्चे के बाप को कॉलर पकड़कर अपनी करुणा के सागर में गोते देता है, "एक रुपया अस्सी पैसा लेंगे।"

"नहीं।" बच्चे का बाप रात के अँधेरे में स्कूटर स्टैंड से लड़ने की मूर्खता करता है, "मीटर से चलना है तो बात करो।"

वह चलने लगता है।

"अच्छा, चलो। डेढ़ रुपया।" स्कूटर स्टैंड उसे पुकारता है, "उससे कम एकदम नहीं।" स्वर में धमकी है।

"नहीं तो न सही।" बच्चे की मृत्यु ने उसका मस्तिष्क असन्तुलित कर दिया है।

वह आगे बढ़कर टैक्सी स्टैंड से टैक्सी ले लेता है।

"साला पूँजीपति!" स्कूटर स्टैंड कहता है, "गरीब आदमी के पेट पर लात मारकर चला गया।"

सात

जीवित बच्चा ट्रीटमेंट-रूम में पड़ा है। उसकी टाँग में सुई लगी हुई है और पास स्टैंड पर ग्लूकोस की बोतल टँगी हुई है। बूँद-बूँद कर ग्लूकोस बच्चे के भीतर जा रहा है।

बच्चे के माँ-बाप बच्चे के दोनों ओर बैठे हैं।

रातभर वे बैठे रहते हैं। पलक तक नहीं झपकते। न एक-दूसरे को प्यार करते हैं, न बात ही करते हैं—बेवकूफ बोर साले!

रातभर कोई डॉक्टर या नर्स उनके एकान्त में बाधा नहीं डालता—हाउ कंसीडरेट!

बारह बजते हैं।

एक बजता है।

दो बजते हैं।

साढ़े तीन बजते हैं।

"चार बजे इसे दवाई देनी है।"

"नर्स आयेगी क्या?" बच्चे का बाप पूछता है।

"पता नहीं।" बच्चे की माँ कहती है, "इसे दूध कब देंगे वे लोग?"

"नर्स आयेगी तो पूछेंगे।"

साढ़े चार बजे बच्चे का बाप नर्स को जगाता है, "सिस्टर, बच्चे को दवाई दे दो।"

"तुम ही दे दो न।" नर्स कहती है।

"कौन-सी दूँ?"

"अलमारी खोलकर, जो शीशी पसन्द आये, वह ले जाओ।" नर्स कहती है।

वह जाने लगता है।

"ठहरो।" नर्स कहती है, जाता कहाँ है। हमको जगाया, अब सुलाकर जाओ।"

बच्चे का बाप बैठकर नर्स को थपकने लगता है।

आठ

रातभर भूख से चीख-चीखकर सबेरे छह बजे बच्चा निढाल होकर चुप हो जाता है।

"सो गया?" नर्स आकर पूछती है।

"हाँ।" बच्चे की माँ के गालों पर आँसू आ जाते हैं—एक ही बच्चे की मृत्यु से घबरा गयी पागल!

"इसे दूध कब मिलेगा, सिस्टर?" वह पूछती है।

"सात बजे डॉक्टर से पूछेगा।" नर्स कहती है, "अभी वह सोया है।"

"तो अभी क्या करना है?" बच्चे की माँ नाराज होकर पूछती है।

"अभी थर्मामीटर लगायेगा।" नर्स कहती है।

"अभी मत लगाओ, सिस्टर।" बच्चे की माँ दीन होकर नर्स का स्कर्ट पकड़ लेती है, "अभी-अभी सोया है।"

"हमारा कपड़ा छोड़ दो।" नर्स कहती है, "सेफ्टी पिन नहीं लगाया है। थर्मामीटर तुम लगा लो।" वह माँ के मुँह में थर्मामीटर ठूँस देती है और अपने कागज पर लिखती है—टैम्प्रेचर : नार्मल।

नौ

रातभर स्टूल पर बैठे-बैठे बच्चे के बाप की कमर थक जाती है। वह टेक लगाने के लिए नजर इधर-इधर दौड़ता है। दीवार के पास जाने के लिए वह स्टूल खिसकाता है।

एक आदमी दौड़ा-दौड़ा हाँफते हुए गैंडे के समान ट्रीटमेंट-रूम में घुस आता है।

"तुम मिनिस्टर की आँखें फोड़ोगे क्या?" वह बच्चे के बाप से पूछता है।

"मैं कोई संसद सदस्य हूँ क्या?" बच्च्वे का बाप पूछता है।

"तुम खट-खट क्यों कर रहे थे?" वह आदमी छींककर पूछता है।

बच्चे का बाप अपने रूमाल से मुँह पर से उस आदमी की थूक के छींटे पोंछताहै।

"मैंने पहलू बदला था।" वह कहता है।

"तुम दल चाहे बदल लो, पर पहलू मत बदलो।" वह आदमी गिरगिट की तरह गर्दन अकड़ाकर कहता है, "नीचे के कमरे में मिनिस्टर की आँख का ऑपरेशन हो रहा है। तुम खट-खट करोगे तो उसकी आँख फूट जायेगी।"

"आँख फूटने से वह मर जायेगा क्या?" बच्चे का बाप स्कूली बच्चों के समान भोली जिज्ञासा करता है।

"नहीं, वह मरेगा नहीं।" वह आदमी कहता है, "बड़ा बेशरम है साला!"

"तो क्या लाभ!" बच्चे का बाप स्टूल पर यूँ तह हो जाता है, जैसे हवा निकल जाने से डनलप का तकिया हो जाता है।

दस

"मैं बाथरूम हो आऊँ?" रातभर का जागा हुआ, बच्चे का बाप ऊँघती हुई बच्चे की माँ से कहता है। उसने दोनों हाथों से अपना पेट पकड़ रखा है।

"हो आओ।" बच्चे की माँ कहती है, "पीछे से अगर बच्चा मर जाये तो क्या करूँ?"

"चुपचाप सो जाना।" बच्चे का बाप कहता है, "रात-भर की जागी हुई हो, पर मुझे बाथरूम में बता आना, ताकि मैं वहाँ निश्चिन्त होकर बैठ सकूँ। जल्दी में मेरा पेट साफ नहीं होता।"

वह जाता है और लौट आता है।

"क्या हुआ?" बच्च्वे की माँ पूछती है।

"यह चिल्ड्रन वार्ड है या फिमेल वार्ड?" बच्चे का बाप कहता है, "सारी टट्टियों में खून सने चिथड़े भरे पड़े हैं। खिड़कियों के पीछे गन्दे पैड रखे हुए हैं।"

"तुम लौट क्यों आये?" बच्चे की माँ पूछती है।

"बाथरूम में पानी नहीं है।" बच्चे का बाप कहता है, "बेसिन में जमादार ने बाँस समेत अपना पोंछा सजाया हुआ है।"

"तो क्या करना है?"

"करना क्या है, जब बीमार पड़ूँगा डॉक्टर स्वयं एनिमा दे लेगा।"

ग्यारह

सात बजते हैं।

"सिस्टर, तुमने डॉक्टर से बच्चे के दूध के बारे में पूछा?" बच्चे की माँ पूछती है। "हाँ।" नर्स का सिर बर्मी पंखे की तरह हिलता है, "डॉक्टर बोला दूध दे दो।"

"तो दो फिर।" बच्चे की माँ की आँखों के सूखे पर भाखड़ा डैम का पानी छा जाता है।

"हम कहाँ से दें?" नर्स मक्खी उड़ाने के अन्दाज में हाथ झपटती है, "हासिपटल का दूध छह बजे खत्म हो जाता है।"

"तो अब क्या होगा?" बच्चे की माँ प्रश्नचिह्न बन जाती है।

"कब सुबह दूध मिल जायेगा।" नर्स के होंठों पर खाद्य-मन्त्री की मुसकान ट्विस्ट करती है।

"कल तक बच्चा भूखा मर जायेगा।" बच्चे की माँ कहती है।

"तो क्या हुआ? दूध हम तब भी देगा।" नर्स मुस्कराती है।

बारह

बड़ा डॉक्टर वार्ड का राउंड लेने आता है।

उसके पीछे-पीछे पन्द्रह डॉक्टर चल रहे हैं। बड़े डॉक्टर की दृष्टि झुकती है, वे फर्श पर बिछ जाते हैं। खिसकती है, वे बह जाते हैं।

"डिफिकल्ट केस।" बड़ा डॉक्टर कहता है।

"वेरी डिफिकल्ट, सर!" जुलूस कोरस में कहता है।

छोटा-सा ट्रीटमेंट-रूम डॉक्टरों के जुलूस से भर जाता है। वे बच्चे के चारों ओर, गुड़ की भेली पर मक्खियों के समान घिर आते हैं। साँस लेना मुश्किल हो जाता है।

"बच्चे को अटेंड कौन कर रहा है?" बड़ा डॉक्टर पूछता है।

"हम दोनों।" बच्चे के माँ-बाप कहते हैं, जैसे स्कूली बच्चे गाँव के स्कूल में समवेत स्वर में पहाड़े बोलते हैं।

"एक बात मैं आपसे कहूँगा।" बड़ा डॉक्टर उपदेश देने की मुद्रा में पद्मासन लगाकर बैठ जाता है।

"मेरा अपना बच्चा होता तो भी मैं यही कहता। अधिक आदमी कमरे में न

रहें, बच्चे को इंफैक्शन का डर है। आप दोनों में से एक आदमी ही भीतर रहे। एक बाहर चला जाये।"

बच्चे का बाप डॉक्टरों के जुलूस पर दृष्टि डाल उनकी संख्या का अन्दाज लगाता हुआ बाहर चला जाता है।

तेरह

शाम के पाँच बजते हैं और बच्चे का बाप अस्पताल के गेट पर पहुँचता है।

"अन्दर मत आइये। रुक जाइये।" मेडिकल सुपरिंटेंडेंट हाथ जोड़कर बैल के समान हँसता हुआ उसके सामने खड़ा हो जाता है।

"क्या बात है?" बच्चे का बाप बच्चे के लिए लायी गयी दवाई में से एक घूँट पीकर पूछता है।

"आज पी.एम. आनेवाली हैं।" उत्तर मिलता है।

"कितने बजे?"

"आठ बजे।"

"पर अभी तो पाँच ही बजे हैं।" बच्चे का बाप दवाई की शीशी सुपरिंटेंडेंट के हाथ में देकर उसके पैरों में झुक जाता है और उसके बूटों के तस्मे खोलने लगता है।

"भाई, तस्मे मत लेना, जुराबें चाहे ले लेना। वे अस्पताल से ही मिली हैं।" सुपरिंटेंडेंट वैसे ही हाथ जोड़कर कहता है।

बच्चे का बाप खड़ा होकर एक सिगरेट सुलगा लेता है। पर सिगरेट समाप्त हो जाती है और प्राइम मिनिस्टर के आने में पौने तीन घंटे शेष हैं।

बच्चे के बाप को सिगरेट की निरर्थकता समझ में आ जाती है। वह पैदल चलकर नांगलोई पहुँचता है। वहाँ से एक हुक्का खरीदता है। उसे पीता-पीता अस्पताल वापस आता है। गेट पर बैठकर वह और सुपरिंटेंडेंट हुक्के के कश लेते हैं और पी.एम. के लिए वेट करते हैं।

चौदह

बच्चे को दवा पिलाने के लिए नर्स आती है।

"चम्मच दो।" वह मुँह उठाकर ऐसे कहती है, जैसे उसके खेतों में बनाये बिलों में पानी भर जाने पर, भीगी चुहिया अपनी थूथनी उठाकर उसे सुखाने के लिए हिलाती है।

"मैं अपनी रसोई घर पर ही छोड़ आयी हूँ।" बच्चे की माँ कहती है।

नर्स बच्चे के दोनों गालों को दबा, दवा की शीशी उसमें उलट देती है।

बच्चा एक बार खूँ करता है और दवा सारी की सारी उलट देता है—क्रिमिनल। गरीब देश के बच्चे को क्या अधिकार है कि वह दवा नष्ट करे, जो दूसरे देशों से भीख के रूप में उसके देश को दी गयी हो।

"ओह सिस्टर!" बच्चे की माँ भारत माता के समान सिर ठोक लेती है—राष्ट्रीय अपमान—लेखक को अगले गणतन्त्र पर पद्मश्री तो अवश्य मिलना चाहिए।

"हैव आई वामिटेड?" नर्स के मुख से अस्पताल से चुराये विटामिनों की गन्ध आ रही है, "लुक एट द लेडी।"

वह बाहर चली जाती है।

पन्द्रह

बच्चे का बाप हुक्का पीकर, पी.एम. के जाने के बाद अस्पताल में आता है।

बच्चे की माँ रोते-रोते उससे लिपट जाती है।

"नो रोमांस, प्लीज!" डॉक्टर कहता है।

"क्या हुआ?" बच्चे का बाप पूछता है।

"आपका झंझट खत्म हुआ।" नर्स कहती है, "आपका दूसरा बच्चा भी मर गया। कांग्रेचुलेशंस!"

"थैंक्यू।" बच्चे का बाप कहता है, "भगवान इसी प्रकार सबके बच्चों को मारे। बहुत दिनों से मैं रात को ठीक से सोया नहीं था। अब सोऊँगा।"

"घर चलो। घर चलो।" बच्चे की माँ चीखती है।

"आप घर नहीं जा सकते।" बड़ी नर्स आ जाती है, "पहले हॉस्पिटल का बिल पे करो।"

"कितना बिल है?" बच्चे का बाप जेब से पर्स निकालता है। पर्स के साथ उसकी जेब से सुपरिंटेंडेंट की जुराबें निकल आती हैं।

"बिल एकाउंटेंट बतायेगा।" बड़ी नर्स कहती है।

"एकाउंटेंट कब आयेगा?" बच्चे का बाप पूछता है।

"कल सवेरे दस बजे।" नर्स बताती है।

"तो रात को मैं अस्पताल में रहूँ?" वह पूछता है।

"नहीं। रात को हॉस्पिटल में रहने का परमिशन नहीं है।" नर्स कहती है, "डोंट यू नो द रूल्स?"

"तो मैं घर जाऊँ?" बच्चे का बाप फिर पूछता है।

"नहीं। बिल पे किये बिना नहीं जा सकता।" बड़ी नर्स चिंघाड़ती है।

सोलह

बरामदे में भीड़ लगी है।

बच्चे का बाप भी खड़ा देख रहा है।

"मैं हिन्दुस्तानी हूँ तो क्या हुआ!" एक आदमी चीख रहा था, "उल्लू के पट्ठो! तुम्हें क्या हक था कि मेरी टूटी हड्डी को जोड़ने के लिए देसी हड्डी लगा देते।"

"शोर मत करो।" नर्स डाँटती है।

"बिलैती हड्डी क्यों नहीं लगायी?" वह आदमी अपनी हड्डियाँ चटखाता है, "हमारे देश के शहीदों ने अंग्रेजों की हत्याएँ इसलिए तो नहीं की थीं कि तुम मुझे देसी हड्डी लगाओ। मुझे किसी अंग्रेज की हड्डी क्यों नहीं लगायी?"

"तुमको सूअर की हड्डी लगायेगा।" नर्स कहती है, "तुम चलो तो!"

सत्रह

एकाउंटेंट बिल बनाता है।

"दो बच्चे थे न आपके?" वह फाइल में से बच्चे के बाप की जन्मकुण्डली निकालता है।

"जी।" बच्चे का बाप कहता है।

"एक उसी दिन मर गया था?" एकाउंटेंट की आँखों में ज्ञान का कैम्प फायर जलता है।

"जी।" बच्चे का बाप श्रद्धा से नतमस्तक होकर सुपरिंटेंडेंट की जुराबें एकाउंटेंट को पहना देता है।

"उसको हमने थोड़ी ऑक्सीजन दी थी, पर उसका मैं कुछ भी चार्ज नहीं कर रहा।" दयानिधान एकाउंटेंट कहता है, "और स्पेस्मिंडन ड्राप्स, दो बूँदें। एक बोतल तीन रुपयों की। दो बूँदें आठ आने की। मल्टी-विटामिन्स, तीन बूँदें। एक बूँद पौने तेरह आने की। रोज का दूध...।

"कितने पैसे और दूँ?" बच्चे का बाप पूछता है।

"आपने दो सौ रुपये एडवांस जमा करवाये थे। आपका बिल एक सौ दस रुपये हुआ।" एकाउंटेंट बताता है, "आपका बिल रिफंडेबल है। आपको हम नब्बे रुपये वापस देंगे।"

"दीजिये।" बच्चे का बाप खुशी से दोनों हाथ फैला देता है, जैसे मन्दिर में प्रसाद लिया जाता है।

"पर रुपये वापस करने में पन्द्रह-बीस दिन तो लग ही जायेंगे।" एकाउंटेंट कहता है, "और जब तक आपको रुपये वापस नहीं मिलेंगे, मैं आपको बिल पेड की चिट नहीं दे सकता और जब तक आपको वह चिट नहीं मिलेगी, तब तक आप अस्पताल से बाहर नहीं जा सकते।"

अठारह

"भाई मेरे!" बच्चे का बाप चौकीदार से कहता है, "मैं पन्द्रह-बीस दिन तक यहाँ कैद हूँ। तुम चाहो तो घर चले जाओ। मैं तुम्हारी जगह ड्यूटी कर दूँगा।"

"पर मेरे स्टूल पर बैठने का पन्द्रह दिनों का किराया लगेगा।" चौकीदार कहता है।

"स्वीकार।" बच्चे का बाप ताशकन्द और कच्छ समझौते पर एक साथ ही हस्ताक्षर कर देता है।

"अच्छा।" बच्चे का बाप कहता है, "अब उस टैक्सीवाले को कह दो कि मैं घर नहीं जा रहा, इसलिए टैक्सी वापस ले जाये।"

"नहीं।" चौकीदार कहता है, "मैं टैक्सी ले जाता हूँ। पन्द्रह दिनों के बाद वापस ले आऊँगा, बिल तुम दे देना। स्वीकार हो तो बोलो, नहीं तो मेरा स्टूल दे दो।"

"स्वीकार! स्वीकार!!" बच्चे का बाप हाथ जोड़ देता है, "तुम मुझसे अपना स्टूल मत छीनो।"

दि लाइफ

एक

अफसरों का मुहल्ला। खाता-पीता आसूदा घर।

अँधेरा अभी विदा नहीं हुआ। सुबह साढ़े चार बजे का समय।

खन्ना साहब के सिरहाने पड़ी घड़ी को दौरा पड़ता है—टर्र...र्र...र्र...

खन्ना साहब हड़बड़ाकर उठ बैठते हैं। अचकचायी नजरों से इधर-उधर देखते हैं। क्षण-भर तक उन्हें कुछ भी समझ नहीं आता। वह घड़ी की ओर देखते हैं। घड़ी मुस्कराकर कहती है, "गुड मार्निंग!"

खन्ना साहब को घड़ी की बदतमीजी अच्छी नहीं लगती। वह नाराजगी से उसका कान ऐंठ देते हैं। अलार्म बन्द हो जाता है।

वह उबासी लेते हैं। कैंची के दोनों ब्लेडों की तरह उनके दोनों जबड़े अलग हो जाते हैं। वह उस खुले मुख के सामने चुटकी बजाते हैं, जैसे हलक के कौवे को चिढ़ा रहे हों।

"हरि ओऽम! हरि ओऽम!" वह पलंग से उठ बैठते हैं।

श्रीमती खन्ना के सिरहाने खड़े होकर वह एकटक देखते हैं। फिर पुकारते हैं, "रत्ना!"

स्वर में प्यार ऐसे उमड़ता है, जैसे किसी बाँध के टूटने पर, बाँध का एकत्रित जल उमड़ता है।

श्रीमती खन्ना चौंककर उठ बैठती हैं। उनकी आँखें फटी हुई हैं। मुँह खुला है और दोनों हाथ छाती पर बँधे हुए हैं।

वह अनपहचानी नजरों से खन्ना साहब के शरीर के आर-पार देखती रहती हैं।

एक आवारा मच्छर सुबह की सैर के विचार से उनके खुले मुँह में टहलता-टहलता चला जाता है।

मिसेज खन्ना की आँखों में लिफ्ट से खन्ना साहब की पहचान उतरती है और वह चिघाड़ती हैं, "तुम्हें कितनी बार कहा कि मुझे इस प्रकार अचानक मत जगाया

करो। ऐसे किसी दिन मेरा हार्ट फेल हो जायेगा।"

खन्ना साहब के चेहरे पर दीनता की मूसलाधार वर्षा होती है, "तेरा हार्ट फेल नहीं होता, भली लोक। पर तेरे चीखने से मेरा हार्ट फेल जरूर हो जायेगा।"

"अच्छा-अच्छा।" श्रीमती खन्ना के मुख से दुर्गन्ध का भभका उठता है।

वह अँधेरे में डरती हुई, हनुमान चालीसा का पाठ करती हुई रसोई में आती हैं। माचिस नहीं मिलती तो अपने आध्यात्मिक तेज से गैस जलाती हैं। एक चूल्हे पर चाय के लिए पानी और दूसरे पर रात का बचा हुआ दूध गर्म करने के लिए रखती हैं।

दो

खन्ना साहब के फ्लैट की बालकनी। वहाँ उनचासों पवन चल रहे हैं यानी बालकनी में क्रॉस वेंटिलेशन हैं। कमरों के समान घुटन नहीं है यहाँ। खन्ना साहब का नौकर निवारी चारपाई बिछाकर सोया हुआ है।

मिसेज खन्ना चाय का प्याला हाथ में लिये नौकर के सिरहाने खड़ी उसे जगा रही हैं, "चन्न उठ बेटे। उठ जा। दूध लेने जाना है न।"

नौकर आँखें खोलता है। उसका हाथ आकाश की ओर उठता है और मुख से ऋषि-वाणी प्रस्फुटित होती है, "चाय।"

श्रीमती खन्ना बड़े भक्ति-भाव से उसके उठे हुए हाथ पर चाय का कप रख देती हैं।

नौकर चाय की चुस्की लेता है।

मिसेज खन्ना श्रद्धाभरी उत्सुकता से उसकी ओर देखती रहती है।

"डोल और पैसे दे जाइये।" नौकर आदेश देता है।

"बहुत अच्छा।" मिसेज खन्ना का सिर आज्ञा-पालन में झुक जाता है।

तीन

"मोया! मर जाना! रुड़ जाना! कंजर दी औलाद! सूर दा बच्चा!" मिसेज खन्ना दाँत पीस-पीसकर गालियाँ दे रही हैं।

"बस! बस कर, भगवान!" खन्ना साहब सान्त्वना देते हैं, "बहुत हुआ, अब और श्लोक न पढ़।"

"देखो भला, कैसे हुकम चलाता है!" वह कहती हैं।

"तो निकाल दे न साले को!" खन्ना साहब सुझाव देते हैं।

"चुप।" मिसेज खन्ना डाँटती हैं, "खबरदार जो फिर ऐसी बात कही। उसे निकाल दिया तो काम करने तुम्हारी माँ आयेगी श्मशान से उठकर।"

"तो?"

"तो क्या? हुकम बजाते चलो उसके।"

चार

खन्ना साहब का नौकर दूधवाले से कह रहा है, "देख चौधरी, दूध अच्छा देना।"

"तुझे क्या बे दूध से। दूध दें या भैंस का पेशाब। तुझे कौन खुद पीना है। दूध लेने आया है, जो देता हूँ ले जा।" दूधवाला रोब से कहता है।

"देख ताऊ।" नौकर जवाब देता है, "ऐस बातें न किया कर। मैं और नौकरों की तरह नहीं..." और सहसा वह अपना डोल हटा लेता है, "यह दूध मैं नहीं लूँगा।" वह कहता है।

"नहीं लेना तो डोल डठा और चलता-फिरता नजर आ।" दूधवाला उसका डोल परे करके दूसरे लोगों को दूध देने लगता है।

नौकर अपनी आँखों से गुस्से के रॉकेट छोड़ता है, पर वे रास्ते में ही फिस्स हो जाते हैं, दूधवाले तक नहीं पहुँचते। वह लौट आता है।

पाँच

खन्ना साहब नाइट-सूट में, हाथ में डोल लिये बड़ी दीन मुद्रा में खड़े हैं और दूधवाले के प्रति निवेदन कर रहे हैं, "हे आदरणीय दूधवाले! हम अपने नौकर की सारी आज्ञाओं का पालन सिर्फ इसलिए करते हैं कि वह दूध ले आया करे और हमें सवेरे उठने का कष्ट न करना पड़े। अब अगर तुम उसको दूध नहीं दोगे तो हमारा काम कैसे चलेगा?"

दूधवाला अपनी आँखों में खाँटी दूध की-सी सफेद झाग का-सा भोला भाव लेकर खन्ना साहब को देखता है और अपनी सफाई देता है, "मेरे मेहरबान खन्ना साहब! आप मेरे ग्राहकों में से सबसे अच्छे हैं। आपने मेरे साथ कभी झगड़ा नहीं किया। आपने कभी मुझे डाँटा-डपटा नहीं। मैंने जितना पानी चाहा, आपके दूध में मिलाया, पर आपने मुझे खराब या जाली तो दूर, कभी पुराना नोट तक नहीं दिया। आप ही जैसे मेहरबान और शरीफ ग्राहकों के कारण मेरी चार भैंसों का दूध मिलाकर चार मन हो जाता है। इसलिए मेरे मन में आपके लिए श्रद्धा वैसे ही जन्मी है, जैसे बरसात में केचुएँ जन्मते हैं। इसलिए जनाब, मैं आपके नौकर को दूध जरूर देता हूँ, पर वह खुद ही लेकर नहीं गया।"

"क्यों?" खन्ना साहब दूधवाले को 'एवायड' करने के लिए ऐनक उतारकर उसके शीशों को साफ करने लगते हैं।

"कारण आपके नौकर की मूर्खता, सरकार!" दूधवाला कहता है, "आपका नौकर केवल मिडिल पास है। वह बिलैती चीजों की खूबी नहीं जानता। देखिये, बाकी लोगों को मैं इन भैंसों का दूध देता हूँ, जो देसी हैं। इनके माँ-बाप देसी थे। फिर ये इसी देश में पली हैं। बिदेस से कभी घूमकर भी नहीं आयीं। और आपके नौकर को मैं हालैंड की भैंसों के दूध के पौडर में पानी मिलाकर यानी बिलैती दूध दे रहा था। पर वह साला तो देश-भगत है, बिलैती लेकर ही नहीं जाता।"

"कोई बात नहीं, मेरे प्यारे दूधवाले!" खन्ना साहब फिर से ऐनक लगा लेते हैं, "मुझे तुम्हारी समझदारी और नौकर की मूर्खता पर पूरा विश्वास है। तुम दूध दो!"

खन्ना साहब डोल पकड़कर एक घुटने के बल पर ऐसे बैठे जैसे सैनिक अफसर राष्ट्रपति से रेजिमेंटल कलर लेने के लिए बैठते हैं।

छः

खन्ना साहब मिनिस्टरी में पहुँचते ही हैं कि डिप्टी सेक्रेटरी एक कागज लेकर आ पहुँचता है।

"क्या है?" खन्ना साहब पूछते हैं।

"सर! खबर आयी है कि नानक सागर बाँध टूट गया है।"

"खबर आयी है?"

"जी!"

"तो डिस्पैच क्लर्क को दे दो।"

"सर! उसने नोट लगाकर खबर अपर डिविजन क्लर्क को भेज दी। अपर डिविजन क्लर्क ने नोट लगाया और असिस्टेंट को भेज दी। असिस्टेंट ने नोट लगाया और सेक्शन ऑफिसर को भेज दी। सेक्सन ऑफिसर ने नोट लगाया और फाइल अंडर सेक्रेटरी को भेज दी। उसने भी नोट लगाया और फाइल मेरे पास आ गयी। अब मैं..." डिप्टी सेक्रेटरी रुक गया।

"तुम सारा केस पुट-अप करो।" खन्ना साहब ने हुक्म दिया।

"सर! बहुत खोजने पर भी इस केस का कोई कागज कहीं नहीं मिला। हाँ, बाँध का एक नक्शा मिल गया है। पता नहीं वह इसी बाँध का है या किसी और बाँध का। पर है वह किसी बाँध का ही। वह मैंने फाइल में लगा दिया है। अब मैं..."

"इस तरह के केस का कोई प्रिसिडेंट है?" खन्ना साहब ने पूछा।

"अभी तक कोई नहीं मिला, सर!"

"तो खोजो!"

"सर! इस खबर को आये पन्द्रह दिन हो चुके हैं। वहाँ बाँध के आस-पास का सारा इलाका बरबाद हो गया है।" डिप्टी सेक्रेटरी कहता है।

"यह मिनिस्टरी है, मिस्टर अगड़म-बगड़म!" खन्ना साहब दहाड़ते हैं, "बनिये की दुकान नहीं कि सारे फैसले हाथों-हाथ हो जायें।"

"अच्छा, सर!" डिप्टी सेक्रेटरी नानक सागर बाँध के पानी के समान ही कमरे में बह जाता है।

सात

खन्ना साहब को दफ्तर भेजकर मिसेज खन्ना टैक्सी में अपनी सहेलियों के पास पहुँचती हैं। सहेलियों से मतलब वे औरतें जिनके पति पोजीशन में खन्ना साहब से कम न हों।

"तुमने सुना, कमला!" कृष्णा बोली, "मिसेज थापर ने अपने पति को घर से निकाल दिया है।"

"ओ, नो डार्लिंग!" कमला कहती है, "डोंट टैल मी दैट। आज सबेरे ही मिस्टर थापर इनसे मिलने आये थे।"

"हाउ सिली!" कृष्णा उत्तर देती है, "मिस्टर थापर इज आल राइट। वे मिसेज थापर के हसबैंड नहीं, फाइनांसर हैं। मैं तो उसके हसबैंड की बात कर रही हूँ, दैट ब्लडी खानसामा!"

"खानसामा!"

"हाँ! मिसेज थापर के सारे बच्चे उसी से हैं।"

"नो नो।"

"येस येस, माई डियर!"

"आओ, आओ। एक बात मैं सुनाऊँ।" मिसेज कपूर सबको अपने चारों ओर हुल्ला-हुप की तरह इकट्ठा कर लेती हैं, "जलोटा साहब के लड़के ने बम्बई से लिखा है कि पन्द्रह दिनों बाद उसकी पत्नी की कंफाइनमेंट की एक्सपेक्टेड डेट है। वे दोनों वहाँ पहुँच जायें।"

"हैं!" मिसेज मिश्रा के चेहरे पर लेबर पेंस उभर आती हैं, "मिसेज जलोटा ने पहले तो कभी चर्चा ही नहीं की।"

"उस बेचारी को खुद ही पता नहीं था।" मिसेज कपूर के पास पूरा मसाला तैयार है, "जलोटा साहब ने सुपुत्र से पूछा कि उसने पहले क्यों नहीं बताया तो उसने लिखा कि उसे स्वयं मालूम नहीं था। वह तो एक दिन सवेरे उठकर उसने अपनी

पत्नी को देखा तो वह उसे बड़ी डिस्फीगर्ड लगी। वह उसे डॉक्टर के पास ले गया तो डॉक्टर ने आठ महीनों की प्रेगनेंसी बता दी।"

"पर यह कैसे हो सकता है? दे कांट बी दैट इग्नोरेंट। दैट्स हर थर्ड प्रेगनेंसी।" मिसेज मिश्रा चीखकर कहती हैं।

"अरे, वह बड़ा उल्लू का पट्ठा है।" मिसेज कपूर हँसकर अपने हलक का कौवा दिखाती हैं, "बाप को हमेशा से उल्लू समझता आया है।"

...सभा विसर्जित होत है सुनो वीर हनुमान...

आठ

पड़ोस की आया खन्ना साहब की बालकनी में दूज के चाँद की तरह झाँकती है, "डार्लिंग!"

"आ जाओ।" खन्ना साहब का नौकर कपड़े तह करता हुआ बाहर आता है, बुड्ढा-बुढ़िया दोनों चले गये।"

आया जंगला टाप आती है।

"बहारो फूल बरसाओ, मेरा महबूब आया है..." नौकर गाता है।

"हाऊ नॉटी!" आया फुदकती है।

"अन्दर चलो, डार्लिंग।" नौकर कहता है।

दोनों भीतर आते हैं।

नौकर के चेहरे पर कब्रिस्तान की धूल उड़ने लगती है। आँखों में वैसे ही पानी जमा हो जाता है जैसे बरसात के निकास के अभाव में दिल्ली की सड़कों पर जमा हो जाता है।

'मेरी जान!"

"मेरे प्राण!"

"आज मैं तुम्हें दूध नहीं पिला सकता।"

"क्यों, क्या खत्म हो गया?" आया के चेहरे का प्याला हिमालय की बर्फ के समान पिघलने लगता है।

"नहीं, डार्लिंग।" नौकर कहता है, "मेरा इडियट साहब आज इम्पोर्टेड दूध ले आया है। वह दूध तुम्हारे ताजमहल-से शरीर के लिए अच्छा नहीं। उससे तुम्हारा संगमरमर-सा रंग..."

"मैं..." आया कहती है।

"नाराज न हो, स्वीटी।" नौकर उसे मनाता है, "मैं तुम्हें कनॉट प्लेस में आइक्रीम खिलाऊँगा।"

"चलो फिर।" आया कहती है।

"ऐसे नहीं।" नौकर सलाह देता है, "तुम भीतर जाकर हमारी मेमसाहब के कपड़े पहने लो। यह ब्रेजियर जरूर बदल लेना, नहीं तो शेप बढ़िया नहीं होगा।"

नौ

डिप्टी सेक्रेटरी फिर घबराया हुआ खन्ना साहब के पास आता है।

"क्या है?" खन्ना साहब कहते हैं, जैसे किसी अपरिचित को देखकर कुत्ता भौंकता है।

"सर! उस केस का कोई प्रिसिडेंट नहीं है।"

"क्यों नहीं टूटा?"

"सर! पहले कभी कोई बाँध नहीं टूटा।"

"क्यों नहीं है?"

"क्योंकि कोई बाँध बनाया ही नहीं गया था।"

"तो ऐसा करो..." खन्ना साहब अपनी पाइप जलाते हैं, "जिसने बाँध टूटने की न्यूज भेजी है, उसे एक लेटर लिखो और उसमें यह प्रोटेस्ट करो कि बिना प्रिसिडेंटवाला केस हमारे पास क्यों भेजा गया।"

"सर! सर!!"...डिप्टी सेक्रेटरी सरसराता है।

"क्या है?" खन्ना साहब दहाड़ते हैं।

"सर! आजकल बहुत सारे केस बिना प्रिसिडेंट के आ जाते हैं। जमाना बहुत खराब आ गया है, सर! घोर कलयुग है। पिछले दिनों एक ऐसा ही केस डिफेंस मिनिस्टरी में भी आया था।

"क्या केस था?"

"सर! चीन ने हमारी सीमाओं पर अटैक किया था।"

"तो डिफेंस मिनिस्टरी ने क्या किया?" खन्ना साहब को समस्या का समाधान सूझता जाता है।

"सर!" डिप्टी सेक्रेटरी कहता है, "उन्होंने प्रोटेस्ट भेजा था।"

"तो तुम भी प्रोटेस्ट भेज दो।"

"अच्छा, सर!" डिप्टी सेक्रेटरी कहता है, "प्रोटेस्ट किसको भेजूँ?"

"हूँ!" खन्ना साहब सोचते हैं, फिर भभक उठते हैं, "हर बात मुझे ही बतानी है, तो तुम्हारा क्या काम? यू आर इनएफिशियेंट।"

"अच्छा, सर!" डिप्टी सेक्रेटरी कहता है, "मैं भी चीनवालों को प्रोटेस्ट भेज देता हूँ।"

"ठीक है।"

दस

खन्ना साहब का नौकर और पड़ोस की आया बस-स्टैंड पर खड़े चॉकबार खा रहे हैं।

"घंटे-भर से कोई बस नहीं आयी।" पड़ोस की आया कहती है, "बड़े हरामी हैं ये बसवाले।"

"कौन हरामी नहीं है, मेरी जान!" खन्ना साहब का नौकर कहता है, "तुम नहीं हो या मैं नहीं हूँ या हमारे साहब नहीं हैं!"

"हाँ, हम सब हराामी हैं।" पड़ोस की आया स्वीकार करती है।

दोनों मुँह में चॉकबार डाले, एक-दूसरे के प्रेम का आस्वाद लेते रहते हैं।

"वह बस आ रही है।" खन्ना साहब का नौकर कहता है।

"हाय! मेरी आइसक्रीम।" पड़ोस की आया चॉकबार जल्दी-जल्दी खाकर तिनका फेंक देती है।

बस आकर रुकती है।

सवारियाँ उतरती हैं।

वह खाली हो जाती है।

पड़ोस की आया और खन्ना साहब का नौकर बस में चढ़ने लगते हैं।

"मत चढ़ो, मत चढ़ो।" कंडक्टर कहता है।

"क्यों?" खन्ना साहब का नौकर पूछता है।

"यह बस डिपो जा रही है।" कंडक्टर बताता है।

"हमें रास्ते में उतार देना।" पड़ोस की आया चॉकबार की मिठास के साथ कहती है।

"नहीं, नहीं।" कंडक्टर कहता है, "हमारी ड्यूटी खत्म। बस में स्टाफ नहीं है। कहो तो अपने घर ले चलें...।"

"तेरी माँ..." खन्ना साहब का नौकर घूँसा तानकर कहता है।

"चल भई, चल!" बस कंडक्टर घंटी बजा देती है।

खन्ना साहब का नौकर दाँत पीसता रह जाता है।

पड़ोस की आया खिलखिलाकर हँस पड़ती है।

"यहाँ से मादर...खाली ले जायेंगे, डिप्पो से फिर यहाँ तक खाली लायेंगे, तब यहाँ से सवारी लेकर जायेंगे। सूअर के..." खन्ना साहब का नौकर कहता है।

"तब तक एक चॉकबार खिलाओ!" पड़ोस की आया फरमायश करती है।

ग्यारह

"अजी, सुना आपने?" मिसेज खन्ना कहती हैं, "बूढ़े कागल ने शादी कर ली है।"

"शादी! कागल ने!" खन्ना साहब का मुँह फाइल की तरह खुल जाता है।

"हाँ!"

"क्यों?"

"उनके लड़के के घर बेटा पैदा हुआ है।"

"तो?"

"बच्चे को पालने के लिए उनके लड़के को आया की जरूरत थी, इसलिए उन्होंने शादी कर ली।"

"वैरी गुड!" खन्ना साहब कहते हैं, "आइडिया तो अच्छा है। उसने पोता पालने के लिए शादी की। मैं सोचता हूँ, मैं पोता पैदा करने के लिए आया रख लूँ।"

"आपका तो दिमाग खराब है।" मिसेज खन्ना की आँखों में पति-प्रशंसा की बाढ़ आ जाती है।

बारह

खन्ना साहब का नौकर और पड़ोस की आया सबसे अगली सीट पर ड्राइवर के पीछे बैठे हैं।

पड़ोस की आया अपनी जगह पर बार-बार उचकती है।

"कितना तेज चलाता है न यह डलैवर।" वह कहती है।

ड्राइवर बस और तेज कर देता है।

सड़क के बीचोबीच एक स्कूटर-रिक्शा आ जाता है।

"ओह, बस धीरे हो गयी।" आया शोक प्रकट करती है।

ड्राइवर जोर-जोर से हॉर्न बजाता है।

स्कूटर रिक्शा रास्ता नहीं देता। सड़क के बीचोबीच चलता रहता है।

"हट जा बे चिलगोजे की औलाद!" ड्राइवर कहता है, "मैं ठोकर मार दूँगा।"

स्कूटर-ड्राइवर रास्ता नहीं देता है।

पड़ोस की आया की निराशा बढ़ जाती है।

बस का ड्राइवर बस को स्कूटर-रिक्शा की बायीं ओर से निकालकर उसके बराबर आकर, हॉर्न का रबर खींचकर स्कूटर-रिक्शा के ड्राइवर को दे मारता है, "हटता क्यों नहीं बे मादर..."

वह बस रोक देता है।

आया बच्चों की तरह खिलखिलाकर हँस पड़ती है और तालियाँ बजाने लगती है।

स्कूटर-रिक्शा एक मिनट रुकता है और आगे बढ़ जाता है।

"अबे हरामी! हॉर्न तो दे जा।" ड्राइवर बस चलाता है।

स्कूटर-रिक्शावाला अपना स्कूटर एक गली में मोड़ लेता है।

"ले गया। साला हॉर्न ले गया।" ड्राइवर दाँत पीसता रहता है।

पड़ोस की आया हँसती रहती है।

तेरह

टेलीफोन की घंटी बजती है।

"हैलो!" मिसेज खन्ना रिसीवर उठाती हैं।

"माताजी! मैं बोल रहा हूँ, आपका नौकर।" आवाज आती है।

"हाँ, बेटे!"

"मैं रात का शो देखने जा रहा हूँ। रात को साढ़े बाहर बजे तक लौटूँगा।" ऊपर से आवाज आती है, "मेरी चारपाई बाहर निकालकर उस पर बिस्तर कर देना। खाना भी थाली से ढँककर वहीं रख देना और तकलीफ माफ करना।"

"नहीं, तकलीफ की कोई बात नहीं, पुत्तर।" मिसेज खन्ना कहती हैं, "पर तुम आ जाना।"

"अच्छा जी!"

मिसेज खन्ना रिसीवर रख देती हैं।

रसोई में जाकर आटा गूँथती हैं।

"सूर दा बच्चा! औतरी दा पुत्तर!" वे मुँह ही मुँह में कहती हैं।

शफा देनेवाले

एक

उनके बाल छोटे-छोटे कटे हैं। रूखे और खुश्क। इस तरह तने खड़े हैं जैसे जंगली सूअर के बाल। नाक के नीचे, ऊपर के होंठ पर, सूम के धन के समान सहेजकर रखी गयी, गाय की कटी दुम के समान मूँछें हैं। चुस्त कमीजें, भड़कीली टाई, टाइट पतलून और नुकीले जूते हैं। चारों लड़के बने-सँवरे, शालीनतापूर्वक ऐसे बैठे हैं, जैसे देखने आनेवालों की प्रतीक्षा में लड़की बैठती है।

पैनेल्टी शॉट की तरह धचके से कम्पनी के डायरेक्टर कमरे में घुसपैठ करते हैं।

लड़के यूँ सर्राटे से खड़े होते हैं, जैसे चारों को एक साथ नीचे से तेज नुकीली कील चुभी हो।

आरती के धुएँ में लिपटी देव-प्रतिमा के समान, सिगार के धुएँ में ढँके डायरेक्टर उन्हें बैठने का संकेत करते हुए कहते हैं :

"यंगमैन! आपकी ट्रेनिंग समाप्त हुई। अब आपको फील्ड में जाना है। आप चारों को उस एरिया में काम करना है, जहाँ हमारी कम्पनी की दवाइयाँ बहुत कम बिकती हैं। आपको कम्पनी को ज्यादा सेल देनी है। नो सेल, नो जॉब! सेल नहीं बढ़ी, दैन यू आर डिसमिस्ड। एनी कोएश्चेन?" डायरेक्टर का चेहरा खरबूजे का खेत बना हुआ है।

पर लड़कों का चेहरा वही रंग नहीं पकड़ता।

"बट, सर!" एक लड़के का हाथ टाई की नॉट पर जाता है, जैसे वह रेडियो का स्विच हो और रेडियो चलता है, "जब आप स्वयं मानते हैं कि वहाँ सबसे कम सेल होती है तो कम सेल के कारण हम डिसमिस क्यों होंगे?"

"इसलिए, यंगमैन!" डायरेक्टर अपना रंग नये खरबूजे पर चढ़ाता है, "कि तुम लोग थर्ड क्लास बी.एस.सी. होकर भी सात सौ रुपये सेलरी लोगे, जबकि फर्स्ट क्लास बी.एस.सी. भारत सरकार की प्रयोगशालाओं में ढाई सौ रुपये लेता है। समझे?"

"यस, सर!" लड़का डायरेक्टर के श्याम रंग में रँग जाता है।

"बट, सर!" दूसरा लड़का बरसात में उगे कुकुमुत्ते के समान खड़ा हो जाता है

और टूटे रिकार्ड पर अटकी सुई के समान हकलाता है, "वहाँ यदि कोई बीमार ही न हो तो?"

"बीमार आदमी तभी होता है, जब बाजार में दवा आ जाती है।" डायरेक्टर कुकुरमुत्ते की सब्जी बनाकर उसे खा जाते हैं, "हम दवाइयाँ भेज रहे हैं, अब वहाँ लोगों को बीमार पड़ना चाहिए। वहाँ के लोग अब तक बीमार इसलिए नहीं पड़ते, क्योंकि वे दवाइयाँ नहीं खाते। उन्हें दवाइयाँ खिलाओ।"

"यस, सर!" लड़का समुद्र की लहर के समान पीछे हट जाता है।

"और कोई सवाल?" डायरेक्टर अखाड़ेबाजों को हिन्द-केसरी के समान ललकारता है।

"बट, सर!" एक लड़का उठ खड़ा होता है, "दवाई तो वही बिकेगी जो डॉक्टर चाहेगा। और डॉक्टर दवा वैसी देगा, जैसी बीमारी होगी। इसलिए सब-कुछ डॉक्टर और मरीज पर डिपेंड करता है।

"नो, माई डियर!" डायरेक्टर का चेहरा सनमाइका के समान साफ है, उस पर लड़कों के प्रश्नों के दाग नहीं टिकते, "डॉक्टर को दवाई देनी है। दवा क्या वह अपने घर से लायेगा? वह वही दवा दे सकता है जो हम बनाकर मार्किट में भेजते हैं। वह मरीज में उसी बीमारी के सिस्टम देखेगा, जो दवा हमने बनायी है। डॉक्टर क्या चीजहै!"

"यस, सर!" लड़का जाले में लटके मकड़े के समान गिर पड़ता है।

"कोई और सवाल?" डायरेक्टर पूछता है।

लड़के चुप रहते हैं।

"आप लोग जा सकते हैं। गुड लक!" डायरेक्टर के चेहरे पर एयर इंडिया के महाराजा की-सी मस्ती है।

दो

तूफान मेल, चलना सीखनेवाले बच्चे के समान ठुमक-ठुमक चल रही है और फर्स्ट क्लास के एक डिब्बे में, रसोई के कोने में गिर पड़े आलू के समान, कम्पनी का नया मेडिकल रिप्रजेंटेटिव गुलाटी बैठा है।

डिब्बे में एकमात्र दूसरा मुसाफिर एक ठिगना-सा अधेड़ है, जो चर्बी चढ़े मेंढक के समान लगता है।

"घर जा रहे हैं?" सहसा मेंढक टर्राता है।

"नहीं, काम पर जा रहा हूँ।" गुलाटी अपने ब्रीफकेस को विजिटिंग कार्ड के रूप में उसके सामने कर देता है।

"क्या काम करते हैं?" मेंढक फिर टर्राता है।

"मेडिकल रिप्रजेंटेटिव हूँ।" गुलाटी सैनिक अफसर के रोब से उसे देखता है।

"ओह! दवाफरोश हैं।" मेंढक की आवाज कानों को चुभने लगती है।

"जी, नहीं।" गुलाटी मेंढक को पत्थर मारता है, "दवाएँ बेचता नहीं हूँ, डॉक्टरों को उनके बारे में बताता हूँ।"

"हाँ-हाँ!" मेंढक की आँखों पर चर्बी की परत छा जाती है, "डॉक्टरों को मुफ्त दवाएँ बाँटते होंगे।"

वह अपनी जगह से छलाँग लगा देता है, "कोई दवा हमें भी दे दीजिये। बाजार में तो बहुत महँगी बिकती हैं।"

गुलाटी मक्खी के समान पीछे सरकता है, उसे मेंढक के स्थान पर छिपकली नजर आने लगती है।

"हमारे लिए तो आप गौरमेंट की फ्री डिस्पेंसरी हैं।" मेंढक अपने जस्ता-भरे दाँतों की नुमाइश करता है, "ही-ही! लाइये, हार्ट की कोई दवा!"

"हार्ट की कोई दवा हमारी कम्पनी नहीं बनाती।" गुलाटी अपनी डिस्पेंसरी बन्द कर, कम्पाउंडर के समान हाथ झाड़ देता है, "वैसे इस समय मेरे पास कोई भी दवा नहीं है, सिर्फ लिटरेचर है, पढ़ेंगे आप?" उसकी आँखों में, बिना लाइसेंस के रेढ़ी लगानेवाले को डाँटता हुआ सिपाही है।

"कुछ तो दीजिये साहब!" मेंढक अपना बरसाती आलाप लेता है, "हार्ट के लिए नहीं तो डायबटीज के लिए दीजिये, चलिये कोई विटामिन-शिटामिन दीजिये। कुछ नहीं तो औरतों के लिए ही दीजिये। मेरी बेटी को पीरियड भी खुलकर नहीं आता। गौरमेंट ने उसका भी कंट्रोल कर दिया है शायद..." वह रुककर खी-खी करता है।

गुलाटी की आँखों में पुलिस-चौकी बन जाती है।

"अच्छा, चलिये!" मेंढक को फिर जुकाम होता है, कोई डायरी-शायरी दीजिये। कोई स्टेशनरी की चीज दीजिये। कुछ तो दीजिये।" मेंढक मन्त्री बनने के इच्छुक दल-बदलू का रूप धारण कर लेता है।

गुलाटी अपने दाँत, चक्की के पाटों के समान रगड़ता हुआ, पुलिस चौकी से अपना ट्रांसफर करा लेता है।

तीन

"डॉक्टर शाब! डॉक्टर शाब!" होटल का बैरा आता है, "मनीजर शाब का पेट में दर्द है।"

"तू बैरा है कि रेडियो!" गुलाटी कटखने कुत्ते के समान गुर्राता है, "सुबह-सुबह आ गया खबरें सुनाने।"

"शाब! मैं तो वक्त की आवाज हूँ।" बैरा नसवार की चुटकी लेता है, "यह नसवार है, कहीं सलवार समझ लो। पंजाबी लोग से वैसे भी मैं बहुत डरता हूँ।"

“तू वक्त की आवाज कैसे है बे?” गुलाटी के मन के दलदल में बैरे की बात धँस जाती है।”

“ब्रेकफास्ट, लंच और डिनर का वक्त मैं बताता हूँ, शाब!” बैरा कहता है, “पर इस वक्त मैं देने नहीं आया, लेने आया हूँ। जूठी प्लेटें नहीं शाब! मनीजर के पेट के दर्द की दवा!” बैरे का चेहरा टिप के लिए पुकारती हुई खाली प्लेट-सा लगता है।

“उसकी दवा है एक करारा घूँसा!” गुलाटी शेव का सामान बटोरने लगता है, “तू खुद दे लेगा कि मैं भेजूँ।”

गुलाटी सीजर की लाश पर खड़े एंटनी का भाषण देता है, “मैनेजर कहता है मैं डॉक्टर हूँ। मैं कहता हूँ मैं डॉक्टर नहीं हूँ। मुझे देखकर बीमार मत पड़ो। जाओ ...शेव के लिए गरम पानी लाओ।”

बैरा बिल लाने के उत्साह से लौट जाता है।

चार

गुलाटी शीशे के सामने बैठा शेव कर रहा है!

“टर...र्रा...र्रा...र्रा। पानीं ठंडाऽऽऽ है।...साले इंडियन ब्लेड शेव के लिए नहीं टर...र्रा...र्रा...र्रा पेंसिल छीलने के लिए बनतेऽऽऽ हैं। वह...वा...वह...वा क्या बढ़िया ब्लेड है। यह तो मोचीऽऽऽ के काम भीऽऽऽ नहीं आयेऽऽऽ गा। शेविंग क्रीम बनायी है, जैसे कपड़ेऽऽऽ धोनेऽऽऽ हों। इसको तो घास छीलने से पहले लॉन में उँडेऽऽऽल देनाऽऽऽ चाहिए। अच्छाऽऽऽ! अब आफ्टर शेव लोऽऽशन लगाओऽऽऽ। कभी हमारे बाप ने तो लगाया नहीं। क्रीम भी लगाओ!” वह शीशे में अपने प्रतिबिम्ब की आरती करता है, “साले घूरते क्यों हो? जब वेश्या का धन्धा अपनाया है, तो यार के पास जानेऽऽऽ से पहले शृंगार तोऽऽऽ करना ही पड़ेगा। और याद रखो कहना है क्याऽऽऽ। क्या? कहनाऽऽऽ है हमारी कम्पनी की दवाई अपच के लिएऽऽऽ और डायबटीज के लिएऽऽऽ और...हत् तेरी! यहाँ से तो दाढ़ी बनी ही नहीं। इससे अच्छी शेव तो कोई मोची भी बना देगा। चलो, मन्दिर में चलें और पूजा करें। भगवान से प्रार्थना करें कई फिर से इस देश में अवतार ले और अच्छे ब्लेडों की फैक्टरी बनायेऽऽऽ!”

“चल, उठ, साले!” वह कनक्लुडिंग रिमार्क देता है, “बहुत हसीन है भी नहीं तू! देर हो गयी तो डॉक्टर क्या कम्पाउंडर भी तेरी शक्ल देखना पसन्द नहीं करेगा।”

वह अभिसार के लिए चल पड़ता है!

पाँच

कम्पाउंडर का बेटा डिस्पेंसरी का दरवाजा खोलता है।

“अबे, रात को यहीं सोये थे क्या?” वह लाइन में लगे मरीजों का अभिवादन करता है।

"डॉक्टर साहब कब आयेंगे?" जासूसी उपन्यासों में हत्या की रात गहरे सन्नाटे में उभरती चीख के समान आवाज आती है।

"अभी तो मैं आया हूँ।" कम्पाउंडर का बेटा अपनी बाँसुरी बजाता है, "फिर मेरा बाप कम्पाउंडर आयेगा। फिर उसका बाप हाउस सर्जन आयेगा। फिर उसका बाप बड़ा डॉक्टर आयेगा। फिर उसकी अम्माँ लेडी डॉक्टर आयेगी। फिर उसका भी बाप, मरीजों के कार्ड अन्दर ले जानेवाला छोकरा आयेगा। तब तुम लोगों की अर्थी की तैयारी की जायेगी। तब तक तुम लोग अपने बाल-बच्चों, माँ-बाप से गले मिल लो और चलने की तैयारी कर लो।"

"लौंडा मजाक बढ़िया करता है।" एक सफेद टोपी, दीवार-घड़ी में पेंडूलम की तरह गर्दन हिलाती है।

"जब डॉक्टर नहीं है, तो तुम यहाँ क्या करने आये हो?" देश की बीमार आत्मा कुएँ में टकराती, डूबती आवाज में पूछती है।

"अम्माँ के चूड़ीदार में नाला नहीं है, इसलिए यहाँ बैंडेज लेने आया हूँ। बैंडेज लेकर जाऊँगा। अम्माँ बिस्तर से निकलेंगी। रोटी बनेगी तब मेरा बाप कम्पाउंडर रोटी खाकर यहाँ आयेगा।" कम्पाउंडर का लड़का देश की जन्म-कुंडली बाँचता है।

छः

गुलाटी, लेडी डॉक्टर श्रीमती गुप्ता की चौखट पर सजदा करता है।

"अभी फुरसत नहीं है।" दाई आकर कहती है, "या तो बैठ जाओ, या कल आओ।"

"क्या दो मिनट टाइम भी नहीं मिल सकता?" गुलाटी अपने दिल की प्लेट में कम्पनी की नयी डायरी रखकर बढ़ाते हुए, सन्तों की विह्लता के साथ घुटने टेक, पंजों में पंजे फँसा, गिड़गिड़ाता है।

"डायरी देना अपनी माँ को!" दाई व्यावसायिक घोषणा करती है। "तुम्हारे जैसे कितने ही इन्हीं हाथों में पैदा करके माँ की गोद में डाल दिये।"

"अच्छा, मैं बैठ जाता हूँ।" गुलाटी अपनी जन्मगाथा सुनकर लज्जित हो जाता है।

दाई चाबी-भरी गुड़िया के समान लौट जाती है।

गुलाटी एक कुर्सी में पसर जाता है।

"आपका कितना महीना है।" एक होनेवाली माँ हाँफती हुई फुफकारती है, "बैठने का बहुत शौक है, तो कुर्सी साथ लाया कीजिये।"

गुलाटी खिसियाहट से हिनहिनाता लेडी डॉक्टर के कमरे में ऐसे घुस जाता है, जैसे किसी दुर्घटना के कारण कार पटरी पर लगे 'नो पार्किंग'वाले खम्बे में जा भिड़ती है।

"आपको लेबर पेंस शुरू हो गयी हैं क्या?" लेडी डॉक्टर श्रीमती गुप्ता उसकी कमीज उठाने के लिए हाथ बढ़ाती हैं।

नहीं जी। डिलिवरी हो गयी है। ट्विंस हुए हैं।" गुलाटी कम्पनी के नामवाले पेन-पेंसिल की जोड़ी स्टेथेस्कोप पर रख देता है।

सात

कम्पाउंडर पान चबाता हुआ आकर अपनी सीट पर ऐसे बैठ जाता है जैसे थान पर बँधी भैंस जुगाली करती है।

"बाप! बाप!! मैं मास्टर को ऑबलाइज करने स्कूल चला जाऊँ अब?" कम्पाउंडर का बेटा, बाप की जेब से बटुआ निकाल लेता है।

"अबे ओ छछून्दर!" कम्पाउंडर दूर के कौवे उड़ाने के अन्दाज में कहता है, "बटुआ क्यों निकाल रहा है, बाजार में हिन्दुस्तानी रुपये का अब कोई मूल्य नहीं है।"

"तो फिर आधी छुट्टी में जब सारे लड़के कुछ-न-कुछ खायेंगे तो मैं तुम्हारा पिंडदान करूँगा क्या?" लड़का आध्यात्मिक बात करता है।

"शरबत ले जा, कबूतर, शरबत!" कम्पाउंडर उसे विटामिन बी काम्पलेक्स की बन्द बोतल दे देता है।

आठ

डॉक्टर कपूर अपनी मेज पर पड़ा लिफाफा खोलता है।

"प्रिय डॉक्टर कपूर,

आपको यह सूचना देते हुए मुझे हर्ष हो रहा है कि आपको बड़े डॉक्टर के पद के लिए रिजेक्ट कर हमने आपको कार्य और जिम्मेदारी से बचा लिया है।

आप भी यह स्वीकार करेंगे कि मरीज पर दवाओं से भी अधिक प्रभाव डॉक्टर के व्यक्तित्व का पड़ता है। अतः इस देश के रोगियों के कल्याण को दृष्टि में रखते हुए हमने इस वर्ष की मिस इंडिया को बड़े डॉक्टर के पद पर नियुक्त किया है। वे दवाएँ नहीं देंगी, किन्तु मरते हुए रोगी भी उनका मुख देख-देखकर जीते रहेंगे। इस प्रकार वे दवाओं का खर्च भी बचायेंगी और रोगियों को लम्बा जीवन भी प्रदान करेंगी।

आपको सौभाग्य के लिए पुनः बधाई!

भवदीय
स्वास्थ्य मन्त्री

पुनश्च : मिस इंडिया अपने सौन्दर्य के प्रयोग से जितनी दवाओं की बचत करेंगी, उनमें से आधी को ब्लैक से बचने का आपको पूरा अधिकार है।

स्वा. मं.

नौ

गुलाटी डॉक्टर कपूर के कमरे का परदा हटाकर बच्चों के समान चा करता है।

"बैठिये!" डॉक्टर कपूर एयर-होस्टेस की-सी मिठास से कहते हैं।

गुलाटी नाचते हुए भालू के समान गोल चक्कर काट जाता है, "सॉरी, डॉक्टर! कोई भी कुर्सी नहीं है।"

"कुर्सी क्या करोगे!" डॉक्टर की आँखों में सामान्य नायिका का निमन्त्रण है, "सिर-आँखों पर बैठो, मेरे दिल में बैठो। जगह की क्या कमी है!"

"हाउ स्वीट आर यू, डॉक्टर!" गुलाटी के चेहरे पर हँसिया-हथौड़ेवाला झंडा फहराने लगता है।

"बात यह है, डॉक्टर! हमारी कम्पनी ने एक चमत्कार किया है।" उनके चेहरे पर आर्कमेडिज़ का न्यूड सौन्दर्य है, "एक टैबलेट रोज दें तो सप्ताह भर में रोग भाग जायेगा। मजाल है, फिर कभी अपच की शिकायत हो।"

"धन्वन्तरी की सन्तान!" डॉक्टर का मुखड़ा शरद पूर्णिमा में नहाये ताजमहल के समान शफ्फाक है एकदम, "अपच इस देश में किसी को नहीं है। खाने को कभी किसी को भरपेट मिला है कि अपच हो।" उसके नथुने क्रुद्ध बैल की थूथनी के समान फुफकारते हैं, "दुआ दो अमरीका को कि देता है और लोग खाकर बीमार होते हैं। मेरा धन्धा भी चलता है और तुम्हारा भी।"

गुलाटी की साँस बिगड़े हुए स्कूटर के समान फट्-फट्-फट् करने लगती है।

"डॉक्टर साहब! एक और दवा है हमारी कम्पनी की।" वह इंश्योरेंस एजेंट और मास्टर की छड़ी के डरे हुए प्राइमरी स्कूल के बच्चे के मिश्रित भाव से कहता है, "बहुत अच्छी दवा है, डॉक्टर साहब! रोग एकदम भाग जाता है।"

डॉक्टर के चेहरे पर इसरायली जेट उड़ानें भरने लगते हैं, "कौन-से रोग की दवा?"

"डायबटीज की, डॉक्टर साहब!" गुलाटी अपने गले में फँसे मेंढक को निगल जाता है।

"चीनी तो राशन तक में नहीं मिलती, फिर डायबटीज किसी को कैसे हो?" डॉक्टर फिर मुस्कराता है (शिष्टता का दुश्मन साला)।

"तो आपके पास किस रोग के रोगी आते हैं?" गुलाटी के चेहरे पर अरब-क्रोध का सूर्य चमकता है।

"भूख के रोगी, भ्रष्टाचार के रोगी, किसी के अत्याचार से पीड़ित रोगी?" डॉक्टर गीता प्रेस की बस-सा नजर आने लगता है।

"धन्धे की बात करो, डॉक्टर!" गुलाटी डॉक्टर कपूर की गोद में बैठ जाता है, "रोटी तुम्हें भी चाहिए और मुझे भी। रोगी तुम्हारे पास आयेंगे और दवाई तुम्हें देनी है। दोगे वही, जो बाजार में मिलती है। तो फिर हमारी ही कम्पनी की दे दो। रोगी

को अपने भाग्य से बचना है और अपने भाग्य से मरना है, न तुम्हारी डॉक्टरी से कुछ होगा, न मेरी दवाई से।"

"तुम पहले हरामजादे हो, जिसने इस ढंग से बात की है।" डॉक्टर कपूर उसके गले लग जाता है।

"लो फिर!" गुलाटी अपनी टाई और जूते, डॉक्टर की मेज पर उपहारस्वरूप रखकर चला जाता है।

दस

"यह दवा यहाँ नहीं मिलेगी!" कम्पाउंडर शीशी को उठाकर परे मारता है, जैसे सरकारी जमीन पर बनायी गयी झुग्गी को पुलिस के सिपाही ठोकरें मारते हैं, "बीवी की चूड़ियाँ बेचकर यह बाजार से खरीदो!"

"दवा यहाँ से नहीं मिलती थी तो डॉक्टर ने लिखी ही क्यों?" मरीज बीमार कुत्ते की तरह खिसियाता है।

"उसे दूसरी दवाई का नाम मालूम नहीं है, इसलिए सबकी पर्ची पर एक ही दवाई लिख देता है।" कम्पाउंडर डॉक्टर के ज्ञान का भाष्य करता है, "तुम यह ओलम्पिक मशाल पकड़ो और भागो।"

वह पर्ची भी मरीज को थमा देता है।

"मैं बड़े डॉक्टर से तुम्हारी शिकायत करूँगा!" मरीज टाँगों के बीच दुम दबाकर पीछे हटते हुए कुत्ते के समान भौंकता है, "अपने बेटे को टानिक की शीशियाँ पिला देते हो और हमें कहते हो दवा नहीं है!"

"हा, कह दे अपनी माँ के खसम को!" कम्पाउंडर ढेर सारी पान की पीक मरीज की शीशी में उगल देता है, "दवा तो फिर भी मैं ही दूँगा। अगली बार जहर दे दूँगा। फिर अल्ला मियाँ से भी मेरी शिकायत करना ऊपर जाकर। अभी परसों ही नर्स ने एक मरीज को गलत इंजेक्शन देकर मार डाला है। लाश अभी तक मुर्दाघर के फ्रिज में पड़ी बर्फ जमा रही है। घरवाले ले तक नहीं गये। तुम्हारी आइसक्रीम भी उसी फ्रिज में जमेगी।"

"हरामजादा! कुत्ते का पिल्ला! उल्लू का पट्ठा! सूअर की औलाद...!" मरीज सहस्रनाम का जाप करता है।

ग्यारह

गुलाटी डॉक्टर मेहरा के दरबार में उपस्थित होता है।

"गुड मार्निंग, डॉक्टर! इस बार आपके लिए बहुत ही ब्यूटीफुल टेबल-डायरी लाया हूँ।" वह माल की खेप उतारता है।

"थैंक यू, मि. गुलाटी!" डॉक्टर मेहरा के चेहरे पर रोज-गार्डन झलकें मारने

लगता है, "पर साहब! आपकी कम्पनी दवा कोई अच्छी नहीं बनाती।"

"जवाब नहीं, डॉक्टर!" गुलाटी डॉक्टर का अपमानजनक रिमार्क थूक के साथ कैप्सूल के समान निगल जाता है, "ये कैप्सूल लीजिये। यह एशियन फ्लू को एक दिन में गायब कर देगा। एक बार आजमाकर देखिये।"

वह कैप्सूल की शीशी मेज पर ऐसे रखता है जैसे यू.एन.ओ. में ख्रुश्चेव ने मेज पर जूता रखा था।

डॉक्टर मेहरा शीशी उठाकर देखता-भालता है और घोषणा करता है, "मैं सौ रुपये की शर्त लगा सकता हूँ कि एशियन फ्लू में इरा कैप्सूल से रत्तीभर भी फायदा नहीं होगा।"

"और मैं पाँच सौ रुपयों की शर्त लगा सकता हूँ कि इस कैप्सूल से एशियन फ्लू एक दिन में उड़ जायेगा।" गुलाटी दंगल में उतरे मुर्गे के समान पर फड़फड़ाता है।

"डॉक्टर मैं हूँ कि तुम?" डॉक्टर मेहरा कोट से बाहर हो जाता है। कोट हैंगर पर टाँगकर वार्ड-रोब में चला जाता है।

"डॉक्टर तो तुम्हीं हो!" गुलाटी डॉक्टर मेहरा का कोट उसे वापस पहना देता है, "पर तुम हो सिर्फ एम.बी.बी.एस.—डॉक्टरी की सबसे छोटी डिग्री। और हमारी लैब में कैमिस्ट्री के डी.एस.सी. बैठे रिसर्च कर रहे हैं। रिसर्च हम करते हैं, बीमारियाँ हम खोजते हैं, दवाएँ हम बनाते हैं। किस रोगी को कौन-सी दवा देनी है, यह तुम्हें हम बताते हैं। और तुम लोग इस यतीमखाने से मुफ्त में वेतन पाते हो। समझे?" गुलाटी अपना ब्रीफकेस डॉक्टर मेहरा के सिर से जोर से छुआ देता है।

बारह

गुलाटी शाम के छह बजे ही आकर होटल के कमरे में सो जाता है।

दस बजे उसे वक्त की आवाज आकर जगाती है, "डॉक्टर शाब, उठो। आपके ड्यूटी जाने का वक्त हो गया।"

"थैंक यू, बैरा!" गुलाटी मुँह पर भिनभिनाती मक्खी को उड़ाने के अन्दाज में कहता है।

"डॉक्टर शाब!" बैरा मीनू बताने की शैली में कहता है, 'आजकल मनीजर शाब बहुत कमजोर हो गया है। कोई दवाई?"

"उसे कहो गधी का दूध पिये! खच्चर के समान तगड़ा हो जायेगा।" गुलाटी जल्दी-जल्दी कपड़े पहनने लगता है।

वह फिर शीशे के सामने जा बैठता है और अपने प्रतिबिम्ब की आरती उतारने लगता है, "तो सालेऽऽ फिर से काम शुरूऽऽऽ। यह लेडी डॉक्टर मिस प्रभा भी बस अजीब चॉकलेट है। सारी दुनियाऽऽऽ सो रहीऽऽऽ है और आप ड्यूटी पर हैं। घर पर किसी से बिल्कुल नहीं मिलतीं। इस समय अस्पताल जानाऽऽऽ पड़ेगा। और जोरू

के भाई, तुम सालेऽऽऽ फिर चौखटा सँवार रहे होऽऽऽ, जैसे जाते ही वह तुम्हें जूतों का हार पहनायेगी। वैसे तो मिस प्रभा है, पर होगी वह पैंतालीस वर्षों की दिलरुबा। डॉक्टर और मिस वाह-वाह! ओह-ओह! क्या बात है! होती तो मिस ही हैं पर..."

सहसा वह माथा पीट लेता है, "ओ बाटा के बेटे! तुम्हें भी अभी ही मुझे ताकत का सर्टिफिकेट देना था।"

वह टूटा हुआ तस्मा उठाकर, वार्डरोब में टाइयों के साथ लटका देता है, "जब पतली टाई का फैशन आयेगा, तो तुम्हें ही टाई बना लेंगे। सेल्समैनी में फैशन न किया तो क्या किया! ओ खसखस के दानेऽऽऽ..."

तेरह

"क्या रोमांटिक समय चुना है आपने मिलने का!" डॉक्टर मिस प्रभा कॉफी का प्याला ऐसे पकड़ाती है जैसे उसके बटन-होल में गुलाब का फूल टाँक रही हो।

गुलाटी के मुँह से लार बहने लगती है।

डॉक्टर मिस प्रभा का चेहरा गेंदे के फूलों का गुलदस्ता हो जाता है।

"ऐसी बातें मत करिये, नहीं तो मैं शरमा जाऊँगा।" गुलाटी कैप्सूलस की एक शीशी निकाल लेता है, "फिर ये सारे विटामिन एकसाथ खाकर मर जाऊँगा।"

"हाय! मेरी ड्यूटी में मत मरना।" डॉक्टर मिस प्रभा उसके कानों में स्टेथेस्कोप लगाकर उसको अपने दिल की धड़कन सुनाती हैं, "मैं नर्वस हो जाऊँगी। अभी सिर्फ हाउस सर्जन हूँ।"

"तुम्हारा हार्ट वीक है।" गुलाटी स्टेथेस्कोप उतारकर अपनी जेब में रख लेता है, "कल तुम्हें मैं इसके लिए एक टॉनिक ला दूँगा।"

"मेरा स्टेथेस्कोप कहाँ ले जा रहे हो?" डॉक्टर मिस प्रभा मीरा के समान पग घुँघरू बाँधकर नाचने लगती है, "मैं मरीजों को किससे पीटूँगी?"

"इसे छाती से लगाकर रात-भर तुम्हारे दिल की धड़कनें सुनूँगा।" गुलाटी एक बड़ा-सा डिब्बा मेज पर रख देता है, "रात को इसमें से कॉफी बनाकर पीना। बेबी फूड है। और किसी को मारना हो तो डिब्बा का डिब्बा दे मारना। कल मैं और ला दूँगा। मेरे पास बहुत रखे हैं।"

"अच्छा! कॉफी के बाद एक बोतल खून पीना पसन्द करोगे।" डॉक्टर मिस प्रभा की आँखों में प्रेम के बाँध बन जाते हैं, "मुँह से मत पीना, इंजेक्ट कर दूँगी। काफी कमजोर लग रहे हो।"

"नहीं, ठीक है। टॉनिक पी लूँगा," गुलाटी मेज पर अपना दिल रखकर ब्रीफकेस उठा लेता है, "कल बाकी दवाओं की डिटेलिंग करने तुम्हारे घर आ जाऊँ। हमारी कम्पनी की बहुत सारी दवाएँ हैं।"

"आ जाना याद से।" डॉक्टर मिस प्रभा अपना प्यार गुलाटी में ट्रांसफ़्यूज़ करती है, "न आये तो लव-इंजेक्शंस का पूरा कोर्स लेना पड़ेगा।"

चौदह

गुलाटी ब्रीफकेस खोलता है।

"यह डायरी तुम्हारे पापा के लिए है। यह पेन-पेंसिल का सेट तुम्हारे भाई के लिए। यह टेबल कैलेंडर अपनी बहन को दे देना। ये डायबटीज के कैप्सूल हैं अम्माँ के लिए। यह टॉनिक तुम पीना, गाल शलगम जैसे हो जायेंगे। वह बेबी फूड बच्चों के लिए और प्रभा...!" कच्ची छत के समान उसकी आँखें चूने लगती हैं।

"ऐ है! हाथ मत लगाना।" प्रभा बिल्ली के समान छलाँग लगाती है, "मैं अभी मेडिकल कॉटन लाती हूँ। नहीं तो कोई इंफैक्शन हो जायेगी और कहोगे कि गूँ-त्रिखी हो गयी है।"

"गुलाटी रुई से आँखें पोंछता है, जैसे दिल को सेंक कर रहा है, "आँखें पोंछनी ही हैं न! बेंडेज तो नहीं करनी?"

"आँखों से खून निकलेगा तो बैंडेज करूँगी।" वह चक्षु-रोग सम्बन्धी पुस्तक पढ़ने लगती है, "पर तुम रोये क्यों?"

"हातमताई याद आ गया था।" गुलाटी धाड़ मारता है।

"क्या कहता था?" प्रभा सारे सिम्पटम नोट करती है।

"कहता था," गुलाटी करुण फिल्मी गीतों के रिकार्डों में डूब जाता है, "कहता था—तू महलों की रहनेवाली, मैं कुटिया का रहनेवाला...बता फिर तेरा-मेरा प्यार क्या?"

"ठहरो-ठहरो!" प्रभा उसकी पलकें उलथाकर देखती है, जीभ देखती है, "प्रेम के सिम्पटम बोलो।"

"प्रभा, मुझे तुमसे वह हो गया है।" गुलाटी दवाओं की डिटेलिंग करने लगता है, जिसके होने से हार्ट-बीट बढ़ जाता है, "ये हरे कैप्सूल हमारी कम्पनी ने हार्ट-बीट के लिए ही बनाये हैं। वह हो गया है, जिसके होने से वह साला क्या कान लाल होते हैं और माथे पर पसीना आता है। ये पीले कैप्सूल उन्हीं के लिए..."

"काफी सीरियस है।" प्रभा कहती है, "केबिन में ही रहना, अच्छी तरह देखभाल करूँगी। वार्ड में जाने की जिद मत करना। अब बताओ, रोये क्यों थे?"

"वह यूँ कि..." गुलाटी आँसुओं को न्यूट्रल गियर में डाल देता है, "मैं सिर्फ बी.एस.सी. हूँ और मेडिकल रिप्रेजेंटेटिव हूँ और तुम एम.बी.बी.एस. डॉक्टर हो। तुम मुझसे शादी कर लोगी क्या?"

"हाय, शादी की बात मत करो—मर जाने के दिन आये।" प्रभा मेडिकल कॉटन रगड़कर गाल लाल कर लेती है, "मैं डॉक्टर हूँ और मुझे तीन सौ रुपये मिलते हैं। तुम्हें

सात सौ मिलते हैं। तुमसे शादी करूँगी तो हमारी आय एक हजार रुपया हो जायेगी। किसी डॉक्टर से करूँगी तो वह छः सौ ही रह जायेगी। आओ, गाना गायें...”

फिल्मी : “प्यार हुआ इकरार हुआ...”

साहित्यिक : “बूझत स्याम कौन तू गोरी...”

क्लासिकल : “ऐं-ऽ-ऽऽऽऽऽऽऽऽ।”

“सुगम संगीत गा लेंगे।” गुलाटी बीफकेस उठाकर चल देता है।

पन्द्रह

“तुम्हारा ब्रीफकेस क्या हुआ!” प्रभा गुलाटी की नब्ज देखती है।

“कम्पनीवालों ने वापस ले लिया।” गुलाटी वेईंग-मशीन पर खड़ा हो जाता है, “पाँच पौंड कम।”

“बात क्या हुई?” प्रभा सिरिंज से अपना खून निकाल लेती है।

“होना क्या था,” गुलाटी अपने दिल का ऑपरेशन कर देता है, “मैं दवाओं की डिटेलिंग तुम्हारे पास करता रहा और दूसरे डॉक्टरों से मिलने की काल्पनिक रिपोर्टें भेजता रहा। उनमें से दो डॉक्टर मर चुके थे। डायरेक्टर ने अब उन्हीं को अपनी फर्म का रिप्रेजेंटेटिव बना दिया है।”

“वैरी गुड! वैरी गुड! अब तुम मेरे कम्पाउंडर बन जाना!” प्रभा उसे एपॉइंटमेंट-लेटर लिख देती है। “या फिर कैमिस्ट की दुकान खोल लेना। हस्पताल की दवाएँ, तुम्हारी दुकान पर ट्रांसफर कर दिया करूँगी। हम और भी अमीर हो जायेंगे।”

प्रभा के चेहरे पर योजना-भवन स्थापित हो जाता है।

मुहल्ला

एक

पार्वती के मकान में नये किरायेदार आये हैं। उसको उनके प्रति वैसी ही उत्सुकता है, जैसी किसी दुकानदार को दुकान पर लगे नये साइन-बोर्ड के लिए होती है।

दो ही जने हैं—पति-पत्नी। नयी-नयी शादी हुई है शायद। पार्वती हैरान है। आखिर दो आदमियों को क्या आवश्यकता है इतने बड़े फ्लैट की। दो तो बेडरूम ही हैं और एक बड़ा-सा ड्राइंग-डाइनिंग। ये दो जने क्या करेंगे इन तीन कमरों का! कहाँ-कहाँ पसरकर सोयेंगे! तीनों कमरों में झाड़-पोंछे के ही दस रुपये देने पड़ जायेंगे। कहीं ऐसा तो नहीं कि ये भी पिछले किरायेदारों की तरह धोखा करें। पहले तो किराये पर फ्लैट लें, फिर उड़न कबूतर हो जायें। वह भी कैसी बड़ी-बड़ी बातें करता था। कहता था, किसी नवाब का दामाद है। नवाब का दामाद न हुआ, नौटंकी का फरहाद हुआ। होगा न हरामजादा किसी नवाब का दामाद। पार्वती क्या करे उसका—न साले का अचार पड़े, न मुरब्बा। वह तो इतना ही जानती है कि वह कभी कमीन की औलाद था, कुतिया का बच्चा, मर्तबान की सन्तान! दो महीनों का किराया मारकर भाग गया। बड़ा आया नवाब का दामाद। सारा बाजार रोता है उस कोख को जिसने उसे जना। किसी के सौ रुपये ले गया, किसी के दो सौ। बना फिरता था नवाब का दामाद। हरामखोर...

पर ये नये किरायेदार? आदमी न हों, शब्दकोश हों! बड़ी-बड़ी बातें कर रहे थे अपनी शराफत की। पार्वती तो उन्हें अपने बाप के तब जाने, जब किराया समय से दें। किराये के मामले में तो शरीफ से शरीफ आदमी भी यों छिटकता है जैसे खसम की गोद में रंडी।

वैसे शकल से शरीफ ही लगते हैं—पार्वती अपने-आपको समझाती है—गऊ के गऊ, सीधे-सादे। पर गऊ भी कालीन पर फोस कर दे तो? फिर भी पति की सरकारी नौकरी है। वह देखेगी, किराया कैसे खा जाते हैं!

वह उन्हें पुराने किस्से सुनाती है, "वह कलमुँहा समझता था कि यह औरत जात क्या करेगी।" मैंने कहा, "टाँगें चीरकर धर दूँगी। समझते क्या हो अपने-आपको!"

अपनी पेंसिलों जैसी टाँगें देखता हुआ किरायेदार उठकर दूसरे कमरे में चला जाता है।

"भाई साहब कहाँ चले गये?" वह दुखी होकर किरायेदारिन से पूछती है।

उसका मन गली की लँगड़ी कुतिया की तरह रोता है—हाय! इस देश का क्या होगा, जहाँ एक पुरुष नारी के मुख से टाँगों की बात सुनकर भाग जाता है।

उसका हृदय राष्ट्रीय गीत गाने लगता है।

"दूसरे कमरे में गये हैं। कुछ याद आ गया होगा।" किरायेदारिन उसे समझा देती है।

"अजीब आदमी है।" पार्वती का राष्ट्र-प्रेमी मन नींबू लगे दूध के समान फट जाता है।

दो

"यह औरत बहुत बदजबान है।" पार्वती के जाने के बाद नया किरायेदार मुँह में पालक के साग का-सा स्वाद लिये, अपनी पत्नी को समझाता है, "इसे ज्यादा मुँह मत लगाना!"

"मुँह तो क्या, मैं इसे पैर से भी नहीं लगाती।" पत्नी कहती है।

"घर ठीक करें?"

"हाँ, आओ।"

पति-पत्नी मिलकर अपने बक्स खोलते हैं। दो कपड़े निकालकर वार्डरोब में टाँगते हैं और दो बर्तन रसोई में रख आते हैं। बाकी बक्सों में किताबें नजर आती हैं। वे लोग सारी अलमारियों में और शो-केसों में किताबें सजा देते हैं। डाइनिंगरूम में राइटिंग टेबल रख देते हैं और उस पर किताबें और फाइलें ढेर कर देते हैं। किरायेदार अपना टाइपराइटर लेकर मेज पर आ बैठता है।

"मैं लोगों को सूचना दे दूँ कि हमने यहाँ शिफ्ट कर लिया है?" वह पूछता है।

"उन्हीं को देना, जिन्हें देना है।" पत्नी कहती है, "उन्हें मत देना जिनके कारण हमें यहाँ शिफ्ट करना पड़ा है।"

टाइपराइटर चलने लगता है और चिट्ठियाँ टाइप होकर ऐसे निकलती हैं, जैसे गेहूँ पीसने की मशीन में से आटा झरता है।

पत्नी उस ढेर में से एक पत्र उठाकर पढ़ती है, जैसे चूल्हे पर चढ़े पुलाव में से एक दाना टोहकर उसके गलने का अन्दाज लगा रही हो।

"क्या कर रहे हो तुम?" वह कहती है, "इस घर का नम्बर एक सौ अठारह नहीं, अठारह सौ एक है। सबको गलत पता लिख रहे हो।"

"अच्छा!" नारे लगाते विद्यार्थियों की भीड़ को देखकर मशीन बन्द करते हुए बस-ड्राइवर के समान पति अपनी उँगलियाँ रोक देता है, "मेरी फिगर्स की मेमोरी

बहुत कमजोर है। मैं जिन्दगी-भर इससे परेशान रहूँगा। आज तक यही याद नहीं रह सका कि स्वयं को एक समझूँ कि दो। तुम पता ठीक कर दो।"

तीन

"सूअर की बच्ची! कुतिया कहीं की! आगे से जबान चलाती है।" शर्मा मिसेज शर्मा के गाल को थप्पड़ से सहला देता है, "फिर बकवास की तो चमड़ी उधेड़कर बाटा को दे आऊँगा। जूते बनाकर एक्सपोर्ट कर दी जायेगी। कमीनी कहीं की! क्या समझकर अकड़ती है मेरे सामने, औरत न हो पाँच सौ पौंड हवा भरा टायर हो!"

"तुम अपने बाप के हो तो आज मुझे मार डालो।" मिसेज शर्मा तड़पकर उठ बैठती हैं और शहीदों के समान छाती तान देती है, "मेरे बाप ने तुम्हें यह बनाया और तुम उस हरामजादी के पीछे मुझे पीटते हो। कुत्ते तुम हो, जिसकी किसी भी जवान लड़की को देखकर खराब वाशरवाले नल के समान लार चूने लगती है।"

"फिर बोली!" शर्मा प्यार के चाँटे से मिसेज शर्मा के दूसरे गाल पर भी रूज लगा देता है।

"मार तो अब!" मिसेज शर्मा, शर्मा के हाथ में, रीतिकालीन नायक के समान दन्तक्षत देती है।

तीनों बच्चे जोर-जोर से रोकर बाप की अकल का मातम कर रहे हैं, "हाय पापा! कुश्ती का मैच दिखाने से पहले लोगों से टिकट तो ले लो।"

पूँजीवादी चालें नहीं चलेंगी। जनता पर टैक्स नहीं बढ़ने देंगे।" मुहल्ले के चौधरी कहते हैं, "टिकट लगायी तो बिना लाइसेंस के पहलवानी करने के लिए कमेटी से तुम्हारा चालान करवा देंगे।"

शर्मा मिसेज शर्मा को झटककर पिछले दरवाजे से बाहर निकल जाता है और वह 'अभी न जाओ छोड़के' अन्दाज में बैठी रहती है।

"इस हरामजादी से कौन उलझे!"—पिछली गली में शर्मा सोचता है।

चार

पार्वती अपने नये किरायेदारों के फ्लैट में पहुँचती है।

नया किरायेदार झाड़े-पोंछे ड्राइंगरूम-सा साफ-सुथरा, सेंटर टेबल पर पैर रखे कोई पुस्तक पढ़ रहा है।

"आइये, आइये! वह अपने पैर फर्श पर रख, सोफे पर सजकर सेंटर टेबल पार्वती के बैठने के लिए खाली कर देता है।

"आज आप दफ्तर नहीं गये?" पार्वती के गाल औरेंज-बार हो जाते हैं।

"हो आया हूँ।" किरायेदार की आँखों में शराब की बोतल की जगह फिनायल का डिब्बा देख लेने का-सा भाव आ जाता है।

"अभी तो बारह ही बजे हैं और आप दफ्तर से हो भी आये हैं।" पार्वती के गाल चॉकबार में बदल जाते हैं, "अभी तो लोग पूरी तरह से गये भी नहीं।"

"मेरा आज एक ही पीरियड था।" किरायेदार कहता है, "मैं अपने कॉलेज के दफ्तर में कह दूँगा कि मेरे टाइम टेबल की एक कॉपी आपको भी भेज दी जाये।"

"अच्छा!" पार्वती की समझ में कुछ नहीं आता, "बहनजी कहाँ हैं?"

"बेडरूम में हैं। बुला दूँ?" किरायेदार ऐसे पूछता है, जैसे बच्चा माँ से गोल-गप्पेवाले को बुलाने की अनुमति चाहता है।

"नहीं! मैं ही भीतर चली जाती हूँ।"

पार्वती उठती है तो किरायेदार के पास सेंटर पर अपना एक मन छोड़ जाती है। शरीर को वह उठा ले जाती है। उसे उनका बेडरूम देखने का भी शौक है और फिर पराये मर्द के पास अकेली औरत कितनी देर बैठ सकती है। अगली बार आयेगी तो अपने पाँचों बच्चों का दस्ता साथ लेकर आयेगी—वह सोचती है।

ग्राहक के जाने के बाद चीजों को यथास्थान रखने के अन्दाज में किरायेदार अपने पैर फिर मेज पर रखकर पुस्तक पढ़ने लगता है और पार्वती बेडरूम को ओब्लाइज करने चली जाती है।

"बहनजी! सो रही हो क्या?" वह हाँक लगाती है।

"नहीं-नहीं! आइये।" किरायेदार की पत्नी आँखें मलती हुई पलंग पर उठ बैठती है।

पार्वती अपने अड़तीस वर्ष पुराने शरीर को ठेलती हुई ले जाकर धम्म से पलंग पर अनलोड कर देती है, "भाई साहब क्या रोज ही इतनी ही देर के लिए दफ्तर जाते हैं?"

"नहीं तो!" किरायेदार की पत्नी पलंग के दर्द को जान उसे सहलाती हुई कहती है, "आज उनका केवल एक ही पीरियड था।"

"अच्छा-अच्छा!" पार्वती फिर कुछ न समझकर मामला रफा-दफा कर देती है, "आपसे शर्मा की वाइफ तो नहीं मिली थी?"

"कौन शर्मा की वाइफ?" किरायेदार की पत्नी अपना अज्ञान दिखा देती है।

"तो नहीं मिली अभी आपसे!" पार्वती स्टार्ट हो जाती है, "अरे, यही हमारे पड़ोसवाली। कुतिया है एकदम! गली-गली मारी फिरती है। अभी नहीं मिली आपसे। मिलेगी तो बहुत कुछ कहेगी आपसे मेरे बारे में। कुत्तों की तरह भौंकती रहती है, तभी तो शर्माजी इतना पीटते हैं उसे। पर वह कहाँ मानती है। अब भला आप ही बताओ, आपने कुछ देखा मुझमें ऐसा-वैसा? वह किरायेदार की पत्नी को घूरने लगती है।"

"कैसा?" वह बेचारी हैरान होकर पूछती है।

"देखो तो हरामजादी मुझे यूँ ही बदनाम करती फिरती है। कहती है कि इनके दोस्त मेरे पास आते हैं..."

"किनके दोस्त?" किरायेदार की पत्नी प्रश्न के बेलचे से अज्ञान की मिट्टी हटाती है।

"अरे, इन्हीं के, गुड्डी के डैडी के।" पार्वती की जीभ ट्यूबबैल की तरह सूचनाएँ उलीचने लगती है, "वे जर्मन गये हुए हैं न। तो पीछे अपने एक दोस्त से कह गये थे कि वे हमारी देखभाल करते रहें। अब मैं अकेली औरत हूँ। कहाँ-कहाँ ठोकर खाऊँगी। बच्चे हैं। घर है। इनकी देखभाल करनी पड़ती है। तो उनके वे दोस्त, गुड्डी के अंकल आ जाया करते हैं। और यह हरामजादी शर्मा की बीवी मुझे बदनाम करती है कि मैं गुड्डी के अंकल के साथ घूमती हूँ। मुझे यह सब ही करना था तो मैं गुड्डी के डैडी को जर्मनी क्यों भेजती!

"वैसे क्या बताऊँ आपको। शर्मा ने एक रंडी रखी हुई है। इनके घर रोज मारपीट होती है। मारपीट तो आदमी-औरत में होती ही है। अब गुड्डी के डैडी मुझे नहीं मारते थे क्या? एक दिन नहाकर आये। कमीज का बटन टूटा हुआ था। बस एकदम नाराज हो गये। खींचकर मुझे चाँटा मार दिया। मेरा डब्बू मेरे पास खड़ा था। एकदम लिपट गया इनसे। कहने लगा, 'खबरदार डैडी, जो मेरी मम्मी को मारा।' इन्होंने छोड़ दिया। हँस पड़े। बोले, 'अब तेरा बचानेवाला भी आ गया है। अब आप बताइये कि इसमें कोई बुरी बात है?" पार्वती का ट्यूबबैल आँखों के रास्ते भी चलने लगा लगता है।

"किसमें?" किरायेदार की पत्नी फिर पूछती है।

बड़ी कूढ़ मगज है—पार्वती मन में सोचती है—आजकल की सब पढ़ी-लिखी लड़कियाँ ऐसी ही होती हैं क्या?

"अजी, अपने घरवाले के हाथों मार खाने में?" वह पूछती है।

"जी, मैं क्या..."

और पार्वती फिर स्टार्ट हो जाती है, "आपको पता नहीं है, आपसे पहले जो किरायेदार यहाँ था, अरे वही नवाब का दामाद, बेटी...वह भी बहुत मारता था, अपनी घरवाली को। पर वह भी ऐसे ही मार नहीं खाती थी। दोनों पहले बैठकर शराब पीते थे। फिर अंग्रेजी में गिटपिट करते थे, फिर गालियाँ देते थे। वह मारधाड़ होती थी कि दारा सिंह क्या करता होगा। मैंने कहा, 'भाई साहब...' और अब सामनेवाली मिसेज खन्ना कहती हैं कि उसने आज तक अपने घरवाले से मार ही नहीं खायी। झूठी हरामजादी..."

पाँच

मिसेज खन्ना मिसेज शर्मा से बहुत नाराज बैठी है। अच्छा है पिटती है साली। शर्मा को चाहिए, मार-मार इसका कचूमर निकाल दे। खाल उधेड़कर, उसकी रजाई बनाकर दान कर दे...

...बेबी गयी थी उसके घर तो पूछ रही थी, "बेबी, तेरे पापा जब से टूर पर गये हैं, कभी चिट्ठी लिखी है उन्होंने तेरी मम्मी को?"

"नहीं आंटी! अभी तो कोई चिट्ठी नहीं आयी। बेबी घर की खबरें बहुत लीक करती है।"

"लिखेंगे कैसे! माँ तेरी पढ़ना भी तो जाने!" मिसेज शर्मा ने कहा था।

कमीनी औरत—मिसेज खन्ना सोचती है—बिल्कुल बिल्ली है हरामजादी। जरा किसी का किया भला याद नहीं रखती। बड़ी आयी पढ़ाको मौसी। जैसे सारी दुनिया की विद्या इसी के पेट में समा गयी हो। चौथी पास है नहीं साली! बातें कैसी करती है!

उस दिन जब पार्वती ने इनकी इन्हीं बातों से तंग आकर अपना मकान खाली कर देने के लिए कहा था तो कैसे दोनों मियाँ-बीवी आकर खन्ना साहब के पैरों के स्लीपर हो गये थे। तब खन्ना साहब ने वर्मा साहब पर दबाव डालकर उन्हें यह मकान दे दिया था। नहीं तो कौन देता उसे मकान। उधर मुहल्ले के नेपाली चौकीदार की झुग्गी के पास झोंपड़ी बनाकर रहना पड़ता तो अकल आ जाती साली पढ़ी-लिखी को।...रख लेती अपनी झोंपड़ी का नाम इंटरनेशनल कॉटेज..."

"मम्मी! मम्मी!" बेबी बाहर से आती है।

"क्या है?" मिसेज खन्ना पूछती है।

"मम्मी, देखो न! शर्मा आंटी के बच्चे हमारे लैटर-बॉक्स में यह चिट्ठी डाल गये हैं।"

"किसकी चिट्ठी है?"

"शर्मा आंटी के बच्चों ने लिखा है, मम्मी!" बेबी बताती है।

"डाकिये हैं साले! क्या लिखा है?" मिसेज खन्ना के भीतर जिज्ञासा बासी कढ़ी के समान उबलती है।

"लिखा है कि तुम लोग पाँच बार हमारे फ्रिज की बर्फ लेकर गये हो। फ्रिज तुम्हारे बाप का नहीं, हमारे बाप का है। उसके आठ आने पैसे दे जाओ!"

"तुम लोग भी एक चिट्ठी लिखकर उसके लैटर-बॉक्स में डाल आओ।" मिसेज खन्ना डिक्टेट कराती हैं, "हमने तुमको तीन बार चाय पिलायी है, भुखमरो! अपनी अठन्नी काटकर हमारे ढाई रुपये दे आओ।"

छः

मुहल्ले-भर में शोर है कि पार्वती को जर्मनी से पार्वते का पत्र आया है। बच्चों ने गली में घोषणा की है, हमारे डैडी की जर्मनी से चिट्ठी आयी है। उन्होंने बहुत अच्छी हैंडराइटिंग में लिखा है, "मेरी प्राण-प्यारी पार्वती! तुम वहाँ चिन्ता मत करो। मैं बहुत जल्दी तुम्हें यहाँ बुला लूँगा। बच्चों को लेकर तुम आ जाना। मैं इन्तजाम कर रहा हूँ। तुम वहाँ बच्चों को अच्छे स्कूल में डाल दो। उनकी पढ़ाई अच्छी तरह होनी चाहिए, क्योंकि यहाँ के स्कूलों की पढ़ाई बहुत अच्छी तरह होती है। तुम भी अच्छी तरह अंग्रेजी पढ़ लो। तुम जब तक अंग्रेजी नहीं पढ़ोगी, तब तक तुम यहाँ नहीं आ सकती। तुम मुझको अंग्रेजी में पत्र लिखो, ताकि मैं समझ सकूँ कि तुम्हें अंग्रेजी आ गयी है और तब मैं तुम्हें यहाँ बुला लूँ..."

सारे मुहल्ले को मालूम है कि पार्वती को पार्वते की चिट्ठी सोमवार और बृहस्पतिवार को मिलती है। डाकिया भी सारी गली के घरों में लैटर-बॉक्स में चुपचाप चिट्ठियाँ डालकर चल देता है, पर मन्दिर के सामने से गुजरते हुए थोड़ा-सा माथा जरूर झुकाता है और पार्वती के नाम की चिट्ठी डालते हुए गंडेरियोंवाले के समान जोर की हाँक अवश्य लगाता है, "चिट्ठी ले लो!"

और फिर सारी गली में बच्चों का शोर सुना जा सकता है, "मम्मी, डैडी की चिट्ठी आयी है।"

पार्वती क्विंक की लाल रोशनाई के समान सुर्ख होती हुई नये किरायेदार की पत्नी से कहती है, "बहनजी! मेरे बच्चे दो ही बातों से चिढ़ाते हैं। एक तो कहेंगे—मम्मी, डैडी की चिट्ठी आयी है, दूसरे कहेंगे—मम्मी, अंकल आये हैं। जो इनके दोस्त हैं न! इनके पीछे से हमारी देखभाल करते हैं..."

किरायेदार की पत्नी अपने पति से कहती है, "यह बुढ़िया मुझे अपने इश्क के किस्से सुनाने आती है।"

सात

गुणवन्ती नये किरायेदार के दरवाजे पर दस्तक देती है, "बहनजी! बहनजी!!"

किरायेदार की पत्नी निकलकर देखती है। वह गुणवन्ती को चेहरे से पहचानती है। यह औरत पार्वती के मकान की दूसरी मंजिल पर रहती है।

इस वक्त क्या मुसीबत आ गयी?—किरायेदार की पत्नी सोचती है—यह बयालीस वर्ष की बुढ़िया भी मुझे बहनजी ही कहती है।

"बहनजी! आप जरा ऊपर चलें।" गुणवन्ती की आवाज बरसाती मेंढक जैसी तेज है।

"क्या बात है?" किरायेदार की पत्नी मेंढक से बहुत डरती है।

"हमारी लाडो बीमार है।" गुणवन्ती भजन गाती है, "भगतजी यहाँ हैं नहीं, टूर

पर गये हैं। आप जरा देखिये, लाडो को कितना बुखार है।"

"आपने थर्मामीटर लगाया?" किरायेदार की पत्नी उबासी लेती है।

"मुझे थर्मामीटर देखना नहीं आता।" गुणवन्ती कहती है, "मैं पढ़ी-लिखी नहीं हूँ। भगतजी बहुत पढ़े-लिखे हैं, वे थर्मामीटर भी पढ़ लेते हैं। पर वे तो यहाँ हैं नहीं..."

थोड़ी देर में किरायेदार की पत्नी नीचे आकर किरायेदार को ऊपर ले जाती है, "जी, जरा देखिये तो सही! मेरी तो कुछ समझ में नहीं आता!"

किरायेदार लाडो को थर्मामीटर लगाता है। बुखार थर्मामीटर में भरता जाता है—एक सौ चार। वह नजर उठाकर गुणवन्ती की ओर देखता है। गुणवन्ती की आँखों से आँसू सार्वजनिक संडास के खुले नल के समान बह रहे हैं। लाडो अपनी माँ के आँसू देखकर चीखों का संगीत देने लगती है।

"बहुत बुखार है क्या?" गुणवन्ती पूछती है।

"एक सौ है!" किरायेदार कहता है।

वह थर्मामीटर अपनी पत्नी को पकड़ाता है।

"मैं डॉक्टर के पास जा रहा हूँ। तुम यहीं बैठो।" वह चला जाता है।

आठ

गुड्डी के अंकल पार्वती के पास आ बैठे हैं। उनका स्कूटर बाहर खड़ा है। सब लोग पहचानते हैं कि यह स्कूटर किसका है।

"पार्वती! बच्चे कितने बजे सोयेंगे?" अंकल बच्चों की देखभाल करते हैं।

"काफी रात हो गयी है।" पार्वती कहती है, "बच्चे अब सोने ही वाले हैं, उन्हें नींद आ रही है। तुम भी अब घर जाओ।"

"अच्छा!" अंकल अपनी जगह से हिलते नहीं हैं।

"जाते क्यों नहीं!" पार्वती के गालों के सफेद शलजम लाल हो जाते हैं, "जो काम तुम्हें करना था वह हो गया और इतनी रात तुम्हारा स्कूटर बाहर खड़ा सब देखते हैं। उसे किसी की नजर लग गयी तो?"

"जो काम मैं करने आया था, वह बच्चों के जागते हुए नहीं हो सकता।" अंकल कहते हैं, "और स्कूटर कहो तो अन्दर रख दूँ?"

"नहीं! बाहर ही रहने दो।" पार्वती कहती है, "बाहर खड़ा है तो यह तो लगता है न कि तुम लौटनेवाले हो। भीतर कर दिया तो लोग तुम्हें लौटता देखने के लिए मेरे घर के सामने तम्बू गाड़कर सड़क खराब कर देंगे।"

दोनों चुप हो जाते हैं।

पार्वती के मन में बच्चों के प्रति खीज सीढ़ियाँ चढ़ती जाती है।

अंकलजी का मानसिक तनाव देश की आबादी की तरह बढ़ रहा है।

मातृभक्त बच्चे माँ की इच्छा का सैनिक सम्मान करते हुए एक-एक करके सोने

लगते हैं।

खन्ना साहब मिसेज खन्ना को अपने गेट पर से दिखाते हैं, "देखो बत्ती बुझा रखी है और भीतर साले ऐश कर रहे हैं। वह साला यहीं है गुड्डी का अंकल। उसका स्कूटर बाहर खड़ा है। मुहल्ले में बदमाशी बढ़ रही है।"

"तुम्हें क्या पड़ी है, जो जासूसी करते हो!" मिसेज खन्ना कहती हैं, "जब पार्वता ही उसे अंकलजी को सौंप गया है, तो वह उनकी देखभाल क्यों न करे! तुम चाहोगे भी तो वह तुम्हें अपनी देखभाल करने नहीं देगी।"

"तुम अपनी बकवास बन्द करो। मुझे क्या करना है उस बूढ़ी फाफा का!" खन्ना साहब भीतर चले जाते हैं और मिसेज खन्ना के भीतर जाते ही, फिर आकर अपने गेट पर सन्तरी की ड्यूटी सँभालकर अंकलजी के स्कूटर को घूरने लगते हैं।

नौ

नया किरायेदार टैक्सी की गोद में बैठा लौटता है।

गुणवन्ती लाडो को गर्म कम्बल में लपेटती है। किरायेदार लाडो को गोद में उठाकर नीचे उतरना है। किरायेदार के साथ उसकी पत्नी भी टैक्सी में बैठती है। गुणवन्ती लाडो को अपनी गोद में ले लेती है और टैक्सी चल पड़ती है।

डॉक्टर थर्मामीटर लगाता है और लाडो तथा गुणवन्ती रोने लगती हैं।

"आप रोयें नहीं।" किरायेदार रूमाल से अपने आँसू पोंछता है।

"इंजेक्शन लगा दूँ?" डॉक्टर पूछता है।

"डॉक्टर साहब को भी थर्मामीटर से बुखार का पता नहीं चला, जो अब इंजेक्शन लगाकर देखेंगे!" गुणवन्ती किरागेदार की पत्नी से कहती, "हमारे भगतजी थर्मामीटर से बुखार जान लेते हैं।"

"डॉक्टर आप हैं।" किरायेदार डॉक्टर से कहता है, "जरूरी समझें तो अवश्य लगा दें।"

"बच्ची का कपड़ा नीचे कर दें।" डॉक्टर अपनी आँखें मेडिकल-कॉटन से पोंछता है।

गुणवन्ती की शरारती बच्चे की सीटी के समान अनायास ही चीख निकल जाती है, "आप ही इसे सँभालें, भाई साहब! मुझसे यह सब नहीं होगा। मैं इंजेक्शन नहीं लगवा सकती। आप भगतजी को तार देकर बुलवा लें। मुझसे नहीं होगा..."

"मैं आपको इंजेक्शन नहीं लगाने लगा।" डॉक्टर को रोते-रोते हिचकी आने लगती है। अपने कम्पाउंडर की ओर देखकर वह कहता है, "पानी!"

किरायेदार लाडो को सँभालकर इंजेक्शन लगवाता है।

टैक्सी घर के बाहर आकर रुकती है तो बहुत सारे लोग गाँव के बच्चों के समान घिर आते हैं। खन्ना और मिसेज खन्ना आ जाते हैं। सामने से जलोटा,

उसकी पत्नी और बच्चे आ जाते हैं। गुप्ता साहब की आया मरिया आ जाती है। पार्वती अंकलजी को विदा करने के लिए बाहर खड़ी थी, वह भी मिल जाती है।

"क्या हुआ?"

"क्या हुआ??"

"क्या हुआ???"

"ओह, की होया????"

बहुत सारी जिज्ञासाएँ मक्खियों के समान भिनभिनाती हैं।

"लाडो बीमार है।" किरायेदार सबको एक ही जवाब देता है।

"कितना बुखार है?" जलोटा साहब पूछते हैं।

गुणवन्ती अपनी मुट्ठी में पकड़ा रूमाल खोलकर उसमें से लाडो को लगाया गया थर्मामीटर निकालकर उसे पकड़ा देती है।

"आपसे हमारा परिचय नहीं हुआ।" खन्ना साहब पार्वती की ओर देखते हुए नये किरायेदार से कहते हैं।

"जी, मैं सेठी हूँ।" किरायेदार अपने नाम से कटाया हुआ डॉक्टर का बिल उन्हें दे देता है, "यूनिवर्सिटी में पढ़ाता हूँ।"

"आपसे मिलकर बहुत खुशी हुई, प्रोफेसर साहब!" जलोटा अपने दाँत दिखाकर, जेब से बेबी टूथ-ब्रश निकालता है और दाँत साफ करने लगता है।

मैंने घड़ी में अलार्म लगा दिया है।" सेठी गुणवन्ती से कहता है, "जब अलार्म बजे आप लाडो को दवा दे दें।"

"या जब दवा दूँ तो अलार्म बजा दूँ?" गुणवन्ती पूछती है।

दस

"पार्वती तो वेश्या हो गयी है बेशरम।" खन्ना अपने घर में घुसते हुए कहता है, "आगे वह मारिया ही कम थी। अब तो वह कोनेवाली कोठी के नौकर की बेटी को भी पर निकल रहे हैं। पर यह साली तो बहुत बेशरम हो गयी है। नौ बजे बत्ती बन्द कर दी और साढ़े दस बजे अपने खसम को विदा कर रही थी। हरामजादी, कुतिया...!"

"बड़ी बेवकूफ औरत है यह गुणवन्ती!" सेठी अपनी पत्नी से कहता है, "यह अपनी बच्ची को कैसे सँभालेगी। बूढ़ी हो गयी पर थर्मामीटर तक इसे देखना नहीं आता। घड़ी में टाइम भी नहीं देख सकती और वह भगत चल दिया है टूर पर..."

"तुम भगत को तार ही दे दो।" उसकी पत्नी कहती है।

"वह तो मैं कल दे दूँगा। पर तार पहुँचने में और उसके वापस लौटने में कुछ देर तो लगेगी ही न। तब तक क्या होगा? कितने भक्ति-भाव से कहती है, "भगतजी को तार दे दो...भगतजी जैसे टूर पर न गया हो, तीर्थ करने गया हो'..."

"यह प्रोफेसर अच्छा आदमी लगता है।" जलोटा अपनी पत्नी से कहता है, "लाडो को डॉक्टर के पास ले गया। दवा ले आया। पर यह गुणवन्ती अजीब औरत है। हम बरसों से यहाँ रह रहे हैं और वह चली गयी प्रोफेसर को बुलाने। हमने भी आखिर बच्चे पालकर बड़े किये हैं, हमसे तो सलाह ले लेती। और यह पार्वती! इसे तो अपने खसमों से ही फुरसत नहीं है।"

"तुम्हें क्या तकलीफ है?" जलोटा की पत्नी कहती है।

"तकलीफ क्यों नहीं है!" जलोटा गुस्से में कहता है, "हमारे होते हुए वह मुहल्ले के बाहर से मर्द इम्पोर्ट करे, यह हमारी साफ-साफ इंसल्ट है।"

'बकवास मत करो!" जलोटा की पत्नी के स्वर में क्रोध एकदम नहीं है।

ग्यारह

पार्वती मिसेज सेठी के पास धरना दिये बैठी है।

"क्या बताऊँ, बहनजी!" वह बता रही है, "बड़े गुस्सेवाले हैं ये गुड्डी के अंकल! अरे, वही इनके दोस्त! जो इनके पीछे से हमारी देखभाल करते हैं। रात मुझसे लड़कर गये थे। सोचा था, अब कभी नहीं आयेंगे। सुबह होते ही फिर आ गये। मैंने पूछा, 'अब क्यों आ गये?' तो कहने लगे, 'बस आ गये। तुम्हारे बिना दिल नहीं लगता।' बच्चों से तो उनका ऐसा दिल लग गया है कि आये बिना रह नहीं सकते।"

मिसेज सेठी चुपचाप उसे देखती रहती हैं।

"अच्छा बहनजी! मुझे जरा अंग्रेजी पढ़ा दो न! तुम तो पढ़ी-लिखी हो। मेरा तो कल से दिल काँप रहा है।" पार्वती कहती है, "इन्होंने...अरे, गुड्डी ने डैडी ने जर्मनी से चिट्ठी में लिखा है, तुमने यदि अंग्रेजी नहीं पढ़ी तो तुम्हें कभी जर्मनी नहीं बुलाऊँगा। मैं तो बहुत पछता रही हूँ उन्हें भेजकर। मुझे क्या पता था कि यह मुसीबत सिर आयेगी।" वह एक क्षण रुककर कहती है, "मर्द घर पर न हो तो लोग बदनाम करने लगते हैं। मेरी तो अपनी सास बदनाम करने लगी, इस कलमुँही मिसेज शर्मा के साथ मिलकर। कहने लगी कि तूने गुड्डी के अंकल को खसम बना लिया है। मैंने कहा, 'अम्माँ! अपनी बहू के बारे में ऐसी बात मुँह से नहीं निकालनी चाहिए और जब निकाली है तो भोग।' मैंने अपनी सास को भी गाँव भेज दिया और मिसेज शर्मा से भी मकान खाली करवा लिया। ये हमारे किरायेदार थे न पहले। और फिर गुड्डी के डैडी को चिट्ठी में भी लिख दिया सब-कुछ...तो आप अंग्रेजी पढ़ा देंगी मुझे?"

"आप अंग्रेजी पढ़ना क्यों चाहती हैं?" मिसेज सेठी पूछती हैं।

"अब देखो न! उन्हें तो भेज दिया जर्मनी।" पार्वती कहती है, "अब बच्चे यहाँ मुझसे सँभलते नहीं। मेरी तो जान आफत में आ गयी है। बच्चों की पढ़ाई के लिए मैं अकेली यहाँ रही और बच्चे हैं कि पढ़ नहीं रहे। वे देखेंगे कि बच्चों की पढ़ाई ठीक नहीं चल रही, तो मुझे तो वे मार ही डालेंगे। उन्हें जर्मनी क्या भेज दिया, मेरा

तो जीवन ही वीरान हो गया।" पंक्चर ट्यूब में से हवा निकलने के समान पार्वती के फफकने का स्वर होता है, "अब वे कहते हैं कि मुझे बुलायेंगे ही नहीं। मुझे अंग्रेजी नहीं आती तो क्या करूँ। मेरा क्या दोष? हाय! ऐसे तो वे मुझे छोड़ ही देंगे।"

"रोइये मत।" मिसेज सेठी कहती हैं, "आप अंग्रेजी क्यों पढ़ना चाहती हैं? जर्मनी में कोई अंग्रेजी समझता ही नहीं, वहाँ तो लोग जर्मन बोलते हैं। अंग्रेजी के गुलाम हम रहे हैं, वे नहीं।"

"अच्छा!" पार्वती खुश हो जाती है, "तो वे मेरे साथ मजाक कर रहे होंगे। बड़े मजाकिया हैं वे। अब आयेंगे..."

"मैंने भी सुना है।" मिसेज सेठी बात टाल जाती हैं।

"क्या?"

"कि वे मजाकिया हैं।"

"अरे बहनजी!" पार्वती बड़ी सतर्क आवाज में कहती है, "यहाँ सावधान रहना। सुनी-सुनायी बात पर विश्वास मत करना। यह मुहल्ला बहुत ही खराब है। गुणवन्ती से तुम होशियार ही रहना।"

"क्यों, क्या बात है?" मिसेज सेठी पूछती हैं।

"बात क्या है, उसकी नजर तुम्हारे घरवाले पर है। और यह मुहल्ला तो है ही रंडियों का। यह हमारा बगलवाला मकान है न। अरे, यही शर्मावाला।"

"हाँ-हाँ!" मिसेज सेठी कहती हैं।

"उसमें पहले एक आदमी रहता था। क्या भला-सा नाम था—कबूतरा या कबूतर। रोज उसके घर में एक नयी औरत थी। मैं हैरान कि मामला क्या है। जिससे पूछो, 'तुम कौन?' वही कहे, 'मैं इनकी घरवाली।' मैं समझ गयी। मैंने सब मुहल्लेवालों से कहा, "एक हो जाओ!" मुहल्लेवाले जमा हो गये। एक दिन रँगे हाथों पकड़ा गया कबूतरा। निकालकर बाहर किया।

"और अब वह मकान शर्मा के पास है। शर्मा ने भी एक रंडी रखी हुई है। उसी के पीछे रोज मारपीट होती है। आपकी तो कमाल की नींद है। रात-भर आराम से सोती रहीं आप। नहीं तो यह सारा मुहल्ला जाग गया था। शर्मा वैसे तो अच्छा करता है। इस हरामजादी को पीटता है। पर वह बेटी...इसको इसी तरह पीटता रहा, तो यह किसी दिन किसी और के साथ भाग जायेगी...हाँ, वैसे आप इससे भी बचकर रहियेगा।"

"ग्रामोफोन का घिसा हुआ रिकार्ड।" पार्वती के सीढ़ियाँ उतर जाने के बाद मिसेज सेठी कहती हैं।

बारह

गुणवन्ती का कीर्तन चल रहा है :

"अच्छा, मेरे बच्चे का हाल पूछने आयी। अरे, मैं कहती हूँ कीड़े पड़ेंगे कीड़े।

इससे अच्छा था न आती हाल पूछने। सिर्फ तुम आयी, पार्वती। और कोई आया ही नहीं। या फिर आये तुम्हारे बच्चे...”

“क्या बात है?” सेठी अभी सोकर उठा और नाइट-सूट में ही लाडो का हाल पूछने ऊपर चला आया था।

“होना क्या है, भाई साहब! यही पार्वती थी और कौन आया यहाँ!” वह आलाप लेती है।

“आप जरा धीरे बोलें।” सेठी अपनी बुशर्ट फाड़कर दोनों कानों में ठूँस लेता है, “बीमार बच्चे के पास इतनी जोर से नहीं बोलना चाहिए।”

“ठीक है।” गुणवन्ती धीरे से कहती है और फिर खराब रेडियो के समान उसका वौल्यूम अपने आप ऊँचा हो जाता है, “पचीस रुपये थे पूरे। चाँदी के नहीं, कागज के थे, पर फिर ही हजम नहीं होंगे। मेरा क्या है, मैं तो सह जाऊँगी। पर यह कोई अच्छी बात तो नहीं है।”

“आप कैसे कहती हैं कि पैसे उन्होंने चुराये हैं?” सेठी कहता है, “कोई और भी तो आया हो सकता है। रात को इतने लोग थे। मैं भी था। सवेरे आपका दूधवाला भी आया था। मैं भी आया हूँ। हो सकता है, मैंने ही चुराये हों।”

“अरे नहीं, भाई साहब! आप तो मजाक करते हैं।” गुणवन्ती के भजन में आरोह आ जाता है, “मैंने अपने छोटे बटुए में पचीस रुपये डालकर यहाँ मेज पर रखे थे। और कोई नहीं आया। और किसी को चोरी की आदत भी नहीं है। यह पार्वती या उसके बच्चों में से ही किसी ने उठाये हैं। बच्चे की तबीयत पूछने के बहाने मेरे पचीस रुपये चुराकर ले गयी। हद है। अब आये तो कोई, टाँगें न तोड़ दीं तो! और किराया भी नहीं दूँगी इसे इस महीने। देखती हूँ कैसे लेती है...!”

“मैं डॉक्टर से दवाई ले आऊँ।”

गुणवन्ती की आवाज नीचे नहीं उतरती, सेठी घबराकर नीचे उतर जाता है।

तेरह

“मोची...ई...ई...ई।”

गली में से मोची की सवारी जा रही है।

“पानी पीओगे, भैयाजी?” गुप्ता की आया मरिया अपने बरामदे में खड़ी पूछती है, “ठंडा है फ्रिज का।”

“नहीं!” मोची आगे बढ़ जाता है। वह नया है शायद। अभी मरिया के महत्त्व को नहीं जानता।

“न सही!” मरिया मुँह बनाती है। वहीं पैरों के भार उकड़ू बैठ जाती है और अंजली में बोतल का पानी उँडेलकर पीने लगती है।

“सूअर की औलाद!” अब मिसेज जलोटा अपने गेट पर से दाँत पीस रही हैं।

उन्हें मरिया हमेशा से अपने बड़े लड़के के लिए खतरा लगती रही है।

"सब्जीवाले भैया!" मरिया बोतल रखकर खड़ी हो जाती है, "कल सब्जी तुम खराब दे गये। मेम साहब नाराज हो रहे थे। ऐसा मत किया करो, भैया! ऐसा तो ठीक नहीं है।" वह फिर हँस देती है।

सब्जीवाला साइकिल के पीछे बँधी टोकरी में पड़े गोभी के फूल की तरह खिल उठता है, "तुम्हें मैं खराब सब्जी नहीं देता, आयाजी! ऐसा मजाक करके मेरा दिल मत तोड़ो।"

"अच्छा जाओ, जाओ! मजाक नहीं करता।" मारिया कहती है, "पानी पियोगे? ठंडा, फ्रिज का?"

"पिला दो!" सब्जीवाला अपने दाँतों की वैसे ही प्रदर्शनी करता है जैसे डेंटिस्ट के शो-केस में दाँतों का सेट पड़ा होता है।

मरिया पानी की बोलत लेने भीतर चली जाती है।

चौदह

मिसेज शर्मा मिसेज सेठी से जान-पहचान करने आयी हैं।

"आप नहीं जानतीं, बहनजी!" वह कहती है, "आप सेठी साहब को तो बचाकर ही रखें इस पार्वती से। अरे, इसका क्या है, इसे तो मर्द चाहिए और फिर सेठी साहब तो इतने सुन्दर हैं।" ठूँठ पर सूर्य की डूबती किरणों के समान उसके मुख पर शरम पसर जाती है, "क्या बताऊँ आपको! इसका कोई ठिकाना नहीं है। चौकीदार है न वह दूसरे ब्लॉकवाला। वह आता है इसके पास! इसकी बत्ती काफी देर तक जलती है। वह रात को आ जाता है। घंटे-भर इसकी चौकीदारी करने के बाद चला जाता है। इसकी देखभाल करने आता है। इसे जिस चीज की जरूरत होती है, दे जाता है। आदमी इसका परदेस में है, तो जरूरत तो इसे होगी ही न! पर कुछ सोचना तो चाहिए इसे। एक चौकीदार! छिः-छिः! लानत है! यह औरत है। कुतिया भी कुत्ते को देखभाल लेती है। यह तो..."

"आपके मकान के बारे में कह रही थी एक दिन..." मिसेज सेठी धीरे से गुनगुनाती है।

"हाँ, पहले यहाँ रहता था कोई।" मिसेज शर्मा कहती हैं, "उसके यहाँ रंडियाँ आती थीं। उससे मकान खाली करवा लिया गया। अजी, इसमें मकान का क्या दोष है। हम वहाँ रहेंगे तो क्या खराब हो जायेंगे। कोई पेड़ पर रहेगा तो लंगूर हो जायेगा क्या? वह तो ऐसे ही रोज नियम से बकवास करती है। आदत है उसकी। आप आइये न कभी हमारे घर।"

"आऊँगी।" मिसेज सेठी कहती हैं, "मैं तो अभी किसी को जानती भी नहीं।"

"मैं सबसे मुलाकात करवा दूँगी आपकी।" मिसेज शर्मा कहती हैं, "आप आइये तो! यहाँ तो एक से एक लोग हैं। मुहल्ले में कुछ बड़े खराब लोग भी आ गये हैं। वह कोनेवाली कोठी है न! वहाँ एक अकेला है मुस्टंडा। रोज कार में किसी न किसी लड़की को लेकर आता है। शराब भी इतनी पीता है। क्या बताऊँ, आजकल तो लड़कियों का भी दिमाग खराब हो गया है। किसे क्या दोष दें। पीछे पड़ जाती हैं। न जात देखें, न पाँत। न ब्याहा, न कुँआरा..."

"कोनेवाले मकान में तो कोई घटिया-सा आदमी रहता है।" मिसेज सेठी कहती हैं।

"अजी, कहाँ!" मिसेज शर्मा अपनी आवाज को पाँच सौ पौंड वजन से दबाकर कहती है, "वह तो नौकर है। एक बेटी भी है उसकी। दोनों बाप-बेटी मालिक की सेवा करते हैं। वह तीन सौ रुपये देता है इसको। आप ही देखें, लड़की की जवानी कपड़े फाड़ रही है। भला कुँआरी लड़की का ऐसा शरीर कहाँ। जब मालिक की उसकी जरूरत नहीं होती, तो छत पर खड़ी गली में आने-जानेवालों से आँखें लड़ाती रहती है। बाकी समय तो उसके बेडरूम में ही घुसी रहती है।"

पन्द्रह

"हाय, मेरी बच्ची!" गुणवन्ती रो रही है, "तुझे क्या हो गया! हाय, भगतजी भी नहीं आये। हाय! क्या होगा? भगतजी मुझे जीता नहीं छोड़ेंगे ओ मेरी बच्ची..."

"चुप कर न!" लाडो आँखें खोलकर धीरे से झिड़कती है और आँखें बन्द कर लेती है, जैसे आँधी के झोंके से खिड़की खुले और फिर फटाक् से बन्द हो जाये।

गुणवन्ती के स्वर में बर्नोल की ठण्डक का-सा उत्सह आ जाता है, "तू बोली, मेरी बच्ची! कैसाजी है तेरा, लाडो!"

"चुप कर!" लाडो धमकी देती है, "ऐसे परेशान करेगी तो मैं मर जाऊँगी।"

"नहीं, लाडो! नहीं।" गुणवन्ती के चेहरे पर सियार के ब्याह की-सी धूप भी है और रिमझिम भी।

"क्या हाल है लाडो का?" सेठी पूछता है। वह भयभीत चूहे-सा अभी ऊपर आया है।

"ठीक है। आप ही देख लो, भाई साहब!" गुणवन्ती कहती है, "मुझे तो कुछ समझ में नहीं आता।"

"रात को ठीक से सोयी लाडो?" सेठी पूछता है।

"यह सो जाती थी तो मैं घबरा जाती थी।" गुणवन्ती कहती है, "मैं रात-भर इससे बातें करने की कोशिश करती रही।"

"मम्मी मुझे सोने नहीं देती।" लाडो शिकायत करती है।

"बीमार बच्चे को आराम की जरूरत होती है।" सेठी कहता है, "उसे सोने दें।

दवाई दे रही हैं?"

"हाँ जी।" गुणवन्ती पूछती है, "आपने भगतजी को तार दे दिया था?"

"दे दिया था।"

"सिंगल या डबल?"

"डबल।"

"क्या लिखा था?"

"लिखा था, लाडो बीमार है, जल्दी आ जायें।"

"अच्छा भाई साहब, देखा आपने!" गुणवन्ती का 'लीजिये फिर सुनिये' कार्यक्रम आरम्भ होता है, "कैसे चोर हैं यहाँ के लोग! पार्वती ने अभी तक मेरे पचीस रुपये नहीं लौटाये। सारी दुनिया जानती है, उसके बच्चों की चोरी की आदत है। मैं कहती हूँ, कीड़े पड़ेंगे..."

"बीमार बच्चे के सामने चिल्लायें नहीं।" सेठी उसका स्विच ऑफ कर देता है।

सोलह

पार्वती के घर सवेरे से दूसरे ब्लॉक के चौकीदार की ड्यूटी लगी हुई है।

"प्रभुदयाल!" बच्चे पूछते हैं, "मीट लाये?"

"हाँ लाया हूँ।" चौकीदार मीटवाला लिफाफा पार्वती को देता है, "बीबीजी! मीट बनाओ।"

"आज मीट बनेगा।" चिल्लाते हुए बच्चे गली में भाग जाते हैं।

"प्रभुदयाल!" पार्वती कहती है, "राशन भी लाना है और आटा भी पिसाना है।"

"कर दूँगा।" प्रभुदयाल कहता है, "दिन में बच्चे सो जायेंगे कि रात को फिर आना पड़ेगा।"

"बच्चों को खेलने भेज दूँगी।" पार्वती कहती है, "पहले जो कहा, वह तो कर।"

प्रभुदयाल हँसता है, "अच्छा, राशन कार्ड दे दो, बीवीजी।"

वह राशन लेने चला जाता है और पार्वती बालों में लगाने के लिए फूल तोड़ने लगती है।

सत्रह

मरिया अपनी मेमसाहब को सुना रही है :

"हमसे सेठी मेमसाहब ने कहा, 'मरिया, हमको भी अपना माफिक आया ला दो।' हमने बोला, 'मेमसाहब, आया मिल जायेगा। एक्सिलेंट कुछ भी होयेगा। घर का सारा देखभाल करेगा। पर कपड़ा नहीं धोयेगा और साहब का दिल नहीं बहलायेगा।

हम लोग ऐसा काम नहीं करता।"

"तब क्या कहा सेठी मेमसाहब ने?" मिसेज गुप्ता उत्सुकता से पूछती हैं।

"सेठी मेमसाहब बोला, 'ठीक है।' हम पूछा, 'पैसा कितना देगा?' तो वह पूछा, 'कितना लेगा?' हम बोला, 'खाना-कपड़ा, रहने का कमरा और सौ रुपया नगद'।"

"तब क्या बोला सेठी मेमसाहब ने?" मिसेज गुप्ता फिर पूछती हैं।

"कुछ नहीं बोला सेठी मेमसाहब। चुपचाप लौट गया।" मरिया कहती है।

"सब कमीने लोग हैं।" मिसेज गुप्ता कहती है, "न तौर न तरीका। न रहने का ढंग, न बातचीत का। बड़े आये आया रखनेवाले! मरिया, तुझे मैंने कहा था न कि इसी गली की औरतों से एकदम बात नहीं करनी है।"

"कहा था, मेमसाहब।"

"फिर क्यों की?"

"मेमसाहब!" मरिया कहती है, "वह अपने-आप हमसे बात किया। आगे से नहीं करेगा, मेमसाहब।"

"ठीक है।" मिसेज गुप्ता अपने कुत्ते की जुराबें निट करने लगती हैं।

"मेमसाहब!" मरिया फिर कहती है।

"हाँ।"

"आज शाम को टेलीविजन देखेगा न?"

"हाँ।"

"मेमसाहब! हमारा पोस्टमैन भी देखना माँगता था। हम उसे आ जाने को बोला था।" मरिया कहती है।

"ठीक है, वह गली के बाहर का है।"

अठारह

"लाडो का क्या हाल है?" मिसेज सेठी पूछती हैं।

"ठीक है। आप देख लो। मुझे तो पता नहीं चलता।" गुणवन्ती कहती है, "सवेरे भाई साहब जो दवाई दे गये थे, वही दे रही हूँ। आप लोग बहुत सेवा कर रहे हैं लाडो की। और एक वह है, पार्वती। कमीनी! मेरे पचीस रुपये चुराकर ले गयी।"

"आप बीमार बच्चे के सामने ऐसी बातें न करें..." मिसेज सेठी की तबीयत खराब होने लगती है।

"वह तो ठीक है।" गुणवन्ती कहती है, "पर देखो कितना फरक है, शहर के लोगों में। मैं तो बहुत चिन्तित थी। आपने सब ठीक कर दिया। अब भगतजी आ जायें... अब देखो तो भगतजी कहते हैं कि सरकारी कोठी मिलनेवाली है। हम कोठी ले लेंगे। मैं कहती हूँ, हमें कोठी का क्या करना है। वहाँ मैं कैसे रहूँगी अकेली, मुझे

तो क्वार्टर चाहिए, जहाँ आसपास अपने जैसे भाई-बन्धु हों। एक आप हैं और एक जलोटा साहब। बड़े मिलनसार! नहीं तो सारा मुहल्ला कमीनों का है। आप जानती हैं...”

“क्या?” मिसेज सेठी पूछती है।

“मैंने तो रंडी भी इसी मुहल्ले में आकर पहली बार देखी। यह शर्मावाला घर है न, इसमें पहले आती थीं। मैंने कभी कोई रंडी नहीं देखी थी। मैंने भगतजी से कहा, ‘हैं जी, यह रंडी कैसी होती है?’ वे बोले, किसी दिन दिखा देंगे।”

“एक दिन मैंने देखा, एक कार आकर इस घर के सामने रुकी। मैंने झाँककर देखा, उसमें एक लड़की बैठी थी। गोरी-चिट्टी लड़की। साड़ी बाँधे थी और दो चोटियाँ की हुई थीं। भगतजी बोले, ‘यह रंडी है।’ मैं बोली, ‘हैं! नहीं जी। यह तो एक लड़की है।’ वे बोले, ‘रंडी भी तो लड़की ही होती है।’ सच कहती हूँ, बहनजी! मैंने जीवन में पहली बार वह रंडी देखी थी। या फिर यह देखी है पार्वती। यह भी कम नहीं है किसी रंडी से।”

उन्नीस

मीट बनकर तैयार हो गया है।

प्रभुदयाल राशन भी ले आया है। आटा भी पिसा लाया है।

“मम्मी, हमें मीट दो।”

“मम्मी, हमको रोटी दो।” बच्चे चिल्ला रहे हैं।

“देती हूँ, मरो! यहाँ बैठ जाओ।”

पार्वती जमीन पर चटाई बिछा देती है।

बच्चे अपनी-अपनी थाली और कटोरी लेकर पंगत में बैठ जाते हैं। पार्वती सबको दो-दो रोटियाँ देती है और कटोरी में मीट डाल देती है।

“मम्मी, हमको एक बोटी कम मिली है।”

“मम्मी, हमको तरी चाहिए।”

“मम्मी, देखो इसने मेरी बोटी ले ली।”

“चुप करो, भुक्खड़ो! चुप रहो।”

पार्वती मीट का पतीला लेकर भीतर चली जाती है।

प्रभुदयाल मेज पर बैठा इन्तजार कर रहा है।

“बच्चों को खेलने भेज दिया?” प्रभुदयाल ओलम्पिक खेलों में भारत के खिलाड़ियों को विजय के लिए बहुत चिन्तित है।

“खाना खा लें तो भेज देती हूँ।” पार्वती अपनी नायलॉन की साड़ी में से पेटीकोट पर बना हुआ लाल फूल दिखाती है।

बीस

मिसेज खन्ना मिसेज शर्मा से मिलने आयी हैं। वार्ता चौरासी वैष्णवन की।

"रात को खन्ना साहब की तबीयत खराब थी। हम रात-भर जागते रहे। उनकी खाँसी ही नहीं थम रही थी। रात-भर गुणवन्ती की बत्ती भी जलती रही..."

"हाँ, उसकी लाडो बीमार है।" मिसेज शर्मा कहती हैं।

"अजी, सभी बीमार हैं।" मिसेज खन्ना हँसते हुए कस्टर्ड का डकार लेती हैं और अपनी बायीं आँख को ट्रैफिक की जलती-बुझती नारंगी बत्ती की तरह झपका देती हैं, "जलती बत्ती देखकर जलोटा साहब को भी नींद नहीं आयी। रात को दो बजे लाडो का हाल पूछने गये थे।"

"रात को दो बजे!" मिसेज शर्मा की आँखें रोलिंग शटर्स की तरह खट से खुल जाती हैं, "नहीं, तुम मजाक कर रही हो।"

"अरे नहीं, तुम्हारी कसम!" मिसेज खन्ना कहती हैं, "सच कह रही हूँ। जलोटा आधा घंटा वहाँ रहा। मैंने खन्ना साहब को भी दिखाया। नींद उन्हें भी नहीं आ रही थी। कहने लगे, "आओ, हम भी कुछ कर डालें।' और मुझे लगता है कि मैं फिर फँस गयी हूँ..."

"बड़ी बुरी बात है।" मिसेज शर्मा देश के पतन से बहुत दुखी हैं, "यह साली पार्वती को बदनाम करती थी और खुद क्या है? सब सालियाँ कोनेवाली कोठी के नौकर की बेटी और गुप्ता की आया मरिया जैसी होती जा रही हैं।"

"हमें क्या!" मिसेज खन्ना वैरागिन मीराँ के समान उदासीन है, "खुद भुगतेंगी।"

"हाँ!" मिसेज शर्मा अचानक रोशनी पाकर फड़फड़ाते चमगादड़ के समान चौंकती हैं, "तुमने कहा था फिर फँस गयी हो?"

"हाँ!" मिसेज खन्ना के मुख पर लाल रंग का ईरानी कालीन बिछ जाता है।

"तुम्हारा क्या है, औरत थोड़ी हो, गाय हो। हर साल ब्याई जाती हो।" मिसेज शर्मा की जीभ लाल तिकोन बन जाती है।

"तुम्हें क्यों चिढ़ लगती है!" मिसेज शर्मा कहती हैं, "सबके घरवाले के समान रंडियों के पीछे थोड़े ही भागते हैं।"

इक्कीस

पार्वती मिसेज सेठी को डाक देने आयी है।

"बहनजी! आपकी चिट्ठियाँ।"

"सब हमारी हैं क्या?" मिसेज सेठी बात करने की औपचारिकता निभाती हैं।

"हाँ, आज तो सब आपकी है।" पार्वती चुने हुए पुराने रिकार्ड सुनाती है, "हमारी

तो सोमवार और बृहस्पतिवार को ही आती हैं जर्मनी से। मैं तो बहुत पछता रही हूँ बहनजी, उनको भेजकर। क्या कहूँ! अब तो जीवन में कोई रस ही नहीं रहा। भला तुम ही बताओ, हफ्ते में दो चिट्ठियों से क्या होता है। चिट्ठियों के सहारे कोई कब तक जीवन काटेगा...”

पार्वती की आँखों से आँसुओं के साथ गीद बहने लगती है, “आज सवेरे से तो मन बहुत ही उदास है। उनकी बहुत याद आ रही है। कल रात-भर में सो नहीं पायी। रोती रही। तकिया भिगो डाला। अब सोच रही हूँ तकिया उधेड़कर उसकी रुई धूप में सुखा डालूँ, नहीं तो बदबू मारने लगेगा।”

मृतात्मा के शोक में क्षणभर चुप रहने के समान रुककर वह कहती है, “वे यहाँ होते तो काहे को यह सब करना पड़ता। क्यों रोती मैं, क्यों मेरे बच्चे तरसते! आज तो घर में आटा भी नहीं था। भला हो प्रभुदयाल का! गरीब राशन भी ले आया और आटा भी पिसाकर दे गया, नहीं तो आज बच्चे भूखे ही रहते।

“वे यहाँ थे, तो हमारे पास अपना स्कूटर भी था न। स्कूटर पर टाँग धरी और चल दिये। आनन-फानन सारे काम हो जाया करते। कोई तकलीफ ही नहीं थी। अब पता नहीं वे दिन कब आयेंगे।

“अब तो जान की मुसीबत ही है। कल बैंक जाना था, काम होता है तो जाना पड़ता है। क्या भला-सा नाम है उसका! बस मैं उसी के पास सीधी चली गयी। अरे वही, हमारी पुरानी किरायेदारिन का भतीजा। उसी ने, भगवान भला करे उसका, मेरा सारा काम जल्दी-जल्दी करवा दिया। फिर बोला, ‘चलिये, आपको चाय पिलायें।’ मैंने मना कर दिया तो बोला, ‘तो कोकाकोला पी लीजिये।’ पर पिलायी उसने, क्या भला-सा नाम है, गोल्ड स्पाट। उसने इतनी बार कहा तो फिर पीना ही पड़ा। अब उससे काम कराया था तो उसकी बात टाल तो नहीं सकती थी न। उसके साथ मुझे कितने ही लोगों ने देखा होगा। कोई यह तो नहीं सोचता कि अकेली औरत के साथ कितनी मुसीबत होती है। बातें बनाने को सभी तैयार...”

“और अब तो कितने ही दिनों से बच्चों के अंकल भी नहीं आये!” विरह के सारे दरिया पार्वती के हृदय—हिन्द महासागर में गिरते हैं।

“दिल भी यारब्ब कई दिये होते...” मिसेज सेठी गुनगुनाती हैं।

बाईस

भगतजी मन्दिर में आ गये और सन्त समागम हो रहा है। गुणवन्ती के चहकने की आवाज लाउडस्पीकरवाले कीर्तन के समान गली के बाहर सुनायी पड़ने लगी है।

सेठी लाडो का हाल पूछने जाता है।

भगतजी उसके स्वागत में ‘कोएर मैट’ के समान बिछ जाते हैं।

“अच्छा, सेठी साहब!” वे पूछते हैं, “आपने मुझे तार सिंगल दिया था या डबल?

गुणवन्ती कह रही थी कि आपने डबल तार दिया था और मुझे जो मिला, वह सिंगल ही था। एक रास्ते में झड़ गया लगता है।"

"बात यह है, भगतजी!" सेठी प्रार्थना करता है, 'आपको सिंगल तार भी सवेरे ही मिलना था और डबल भी। मैंने सोचा, पैसे क्यों वेस्ट किये जायें, इसलिए सिंगल तार दिया। ये बहुत घबरायी हुई थीं, इसलिए इनको डबल बता दिया। वैसे इतनी घबराहट के मारे बहुत झूठ बोलना पड़ा। एक सौ चार बुखार को भी एक सौ ही बताता रहा।"

"तो इसका मतलब है, आप झूठ भी हैं?" गुणवन्ती दरवाजे के पीछे से अपनी लजीली मुसकान थोक के हिसाब से डिस्पैच करती है।

"जी!" सेठी का चेहरा द्विवेदीकालीन गद्य बन जाता है।

"आपने बहुत काम किया!" भगतजी प्रार्थना में आँखें बन्द कर लेते हैं।

'आप नहीं थे, इसलिए करना पड़ा।" सेठी कन्फैस करता है, "अब आप आ गये हैं, इसलिए नहीं करूँगा।"

"हा-हा-हा।" भगतजी अनहदनाद करते हैं।

तेईस

शर्मा अभी-अभी हफ्ता-भर बाहर रहकर लौटा है और उसके घर में सरकस के टेंट गड़ गये हैं। चीख-चिंघाड़ शुरू हो गयी है। भीतर के क़टखने कुत्तों के लड़ने का स्वर आ रहा है।

"मैं देखती हूँ तुम कैसे ले जाते हो!" मिसेज शर्मा पंडित जवाहरलाल नेहरू के स्वर में चीन को चुनौती देती हैं।

"देखो, और जी भरकर देखो।" शर्मा कहता है, "और एक बात कान खोलकर सुने लो, यह घर मेरा है। यहाँ वही रहेगा, जिसे मैं चाहूँगा। तुम निकल जाओ यहाँ से, मैं तुम्हारी शकल नहीं देखना चाहता है।"

"मेरी शकल नहीं देखना चाहते, जिसे तुम ब्याहकर लाये हो, जो तुम्हारे बच्चों की माँ है!" मिसेज शर्मा, शर्मा से भी एक फ्लोर ऊपर से बोलती है, "और उस कुतिया के तलवे चाटोगे जो किसी दिन तुम्हारे मुँह पर पेशाब करके चली जायेगी!"

"चुप, हरामजादी!" शर्मा के मुँह में पेशाब का स्वाद भर आता है।

"मैं आज ही ससुरजी को चिट्ठी लिखूँगी।" मिसेज शर्मा, शर्मा पर संडास की दुर्गन्ध छोड़ती हैं।

"चिट्ठी क्यों लिखती है, खुद ही क्यों नहीं चली जाती उस खूसट के पास! उसकी जवानी पर भी काई जमे।"

शर्मा उसे घसीटता हुआ पिछले स्टोर में धकेल देता है और दरवाजे की कुंडी लगा देता है।

बच्चे दरवाजे के पास खड़े होकर उसकी दरार से अपना सजैशन भीतर डालते हैं "मम्मी, तुम अपने ब्याव फ्रैंड से डैडी की गर्ल फ्रैंड को क्यों नहीं पिटवातीं!"

शर्मा बाहर खड़े मजदूरों को बुला लाता है। वे लोग डाइनिंग रूम में से फ्रिज उठाकर बाहर खड़े टैम्पो में रखते हैं और चले जाते हैं।

शर्मा उनके पीछे अपने स्कूटर पर चलता है : चल चल रे नौजवान...

"और खा ले बर्फ। और माँग बर्फ के पैसे। कमीनी! कमजात!" मिसेज खन्ना अपने गेट पर खड़ी-खड़ी मिसेज शर्मा के सोहाग गाती हैं।

चौबीस

"चिट्ठी ले लो, मरियाजी!" डाकिया गुप्ता की आया को आवाज देता है।

"किसकी चिट्ठी है?" मरिया पेरी की मिठाई जैसी मीठी आवाज में पूछती है।

"यह तो चिट्ठी पढ़कर ही बता सकता हूँ।" डाकिया मरिया के हाथ से फिर बैरंग चिट्ठी झपट लेता है।

"नहीं, रहने दो!" मरिया उसके कन्धे पर हाथ रख, उसकी पकड़ पिघला लेती है और चिट्ठी वापस ले लेती है, "पानी पियोगे?"

"पानी क्यों पिलाती हो, मरियाजी?" डाकिया अपनी आँखों में बड़े-बड़े मनीआर्डर भरकर कहता है।

"प्यास बुझाने को!" मरिया मुग्ध नायिका-सी भोली बन जाती है।

"हाय! प्यास ही तो बुझती नहीं।" डाकिया सारे मनीआर्डर बैरंग लौटा देता है।

"ही-ही-ही।" मरिया बड़ी फिच्च्व से हँसकर, अपनी छत पर खड़ी कोने की कोठी के नौकर की बेटी को मुँह चिढ़ा देती है, "साली, अभी भी तेरे से मेरे आशिक ज्यादा हैं।"

"मरिया!" मिसेज गुप्ता आवाज लगाती हैं।

"जी, मेमसाहब!" मरिया भीतर चली जाती है।

"किससे बातें कर रही थी?" मिसेज गुप्ता पूछती है।

"किसी से नहीं, मेमसाहब!" मरिया कहती है, "शर्मा साहब अपनी वाइफ को पीट रहा था, उसी का शोर था।"

"अच्छा, भीतर बैठ। नहीं तो शर्मा वह फ्रिज लाकर तेरे आँचल में डाल देगा। कैसे-कैसे कमीने लोग आ बसे हैं इस कालोनी में।"

पचीस

अंकलजी का स्कूटर पार्वती के घर के बाहर खड़ा है।

'तुम पैदल क्यों नहीं आ जाते?" पार्वती कहती है, "अपना इश्तहार बाहर

छोड़कर आना बहुत जरूरी है?"

"अपना इश्तहार न लाऊँ तो रात को ग्यारह बजे तेरी सेज से उठकर पैदल घर जाऊँगा?" अंकलजी को अपनी पैदल चलती बारात याद आती है।

"अच्छा बाबा!" पार्वती भारत सरकार के प्रोटेस्ट नोट की सख्ती के साथ कहती है, "तुम बाहर लिखकर बोर्ड लटका आओ कि आज मैं पार्वती के साथ सोऊँगा।"

"बोर्ड तुम लटकाओ", अंकलजी की आवाज चीनी प्रोस्टेट के बराबर हो जाती है, "कि तुम चौकीदारों के साथ भी सोती हो। कोई भी हो, बस मर्द होना चाहिए।"

"बकवास मत करो!" पार्वती कहती है, "तुम्हें क्या हक है ऐसी बकवास करने का। नेम के पक्के हो तो जाओ अपनी औरत के पास सोओ। उसे पड़ोसियों के लिए छोड़कर मेरे पास क्या करने आते हो?"

"मैं तो तेरी देखभाल करने आता हूँ।" अंकलजी कहते हैं, "तू मेरे दोस्त की घरवाली न होती तो मैं क्यों आता तेरे पास!"

"दोस्त की घरवाली क्या इसीलिए होती है?" पार्वती विरोधी दल के नेताओं के समान पूछती है।

"और क्या दोस्त की पत्नी रंडी बनने को छोड़ देने के लिए होती है! मैंने सोचा मैं तेरी जरूरत पूरी कर दूँ ताकि तू सती बनी रहे, इधर-उधर न झाँके।" अंकलजी मित्रता के लिए प्राण देने को प्रस्तुत हैं, "अब मुझे उसको जर्मनी में लिखना पड़ेगा कि तू यहाँ एकदम गली की कुतिया बन गयी है।"

"अच्छा, जा फिर, जा-जा। इसी स्कूटर पर बैठकर जर्मनी चला जा।" पार्वती भाप से भरे प्रेशर कुकर की तरह सिसक उठती है, "मैंने तुझे अपना सब कुछ दिया भड़वे! और अब तू मेरे पास बकवास करने आया है! मेरे चरित्र पर लाँछन लगाता है! जा, चला जा!"

अंकलजी कुर्सी पर बैठकर बार-बार पहलू बदलने लगते हैं।

पार्वती अंकलजी को बैठा छोड़ा, मिसेज सेठी के पास चली जाती है, "बहनजी! मैं तो उन्हें जर्मनी भेजकर बहुत पछतायी। देखो न, आज तो चिट्ठी भी नहीं आयी। अब कोई चिट्ठी के बिना भी कैसे रहेगा..."

प्रेशर कुकर की भाप निकलने लगती है।

छब्बीस

मिसेज खन्ना मिसेज जलोटा के पास गयी हैं।

"अब देखो न, बहनजी!" वह शिकायत करती है, "इस कॉलोनी में लोग जाने कैसे हो गये हैं। कोई किसी से मिलना ही नहीं चाहता। उधर मिसेज गुप्ता हैं, मजाल है किसी से मिल जाये। अपने बच्चों तक को किसी के बच्चों के साथ खेलने नहीं

देती मुई! नकचढ़ी! मिसेज शर्मा भी अपने घर के झगड़ों के मारे निकलती ही नहीं। एक यह और आ गयी है मिसेज सेठी। दिनभर घर में घुसी रहती है। घर-घुसी पता नहीं क्या करती रहती है दिनभर। वह सेठी भी जाता है और घंटे-भर में लौट आता है। घर में घुसे क्या कीमियागिरी करते रहते हैं। एक बच्चा तक तो पैदा कर नहीं सके अभी तक..."

"पता नहीं क्या करते हैं ये।" मिसेज जलोटा अपना पूअर जनरल नॉलेज प्रदर्शित करती हैं, "गुणवन्ती के पास बहुत जाता था सेठी।"

"जाता होगा...उसके बेटे जैसा तो है।" मिसेज खन्ना वितृष्णा से कहती हैं, "मेरा तो खट्टे-खट्टे मुंड खाने को जी करता है।"

"मिसेज खन्ना! तुम फिर...?" मिसेज जलोटा की जिज्ञासा में लाल तिकोन की डॉट है।

"हाँ!" मिसेज खन्ना के मुख पर वीर प्रसविनी धरती का गर्व है। थोड़ी ही देर में वहाँ अरब देशों का आक्रोश आ जाता है, "वह है न मिसेज शर्मा! वह कहती है, मैं गाय हूँ, हर साल ब्याई जाती हूँ। अब कोई उससे पूछे, तेरी तेरे खसम से नहीं बनती तो और भी किसी के घर में खुशी न हो। और फिर क्या मेरे ही साथ है यह। वर्मा की बहू है, मिश्रा की बेटी है, जान की पत्नी है। मुझे तो लगता है कि अब सेठी की वाइफ भी..."

"हाँ जी! हाँ जी! लगता तो मुझे भी है।" मिसेज जलोटा देश की सम्मानित सरकार के समान अरब देशों की हाँ में हाँ मिलती है।

सत्ताईस

"चोर कहीं की!" गुणवन्ती का अर्चना-कार्यक्रम गली के सारे मकानों पर फहरा रहा है, "महीना हो गया मेरे पचीस रुपये नहीं लौटाये तूने। कीड़े पड़ेंगे, मैं कहती हूँ कीड़े...!"

"कीड़े पड़ेंगे तेरे!" पार्वती भारतीय संस्कृति का भाष्य करती है, "जो लोगों पर झूठी चोरी लगाती है। हम लाखों-हजारों में खेलनेवाले तेरे पचीस रुपये चुरायेंगे। कमीनी! बदजात! तूने जिन्दगी में पहली बार पैसा देखा है, हमने नहीं।"

"मीट बना मीट!" गुणवन्ती का वैल्यूम ऊँचा हो जाता है, "खसम को तेरे पता चले तो मुँह काला करके घर से निकाल दे!"

"मुझे निकाल भी दे, तो तुझे नहीं रखेगा।" पार्वती की हँसी में ट्रक का टायर फटने की ध्वनि है।

"प्रभुदयाल फिर आया है शायद!" मिसेज सेठी गुनगुनाती हैं।

"और भगतजी फिर टूर पर चले गये है शायद।" सेठी अपनी किताब लेकर बाथरूम में चला जाता है।

उपन्यास

आश्रितों का विद्रोह

आश्रितों का विद्रोह

राजधानी के एक बस-स्टॉप पर बहुत भीड़ थी। प्रतीक्षा में खड़े होनेवाले यात्रियों के लिए दिल्ली परिवहन के योग्य अधिकारियों ने लकड़ी का एक शेड बनवा रखा था। अपनी संस्कृति के समान ही, इस लकड़ी के शेड के बनवाये जाने के कारण के विषय में भी लोग एकमत नहीं हैं। एक स्वीकृत मत तो यह है कि यह शेड इसलिए बनवाया गया है कि बस की प्रतीक्षा के लिए अभिशप्त लोग, पंक्ति में खड़े होकर सर्दियों में धूप तथा गर्मियों में खुली हवा से वंचित रहें। एक अन्य विचार इसका सम्बन्ध एक पुरानी घटना से जोड़ता है। पहले जब यहाँ यह शेड नहीं था तो सर्दियों में ठण्ड खा, गर्मियों में धूप से पीड़ित हो तथा बरसातों में भीगकर लोग बड़े उदार मन से पीड़ित हो जाया करते थे। उन लोगों के कारण पास के अप्रतिष्ठित डॉक्टर की प्रैक्टिस खूब चल निकली थी। एक दिन दिल्ली परिवहन के एक अधिकारी का उस डॉक्टर के साथ किसी बात पर झगड़ा हो गया। तब उस अधिकारी द्वारा डॉक्टर का काम ठप्प करने के लिए यह शेड बनवा दिया गया था। अपने यहाँ हानि पहुँचाने की दक्षता संसार-भर में अद्वितीय है। कहते हैं कि डॉक्टर ने लोगों के बीमार पड़ने के मौलिक अधिकार के हनन के इस प्रयत्न के विरुद्ध मुकदमा भी किया था। पर बेचारा हार गया, क्योंकि मुकदमा अस्पताल से नहीं कचहरी में लड़ा जाता है और कचहरी में डॉक्टर का नहीं वकील का राज होता है। एक तीसरा प्रचलित मत यह है कि यह शेड दिल्ली परिवहन के उस अधिकारी ने बनवायी थी जो रिटायर्ड सैनिक अफसर था। वैसे, शेड के आकार को देखते हुए यह बात अधिक न्यायसंगत लगती है : शेड इतना कम चौड़ा है कि लोग वहाँ 'सिंगल फाइल' में ही खड़े हो सकते हैं। न दो लोग एक साथ खड़े हो सकेंगे, न अनुशासन भंग होने की सम्भावना होगी।

सुबह सबसे पहले एक व्यक्ति यहाँ आया था। और निश्चित रूप से वह बस में चढ़ने के संकल्प के साथ ही यहाँ आया था—यह कोई ताजमहल तो है नहीं कि लोग इसे देखने आया करें। यद्यपि हमारे अधिकारी यही चाहते हैं कि लोग बस-स्टॉप को एक दर्शनीय स्थान ही मानें। पर जनता को एक बुरी आदत है कि वह अधिकारियों की इच्छाओं का आदर नहीं करती और न उन्हें सहयोग देती है। इस संघर्ष का परिणाम यह हुआ है कि दिल्ली के बस-स्टॉप न तो बस में चढ़ने का स्थान बन पाये हैं, न दर्शनीय वस्तु ही।

वह पहला व्यक्ति भले नागरिकों के समान आकर शेड में ही खड़ा हुआ था, और शेड के भी उस विशेष स्थान पर, जो शेड से बाहर निकलने का मार्ग माना जाता है और दिल्ली परिवहन के धार्मिक नियमों के अनुसार जहाँ बस को रुककर, शेड को दंडवत करना ही चाहिए। यह दूरी बात है कि बसें अब नास्तिक हो गयी हैं और दंडवत करना तो दूर, वे उसके सामने से इस फर्राटे से निकल जाती हैं जैसे मन्दिर के सामने से कोई मुसलमान और मस्जिद के सामने से कोई हिन्दू सिर ताने अपना विद्रोह जताने के लिए अकड़कर गुजर जाता है।

पहले आनेवाले उस भले-से नागरिक ने अपने भोले मन में यह सोच लिया था कि जब पहली बस आकर रुकेगी तो उसमें चढ़ने में उसे कोई असुविधा न होगी। जैसे प्रेमचन्द के होरी के मन में अपने जीवन में ही गाय प्राप्त करने की चाँद-हठ थी, वैसे ही उस भोले नागरिक के मन में समय पर दफ्तर पहुँच जाने की असम्भव साध थी। कुछ लोग इस असम्भव साध को क्रान्तिकारी विचार भी मानते हैं। देर से दफ्तर पहुँचने की अपनी पवित्र परम्परा को तोड़कर समय से दफ्तर पहुँचने का विचार अपने देश में उतना ही क्रान्तिकारी है जितना विदेशों की धमकियाँ सुनना बन्द कर अपने प्रतिरक्षा मन्त्री का विदेशों को धमकियाँ देना। (हे प्रभु! हमें क्षमा कर, हम नहीं जानते कि हम क्या कर रहे हैं। यदि हम भी धमकियाँ देनी आरम्भ कर देंगे तो धमकियाँ सुननेवाला कौन रह जायेगा। फिर दुनियावाले भारतीय कैसे कहेंगे। हे प्रभु! दुनिया को श्रोताओं के इस अकाल से उबार। नहीं तो धमकियों के साहित्य में भयंकर गतिरोध आ जायेगा।)

पर तभी वहाँ दूसरा व्यक्ति आ गया। पहले व्यक्ति को अपनी इच्छा पूरी होने में कुछ खतरा दीखने लगा। दूसरा व्यक्ति भी उसी देश का रहनेवाला था, जहाँ क्यू-पद्धति जहालत और दुर्बलता का प्रतीक मानी जाती है। हमारे राष्ट्रीय कवि ने कहा है न, 'सिंहन्ह के लँहड़े नहीं, हंसन्ह की नहीं पाँति।' तो अपने यहाँ एक-आध ही सिंह होता है जो दहाड़-दहाड़कर सो जाता है—शेष जनता हंस है, इसलिए पंक्ति में खड़ी नहीं होती। इसी कवि के दुष्प्रभाव से आज तक इसे देश में 'क्यू-पद्धति' विकसित नहीं हो पायी है। मेरा सुझाव यह है कि जहाँ कहीं अधिकारी लोग लिखकर लगायें, 'कृपया पंक्ति में खड़े हों', वहाँ कोष्ठकों में यह भी लिख दिया जाना चाहिए : 'आप मनुष्य हैं, हंस नहीं; अतः पंक्ति में खड़ा होना आपके लिए कदापि लज्जाजनक बात नहीं है।'

तो पहले व्यक्ति ने दूसरे व्यक्ति के कान में डरते-डरते बड़ी शालीनता से फुसफुसाकर "भाई साहब! लाइन यहाँ से शुरू होती है।" वैसे ही कहा, जैसे कनॉट प्लेस में विदेशी हिप्पियों के कानों में अपने देश के भले मानुष 'डॉलर-एक्सचेंज' या 'पाउण्ड-एक्सचेंज' फुसफुसाते रहते हैं। दूसरे व्यकित ने पहले व्यक्ति को उसी 'यू ब्लडी इण्डियन' मार्का दृष्टि से देखा, जैसे वे विदेशी हिप्पी अपने देश के भ्रद लोगों

को देखते हैं। पर इतनी शराफत उसने अवश्य दिखायी कि वह पहले व्यक्ति के आगे खड़ा नहीं हुआ। उसका वहाँ खड़ा होना एक दार्शनिक समस्या थी। ब्रह्मा के सम्बन्ध में आज तक जितनी जिज्ञासाएँ हुई हैं, वे सारी जिज्ञासाएँ एकसाथ ही उनके खड़े होने की समस्या पर लागू हो सकती थीं। संसार का कोई भी विशिष्ट दर्शक नहीं बता सकता था कि क्या वह 'क्यू' में खड़ा था? क्या वह 'क्यू' में पहले आदमी के आगे खड़ा था? क्या वह पहले आदमी के पीछे खड़ा था? क्या बस में पहले चढ़ने का अधिकार उस पहले व्यक्ति का था? इन सारी समस्याओं का समाधान केवल 'नेति-नेति' शैली में दिया जा सकता था; या फिर दूसरी शैली इस प्रकार हो सकती है : वह पंक्ति में खड़ा भी था, और नहीं भी खड़ा था; वह पहले व्यक्ति के आगे भी खड़ा था, क्योंकि वह पहले व्यक्ति के आगे खड़ा था; उसका बस में पहले चढ़ने का अधिकार नहीं भी था, क्योंकि वह पहले व्यक्ति के पीछे खड़ा था। वह वहाँ था भी, वह वहाँ नहीं भी था।

उसका वहाँ खड़े होने का ढंग बड़ा अभिव्यक्तिवादी था, अतः बड़ा कलात्मक था (क्योंकि कला अभिव्यक्ति का ही दूसरा नाम है)। उसका उस कलात्मक शैली में खड़ा होना बार-बार यह प्रकट कर रहा था, जैसे पहला व्यक्ति बाद में आकर उसके मार्ग में खड़ा हो गया हो; और उसके निकल भागने में बाधा डाल रहा हो। दो-एक बार तो जैसे उसकी इस अभिव्यक्ति को ग्रहण कर उसका हाथ पहले व्यक्ति को मार्ग से हटाने के लिए आगे भी बढ़ा था, पर फिर उसके कन्धे को छूकर रुक गया था, जैसे हमारे मन्त्रीगण शत्रुओं को उनके घर तक खदेड़ने की घोषणा पर अपनी सेना का फिर अपनी सीमा के इधर ही रोक रखते हैं।

पहला व्यक्ति जीवन के व्यावहारिक तथ्यों का कुछ अधिक जानकार निकला। वह जानता था यह संकल्प नहीं संकेत है; और जीवन में संकेतों को न समझने का अभिनय ही सबसे अधिक सुविधाजनक है, जैसे बड़े-से-बड़े चौराहे पर ट्रैफिक पुलिस के सुपरिंटेंडेंट की उपस्थिति में संकेत न समझने का बहाना कर लाल बत्ती के सामने भैंसें सड़क पार कर जाती हैं। उन्हें कोई नहीं रोकता। कोई रोकेगा भी तो वे 'बें-एँ-एँ' कहती हुई सिर झुकाकर आगे बढ़ जायेंगी। तो इस भैंस नीति का आश्रय ग्रहण कर पहला व्यक्ति, दूसरे व्यक्ति के उस हटाने के प्रयत्नों की उपेक्षा करता रहा। दूसरे व्यक्ति ने अधिक बल नहीं दिया; और पहला व्यक्ति मनुस्मृति के अनुसार नहीं, भैंस-स्मृति के अनुसार, पंक्ति में दूसरे व्यक्ति से आगे खड़ा रहने में सफल रहा। इसी से कहा भी है 'सत्यमेय जयते।' अर्थात् जो विजयी हो, वही सत्य है!

थोड़ी-सी देर में वहाँ तीसरा व्यक्ति आ गया, फिर चौथा, फिर पाँचवाँ। अब लोग भीड़ की ओर खिंचने की अपनी सहज वृत्ति के अन्तर्गत वहाँ आते-जाते थे और पहला व्यक्ति बार-बार उन्हें 'और बादल, और बादल, और बादल आ रहे हैं' शैली

में देख लेता था। वह पहला व्यक्ति था इसलिए ऐसे देख रहा था। वहाँ अकस्मात आ खड़ा हुआ दिल्ली परिवहन का एक कंडक्टर उन्हें इस शैली में नहीं देख रहा था। उसकी दृष्टि में कुछ फर्क था (माइंड यू। वह भैंगा नहीं था)। उसकी दृष्टि में 'और पागल, और पागल और पागल आ रहे हैं' का-सा भाव था।

बहुत सारे लोग आ गये थे और भीड़ हो गयी थी। पर भीड़ 'क्यू' में खड़ी थी, इसलिए सब 'भीड़ में अकेले' ही लग रहे थे। 'भीड़ में अकेले' का फार्मूला उस व्यक्ति ने निकाला है, जो बहुत अनुशासन-प्रिय था। वस्तुतः यह फार्मूला 'क्यू-पद्धति' के लिए संसार की सर्वश्रेष्ठ साहित्यिक अभिव्यक्ति है।

थाड़ी देर में उस पंक्ति ने एक साम्पद्रायिक रूप ग्रहण कर लिया, क्योंकि उसमें 'ऑफिस-गोअर' नामक एक सम्प्रदाय-विशेष के लोगों की बहुसंख्या हो गयी थी। वे सब आयु की दृष्टि में अधेड़े थे। 'यूनिफार्म' या साम्प्रदायिक चिह्न के नाम पर उनके सिर गंजे थे और वे लोग अपने सिर के मध्य भाग में स्थित 'सरस तामरस गर्भ विभा' को उतनी ही ममता से सहला रहे थे जितनी ममता से माँ अपनी पहली सन्तान के गालों को सहलाती है। अपवादस्वरूप कुछ चंचल लोग इस सिर-अँगुली-खिलवाड़ से पोलो ग्राउंड में दौड़ते घोड़ों का दृश्य भी प्रस्तुत कर रहे थे। उनकी साम्प्रदायिक यूनिफार्म की कुछ और विशेषताएँ भी थीं—उन सबकी आँखों पर ऐनक कुछ इस अन्दाज में रखी हुई थी जैसे किसी महल की बैठक में शोभा-गवाक्ष में कोई शरारती बच्चा अपना कोई टूटा हुआ खिलौना अड़ा दे। उनकी कमीजों के कालर उधड़े हुए थे और 'जाहि निकारो गेह तें, कस न भेद कहि देय' शैली में उनकी पारिवारिक सूचनाएँ दे रहे थे। निश्चित रूप से उनके कोई सुपुत्र विश्वविद्यालय में 'थर्ड-इयर-इन-फर्स्ट-इयर-पद्धति' में पिछले कई वर्षों से पढ़ रहे थे और स्वयं नयी कमीजें खरीदने पर अपनी पुरानी घिसी हुई कमीजें पिताश्री को उपहार दे देते थे, जो उनके गले पड़ी हुई थीं। उनकी कमीजों का कोई-कोई टूटा हुआ बटन यह भी बताता था कि सुपुत्र-सुपुत्रियों के पश्चात् अब उनकी सुपत्नी भी उनके हाथ से निकल चुकी थी; और स्वयं अपने बटन टाँकने में वे दक्ष नहीं थे। उनके हाथों में चमड़े के बड़े-बड़े बैग थे, जो सरकारी और गैर-सरकारी कागजों से उसी प्रकार भरे पड़े थे, जैसे रद्दी-अखबारवाले कबाड़ी का साइकिल से लटकता हुआ बोरा ठुँसा होता है।

वे सब लोग अपने शरीर को उसी प्रकार पंक्ति में लगाते जा रहे थे जैसे वे अपनी मेज पर फाइलों को आगे-पीछे जमा करते जाते हैं। और अपनी आदत के अनुसार उस प्रेमिका के समान एक भी बस अभी तक नहीं आयी थी, जो वचन देकर भूल जाती है। दिल्ली में लोगों को बसों ने वचन-भंग का इतना अभ्यासी बना दिया है कि यहाँ वचन-भंग करनेवाली प्रेमिका की इस अदा की ओर किसी का ध्यान ही नहीं जाता। बाहर की प्रेमिकाओं को दिल्ली के प्रेमी बहुत सहनशील लगेंगे

और दिल्ली की प्रेमिकाओं को बाहर के प्रेमी अत्यन्त कठोर। प्रेम के संसार में बसों का इतना महत्त्वपूर्ण स्थान ग्रहण करना एक ऐतिहासिक घटना है, पर कमबख्त इतिहासवालों ने इधर ध्यान ही नहीं दिया।

जब से पहला व्यक्ति आया था तब से अब तक तीन बसों के आने और आकर जाने का समय होकर बीत चुका था। चौथी का समय होनेवाला था। बस-स्टॉप पर खड़ा कंडक्टरनुमा असिस्टेंट ट्रैफिक इंसपेक्टर बार-बार अपनी घड़ी देख रहा था और फिर बार-बार वह कागज देख रहा था, जिस पर बसों के आने का समय लिखा हुआ था।

"क्यों साहब! बस नहीं आयेगी?" थोड़ी-थोड़ी देर बाद कोई जिज्ञासा हवा में उड़ते किसी आवारा मच्छर के समान उसके कानों में आ टकराती थी।

"नहीं जनाब! आयेगी कैसे नहीं।" वह मच्छर को झटक देता था।

"अभी तक आयी तो कोई नहीं।" घाव से उड़ायी गयी मक्खी के समान जिज्ञासा फिर आकर उसके कान पर बैठ जाती थी।

"आ रही हैं साहब! सब आ रही हैं।" वह मन्त्री-शैली में आश्वासन देता हुआ मक्खियाँ उड़ाता जाता था, "तीसरी बस दस मिनट लेट है, दूसरी पच्चीस मिनट और पहली चालीस मिनट। चौथी जब लेट होने लगेगी तो वह भी बता दूँगा।"

तभी वहाँ एक और व्यक्ति आया। वह पहले आनेवालों से कुछ भिन्न प्रकार की चीज था। वह एक पूर्ण युवक था। उसका सिर काले पौधों से हरा-भरा था, जैसे उस खोपड़ी में खासी खाद भरी हो—उसकी आँखों पर ऐनक भी नहीं थी अर्थात् जीवन का अनुभव उसे विशेष नहीं था। उसके ठीक-ठाक कॉलर और बटन बता रहे थे कि उसने अपनी पत्नी को अभी अधिक सिर नहीं चढ़ाया था और शायद सन्तान-सुख ने उसकी नयी कमीजें अभी उससे नहीं छीनी थीं। उसके हाथ में चमड़े का बैग भी नहीं था, अर्थात् वह नयी पीढ़ी के उस वर्ग का सदस्य था, जिसने रेलवेवालों की हल्के सफर करने की सलाह मान ली थी। उसके हाथ में एक लंच-बॉक्स था, जो 'मिनि-एच' में मिनि-हैंड बैग कहला सकता था। वह भी दफ्तर जा रहा था।

वह आकर पहले आदमी के पीछे बन गयी उस लम्बी-सी 'क्यू' में खड़ा नहीं हुआ। उसने एक बार देखा अवश्य कि पहले बहुत सारे लोग आ खड़े हैं और वे पंक्तिबद्ध होकर अनुशासित रूप से खड़े हैं। पर उसके कदम पंक्ति की ओर बढ़े ही नहीं—किसी युवक के कदम पुरानी पीढ़ी की ओर नहीं बढ़ते, उसी के कैसे बढ़ जाते? पर भीतर ही भीतर उसका मान पीढ़ियों के संघर्ष से ऊपर उठा हुआ यह सोच रहा था कि यदि पंक्ति में जाकर खड़ा हो गया, तो उसकी बारी आते-आते दफ्तर में लंच-टाइम हो जायेगा। वहाँ उसका युवा पीढ़ी से सम्बन्ध होने का लाइसेंस भी समय की गति को नहीं रोक पायेगा। तो वह क्या करे? उसकी आँखों में क्षण-भर के लिए द्वन्द्व का भाव झलका और फिर उसने अपनी आयडिआलॉजी बदल ली।

उसकी आँखों में पंक्तिबद्ध लोगों के लिए वैसे ही घृणा भर आयी, जैसे भेड़िये की आँखों में भेड़ों के लिए भर आती है। उसने अंग्रेजी दृष्टि से उन काले भारतीयों की ओर देखा, होंठ टेढ़े कर जरा-सा नाराज पीढ़ी की मुसकान मुस्कराया; और फिर आकर शेड के मार्ग में फँसे उस पहले व्यक्ति की बगल में खड़ा हो गया।

पहले व्यक्ति का हाथ युवक के कन्धे की ओर इस प्रकार बढ़ा जैसे जाला उतारनेवाला बाँस छत की नुक्कड़ों की ओर बढ़ता है, "भाई साहब! जरा लाइन में आ जाइये!"

युवक ने पहले व्यक्ति को पुलिस शैली में भरपेट घूरा और डकार लेने के स्थान पर उसका हाथ अपने कन्धे पर से इस प्रकार झटक दिया, जैसे वह पहले का हाथ न हो, सचमुच मकड़ा हो।

"तुमने मेरी धोबी-धुली कमीज को अपने गन्दे हाथ क्यों लगाये?"

पहला व्यक्ति सहम गया। उसने बारी-बारी, युवक के चेहरे, उसकी कमीज के छुए गये स्थान तथा अपने हाथ को देखा। बैंक-एकाउंट में संचित होती चली आती पूँजी के समान, अपने जबड़ों के बीच जमा हो आयी थूक को गटककर वह फँसी-सी आवाज में बोला, "मैंने तो केवल इतना ही कहा है कि आप लाइन में आ जाइये।"

"मुँह से कहना काफी नहीं है क्या?" युवक ने नयी पीढ़ी के आक्रोश का मानवीकृत रूप प्रस्तुत किया, "मुझे बहरा समझ रखा है क्या। मेरी कमीज को छूने की क्या आवश्यकता थी? मालूम है, धोबी एक कपड़े की धुलाई आजकल पच्चीस पैसे नकद लेता है।"

"माफ कीजियेगा, गलती हो गयी।" पहला आदमी पीछे हट गया।

युवक बड़ी देर तक आमन्त्रण-भरी आँखों से घूरता रहा, पर जब पहला व्यक्ति कुछ नहीं बोला और झगड़ा किसी भी प्रकार आगे नहीं बढ़ सका, तो वह एकदम निराश हो गया। उसके मन में पहले व्यक्ति की नपुंसकता के प्रति घृणा भर आयी। उसने अपना चेहरा दूसरी ओर फिरा लिया और अपने क्रोध को शान्त करने के लिए, अपने होंठों को गोलाकार बनाकर सीटी बजाने लगा।

पंक्ति में पीछे खड़े लोगों में कहीं जैसे मधुमक्खी का छत्ता छेड़ दिया गया, एक तेज भनभनाहट फैल गयी।

"देखिये साहब! धक्केशाही है साफ-साफ।"

"और क्या साहब! शराफत का तो जमाना ही नहीं रह गया।"

"अजी छोड़िये भी। किसका नाम ले रहे हैं। शराफत तो अब म्यूजियम में रखने की चीज हो गयी है। पहले म्यूजियम में जाते थे तो बहादुरशाह की शेरवानी और जीनतमहल का लहँगा ही देखते थे। अब वहाँ एक नयी चीज रखी गयी है लाकर। कहते हैं पुरानी वक्तों की यादगार है कोई। उसका नाम शराफत है। पहले जिनके

पास होती थी उन्हें शरीफ कहते थे। अब वह चीज मैन्यूफैक्चर नहीं होती। अगर किसी के पास पुराना स्टाक पड़ा भी हो तो वह प्रकट नहीं होने देता, क्योंकि अब उसे लल्लूपन समझा जाता है।"

भनभनाहट बढ़ती गयी। सब लोग कुछ-न-कुछ कह रहे थे, जैसे कोई सेमिनार हो रहा हो। पर कोई किसी से सम्बोधित नहीं था, इसलिए कोई किसी को सुन भी नहीं रहा था। युवक सब कुछ सुन रहा था, पर उससे क्या। उससे प्रत्यक्ष कुछ नहीं कहा जा रहा था, इसलिए वह सुन नहीं रहा था, उसे सुनायी पड़ रहा था। यह ओवर हियरिंग थीं, जो बहुत विश्वसनीय नहीं थी। जो लोग बोल रहे थे, वे बोल कम रहे थे, मन की गुबार अधिक निकाल रहे थे। शिकायतें तो वे अपने घर से लेकर आये थे, युवक तो एक निमित्तमात्र था जैसे स्थायी भाव तो वासना के रूप में सहृदय के मन में पहले से ही होता है, साहित्य तो उसे रसानुभूति में बदलने का निमित्तमात्र है। उसने सोच रखा था, जब कोई उससे सीधे बात करेगा, तब वह उससे निबट लेगा। पर उससे किसी ने कुछ नहीं कहा और उसे किसी से निबटने का कष्ट नहीं उठाना पड़ा।

थोड़ी देर के बाद मधुमक्खियाँ फिर से छत्ते पर आ बैठी थीं। भनभनाहट थम गयी थी। सब कुछ पूर्ववत् हो गया था। लोग अपनी आदत के अनुसार भूल गये थे कि पंक्ति के सबसे पहले व्यक्ति और उस युवक में कोई झगड़ा भी हुआ था और सारी पंक्ति भनभनाकर रह गयी थी, किसी ने युवक को काटने का साहस नहीं किया था। यदि किसी के मस्तिष्क में पुरानी याद छिपकली के समान मुँह दिखाती थी तो युवक का चेहरा देखते ही छिपकली कहीं भाग जाती थी। अब वह युवक अकेला भी नहीं था। पूरी युवा पीढ़ी इकट्ठा हो गयी थी। उन सबके कपड़े पहले युवक के समान तंग और भड़कीले रंगोंवाले थे। सबकी मूँछें ऐंठी हुई थीं। कलाइयों में लोहे के मोटे-मोटे कड़े थे, जो कुछ और मोटे होते तो हथकड़ियाँ लगते। उन सबके हाथों में लंच-बॉक्स थे। वे लोग चीख-चीखकर बातें कर रहे थे, जैसे बस-स्टॉप पर न खड़े हों, संयुक्त राष्ट्र संघ की जनरल असेम्बली में खड़े हों। वे लोग बेबात की बात पर जोर-जोर से कहकहे लगा रहे थे, अर्थात् लाइफ इनजॉय कर रहे थे। उनकी दृष्टि में फेफड़े थकाना और लाइफ इनजॉय करना एक ही बात थी।

पंक्तिवाले लोगों ने कछुओं के समान अपने दफ्तरों, अफसरों, फाइलों, केसों, बीवियों, बच्चों और बढ़ती हुई महँगाई के खोल के नीचे अपना सिर छुपा लिया था। उनके लिए बाहर की दुनिया नहीं थी। वह युवक नहीं था। अतः वह झगड़ा भी नहीं हुआ था।

और वह वचन-भंजक प्रेमिका, बस, अभी तक नहीं आयी थी।

फिर जैसे सूर्य कुछ और ऊपर चढ़ आया। छोटे-मोटे पक्षी भी जाग गये। वे पेड़ों पर, पेड़ों के नीचे, तालाब के किनारे, खेतों में, सब जगह फैल गये और कलरव

करने लगे। अर्थात् कॉलेज के लड़के-लड़कियाँ भी बस-स्टॉप पर आ गये। यह नयी नहीं अति नवीन पीढ़ी थी, इसलिए वे न तो पंक्ति में खड़े हुए, न उस झगड़ेवाले युवक के समान पंक्ति के समानान्तर जाकर खड़े हुए। वे लोग बस-स्टॉप पर दूर-दूर तक फैल गये थे, जैसे किसी समय महात्मा बुद्ध के उपदेश लेकर संसार में बौद्ध भिक्षु फैल गये थे। उन्हें देखकर यह नहीं लगता कि उन्हें कॉलेज जाने की कोई जल्दी है। वे जैसे सैर करने निकले थे, जितनी हो जाये, उसी से सन्तुष्ट हो जाते। उन्हें बातों की भूख थी। उनके जबड़े उसी गति से चल रहे थे, जैसी भूखी भैंस के जबड़े चारा निगलते समय चलते हैं। कॉलेज का क्या था, कॉलेज अपनी जगह खड़ा था, वह कहीं भागा नहीं जा रहा था। प्राध्यापक वहाँ आये होंगे, वे प्रतीक्षा कर लेंगे—उन्हें वेतन इसी बात का मिलता है। कोर्स उनके बाप को खत्म कराना पड़ेगा—नहीं खत्म होगा तो घटाना पड़ेगा। पर समय बीत गया और बातें नहीं हुईं, तो बातें अधूरी रह जायेंगी। बातें, बातें, बातें...

वे लोग पंक्ति के पास खड़े ही नहीं हुए, इसलिए उनका किसी से झगड़ा भी नहीं हुआ। पर उनके अवतार से बस-स्टॉप का वातावरण अछूता कैसे रह सकता था। संसार में कोई महान् घटना घटती है तो उसकी प्रतिध्वनि सब ओर सुनायी पड़ती है। पंक्ति में खड़े कछुओं ने अपनी लम्बी गर्दन खोल से निकाली, उन्हें देखा और गर्दन वापस खोल में खींच ली, पर इस बार खोल का रंग बदल चुका था। उस नये खोल के नीचे कॉलेजों में शिष्टता की जो हत्या हो गयी थी, उस पर शोक-सभा हो रही थी। वहाँ ऐसा लग रहा था, जैसे लड़के का कॉलेज में भर्ती होना वैसा ही था, जैसे लड़के का चम्बल के बीहड़ों में जाकर डाकुओं के दल में मिल जाना। उन सारे खोलों के नीचे होनेवाली सभाएँ कुछ निष्कर्षों पर सहमत हो गयी थीं : कॉलेजों में आजकल पढ़ाई बिल्कुल नहीं हो रही थी। आज के ग्रेजुएट से तो अच्छी अंग्रेजी उनके समय का चौथी पास लिख लेता था। आजकल के तो एम.ए. पास भी अंग्रेजी में ठीक से एप्लिकेशन ड्राफ्ट नहीं कर पाते थे (निश्चित रूप से कलियुग आ गया था)। अब तो जमाना ही बदल गया था। लड़के निर्लज्ज हो गये और लड़कियाँ उनकी भी अम्माँजान थीं। पंक्ति में खड़े हुए कछुए ने तो अभी कल ही एक लड़की को सिगरेट पीते देखा था। भगवान का अवतार तो अब होने ही वाला था, क्योंकि धरती पर पाप बहुत बढ़ गया था।

और तभी दूर से, पहले साहित्य में जैसे वसन्त आया करता था, वैसे ही बस जैसी कोई सुहावनी चीज आती दिखायी थी। लोगों ने एड़ियाँ उठा-उठाकर, पंजों के बल खड़े होकर, आँखों के ऊपर हथेली से छाया कर, उसी परम्परागत मुद्रा में उधर देखा, जैसे भारतीय किसान आकाश पर बादलों को ढूँढ़ता है या सूरदास और नन्ददास की गोपियाँ मथुरा से आनेवाले मार्ग पर कृष्ण को देखा करती थीं। हजारों वर्षों से आज तक इस देश की मुद्रा नहीं बदली, वस्तु चाहे कितनी बदल गयी

हो। वैसे बस हमारे जीवन में आज उतनी ही महत्त्वपूर्ण चीज हो गयी है, जितने महत्त्वपूर्ण गोपियों के लिए कृष्ण थे या भारतीय किसान के जीवन में बादल हैं। इससे सहज ही हम इस निष्कर्ष पर पहुँचते हैं कि जो चीज हमारे जीवन में अधिक महत्त्वपूर्ण हो जाती है, वह अवश्य ही मथुरा चली जाती है अर्थात् बाजार से गायब हो जाती है। इसीलिए ज्ञानियों ने कहा है कि किसी भी चीज को अपने जीवन में इतनी अधिक महत्त्वपूर्ण मत बनने दो।

"पूरे सवा घंटे बाद बस आयी है।" पहले व्यक्ति ने प्रेमिका से शिकायत करने की शैली में कहा।

"देखिये ए.टी.आई. साहब!" पंक्ति के एक अन्य कछुए ने खोल में से सिर निकाला, "अब लाइन से बस में चढ़ाइयेगा। यह न हो कि हम तो खड़े के खड़े रह जायें और बाराती लोग बस में चढ़ जायें।"

बस रुकी तो पंक्ति में खड़े लोगों और पंक्ति के माथे पर खड़े ए.टी.आई. की ओर किसी का ध्यान नहीं गया। इस समय सामने बस खड़ी थी। बस से अधिक महत्त्वपूर्ण कुछ भी नहीं था। बस रुकी कि जैसे चुम्बक ने मिट्टी, रेत, चीनी और लोहे के कणों के ढेर में से लोहे के कणों को खींच लिया और शेष चीजें वहीं की वहीं पड़ी रह गयीं। लोग बस से वैसे ही चिपक गये थे, जैसे लोहे के कण चुम्बक से चिपकते हैं; और लोहे के कण पंक्ति के बाहर ही बाहर थे। पंक्ति में खड़े कछुए तो रेत के कण ही प्रमाणित हुए।

बस के सँकरे-से दरवाजे का आधा स्थान घेरे बस का कंडक्टर खड़ा था, जो उन विषम परिस्थितियों में भी जनता को बस से उतरने और चढ़ने का प्रशिक्षण देने के लिए भाषण कर रहा था : "देवियो और सज्जनो। पहले उतरनेवालों को उतर जाने दीजिये और बाद में चढ़नेवाले चढ़ें। यदि आप बस में से सवारियाँ उतरने नहीं देंगे तो आपके लिए बस में जगह कैसे बनेगी? आप मेरी बात सुनें..."

पर उसकी कोई नहीं सुन रहा था। एक वृहदाकार डिक्शनरी जैसी महिला लोगों की बदतमीजी को कोसती हुई, उस आधे द्वार में से निकलने के लिए बड़ा जीवटपूर्ण प्रयत्न कर रही थी और शेल्फ में फँसी मोटी पुस्तक के समान तड़फड़ा रही थी। तीन आदमी एकसाथ बस के भीतर घुसने के लिए जोर लगा रहे थे। परिणामस्वरूप किसी का सिर बस में सवार हो चुका था और धड़ अभी पंक्ति में ही खड़ा था; किसी का एक पैर बस के भीतर था और शेष शरीर बस के पहिये के सामने पड़े पत्थर के समान बस को चलने से रोक रहा था; किसी का सारा शरीर ठीक-ठाक सड़क पर था; पर उसका एक हाथ बस में किसी सीट को पकड़कर डटकर खड़ा था और बस की सवारियाँ इस बात पर बल दे रही थीं कि वे उस हाथ को साथ लेकर ही जायेंगी। इतने सारे लोगों के सामूहिक प्रयत्न के कारण एक विचित्र

सन्तुलन स्थापित हो गया था, सब कुछ यथास्थिति था : न कोई बस में चढ़ पा रहा था और न ही कोई अब तक उतर सका था।

और फिर सहसा ही कुछ सरसराहट-सी हुई। कुछ लोग नीचे की ओर खिसके, कुछ ऊपर की ओर घिसटे। किसी को जोर-जोर से पुकारा गया, किसी को माँ... बहन...वाले श्लोकों से विभूषित किया गया, किसी ने चीख मारी, किसी ने छींक; और इस हंगामे के बीच कंडक्टर ने घंटी बजा दी।

बस अपनी जगह से बड़ी मर्यादापूर्वक हिल चुकी थी। कुछ लोग बस में सवार हो गये थे। कुछ दीवार से चिपकी छिपकलियों के समान सीखचों के साथ लटक गये थे। कुछ घिसट गये थे। और बहुत सारे लोग छिटककर पीछे हट गये थे। एक महिला धक्का खाकर गिर पड़ी थी—स्वयं उन्होंने लोगों को जो धक्के दिये थे, उन्हें पैंडिंग में डालकर नौजवानों की जवानी को कोस रही थीं, जो महिलाओं के धक्के भी शराफत से चुपचाप बर्दाश्त नहीं कर सकते थे।

आँधी रुकने के बाद जिस तरह धूल किसी सतह पर बैठ जाती है, वैसे ही बस के जाने के बाद शोर के कण धीरे-धीरे कहीं बैठ गये। वहाँ खड़े अधिकांश लोग अब भी वे ही थे, जो बस आने से पूर्व वहाँ खड़े थे, जैसे किसी बर्तन में पड़े पानी को जोर से हिलाने पर उसकी तह में पड़े बालू के कण चक्कर काटकर, पानी के शान्त होते ही फिर तह में जा बैठते हैं। पहला आदमी अब भी पंक्ति के सिरे पर मोर्चा सँभाले खड़ा था। लंच-बॉक्सवाला युवक और उसकी अपनी पीढ़ी के मित्र, दफ्तर में देर हो जाने की आशंका से चिन्तित भुरभुराये-से इधर-उधर डोल रहे थे। और कॉलेज के लड़के-लड़कियाँ इस सारे भूचाल से अप्रभावित अब भी उसी प्रकार खड़े बातें कर रहे थे।

सब कुछ यथावत् था, कुछ नहीं बदला था। हाँ, लोगों की बातों का विषय बदल गया था। जिस प्रकार महात्मा गाँधी के आह्वान पर सारा देश एकसाथ जुट गया था, वैसे ही बस-स्टॉप पर खड़े सारे जीव-जन्तु, एकजुट होकर राजधानी की परिवहन व्यवस्था की सामूहिक निन्दा कर रहे थे।

“दिल्ली में बसें बहुत थोड़ी हैं। साले आदमियों की पैदावार तो रोक नहीं पाते, बसों की फैमिली प्लानिंग कर रखी है।” लंच-बॉक्सवाले युवक की मूँछें, प्रेमिका की बेवफाई से भग्नहृदय हो रही थीं।

पंक्ति में खड़ा पहला व्यक्ति युवक से कुछ नहीं कह रहा था। वह अपने-आपको ही समझा रहा था, “सारी अव्यवस्था का कारण लोगों का पंक्ति-विरोध है। जिस देश में लोगों को क्यू-सेंस नहीं होगी, वह खाक उन्नति करेगा। लोग चाँद पर जा रहे हैं और हम अभी तक क्यू नहीं बना पाये? यदि सब लोग क्यू में खड़े होने लगें, तो फिर इस प्रकार धक्के मारने या धक्के खाने की कोई आवश्यकता ही न रहे। हमें चाहिए कि हम जनता को जाग्रत करें। जनता को चाहिए कि वह आन्दोलन

करे दि येक बस-स्टॉप पर पुलिस का सिपाही हो, जो लोगों को क्यू में खड़े होने पर मजबूर करे; और जो क्यू में खड़ा न हो, उस साले को बन्द कर दिया जाये।"

2

कॉलेज के चिरइ-चुर्मुन पर जनमत और जनता के आन्दोलन का रत्ती-भर भी प्रभाव नहीं पड़ा था। परम्परागत भाषा के अनुसार वे श्याम रंग में इतने रँग चुके थे कि उन पर दूसरा रंग चढ़ता ही नहीं था। आधुनिक भाषा में उनकी चमड़ी कलर-प्रूफ थी, जिस पर किसी भी रंग का असर नहीं होता था।

बड़ी देर के बाद उनमें से एक लड़की ने अपने पारदर्शी गो-गो ग्लासेस में से आँखें झपकाकर अपनी घड़ी को देखा, "ओह गॉड! पता है आज फिर देर हो जायेगी। पहला पीरियड है भी उनका, मिस्टर स्टिक का। पूरे डंडेबाज सर हैं। जब देखो रेडीमेड डाँट जेब में लिये फिरते हैं।"

लड़का बड़ी देर से लड़की को इम्प्रेस करने की कोशिश कर रहा था। इसी लड़की के लिए उसने अपनी बहन के बालों के बराबर, लम्बे-लम्बे बाल बढ़ाये थे। लम्बी और चौड़ी कलमें रखी थीं, घाघरे के घेर जैसी पतलून पहनी थी—पर लड़की इम्प्रेस नहीं हुई थी। पिछले एक घंटे में वह विचित्र-से-विचित्र कितने ही प्रस्ताव कर चुका था, पर लड़की किसी भी प्रस्ताव पर उसे मॉर्डन मानने को तैयार नहीं हुई थी। बोला, "बस नहीं मिलती तो क्या करें? पैदल चलें?"

लड़की ने अपने गो-गो ग्लासेस हटाकर, नंगी तिरछी आँखों से उसे देखा, जैसे मेमने को साँड़ देखता है, "तुम क्या समझते हो मुझे? बाई गॉड! मैं पैदल ही चल पड़ूँगी। रास्ते में कोई कंवेंस भी नहीं लेने दूँगी। तुम ही रोओगे कि थका मारा।"

लड़के की रगों में तैरते हुए गुरुषत्व ने नारीत्व की ललकार सुन ली। जीवन में उसने कोई चुनौती स्वीकार नहीं की थी। पर यह चुनौती भी स्वीकार नहीं की, तो अवसर चूक जायेगा। फिर उसे कब इम्प्रेस कर सकेगा वह? यदि चलते-चलते रास्ते में वह थक जायेगी तो उसे टैक्सी में ले जायेगा। फीस के पैसे उसकी जेब में अभी थे। क्वीन एलिजाबेथ के ताया ने अपनी प्रेमिका के लिए सारा ब्रिटिश साम्राज्य त्याग दिया था, वह क्या अपनी फीस के पैसे भी खर्च नहीं कर सकता! ठीक है कि फीस के पैसे पापा ने दिये हैं, पर एलिजाबेथ के तायाजी को भी तो ब्रिटिश साम्राज्य उनके पापा ने ही दिया था। वह दिलेर होकर बोला, "तुम क्या समझती हो, मैं कॉलेज तक पैदल नहीं जा सकता? तुम चैलेंज करोगी तो मैं कॉलेज और यूनिवर्सिटी तो क्या श्मशान घाट तक अपने पैरों पर चलकर जा सकता हूँ।"

"एनअदर जीसस क्राइस्ट! हैं?" लड़की हँसी।

लड़की की हँसी ने लड़के की मशीन को न्यूट्रल से फर्स्ट गेयर में बदल दिया। लड़के ने क्लच छोड़ दिया, "चलो! पैदल चलो! बल्कि यह देखो, मैं चला!"

लड़की ने आसपास खड़ी अपनी सखियों पर नजर डाली और एस.ओ.एस. देने आरम्भ किये, "चलती हो रेवा? रम्भा तुम? भई डाली, चलो न! पैदल ही चलते हैं।"

रेवा चुप रही। वह हर बात पर अपने देश की जनता के समान चुप रहती है : वह भारत माता है। रम्भा मुस्करायी-भर : वह एक्प्रेशनिस्ट है—क्या मूर्खता की बात! पैदल चलेंगे, अदर नानसेंस। पहले क्या कमी है इस देश में। सब कुछ पैदल ही तो चल रहे है—रेलगाड़ियाँ, हवाई जहाज, दफ्तर, फाइलें...

डाली मुखर हुई (निश्चित रूप से वह विपक्षी दल है, जो बात-बेबात में मुखर ही रहता है (डे एंड नाइट सर्विस), "तुम जाओ पैदल। बहुत मजा आयेगा। तरुण को साथ ले जाओ। थक जाओगी तो टाँगें दबा देगा; और कॉलेज पहुँचकर तुम्हारी चप्पलों की धूल झाड़ देगा।"

"मैं चली भी जाऊँगी। आँ।" लड़की ने धमकी दी, "चलो तरुण।"

और वह उतने ही अनपेक्षित रूप से चल पड़ी, जितने अनपेक्षित रूप से थोड़ी देर पहले यहाँ से बस चल पड़ी थी।

"लो भई! हमने दिल्ली परिवहन की बसों का बहिष्कार कर दिया है।" तरुण ने आसपास खड़े दो-चार लड़के-लड़कियों को सुनाया, "हम स्वतन्त्र देश के नागरिक हैं, इसलिए इस बात का निर्णय हम करेंगे कि हमारा जीवन कैसा हो! हम दिल्ली परिवहन को इस बात की अनुमति नहीं दे सकते कि वह हमें सवेरे का समय बस-स्टॉप पर बिताने के लिए बाध्य करे। हम इस गन्दी व्यवस्था के विरुद्ध आन्दोलन आरम्भ कर रहे हैं।"

लड़के-लड़कियाँ मुस्कराये—साला! लड़की के साथ यहाँ से कॉलेज तक सैर करना चाहता है। हमें एकदम गधा समझता है। स्टंट बना रहा है। ऐसा ही चालाक होता तो लड़की को लेकर उड़ न गया होता अब तक। हम इसे अकेले जाने देंगे क्या? हम भी साथ चिपके रहेंगे। अकेले नहीं जाने देंगे।

चिपकनेवाले चिपक गये। चिपकने की कला बड़ी श्रेष्ठ कला है। जाननेवाले जानते हैं, यह ललित कला भी है और उपयोगी कला भी। बस चिपकने-चिपकने का ढंग होता है। कुछ लोग जोंक की तरह चिपक जाते हैं और जिससे चिपकते हैं, उसका खून निचोड़कर हट जाते हैं। कुछ लोग बँदरिया के समान चिपक जाते हैं, जहाँ-जहाँ बँदरिया जाती है, वह चिपकू भी जा पहुँचता है—अनायास। कुछ और तरह के लोग कँगारू के बच्चे के समान चिपकते हैं। ऐसे चिपकने में बड़ा आराम है, माँ को पकड़ना भी नहीं पड़ता—यह डी-लक्स किसम का चिपकना है। कुछ लोग बेजान चीजों के समान चिपकते हैं—सीमेंट के समान चिपक जाते हैं और ढाल बन जाते हैं। कुछ इश्तहार के समान चिपकते हैं और दीवार का रूप ही छिपा देते हैं। कुछ लोग मक्खन के समान चिपकते हैं और उनकी सबसे बड़ी विशेषता यह होती है कि वे अपने ऊपर और किसी को नहीं चिपकने देते। पर चिपकने का एक ढंग

और है।

कहते हैं कि एक बार एक गीदड़ लसूड़े के पेड़ के नीचे बैठा हुआ था। पेड़ से एक पका लसूड़ा उसकी पीठ पर गिरा और गिरकर फट गया, उसकी सारी लेस गीदड़ की पीठ पर फैल गयी। हवा जो चली तो कागज का एक टुकड़ा कहीं से उड़ता हुआ आया और उस लेस के कारण गीदड़ की पीठ पर चिपक गया। गीदड़ के पास कागज को पीठ से उतारने का कोई उपाय नहीं था। वह उस कागज के साथ ही अपने झुण्ड में आ मिला। शेष गीदड़ों ने जो उसकी पीठ पर कागज चिपका देखा तो जिज्ञासा की कि वह क्या है। गीदड़ जरा मॉर्डन किस्म की चीज था। बोला, "यह किसी भी खेत में जाकर गन्ने खा सकने का लाइसेंस है।" गीदड़ प्रसन्न हो गये। बोले, "जब तेरे पास गन्ने खा सकने का लाइसेंस है, तो यहाँ बैठा क्या कर रहा है। चल गन्ने के खेत में।" वह इंकार नहीं कर सका और उसे चलना पड़ा। गन्ने के खेत में पहुँचकर शेष गीदड़ बड़े आश्वस्त होकर गन्ने खाने लगे, पर लाइसेंसवाला गीदड़ चौकन्ना रहा। थोड़ी देर में रखवालीवाले कुत्ते भौंकते हुए उन पर आ चढ़े। गीदड़ों ने कुत्तों को देखा, पर निश्चिन्त होकर गन्ने खाते रहे। वे लाइसेंसवाले गीदड़ के साथ आये थे, बिना अनुमति के तो आये नहीं थे। इसलिए भागना निरर्थक था। ये कुत्ते अभी चेकिंग करके चले जायेंगे। पर लाइसेंसवाले गीदड़ के कुत्तों को पास आते देखा, तो भाग निकला। शेष गीदड़ आश्चर्य से भौचक्के उसे भागते हुए को देखते रहे, पर जब कुत्तों ने उन्हें आ घेरा तो वे भी भागे। लौटकर जंगल में आये तो उन्होंने लाइसेंसवाले से पूछा, "जब तुम्हारे पास लाइसेंस था, तो तुम भागे क्यों?" गीदड़ ने उत्तर दिया, "मेरे पास लाइसेंस तो था, पर वे कुत्ते अनपढ़ थे।"

पर उस लड़की और लड़के के साथ चलनेवाले चिपकुओं का गीदड़, लसूड़े, लाइसेंस और कुत्तों में से किसी के साथ कोई सम्बन्ध नहीं है। वह चिपकुओं की एक सर्वथा नयी कोटि है।

वह लड़की और तरुण चले। रेवा, रम्भा और डाली भी चल पड़ीं। उन तीनों लड़कियों के साथ दो-दो, तीन-तीन लड़के भी चल पड़े। पहले एक-एक राजा के कई-कई मुसाहिब होते थे। उनके बिना राजा लोग कहीं नहीं जाते थे। उसी तरह से अब इन लड़कियों के मुसाहिब होते हैं। उन मुसाहिबों की तकनीकी परिभाषा यही है : यदि कहीं गुड़ होगा तो उसके आसपास चींटें अवश्य पाये जायेंगे, उसी तरह यदि कहीं वे लड़कियाँ होंगी, तो उनके मुसाहिब भी अवश्य ही आसपास पाये जायेंगे। तो मुसाहिब आसपास पायी जानेवाली चीज है। वे न बुलाये जाते हैं, न बैठाये जाते हैं, वे तो बस पाये जाते हैं।

किसी स्थान पर लड़कियों का एक नया कॉलेज खुला था। एक साहब बड़े चिन्तित हो गये कि कॉलेज के निकट के बस-स्टॉप से भीड़ के मारे पहले ही बस नहीं मिलती थी, अब बस कैसे मिलेगी, उस अकेले बस पर पन्द्रह सौ लोग और

बढ़ जायेंगे। दूसरे किसी सज्जन ने उन पहले सज्जन से पूछा, "साहब! उस कॉलेज में तो कुल पाँच सौ लड़कियाँ हैं, आप पन्द्रह सौ कैसे गिन रहे हैं?" उत्तर में पहले सज्जन ने इन 'पाये जानेवाले' मुसाहिबों की बात कही। बोले, "एक-एक लड़की के दो-दो मुसाहिब भी हुए तो पाँच सौ लड़कियाँ और एक हजार मुसाहिब। कुल टोटल पन्द्रह सौ। बस तो सबको यहीं से पकड़नी है न।"

पर रेवा, रम्भा, और डाली के मुसाहिब साधारण लोग नहीं थे, न वे साधारण ढंग से चल रहे थे। वे लोग बड़े कलात्मक ढंग से चल रहे थे। कला इसमें होती है कि जो है, वह न दिखे, जो नहीं है वह दिखे। वे मुसाहिब भी ये दिखा रहे थे कि वे साथ चलना तो नहीं चाहते, पर बातें करते हुए बेध्यानी में ही चलते जा रहे हैं; और शायद वे जानते भी नहीं हैं कि वे पैदल चल पड़े हैं। इस भाव को अभिनय भी कहा जा सकता है। पर अभिनय भी एक कला ही है—मंच पर हो तो ललित कला है, जीवन में हो तो उपयोगी कला है। अतः कलाओं का जिसने भी यह विभाजन किया है, बड़ा अच्छा विभाजन किया है।

आसपास की जनता-जनार्दन को लगा कि एक आन्दोलन आरम्भ हो गया है। पर यहाँ स्पष्ट से यह नहीं कहा जा सकता कि आन्दोलन आरम्भ करनेवाला वह क्षण ऐतिहासिक क्षण था या नहीं। अपने देश में जो आन्दोलन सफल हो जाये उसका आरम्भिक क्षण ऐतिहासिक क्षण होता है, और जो सफल न हो उसका आरम्भिक क्षण भौगोलिक होकर रह जाता है। पंडित नेहरू ने जब 'भारत छोड़ो' का नारा लगाया, वह ऐतिहासिक क्षण था, और जब आजाद हिन्द फौज ने गोलियाँ चलायीं, वह क्षण ऐतिहासिक नहीं था। नेताजी बंगाल की फारवर्ड ब्लाक के भूगोल में सीमित होकर रह गये।

लड़के-लड़कियों के उस रेवाड़ के चल पड़ने के बाद बस-स्टॉप का जनमत, एरोड्रोम के पास लगे हवा का रुख जाँचनेवाले मुर्गे के समान अब दूसरी ओर चक्कर काटने लग गया था। अब लोगों का विचार था कि वह लड़का ठीक कहता था, हमें दिल्ली परिवहन को इतना अधिकार नहीं देना चाहिए कि वह हमें इतना परेशान करे। जनता की कमजोरी के कारण ही बस व्यवस्था इतनी बुरी थी। आखिर जनता यह अत्याचार क्यों सह रही है,... हाँ, हाँ! क्यों सह रही है! जनता इस अत्याचार का विरोध क्यों नहीं करती, क्यों नहीं करती, क्यों नहीं करती! इस सहनशील, मूर्ख और मरी हुई जनता से तो वे लड़के-लड़कियाँ ही अच्छे, जिन्होंने अपने ढंग से इस बुराई का विरोध किया। इस मारी हुई जनता को माँग करनी चाहिए...पर 'माँगन गये तो मर रहे'...तो जनता यदि जाग्रत होकर जायेगी तो कबीर के शाप से फिर मर जायेगी। फिर क्या लाभ? मरी हुई जनता को पुनः मरने के लिए जिलाने का क्या लाभ?

तरुण और उसके साथी चल पड़ने के बाद यह भूल गये कि वे किस कारण से पैदल चले थे, जैसे हर आन्दोलन के चल पड़ने पर लोग यह भूल जाते हैं कि आन्दोलन चला क्यों था। वे तो बस चल-भर पड़े थे। गति का नाम ही जीवन है : इसलिए गतिशील हो गये थे; और गतिशील होकर अब वे जीवित हो उठे थे। चलने में भला क्या बुराई? दो-एक मील पैदल चल लेना स्वास्थ्य के लिए भी अच्छा है और फिर इस तरह की प्लेजेंट कम्पनी भी मिलती है। आदमी को जिन्दगी में और चाहिए ही क्या? न चले होते तो वहाँ बस-स्टॉप पर उन बूढ़े कछुओं को घूर रहे होते।

और परिवहन व्यवस्था की निन्दा से बहुत अधिक रोचक बातें उनकी अपनी थीं। उनका कोई भी प्राध्यापक बस से अधिक आकर्षक वस्तु था, उनके बखिये क्यों न उधेड़े जायें। वे भी जब देखो पुरानी छकड़ा बसों के समान भड़भड़ाते फिरते हैं। लदी हुई बस के समान लैक्चर की सड़क पर भागते चले जाते हैं; रास्ते के स्टॉपों पर कोई कितने ही प्रश्नों के हाथ दिखाये, बस डबल घंटी देते जाते हैं। फिर कॉलेज की बिल्डिंग कितनी वाहियात है। बस-स्टॉप की शेड के सामने सँकरे बरामदे! जहाँ कोई लड़का-लड़की बात करने के लिए खड़े हो जायें तो ट्रैफिक जाम हो जाता है; और कोई-न-कोई लैक्चरर ट्रैफिक-कांस्टेबल के समान चालान करने के लिए आ जाता है। यातायात के सारे नियम ही वाहियात हैं। इन सबसे रोचक थे लड़के-लड़कियों के इश्क के आपसी किस्से! कौन किस पर मरता है, कौन किसको देखकर जीता है। कॉलेज की दीवारों पर कभी कोई लिख देता था, "कान्ता लव्स वर्मा' और दूसरे दिन लिखा हुआ होता था, 'कान्ता वेड्स वर्मा'। कान्ता खोजती फिरती थी कि यह वर्मा कौन है और वर्मा जानना चाहता था कि कान्ता कौन है। और गम्भीर बातचीत का सबसे बड़ा विषय था--शिक्षा पद्धति। यह स्वयं-सिद्ध तथ्य था कि यह शिक्षा-पद्धति एकदम बेकार थी। उसका प्रमाण वे लोग स्वयं थे। जिस शिक्षा-पद्धति ने उनके जैसे निरर्थक जीवन-जन्तु पैदा किये थे, वह अवश्य ही निरर्थक थी।

अगले बस-स्टॉप पर तरुण के कुछ मित्र और रेवा, रम्भा अैर डाली की कुछ सखियाँ, पिछले बस-स्टॉप की दृश्यावली को दुहराती मिलीं। शक्लें भिन्न थीं, शेष सब कुछ वैसा ही था। ईश्वर की सृष्टि थी—जगह-जगह एक जैसी ही बना रखी थी। एक दुनिया समानान्तर थी। सुबह की ठंडी हवा में स्वीटी के साथ इस प्रकार सैर करते हुए कॉलेज तक जाने, रास्ते में साथ-साथ चलते हुए कभी बाँह-से-बाँह और कभी कन्धे-से-कन्धे के छू जाने के अवसर ने तरुण का मूड बहुत हल्का कर रखा था। विद्वान् समाज का कहना है कि प्रसन्नता से व्यक्ति का मन हल्का हो जाता है और उदासी से मन भारी। यह वैज्ञानिक खोज का विषय है कि ऐसा क्यों होता है। रामलुभाया का दृढ़ विचार है कि यह साहित्यिक कल्पना नहीं, वैज्ञानिक तथ्य है। जिस प्रकार हल्की गैस से गुब्बारा हल्का होकर उड़ जाता है, सामान्य गैस से सामान्य रहता है और भारी गैस से भारी हो जाता है : वैसी ही प्रक्रिया मनुष्य

के साथ भी सम्भव है। यदि मनुष्य के मन में हाड्रोजन या हीलियम जैसी हल्की गैस भर दी जाये तो मन हल्का हो जाता है और कार्बन डाइऑक्साइड जैसी गैस भर दी जाये तो मन भारी हो जाता है। इससे निष्कर्ष यह निकला कि प्रसन्नता हाइड्रोजन गैस पैदा करती है और उदासी कार्बन डाइऑक्साइड गैस। स्कूलों और कॉलेजों की प्रयोगशालाओं में शीशे के जार में संगमरमर डालकर तेजाब डालने से अच्छा है, जार में उदासी भर दी जाये, अपने-आप कार्बन डाइऑक्साइड पैदा हो जायेगी। उसी प्रकार जार में प्रसन्नता भर दी जाये तो हाइड्रोजन-ही-हाइड्रोजन हो जायेगी। ज्ञान की इस नयी शाखा को कहा जायेगा, 'एप्लिकेशन' ऑफ ह्यूमन फीलिंग्स एंड इमोशंस ऑन फिजिकल साइंसेस'। यह बात हिन्दी में भी कही जा सकती है, पर हिन्दी में कहने की कई हानियाँ हैं : पहली यह कि विज्ञान की यह शाखा गम्भीरतापूर्वक स्वीकार नहीं की जा सकेगी। हिन्दी में जो हुई। दूसरे, यह अन्तर्राष्ट्रीय स्थान प्राप्त नहीं कर सकेगी; और तीसरे, अपने देश में उसे कोई समझ नहीं पायेगा। अंग्रेज इस बात को मानें या न मानें, हम तो अपनी मातृभाषा अंग्रेजी ही मानते हैं।

अन्तरिक्ष-विज्ञान में एक चीज है—रिमोट कंट्रोल। वस्तुतः वह इसी विज्ञान की एक शाखा है। पृथ्वी पर बैठा नियन्त्रक अन्तरिक्ष यान में प्रसन्नता भरता रहता है (यह बात चुटकुले सुनाकर, प्रेमिका के मिलने की बात करके, प्रमोशन की सूचना देकर, या शत्रु के नाश की सम्भावना बताकर सम्भव है)। जितनी-जितनी प्रसन्नता बढ़ती जाती है, वैसे-वैसे ही अन्तरिक्ष यान ऊपर उठता जाता है। जब उसे नीचे लाना होता है तो उसे उसकी प्रेमिका के किसी अन्य व्यक्ति के साथ विवाह, किसी और की प्रमोशन की सूचना या उसके घर के पड़ोस में एक कॉलेज के खुलने की बात कहकर उदासी भर दी जाती है, जिससे यान नीचे आने लगता है। प्राचीन काल में अपने देश के ऋषि-मुनि ऐसे खिलवाड़ दिन में छत्तीस बार किया करते थे।

तो तरुण का मन बड़ा हल्का था। हल्का मन उड़ा-उड़ा फिरता है। उसने मूँगफली बेचने के अन्दाज में हाँक लगायी, "पैदल कॉलेज चलो। हमने इस गन्दी परिवहन व्यवस्था के विरुद्ध अपना आन्दोलन आरम्भ कर दिया है।"

"आओ, आओ।" रेवा बोली।

"चलो, चलो।" रम्भा गुनगुनायी।

"बसों का बहिष्कार।" डाली जरा ऊँचे में बोली।

स्वीटी ने अपनी मुस्कान से इन सब प्रस्तावों का काउंटर-साइन कर दिया।

"व्हाट ए फन।" लड़कों के मन ने कहा और सबके मन में हाइड्रोजन गैस भर गयी, "बसों का बहिष्कार। बसों का बायकाट।"

बहिष्कार का नारा, अपने देश की जनता के मनोविज्ञान की चुम्बक है। बहिष्कार किसी भी चीज का हो, बड़ा लोकप्रिय होता है। महात्मा बुद्ध के आन्दोलन की रीढ़ गृहस्थी का बहिष्कार था; महात्मा गाँधी का आन्दोलन सरकारी दफ्तरों, कचहरियों,

स्कूलों और कॉलेजों के बहिष्कार पर निर्मित हुआ था; नेताजी सुभाष चन्द्र बोस ने अंग्रेजी सेना के बहिष्कार पर आजाद हिन्द फौज खड़ी ली थी; इन्दिरा गाँधी पुरानी कांग्रेस का बहिष्कार कर देश की स्थायी प्रधानमन्त्री बन गयीं; और जनरल यहिया खाँ बुद्धि और मानवता का बहिष्कार कर संसार के आधुनिक 'स्केअर-क्रो' बन गये। चंगेज खाँ को लोग अब प्राचीन यहिया खाँ कहा करेंगे।

दूसरे बस-स्टॉप के लड़के ने बसों का बहिष्कार पर पैदल कॉलेज की ओर बढ़ गये। बाध्य होकर लड़कियों को भी साथ चलना पड़ा। भला वे अपने संगी लड़कों का साथ कैसे छोड़ सकती थीं। इस देश में साथ छोड़ने की कुछ एक ऐतिहासिक मूर्खताएँ हुई हैं—उनसे इन लड़कियों ने ज्ञान और अनुभव प्राप्त किया है : जिन्होंने नहीं किया उन्हें बहुत रोना पड़ा है। जब राम वन की ओर पैदल चल पड़े तो सीता ने बस की प्रतीक्षा नहीं की थी। उर्मिला ने अवश्य ही लक्ष्मण को कहा होगा, तुम चलकर कुटिया बनाओ, मैं अगली बस से आ रही हूँ। पर बस-सर्विस उस समय की खास अच्छी नहीं थी। वह बस कभी नहीं आयी। उर्मिला ने बस के मोह में बहुत बड़ा रिस्क लिया था। पंचवटी पर लक्ष्मण को शूर्पणखा मिल भी गयी थी। वह तो राम-सीता साथ थे, इसलिए लक्ष्मण बहक नहीं पाये; और उर्मिला को चौदह वर्ष बाद पति वापस मिल गया। वैसी दूसरी ऐतिहासिक भूल गोपियों ने की थी। कृष्ण मथुरा गये थे तो उन्हें भी साथ चल पड़ना चाहिए था। उन्होंने उर्मिला की भूल से कुछ नहीं सीखा—गाँव की गँवारनें थीं न। घर में बैठी प्रतीक्षा करती रहीं, साथ नहीं गयीं। या तो शहर जाते हुए उन्हें लाज आती थी या वह बस जिसमें कृष्ण गये थे, काफी ठुसी हुई होगी। पर नहीं, कृष्ण तो अक्रूर की प्राइवेट टैक्सी में गये थे। अक्रूर ने अधिक सवारियाँ नहीं ली होंगी; और गोपियाँ थीं भी बहुत सारी। उनके लिए तो दो-तीन प्राइवेट बसें ठेके पर लेनी पड़तीं। या फिर यह भी सम्भव है कि गोपियों ने सोच लिया होगा कि कृष्ण को भी कोई शूर्पणखा मिली तो वे उसकी नाक और कान काट लेंगे। पर कुब्जा गँवारू नहीं थी—वह नागरी थी। उसने शूर्पणखा की भूल से लाभ उठाया। शूर्पणखा सुन्दरी बनकर गयी थी, अतः नाक-कान कटा बैठी। कुब्जा कुरूपा बनकर गयी थी, कृष्ण उसकी नाक-कान कैसे काटते। उल्टे उसका कूबड़ सीधा कर दिया। गोपियाँ जो कृष्ण के साथ नहीं गयीं, तो बहुत रोयीं। इतिहास में मेरे निरन्तर सामूहिक रुदन के उदाहरण कम हैं। लक्ष्मण के साथ तो भाई-भाभी थे, कृष्ण के साथ भाभी नहीं थीं—अतः लौटकर गोकुल नहीं आये। अतः ऐतिहासिक निष्कर्ष यह है कि या तो स्वयं साथ जाओ या भाई-भाभी के साथ भेजो। अकेला भाई साथ जायेगा तो वह किसी काम नहीं आयेगा, अतः भाभी भाई से बड़ी हितैषिणी होती है।

इन पुरानी बातों के साथ कुछ नयी बातें भी जुड़ जाती हैं। तब राजनीति का अधिक प्रचलन नहीं था, अब है। प्रेम भी राजनीति है। राजनीति में 'होल्ड' अर्थात्

प्रभाव बड़ी महत्त्वपूर्ण चीज है। हर लड़के का एक या एक से अधिक लड़कियों पर प्रभाव था; और हर लड़की एक या एक से अधिक लड़कों के लिए चुम्बक थी। बात होल्ड की थी। जब लड़का चला तो उसकी होल्डवाली लड़कियाँ भी चल पड़ीं; जब लड़कियाँ चलीं, तो उनके होल्डवाले लड़के भी चल पड़े। हर बस-स्टॉप पर उनके कॉलेज के लड़के-लड़कियाँ बस की प्रतीक्षा कर रहे थे। जब उन्होंने दूसरों को पिकनिक मनाते देखा, तो वे कैसे पीछे हटते। वे तो खड़े ही इसलिए थे : "मैं इसलिए खड़ा रहा कि तुम मुझे पुकार लो। पुकारकर दुलार लो। दुलारकर सुधार लो।" बच्चनजी ने यह कविता भी शायद दिल्ली के किसी बस-स्टॉप पर खड़े होकर ही लिखी होगी। इसमें 'बच्चन'जी का दोष ही क्या है। बस-स्टॉप पर इतनी देर खड़े रहना पड़े तो कोई भी कवि हो जायेगा। मैथिलीशरण गुप्त चिरगाँव में रहे, इसलिए कह सके : 'राम तुम्हारा चरित स्वयं ही काव्य है। कोई कवि बन जाये सहज सम्भाव्य है।' दिल्ली में रहे होते तो लिखते : 'दिल्ली तेरा बस-स्टॉप स्वयं ही काव्य है। कोई कवि बन जाये सहज सम्भाव्य है।' वैसे 'मैं इसलिए खड़ा रहा कि तुम मुझे पुकार लो' से आदमी नीलामी पर चढ़ा हुआ-सा लगता है, जो बोली देनेवालों को उकसा रहा हो। वैसे एक आयु में प्रत्येक लड़का इसी प्रकार नीलाम पर चढ़ा होता है, कोई भी लड़की बोली देकर उसे प्राप्त कर सकती है। पर लड़के के लिए लड़की को प्राप्त करने के लिए बोली देना ही प्रयाप्त नहीं, सबसे ऊँची बोली देनी होगी। जो लड़का किसी लड़की की पहली बोली पर न्यौछावर नहीं होता, उसमें 'लड़कीपन' है, उसे चाहिए कि वह किसी अच्छे डॉक्टर से सलाह ले।

हर बस-स्टॉप पर जुलूस पुकारता चला गया; और जैसे महात्मा गाँधी के आह्वान पर लोग सरकारी दफ्तरों से निकल आये थे, वैसे ही इस जुलूस के आह्वान पर सब लड़के-लड़कियाँ बस-स्टॉपों की शेड से निकल आये। इसका मुख्य कारण यह भी था कि जुलूस के आगे-आगे रेवा, रम्भा, डाली और स्वीटी थीं। तभी से जुलूस-विज्ञान का अटल नियम बन गया है कि प्रत्येक जुलूस के आगे-आगे महिला-दल होना चाहिए, जुलूस चाहे किसी भी पार्टी का क्यों न हो।

जुलूस बढ़ता जा रहा था, अपने आकार में भी और अपने रास्ते पर भी। जुलूस के बढ़ने के साथ-साथ तरुण की प्रसन्नता भी बढ़ती जाती थी। उसके मन में हाइड्रोजन और हीलियम गैसों की मात्रा इतनी बढ़ गयी थी कि वह आपे में नहीं था; और जमीन से कुछ ऊँचा-ऊँचा उठ आया था। रेवा, रम्भा, डाली और स्वीटी के मन में भी हल्की गैसों की मात्रा बहुत बढ़ गयी थी, इसलिए वे लोग अधिक बोलने लगी थीं।

एक बात और थी। जैसा कि नियम है : जनता आन्दोलन करती है और नेता लोग अपने आवश्यक कार्य छोड़कर जनता की सेवा के लिए, नेतृत्व का बोझ अपने कन्धे पर ले लेते हैं। जनता उनके पीछे-पीछे न चले तो न सही, वे स्वयं ही जनता

के आगे-आगे चलने लगते हैं। उसी तरह यहाँ भी बहुत सारे विद्यार्थी नेताओं को अपने अत्यन्त आवश्यक कार्य छोड़कर, जुलूस के नेतृत्व के लिए आकर जुलूस से मिल पाना पड़ा था। अब जुलूस पहले से अधिक नियमित और अनुशासित था। जुलूस विधिवत नारे लगा रहा था :

"बसों का,"
"बहिष्कार करो।"
"परिवहन व्यवस्था,"
"मुर्दाबाद।"
"कॉलेज में चाहे देर हो,"
"बसों पर निर्भर मत रहो।"
"बसों का,"
"बहिष्कार करो।"

3

कॉलेज के गेट तक पहुँचते-पहुँचते, उनकी संख्या सौ से ऊपर हो गयी थी। 'गेट' कॉलेज के जीवन में एक महत्त्वपूर्ण चीज है। इस बात की खोज पर अभी किसी ने पी-एच.डी. की डिग्री नहीं ली है, पर कोई चाहे तो अनुसन्धान कर वह डिग्री ले सकता है। बात इतनी-सी ही है कि कॉलेज के गेट में अन्य स्थानों की अपेक्षा, भीड़ खींचने और लोगों को चिपकाकर रखने की इतनी अधिक शक्ति क्यों है। आप हॉल में लोगों को बुलाते रहिये, पर दस-पाँच से अधिक लड़के नहीं आते। क्लास रूम में हाजिरी अनिवार्य रखकर भी आप भीड़ इकट्ठी नहीं कर पायेंगे। स्पोर्ट्स-डे के दिन सारे मैदान में शामियाने और कुर्सियाँ लगाकर भी लड़के इकट्ठे नहीं किये जा सकते। पर, कॉलेज के गेट के बीच खड़े होकर आवाज उठाने-भर की देर है कि सैकड़ों लड़के आसपास घिर आते हैं। वैसे भी उस गेट के पास काफी लड़के-लड़कियाँ, पुलिस की शब्दावली में 'राउंड' पर होते हैं। भीड़ इकट्ठी करने के विज्ञान में कॉलेज-गेट के योगदान की ओर अभी लोगों का ध्यान नहीं गया है, नहीं तो मदारी लोग चलता-फिरता कॉलेज-गेट बनवाकर साथ ले चलते और जहाँ मजमा लगाना होता, वहाँ पहले गेट स्थापित कर लेते और फिर भाषण देते। राजनीतिक नेताओं के विषय में यहाँ अलग से कुछ नहीं कहा जा रहा, क्योंकि वह भी मदारियों की ही एक श्रेणी है, जो भीड़ इकट्ठा कर झूठ बोलने में, मदारियों की किसी भी अन्य श्रेणी से कम नहीं है। यदि कोई आधुनिक न्यूटन सेब के पृथ्वी की ओर खिंचे आने के ही समान, लड़के-लड़कियों के गेट की ओर खिंचे आने के कारण की जाँच करे, तो हमारा विज्ञान एक नवीन गुरुत्वाकर्षण सिद्धान्त से विभूषित होगा। वैसे हो सकता है कि कोई लड़की-विशेषज्ञ यह बता दे कि कॉलेज का गेट लसूड़े के पेड़ की लड़की

से बनता है, अतः उसमें चिपका रखने की अतिरिक्त क्षमता है।

जुलूस जब कॉलेज के गेट के पास पहुँचा तो उसकी संख्या में विस्फोट हो गया। वैसे कहीं विस्फोट हो जाये तो लोगों की संख्या कम हो जाती है, पर संख्या में विस्फोट हो तो संख्या बढ़ जाती है—ऐसी भाषा के मुहावरा-विशेषज्ञों का कहना है। हुआ यह कि गेट के आकर्षण से बँधे, पास खड़े, खेत में पड़े बीजों के समान इधर-उधर छितराये लड़के-लड़कियाँ भी उस जुलूस में मिल गये। जुलूस को हिन्दी में शोभा-यात्रा कहा जाता है। पर 'शोभा' का अर्थ यहाँ स्पष्ट नहीं है। जो लोग इस यात्रा में सम्मिलित होते हैं, वे यह मानकर चलते हैं कि इससे उनकी शोभा बढ़ेगी, जबकि होता शायद यह है कि उनके सम्मिलित होने से नेताओं की शोभा बढ़ती है। किसी मकान के शोभा-गवाक्ष में जो वस्तुएँ सजायी जाती हैं, उनमें मकान की शोभा बढ़ती है, उन वस्तुओं की नहीं।

पर शोभा-यात्रा में सम्मिलित होकर, कभी-कभी लोग दूसरों की शोभा बिगाड़ने पर भी तुल जाते हैं। लड़के वहशी होते जा रहे हैं। भीड़ में बुद्धिशून्यता का रोग बहुत जल्दी फैलता है। लड़कियाँ जोर-जोर से हँस रही थीं। वातावरण पर भीड़-वाद छाया हुआ था, उन्माद बनकर।

शोर सुनकर प्रिंसिपल वैसे ही झपटकर बाहर निकल आये, जैसे भूचाल में लोग अपना घर छोड़कर भागते हैं। आज शोर भूचाल का ही पर्याय है। शोर का मतलब होता है, भीड़। भीड़ बुद्धिशून्य होती है। बुद्धिशून्यता ध्वंस करती है। इसलिए शोर का अर्थ होता है—आन्दोलन, नारे, पथराव, घेराव और कभी-कभी आग। शोर को अपने घर से जितनी दूर रखा जा सके, उतना ही अच्छा है। शोर दूर न रहे, तो स्वयं ही शोर से दूर हो जाना चाहिए। इस नियम का सुचारु पालन सभाओं और गोष्ठियों में, पंचायतों और कॉलेज की क्लासों में होता है। सभा, गोठी अथवा पंचायत का संचालक तथा क्लास का अध्यापक कहता है, 'शोर बन्द करिये।' पर कोई भी शोर बन्द नहीं करता। शोर संचालक या अध्यापक की ओर बढ़ता है, तब संचालक या अध्यापक सभा का क्लास छोड़कर बाहर निकल जाता है और शोर से दूर हो जाता है।

समय ही कुछ ऐसा आ गया है कि लोग 'नहीं तो' का सहारा लेने को मजबूर हो गये हैं। पहले आज्ञा दी जाती है, 'ऐसा करो।' अब आज्ञा दी जाती है, 'ऐसा करो, नहीं तो...।" जैसे अध्यापक ने छात्र से कहा, 'क्लास से निकल जाओ, नहीं तो ...।' 'नहीं तो क्या सर?' छात्र ने पूछ लिया। 'नहीं तो मैं क्लास से चला जाऊँगा।' अध्यापक ने उत्तर दिया। कहते हैं कि एक क्लर्क बॉस के पास जाकर बोला, 'मेरा वेतन बढ़ा दीजिये, नहीं तो...।' 'नहीं तो क्या?' बॉस ने पूछा। 'नहीं तो मैं पिछले वेतन में ही काम करता रहूँगा।'

'नहीं तो...' सम्मान-रक्षक है। यदि 'नहीं तो' जोड़कर आज्ञा दी जाती है, तो

आज्ञा की अवज्ञा अथवा उल्लंघन की स्थिति में भी आज्ञा देनेवाले का सम्मान बना रहता है। जिस प्रकार से प्राचीन राजा लोग अपने किलों और महलों में एक छिपी हुई सुरंग बनवाया करते थे, ताकि आक्रमण होने पर यदि वे युद्ध में हार जायें तो उस सुरंग से भागकर अपने प्राण बचा सकें, उसी प्रकार आजकल के आदेशक लोग आदेश के साथ 'नहीं तो' रूपी सुरंग बनाये रखते हैं, ताकि आक्रमण और पराजय की स्थिति में वे अपना सम्मान बचा सकें।

शोर सुनकर प्रिंसिपल घबराकर बाहर निकल आये थे। घबराने की बात थी भी। सुबह से जल्दी कॉलेज आ गये थे, ताकि यदि किसी प्रकार की कोई गड़बड़ हो तो वे वापस लौट जायें। बहुधा तो वे घर से ही टेलीफोन करके पूछ लेते थे, कॉलेज शान्त है तो वे आ जायें, नहीं तो वे नहीं जायेंगे। पर सवेरे तो 'छात्र-असन्तोष' नामक संक्रामण रोग का एक भी कीटाणु वहाँ नहीं था। वैसे भी कल शाम ही को तो उन्होंने छात्र-संघ के प्रधान की सारी शर्तें मानकर उससे समझौता किया था; और मरीज की अवस्था सुधरने पर उसे 'एंटी-बायटिक' का इंजेक्शन देते हुए उसके कन्धे पर प्यार भरा हाथ रखकर, ममता के एंटी-सेप्टिक से विह्वल और गद्‌गद स्वर में उसे समझाया था, "बेटा! तुम और हम अलग नहीं हैं। तुम्हारी तकलीफ हमारी तकलीफ है। हमसे जो कुछ हो सकेगा, हम तुम्हारे लिए वैसे ही करेंगे, जैसे कोई निर्धन पिता अपनी सन्तान के लिए करता है।"

और फिर आज यह नया प्रदर्शन?

बहुत घबराकर झपटते हुए बाहर निकलने से पूर्व भी प्रिंसिपल साहब ने कुछ सावधानी बरत ली थी। शत्रु को जाने बिना युद्धक्षेत्र में जाने के समर्थक वे नहीं थे। सावधानी बरतनी चाहिए नहीं तो...हाँ, नहीं तो बात भयंकर हो सकती है। उन्होंने साहित्य में चित्रित नगर-वधुओं के समान अपने दफ्तर के गवाक्ष झाँककर देख लिया था कि जुलूस का नेतृत्व, छात्र-संघ का प्रधान रामप्रसाद 'विप्लवी' नहीं कर रहा था। पर कौन कर रहा है, यह वे देख नहीं पाये थे, नहीं तो बाहर निकलने की आवश्यकता शायद न होती। जरूर यह 'विप्लवी' का विरोधी दल होगा, जो 'विप्लवी' के साथ हुई उनकी सन्धि का विरोध पर अशान्ति फैलाना चाहता होगा। आज प्रिंसिपल साहब को लगा था कि प्रत्येक सन्धि विपक्षी दल की उपस्थिति में ही होनी चाहिए। अच्छा रहता है। अंग्रेजों ने कांग्रेस के साथ सन्धि तो की थी, पर विरोधी दल मुस्लिम लीग की उपस्थिति में। परिणाम यह है कि वे आज भी प्रिंसिपल बने हुए लन्दन से राज कर रहे हैं।

सहसा शोर बहुत बढ़ गया था और कॉलेज के बरामदों में बिना किसी रोक-टोक के आवारागर्दी कर रहा था। यह शोर भी लसूड़ेवाले गीदड़ की कहानी के अनपढ़ कुत्तों के समान था, जो दीवारों पर लगे 'सायलेंस प्लीज' के बोर्डों को पढ़ नहीं पा रहा था। जुलूस शायद कॉलेज के गेट के भीतर घुस आया था। प्रिंसिपल

साहब के लिए यह बात सर्वथा अप्रत्याशित थी। आज तक जितने जुलूस आये थे, कॉलेज गेट से चिपककर रह गये थे। जितनी भी प्रदर्शन हुए थे, वे कॉलेज-गेट की लक्ष्मणरेखा को तोड़ नहीं पाये थे। लड़कों ने पत्थर मारकर, बाहर से ही छात्र जागरूकता कॉलेज में खिड़कियों के टूटे शीशों से स्मगल की थी, पर वे स्वयं कभी भी गेट के भीतर आने का दुस्साहस नहीं कर पाये थे। इसका अर्थ यह हुआ कि कॉलेज का गेट अपना परम्परागत महत्त्व खो चुका था या भारत माता ही कुछ अधिक वीर और दुस्साहसी सन्तानें उत्पन्न करने लगी थी। यदि लड़के इतने अधिक दुस्साहसी हो गये हैं तो ऐसी अवस्था में स्वयं प्रिंसिपल का सीधे उनके सामने जा खड़ा होना उचित नहीं था। उन्हें बकरी को बाँध, बाघ की टोह लेकर ही शिकार के लिए निकलना चाहिए। कुछ अन्य लोगों को पहले बाहर भेजना चाहिए, जो जाकर स्थिति का पता लगायें और देखें कि लड़के बहुत अधिक नाराज तो नहीं हैं। अपनी हथेली से किसी तापमान को जाँचने से अच्छा है कि वे यह जाँच थर्मामीटर के माध्यम से करें।

झगड़े-फसाद में ही नहीं सन्धि-मैत्री, यहाँ तक कि शादी-विवाह में भी थर्मामीटर का महत्त्व इतिहास-सिद्ध है। थर्मामीटर के रूप और नाम अनेक हैं, पर धर्म एक हीं है : तापमान की जाँच। राजनीति में कभी उन थर्मामीटरों को राजदूत कहा जाता है और कभी 'फीलर'। शादी-विवाह के अवसर पर थर्मामीटर ब्राह्मण के रूप में भी भेजा जाता है और नाई के रूप में भी। वे जाकर दूसरे दल की इच्छा, आकांक्षा, माँगों और क्षमताओं का पता लगा आते हैं। शासन के पास थर्मामीटर बहुत बड़ी संख्या में होते हैं, जिन्हें जासूस, गुप्त पुरुष अथवा 'इंटेलिजेंस' कहा जाता है। वे सारे देश के तापमान का लेखा-जोखा शासक दल तक पहुँचाते रहते हैं। जब कभी ये थर्मामीटर ठीक काम नहीं करते या काम करना बन्द कर देते हैं, शासक भ्रम में पड़ जाता है और अनजाने ही देश की तपती हुई नब्ज को पकड़ने के प्रयत्न में अपना हाथ जला बैठता है।

बड़े लोगों के पास कुछ चमचे होते हैं, जो उनके मुँह लगते रहते हैं; कुछ मिट्ठू होते हैं, जो उनके मुँह से निकली हुई बात का तुरन्त समर्थन प्रस्तुत करते हैं; उसी तरह हर बड़े आदमी के पास कुछ थर्मामीटर भी होते हैं। प्रिंसिपल साहब के पास भी छोटे-बड़े साइज के ऐसे अनेक थर्मामीटर थे, जो उन्हें लड़कों, चपरासियों, क्लर्कों तथा अध्यापकों की गर्मी का ज्ञान कराते थे। पर इस समय उन्हें आसपास कोई भी थर्मामीटर नजर नहीं आ रहा था। निश्चित रूप से जो कुछ हुआ है, बहुत अनपेक्षित रूप से हुआ है, नहीं तो ऐसा सम्भव नहीं था कि तापमान उन तक न पहुँचता और कोई थर्मामीटर भी उपलब्ध न होता।

पर लड़कों के सामने जाने से पहले प्रिंसिपल साहब को उनकी माँगों का ज्ञान अवश्य होना चाहिए। ऐसा न हो कि उन्हें शान्त कराने के चक्कर में वे नर्वस होकर

उसकी अनुचित माँगें भी मान लें और दूसरी ओर कहीं उनकी कोई माँग अस्वीकार कर उन्हें उलटे नाराज कर दें। अपनी थर्मामीटर-सर्विस की असफलता का इतना दुख उन्हें पहले कभी भी नहीं हुआ था।

पर तभी प्रिंसिपल साहब को उस नारेबाजी और हो-हुल्लड़ में लड़कियों की चीखती और किलकारियाँ मारती हुई मधुर आवाजें सुनायी पड़ीं। जंगल-वृत्ति ने उनके कान खड़े कर दिये। आज तक किसी भी प्रदर्शन में लड़कियों ने इस प्रकार खुलकर हिस्सा नहीं लिया था। या तो वे प्रदर्शनों का विरोध किया करती थीं या फिर एक ओर जाकर चुपचाप खड़ी हो जाया करती थीं। पर जब से एक कन्या-लीडर जगदम्बा मेहता इस कॉलेज में आयी है, तब से लड़कियों की नब्ज की गति भी कुछ बदल गयी है। प्रिंसिपल साहब को लगता है कि अब 'मैन प्रपोज़ेज़, वुमैन डिसपोज़ेज़वाला मानव-मनोविज्ञान-शास्त्र बदलना पड़ेगा। अरे तौबा! लड़कियाँ हड़तालों का समर्थन करने लगी है। और कलियुग किसे कहेंगे।

कुछ भी हो, आज कोई नयी बात अवश्य थी। इसलिए उन्हें भी नयी रीति अपनानी होगी। आज उन्हें थर्मामीटरों के बिना ही लड़कों का सामना करना पड़ेगा। सोच लिया, यदि कोई झगड़े की बात हुई और मार-पीट तक नौबत आयी तो चट बेहोश होने का अभिनय कर गिर पड़ेंगे। अरे वे कोई पशु-पक्षी थोड़ी हैं कि बिना चोट खोये बेहोश नहीं हो सकते। प्रिंसिपल हैं, एक नारे से भी बेहाश हो सकते हैं।

प्रिंसिपल के बाहर आने तक सारी शोभा-यात्रा कॉलेज के गेट के भीतर आ चुकी थी और लड़के-लड़कियाँ बाढ़ के पानी के समान कॉलेज के बरामदों में भर आये थे। लगता था, उन्हें उनके सेनापतियों ने अन्तिम आज्ञा 'डिसपर्स' की दी थी—सब लोग सहसा ही छितरा गये थे। चारों ओर असाधारण गुल-गपाड़ा था, पर क्रोध कहीं नहीं था। सब ओर उन्माद की हँसी थी।

प्रिंसिपल को देखकर लड़के वहीं-के-वहीं ठहर गये, जैसे सहसा ट्रैफिक सिगनल लाल हो जाने से तेजी से आती हुई गाड़ी को ब्रेक लग जाती है, साथ ही असमंजस में सायलेंस जोन की चुप्पी छा गयी। प्रिंसिपल हैरान थे : इतना सम्मान तो उनका कभी नहीं हुआ था कि लड़के उन्हें देखकर चुप हो जायें। प्रिंसिपल इस प्रतीक्षा में थे कि उन्हें बताया जाये कि आखिर बात क्या है; और लड़के इस प्रतीक्षा में रुके थे कि प्रिंसिपल उनसे पूछें कि मामला क्या है? 'पहले आप' की लखनवी औपचारिकता में दोनों दल शान्त थे।

सहसा एक ओर से इस तेजी से नारा हवा को चीरता हुआ ऊपर चढ़ा, जिस तेजी से गिलहरी पेड़ पर चढ़ती है, "हमारा कॉलेज।"

अन्य गिलहरियाँ भी उसी तेजी से दौड़ीं, "जिन्दाबाद। जिन्दाबाद।"

प्रिंसिपल 'हमारा प्रिंसिपल, मुर्दाबाद' के अभ्यस्त हो चुके थे। यह नया नारा

सुनकर चौंके।

तरुण के भीतर भरी हाइड्रोजन गैस उसे भीड़ से ऊपर उठा लायी। उससे आन्दोलन की बात सुनकर, प्रिंसिपल के चेहरे से चिन्ता के टुकड़े ऐसे टूट-टूटकर गिरे, जैसे पुरानी दीवार पर से सीमेंट के खपड़े उतर-उतरकर गिरते हैं। लगा तरुण की हाइड्रोजन का अतिरिक्त अंश प्रिंसिपल में समा गया, जैसे परमात्मा में आत्मा समा जाती है। वे खिलखिलाकर हँस पड़े। उन्होंने जोर से तरुण का कन्धा थपथपाकर उसे शाबाशी दी और भाषण करने के अन्दाज में लड़के-लड़कियों की ओर मुड़े, "शाबाश बच्चो। तुमने बहुत अच्छा काम आरम्भ किया हैं यह कंस्ट्रैक्टिव आन्दोलन है। हम सब तुम्हारे साथ हैं, जैसेकि सदा से रहे हैं और सदा रहेंगे (इसे भावना के धरातल पर समझना बच्चो! क्योंकि व्यावहारिक रूप में यह सम्भव नहीं है। हम तो जब तक रहेंगे इसी कॉलेज में रहेंगे, पर तुम्हें हम सदा इस कॉलेज में नहीं रख सकेंगे। हमें कुछ दूसरे बच्चों को भी पढ़ाना है)। मैं अपने सहयोगियों—तुम्हारे अध्यापकों से भी कहूँगा कि वे बसों का बहिष्कार कर दें...।"

"प्रिंसिपल साहब..."

"जिन्दाबाद!"

नारे। तालियाँ। और चारों ओर कहकहे-ही-कहकहे।

क्या सुना प्रिंसिपल साहब ने? 'जिन्दाबाद!' कितना मधुर स्वर था। जैसे किसी ने सैक्रिन कानों में टपका दी हो। 'मुर्दाबाद' सुनने के अभ्यस्त कान सहसा जिन्दाबाद को ग्रहण नहीं कर पा रहे थे।

और प्रिंसिपल साहब ने तभी जीवन का एक अत्यन्त महत्त्वपूर्ण निर्णय लिया कि अब वे लड़की के किसी आन्दोलन का विरोध नहीं करेंगे। उस ऐतिहासिक क्षण से आज तक यह निर्णय सारे प्रिंसिपल कर चुके हैं।

4

कॉलेज की कैंटीन, जो कैंटीन कम और मक्खियों का कॉमनरूप अधिक लगती थी, इस समय भारतीय रेल के समान लदी हुई थी। शेष लोगों से हटकर, एक अपेक्षाकृत कोने में छात्र-संघ का प्रधान रामप्रसाद 'विप्लवी' और उसके कुछ अति निकट सहयोगी, उदास छछून्दरों के समान मन मारे बैठे थे। उनका यहाँ आना नयी बात नहीं थी, वे यहाँ रोज आते थे। कॉलेज आकर क्लास में बैठना उन्हें अच्छा नहीं लगता था, लायब्रेरी की ओर मुड़ते ही उनके पैर अड़ियल घोड़े के समान उलटी दिशा में भागने के लिए विद्रोह कर बैठते। तो फिर कहाँ जाते? ऐसे सारे बेसहारा लोगों के लिए, महात्मा बुद्ध की करुणा के समान स्निग्ध और शान्त, ममतामयी माँ की वात्सल्य-भरी गोद के समान यह कैंटीन थी। यदि कोई मेधावी अनुसन्धाता अनुसन्धान करे तो बड़ी सुविधा के इस निष्कर्ष पर पहुँचेगा कि जयशंकर 'प्रसाद'

ने 'जहाँ पहुँच अनजान क्षितिज को मिलता एक सहारा' किसी कॉलेज की कैंटीन में बैठकर ही लिखा होगा।

'विप्लवी' एंड पार्टी को कैंटीन से दिन में दो बार मुफ्त चाय मिलती थी—यह छात्र-संघ-टैक्स था। विप्लवी ने चुनाव जीतते ही स्पष्ट कर दिया था कि यदि कैंटीन के ठेकेदार ने उसकी यह बात न मानी तो वह आन्दोलन करके उसका ठेका समाप्त कर देने के लिए प्रिंसिपल को मजबूर कर देगा। पर रोज चाय पीते हुए वे उदास छछून्दरों के समान चुपचाप नहीं बैठा करते थे। आज उन्होंने कुछ खाया भी नहीं था, जो इस मनोविज्ञान शरीर वैज्ञानिक तथ्य का प्रमाण था कि उदासी में व्यक्ति को भूख नहीं लगती। इस तथ्य की अब तक जो विकट उपेक्षा की गयी है, वह मानव इतिहास में अनुपमेय है। होना यह चाहिए था कि संयुक्त राष्ट्र संघ की ओर से संसार में इस तथ्य का व्यापक प्रसार किया जाता; और जिस भी देश में अन्न का अभाव होता, वहाँ इस अभाव को दूर करने के लिए टनों उदासी भेजी जाती जैसा कि यहिया खाँ ने बांगलादेश में किया। देश उदास हो जाता, लोगों की भूख मर जाती और अन्न की कमी दूर हो जाती। पर संसार के अधिकांश भागों में शासन की बागडोर व्यापारी वर्ग के हाथ में है। व्यापारी वर्ग तो चाहता ही है कि लोगों को अधिक भूख लगे, लोगों के पेट न भरें। लोग भूखे रहें, अकाल पड़े; और व्यापारी महँगे दामों में अन्न बेचकर धन कमायें। अपने निहित स्वार्थों के कारण वह वर्ग जनता की भूख बढ़ाने के लिए उसे प्रसन्नता देता है। उसे सुखी रखता है। हे प्रभु! तू संसार को सुखी रखनेवालों को कभी क्षमा मत करना।

बात 'विप्लवी' और उसके साथियों की थी। वे लोग और दिनों के समान न जोर-जोर से बोल रहे थे, न ऊँची आवाज में हँस रहे थे : लगता था, उसके गले की बैटरी जैसे डाउन हो गयी थी। आज वे आसपास बैठे हुए लड़कों से छेड़छाड़ भी नहीं कर रहे थे। आपस में भी या तो वे बातें कर ही नहीं रहे थे या इतना धीरे बोल रहे थे कि उनकी आवाजें दूसरी मेज तक नहीं जा रही थीं।

"यह तरुण बहुत घाघ निकला।" विप्लवी ने होंठ भींचकर फिल्मी खलनायक के समान कहा और अपने सहयोगियों को कुछ इस प्रकार से घूरने लगा, जैसे तरुण के घाघ होने के पीछे उनका कोई षड्यन्त्र काम कर रहा हो।

पर उनमें से किसी ने कुछ नहीं कहा। अपने नेता का समर्थन करने का कोई लाभ नहीं था, क्योंकि उसके मत को समर्थन की आवश्यकता नहीं थी; और उसका विरोध करने का उनमें साहस नहीं था। वे लोग नाटक के उन पात्रों के समान, जिन्हें निर्देशक के आदेशानुसार एक विशिष्ट ओर ही देखना है, जिधर देख रहे थे, देखते रहे। उसकी आँखों की पुतलियाँ अपारदर्शी अन्धे शीशे के समान हो गयी थीं, जिनसे कोई भाव छनकर बाहर नहीं आता।

काफी प्रतीक्षा करने के बाद भी जब कोई उसकी इच्छानुसार ही कुछ नहीं बोला

तो विपल्वी फिर स्वयं ही बोला, "यह साला अगले इलेक्शन में जरूर खड़ा होगा, तुम लोग देखना। मैं कहता हूँ, मैं लिखकर दे सकता हूँ कि वह जरूर इलेक्शन लड़ेगा। जिस प्रकार का स्टंट उसने आज किया है, वैसे ही स्टंट वह और करेगा; और इन स्टंटों से पापुलर होकर वह इलेक्शन जीत भी जायेगा। तुम लोग देखना।"

"पर जो कुछ वह कह रहा है, उसका विरोध नहीं किया जा सकता।" अन्त में बहुत उकताकर उसका एक सहयोगी बोला।

"नहीं, विरोध नहीं किया जा सकता।" विप्लवी झल्लाकर बोला, "यही तो मजबूरी है। विरोध किया जा सकता तो फिर चिन्ता की क्या बात थी। फिर हम अपने सिर जोड़कर यहाँ क्यों बैठते, उसका सिर न तोड़ देते! वही किसी अस्पताल में अपना सिर जुड़वाता रहता। अब तो यह हालत है : लड़के उसके पक्ष में हैं, लड़कियाँ उसके पक्ष में हैं। और तो और, प्रिंसिपल साले ने भी कह दिया है कि वह उसका समर्थन करता है। लैक्चरर लोग तो होते ही हैं प्रिंसिपल के चमचे, उसकी देखा-देखी सारे लैक्चरर भी तरुण का समर्थन करने लगेंगे। हमने उसका विरोध किया तो अगले इलेक्शन में हमारी पार्टी का एक भी आदमी नहीं चुना जायेगा। बैठे ढोल बजाते रहना।"

विप्लवी व्यावहारिक राजनीति का मर्मज्ञ था और देश के नेताओं के पद-चिह्नों पर पूरी तरह चल रहा था। न्याय-अन्याय या सिद्धान्तों से अधिक महत्त्वपूर्ण चीज इलेक्शन थी। गधा बनकर भी इलेक्शन जीता जा सके तो जीतेगा, जैसाकि अपने देश का रिवाज है। वह अपने देश के प्रचलित रिवाजों के विरुद्ध कैसे जा सकता था, देशभक्त जो ठहरा।

"हमें उसका विरोध करना भी नहीं चाहिए।" दूसरा सहयोगी सहसा फरिश्ता हो गया। फरिश्ता होकर व्यक्ति संसार से ऊपर उठ जाता है, जैसे मन्त्री होकर व्यक्ति भ्रष्टाचार से ऊपर उठ जाता है। साधारण व्यक्ति इनकम-टैक्स न दे तो वह अपराधी होता है, उसके लिए उसे दंड दिया जाता है; मन्त्री इनकम-टैक्स न दें तो 'उन्हें भूल जाने की आदत है' कहकर उनके भोलेपन के प्रति प्यार जताया जाता है। अपने देश की यह पुरानी पम्परपरा है। बाली अपने भाई की स्त्री को अपनी पत्नी बना ले तो उसे मार दिया जाता है; पर सुग्रीव या विभीषण यही शुभ कार्य करें तो उन्हें आशीर्वाद दिया जाता है।

तो दूसरा सहयोगी फरिश्ता हो गया और पार्टी-पोलिटिक्स से ऊपर उठकर मुर्गे की तरह सत्य की बाँग देने लगा, "बसोंवाले भी तो बहुत हरामी हो गये हैं। एक तो दिल्ली में वैसे ही बसें बहुत कम हैं और जनता बहुत अधिक है। फिर जो बस आनी चाहिए, वह आयेगी नहीं। आयेगी तो देर से आयेगी। फिर किसी स्टॉप पर बस रुकेगी, किसी पर नहीं रुकेगी। लोगों को चढ़ने का अवसर भी नहीं देंगे। खाली बसें भगाकर ले जायेंगे। लोग अभी चढ़ ही रहे होंगे तो बस चला देंगे। एक तो क्यू

कहीं बनती नहीं, यदि किसी स्टॉप पर लोगों के प्रयत्न से बन जाये तो ये बस को स्टॉप से बीस मीटर इधर या उधर खड़ी कर देंगे, ताकि सारी जनता पागलों की तरह बस की ओर फ्री-स्टाइल, वहशियाना दौड़ लगाये। इन बसवालों के साथ तो ऐसा ही होना चाहिए, बल्कि इनको तो पीटा भी जाना चाहिए।"

विप्लवी को अपने सहयोगी का यह फरिश्तापन उतना ही बुरा लगा, जितना देर तक सोनेवाले को मुर्गे की बाँग या घड़ी का अलार्म लगता है। सहयोगी अपनी सत्य-प्रियता तथा स्थिति के उचित विश्लेषण के लिए अपने नेता की प्रशंसा पाने की आशा से उसकी ओर देख रहा था। विप्लवी पहले तो उसे घूरता रहा; और फिर बोला, "मेरा तुम्हारे विषय में पहले जो विचार था, वह अब और भी दृढ़ हो गया है।

"क्या?" सहयोगी ने प्रशंसा पाने के लिए अपनी झोली ऐसे पसारी जैसी सब्जी खरीदने में दक्ष महिला साग के दो अतिरिक्त पत्ते पाने के लिए अपना आँचल पसार देती है या सीप स्वाति नक्षत्र में बूँद के लिए अपना मुँह खोल देती है।

"तुम साले लल्लू हो एकदम।" विप्लवी ने अपने दाँत पीसकर सहयोगी को उपाधि-विभूषित किया। दाँत पीसते हुए वह यह भूल गया कि उसका सहयोगी उसके सामनेवाली कुर्सी पर बैठा है, उसके दाँतों के बीच नहीं। ऐसी स्थिति में दाँत पीसने पर उसके अपने दाँत ही कमजोर होंगे। आजकल डैंटिस्ट लोग दाँतों को उखाड़ने के साथ-साथ जेब में से पर्स भी उखाड़ लेते हैं' और 1962 के चीन के साथ युद्ध के बाद से हमारे यहाँ सस्ते चीनी डैंटिस्टों का आयात बन्द कर दिया गया है। यदि यह सब कुछ वह याद रखता तो समझ जाता कि आजकल दाँत पीसनेवाला, पुराने जमाने के पेड़ की किसी डाली पर बैठ उसी को काटनेवाले मूर्ख का नया संस्करण है।

सहयोगी अपनी आँखों में सारे अन्तरिक्ष की शून्यता लिये उसे देखता रहा। उसके विपल्वी का क्रोध भी पंडित नेहरू के क्रोध के ही समान दुर्बोध था। उसने तो ऐसी कोई बात नहीं कही, जिससे उसका लीडर नाराज हो जाये। वह फरिश्ता हो गया था, इसलिए कमबख्त राजनीति का एक साधारण-सा नियम भी भूल गया था कि जिस प्रकार गोपियों को न समाज से कुछ लेना-देना था, न धर्म से, उन्हें तो उनका कृष्ण ही चाहिए था, उसी प्रकार इस देश के नेता को न सत्य से मतलब है न असत्य से, न जनता की भलाई से न बुराई से, उसे तो अपनी 'लीडरशिप' चाहिए। ऐसी तन्मयता, ऐसी एकनिष्ठा या तो गोपियों में थी या फिर अपने नेताओं में, अन्यत्र सब जगह दुर्लभ है।

विप्लवी ने स्वयं ही अपने सूत्र का भाष्य किया, "मैं कब कहता हूँ कि जो कुछ तरुण ने किया वह गलत था या बसवालें का कोई दोष नहीं है। तुम बसों के शीशे तोड़ दो, उन्हें आग लगा दो, तुम शहर में भूचाल ले आओ, पर यह सब तो मुझे नेता मानकर किया जाना चाहिए। अब तो प्रश्न केवल यह है कि लीडरशिप तरुण

के हाथ से कैसे छीनी जाये।"

"गुरु! एक बात मेरी मानो।" विप्लवी के एक अन्य सहयोगी के मन में अभी-अभी आर्केमेडिज जन्मा था, "गुब्बारे में इतनी हवा भरो कि या तो गुब्बारा बच्चे के हाथ में से निकल जाये या फट जाये। बच्चा अपने-आप रोने लगेगा।"

"क्या मतलब?" विप्लवी विज्ञान को कला में परिणत करने क लिए उतना ही उत्सुकता था, जितना वर्ष के बाद टर्राने के लिए जोहड़ का मेंढक, "सिद्धान्त छोड़ो, मतलब की बात करो।"

"हम इस आन्दोलन को इतना बढ़ायें" सहयोगी बोला, "कि वह तरुण के हाथों में से निकलकर हमारे हाथ में आ जाये। मतलब यह कि हम तरुण को पैट्रोनाइज करें। हम आज एक मीटिंग करें और उसमें तरुण के काम की प्रशंसा करते हुए, इस आन्दोलन को आगे बढ़ाने के लिए कल के अपने प्रोग्राम की घोषणा कर दें।"

पैट्रोनाइज करना आधुनिक राजनीति में नवीनतम फैशन है। इस व्यापार की विशेषता यह है कि न तो इसमें पूँजी लगानी पड़ती है, न पसीना ही बाहना पड़ता है। बांगलादेश में लोग अपने खून और अपनी माँ-बहनों की इज्जत की होली खेल रहे हैं और आप दिल्ली की सड़कों पर नारे लगाकर उस आन्दोलन को पैट्रोनाइज कर यह मान लेते हैं कि वह आन्दोलन आप चला रहे हैं। वैसे पैट्रोनाइज करने का इससे भी बेहतर तरीका है फीता काटने का। जनता अपने-आप संस्था बनायेगी, उसके जन्म की प्रसव-पीड़ा सहेगी, उसके पालन-पोषण का खर्च, परेशानी और दुख-दर्द सहेगी, उसकी अस्वस्था में डॉक्टरों के पास पड़ेगी, पर जब वह बनकर तैयार हो जाये तो उद्घाटन का फीता या जन्मदिन का केक काटकर नेता यह समझता है कि वह संस्था उसी ने बनायी है।

लोग कहते थे और आज भी कहते ही चले जाते हैं : दीप से दीप जलता है। यह पुरानी शैली है। नयी शैली : माचिस की तीली से सिगरेट जलता है या सिगरेट के टुकड़े से भुस जलता है। सहयोगी के विचार की तीली से विप्लवी के मस्तिष्क का तम्बाकू सुलग उठा और वह कश-पर-कश लेने लगा। उसके चेहरे का तनाव ऐसे ही पुँछ गया जैसे डस्टर की सैर से ब्लैक-बोर्ड पर बना सारा आल-जाल पुँछ जाता है। उसका चेहरा चमकने लगा और उसकी आवाज ऊँची और तीखी हो गयी, "बाई गॉड! तुम ठीक कहते हो।" उत्तेजना ने उसके हाथों को ऐसे कसा, जैसे पेचकस पेच घुमाकर शिकंजे को कसता है। उसकी पकड़ मेज पर सहसा ही बहुत सख्त हो गयी, "हम इस सुलगते उपले को अपने हुक्के की चिलम में से उठाकर शहर के छप्पर में रख देंगे। हम इस आन्दोलन को अपने कॉलेज में से उठाकर यूनिवर्सिटी में ले जायें। और फिर कॉलेज-कॉलेज, मुहल्ले-मुहल्ले, गली-गली में फैल जायें और सबको कह दें कि बसों का बहिष्कार करो। कल सारी बसें खाली-की-खाली उनके डिपुओं को वापस लौटा उनसे कह दो—खबरदार! यह कूड़ा अपने कूड़ेदान में से

बाहर न निकले। फिर देखेंगे, लीडरशिप कैसे हमारे हाथ में नहीं आती। तरुण बेचारा इतने बड़े आन्दोलन को कैसे सँभाल पायेगा। चलती हुई बस न तो कोई पुस्तक है जिसे वह पढ़ जायेगा, न कोई सुन्दर लड़की, जिसे वह अपनी बातों में उलझा लेगा। उसकी चाहनेवाली लड़कियाँ भी इस आन्दोलन को अपनी मुस्कान और किलकारियों में नहीं बाँध सकतीं—राजनीतिक आन्दोलन आशिक का दिल नहीं होता कि सुन्दरी की मुसकान की लक्ष्मणरेखा में बँध जाये। हम अपनी जगदम्बा मेहता को पक्का कर लेंगे। लड़कियाँ भी हमारी ओर हो जायेंगी। फिर देखते हैं इलेक्शन कौन जीतता है। यह हो गया तो यूनिवर्सिटी इलेक्शन को भी मैं ऐसे उठाकर अपनी जेब में रख लूँगा, जैसे कोई हलवाई की नजर बचाकर उसके थाल में से लड्डू उठाकर चुपके से अपनी जेब में रख लेता है।

"वंडरफुल!" उसके सहयोगियों ने 'जय गुरुदेव' शैली में भक्ति-भावना से कोरस में कहा।

वे सब प्रसन्न हो गये थे। उनके चेहरों पर रिटायर्ड आदमी की रिएम्प्लायमेंट के समान खिलन्दरापन लौट आया था। वे पहले के ही समान जोर-जोर से बोल रहे थे। दूसरों से छेड़छाड़ कर रहे थे। कैंटीन में शोरगुल वैसे ही लौट आया था, जैसे कहीं लम्बी छुट्टियाँ बिताकर बच्चों का दल वापस घर लौट आया हो।

मन्दिर में लोग सुबह जुटते हैं, मधुशाला में शाम को। भँवरे फूलों पर जुटते हैं और मक्खियाँ त्यक्त पदार्थों के ढेर पर। किन्तु विद्यार्थियों के जुटने का न समय निश्चित किया जा सकता है, न स्थान। यदि कोई ऐसा कर सकता है तो वह छात्र-संघ का प्रधान ही है। छात्र-संघ के प्रधान रामप्रसाद विप्लवी ने ऐसा ही किया। शाम को छात्र-संघ के तत्त्वावधान में हुई एक सभा में सारे विद्यार्थी जुटे और विप्लवी ने उसमें एक शानदार भाषण किया :

"साथियो!

"जैसे पंडित जवाहरलाल नेहरू ने देश को नारा दिया था—'आराम हराम है' और शास्त्रीजी ने नारा दिया था—'जय जवान, जय किसान', वैसे ही मैंने भी आपको नारा दिया है—'आत्मनिर्भर बनो, किसी पर आश्रित न रहो।' (इस प्रकार मैंने आपके प्रति अपने दायित्व की पूर्ति की है। पर इसका तात्पर्य यह कदापि नहीं है कि मैं यह प्रकट करना चाहता हूँ कि मैं पंडितजी और शास्त्रीजी के बराबर हूँ। नहीं, ऐसा दुराग्रह मैं कभी नहीं करूँगा; क्योंकि मैं स्वयं को सदा ही उनसे ऊँचा मानता आया हूँ।)

"तो दोस्तो! आज हमारे साथी तरुण ने अपने कुछ सहपाठी-मित्रों की सहायता से मेरे इस नारे को व्यावहारिक रूप दिया है। उन्होंने राजधानी की बदनाम, दुर्व्यवस्थित परिवहन व्यवस्था के मुँह पर जोर का तमाचा मारा है (इतनी जोर का, कि परिवहन

की सभी बसों का रंग लाल हो गया है)। वे ऐसा इसलिए कर सके, क्योंकि उन्होंने मेरे नारे को याद रखा। वे आत्मनिर्भर बने।

"मैं कहता हूँ कि संसार की सारी राजधानियों में से सबसे घटिया राजधानी, हमारे देश की राजधानी है (इस क्षेत्र के हम सर्वमान्य गोल्ड मेडेलिस्ट हैं)। इसको सुधारना किसका कर्त्तव्य है : सरकार का या छात्रों का? सरकार अपना गोल्ड मेडल नहीं छोड़ना चाहती इसलिए, आप सब जानते हैं, यह हमारा कर्त्तव्य है, विद्यार्थियों का। तो आज हम इस ओर ठोस कदम उठा रहे हैं (क्योंकि तरल और गैस कदम सरकार उठा चुकी है)। हम सबसे पहले परिवहन व्यवस्था की ओर ध्यान दे रहे हैं, क्योकि परिवहन व्यवस्था चलती-फिरती चीज है, और आप सब यह जानते हैं कि यह मनोवैज्ञानिक सत्य है कि चलती-फिरती चीज अपनी ओर जल्दी ध्यान खींचती है (खबरदार! जो किसी ने यह कहा कि वह मनोविज्ञान का छात्र नहीं है, या 'अटेनशन' का चैप्टर उनके कोर्स में नहीं है)। साथियो! आप सब मिलकर मेरे साथ यह संकल्प करें कि हम आज से, इसी क्षण से बसों का प्रयोग एकदम नहीं करेंगे (वैसे ही जैसेकि लायब्रेरी की पुस्तकों का प्रयोग नहीं करते हैं)...।"

"हम साइकिलों पर कॉलेज आयेंगे।" श्रोताओं में से एक लड़का चीखकर बोला।

"विप्लवी के चेहरे पर रोज-गार्डन खिल आया—लड़कों के इस प्रकार के सुझाव उसकी लीडरशिप पक्की कर देंगे।

"नहीं मेरे मित्रो!" उसने वैसे ही कहा जैसे चौराहे का मदारी 'तो मेरे मेहरबानो' कहा करता है, "नहीं। हम साइकिलों पर भी नहीं आयेंगे।" उसने चीखने के लिए भाप इकट्ठी की और इंजन की सीटी के समान चीखकर बोला, "यदि हम साइकिलों पर आश्रित हुए तो कल से ही सारे साइकिल बाजार से उठकर काले बाजार में चले जायेंगे। आप जानते हैं कि इस देश में जिस चीज की तनिक भी माँग होती है, वह चीज दुकानों से गायब हो जाती है। महात्मा गाँधी ने देश के लोगों से ईमानदारी, त्याग और राष्ट्रप्रेम की माँग की थी (कितना गलत काम किया था); और फलस्वरूप ईमानदारी, त्याग और राष्ट्रप्रेम देश के बाजारों से गायब हो गया। और साइकिलों के टायर-ट्यूब तो अभी से खुले आम काले बाजार में बिक रहे हैं। इसलिए मेरे साथियो! हम किसी पर आश्रित नहीं होंगे, न बस पर, न मोटर पर, न साइकिल पर! हम आत्मनिर्भर बनेंगे। (हम अपने माँ-बाप और अध्यापकों से प्यार करते हैं, इसलिए नहीं चाहते कि वे बाजार से गायब होकर काले बाजार में चले जायें। अतः हमने उन पर आश्रित रहना छोड़ दिया है। हम उनसे स्वतन्त्र हो गये हैं)।"

उसे अपने भाषण की प्रतिक्रिया देखने के लिए रुक जाना पड़ा था, क्योंकि आज श्रोताओं की ओर से कोई 'रिस्पांस' नहीं मिल रहा था। अब तक उसके विरुद्ध न कोई नारा लगा था, न पत्थर चला था, न श्रोताओं के किसी भाग में उठा-पटक

हुई थी, न बिजली की तार काट माइक को निरर्थक किया गया था। ऐसी मरियल मीटिंग तो पहले कभी नहीं हुई थी। कहीं लड़के उसका उल्लू तो नहीं बना रहे; या फिर सो तो नहीं गये?

उसने चारों ओर एक सिंह-दृष्टि घुमायी। वह आह्वान था कि कुछ करो। अरे कमबख्तो! किसी प्रकार तो मीटिंग को जानदार बनाओ। पर सब लोग चुप थे, कहीं कोई हलचल नहीं थी। इस प्रकार की शान्ति छात्र-मीटिंगों में ही क्या, किसी भी मीटिंग में बहुत कम होती है। विप्लवी का मन अत्यन्त व्याकुल होकर स्वगत शैली में गाने लगा : 'कितनी शान्ति! कितनी शान्ति! समाहित क्यों नहीं होती यहाँ भी मेरे उर की क्रान्ति!' उसे लगा लड़के उसकी बात को गम्भीर धरातल पर ग्रहण कर रहे हैं। और लड़के जब गम्भीर हो जाते हैं तब या तो भूचाल आता है या ज्वालामुखी फटता है।

उसने फिर बोलना आरम्भ किया, "मित्रो! कल से इस आन्दोलन को हम व्यापक रूप देने जा रहे हैं। (यानी गुब्बारे में हवा भरने जा रहे हैं।) आज हमारे कॉलेज के कुछ विद्यार्थियों ने बसों का बहिष्कार किया है (मैं उनके नाम नहीं लूँगा—बार-बार दूसरों के नाम लेने से उनको यश मिलता है, और यशस्वी लोग नेताओं की नेतागीरी छीन लेते हैं); कल न केवल हमारे कॉलेज के सारे विद्यार्थी और अध्यापक बसों का बहिष्कार करेंगे, बल्कि सारी यूनिवर्सिटी बसों का बहिष्कार करेगी (अपनी इच्छा से करे-न-करे, हमारी इच्छा से करेगी।) मैं तो यहाँ तक कहूँगा कि हमें दिल्ली के प्रत्येक नागरिक (तथा व्यापारी) से यह (करबद्ध) प्रार्थना करनी चाहिए कि यह बसों का बहिष्कार करे।

"अब मेरे साथ मिलकर बोलिये, "जय हिन्द'!"

विप्लवी ने 'जय हिन्द' बुलवाना पंडित नेहरू से (बिना उनकी ट्यूशन रखे) सीखा था और अपनी बात समाप्त करने से पूर्व यह नियमपूर्वक तीन बार 'जय हिन्द' बुलवाता था। इस नियम का वह बहुत पक्का था। कुछ और नियमों का भी पक्का था : गाली देकर बात करने के नियम का, सप्ताह में एक-आध बार कॉलेज में चाकू चला देने के नियम का, अध्यापकों को देखकर बहुत शालीनता से नमस्कार कर, उनके पीठ फेरते ही उन्हें गाली देने के नियम का और मित्रों से माँगकर दिन में तीन पैकेट सिगरेट पीने के नियम का।

5

प्रत्येक शासन व्यवस्था में शासन की आलोचना होती है। इस आलोचना का सामना करने का एक विज्ञान है (उस विज्ञान का नामकरण अभी नहीं किया गया है)। उस विज्ञान के अनुसार आलोचना को समाप्त करने की तीन प्रणालियाँ हैं : पहली प्रणाली है कि जिस कार्य, संस्था, पद्धति अथवा व्यकित की आलोचना हो, उसे बन्द कर

दिया जाये; दूसरी प्रणाली है कि पुलिस-शक्ति में वृद्धि की जाये तथा सिपाहियों को पहले से लम्बी एवं अधिक मजबूत लाठियाँ दे दी जायें; तीसरी प्रणाली है कि एक कमेटी बैठा दी जाये और उसकी रिपोर्ट पर विचार करने के लिए एक सब-कमेटी का निर्माण कर दिया जाये। ऐसी अवस्था में प्रशासक को कुछ नहीं करना पड़ता। वह कमेटी की रिपोर्ट सब-कमेटी को और सब-कमेटी की रिपोर्ट कमेटी को भेजता रहता है; तथा आलोचना की जमनाजी के किनारे एक सुन्दर समाधि बनवा देता है।

राजधानी की परिवहन व्यवस्था के विरुद्ध की जा रही आलोचना का समाधान तीसरी प्रणाली से करने के विचार से, परिवहन व्यवस्था के जनरल मैनेजर ने एक मीटिंग बुलायी थी। मीटिंग का नामकरण किया गया था, 'परिवहन व्यवस्था की समस्याओं पर विचार-गोष्ठी'। नामकरण बड़ी समझदारी से हुआ था—उसमें नागरिकों की समस्याओं की कोई चर्चा नहीं थी। शायद उसमें विचार भी यही होना था कि नागरिक परिवहन व्यवस्था के लिए किस प्रकार समस्याएँ खड़ी करते हैं। नागरिकों को एक बहुत बुरी आदत यह है कि बस-रूट के मार्ग में स्थान-स्थान पर भीड़ बनाकर खड़े ही नहीं हो जाते, वरन् हाथ दे-देकर उसे रोकना भी चाहते हैं। फिर कहते हैं कि परिवहन व्यवस्था 'स्मूथ' काम नहीं करती। एक-एक बस को इतनी जगह रोका जायेगा, बार-बार ड्राइवर को ब्रेक लगानी पड़ेगी, क्लच दबाना पड़ेगा, गेयर बदलना पड़ेगा तो परिवहन व्यवस्था 'स्मूथ' कैसे रहेगी? ये नागरिक बसों को मार्ग में रोक ही नहीं लेते, बल्कि चाहते हैं कि उन्हें बस में चढ़ा भी लिया जाये। और बसों में चढ़ते हुए उन्हें बसों पर तनिक भी दया नहीं आती—लदे ही चले जाते हैं। आखिर उन्हें बस को भी मानवीय दृष्टि से देखना चाहिए : यदि इतनी ही बसें किसी मनुष्य पर सवार हो जायें तो क्या मनुष्यों को बुरा नहीं लगेगा। आखिर बसों को हम इतना हीन क्यों समझें! आज के युग में जाति-पाँति और भेद-भाव नहीं चल सकता। हमें बसों को भी उनका बराबरी का अधिकार देना ही पड़ेगा। फिर तो लोग बसों में एक बार चढ़ जाते हैं, वे इस बात की भी अशिष्ट जिद करते हैं कि उन्हें उतारा भी जरूर जाये और जहाँ वे चाहें, वहीं उतारा जाये। भला कोई उनसे पूछे कि उतरना ही था तो चढ़े क्यों थे? बस में चढ़ने से पहले उन्हें यह अच्छी तरह सोच लेना चाहिए कि बस में चढ़ना है या नहीं? और यदि गलती हो ही गयी तो फिर कण्डक्टर से इस बात के लिए क्यों झगड़ते हैं कि उन्हें वहीं उतारा जाये जहाँ वे चाहते हैं। जहाँ सुविधा होगी, कंडक्टर उन्हें उतार देगा; पर नागरिक लोग इतने बिगड़े दिमाग के हैं कि कंडक्टर के साथ इतना-सा भी सहयोग करने के लिए तैयार नहीं हैं। इन सारी समस्याओं की जड़ में है नागरिकों का आबादी बढ़ाने का षड्यन्त्र। सन्तान उत्पन्न करने से पहले परिवहन व्यवस्था से पूछते तक नहीं हैं कि बसों में उनके बच्चों के लिए जगह है भी या नहीं; और बाद में उनके बच्चे बड़े होकर इस बात को लेकर झगड़ते हैं कि उन्हें बसों में क्यों नहीं चढ़ाया जाता है।

दिल्ली परिवहन की समस्याओं पर विचार करने के लिए विभिन्न स्तरों के पदाधिकारी आमन्त्रित थे। यह इसलिए किया गया था, क्योंकि एक ही स्तर के पदाधिकारी एकमत हो जाया करते थे। आमन्त्रित पदाधिकारियों में डिपुओं के मैनेजर थे, एकाउंट्स ब्रांच के अधिकारी थे, ट्रैफिक इंस्पेक्टर थे, ड्राइविंग आफिसरों तथा कंडक्टिंग आफिसरों (जिन्हें जनता भूल से ड्राइवर तथा कंडक्टर कहती है) की यूनियन के प्रतिनिधि थे, नगर निगम के सदस्य थे और कुछ सर्वसम्मानित नागरिक थे। सर्वसम्मानित अथवा सामान्यतः सम्मानित नागरिक ऐसी मीटिंगों में आमन्त्रित लोगों का विशिष्ट वर्ग है। मीटिंग की व्यवस्था करनेवाला अधिकारी अपने जिन मुसाहिबों को अन्य किसी श्रेणी में आमन्त्रित नहीं कर सकता, उन्हें वह सम्मानित नागरिक की श्रेणी में आमन्त्रित करता है। चूँकि आमन्त्रित करने का अधिकार केवल उसी का होता है, अतः कोई यह नहीं पूछता कि वे 'नागरिक' या 'सम्मानित' में से कुछ हैं भी या जनता के विश्वासघाती अनागरिक तथा अधिकारियों के तलवे चाट सदा अपमानित होनेवाले लोग हैं।

वैसे, जब कभी कहीं साइक्लोन नामक अतिथि पधारता है तो वह नगर को अनगर, ग्राम को अग्राम तथा खेत को अखेत कर देता है। पिछले दिनों साहित्य में आधुनिकता का साइक्लोन आया था, जिसने कहानी को अकहानी, कविता को अकविता तथा नाटक को अनाटक कर दिया था। वैसा ही साइक्लोन यदि नागरिक-शास्त्र में आ जाये तो नागरिक अपने-आप अनागरिक तथा सम्मानित असम्मानित हो जायेंगे। इस दृष्टि से देखें, तो यह कहना होगा कि उस मीटिंग में 'आधुनिक सम्मानित नागरिकों' को बुलाया गया था।

मीटिंग अपने निश्चित समय से केवल एक घंटा देर से आरम्भ हुई है। यह नगण्य-सा विलम्ब बहुत महत्त्वपूर्ण कारणों से हुआ था। हुआ यह था कि नगर निगम के सम्मानित एवं निर्वाचित सदस्य ठीक समय पर नहीं आ सके थे। पिछले दिन अपनी साप्ताहिक बैठक में निगम के शासक एवं विरोधी दलों के सदस्यों में परम्परानुसार साप्ताहिक गरमागरमी हो गयी थी। जैसाकि बहुधा होता है, बातों से बात बढ़ी थी और गाली-गलौज पर आकर ही अर्द्धविराम लगा था; हौसले बढ़े हुए थे, वहीं तक रुक नहीं गये और महापौर के रोकते-रोकते भी थोड़ी-सी हाथापाई हो गयी। सड़क या चौराहा तो था नहीं कि दंगा-फसाद हो जाता। नगर निगम की गरिमा का ध्यान रखते हुए हाथापाई मर्यादा की सीमा तक ही सीमित रही। बस केवल थोड़ा-सा फर्नीचर टूटा था और चार-पाँच आदमियों के सिर फूटे थे। हाथापाई अधिक गम्भीर नहीं थी, इस बात का अन्दाजा इसी तथ्य से लग सकता है कि सम्मानित सदस्यों को न तो अस्पताल में भर्ती किया गया था, न जेल में। उन लोगों को उनके घरों में अपने पलंगों पर ही मरहम-पट्टी करवाने को कहा गया था। तो इन दोनों सदस्यों को भी आज अपने सिर की पट्टी कराने में देर हो गयी थी।

बैठक आरम्भ हुई तो जनरल मैनेजर ने बताया, "आजकल नगर में एक छूत की बीमारी, महामारी के स्तर पर फैल रही है–उसे कहते हैं, 'परिवहन-व्यवस्था-शिकायत-महामारी'। इस महामारी के अधीन परिवार-के-परिवार और मुहल्ले-के-मुहल्ले परिवहन व्यवस्था की विभिन्न धरातलों पर शिकायतें कर रहे हैं। कहते हैं कि उन्हें बसों में जगह नहीं मिलती। अरे जगह नहीं मिलती तो मत चढ़ो बसों में। क्या हकीम ने कहा है कि जरूर चढ़ो। अपने देश में महामूर्खता का साम्राज्य है। मैं आगरा गया था, मुझे ठहरने के लिए ताजमहल में कमरा नहीं मिला, तो मैंने तो शिकायत नहीं की कि मेरे ठहरने के लिए शाहजहाँ ने कमरा नहीं बनवाया..."

"शाहजहाँ ने मकबरा बनवाया था सर!" उनके पी.ए. ने टोका, "होटल या सराय नहीं।"

"शट-अप।" जनरल मैनेजर बोले, "हमने भी परिवहन व्यवस्था बनायी है, कोई भटियारखाना नहीं। जब थर्ड-से-थर्ड रेट स्कूल, कॉलेज, अस्पताल, होटल, फैक्टरी रेलवे, एयरलाइंस–सबको यह कहने का अधिकार है कि उनके पास जगह नहीं है, तो दिल्ली परिवहन ने ही ऐसा कौन-सा पाप किया है कि हम भी वही बात नहीं दोहरा सकते।...एनी वे..." उन्होंने अपने आक्रोश का नल बन्द करते हुए कहा, "हमें विचार करना है कि क्या सचमुच जैसाकि लोग कहते हैं, परिवहन व्यवस्था एकदम निरर्थक है। इन्हीं समस्याओं का समाधान पाने के लिए मैंने सम्मानित अतिथियों तथा अपने साथियों को कष्ट दिया है (वैसे कष्ट इसमें क्या है, यह तो जनता की सेवा का दुर्लभ अवसर है)। अब तक तो आप सब आमन्त्रित थे, अब इस समस्या पर आपके विचार आमन्त्रित हैं।"

नगर निगम के एक सदस्य अपने सिर पर बँधी पट्टी को ममतामयी माँ के हाथ से धीरे-धीरे सहला रहे थे। सहसा वे अचकचाकर ऐसे उठ खड़े हुए, जैसे अनजाने में उनके हाथ से कोई घायल-दुखती राग छू गयी हो। पर खड़े होने के पश्चात् उनके चेहरे पर पीड़ा नहीं जिज्ञासा थी। उन्होंने उपस्थित सज्जनों पर एक परीक्षक दृष्टि डाली और अकस्मात् ही उन्हें जैसे दौरा पड़ गया।

"मित्रो।" वे बोले, "मैं जानता हूँ कि हमारे विरोधी, हमारे दल को बदनाम करने के लिए और अगले चुनाव में नगर निगम पर अधिकार पाने की दुराशा से निगम द्वारा नियन्त्रित प्रत्येक व्यवस्था की तर्कहीन आलोचना कर रहे हैं और हमारी परिवहन व्यवस्था उसका अपवाद नहीं है। मैं आपको विश्वास दिलाता हूँ कि हमारे नगर की परिवहन व्यवस्था एशिया तथा अफ्रीका के सारे पिछड़े देशों की राजधानियों की परिवहन व्यवस्थाओं से अधिक श्रेष्ठ, कार्यसफल तथा कर्त्तव्यपरायण है। यदि 1947 में हुए देश के विभाजन में इतने सारे शरणार्थी यहाँ न आ गये होते और उसके पश्चात् दिल्ली की जनसंख्या निरन्तर बढ़ती हुई तीन लाख से पैंतीस लाख होने के बदले, यदि पूर्ववत ही तीन लाख रहती तो आप हमारी परिवहन व्यवस्था

के गुणों से परिचित हो सकते। इस बात को मैं कुछ आँकड़े देकर सिद्ध करूँगा।"

आँकड़ा-विज्ञान संसार का नवीनतम विज्ञान है जो तथ्यों को छिपाने के काम आता है। बड़े से बड़ा आँखों देखा तथ्य भी आँकड़ों के सम्मुख इस प्रकार घुटने टेक देता है, जैसे ऊँट अपने स्वामी की आज्ञा से धरती पर बैठ जाता है।

"हमारे दल के द्वारा सत्ता प्राप्त करने से पूर्व," उन्होंने अपने हाथ को अपने पार्टी-ध्वज के समान लहराया, "दिल्ली परिवहन के पास एक हजार बसें थीं और यहाँ की जनसंख्या तीस लाख थी। इस प्रकार प्रत्येक तीन हजार व्यक्तियों पर इस नगर में एक बस चलती थी। वैसे तो वह व्यवस्था भी बुरी नहीं थी, क्योंकि एक बस दिन में तीस चक्कर तो लगाती ही है; और एक बस में एक सौ आदमी मजे से सवार होकर जा सकते हैं। इस प्रकार तब भी एक व्यक्ति के लिए दिन में एक बार बस चलती थी (इस प्रकार वे लोग एकदम गधे थे, जो सड़क के किनारे क्यू या भीड़ बनाकर घंटों खड़े रहते थे)। पर जब हमारे दल ने सत्ता सँभाली, तो हमने अनुभव किया कि दिल्ली का समृद्ध नागरिक दिन में एक भी बार यात्रा नहीं करता। वह यदि एक बार दफ्तर जाता है तो दूसरी बार लौटता भी है। अतः हमने बसों की संख्या एक हजार से बारह सौ कर दी, जबकि इस बीच इस नगर की जनसंख्या में पाँच हजार की वृद्धि हो गयी। इस प्रकार हमारे दल द्वारा पाँच हजार व्यक्तियों के लिए दो सौ बसें चलायी गयीं। आप हिसाब कर देखें, इसका अर्थ है, पच्चीस आदमियों के लिए एक बस। यानी पिछले दल से तुलना करें तो पहले यहाँ तीन हजार व्यक्तियों पर एक बस चलती थी, अब पच्चीस व्यक्तियों पर एक बस चलती है। अतः यह कहना कि वर्तमान व्यवस्था इस समस्या की ओर ध्यान नहीं देती, सरासर गलत है। आप सापेक्ष दृष्टि से देखें तो बात आपकी समझ में आ जायेगी। हम चाहते तो ये दो सौ बसें भी न चलाते। किन्तु परेशानी यह है कि हमारी जनता सापेक्ष दर्शन को समझती नहीं है। लोग यह भी नहीं देखते कि आइंस्टाइन ने 'सापेक्ष-सिद्धान्त' निकाला तो संसार का सर्वश्रेष्ठ वैज्ञानिक बन गया।"

सापेक्ष दर्शन की बड़ी महिमा है। ब्रह्मा की महिमा से कुछ थोड़ी-सी ही कम समझिये। एक बार बी.ए. के विद्यार्थियों से पूछा गया कि अंग्रेजी के शब्द 'लैम्ब' (LAMB) का क्या अर्थ है? लड़कों में इस शब्द के अर्थ को लेकर काफी मतभेद था। किसी ने लिखा भेड़िया, किसी ने शेर, किसी ने भालू; और कुछ विद्यार्थी उसे ऊँट, हाथी, भेड़ या बकरी माननेवाले भी थे। उनके परीक्षक रामलुभाया ने जो ये पर्चे देखे तो सिर ठोक लिया। तौबा! बी.ए. के विद्यार्थी और यह भी नहीं जानते कि लैम्ब का अर्थ क्या है। देश में विद्या के इस पतन से वे इतने दुखी हुए कि उनका स्वास्थ्य दिन-प्रतिदिन गिरने लगा। उनके एक सहयोगी मित्र ने जो सुना तो उनको समझाया, "भले आदमी! तुम यह सोचकर खुश क्यों नहीं होते कि सारी क्लास को मालूम है कि 'लैम्ब' किसी पशु को ही कहते हैं। आखिर वे 'लैम्ब' का अर्थ आदमी

या देवता भी तो समझ सकते थे।"

वे सज्जन सापेक्ष दर्शन के ज्ञाता थे।

एक समाचार आया था कि किसी विदेशी ने हमारे देश में आकर कहा था, "मैं अपने देश में तो नास्तिक था, पर भारत में आकर आस्तिक हो गया हूँ। यदि ईश्वर नहीं है तो इस देश और इसकी सरकार को कौन चला रहा है?" सब सामान्य भारतीय, अपने राष्ट्रीय चरित्र के अनुरूप, उस विदेशी की बात में आ जाते हैं। सब यही मान बैठे हैं कि इस देश और इसकी सरकार को ईश्वर ही चला रहा है। पर आधुनिक शोध ने यह प्रमाणित किया है कि यह गलत है। यदि इस देश को ईश्वर चला रहा है तो नेहरू और शास्त्री की मृत्यु का कारण क्या है? सच्चाई यह है कि सरकार को सापेक्ष दर्शन ही चला रहा था; और सापेक्ष दर्शन का विरोध करने के कारण ही इन प्रधानमन्त्रियों की मृत्यु हो गयी। सारा फ्रंटियर, सिन्ध, बलोचिस्तान, आधा पंजाब और आधा बंगाल पाकिस्तान ले गया। नेहरूजी पर कोई प्रभाव नहीं पड़ा। उनके सापेक्ष दर्शन ने कह दिया, कोई बात नहीं, बाकी देश तो पाकिस्तान नहीं ले गया। यदि कहीं सारा देश ही पाकिस्तान ले ज़ाता, तो हम क्या कर लेते? पाकिस्तान ने कश्मीर पर पंजा जमाया। एक टुकड़ा तोड़कर भी ले गया। नेहरूजी ने सोच लिया, भले बचे। श्रीनगर तो बच गया। वह भी जा सकता था। जब चीन के हाथ मारा तो पंडितजी यह न सोच सके कि चलो नेफा गया, आसाम तो बच गया न! बात दिल को लगा ली और चल बसे।

शास्त्रीजी आये। पाकिस्तान के साथ युद्ध हुआ। जब तक तो सोचते रहे कि चलो युद्ध ही है न, विश्वयुद्ध तो नहीं है—तब तक तो जीतते गये; और जैसे ही सापेक्ष दर्शन की उपेक्षा कर युद्ध बन्द करने ताशकन्द गये, लौटे ही नहीं।

एक कॉलेज के प्रिंसिपल साहब थे—सापेक्ष दर्शन के कट्टर विरोधी। लड़कों ने कैंटीन को आग लगा दी तो उन्हें दिल का दौरा पड़ गया। नये प्रिंसिपल आये तो फिर किसी बात पर नाराज होकर लड़कों ने कैंटीन को आग लगा दी। नये प्रिंसिपल हँसकर बोले, "मैं तो प्रसन्न हूँ—कैंटीन ही गयी, कॉलेज तो बच गया।" एक लड़के ने एक अध्यापक को थप्पड़ मार दिया। सारे अध्यापकों के प्राण सूख गये। प्रिंसिपल अब भी प्रसन्न थे, "टीचर की इज्जत बच गयी। लड़का उसे जूता भी तो मार सकता था।" किसी ने किसी को छुरा मार दिया। जनता चिन्तित हो गयी। पर वे हँसकर बोले, "बच गये। छुरे से एक ही आदमी मरा। गोली चलती तो कई मारे जाते।" कॉलेज में लड़कों ने खूब पटाखे बजाये। पढ़ना-पढ़ाना असम्भव हो गया। इस अनुशासनहीनता से सापेक्ष दर्शन के विरोधियों को रात-भर नींद नहीं आयी। प्रिंसिपल साहब सदा के समान अब भी प्रसन्न थे, "शुक्र करो, पटाखे ही थे। बम होते तो सारा कॉलेज ही तहस-नहस हो जाता।" ऐसे आदमी को दिल का दौरा कभी नहीं पड़ सकता।

लोग सवेरे अखबार लेकर बैठते हैं तो पढ़-पढ़कर तबीयत खराब होने लगती है। कहीं चोरी हो गयी, कहीं डकैती हुई, कहीं बलात्कार हुआ, कहीं हत्या हुई। रामलुभाया ने बहुत क्षुब्ध होकर अपने दारोगा साहब को ताड़ना दी, "क्या करती है आपकी पुलिस?" पर दरोगा साहब सापेक्ष दर्शन के विश्वासी थे। तड़ से बोले, "अब भी कलकत्ता से बहुत अच्छी हालत है हमारी।" उनसे कहा जाये, "चोरी हो गयी।" वे कहेंगे, "बच गये। नहीं तो डाका भी पड़ सकता था।" उनसे कहा जाये, "डाका पड़ गया।" वे कहेंगे, "खुश रहो, बलात्कार नहीं हुआ।" और कहा जाये, "वह भी हो गया।" तो कहेंगे, "हत्या भी तो हो सकती थी।" कहनेवाला झल्ला जाता है, "एक परिवार के छः व्यक्ति मारे गये।" वे हँसते हैं, "भगवान् का धन्यवाद करो, दो बच गये। आठों को मार डालते, तो क्या होता!"

एक मित्र रामलुभाया के घर आये। रामलुभाया बोले, "अच्छे मित्र हो। छः महीने बाद आये हो।" उत्तर में अतिथि मित्र बोले, "साल में एक बार भी तो आ सकता था। उस हिसाब से दुगुनी विजिट्स हो गयी।" और फिर अतिथि ने पूछा, "तुम्हारा दूसरा बच्चा कहाँ है? स्कूल गया है?" रामलुभाया बोले, "वह बेचारा गुजर गया।" उन्होंने कोई सहानुभूति नहीं दिखायी, हँसकर बोले, शुक्र करो, दूसरा बच गया।" सहसा उन्होंने देखा रामलुभाया के हाथ-पैरों में पट्टियाँ बँधी हुई हैं। पूछा, "क्या हुआ?" बताया गया, "मोटर साइकिल से एक्सिडेंट हो गया। सारा शरीर छिल गया है।" वे हँसे, "भले बचे, नहीं तो हड्डियाँ भी टूट सकती थीं तुम्हारी।"

एक नेता ने दस वर्षों तक आय-कर नहीं दिया। जनता ने बहुत हुड़दंग मचाया तो सरकार मुस्करायी, "खैर मनाओ दस ही वर्षों तक नहीं दिया। बीस वर्षों तक न देते तो तुम भला क्या लेते?" जानता ने कहा, "चलो आय-कर नहीं दिया, न सही। पर ऐसे व्यक्ति को अपने दल का अध्यक्ष क्यों बना दिया?" उत्तर आया, "खुश रहो, उसे प्रधानमन्त्री नहीं बनाया। बना देते तो तुम क्या कर लेते?"

एक कुशल सम्पादक ने एक कहानी में कुछ काट-छाँट कर दी। लेखक ने पत्र लिखा, "आपने इस कहानी की दस महत्त्वपूर्ण पंक्तियाँ नहीं छापी हैं।" उत्तर आया, "हम चाहते तो सारी की सारी कहानी ही न छापते।"

नगर निगम के सम्मानित सदस्य ने अपने भाषण को आगे धकियाते हुए सापेक्ष दृष्टि से दोषारोपण किया : "फिर भी मैं यह नहीं कहता कि राजधानी के भद्र नागरिक जो शिकायत करते हैं, वह गलत है। वह गलत नहीं है, सही है। भद्र नागरिक गलत शिकायत करने की अभद्रता कर ही कैसे सकते हैं। किन्तु उसका कारण हमारे दल की जन-विरोधी नीति नहीं है। उसका कारण है कि परिवहन व्यवस्था के कर्मचारी हमारे दल के बहकावे में न आकर, हमारे विरोधी दल के बहकावे में आ गये हैं और जान-बूझकर हमें असफल सिद्ध करने का प्रयत्न कर रहे हैं। अनजाने में उनसे यह प्रयत्न हो जाता, तो हम उन्हें भी न कहते और आपसे भी कुछ न कहते। पर वे

जान-बूझकर कर रहे हैं, इसलिए कहना पड़ता है कि वे बसों के चक्कर कम लगाते हैं, बसें लेट कर देते हैं, बसें खाली ले जाते हैं, सवारियों को चढ़ाते नहीं हैं। मैं आज और अब यह शेरवानी...नहीं-नहीं, चेतावनी दे रहा हूँ कि यह अत्याचार नहीं सहा...।"

नगर निगम के सम्मानित सदस्य का भाषण पटाखे के साथ बँधी सुलगती हुई रस्सी का काम कर रहा था। जैसे ही पटाखे तक की रस्सी सुलग चुकी, जोर का धड़ाका हुआ :

"खामोश!" और सहसा परिवहन व्यवस्था के कर्मचारियों की यूनियन के प्रतिनिधि उठकर खड़े ही नहीं हुए, कड़कड़ा भी उठे, "मैं आदरणीय जनरल मैनेजर साहब से निवेदन करूँगा कि इस प्रकार की दयायित्वहीन तथा निरर्थक बातें करनेवाले व्यक्ति को रोका जाये (यदि प्रसादजी की शैली में कहा जाये तो कहा जायेगा : 'रोक! रोक! अपनी अबाध गति से चलनेवाली इस जिह्वा को रोक')। यह सारे कर्मचारियों पर लांछन लगा रहा है। इसके पास क्या प्रमाण है इन बातों का? यदि हम यह सब करते भी हैं तो उसका प्रमाण नहीं छोड़ते...।"

यूनियन के प्रतिनिधि घिसे रिकार्ड के समान बज रहे थे और बजते जा रहे थे। अभी वे कुछ थोड़ी-सी देर और बजते, पर तभी नगर निगम के सम्मानित सदस्य ने जैसे माइक में बोलना आरम्भ कर दिया, "जो कुछ मैंने कहा है, उसके लिए अब प्रमाण की आवश्यकता नहीं रह गयी है (मेरा कहना ही अपने-आपमें प्रमाण है)। हाथ कंगन को बनारसी क्या...मेरा मतलब है आरसी क्या। और तो और, हमारे जनरल मैनेजर तक हमारे विरोधी दल के बहकावे में आ गये हैं और उन्होंने असली कर्मचारियों की यूनियन के प्रतिनिधियों को न बुलाकर, नकली कर्मचारियों की जाली यूनियन के प्रतिनिधियों..."

और फिर सहसा ही मीटिंग में भूकम्प आया, ज्वालामुखी फूटा, अन्धड़ दहाड़ा ...फिर किसी की कोई बात कहीं सुनायी नहीं पड़ी। आवाजें आवाजों का गला घोंट रही थीं; और आवाजें चीख रही थीं। फिर आवाजों ने हाथों को अपने गुट में मिला लिया और मीटिंग में आयी हुई स्टेशनरी और पेपर-वेटों ने कुछ अबीर-गुलाल खेला, कुछ उड़ान-तश्तरियों का रूप धारण किया, कुछ थोड़ा-सा भारत केसरी के नमूने पर दंगल हुआ। अन्त में निष्कर्ष रूप, लोग इस बात पर सहमत हुए कि पिछले दिन नगर निगम में मनोरंजन-कर-मुक्त जो मनोरंजक सांस्कृतिक कार्यक्रम हुआ था, आज का काण्ड उसकी तुलना चाहे न कर सके, किन्तु उसका लघु-संस्करण अवश्य था : विस्तार एवं आकार में चाहे कम हो, स्तर की दृष्टि से जरा भी न्यून नहीं था।

जनरल मैनेजर ने अपना कार्यक्रम कुछ बदल दिया। अब उनका मूड मीटिंग करने का नहीं रह गया था। मीटिंग ही करनी है तो पुलिस तथा एम्बुलेंस अधिकारियों के साथ कर ली जाये। इसलिए उन्होंने उन्हें बुला लिया : और शाश्वत बिन बुलाये

मेहमान जिन्हें सामान्य भाषा में पत्रकार कहा जाता है, अपने-आप ही सूँघते-सूँघते वहाँ आ जुटे। मूल अभिप्राय यह है श्रीमानजी! कि वहाँ काफी देर तक रोचक किस्म का मेला लगा रहा!

6

अभी-अभी संजय-दृष्टि से लेखक को पता चला है कि पाठकगण भाषणों को पढ़कर कुछ-कुछ बोर होने लगे हैं। लेखक इस विषय में पाठकों को कुछ सावधान कर देना चाहता है। बोर होना पाठक की नियति है। कोई लेखक दर्शन सुनाकर बोर करता है, कोई भाषण सुनाकर। यदि लेखक दर्शन के माध्यम से पाठकों को बोर करता तो पाठक क्या कर लेते?

बोर करने की प्रथा अपने देश में बहुत पुरानी है!

कहते हैं, विद्यापति नामक महान् कवि की महानता इसमें थी कि वह रानी लखिमादेवी को सामने बैठाकर कहते थे, "भनई विद्यापति सुन बरजुबति बोर करब हम तोहरा।" वैसे भी राजा-महाराजा लोगों को बोर होते रहने की खासी अच्छी आदत थी। वे लोग बड़े नियमपूर्वक अपने नियत स्थान पर बैठ जाया करते थे और लोगों को यह पूरा अधिकार होता था कि वे जाकर अपनी मूर्खतापूर्ण बातों से उन्हें बोर करें। यदि सामान्य जनता राजा को बोर करती तो उसे दरबार-ए-आम कहते थे; और यदि बोर करनेवाली 'हाई सोसायटी' होती तो उसे दरबार-ए-खास कहा जाता था। आज भी बड़े लोग अपने दरबार लगाते हैं और जनता उन्हें बोर करती है।

बोर हो पाने की क्षमता बड़े लोगों में पायी जाती है और बोर करने की शक्ति साधारण लोगों में। जो लोग इस शाश्वत सत्य को नहीं जानते, वे किसी-न-किसी परेशानी में फँस जाते हैं। कालिदास का प्रसिद्ध विरही यक्ष यही भूल कर बैठा था। उसने एक साधारण मेघ को मेघराज समझकर रोक लिया और देश-भर का भूगोल पढ़ा-पढ़ाकर उसे बोर कर डाला। मेघ साधारण था, इसलिए बोर होते रहने की क्षमता उसमें नहीं थी। परिणाम यह हुआ कि नाराज होकर वह अपनी राह चला गया और यक्ष की प्रेक्षित-पतिका को उसका सन्देश कभी नहीं मिला।

बहुत प्रतीक्षा करने पर भी जब यक्ष को अपने सन्देश का प्रेमिका की ओर से कोई उत्तर नहीं मिला तो वह डाक-तार विभाग पर झल्लाता हुआ जाकर डाक-तार मन्त्री की कोठी पर बहुत रोया। मन्त्रीजी स्वयं वहाँ होते, तो उसका सारा रोना सुनकर भी बोर नहीं होते। बड़े आदमी हैं, सब सह जाते। पर वहाँ कोठी के फाटक पर एक सिपाही बन्दूक लिये खड़ा था। चाहे बन्दूक थामे खड़ा था, पर था तो साधारण आदमी ही! तुरन्त बोर हो गया। डाँटकर बोला, "चल बे, हट यहाँ से। साले ने रो-रोकर ही तालाब बना दिया। अब कीचड़ में से होकर कोठी के भीतर कैसे जायेगा। मन्त्रीजी की कार के लिए यहाँ पुल बनवाने अब तेरी माँ का कोई

खसम आयेगा क्या?"

यक्ष को भी तैश आ गया। बोला, "मन्त्रीजी की कोठी पर नहीं रोयेंगे तो तेरे जैसे भड़भूँजे के क्वार्टर पर रोयेंगे? इतना ही मन्त्री की कार का ध्यान है तो यहाँ पक्की सड़क बनवा लेते। न मिट्टी होती, न आँसुओं से कीचड़ बनता।"

सन्तरी हँसा। बोला, "मन्त्रीजी धोखे में आ गये। महापौर को इस आशा में 'पद्मश्री' दिलवा दी कि वह सड़क बनवा देगा। पर 'पद्मश्री' लेकर उसका मन पापी हो गया है। वह अब सड़क नहीं बनवायेगा।"

"तो 'पद्मश्री' वापस ले लो।" यक्ष ने सुझाया, "जो आदमी काम नहीं करता, उसे पद्मश्री क्यों देते हो?"

"जल्दी में यह सोचकर दिलवा दी कि कहीं किसी और मन्त्री के मिट्ठू को न मिल जाये। अब यदि वापस लेने की कोशिश की तो लोग कहेंगे, कल जिसकी इतनी प्रशंसा की, आज उसी की निन्दा कैसे कर रहे हो। पद्मश्री दिलवाकर फँस गये मन्त्रीजी।"

"सालों ने हमें कहीं रोनेलायक भी नहीं छोड़ा।" यक्ष निराश होकर चल पड़ा, "अब तो रोने के लिए भी कोई पब्लिक टॉयलेट ही खोजना पड़ेगा।"

"सुन बे!" मन्त्री के सन्तरी ने पीछे से पुकारकर कहा, "कहीं किसी तालाब पर रोने मत बैठ जाना। जल-प्रदायवाले बिना फिल्टर किये तेरे आँसुओं का खारा पानी शहर-भर को पिला देंगे। हम आगे ही लोगों के खारेपन से बहुत दुखी हैं।"

"मैं मिट्टी पर भी नहीं रो सकता और जल में भी नहीं।" यक्ष ने आकाश की ओर देखकर अपनी छाती पर जोर से घूँसा मारा, "तो मैं धरना दूँगा।"

"धरने में मुझे कोई आपत्ति नहीं है।" सन्तरी मुस्कराया, "जब-जब कोई आदमी यहाँ धरना देता है, मेरा अकेलापन मिट जाता है।"

यक्ष वहीं बैठ गया।

मन्त्रीजी रात को 'पार्टी' से लौटे तो उनकी कार का पहिया यक्ष के आँसुओं के कीचड़ में फँस गया। जब कार रुक ही गयी तो उन्होंने पूछ लिया, "क्या बात है?"

"सरकार! मैं अपनी प्रेमिका से बिछुड़ा हुआ विरह का मारा हूँ। मेरी सहायता करें।" यक्ष ने कहा।

"मैं क्या सहायता करूँ?" मन्त्री बोले, "लाइसेंस तो मैं बाँट आया।"

"मुझे लाइसेंस नहीं चाहिए।"

"जल्दी-जल्दी अपनी माँगें बताओ।" मन्त्री बोले, "कर्ण के रथ के पहिये के समान आज मेरी कार का पहिया भी कीचड़ में फँस गया है। लगता है, मुझसे भी जीवन में एक-आध दुष्कर्म अनजाने में हो ही गया है। या साला कार का इंजन ही घटिया है। कर्ण के रथ का इंजन किस मॉडल का था?"

यक्ष बोला, "मन्त्रीजी! कर्ण की कथा के लिए महाभारत को रैफर करें। मुझसे मेरी बात सुनिये। मैं विरह का मारा हूँ। शायद आप जानते हों कि विरही के लिए संसार में सबसे महत्त्वपूर्ण कार्य है प्रेमिका के साथ सम्पर्क बनाये रखना। आपकी दूषित डाक व्यवस्था के कारण यह सम्भव नहीं हो पा रहा है, इसलिए मैं विरहियों की ओर से आपके सम्मुख ये माँगें रख रहा हूँ :

1. विरहियों की एक यूनियन बनायी जाये और उन लोगों को विशिष्ट व्यक्तियोंवाला वी.आई.पी. सम्मान मिले।

2. विरहियों को पत्र लिखने के लिए न्यूजप्रिंट का विशेष कोटा दिया जाये।

3. विरहियों को एक विशिष्ट विरही-डाक-संस्था दी जाये और पत्रिकाओं को दी जानेवाली डाक की सारी सुविधाएँ उन्हें दी जायें।

4. विरहियों के पत्रों पर 'बुक-पोस्ट' के समान 'विरही-डाक' लिखने की अनुमति दी जाये।

5. जैसे ही किसी डाकघर में किसी विरही का कोई पत्र आये, उसे विरही तक पहुँचाने के लिए एक विशेष सन्देशवाहक, मोटर का सायरन बजाता हुआ वैसे ही जाये, जैसे फायरब्रिगेड जाता है।

यक्ष जल्दी-जल्दी सब कुछ बोल गया था। उसे भय था कि कहीं मन्त्री का मूड न बदल जाये, या वह कर्ण के समान अपनी कार में सो ही न जायें।

"हमने तुम्हारी माँगें मान लीं।" मन्त्रीजी के चेहरे पर पृथ्वी को अभय देती हुई विष्णु की पौराणिक मुसकान थी, "बस, 'विरही' शब्द के स्थान पर 'मन्त्री' शब्द रख दिया है।"

मन्त्रीजी की इतनी ही सी बात से बोर होकर यक्ष भाग गया। वह अपने विरह की पीड़ा में यह भूल गया था कि वह साधारण आदमी था, बोर करने की क्षमता उसमें थी, बोर हो जाने की क्षमता नहीं थी। उस छोटी-सी तकनीकी परेशानी के कारण उसे भाग जाना पड़ा।

ऐसे दो-चार विरही लेखक के पड़ोस में भी आ बसे हैं। उन्हें डाक-तार मन्त्रालय ने वे सारी सुविधाएँ नहीं दीं, जिनकी माँग यक्ष ने की थी, पर लेखक को बोर करने की सुविधा उन्हें सरकारी तौर पर दे रखी गयी है। इस बात से लेखक जहाँ सरकार से नाराज है—वहाँ वह अपने चेहरे से भी सख्त नाराज है। पता नहीं कि उसके चेहरे में ऐसी क्या बात है कि लोग अपनी प्रेम-कथाएँ उसे निस्संकोच सुनाने लगते हैं।

किसी की पत्नी मायके से उसे हिन्दी में पत्र लिखती है और उस अंग्रेजीदाँ के पत्र को हिन्दी का यह लेखक पढ़कर सुनाने को बाध्य है। किसी का पति टूर पर से पत्नी को अंग्रेजी में पत्र लिख देता है। उसे हिन्दी में अनुवाद करने का पवित्र दायित्व, राष्ट्रभाषा के इस समर्थक का है। "क्या बतायें कोहली साहब!" लोग आकर बेझिझक कह जाते हैं, "सारे मुहल्ले में केवल आपकी ही नेम-प्लेट हिन्दी में

है, इसलिए आपके पास चले आये।"

अब या तो लेखक अपनी नेम-प्लेट उतरवा देगा या बोर होकर किसी दिन मुहल्ला छोड़ देगा। पर एक बात और भी है लेखक के मन में। आखिर आज तक वह बोर क्यों नहीं हुआ?" क्या उसमें भी बोर होने की क्षमता पैदा हो गयी है? क्या वह भी बड़ा आदमी हो गया है?

पर बात लेखक के बोर होने की नहीं, पाठकों के बोर होने की थी। पाठक बन्धुओं को लेखक की ओर से सूचित किया जाता है कि लेखक का इसमें कोई दोष नहीं है। जब यह युग ही ऐसा है जिसमें सभाएँ होती हैं और बैठकें होती हैं, तो भाषणों के बिना सभा और बैठक कैसे हो सकती है। उस युग का कथानक लिया जायेगा तो भाषण होंगे ही। पहले भी हुए हैं और आगे भी होंगे। यदि पाठकगण नेताओं को इस बात के लिए मना लें, कि वे लोग सभाओं, गोष्ठियों, मीटिंग इत्यादि में भाषण नहीं देंगे, तो लेखक हनुमानजी की सौगन्ध खाकर कहता है कि उसके उपन्यास का कोई भी पात्र भविष्य में भाषण नहीं देगा।

7

दूसरे दिन शहर-भर की घड़ियाँ दोपहर के ढाई बजा रही थीं। घड़ियों में गुटबन्दी की बड़ी गन्दी आदत है। मजाल है कि कोई जरा भी इधर-उधर हो जाये। उस पर तुर्रा यह कि यदि कोई घड़ी अपने स्वतन्त्र चिन्तन के कारण अपनी सहयोगियों से जरा भी इधर-उधर होने का प्रयत्न करती है तो उसे खराब घड़ी कहकर बिरादरी से बाहर ही नहीं कर दिया जाता, उसे चिकित्सक के पास भी भेज दिया जाता है। ऐसी तानाशाही घड़ियों के संसार के बाहर कहीं नहीं देखी गयी।

उसी समय विश्वविद्यालय-क्षेत्र के विभिन्न कॉलेजों से छन-छनकर लड़के-लड़कियों की भीड़ मोरिस नगर के बस-स्टॉप पर इस प्रकार जमा हो रही थी, जैसे छोटी-छोटी धाराएँ आकर बड़े बाँध में जमा होती हैं। ग्यारह बजे के बाद से सूने पड़े इस क्षेत्र में फिर एक बार गहमागहमी हो गयी थी। पर सुबह ताजा-ताजा आये रंग-बिरंगे गुब्बारों से लड़के-लड़कियाँ इस समय तक थककर मुरझा गये थे, जैसे गुब्बारों में से थोड़ी-थोड़ी हवा निकल गयी हो और वे बासी पड़ गये हों।

थोड़ी देर में विश्वविद्यालय में छुट्टी होनेवाली थी; और साथ-साथ कॉलेजों के बन्द होने का भी समय आ रहा था। तब विश्वविद्यालय तथा विभिन्न कॉलेजों के गेट एक विराट कारखाने की महाचिमनी से उगले गये धुएँ के समान बेहिसाब लड़के और लड़कियाँ उगलने लगेंगे। फिर इस क्षेत्र में तिल धरने को भी स्थान नहीं रह जायेगा। किसी को ढूँढ़ना मुश्किल हो जायेगा, किसी की आवाज सुननी असम्भव हो जायेगी। केवल दिन का वायरलेस दिन को ढूँढ़ सकेगा; केवल मन ही मन की आवाज सुन सकेगा। वस्तुतः भीड़ हो जाने पर मन में बहुत सारे वायरलेस बहुत

तेजी से काम करने लगते हैं अतः चाहे पुलिस उस भीड़ में से किसी को खोज न पाये, दिनवाले खोज लेते हैं।

इन सारे शोर को ढो-ढोकर सारे शहर में बिखेर आने के लिए दिल्ली परिवहन की यूनिवर्सिटी-स्पेशल बसें आ-आकर अच्छे बच्चों के समान पंक्तिबद्ध हो ऐसे खड़ी होती जा रही थीं, जैसे अभी थोड़ी देर में वे छुक-छुक गाड़ीवाला खेल खेलने जा रही थीं।

और तभी मोरिस नगर के ऐन चौराहे पर ट्रैफिक के सिपाही के खड़े होने के लिए बने गोल चक्कर पर एक ऊँची तिपाई रखकर रामप्रसाद 'विप्लवी' धरती से निकलकर शून्य में ऐसे उभर आया, जैसे सड़क के किसी ऐन-हॉल के भीतर से सहसा कोई उभरता हुआ हवा में टँग जाये। उसके हाथ में बैट्रीवाला एक माइक था और वह चारों ओर से अपने साथियों से उसी प्रकार घिरा हुआ था, जैसे लाल किला गहरी खाइयों और ऊँची दिवारों से घिरा हुआ है।

दूर-दूर तक लोगों की दृष्टि उस पर टिक गयी, जैसे किसी बेमौसमी उड़ती हुई पतंग पर टिक जाया करती है। हर व्यक्ति देख रहा था, यह क्या तमाशा होने जा रहा है। चारों ओर की मिश्रित भीड़ में से लड़कों को वह अपनी ओर उसी प्रकार खींचने लगा था, जैसे युद्ध सुन्दर-सजीले जवानों को अपनी ओर खींच लेता है तथा कायर और दुर्बल लोग बिखरे रह जाते हैं। लड़कियाँ अपनी उत्सुक नजरें उसकी ओर फेंककर, उदासीनता से अपनी चप्पलें घसीटने लगी थीं। विभिन्न बसों के कंडक्टर और ड्राइवर भी, लड़कों की भीड़ की लक्ष्मणरेखा पहचानकर, पर दूरी रखते हुए, घेरे से बाहर उत्सुक कबूतर के समान खड़े थे—नित नये तमाशे करनेवाले लड़के देखें आज कौन-सा नया तमाशा करते हैं।

और तभी जैसे 'विप्लवी' का साउंड-बॉक्स किसी ने ऑन कर दिया, "साथियो! हम एक स्वतन्त्र देश के स्वतन्त्र नागरिक हैं और सौभाग्य या दुर्भाग्य से हमारा नगर उस देश की राजधानी है। भले लोगों के समान आशा यह की जानी चाहिए कि यहाँ की परिवहन व्यवस्था बहुत अच्छी होगी...।"

"बहुत अच्छी है बे! तू नीचे उतर चमगादड़ की औलाद! क्या हवा में टँग रहा है...।" भीड़ में से कोई उस भैंस के समान डकराया, जिसका बच्चा अभी-अभी मर गया हो।

और फिर जहाँ से आवाज आयी थी, वहाँ कुछ हलचल हुई। कुछ लोग उस स्थान ओर ऐसे बहे, जैसे गढ़े की ओर पानी बहता है। घूँसों, मुक्कों, थप्पड़ों तथा जूतों का उन्मुक्त, उदार तथा परम्परागत उपयोग हुआ और फिर सब ओर शान्ति छा गयी, जैसे किसी का संकल्प क्रान्ति के विरुद्ध डकरानेवाली भैंस के गले में साइलेंसर बनकर अटक गया हो।

'विप्लवी' के चेहरे की छलनी में से दया-निधान-मार्का मुस्कान छनकर बाहर आयी।

उसके मित्रों का संगठन बहुत अच्छा था।

अवरोध धुल गया तथा धारा स्थिर प्रवाह से बहने लगी, "मित्रो! मैं अपनी बात पर आता हूँ। इस स्वनामधन्य परिवहन व्यवस्था, जिसे आप दिल्ली परिवहन कहते हैं, जिसकी बसों में अभी आप आदमियों की तरह बैठकर नहीं आलू के बोरों के समान लदकर घर की ओर जायेंगे, और सही-सलामत, बिना टूटे-फूटे घर पहुँचने पर आप भगवान का धन्यवाद करेंगे; उस परिवहन व्यवस्था के विरुद्ध मैं विद्यार्थियों के विद्रोह का उद्घोष करने आया हूँ। हमें ऐसी परिवहन व्यवस्था नहीं चाहिए, जिसके पीछे हमें घंटों बस-स्टैंड पर खड़े रहना पड़े, जिसकी बसों में चढ़ने के लिए हमें दंगल करना पड़े, अपने कपड़े फड़वाने पड़ें और हड्डियाँ तुड़वानी पड़ें। जंगल का नियम माननेवाली यह परिवहन व्यवस्था हमें नहीं चाहिए। इसलिए, राजधानी का सारा विद्यार्थी-समुदाय इस व्यवस्था का बहिष्कार करता है। आज से हम इस व्यवस्था के आश्रित होना अस्वीकार करते हैं। आज से हम आत्मनिर्भर बनेंगे। हम पैदल चलेंगे, पर बसों में नहीं चढ़ेंगे। बोलो—विद्यार्थी एकता..."

"जिन्दाबाद!" इकतालीस तोपों की-सी सलामी दी गयी और अनुगूँज की धूल दसों दिशाओं में उड़कर, धीरे-धीरे किसी-न-किसी सतह पर बैठ गयी।

अनुगूँज की धूल के साथ-साथ हर सतह पर अनिश्चितता के कीड़े कुलबुलाने लगे। वे कीड़े काफी अस्पष्ट आवाजों में कुछ कह रहे थे। वे आवाजें एक-दूसरे में गड्डमड्ड होकर एक गूँज-सी पैदा करके रह जाती थीं : समझाना तो दूर रहा, कुछ कह भी नहीं पाती थीं। किसी को पता नहीं था कि विप्लवी का यह भाषण किस रूप में स्वीकार किया जाना चाहिए। क्या सचमुच बसों में न जाकर पैदल घर जाना है? काफी देर तक वहाँ अस्थिरता छायी रही। पर कोई भी घर जा नहीं रहा था। भविष्य के प्रति उत्सुकता, गोंद के समान उनके पैरों से चिपक गयी थी।

सहसा 'विप्लवी' के साथियों ने बसों पर वैसे ही आक्रमण कर दिया, जैसे स्कूल से लौटते हुए गाँव के बच्चे रास्ते में पड़े आम के बाग पर धावा बोल देते हैं। बस-वृक्ष पर पत्थर पड़ने लगे और शीशे के टुकड़ों के फल टूट-टूटकर गिरने लगे। एक शीशा टूटा, दो टूटे; सारे टूटे, और एक के बाद एक बस की बारी आती गयी। यह उन्माद का आरम्भ था। फिर सारे वातावरण पर एक वहशी नशा छा गया और विचित्र-सी मानसिक उत्तेजना के साथ लड़के-लड़कियाँ बिखरने लगे।

लड़के-लड़कियों के रेवड़ों को विभिन्न दिशाओं में खदेड़कर विप्लवी के साथियों ने स्वयं भी वर्षा की बूँदों के समान सारे नगर पर बरस पड़ने की व्यवस्था आरम्भ कर दी। उसने अपने साथियों को जल्दी-जल्दी संकेत दिये। उनकी टोलियाँ बनायीं; और उन्हें विभिन्न दिशाओं में हाँकता चला गया।

वह आन्दोलन अत्यन्त जनतान्त्रिक ढंग से हुआ था। छात्र समुदाय ने एकमत होकर बसों के शीशे तोड़े थे, एकमत होकर बसों का बहिष्कार किया था और एकमत

हो घिसट-घिसटकर रोते हुए घर तक पैदल जाने का निर्णय लिया था। जनतान्त्रिक पद्धति में सारे कार्य इस प्रकार सबकी इच्छा से, एकमत होकर होते हैं। कोई भी दो तगड़े लड़के कॉलेज के गेट पर खड़े होकर हड़ताल करवा सकते हैं : पर वह बहुमत ही माना जाता है। जनतान्त्रिक देश किसी से समझौता कर जब अपनी भूमि शत्रु देश को सौंपता है तो वह सारे नागरिकों की इच्छा होती है, जब किसी से युद्ध कर अपार जनक्षति करता तथा करवाता है, तो वह प्रत्येक सैनिक और उसके परिवार की इच्छा होती है। जनतन्त्र में सब कुछ जनता की इच्छा से होता है : जैसे अपने देश में महँगाई का बढ़ना, भ्रष्टाचार का फैलना, मन्त्रियों और व्यापारियों का मोटे होना, साधारण लोगों का सदा परेशान रहना—यह सब कुछ हमारी अपनी जनता की इच्छा से हो रहा है।

थोड़ी देर में मोरिस नगर लड़कों की दृष्टि से खाली हो चुका था। वैज्ञानिकों की दृष्टि से वह खाली हो ही नहीं सकता था। खाली से अर्थ है—शून्य। और वह शून्य कैसे हो सकता था, वहाँ हवा भरी पड़ी थी। कंडक्टरों और ड्राइवरों की दृष्टि से वहाँ यथास्थिति थी, क्योंकि वे लोग अब भी वहीं-के-वहीं थे। पत्रकारों की दृष्टि से वहाँ बहुत कुछ घट चुका था। बसों की कतारें वहाँ अब भी खड़ी थीं, जिनके शीशे उन्हें बेवफा पत्नियों या उत्तरदायित्व शून्य पतियों के समान छोड़ गये थे। सैनिक की भाषा में शीशे उस युद्ध में वीरता से लड़ते-लड़ते शहीद हुए थे और उनकी लाशें वहाँ बिछी पड़ी थीं। कलाकार की दृष्टि से शीशों के टुकड़े टूट-टूटकर दूर-दूर तक बिछ गये थे। और सड़क पर शीशमहल बना रहे थे।

बसों के कंडक्टर और ड्राइवर बूथ के पास खड़े हुए बड़े सन्तुष्ट भाव से चाय पी रहे थे। जल्दी कोई नहीं थी, अगली ट्रिप जानी ही नहीं थी। उन्होंने किसी बात का विरोध नहीं किया था और न ही उनसे किसी ने कुछ कहा था। मामला पत्थरों और बसों के बीच था : बहुत उदार दृष्टि से सोचा जाये तो पत्थर फेंकनेवाले लड़कों और बसों के बीच था, वह भी न हो तो लड़कों और सरकार के बीच था। उन्हें बीच में आने की जरूरत नहीं थी। बुद्धिमान लोग दो पाटों के बीच नहीं पड़ते। पड़ना ही पड़े तो एक 'स्टेटमेंट' देकर रो पड़ते हैं : 'दो पाटन के बीच में साबुत बचा न कोय।' वे पाटों के बीच नहीं पड़े थे, इसलिए खड़े चाय पी रहे थे। कबीर को इस बात का पता नहीं था, नहीं तो अपने किसी दोहे में वह अवश्य कहते : 'इससे अच्छा चाय पियो, दूर खड़े तुम होय'।

पर महादेवी वर्मा के 'मन्दिर के नीरव दीप' के समान लड़कों की एक तत्पर टोली वहाँ नीरव खड़ी जल रही थी; और यह देखभाल कर रही थी कि कोई व्यक्ति भूल या चालाकी से किसी बस में न चढ़ जाये।

गोधूलि की बेला बीत गयी। अँधेरा, रूपसी के कन्धों पर फैली केशराशि के समान मोरिस नगर के कन्धों पर फैल गया। (यह उपमा तभी तक सही है, जब तक रूपसी

ने बाल कटवाये न हों। यदि रूपसी बाब्ड हो तो कहना होगा, रूपसी के सिर पर चिपके केशों के समान अँधेरा मोरिस नगर के सिर से चिपक गया।) मोरिस नगर के पास के 'रिज' में से गीदड़ों की हुआँ-हुआँ का स्वर आने लगा। पर स्वयं गीदड़ मोरिस नगर तक नहीं आये, क्योंकि उन्हें अभी यूनिवर्सिटी में एडमिशन नहीं मिला है।

8

जसवन्त की आज सुबह ड्यूटी थी। उसे यही ड्यूटी पसन्द थी। आदमी सुबह-सवेरे मनुष्य के समान उठे। नहाये-धोये, कुछ खाये-पीये; और तैयार होकर मर्दों के समान कमाने के लिए निकल जाये, जैसे काम पर न जा रहा हो, गुरुद्वारे जा रहा हो। समय होते, लौटकर घर आये। समय से खाये-पिये, अपने परिवार के साथ अच्छा समय बिताये और चैन की नींद सोये। रात को देर तक काम करना, आदमी का काम नहीं वेश्या का काम है।

वैसे सुबह के समय सवारियाँ भी ताजादम होती हैं, जिन्हें देखकर आदमी का जी छूटे स्प्रिंग की तरह उछल पड़े। उसे अपनी बस में बैठी ताजादम, प्रसन्न नहायी-धोयी, साफ-सुथरी सवारियाँ ही अच्छी लगती हैं। लगता है, उनका घर-बार है उन्हें किसी से प्यार मिलता है, उन्हें किसी के लिए जीना है—कोई वली-वारिस है उनका, एकदम यतीम ही नहीं है।

दोपहर की ड्यूटी हो तो वाह गुरु का नाम लेकर काम शुरू करो, तो पहली ही ट्रिप में थके-थकाये, मैले-कुचैले, यतीम और उदास चेहरोंवाले लोग आकर लद जाते हैं। आदमी को लगता है जैसे वह बस नहीं चला रहा, म्युनिसिपैलिटी का कचड़े का ट्रक चला रहा हो।

वह जानता है कि काम शुरू करने से पहले ड्राइवर का पेट अन्न से भरना पड़ता है, बस का पेट पेट्रोल या डीजल से भरना पड़ता है और दफ्तर के रजिस्टर को हस्ताक्षर से भरना पड़ता है। उसने रजिस्टर को भरा और बस लेने के लिए शेड में चला गया।

आज उसके साथ मनोहर था। अच्छा, मन-पसन्द कंडक्टर साथ न हो तो ड्राइवर को बस चलाने का मजा ही नहीं आता। बाज को साथ उड़ने के लिए बाज चाहिए, उल्लू के साथ उड़ना वह नहीं चाहता। कई कंडक्टर होते हैं, साले घिसिर-घिसिर। हर स्टॉप पर बस को दस मिनट तक रोक रखेंगे, फिर भी लोग बिना टिकट लिये निकल जाते हैं। बस हर ट्रिप में लेट हो जाती है, वह अलग। पर मनोहर, जसवन्त का मन-पसन्द कंडक्टर है—यारों का यार, तेज-तर्रार। बस रुकती बाद में है, चलने की घंटी पहले दे देता है; और कोई पतंगा मकड़े के जाल से चाहे निकल जाये, बिना टिकट का पैसेंजर मनोहर की नजर से नहीं बच सकता।

जब तक जसवन्त बस को शेड से बाहर लाया, मनोहर दफ्तर में जलवा दिखा आया था। जैसे सारी आत्माएँ परमात्मा का अंश हैं, वैसे ही गाड़ी का नम्बर, अपना नम्बर, ड्राइवर का नम्बर इत्यादि मनोहर के जलवा दिखाने के अंश हैं। उसने सारी दफ्तरी कार्रवाई पूरी कर रखी थी। अब बाकी तो एक ही काम था, बस को बाहर स्टैंड पर लाना और सवारियों को निगलने में बस की सहायता करना।

जसवन्त ने पेट्रोल और पानी देखा।

वैसे बस में चढ़ने से पहले पेट्रोल और पानी देख लेना ड्राइवर के लिए ही नहीं सवारी के लिए भी बहुत जरूरी है। एक बार रामलुभाया ने नहीं देखा था, तो मुसीबत में फँस गये थे। वह कहानी इस प्रकार है :

एक बार रामलुभाया भटिंडा से लन्दन जा रहे थे। सीधे भटिंडा से लन्दन कोई सवारी जाती नहीं थी, इसलिए मुसीबत के मारे को दिल्ली आना पड़ा। दिल्ली के पालम हवाई अड्डे से वायुयान में बैठकर उन्हें लन्दन जाना था। दिल्ली जंक्शन पर गाड़ी से उतरकर स्टेशन से बाहर आये तो समाने जो पहली बस दिखायी पड़ी, उस पर लिखा था, 'पालम हवाई अड्डा'। इससे अच्छी बात क्या हो सकती है—उन्होंने सोचा और बस में जा बैठे। बस कुछ दूर चली और एक स्टॉप पर खड़ी जो हुई, तो खड़ी की खड़ी ही रह गयी। दुबारा स्टार्ट ही नहीं हुई। ड्राइवर ने बताया, बैट्री डाउन है, अब बस को धक्का लगाना पड़ेगा। सब लोग उतरे और रामलुभाया को भी उतरना पड़ा। काफी धक्का लगाने के बाद बस स्टार्ट हुई और भागती चली गयी। रामलुभाया सड़क पर खड़े-के-खड़े रह गये।

इस बार रामलुभाया ने स्कूटर रिक्शा लिया। कुछ कदम चलकर वह भी रुक गया। ड्राइवर बोला, "साहब! पेट्रोल खत्म हो गया है। थोड़ी दूर तक मेरे साथ धक्का लगाइये। आगे पेट्रोल पम्प है, वहाँ से पेट्रोल भरवा लेंगे।"

रामलुभाया ने कुछ ही दूर तक धक्का लगाया और पसीना-पसीना हो गये। बोले, "भाई! मैं तो धक्का नहीं लगाऊँगा। तुम पेट्रोल भरवाओ या न भरवाओ।"

इस बार उन्होंने टैक्सी ली। टैक्सी ठीक चली, पर पालम से कुछ इधर ही रुक गयी।

"क्या हुआ भाई?" रामलुभाया ने पूछा।

"पानी खत्म हो गया है साहब!" ड्राइवर बोला, "थोड़ी दूर तक धक्का..."

रामलुभाया ने पूरी बात ही नहीं सुनी। भागे सरपट और भागते ही चले गये। पालम पर पुकार हो रही थी, "मिस्टर रामलुभाया! जल्दी आयें। प्लेन जा रहा है।"

रामलुभाया उसी तरह भागते हुए वायुयान में जा घुसे; और भागते हुए ही काक-पिट में घुस पायलट के सिर पर पहुँचकर थमे। पूछा, "तेरी बैट्री-वैट्री ठीक है?"

"ठीक है। पर आप क्यों पूछ रहे हैं?"

"पेट्रोल-वेट्रोल पूरा है?" रामलुभाया ने पूछा।

"हाँ है। पर बात क्या है?"

"पानी-वानी ठीक है न?"

"है! है!" पायलट बोला, "पर आप क्यों पूछ रहे हैं?"

"देख!" रामलुभाया ने उसे धमकाया, "कुछ दूर उड़कर धक्का लगाने के लिए कहेगा, तो मैं आकाश में धक्का लगाने के लिए नहीं उत्तरूँगा।"

तो जसवन्त ने पेट्रोल और पानी देखा। गाड़ी स्टार्ट की, गेयर बदला और उसका पैर एक्सिलेटर को इस प्रकार दबाता चला गया, जैसे हिटलर ने यहूदियों को दबाया था या यहिया खाँ ने बांगलादेश को दबाया था। जसवन्त ने बड़ी स्मार्टली बस को डिपो के गेट से बाहर निकाला और बड़े परिश्रम से सीखा गया अंग्रेजी का एक वाक्य मन ही मन दुहराया, "आई लाइक फास्ट ड्राइविंग।"

पर स्टैंड की ओर मुड़ते ही उसका मुँह आश्चर्य से भूखे घड़ियाल के मुँह के समान खुल गया। उसे लगा वह 'मेरा सुन्दर सपना बिखर गया' टाइप कोई गीत गाये। जहाँ लोगों की लम्बी-लम्बी कतारें आपस में धक्का-मुक्का करती हुई, बस की प्रतीक्षा में खड़ी रहती थीं, वहाँ आज छिटके-छिटके दो-तीन लड़के खड़े थे। और कोई भी नहीं था। जैसे मेला लगकर समाप्त हो गया हो। या हाट लगकर उठ गया हो।

उसने पूछने के-से अन्दाज में मनोहर की ओर देखा, "आज क्या बात है?"

मनोहर चलती बस में तेजी से लुढ़कती गेंद के समान उसके पास जाकर रुका।

तब तक बस भी स्टॉप पर आकर रुक गयी थी। लड़के बस की ओर बढ़े, पर वे लोग बस में चढ़े नहीं। उन्होंने जल्दी-जल्दी बस पर दो-तीन पोस्टर चिपका दिये और बस को उसी प्रकार जाने का सिगनल दिया, जैसे रेलगाड़ी के ब्रेक में समान रखकर गार्ड हरी झंडी दिखा देता है।

पर जसवन्त ने बस चलायी नहीं। वह सिर्फ कंडक्टर की सीटी पर बस चलाने का आदी था। आज शायद उस सीटी पर भी वह बस न चलाता। उसने इंजन बन्द किया और बस से उतर आया। उसने पोस्टरों को पढ़ा।

1. अब बस-स्टॉपों पर लम्बी कतारें नहीं होंगी।
2. हम अपना अमूल्य समय बसों की प्रतीक्षा में नहीं खोयेंगे।
3. हम जंगली जानवरों के समान बसों में चढ़ने को मजबूर किये जाने का विरोध करते हैं।
4. हम निर्जीव वस्तुओं के समान ठूँसकर बसों में यात्रा नहीं करेंगे।
5. हम बसों का बहिष्कार करते हैं।

6. हम आत्मनिर्भर बनेंगे।

जसवन्त ने लड़कों से कुछ नहीं पूछा। बड़ी ठसक से जाकर ड्राइवर की सीट पर बैठ गया। साला मुर्गा बाँग नहीं देगा तो क्या सवेरा ही नहीं होगा। हम क्या तुम्हें घर से बुलाने गये थे—नहीं चढ़ना है तो मत चढ़ो। अरे कहे से तो कुम्हारी भी गधे पर नहीं चढ़ती। तुम्हीं क्या चीज हो।

उसने इंजन स्टार्ट किया और पूछा, "चलों?"

"चल भाई।" मनोहर ने ऐसे कहा, जैसे वह ड्यूटी खत्म करके कहा करता था। वह आकर उसके पासवाली अगली सीट पर रिटायर्ड बैल के समान बैठ गया, "ऐसा लगता है, आज बसें खाली ही चलेंगी।"

"क्यों?" जसवन्त ने गाड़ी को तीसरे गेयर में डाल दिया, "अबे लड़कों ने बसों का बाइकाट कर दिया तो बाकी जनता मँड़ैयों में नहीं जा सोयी!"

"तुम नहीं जानते।" मनोहर भाप छोड़ते हुए रेल के इंजन के समान फपू-फपूकर हँसा, "यूनिवर्सिटी, कॉलेजों और स्कूलों के मास्टरों ने भी लड़कों की तरह बसों का बहिष्कार कर दिया है। एक हमारी यूनियन को छोड़कर बाकी सारी ट्रेड यूनियनों ने भी लड़कों का साथ देने की अपील कर दी है। सेंट्रल गौरमेंट के कर्मचारी भी लड़कों के पक्ष में हो गये हैं। और जो नहीं भी हुए हैं, उन्हें मार खानी है क्या बस में चढ़कर। आज तो चाचा, सैर ही करनी है। बस में कोई सवारी नहीं चढ़ेगी।"

"दफ्तर, स्कूल, कॉलेज सब बन्द कर देंगे क्या?" जसवन्त विद्रूप की हँसी हँसा, "अबे हमारा बाईकाट कौन कर सकता है—क्या पिद्दी और क्या पिद्दी का शोरबा।"

"सब खुले हैं चाचा! सब खुले हैं।" मनोहर हँसा, "लोग आपस में मिल-मिलकर टैक्यिों, स्कूटरों, टाँगों, यक्कों पर जा रहे हैं। बस में कोई नहीं जायेगा, चाहे साइकिल पर जाना पड़े, चाहे पैदल। लोग आत्मनिर्भर हो रहे हैं। तुम भी आत्मनिर्भर बनो। खुद ही बसें चलाओ, खुद ही उनमें बैठो।"

मनोहर खूब जोर से हँसा। जसन्वत भी हँसा।

हँसने को लोग एक साधारण-सी बात मान लेते हैं। बेचारे यह नहीं जानते कि हास्य में क्या-क्या छिपा है। लेखक का विचार है कि हँसने की बात को लेकर अब पाठक को कुछ देर के लिए बोर किया है, नहीं तो पाठक समझ बैठेंगे कि यह लेखक ही घटिया है। जो पाठक को कहीं भी बोर नहीं करता। जिस युग में पाठक को बोर करना ही लेखक के बढ़ियापन का प्रमाण मान जाता है, वहाँ लेखक को ऐसे काम करने ही पड़ते हैं।

हास्य में विनोद हो सकता है, अट्टहास हो सकता है, अतिरंजना हो सकती है, विद्रूप हो सकता है, परिहास हो सकता है, उपहास हो सकता है, व्याजोक्ति हो सकती है, वक्रोक्ति हो सकती है, व्यंग्य हो सकता है, विकृति हो सकती है। इन शेड्स को

छोड़ भी दें तो शुद्ध हास्य भी शास्त्र के अनुसार—स्मित, हसित, हिसित, उपहसित, अपहसित—छः प्रकार का होता है। स्मित उन लोगों की हँसी है, जिन्हें अपने हँसने पर लज्जा आती है (निश्चित रूप से उनकी हँसी अत्यन्त भोंडी होती होगी), अतः वे लोग बलपूर्वक अपनी हँसी को रोकते हैं। हसित उन लोगों की हँसी है जो हँसने में बहुत कंजूस हैं और रुपये का काम पैसे से चलाना चाहते हैं। विहसित उन लोगों की हँसी है जो समस्यानुसार ठीक खर्च कर लेते हैं, पर आवश्यकता से अधिक खर्च वे वहीं करते। उपहसित में नाक फूल जाती है, दृष्टि में कुटिलता आ जाती है, कन्धे और सिर संकुचित हो जाते हैं, जैसे कोई हँस न रहा हो, छिपकर मूँगफली खा रहा हो। असमय पर हँसना, हँसते हुए आँखों में आँसुओं का आ जाना तथा कन्धे और सिर पर हिलने लगना अपहसित की विशेषता है। साधारण रूप से भारत की जनता डरावनी पिक्चरों में डरकर, अपने डर को छिपाने के लिए इसी प्रकार हँसती है। नेत्रों में तीव्रता से आँसुओं का आ जाना, उद्धत चिल्लाहट का स्वर होना तथा हाथों से बगल को दबा लेना अतिहसित का लक्षण है। यह आदमी की नहीं बैल की हँसी है। पर आदमी यदि बैल की तरह काम कर सकता है, बैल की तरह खा सकता है, बैल की तरह रो सकता है, तो फिर उसी के समान हँस क्यों नहीं सकता? समझने की केवल एक बात है कि अपने यहाँ बैल के समान काम करनेवाला व्यक्ति चिड़िया का खाना पाता है और चिड़िया के समान काम करनेवाला व्यक्ति बैल के समान खाता है। दूसरों को बैल के समान चुपचाप रोने के लिए बाध्य करनेवाला व्यक्ति स्वयं बैल के समान पेट हिला-हिलाकर हँसता है!

हँसने के बाद मनोहर और जसवन्त चुप हो गये। अगले स्टॉप तक उनमें कोई बात नहीं हुई। अगले स्टॉप पर भी वही हाल था, जो नालायक लड़कों को लायक अध्यापक या लायक लड़कों को नालायक अध्यापक मिलने पर होता है। स्टॉप खाली था। बस जंगली सूअर के समान सिर झुकाये भागती चली गयी। तीसरा स्टॉप भी खाली था, बस वहाँ से भी निकल गयी। पर अब जसवन्त का मन उसी प्रकार बेचैन होने लगा था, जिस प्रकार किसी शैतान लड़के का दूसरे बच्चों को मुँह चिढ़ाये बिना, चुपचाप चॉकलेट खाते जाने पर होता है। इस प्रकार बस चलाने का क्या मजा? ठीक है, पहले ड्यूटी समाप्त होने पर वह खाली बस को दौड़ाता हुआ डिपो की ओर उड़ा चला जाता था। पर तब तो हर स्टॉप पर भीड़-की-भीड़ खड़ी होती थी, जो बार-बार बस रोकने का संकेत करती थी। दूर से ही बस को आते देखकर लोग सतर्क हो जाते थे। लोग बस की ओर दौड़ने लगते थे और उसकी बस उनको मुँह चिढ़ाती हुई सर्राटे से निकल जाती थी। चारों ओर से लोग उसे रोकने का प्रयत्न कर रहे होते थे, लेकिन वह उस छोटी-सी चालाक चुहिया के समान उनके बीच से निकल जाता था, जिस पर चारों ओर से पत्थर पड़ रहे होते थे। फिर वह मुड़कर देखा करता था, कुछ लोग नाराज चीतों के समान टहल रहे होते थे, कुछ

लोग उदास चमगादड़ों के समान वापस जाकर शेड से लटक गये होते थे। कुछ लोग नेवले के समान गर्दन उठाकर फिर से सड़क को घूरने में लीन हो चुके होते थे।

पर आज...आज कोई तमाशा नहीं था।

अगले बस-स्टॉप पर उसने झल्लाकर बस रोक दी।

मनोहर ने बड़ी स्मार्टली दो बार घंटी बजा दी—टन्-टन्।

"चल चाचा! कोई नहीं है।" वह बोला।

"कोई नहीं है, तो तू भी नीचे उतर जा।" जसवन्त बोला, "टाँगेंवालों की तरह हाँक लगा। सवारियों को बटोरकर ला। बेकार में डीजल जलाने का क्या मतलब! अबे हम राउंड पर नहीं निकले हैं, अपना काम जनता को ढोने का है। ऐसे गाड़ी चलाने का कोई मजा नहीं है।

मनोहर खूब जोर से 'अपहसित' हँसी हँसा, "मैं श्रीमन्त भारत सरकार का सेवक हूँ, टाँगे-यक्केवालों की औलाद नहीं। तू चला चल।"

तभी दो लड़कों ने बस में झाँका, जैसे चुहिया बिल में से अपनी थूथनी बाहर निकालती है, "क्यों चाचा! बस क्यों खाली कर रखी है? डबल घंटी नहीं दोगे! हमें धक्का देकर नहीं उतारोगे?"

जब तक मनोहर उठकर दरवाजे के पास आया, एक लड़का बस के भीतर आ चुका था, "पास चैक कर ले ताऊ।"

और फिर वे दोनों ही गायब हो गये।

"चल चाचा, चल।" मनोहर ने फिर घंटी बजायी—टना-टन्!

9

कुछ महान् चिन्तकों ने जीवन को त्रासदी माना है और कुछ उतने ही दूसरे महान् चिन्तक उसी जीवन को कामदी मानते हैं। पर मिस्टर कालिया ने अपने जीवन को घर से दफ्तर तक और दफ्तर से घर तक की यात्रा मान रखा था। वे अभी अपनी वापसी-यात्रा पूरी कर घर लौटे थे। वे थोड़े-से थके हुए अवश्य थे, पर थकावट से ज्यादा उन पर परेशानी और झुँझलाहट छायी हुई थी। परेशान वे यह सोच-सोचकर थे कि आज वे उतने थके हुए क्यों नहीं थे, जितने वे बहुधा हुआ करते थे। अपने मस्तिष्क के साथ काफी कुश्ती लड़ाने के बाद वे उसका कुछ जंग उतारने में सफल हुए थे; और वहाँ हल्की-सी चमक पैदा हो गयी थी। उन्हें समझ में आ रहा था। पहले वे घर से दफ्तर और दफ्तर से घर, बसों में आया-जाया करते थे। पच्चीस मिनट की बस-यात्रा और घंटे-डेढ़ की थकान-भरी प्रतीक्षा उन्हें बुरी तरह चूर कर देती थी। पर जब से बसों का बहिष्कार शुरू हुआ था, स्थिति ही बदल गयी थी। पहले वे सोचते थे कि वे थकावट से बचने के लिए बस में चढ़ते थे और दफ्तर से घर पहुँचने में डेढ़-दो घंटे लगाते थे। पर अब उन्होंने अपना सोचना बदल दिया है; अब वे सोचते

हैं कि वे वस्तुतः थकने और समय नष्ट करने के लिए ही बसों में यात्रा करते थे, अन्यथा घंटे-भर में तो वे चलकर भी घर आ सकते थे। सोचने का तरीका बदलकर उन्होंने अपने मस्तिष्क के बहुत सारे बोझ से छुटकारा पा लिया था।

एक बार रामलुभाया ने भी अपना सोचने का तरीका बदला था। बात यूँ थी कि रामलुभाया के पास बड़ी अच्छी नौकरी थी, उसके पास जीवन की सारी सुविधाएँ थीं; बस एक ही असुविधा थी। उसके घर और दफ्तर में कुछ घनिष्ठ सम्बन्ध स्थापित हो गये थे अर्थात् उसकी पत्नी और उसके बॉस में अफेयर चल रही थी। न तो वह पत्नी को कुछ कह सकता था, न बॉस को; क्योंकि दोनों ही स्थितियों में उसकी नौकरी को खतरा था। इसलिए वह सदा ही उदास और परेशान रहता था। मित्रों के पास जब जाता, मुँह लटकाये हुए, जैसे मुँह से लार बह रही हो और उस पर मक्खियाँ भिनभिना रही हों।

एक दिन वह अपने मित्रों के पास पहुँचा तो बहुत प्रसन्न था। न वह उदासी, न मनहूसियत; न चेहरा गिरा, न मूड उखड़ा हुआ। उलटे वह तो हँस रहा था, लोगों को छेड़ रहा था, परेशान कर रहा था। मित्रों ने पूछा, "कहो दोस्त, रामलुभाया! आज क्या बात है, इतने प्रसन्न कैसे हो?"

रामलुभाया बोला, "मित्रो! मैंने अपने सोचने का ढंग बदल दिया है, इसलिए पहले उदास रहता था, अब प्रसन्न रहता हूँ।"

"कैसे?"

"पहले मैं सोचता था," रामलुभाया ने बताया, "कि वह मेरी पत्नी है और मेरे बॉस के साथ उसके सम्बन्ध हैं; अब सोचता हूँ, वह उसकी पत्नी है जो मेरे साथ वैधानिक रूप से रह रही है।"

पर बसों के बहिष्कार के बाद भी मिस्टर कालिया को पैदल चलना नहीं पड़ता था। जिस प्रकार हवा के गर्म और हल्की होकर ऊपर उठ जाने से पैदल हुए शून्य को भरने के लिए ठण्डी और भारी हवा अपने-आप आ जाती है, उसी प्रकार बसों के बहिष्कार से उत्पन्न शून्य को भरने के लिए पड़ोसियों की सद्भावना आ गयी थी। उनकी कॉलोनी के कार, स्कूटर और साइकिलवालों के हृदय की कठिन धरती के गड्ढों में पड़ोसियों की सहानुभूति का पानी वैसे ही जमा हो गया था, जैसे दिल्ली की सड़कों पर नगर निगम द्वारा बनाये गये गड्ढों में वर्षा का पानी जमा हो जाता है। पड़ोस के वर्मा साहब पहले अपनी लम्बी कार खाली दौड़ा ले जाकर पड़ोसियों के कलेजों पर साँप लौटाते थे, अब वे उसी कार में दस आदमियों को भरकर दफ्तर ले जाते हैं और दिल्ली परिवहनवालों की छाती पर मूँग दलते हैं। उनकी कार तब भी कुछ लोगों को जलाने का माध्यम थी, अब भी वह कुछ लोगों को चिढ़ाने के काम आ रही है। कार की नियति में कोई अन्तर नहीं आया, जैसे अपने देश के नियति में अन्तर नहीं आया। पहले विदेशी नेताओं के घर भरने के काम आता

था, अब देशी नेताओं के लिए वह वही सेवा कर रहा है। अन्य लोगों के वाहन भी आजकल वर्मा साहब की कार के ही समान पुष्पक विमान बने हुए थे। किसी को कहना भी नहीं पड़ता, जहाँ किसी ने किसी को जूते घिसते देखा कि अपना वाहन रोक लिया। जनता जो करना चाहती है, वह उसे करने नहीं दिया जाता। वह पैदल चलना चाहती है तो लोग उसे पैदल चलने नहीं देते।

भीतर से मिस्टर कालिया की पत्नी खाँसी। वे कुछ चैतन्य हुए। पत्नी का स्वास्थ्य देश की आर्थिक स्थिति के समान बिगड़ता जा रहा था; विशेष रूप से उसकी खाँसी दिनोदिन महँगाई के समान बढ़ती जा रही थी। दिल्ली की सड़कें चक्की का निचला पाट हैं और ऊपरी पाट के रूप में यहाँ अनेक ट्रक और बसें घूमती रहती हैं। कुछ दाने जो कुछ असावधान होते हैं और उन सड़कों को 'बाबुल का अँगना' समझते हैं, वे तो कबीर की भविष्यवाणी के अनुसार साबुत नहीं ही बचते; पर कुछ सावधान दाने भी, जो बहुत सावधान हैं और काफी छिटककर चलते हैं, वे भी कभी-कभी पिस जाते हैं। मिस्टर कालिया का लड़का भी तीन महीने पहले इसी प्रकार इन दो पाटों के बीच आ गया था। पिसा तो वह नहीं, पर साबुत भी नहीं बचा, दलिया बनकर रह गया। ट्रक का वह धक्का लड़के के शरीर पर लगा और उसकी माँ के मन पर। वह तब से अधिक बीमार होती चली गयी थी। लड़के की पता नहीं कितनी हड्डियाँ सलामत थीं, पर कोई-न-कोई तो सलामत थी ही, तभी तो वह जी रहा था। सारा शरीर प्लास्टर में कसा पड़ा था, जैसे पहाड़ सर्दियों में बर्फ के बन्धन में कस जाते हैं। सारी रात घड़ी की टिक्-टिक् के समान कराहता रहता था। रात के चौकीदार के समान जरा आँखें बोझिल होतीं तो अफसर की झिड़की के समान दर्द का कोड़ा पड़ता और वह जाग जाता।

मिस्टर कालिया ने किसी सस्ते समय में जमीन का यह टुकड़ा खरीदा था। उन्हें यह प्लाट वैसे ही मिला था जैसे लोक-कथाओं के एक नायक को किसी पिशाच ने सोने की मुहरों के भरे हुए बहुत विराट् छः बोरे इस शर्त पर दिये थे कि वह ऐसा ही सातवाँ बोरा, अपनी कमाई हुई अशर्फियों से भरेगा। वह उस बोरे को भरने के चक्कर में ही भर गया था। मिस्टर कालिया ने भी बोरे को भरने के ही समान, उधार लेकर यहाँ एक मकान बनवा लिया था। अब आधा वेतन उसी उधार को चुकाने में चला जाता था, शेष से वे सरकारी टैक्स दिया करते थे।

सवेरे-सवेरे मिस्टर कालिया दूध लेने जाते हैं। 'दूध' का अपनी संस्कृति में अत्यन्त महत्त्वपूर्ण स्थान है। भगवान विष्णु 'क्षीर-सागर' में सोते हैं, अतः दूध उनका निवास स्थान ठहरा। इसलिए दूध धार्मिक महत्त्व की चीज है। भगवान कृष्ण का दूध और दूध देनेवाली गाय से बहुत प्रेम था। पता नहीं रामायण में दूध की चर्चा इतनी महत्त्वपूर्ण क्यों नहीं हो सकी। भगवान राम को दूध से एकदम प्रेम नहीं था। वे शिकार पर जाते हैं तो हरिण मार लाते हैं। सीताजी भी सुयोग्य पत्नी के समान

पंचवटी में हरिणों से ही खेलती हैं। माँगती भी हैं तो स्वर्ण-मृग। पर धार्मिक महत्त्व की दृष्टि से गाय तथा हरिण की ही विजय हुई।

मिस्टर कालिया के मन में दूध के लिए धार्मिक श्रद्धा कम, आर्थिक लोलुपता अधिक भी। समय से दफ्तर पहुँचकर हाजिरी के रजिस्टर के खाली खाने में वे अपने हस्ताक्षर करते थे, देर हो जाये तो वहाँ उन्हें अपने अफसर के लाल रोशनाई के लिए हुए हस्ताक्षर मिलते थे। वैसे ही समय से पहुँच जाते तो वे दूध पर अपने हस्ताक्षर करते थे, देर हो जाती तो दूधवाला अपनी पानीवाले हस्ताक्षर कर देता था। मिस्टर कालिया को अपने स्थान पर दूसरों का इस प्रकार हस्ताक्षर करना एकदम पसन्द नहीं था। इसलिए बिस्तर से उठते ही, आँखें मलते हुए वे दूध का डोल लटकायें हुए 'क्षीर-सागर' की ओर जाते थे, जैसे वे हाथ में ब्रीफकेस लटकाये अपने 'फाइल-सागर' की ओर दौड़ लगाते थे।

दूध लेकर आने का पवित्र कर्म पूरा करते, तो जल्दी-जल्दी अपनी झाड़-पोंछकर, कपड़े बदल, तैयार हो जाते। बहुत थोड़े-से समय में ऊपरी-ऊपरी ढंग से समाचार-पत्र ऐसे पढ़ते जैसे कोई नौसिखिया सिगरेट का कश लेकर धुआँ मुँह से ही वापस लौटा देता है, उसे अपने भीतर कहीं गहरे नहीं उतरने देता। फिर भागकर डॉक्टर के पास जाते कभी पत्नी के लिए, कभी बेटे के लिए, जैसे कोई घोर आस्तिक व्यक्ति नहा-धोकर मन्दिर अवश्य जाता है। एक रोज भी रिपोर्ट न मिलती तो डॉक्टर के चेहरे पर वही नाराजगी झूला झूलने लगती जो एक रोज समाचार-पत्र न मिलने का रोज पढ़नेवालों के चेहरों पर कुंडली मारकर बैठ जाती है। वहाँ से वापस आ दफ्तर जाते। शाम को लौटकर थोड़ा-सा आराम करते और फिर क्षीर-सागर की ओर भागते। कमबख्त दूधवाला भी, धारावाहिक उपन्यास लेखक के समान इकट्ठा एक समय न देकर किस्तों में दूध देता है। शाम का दूध लेकर लौटते हैं, लैटर-बॉक्स में पत्र डालने की शैली में मुश्किल में दो रोटियाँ पेट में डालते हैं और नींद उनके साथ शतरंज खेलने लगती है। पर बेटे की कराहटें और पत्नी की खाँसी रात-भर उन्हें बारी-बारी वैसे ही जगाती रहती हैं, जैसे प्रतिस्पर्शी रामलीलाओंवाले अपने लाउडस्पीकरों के माध्यम से 'अलार्म-सेवा' करते रहते हैं। पिछले तीस महीनों से उनकी नींद कभी पूरी नहीं हुई थी। नींद के साथ उनका सम्बन्ध कुछ वैसा ही था, जैसा अतिथियों से घिरे नव-दम्पति का होता है।

रोज-रोज की इतनी अधिक भाग-दौड़ से मिस्टर कालिया की हालत अधिक गर्म हो गये इंजन के समान हो रही थी, जिसकी गाड़ी रुकने-रुकने-सी लगी थी। उनके भीतर एक जड़ता-सी घिर आयी थी। उनकी संवेदना धीरे-धीरे सो गयी थी। उनका मस्तिष्क क्रूर डिक्टेटर के समान सोचकर कठोर आदेश देता है और उनका शरीर फर्स्ट गेयर में पड़ी गाड़ी के टेढ़े-मेढ़े चिमटे, मड-गार्ड में फँसे पहिये के समान घिसटता हुआ कार्य कर गुजरता है। हृदय की अनुभूति मिस्टर कालिया के लिए

कोई चीज नहीं रह गयी है।

घड़ी की अलार्म जैसे सुइयों के एक निश्चित स्थान पर पहुँचने की धैर्यहीन प्रतीक्षा रहा होता है और उनके वहाँ पहुँचते ही जिद्दी और बीमार बच्चे के समान निरन्तर चीखने लगता है, वैसे ही मिस्टर कालिया की पत्नी उनके घर में घुसने की प्रतीक्षा कर रही थी। जैसे ही उन्होंने कमरे में पैर रखा कि अलार्म बज उठा, "सुनो जी! राशन ले आओ। आज आखिरी दिन है। आज न लाये तो फिर अगले महीने ही मिलेगा।"

मिस्टर कालिया घर की ओर उसी प्रकार झूमते-झामते लपकते रहे थे, जैसे भैंस उस खूँटे की ओर लपकती है जहाँ वह अपने बीमार कटड़े को छोड़ गयी होती है; और भीतर से बजता हुआ पत्नी के स्वर का अलार्म सुनते ही उसी प्रकार स्तम्भित रह गये जैसे भैंस अपनी आँखों, नाक तथा जीभ के प्रयोग से कटड़े की मृत्यु की सूचना पाकर स्तम्भित खड़ी रह जाती है।

वे जड़े-से दरवाजे के बीचोबीच ऐसे खड़े रह गये, जैसे कोई बौखलाया हुआ देहाती, महानगर के यातायात से घबराकर सड़क के बीचोबीच खड़ा हो जाता है। वे कुछ कहते-कहते वैसे ही रुक गये, जैसे लाल बत्ती में चौराहा पार करने का प्रयत्न करता हुआ ड्राइवर ट्रैफिक के सिपाही को देखकर रुक जाता है। पत्नी को कुछ कहने का क्या लाभ? वह तो 'रिमांइडर' के समान खिजानेवाली किन्तु दोष-रहित आवाज थी।

उन्होंने बुरी तरह थके हुए सैनिक के समान आनेवाले खतरे को भाँप, अपनी सारी शक्ति को बटोर बड़े प्रयत्न से राशनकार्ड रूपी राइफल उठायी और शत्रु पर आक्रमण करने के लिए बाजार की ओर पैर ऐसे घसीटे जैसे चल न रहे हों, स्केटिंग कर रहे हों।

जितनी दूरी से आकाश पर उड़ता गिद्ध जमीन पर पड़ी लोथ को देख लेता है, उतनी ही दूर से उन्होंने देख लिया कि राशन की दुकान पर लम्बी क्यू लगी हुई है। क्यू में खड़े होने के लिए क्यू तक जाना, उनके लिए स्वयं मुर्गे के तन्दूर तक जाने की प्रक्रिया थी। अपने मन में कहीं वे बहुत स्पष्ट थे कि पंक्ति में खड़े-खड़े वे राशन मिलने की नहीं दुकान बन्द होने की प्रतीक्षा कर रहे हैं; क्योंकि उनका पंक्ति में वही स्थान था जो गाय के सारे शरीर में पूँछ का और पूँछ में उसके अन्तिम सिरे पर उगे चँवर का होता है। वे जानते थे कि उनकी बारी आने से पहले ही दुकान के बन्द होने का समय हो जायेगा, जैसे साधारण व्यक्ति की ऋण-स्वीकृति तक सरकारी ऋण-योजनाओं की पूँजी ही समाप्त हो जाती है। उनका वहाँ खड़ा रहना, बाँझ स्त्री के लेबर रूम में जाने के समान था; और फिर वापस जाकर अभी दूध लेने भी जाना था। आज अवश्य ही देर हो जायेगी और दूधवाला अबाध गति से दूध में पानी मिलाता हुआ गायेगा, 'प्रशस्त पुण्य पन्थ है, बढ़े चलो, बढ़े चलो।'

पर उनके अभ्यास से जड़ पैर क्यू से बँदरिया के बच्चे के समान चिपके हुए थे। उनका शरीर एकदम निष्क्रिय हो गया था।

सहसा उनका मन बहुत सक्रिय हो उठा—उन्होंने फिल्मों और उपन्यासों में अत्यन्त दुष्ट जन्तु को देखा और पढ़ा था, जिसका नाम 'समाज' है। उनका मन भी समाज के विषय में सोचने लगा : जब आदमी ने पहली बार समाज बनाया होगा तो अपने किसी स्वार्थ के लिए ही बनाया होगा। आदमी बड़ा स्वार्थी जीव है। अपना स्वार्थ न हो तो वह कुछ भी नहीं बनाता—न ताजमहल, न मूँग की दाल! जानवर अपने स्वार्थ से इतना नहीं चिपका है, इसलिए वह जानवर रह गया है। साधारण आदमी आदमी रह गया, और जो अपने स्वार्थ को सिद्ध करने के तर्क देने लगा वह दार्शनिक हो गया।

मिस्टर कालिया अपने उस स्वार्थ को याद करने लगे। आदमी ने समाज इसलिए बनाया होगा कि उसे सुविधाएँ मिलें। वह सुविधापूर्वक जी सके। और फिर सरकार इसलिए बनायी होगी कि वह उन सुविधाओं की रक्षा करे। इसलिए तो निश्चित रूप से नहीं बनायी होगी कि शासक वर्ग अपनी अतिशय विलासाकांक्षा की तृप्ति के लिए जनता के जीवन को अधिक असुविधापूर्ण बनायें। सरकार प्रत्येक व्यक्ति से अपनी इच्छानुसार सार्वजनिक सवारियाँ चलाने का अधिकार इसलिए छीन लेती है कि वह स्वयं नागरिकों को व्यवस्थित परिवहन व्यवस्था देगी। वह लोगों से खुले बाजार में अन्न बेचने का अधिकार इसलिए छीन लेती है कि वह सबको उनकी आवश्यकतानुसार अन्न दे सके। स्वतन्त्र नागरिकों के अधिकार इसलिए तो नहीं छीने जाते कि सरकार उन्हें बस के लिए घंटों प्रतीक्षा कराये, राशन की दुकानों पर उनका समय नष्ट करवाये। यह तो कुछ वैसी ही बात है कि पति अग्नि, देवताओं और सम्बन्धियों के सम्मुख संकल्पपूर्वक पत्नी के भरण-पोषण का उत्तरदायित्व ग्रहण करे और घर लाते ही न केवल पत्नी को भूखा रखे, वरन् उसे पीटे भी।

पर पति पीट क्यों पाता है? क्योंकि पिटने पर पत्नी उसे छोड़कर चली नहीं जाती। वह उसके अत्याचार सहती है, इसलिए पति अत्याचार कर पाता है। सरकार नागरिकों के साथ दुर्व्यवहार कर पाती है, क्योंकि नागरिक अपनी दुर्बलता के कारण उसके दुर्व्यवहार को सहते हैं। यदि लोग अपनी दुर्बलता छोड़ दें, अन्याय सहने से इंकार कर दें, सरकार के व्यवहार के प्रति अपनी सहिष्णुता तथा उदासीनता त्याग दें और अपने अधिकारों के लिए संघर्ष करने लगें, तो फिर कोई भी सरकार क्यों न हो, वह नागरिकों से दुर्व्यवहार कैसे कर सकती है।

हमें सरकार पर आश्रित नहीं रहना चाहिए—मिस्टर कालिया ने स्वयं को समझाया—स्त्रियों में अपने पतियों के अत्याचार के विरुद्ध जागरूकता जितनी आवश्यकता है। लोगों में सरकार सम्बन्धी वैसी जागरूकता है। हमने बसों का बहिष्कार करके बहुत अच्छा कार्य किया। हमें राशन की दुकानों का भी बहिष्कार

कर देना चाहिए। मैं सरकार का नौकर हूँ। सरकार के बताये प्रत्येक कार्य को करता हूँ, सरकार द्वारा माँगा गया प्रत्येक टैक्स देता हूँ; तो यह मेरा अधिकार है कि मुझे मेरे परिवार की आवश्यकतानुसार अन्न सुविधा से मिले। मेरी पत्नी और मेरे बीमार बेटे की देखभाल के लिए उचित व्यवस्था हो। चिड़ियाघर में बन्द किया गया जानवर भी अपनी आवश्यकतानुसार स्थान, भोजन तथा अन्य सुविधाएँ पाता है। यदि वे सुविधाएँ उसे नहीं मिलतीं तो वह जीने से इंकार कर देता है। वे भी जीने से इंकार कर देंगे। जानवरों से भी बदतर अवस्था में वे नहीं जीयेंगे।

सहसा वे पंक्ति छोड़कर बाहर निकल आये, जैसे कोई डिब्बा डिरेल होकर रेलगाड़ी से अलग हो गया हो। उन्हें लगा कि उनके भीतर अपने लिए, अपने परिवार के लिए इतनी भी सहनुभूति नहीं है, जितनी नेताओं के भाषणों में सच्चाई होती है। उस समय वे मनुष्य नहीं थे : वे एक तर्क-पद्धति थे। परिणाम क्या होगा, उसकी चिन्ता उन्हें नहीं थी।

"दोस्तो!" उनके कंठ से इस प्रकार अकस्मात् फूटा जैसे बिगड़े हुए रेडियो की कोई तार सही जुड़ जाये और उसमें से तेज और सधी हुई आवाज आने लगे। वे उस समय बहुत उत्तेजित थे, जैसे खौलता हुआ दूध। उनकी आँखों में से भट्ठी की दीवार में हो गये छेद में से निकलती हुई आग के समान गर्मी फूट-फूट पड़ रही थी। उनके मुँह में झाग-सी आ रही थी। उनकी मुट्ठियाँ कसी हुई थीं। पर फिर भी वे किसी प्रकार खड़े थे—बाकी भीड़ से हटकर, जैसे साधारणतया में से फैशन निराला होकर अलग निकल खड़ा होता है।

"दोस्तो!" मिस्टर कालिया के कंठ से फिर वैसे ही फूटा, जैसे तेजी से दौड़ते हुए गिर पड़ने पर बच्चे के कंठ से चीख फूटती है, "हमने यह सरकार इसलिए बनायी थी कि वह हमारे अधिकार सीमित कर दे, छीन ले, पर हमें जीवन की सुविधाएँ दे (अर्थात् हमने रोटी इसलिए पकायी थी कि वह हमारे द्वारा खायी जाये)। यह सरकार हमने इसलिए नहीं बनायी थी", उनका बहुत ऊँचा हो गया था, "कि वह हमें हर जगह पंक्तियों में खड़ा रखे, थकाये और परेशान करे (अर्थात् हमारा घी निकालकर उसे उस रोटी पर चुपड़ा जाये)। हम यदि सरकार द्वारा निर्देशित प्रत्येक कार्य आज्ञा मानकर कर देते हैं, तो सरकार को भी ऐसी व्यवस्था करनी चाहिए कि हमारा अन्न हमें उचित समय पर अपने घरों में मिले (अर्थात् सरकार अपना 'सरकारीपन' ही छोड़ दे)। पर हमारी सरकार को हमें अपमानित करने, हमारे साथ बिल्ली-चूहे का खेल खेलने में मजा आता है।"

वे तनिक देर के लिए रुके जैसे क्लच दबाकर मशीन को पहियों से असंपर्कित कर दिया गया हो। उन्होंने जेब से अपना राशन कार्ड निकाला और गाड़ी को फिर गेयर में डाल दिया, "यह चूहा बिल्ली द्वारा खेलाये जाने से इंकार करता है। बिल्ली को, चूहे को या तो जीने देना होगा या चीड़-फाड़कर खा जाना होगा : पर वह

उसे खेला-खेलाकर मारने का मजा नहीं ले पायेगी। मैं आज आपके सामने अपना राशन कार्ड फाड़ता हूँ और प्रण करता हूँ कि कभी भी राशन की दुकान पर नहीं जाऊँगा—चाहे मैं अपने परिवार समेत भूखा ही मर जाऊँ...।"

उनके हाथों ने राशन-कार्ड के उसी प्रकार टुकड़े कर दिये, जैसे फिल्मी पत्रिकाएँ, खलनायक के प्रेमपत्र के कर डालती हैं।

एक शोर-सा मच गया जैसे खलनायक के पीड़ित हृदय का चीत्कार सारे वातावरण में अश्रुगैस के समान घुल गया हो; और क्षण-भर में ही शोर ऐसे दब गया, जैसे किसी ने तेज हवा में फड़फड़ाते हुए कागज पर भारी-भरकम पेपर-वेट रख दिया हो।

मिस्टर कालिया दीवार से फिसल आयी छिपकली के समान धप्-से धरती पर गिर पड़े थे; शायद उत्तेजना के आधिक्य ने इन्हें वैसे ही अचेत कर दिया था, जैसे खौलता हुआ दूध पतीले में उफनकर स्टोव की आँच बुझा देता है।

"पागल है साला!" राशन तौलनेवाले नेवले ने कहा।

"पागल नहीं है।" दो-तीन चूहे एक साथ किकियाये, "वह ठीक कह रहा है।"

10

स्वराष्ट्र मन्त्री ने राजधानी के महापौर को मिलने के लिए बुलाया था। महापौर को स्वराष्ट्र मन्त्री से एक शाश्वत शिकायत थी कि वे मिलने के लिए बुला तो लेते हैं, पर उन्हें घर आये अतिथि से मिलने की तमीज नहीं है। कोई किसी को मिलने के लिए बुलाता है, तो उसका अर्थ होता है कि उसके घर में कोई खुशी हुई है और वह चाहता है कि उसकी खुशी को सब लोग बाँटें। पर स्वराष्ट्र मन्त्री की बानगी निराली है, जब किसी को डाँटने के लिए मूड होगा तो उसे अपने घर बुला भेजेंगे। डाँटने के लिए और कोई नहीं मिलेगा तो महापौर तो है ही, जैसे ताश का जोकर, कोई न मिले तो जोकर को लगा दिया। यह शायद स्वराष्ट्र मन्त्री पर उनके विभाग का प्रभाव था : घर की बात ठहरी, पत्नी खीझती है तो पति को डाँट लेती है। और किसी को डाँटने कहाँ जाये। महापौर भी स्वराष्ट्र मन्त्री से कुछ उसी शैली में डरते हैं, जैसे कोई सीधा पति अपनी गुस्सैल पत्नी से डरता है। वे सदा ही काँपते चूहे के समान उनके घर के भीतर जाते थे और रोते हुए मेंढक के समान बाहर निकलते थे।

आज जब महापौर ने कमरे में पैर रखा तो वहाँ स्वराष्ट्र मन्त्री अकेले नहीं थे। उनके साथ गृह-सचिव और लोक-लेखा समिति के सदस्य भी उपस्थित थे। उन्हें देखकर महापौर की वही अवस्था हुई जो पत्नी से डरते हुए घर में घुसने पर वहाँ सास और साली को भी बैठे देखकर होती है। महापौर समझ गये कि मामला कुछ

अधिक गम्भीर है। उन्होंने याद करने का प्रयत्न किया कि आखिर बात क्या हुई है? पिछले दिनों उनसे ऐसी कौन-सी भूल हुई है कि न केवल उनकी शिकायत ससुराल तक जा पहुँची है, बल्कि वहाँ से लोग भी आये बैठे हैं। नगर निगम में गड़बड़ तो है, कम नहीं काफी है; पर गड़बड़ तो सारे देश में चल रही है। देश की गड़बड़ के लिए तो स्वयं स्वराष्ट्र मन्त्री जिम्मेदार है, पर उनसे तो कुछ नहीं कहा जा सकता न। बाजार से महँगी सब्जी लाने पर उन्हें तो डाँट पड़ सकती है, पर सब्जी जल जाने पर वे पत्नी से कुछ नहीं कह सकते। स्वराष्ट्र मन्त्री को डाँटनेवाला कोई नहीं है। प्रधानमन्त्री स्वयं उनके अपने आदमी हैं। और प्रधानमन्त्री उनके साथ ऊँची-नीची बात करेंगे तो प्रधानमन्त्री ही नहीं रहेंगे। स्वराष्ट्र मन्त्री के गुट के लोगों ने ही उन्हें प्रधानमन्त्री बनाया था।

खैर, महापौर ने सोचा—आज यदि स्वराष्ट्र मन्त्री ने कुछ भी कहा तो वे संसद की अगली बैठक में अपने लोगों से कहकर दो-चार ऐसे प्रश्न तो करवा ही देंगे कि स्वराष्ट्र मन्त्री अपनी हैकड़ी भूल जायें।

महापौर ने बारी-बारी उन तीनों को नमस्ते की। नमस्ते बड़ी महत्त्वपूर्ण चीज है। उसका वैज्ञानिक अध्ययन किया जाये तो युगान्तकारी निष्कर्ष हाथ लगते हैं।

एक बार रामलुभाया ने घर बदला था और नये मुहल्ले में जा बसे थे। जब वे नये-नये थे, तो सारे दुकानदार उन्हें नमस्ते करते थे। तब उनके घर में कुछ मेहमान आये हुए थे। सामान भी ज्यादा खरीदना पड़ता था और शायद समय भी नहीं होता था—बस अपनी परेशानी में भाव-ताव नहीं पूछा करते थे। दुकानदार उन्हें बड़ा साहब समझते थे और नमस्ते करते थे।

जब वे सामान ले चुकते तो दुकानदार अपने नौकर को आवाज लगाता—"ऐ! साहब का सामान गाड़ी में रखकर आओ।"

"गाड़ी नहीं है।" रामलुभाया कह देते।

"आज पैदल ही आये हैं।" दुकानदार उनकी शालीनता पर अपनी प्रसन्नता जताने के लिए अपने गन्दे दाँतों की प्रदर्शनी कर देता।

रामलुभाया के मन में बहुत सारी टूथ-पेस्टों, दन्त-मंजनों तथा डेंटल सर्जनों के विज्ञापन घूमने लगते। पर वे अपने हृदय के भाव दुकानदार से उसी प्रकार छिपा लेते, जैसे दुकानदार अपना खाता, इनकम-टैक्स अफसर में छिपाया था।

"हाँ, बाजार तक पैदल ही आया हूँ।" रामलुभाया कह देते। पर उसे यह नहीं बताते कि शेष जगहों पर वे बस में जाते हैं। गाड़ी उनके पास है ही नहीं।

एक दिन उन्होंने उसके नौकर को गाड़ी में सामान रखने से नहीं रोका। वह लिफाफे उठाये हुए बाहर आया तो उन्होंने मुन्ने की बच्चागाड़ी की ओर संकेत कर दिया, "बाबा के पास रख दो।"

उनकी गाड़ी का भेद खुला तो दुकानदारों ने उन्हें नमस्ते करनी बन्द कर दी।

तभी बाजार में एक नयी दुकान खुली। रामलुभाया नयी दुकान के सामने से गुजरे तो दुकानदार ने उन्हें नमस्ते कर दी। उन्हें अच्छा लगा कि किसी दुकानदार ने तो उन्हें नमस्ते की। अब तक तो कोई नहीं करता था, इसी ने क्यों की? फिर वे झेंप-से गये, हो सकता है कि उसने किसी और के भ्रम में उन्हें नमस्ते कर दी हो। जैसे किसी नागरिक को सैनिक अधिकारी समझकर सन्तरी सलामी दे दे। यह बहुत बुरी बात होगी। जिस दिन उसे पता चलेगा कि वे 'वह' नहीं हैं, जिसे समझकर उसने नमस्ते की थी तो उसे उन पर कितना क्रोध आयेगा कि उन्होंने 'वह' लगकर उसे धोखा दिया था। हो सकता है कि उसी भ्रम में वह उन्हें कई महीनों तक नमस्ते करता चले : और जब उसे उनकी असलियत का पता चलेगा तो क्या वह चाहेगा कि उसकी नमस्ते का बदला उतारने के लिए वे भी उतनी ही बार उसे नमस्ते करें। वे तो उसे लगातार चार-छः महीने नमस्ते नहीं कर सकेंगे। दुकानदार तो अपनी दुकान के दरवाजे के बीचोबीच बैठा रहता है और घंटे-दो घंटे में ही चार-छः नमस्ते ठोक देता है। वे ऐसा करते हुए तो एकदम पागल लगेंगे।

नये दुकानदार ने रोज-रोज नमस्ते करके उनकी आफत कर दी और आखिर तंग आकर उन्हें अपनी पत्नी से कहना पड़ा कि अब वे महीने-भर का राशन इस नये दुकानदार से ही लिया करेंगे।

दुकानदार उन दोनों को नमस्ते करता, बड़े सम्मान से कुर्सी पर बैठाता, कोका कोला पिलाता, पर चाहता कि वे चीजों के भाव न पूछें। एक बार उसने डालडा के डिब्बे में पच्चीस पैसे अधिक लगा दिये, दालों में पाँच-पाँच, दस-दस पैसे बढ़ा दिये। रामलुभाया ने शिकायत की तो उसने एक बार नमस्ते और अधिक कर दी। उन्होंने हिसाब लगाया, उन्हें यह नमस्ते बहुत महँगी पड़ रही थी। सेल्स-टैक्स के समान यह नमस्ते-टैक्स हर चीज को महँगी कर रहा था। दाल का हर चम्मच एक नया पैसा महँगा हो गया था। सब्जी की हर छौंक में दुकानदार की एक नमस्ते थी और रामलुभाया की जेब के दस पैसे। रामलुभाया ने उससे सामान लेना बन्द कर दिया और दुकानदार ने अपनी नमस्ते बन्द कर दी। उसने महीने में कोई डेढ़ सौ नमस्ते बचायीं और रामलुभाया ने लगभग पन्द्रह-बीस रुपये बचा लिये।

कॉलेज में लड़के भी कुछ दुकानदारों के हिसाब से नमस्ते करते हैं। एक लड़का बड़ी शालीनता से रामलुभाया को दिन में दो-तीन बार नमस्ते किया करता था। पर उनकी क्लास में वह अपने आस-पास के लड़कों से बहुत बातें करता था। वे जब डाँटने के विचार से उसकी ओर देखते, वह उन्हें आँखों ही आँखों में कहता, "देखो, मैं तुम्हें दिन में तीन बार नमस्ते करता हूँ।" और वे हर बार उसे छोड़ दिया करते थे। एक बार उन्होंने उसे डाँट ही दिया। बस अगले दिन से उसने उन्हें नमस्ते करनी बन्द कर दी। वह लड़का उनसे तीन वर्ष पढ़ा, पर उसने फिर कभी नमस्ते नहीं की। उन्होंने हिसाब लगाया, उस लड़के को एक बार डाँटने की मूर्खता कर उन्होंने अपने

हिस्से की हजारों नमस्ते खो दी थीं।

पर एक बार उन्हें उसका ठीक उलटा एक लड़का मिल गया। वह उन्हें कभी भी नमस्ते नहीं करता था। बस-स्टैंड पर मिलता तो बहुत घूर-घूरकर देखता। सिगरेट पी रहा होता, तो उन्हें देखकर अन्य लड़कों के समान सिगरेट छिपाता भी नहीं। उलटे इस अन्दाज से धुआँ उड़ाता जैसे चेतावनी दे रहा हो : "खबरदार, जो मुझे डाँटा!"

रामलुभाया डरते रहे और चुप रहे। पर एक दिन गुस्से ने डर को ढाँप लिया और उन्होंने लड़के को डाँट दिया। डाँटकर मन-ही-मन डरते रहे कि जाने वह लड़का क्या करे। लड़के ने किया यह कि रामलुभाया को देखकर सिगरेट फेंक दी और नियमित रूप से नमस्ते करने लगा। वह जब तक कॉलेज में रहा, रामलुभाया को नमस्ते करता रहा। उस एक डाँट ने रामलुभाया को लगभग हजार-एक नमस्ते दिलवायीं। इन दोनों लड़कों का हिसाब करने पर भी वे घाटे में रहे, क्योंकि दूसरा लड़का दिन में केवल एक बार नमस्ते करता था।

कुछ लड़के नमस्ते करने या न करने की नीति प्रत्येक वर्ष के आरम्भ में निर्धारित करते हैं। यदि वर्ष के आरम्भ में वे नमस्ते करने का निर्णय लेते हैं, तो वर्ष-भर करते ही जाते हैं। और यदि वर्ष के आरम्भ में उन्होंने नमस्ते नहीं की तो रामलुभाया समझ जाते हैं कि वे अब इस वर्ष नमस्ते नहीं करेंगे। अधिकांश लड़के अपनी टाइम-टेबल देखकर अपनी नीति की घोषणा करते हैं। वे टाइम-टेबल देखकर पता लगाते हैं—क्या रामलुभाया इस वर्ष उनकी क्लास लेंगे? यदि 'हाँ' तो वे उन्हें नमस्ते करेंगे। यदि 'नहीं' तो वे नमस्ते नहीं करेंगे। इस नीति को देखते हुए, रामलुभाया को बहुधा अपने विभाग के अध्यक्ष से कहना पड़ता है कि एक ही क्लास के सप्ताह में चार पीरियड लेने से, वे ज्यादा अच्छा यह समझते हैं कि उन्हें हर क्लास में कम-से-कम एक पीरियड अवश्य दिया जाये, ताकि उनकी नमस्ते की ग्राहकी बनी रहे। एक क्लास छूट गयी तो वर्ष-भर में हजारों नमस्ते से वंचित हो जाने का भय उन्हें त्रस्त किये रहता है।

कुछ लड़कों को अध्यापक के प्रति नहीं, विषय के प्रति श्रद्धा होती है। रामलुभाया का पिछला घर जिस मुहल्ले में था, वहाँ के नाई का लड़का दिन को बाप के साथ दुकान पर काम करता था और शाम को किसी कॉलेज में पढ़ने जाता था। उसे कहीं से पता लग गया था कि रामलुभाया भी किसी कॉलेज में पढ़ाते हैं—उसे नहीं पढ़ाते तो क्या हुआ, आखिर तो अध्यापक हैं। वे जब भी जाते हैं, वह बड़े सम्मान से उन्हें नमस्ते किया करता था।

एक दिन बहुत संकोच करते-करते उसने रामलुभाया से पूछ ही दिया कि वे राजनीतिशास्त्र पढ़ाते हैं या अंग्रेजी? प्रश्न कुछ अटपटा था। अधिकांशतः लोग पूछते हैं कि 'आप क्या पढ़ाते हैं?' पर उसने केवल दो ही विषयों से सम्बद्ध प्रश्न

किया था। उन्होंने उसे बता दिया कि इन दोनों विषयों में से वे कुछ नहीं पढ़ाते। उसने यह पूछने की भी आवश्यकता नहीं समझी कि वे क्या पढ़ाते हैं। उसकी श्रद्धा समाप्त हो चुकी थी। उसके पश्चात् उसने उन्हें कभी भी नमस्ते नहीं की। उन्हें यह कभी भी मालूम नहीं हो सका कि उसने जितनी बार नमस्ते की थी वह अंग्रेजी को की थी या राजनीतिशास्त्र को।

कुछ लोग मौसमी नमस्ते करते हैं। परीक्षा के दिनों में जिस प्रकार मन्दिरों में भीड़ बढ़ जाती है, वैसे ही रामलुभाया के दरबार में 'नमस्ते' की बहुत भीड़ हो जाती है। परीक्षा से पहलेवाली नमस्ते परचे में पूछे जानेवाले प्रश्नों की जिज्ञासा होती है और परीक्षा के बादवाली अंक बढ़वानेवाली नमस्ते। वर्ष आरम्भ होने से कुछ पूर्व, जैसे ही मुहल्ले का कोई लड़का, सहसा रामलुभाया को नमस्ते करने लगता है, वे समझ जाते हैं कि उसने हायर सैकेंडरी की परीक्षा पास कर ली है और अब उसे कॉलेज में प्रवेश चाहिए। कॉलेज में प्रवेश माँगती नमस्ते का सबसे बड़ा गुण यह है कि लड़के का सारा परिवार नमस्ते करने लगता है, जैसे किसी लड़की का रिश्ता पक्का करने से पूर्व उनका सारा परिवार नमस्ते किया करता है।

तो नमस्ते करके महापौर बैठ गये। स्वराष्ट्र मन्त्री ने उन्हें इतना ही समय दिया कि वे बैरे द्वारा लाया गया पेय पी लें और पूछताछ आरम्भ हो गयी, जैसे फ्री स्टाइल में पहलवान इस बात की प्रतीक्षा करता है कि प्रतिद्वन्द्वी फिर से उठकर अपने पैरों पर खड़ा हो जाये ताकि उसे दुबारा दबोच लिया जाये। पर महापौर मन-ही-मन बहुत संकुचित हो रहे थे, क्योंकि पूछताछ शासकीय धरातल पर न होकर बड़े घरेलू धरातल पर थी। उनके लिए यह उतना ही अनपेक्षित था जितना किसी पुलिस-अधिकारी का किसी से भद्रतापूर्वक व्यवहार करना। जब महापौर अपने परिवार के प्रत्येक व्यक्ति का कुशल-क्षेम अलग-अलग बता चुके और स्वराष्ट्र मन्त्री यह जानकर प्रसन्न हो चुके कि महापौर के परिवार में सब लोग प्रसन्न एवं हृष्ट-पुष्ट हैं और देश के कमीने लोगों के समान दुखी एवं अस्वस्थ नहीं हैं, तो स्वराष्ट्र मन्त्री ने अपने मुँह में पान का एक बीड़ा डाला, जैसे तोप में बारूद भरा हो और उन्होंने तोप दाग दी।

"शर्माजी! आपकी परिवहन व्यवस्था पिछले डेढ़ महीने में कितनी हानि उठा चुकी है?"

महापौर झुँझलाये : अरे परिवहन व्यवस्था सवारियाँ उठाती है, लोगों के नखरे उठाती है, झगड़े उठाती है, मार-पीट कराती है, यह हानि की बात कहाँ से आ गयी।

"जी, कोई हानि नहीं उठायी गयी।" महापौर अपने अभ्यासानुसार घिसे हुए रिकार्ड के समान बोले। ऐसे प्रश्नों के उत्तर के लिए उन्हें सोचना नहीं पड़ता, केवल रिकार्ड पर सुई रख देनी पड़ती है। ऐसा रिकार्ड बजने के लिए बहुत तत्पर होता है। वे अच्छी तरह जानते हैं, राजनीति के वेदों में गायत्री मन्त्र के समतुल्य एक मन्त्र

है : अपने अधीन कार्य करनेवाले किसी भी संस्थान में हानि स्वीकार न की जाये, ऐसा स्वीकार करना घोरतम पाप है।

चुम्बक के समान, ध्रुवों के विकर्षण के समान स्वराष्ट्र मन्त्री के होंठ विकर्षित होकर अलग हट गये तथा उनके दाँत-मसूढ़ों समेत इस प्रकार मंचस्थ हुए, जैसे सहसा यवनिका हटने पर नाटक का कोई दृश्य मंचस्थ होता है (लोग इसी प्रक्रिया को उनका मुस्कराना मानते हैं), "शर्माजी! आपकी परिवहन व्यवस्था की आय का साधन क्या है?"

"जी, सवारियाँ! जी हाँ, सवारियाँ!" महापौर की जीभ का गेयर-फँस-सा गया।

"पिछले डेढ़ महीने में दिल्ली परिवहन की बसों में कितनी सवारियाँ चढ़ीं? क्या आपकी बसें खाली नहीं चल रहीं?"

क्या मूर्खतापूर्ण प्रश्न है—महापौर ने सोचा—वे क्या किसी बस के कंडक्टर हैं कि उनसे सवारियों की गिनती पूछी जा रही है। या उनको कोई काम नहीं है कि सवारियाँ गिनते फिरें। विरह में आकाश के तारे गिननेवालों के विषय में तो उन्होंने सुन रखा है, पर सवारियाँ गिननेवाले पागलों के विषय में उन्होंने अभी कुछ नहीं सुना था।

"जी, खाली नहीं चल रहीं। एकदम खाली नहीं चल रहीं।" महापौर ने फन उठाया, "आपको जिसने भी यह सूचना दी है, गलत सूचना दी है। मुझे कहने दीजिये कि उसने आपको बहकाने का प्रयत्न किया, जो असफल हो गया, क्योंकि आप समझदार हैं; वह सफल भी हो सकता था, यदि आप समझदार न होते।" उनका रुकता-रुकता-सा इंजन अब गर्म होकर बाकायदा फटफटा रहा था, "मैं जानता हूँ कि मेरे विरुद्ध वैसे ही षड्यन्त्र चल रहे हैं, जैसे सारे देश में रहट चल रहे हैं। लोग मुझे बदनाम करना चाह रहे हैं। पर भंगियों के कोसने से साँड़ नहीं मरा करते...।"

"शर्माजी!" स्वराष्ट्र मन्त्री ने अनाड़ी ड्राइवर के समान पूरी गति से चलती गाड़ी में सहसा भरपूर ब्रेक लगा दी, "बहकिये मत! मेरी बात का जवाब दीजिये। क्या आपकी बसें खाली नहीं चल रहीं?"

इस ब्रेक से गति ही समाप्त नहीं हुई, महापौर की गाड़ी हल्की सवारी के समान डगमगा गयी। वे घिघिया पड़े, पर उन्होंने अपनी रामधुन जारी रखी, "देखिये, मैं अब भी यही कहता हूँ कि हमारी बसें खाली नहीं चल रही हैं। बसें खाली चल ही नहीं सकतीं, आप किसी से भी पूछ लीजिये। बिना पेट्रोल के बस कैसे चलेगी। हमारी बसें भी भरी टंकी से ही चलती हैं।...जी हाँ! वैसे ही हर बस में एक-न-एक सवारी होती है। और कोई न हो तो कंडक्टर तो होता ही है। आप उसे खाली कैसे...।"

स्वराष्ट्र मन्त्री शासकीय दृष्टि से अतिहसित तथा महापौर की दृष्टि से अशिष्ट हँसी हँसे। उस हँसी ने महापौर की गाड़ी को पंक्चर कर दिया और उसके चारों

पहिये एकदम बैठ गये। गृह सचिव और लोक-लेखा-समिति के सदस्य बड़ी कंजूसी से थोड़ा-सा मुस्कराये ओर उनकी आँखों से ऊब तथा उदासीनता के उल्लू झाँकने लगे।

"शर्माजी! आप घबरा गये हैं।" स्वराष्ट्र मन्त्री ने विश्लेषण किया, "आप कंडक्टर को तो सवारी नहीं मानेंगे न। फिर यदि बस में एक-आध सवारी हो भी, जिसे खुर्दबीन से ढूँढ़ना पड़े तो क्या फर्क पड़ता है। आपने पहले ही स्वीकार किया है कि आपकी परिवहन व्यवस्था की आय का मुख्य साधन सवारियाँ हैं। जब सवारी कोई है नहीं तो आपको मान लेना चाहिए कि आय भी कोई नहीं है। महात्मा गाँधी ने अच्छे साधन से अच्छा साध्य प्राप्त करने तथा बुरे साधन से अच्छा साध्य प्राप्त न करने की बात कही है। बिना साधन के साध्य प्राप्त करने की बात उन्होंने नहीं कही है, इसलिए आपकी बात हम नहीं मान सकते। साहित्यिक क्षेत्र में बिना कारण के कार्य होने को विभावना अलंकार कहते हैं, पर सवारी बिना आय की कल्पना वे भी नहीं कर सके हैं। अर्थ यह हुआ कि पिछले डेढ़ महीने में आप लाखों रुपये की हानि उठा चुके हैं।"

महापौर के ढोल के भीतर एक तेज आवाज गूँज रही थी—हानि उठाओ तुम। हानि उठाये तुम्हारा बाप। हानि क्या काले धन की गठरी है कि उसे हम उठायेंगी। हमने जिल्लत उठायी है, झूठी सौगन्धें उठायी हैं, दूसरों के नाम परममिट उठाकर स्वयं चीजें उठायी हैं, पर हानि नहीं उठायी...

एक ढोल की आवाज को ढोल में रोककर वे बगबोल के समान रोते हुए सख्ती से बोले, "मैं कोई उठाईगीरा नहीं हूँ श्रीमन् कि हानि उठाता फिरूँ। आप यह कहें कि हमें कोई लाभ नहीं हुआ, तो मैं मान जाऊँगा। पर लाखों रुपये की हानि की बात मैं कैसे मानूँगा (मान लूँगा तो मुझे दिल का दौरा नहीं पड़ जायेगा)! मैं कहता हूँ (और मुझे यही कहना चाहिए) कि यह नगर निगम तथा मुझे बदनाम करने का सरासर निराधार प्रयास है।"

"शर्माजी!" इस बार स्वराष्ट्र मन्त्री महापौर से इस प्रकार पेश आये, जैसे दूध न देने के लिए अड़ गयी भैंस से ग्वाला पेश आता है, "चुपचाप मेरी बात सुनिये। यहाँ प्राइमरी स्कूलवाले तर्क मत दीजिये। यह आपकी शोभा के अनुकूल नहीं है (क्योंकि आप अगर प्राइमरी तक पढ़े हुए हैं, परीक्षा आपने नहीं दी तो क्या हो गया)। डेढ़ महीने से जो बसें चल रही हैं, उनमें पेट्रोल खर्च नहीं हो रहा? उनकी मरम्मत नहीं हो रही? परिवहन के सारे कर्मचारी—कंडक्टर, ड्राइवर, ट्रैफिक इंस्पेक्टर, मिस्त्री, क्लर्क इत्यादि—क्या वेतन नहीं ले रहे? यह सारा धन जो खर्च हो रहा है, इसे आप क्या कहेंगे?"

"क्या कहूँगा?" महापौर उस छोटे बच्चे के समान हो गये थे, जो बिना कुछ समझे-बूझे बड़ों द्वारा कहे गये वाक्यों के अन्तिम भाग को दुहरामात्र देता है।

"मेरी बात सुनिये।" स्वराष्ट्र मन्त्री ने 'सब को सन्मति दे भगवान' शैली में कहा, "ये आपके सामने गृह-सचिव तथा लोक-लेखा समिति के अध्यक्ष बैठे हैं। इन्होंने आपके द्वारा लाखों रुपये नष्ट किये जाने पर भयंकर रोष प्रकट किया है तथा आपको बन्दी कर, आप पर देशद्रोह का मुकदमा चलाये जाने का सुझाव दिया है।"

"तो मुझे बताइये, मैं क्या करूँ? मैं आदमी हूँ, कोई पक्की सड़क तो हूँ नहीं कि मुझ पर मुकदमा जैसी भारी-भरकम चीज चलायी जा सके।" महापौर ने जेब से खादी का साफ-स्वच्छ, सफेद-झक्क, धोबी का धुला हुआ रूमाल निकाला, उसकी सारी तहें खोलीं और उसे अपनी आँखों पर रख लिया, "अब आप ही बतायें श्रीमन्! मैं क्या कर सकता हूँ। मेरी बात तो कोई मानता ही नहीं। मुझे तो लोगों ने पुराने जमाने की विधवा बुढ़िया समझ लिया है। मैं कब से लोगों से कह रहा हूँ कि बसों में चढ़ा करो। पर मेरी कोई सुनता ही नहीं (दे और दिल उनको, जो न दे मुझको जुबाँ और)। या तो मैं उनके कानों में श्रवण यन्त्र लगवाऊँ या अपने गले में लाउडस्पीकर। मेरी तो समझ में एक ही बात आती है कि मैं निर्दोष हूँ।"

"आप ऐसा कीजिये," महापौर को स्वराष्ट्र मन्त्री एक बड़ी-सी सुझाव पेटी नजर आ रहे थे, "कि या तो कुछ ऐसा हो कि कम से कम इतने लोग बसों में अवश्य चढ़ें कि परिवहन व्यवस्था अपना बोझ स्वयं उठा सके या फिर यह घोषणा करवा दीजिये कि हमें यह सूचना देते हुए अपार हर्ष हो रहा है कि परम पिता परमेश्वर की असीम अनुकम्पा से हमारा नगर नागरिक परिवहन के सन्दर्भ में आत्मनिर्भर हो गया है, अतः अब दिल्ली परिवहन की कोई आवश्यकता नहीं रह गयी है। हम उसे बन्द करते हुए अन्य नगरों के सम्मुख यह आदर्श रख रहे हैं कि वे लोग भी इसी प्रकार अपनी परिवहन व्यवस्थाओं को निरर्थक सिद्ध कर उन्हें बन्द कर दें।"

"मैं आपकी बात समझता हूँ।" महापौर अपनी समझदारी का प्रमाण देते हुए एकदम हल्के हो गये और गैस के गुब्बारे के समान कुर्सी के ऊपर ही ऊपर मँडराने लगे, "चाहता तो मैं भी यही हूँ कि इस व्यवस्था के मुर्दे की अन्तिम-क्रिया कर ही दी जाये, पर लोग मुझे बदनाम करेंगे कि मैंने नयी कार खरीद ली है तो अब बसें बन्द कर रहा हूँ। इसलिए आपके सम्मुख विचारार्थ एक सुझाव रख रहा हूँ।"

"आप बहुत समझदार हैं।" स्वराष्ट्र मन्त्री का चेहरा प्रमाण-पत्र में बदल गया था, "क्या सुझाव है आपका?"

महापौर की आँखें, गन्दा पानी बाहर निकालनेवाली नाली के समान बन्द हो गयी और उनके चेहरे के आँगन में उत्साह का पानी भर आया, जिसमें हँसी के मेंढक ऊब-डूब खेल रहे थे। उनका ऊदबिलावपन कहीं उत्साह की तह में डूब गया था। वे ललकार कर बोले, "मैंने कई बार कहा है, प्रेस-प्रतिनिधियों के सामने भी और अपनी पत्नी के सामने भी कि मैं इस समस्या को सुलझाने की योग्यता रखता

हूँ। इसे आप लोग मुझ पर छोड़ दीजिये। पर मेरी कोई सुनता ही नहीं।"

"मैं सुन रहा हूँ।" स्वराष्ट्र मन्त्री एक सेंसिटिव माइक के समान सजग थे, "और इसे मैं आप पर ही छोड़ रहा हूँ। आप मुझे बता-भर दीजिये कि आप इस समस्या को कैसे सुलझायेंगे।"

"देखिये।" महापौर का उत्साह बाँध-तोड़ वेग से बढ़ता जा रहा था, "मैं कहता हूँ, परिवहन की समस्या के मूल में हमारा पिछड़ापन ही है। हमें इस समस्या को युग के अनुरूप ग्रहण करना चाहिए। यह जम्बोजेट युग है। हमें अपनी परिवहन व्यवस्था इसी युग के अनुकूल बनानी चाहिए। हमें प्रत्येक बस-स्टॉप पर बने शेड को एक अच्छे एयर-कंडीशंड वेटिंग-हॉल में बदल देना चाहिए, जहाँ आ जाने पर यात्रियों को बसों की प्रतीक्षा सुखद लगने लगे। वे लोग चाहने लगें कि बसें देर से आयें, और देर से आयें, और देर से आयें, न ही आयें। बस समय से आये तो यात्री लोग ड्राइवर पर समय से आने के लिए नाराज हों। जैसाकि विमान व्यवस्था में होता है, वहाँ पर सुन्दर-सी रिसेप्शनिस्ट हो, जो यात्रियों को सूचनाएँ, आश्वासन तथा मुस्कानें दिया करे। जो यात्री वहाँ प्रतीक्षा करें, उन्हें उनकी इच्छा तथा पसन्द के अनुसार कोई पेय-पदार्थ दिया जाये। बाजार में बिकनेवाले पेय-पदार्थ न मिलें तो हम उनके स्थान पर सन्तरे या गन्ने का जूस दे सकते हैं (उससे लोगों का स्वास्थ्य भी बनेगा)। परीक्षण के तौर पर हम भुने हुए भुट्टे भी देकर देख सकते हैं (लोग भुट्टा खाते रहेंगे और बार-बार बसों के आने-जाने के विषय में पूछ भी नहीं पायेंगे)। हमें सारे नगर में बुकिंग-एजेंसीज़ खोल देनी चाहिए, जहाँ यात्रार्थी लोग अपना टिकट अग्रिम रूप में खरीद सकें। अग्रिम रूप से टिकटें खरीदवाने में हमारा बहुत लाभ है। यात्रार्थी लोग टिकट खरीदेंगे और उनके (भारतीय) बच्चे (अपने अभ्यासानुसार) खेलते हुए उन टिकटों को फाड़ देंगे। परिणाम यह होगा कि हमें तो पैसे मिल जायेंगे, पर वे बस में यात्रा नहीं कर सकेंगे...।"

सहसा महापौर ने रुककर स्वराष्ट्र मन्त्री के चेहरे को इस प्रकार देखा, जैसे घास काटते-काटते रुककर घसियारा मुड़कर देखता है कि कितनी दूर तक की घास कट गयी। पर वहाँ गहरी धुँध छायी हुई थी, भाव का दीपक दिख ही नहीं रहा था।

महापौर की रुकावट पर स्वराष्ट्र मन्त्री ने प्रश्न-चिह्न लगाया, "और?"

महापौर का अवरुद्ध प्रवाह पछाड़ खाकर आगे बढ़ा, "और यह कि प्रत्येक बस में विमान-परिचारिका के समान एक बस-परिचारिका भी हो, जो सड़क चलते लोगों को बुलाये, बस में आये लोगों का मुस्कराकर स्वागत करे, उन्हें आराम से बैठाये और चाय, कॉफी का जो पेय वे चाहें, उन्हें दे। आप मेरी बात मानिये, आपकी परिवहन व्यवस्था बी.ए.ए.सी., पान-अमरीकन और एयर इंडिया को मात न कर जाये तो नगर निगम के टाउन हॉल में आकर, दस जूते मुझे मारियेगा, मैं इस बात की शिकायत भी नहीं करूँगा कि आपने मुझे पुराने जूतों से क्यों पीटा।"

स्वराष्ट्र मन्त्री के चेहरे ने उलूक मुद्रा धारण कर रखी थी, जिससे न कोई भाव छनता था, न परिवर्तित होता था। उन्होंने फिर पूछा, "आपको और कुछ कहना है?"

महापौर को स्वराष्ट्र मन्त्री के स्थान पर अपनी प्रेमिका बैठी नजर आयी, जो कह रही थी, "आज जो कहना है, कह लो प्रियतम! आज कोई भाव मन में मत रखो। आज की रात फिर आये न आये।"

"जी!" महापौर केवड़े के फूल के समान महक उठे, "जी, यदि केन्द्र सरकार इस योजना के लिए पाँच-सात करोड़ रुपया दे दे, तो मुझे कुछ नहीं कहना है।"

केवड़े की महक ने स्वराष्ट्र मन्त्री के भीतर सोया हुआ नाग जगा दिया। वह फुफकारकर बोला, "आपको कुछ नहीं कहना, पर मुझे कुछ कहना है। आपकी मूर्खता अद्भुत है। ऐसा अद्वितीय मूर्ख मैंने पहले कभी नहीं देखा। आप जा सकते हैं।"

"जी!" महापौर का मुँह किसी मशीनी खिलौने के मुँह के समान भौचक खुल गया।

पर स्वराष्ट्र मन्त्री कमरे से वाक-आउट स्टेज कर चुके थे।

11

चेतन अपने दफ्तर से ऐसी हालत में लौटा, जैसे रस निकालने की मशीन में पेरा जाने के बाद गन्ना बाहर निकलता है। उसने चाय पी, जैसे कुप्पी से टंकी में पेट्रोल डाला हो; और टाइपराइटर लेकर सन्तों की सहज समाधि में चला गया, उसकी अँगुलियाँ की-बोर्ड की माला के मनके फेरती जा रही थीं।

उसकी पत्नी ने शाम चार बजे से ही मुठभेड़ की पूरी तैयारी कर ली थी। उसने चाय पीने की प्रक्रिया को एक कॉन्फ्रेंस के रूप में देखा था। चाय पीते हुए उसने चेतन को बताया था : बच्चों की निकरें एकदम फट गयी हैं। उनके पास पहनकर, स्कूल जाने के लिए कपड़े नहीं हैं। इस कॉन्फ्रेंस की तैयारी उसने कई बार की थी। पर चेतन या तो कॉन्फ्रेंस से अनुपस्थित हो जाता या फिर उनके प्रस्तावों को वीटो कर देता था। वह दफ्तर से लौटता था और अपना टाइपराइटर का तानपूरा लेकर राग अलापने बैठ जाता था। पिछले महीने उसने अपनी इकलौती विशिष्ट साड़ी—जो रिश्तेदारों के घर केवल विशिष्ट अवसरों पर पहनी जाती है—बहुत अधिक गन्दी होने पर ड्राईक्लीनिंग के लिए दी थी। दुकानदार कह रहा था, 'बहनजी! अब इसे ड्राईक्लीनिंग की जगह डाई करवा लो। साफ तो अब यह क्या होगी।' वह साड़ी आज तक दुकान पर ही पड़ी है। उसे लाने के लिए चेतन के पास समय नहीं है; और जब समय होता है तब पैसे नहीं होते। झगड़ा चेतन के समय और पैसों में है और अबला साड़ी मुफ्त में कष्ट उठा रही, जैसे महाशक्तियों के झगड़ों में छोटे देश बेचारे मुफ्त में पिस जाते हैं। महाशक्तियों ने अपनी यह आदत शताब्दियों से

पाल रखी है और उसे रिटायर करने पर ही नहीं आ रहीं। झगड़ा राम और रावण का था और बीच में बाली तथा जटायु जैसे छोटे-छोटे देश पिस गये। झगड़ा कर्ण तथा अर्जुन में था कि धनुर्विद्या में ओलम्पिक चैम्पियन कौन होगा—और मचा दिया महाभारत। अगले सारी दुनिया में से स्वयं चल-चलकर कुरुक्षेत्र के महाश्मशान में अपनी बुकिंग कराने आ पहुँचे।

अपने घर के कपों को देखती तो चेतन की पत्नी को लगता था कि वह उन दिनों की प्रतीक्षा में है जब अष्टावक्र जैसे कपों में मेहमानों को चाय पिलाना फैशन माना जायेगा। जब एक जैसे सही-सलामत हैंडल-युक्त कप-सासर देखकर लोग नाक-भौं चढ़ायेंगे कि "कितने 'बैकवर्ड' लोग हैं, साबुत और एक जैसे कपों में चाय पीते हैं।" पर फैशन था कि कमबख्त आगे बढ़ ही नहीं रहा था और लोग अपनी आदिम प्रवृत्तियों में बँधे हुए सही-सलामत कपों में चाय पीते जा रहे हैं। चाहते हैं कप में कोई दरक तक न हो, कहीं से कोई छिलपट उतर न गयी हो। समाज की इसी रूढ़िवादिता तथा हठधर्मी से भरपूर अत्याचार से बाध्य होकर वह कितने दिनों से सस्ते से एक टी-सेट की फरमाइश उतने ही आग्रह से कर रही थी, जितने आग्रह से पत्नी अपने पति से हनीमून-शॉपिंग की पुनरावृत्ति का अनुरोध किया करती है। पर वेतन है कि 'हनीमून' शब्द को समझने से ही इंकार कर देता है।

आज बड़े लड़के को उसकी स्कूल की आंटी ने यह कहकर कि फटे कपड़ों में स्कूल नहीं आना चाहिए, सुबह-सुबह वैसे ही लौटा दिया था, जैसे कम टिकट का बहाना कर डाकघरवाले पत्र को बिना मोहर लगाये ही लौटा देते हैं। विदेशों में अपने दूत का इतना अपमान सुनकर उसने सोच लिया था कि यदि चेतन ने आज कॉन्फ्रेंस में ठीक तरह से उनकी बात नहीं मानी तो युद्ध होगा। चेतन के विरुद्ध शिकायतों के सैकड़ों केंचुए उसकी आत्मा से चिपके हुए कुलबुला रहे थे। उसने सोच लिया था कि यदि चाय पीकर चेतन उसके साथ बाजार चलने के लिए तैयार नहीं हुआ तो वह उसके टाइपराइटर पर बैठने से पहले ही 'शेलिंग' आरम्भ कर देगी।

पर चेतन एकदम जंगली सूअर के समान व्यवहार कर रहा था, सिर झुकाया और भागे। उसने सिर उठाकर देखा ही नहीं कि पत्नी क्या कहना चाहती है। चाय भीतर उँडेली और टाइपराइटर के की-बोर्ड पर उसकी अँगुलियाँ घुड़दौड़ करने लगीं।

कॉन्फ्रेंस फेल हो गयी थी। शत्रु की दृढ़ता को देख चेतन की पत्नी ने शेलिंग का कार्यक्रम भी पैंडिंग में डाल दिया था। उसके हाथ में एक ही चीज रह गयी थी—राजनीति। तो फिर वह धरना देगी। आखिर चेतन उसकी बात कब तक नहीं मानेगा। वह चेतन के ऐन सामने मूढ़ा रखकर बैठ गयी।

'धरना' शुद्ध भारतीय राजनीति का उपकरण है और 'मूढ़ा' उसका उपयुक्त साधन। वस्तुतः यूरोपवाले न कभी धरने की कल्पना कर सके हैं, न मूढ़े की। उनके यहाँ सोफा होता है, जो बहुत भारी होता है। आप उसे अपनी इच्छा से जहाँ-तहाँ

रखकर नहीं बैठ सकते। सोफा जहाँ पड़ा है, वहीं उस पर बैठना पड़ेगा। उनकी गार्डन चेयर्स हैं, वे बाग में रहेंगी। डायनिंग चेयर्स हैं, वे खाने की मेज के साथ रहेंगी। इजी चेयर्स हैं—वे कहीं आराम कर रही होंगी। देसी फर्नीचर का कोई जवाब नहीं है—चाहे मूढ़ा हो, चाहे चौकी हो, चाहे पटरा हो, पीढ़ी हो, पीढ़ा हो, आसन हो। रसोई में रखकर खाना खा लो, बैठक में रखकर सजकर बैठ जाओ, पुस्तक लेकर बैठ जाओ तो पढ़ाई कर लो, धूप में रखकर धूप सेंको और गाजर, मूली तथा गन्ने का आनन्द लो। धूप के ढलने के साथ-साथ पीढ़ी सरकाते चलो और अपने आँगन से गली में जा बैठो। ऐसा मजा सोफे में नहीं है।

यह इसी भारतीय फर्नीचर का सांस्कृतिक प्रभाव है कि भारतीय राजनीति के आन्दोलनो में 'धरना' नामक तकनीक का विकास हुआ। 'धरना' बैठक में नहीं दिया जा सकता। 'धरना' वहीं दिया जा सकता है, जहाँ वह व्यक्ति उपस्थित हो जिससे अपनी बात मनवानी है। वह व्यक्ति कहीं भी बैठ सकता है, इसलिए धरने के लिए भारतीय फर्नीचर की ही आवश्यकता पड़ेगी।

भारतीय फर्नीचर में एक गुण और है; इसमें पीठ टेकने का कोई साधन नहीं होता। अतः जो व्यक्ति आपके सामने बैठेगा, वह पीठ न टिका सकने के कारण तनकर नहीं बैठ सकेगा। उचित यही है कि अपने घर आये व्यक्ति को ऐसा ही फर्नीचर दिया जाये, जिस पर वह नम्र होकर ही बैठ सके।

हमारे फर्नीचर के कारण 'धरना' विकसित हुआ। 'धरना' का आध्यात्मिक संस्करण 'समाधि' है। 'समाधि' हम उस धरने को कहते हैं, जो ईश्वर नामक अधिकारी से अपनी माँगें पूरी करवाने के लिए दिया जाता है। भारतीय फर्नीचर के समान फर्नीचर के अभाव में बेचारा पश्चिम समाधि से वंचित रह गया। परेशान होकर पश्चिम के देश पूर्व के देशों में आकर समाधि लगाकर बैठ गये। पूर्ववालों को यह बात पसन्द नहीं आयी। बड़ी मुश्किल से पश्चिमवालों की समाधि तोड़कर उन्हें यहाँ से खदेड़ा गया। पर उन गरीबों का मन पश्चिम लगता नहीं! बार-बार लौट-लौटकर यहीं चले आते हैं, 'छुटती नहीं यह जालिम मुँह से लगी हुई।'

जिस प्रकार विष का प्रतिकार विष से होता है, वैसे ही 'धरना' का प्रतिकार 'धरना' से ही होता है। रामलुभाया को जब इस बात का पता नहीं था, बड़ी परेशानी में पड़ गये थे, पर पता लगते ही परेशानी से छूट गये। एक बार शहर का एक आवारा लड़का रामलुभाया के दरवाजे पर धरना देकर बैठ गया कि रामलुभाया अपनी लड़की का विवाह उसके साथ करना स्वीकार करेंगे, तभी वह उठेगा। रामलुभाया परेशान हो गये। सारे शहर में उनकी लड़की की बदनामी हो रही थी। उन्होंने उस आवारा को डाँटा-फटकारा, डराया-धमकाया, मनाया, खुशामद की, पैर छुए, ललचाया, पर वह आवारा किसी प्रकार भी नहीं माना। अन्त में रामलुभाया, अपने मित्र छेदीलाल के पास गये। छेदीलाल धरना-स्पेशलिस्ट था। उसने रामलुभाया की परेशानी सुनी

तो मुस्कराया। वह उसी क्षण दालमंडी की सबसे बदनाम और घटिया वेश्या को ले आया। वेश्या उस आवारा आदमी के समान धरना देकर बैठ गयी कि वह तो तभी उठेगी, जब वह आवारा आदमी उससे विवाह कर लेगा। हीरे ने हीरे को काट दिया, धरने ने धरने को उखाड़ दिया। आवारा आदमी धरना छोड़कर भाग गया।

चेतन इस कला से अच्छी तरह परिचित था। उस पर पत्नी के धरने का कोई प्रभाव नहीं पड़ा। वह धरने के उत्तर में अपने धरने में और गहरा उतर गया। वह तो तभी उठेगा, जब वह सारे कागज टाइप कर लेगा। पत्नी बैठी हुई थी और चेतन की दृष्टि पांडुलिपि पर थी और अँगुलियाँ की-बोर्ड पर खटाखट्, खटाखट्।

धरना दो प्रकार का होता है : एक बेकाम धरना, दूसरा सकाम धरना। सकाम धरने में आदमी काम करता जाता है और जब उठता है जो उपलब्ध के साथ उठता है। बेकाम धरने में वह बोर हो जाता है। चेतन सकाम धरने में बैठा था, इसलिए धरने के दबाव में उसके काम की गति बढ़ती जा रही थी। पर उसकी पत्नी बेकाम धरने में बैठी थी, इसलिए बोर हो गयी।

पत्नी ने सोचा, धरने में बैठे-बैठे कोई काम करना चाहिए। धरने में बैठा आदमी घूरने का काम बड़ी सुविधा और सरलता से कर सकता है। वह घूरने लगी। घूरना आँखों की बड़ी अच्छी कसरत है। कसरत-विशेषज्ञों का कहना है कि जिस कसरत से शरीर को पसीना आ जाये वह कसरत अच्छी होती है। घूरने से आँखों को पसीना आ जाता है। यह देखा गया कि जिसकी आँखें अच्छी तरह पसीना बहाती हैं, वे काफी दूर तक साफ-सुथरा देख भी सकती हैं। पर घूरने की आदत बड़े परिश्रम से बनायी जा सकती, जैसे ताश खेलने की आदत या सुबह सैर करने की आदत। इन तीन निकम्मी आदतों को बड़े लोग बड़े शौक से पालतू जानवरों के समान पालते हैं।

पर चेतन की पत्नी की गिनती बड़े लोगों में नहीं हो सकती, इसलिए वह उखड़ गयी। घूरने को वानप्रस्थ देकर वह बोली, “कब तक टाइप करोगे?”

यदि पत्नी ने पूछा होता ‘मुझे कब तक प्यार करोगे?’ या ‘तुम कब तक मेरी प्रतीक्षा करोगे?’ तो चेतन शायद स्पष्ट उत्तर नहीं दे सकता; क्योंकि उन प्रश्नों का उत्तर होता है ‘जीवन-भर।’ पर असन्तोषी पत्नी कहती है, ‘बस! इसी जीवन तक। क्या एक ही जीवन में बोर हो जाओगे?’ तो पति कहता है, ‘बोर क्यों होऊँगा। पर डरता हूँ, जो दूसरी मिली, वह तुम से भी दो कदम आगे हुई तो। ए नोन डेविल इज आल्वेज बैटर दैन अननोन वन। तुम चुड़ैल हो तो क्या हुआ, दूसरी चुड़ैलों से तो अच्छी हो। इसलिए मैं तुम्हारी प्रतीक्षा करूँगा। अगले जन्म में भी, उससे अगले जन्म में भी, उससे...’ इस प्रश्न ‘प्यार’ या ‘प्रतीक्षा’ के विषय में नहीं था। टाइप के विषय में था। इसलिए चेतन ने बड़ा स्पष्ट उत्तर दिया, “बारह बज जायेंगे। कल सुबह यह काम देना है।”

यह उत्तर देते हुए उसने पत्नी के बालों को नहीं सहलाया था। अपनी अँगुलियों से उसके गालों और होंठों को नहीं टटोला था। उसकी अँगुलियाँ टाइपराइटर के काले-कलूटे अंगों से खेलती रही थीं। उसकी पत्नी सूरदास की 'राधा' होती तो जलकर कहती, 'मेरे कान्हा! इस काली-कलूटी अष्टवक्रा कुब्जा में तुम्हें क्या दिखायी देता है कि मुझे छोड़कर इससे क्रीड़ा कर रहे हो।' पंजाबी लोकगीतों की नायिका होती तो कहती, 'हे विधाता! तू मुझे टाइपराइटर ही बना दे, ताकि मेरा माही दिन-रात मुझसे खेला करे!' पर चेतन की पत्नी बड़ी समझदार स्त्री थी। उसने अपनी इस सौत के विरुद्ध कभी आक्रोश प्रकट नहीं किया था। वह जानती थी कि उसकी सौत 'वर्किंग वुमन' थी। यदि सौत चली गयी तो घर की आय कम हो जायेगी। राधा को यदि इस बात का पता होता तो वह घर में बैठकर रोने के बदले कहीं कोई छोटी-मोटी नौकरी ही कर लेती।

चेतन की पत्नी, पत्नी न होकर उसकी प्रेमिका होती तो कहती, 'तुम बारह बजे तक टाइप करोगे तो मेरा लहँगा कब आयेगा बलमा?' पर वह पत्नी थी, इसलिए बोली, "और बबलू की निकर?"

शेष हर मामले में प्रेमिका अच्छी होती है, पर इस मामले में पत्नी ही अच्छी सिद्ध हुई है। प्रेमिका बारह मीटर का लहँगा या छः मीटर की साड़ी माँगती है, पर पत्नी केवल आधा मीटर की बबलू की निकर।

"कल यह काम दूँगा तो पैसे मिलेंगे। फिर बबलू की निकर भी आ जायेगी।" चेतन की अँगुलियाँ टाइपराइटर पर नहीं करघे पर चल रही थीं, जहाँ बबलू की निकर का कपड़ा बुना जा रहा है।

"कल बबलू को नंगे ही स्कूल भेज दूँ?" पत्नी की फायरिंग शुरू कर दी।

चेतन ने निकर बुननी बन्द कर दी। वह पत्नी के चेहरे की पांडुलिपि पढ़ने लगा। पर जो कुछ उस पांडुलिपि में उसने पढ़ा, उसे टाइप करने में उसकी अँगुलियाँ समर्थ नहीं थीं। वह झल्लाकर बोला, "क्या चाहती हो?"

"तुम क्या चाहते हो?" पत्नी ने एयर-रेड के सायरन की सूचना के बिना ही अश्रु-बाम्बिंग शुरू कर दी, "सुबह उठकर तुम्हारा नाश्ता और खाना तैयार करूँ। तुम्हें दफ्तर भेजूँ। फिर बच्चों को तैयार करूँ और उन्हें स्कूल भेजूँ। फिर घर की सफाई करूँ। बर्तन माँजूँ। कपड़े धोऊँ। दोपहर का खाना पकाऊँ। बच्चों को खिलाऊँ। उन्हें सुलाऊँ। फिर घर के फटे हुए कपड़े सियूँ। रात को खाना बनाऊँ। और फिर शाम को तुम आओ तो सीधे मुँह बात भी न करो। मैं कितने दिन से तुम्हारी प्रतीक्षा करती-करती ही सो जाती हूँ। मुझे पता ही नहीं लगता कि तुम सोने के लिए कब आते हो। मैं भी आखिर मनुष्य हूँ...।"

पत्नी की सारी बाम्बिंग बेकार गयी, क्योंकि चेतन के चेहरे पर उगा हुआ कोई भी दुर्ग ध्वस्त नहीं हुआ था, "तुम क्या समझती हो कि घर आते ही जो मैं टाइप

करने बैठ जाता हूँ, वह अपने शौक के लिए करता हूँ। मेरा मन दफ्तर में दिन-भर टाइप करते हुए भरता नहीं है क्या? घर आता हूँ तो लोगों का निजी काम करता हूँ, ताकि कुछ पैसा कमा सकूँ; और तुम समझती हो कि मैं यहाँ पोलो खेल रहा हूँ।"

पत्नी ने बचे-खुचे बम सँभालकर रख लिये। आँखें पोंछ डालीं। इस आदमी के सिर मारना एकदम बेकार है। इसे तो कुछ सूझता ही नहीं। घर के लोगों को भी टाइप की मशीन समझता है। जब जरूरत हुई टाइप कर ली और और फिर बन्द करके रख दिया, 'पड़े रहो।' घर के लोग प्राणवान हैं, उनसे कभी कोई बात करनी होती है, जिसे इस बात का भी एहसास नहीं उसे क्या कहा जाये। वह यदि कहेगी कि वह बोर हो जाती है, तो कह देगा, मनुष्य की नियति यही है। यदि वह अकेलेपन की शिकायत करेगी तो वह कह देगा कि संसार में हर व्यक्ति अकेला है। और यदि उसे अपना अकेलापन याद आ गया, तो उसे अपने माँ-बाप भी याद आ जायेंगे। फिर वह कहेगा, यदि उसे अपना अकेलापन इतना ही खलता है तो उसे सास-ससुर तथा जेठ-जिठानी से अलग होने के लिए इतना शोर नहीं मचाना चाहिए था।

'तो वह क्या करे?' वह एकदम परेशान हो गयी।

पुरुष परेशान होता है तो नारी के आँचल में जा छिपता है, नारी परेशान होती है तो रसोई-माता की गोद में शरण ढूँढ़ती है। वह रसोई में चली गयी। गुस्से में उसने मुक्कियाँ मार-मारकर आटा बहुत बढ़िया गूँथा, रोटियाँ खूब करारी सेंकीं, सब्जी खूब अच्छी तरह भूनी। यदि कहीं उस समय वह कपड़े धोने बैठती तो निश्चित रूप से धोबी के धुले कपड़े भी उनके सामने आत्महत्या की ही बात सोच सकते थे।

जीवन में पति-पत्नी के झगड़े के इस महत्त्वपूर्ण योगदान की ओर अभी समाज-शास्त्रियों ने ध्यान नहीं दिया है। यह बात अब पूरी तरह प्रमाणित हो चुकी है कि पत्नी नाराज होती है तो घर के महीनों के लगे जाले तक साफ हो जाते और पति नाराज होता है तो दफ्तर के फाइलों का ढेर साफ कर देता है (यहाँ यह पूर्व निश्चित कर लेना चाहिए कि पति-पत्नी उस नस्ल के तो नहीं हैं, जो झगड़े के बाद खाट लेकर पड़ जाते हैं)। देश और राष्ट्र के कल्याण के हित में यह है कि नाराज होकर अधिक काम करनेवाले पति-पत्नी को नियमित रूप से सप्ताह में एक-आध बार परस्पर नाराज करवाने की व्यवस्था की जाये।

उसने बच्चों को खाना खिलाकर सुला दिया; और स्वयं इस प्रतीक्षा में बैठ गयी कि चेतन जब उससे खाना माँगेगा तो वह उसे खाने को पड़ेगी। पर चेतन का विश्वास 'आ बैल मुझे मार' नीति में नहीं था। वह टाइपराइटर के साथ ही काफी सन्तुष्ट था, जो उसकी उँगलियों के संकेत मात्र से चलता था। ऐसे अच्छे जीव को छोड़, लड़ने को तैयार बैठी पत्नी से वह क्यों उलझता। वह सकाम था, अतः उसे भूख नहीं लगी, पत्नी निष्काम थी, अतः बोर हो गयी। पता नहीं भगवान कृष्ण ने लोगों को निष्काम होने का उपदेश क्यों दिया। शायद वे लोगों को अधिक से

अधिक बोर करना चाहते थे। यदि कुरुक्षेत्र के मैदान में लोग निष्काम अर्थात् बोर न हुए होते, तो निश्चित रूप से वहाँ महाभारत जैसा भयंकर युद्ध न हुआ होता। संसार में जन्मे हर निष्काम आदमी ने सदा भीषण रक्तपात का प्रबन्ध किया है।

साढ़े दस बजे वह पूछने आयी, "खाना भी खाओगे या कागज और कार्बन खा लिये हैं?"

चेतन ने केवल 'दो शब्द' कहे, "दे जाओ।"

ये 'दो शब्द' वस्तुतः दो शब्द ही थे—पुस्तक के आरम्भ के 'दो शब्द' नहीं। वस्तुतः पुस्तक के आरम्भ के 'दो शब्द' अथवा मंच पर बोले गये 'दो शब्द' गिनती-विज्ञान से बाहर की चीज हैं, अतः मुहावरेदानी में आ जाते हैं। मुहारवरेदानी की आड़ लेकर लोगों ने गिनती-विज्ञान के साथ जो-जो अत्याचार किये हैं, वे यहिया खाँ के अत्याचारों के काव्यात्मक वर्णन में उपमान के काम आयेंगे। 'दो शब्द' के शीर्षक के अन्तर्गत लोग दसियों पृष्ठ लिख जाते हैं और 'दो शब्द' बोलने की अनुमति लेकर लोग घंटों बोल जाते हैं। 'दो मिनट' में तैयार होनेवाले लोग सारी शाम बिताकर भी तैयार नहीं होते। अतिथि 'दो मिनट' बिताने आते हैं और महीना पक्का काट जाते हैं। दो फुल्के खानेवाले परिवार-भर के लिए गूँथा हुआ आटा समाप्त कर जाते हैं। हीगल ने सच कहा कि प्रत्येक सत्य अपने गर्भ में अपने विरोधी सत्य को धारण किये रहता है। नरेन्द्र कोहली नामक वैज्ञानिक ने पता लगाया कि प्रत्येक विज्ञान अपने गर्भ में अपने विरोधी विज्ञान को धारण किये रहता है। इसी नियम के अन्तर्गत यह बात स्थापित की जा सकती है कि गिनती-विज्ञान अपने गर्भ में मुहावरा-विज्ञान को धारण किये रहता है। मुहावरा विज्ञान दो शब्द कहने के लिए मुँह खोलता है तो गिनती-विज्ञान से उसकी आँखें चार हो जाती हैं। उनके मिलने की चार दिन की चाँदनी बहुत जल्दी नौ-दो ग्यारह हो जाती है और उनमें कुछ तीन-तेरह हो जाता है, फिर बैठे आठ-आठ आँसू रोते रहते हैं। भावार्थ केवल इतना है कि इन दोनों में पटती नहीं, जिस व्यक्ति को गिनती याद रहती है, वह मुहावरे भूल जाता है और जो मुहावरे याद रखता है, गिनती कभी उसके पल्ले नहीं पड़ती।

पत्नी ने बात बहुत चुभती हुई कही थी, जिसे चेतन टाल गया था। यदि पत्नी कवि होती तो पति की इस अरसिकता पर वह सिर धुन-धुनकर रोती—"अरसिकेषु काव्य निवेदनम् शिरसि मा लिख! मा लिख! मा लिख।" और कहीं चेतन कवि होता तो पत्नी की इस वाग्दिग्धता पर पछाड़ खाकर उसके चरणों में गिरता—"देवि! माँ! सहचरी! प्राण?"

पर दोनों में कवि कोई नहीं था इसलिए बात आगे नहीं बढ़ी (पति-पत्नी में से कोई भी कवि न हो तो उसका यह लाभ शाश्वत है)। पत्नी थाली परोस उसके मत्थे मार गयी और चेतन अपनी वर्किंग-प्रेयसी के सहवास में खाना उसी प्रकार निगल गया जैसे अजगर साबुत हरिण निगल जाता है। उसका ध्यान उस शरीफ आदमी

के समान सिर झुकाये गली में से गुजर गया, जो यह भी नहीं देखता कि बाकी घरों में क्या हो रहा है। इसका शुभ लाभ यह हुआ कि उसे यह पता नहीं चलता कि उसकी पत्नी ने खाना नहीं खाया है। यदि कहीं उसका ध्यान इस ओर चला जाता तो बात बुरी तरह उलझ जाती। तब पत्नी कहती, 'मुझे भूख नहीं है'। चेतन उसे मनाता। वह अपनी शिकायतें करती। तात्पर्य यह कि वह वीकली-दाम्पत्य-नाटक पूरी ताम-झाम से दुहराया जाता, जो अपने देश की एक अत्यन्त लोकप्रिय विधा है।

पर पाठकों को बोर करनेवाले लेखन से, उन्हें बोरियत से बचानेवाला ईश्वर बड़ा है। है प्रभु! तू अत्यन्त दयालु है। करुणानिधान है। दीनदयाल है। जिसका बचानेवाला कोई नहीं है, उसे बचानेवाला तू है। पता नहीं तेरी करुणा ने बाँह पसारकर चेतन के ध्यान को पकड़ लिया या लेखक के फाउंटेनपैन को। पर जो भी तूने किया, उससे पाठक-समुदाय बच गया। तू धन्य है प्रभु! तुझे करोड़ों नमस्कार हैं।

चेतन ने खाना समाप्त कर बिगड़ैल बच्चे के समान थाली परे खिसका दी। जिस प्रकार पुभ दैत्यों और राक्षसों का संहार करते हैं, उसी प्रकार उसने रूमाल से अपने हाथों की अस्वच्छता का नाश किया; और फिर से अपनी श्यामा प्रेमिका के केशों के घने जंगलों में क्रीड़ारत हो गया। न उसने शास्त्री के शौच सम्बन्धी उपदेश को याद रखा, न कर्मकांड को ही उसने लिफ्ट दी और न डेंटल-सर्जनों की चेतावनियों की ओर ही आँख उठाकर देखा। कुल्ला करने के लिए उठने का कष्ट उसने नहीं किया।

एक बार तो पत्नी के मन में आया कि वह भूखी सो रहे। वह चेतन के निकट गयी तो उसकी टाइप-समाधि की छाया में उसे वैसे ही बुद्धत्व प्राप्त हुआ, जैसे सिद्धार्थ को बोधिवृक्ष की छाया में प्राप्त हुआ था। गौतम का सुजाता की खीर खा लेना भूखे रहकर आन्दोलन करने की असफलता का सबसे बड़ा ऐतिहासिक प्रमाण है। वह आन्दोलन चाहे ईश्वर-प्राप्ति के लिए हो, चाहे ज्ञान-प्राप्ति के लिए, चाहे बबलू की निकर-प्राप्ति के लिए। इतना ज्ञान प्राप्त करते ही पत्नी ने त्रिया-हठ त्याग दिया। चेतन की थाली उठा ली और रसोई में जाकर उसने चुपचाप खाना खा लिया। फिर बाहर गली में आ गयी, जहाँ सब लोगों को अपने-अपने घरों के सामने चारपाइयाँ बिछी हुई थीं। बच्चे सो गये थे, वह भी अपनी चारपाई पर लेट गयी।

इस देश के कुछ भागों में निवासियों को गर्मियों में खुले आकाश के नीचे सोने का हठ है। घर में आँगन है तो आँगन में सोयेंगे, आँगन नहीं होगा तो छत पर सोयेंगे, छत पर सोना सम्भव नहीं होगा तो गली में सोयेंगे। जो लोग इस प्रकार गलियों में नहीं सोते, वे गलियों में सोनेवालों को असभ्य और नीच समझते हैं, पर वह उनकी भूल है। गली में सोने के कई साधारण तथा कई असाधारण लाभ है। साधारणतः यह देखा गया है कि जहाँ लोग गलियों को केवल आने-जाने के काम में लाते हैं और सोने के लिए उसका उपयोग नहीं करते, वहाँ गलियाँ भिड़ी और तंग

होती हैं, वहाँ गन्दगी और बदबू होती है। स्वच्छता विज्ञान, शरीर विज्ञान, नागरिक विज्ञान, चिकित्सा विज्ञान, समाजशास्त्र तथा अध्यात्मशास्त्र के मतों के अनुसार गली चौड़ी, धूपवाली, हवादार और साफ-सुथरी होनी चाहिए; और यह तभी सम्भव है, जब लोग रात को गलियों में सोयें। यदि उन्हें रात को अपने मकान के सामने गली में सोना है तो घर के सामने की नाली में वे बदबूदार इत्र बनाने का कारखाना कभी पसन्द नहीं करेंगे।

एक बात और है : घरों के सामने गली में सोने से चोरों का आवागमन कम हो जाता है। परिवार-नियोजन की दृष्टि से भी गली में सोना पर्याप्त लाभदायक है।

असाधारण लाभ ये हैं कि कभी-कभी असाधारण दृश्य देखकर असाधारण मनोरंजन होता है तो मोहल्ले के लोगों को एक-दूसरे के अन्तरंग भेदों का पता चलता है, जिससे आत्मीयता बढ़ती है; और मुहल्ले में भ्रष्टाचार फैलाने में सहायक होती है।

चेतन ने जब एकरसता से कुछ उकताकर अपनी श्यामा प्रेमिका के चेहरे से आँखें हटाकर घड़ी को देखा, जो अपनी टिक-टिक की भाषा में उसे बड़ी देर से बुला रही थी, तो बारह बजने में कुल चार मिनट थे। काम अभी शेष था, पर सुबह दफ्तर भी जाना था। उसने सोचा—अब सो ही जाना चाहिए।

उसने कागज समेटे, बत्ती बुझायी और बाहर निकल, घर को ताला लगा दिया। वह चारपाई पर लेटा तो पत्नी कुनमुनायी, "आ गये?"

पर 'आ गये' में प्रश्न से अधिक सूचनाएँ थीं। अभी क्या जल्दी थी। रात बहुत बाकी है। टाइपराइटर थका नहीं होगा। दुनिया के सारे कागज समाप्त तो नहीं हो गये। देखा, आकाश पर चन्द्रमा अभी टाइप ही तो कर रहा है। तुम इतनी जल्दी थक गये, धिक्कार है तुम्हें। जाओ काम करो, काम है तो जहान है...इत्यादि-इत्यादि।

"हाँ!" चेतन ने अपने शरीर को चारपाई पर इस प्रकार पसरा दिया, जैसे शरीर न हो, कोई चादर हो, जिसे सारी चारपाई को ढाँक लेना चाहिए, "सवेरे मेरी नींद जल्दी न खुले तो जगा देगा। दफ्तर जाने से पहले भी कुछ टाइप कर लूँगा।"

और उसने ऐसे करवट बदल ली, जैसे वायरलेस पर सन्देश देकर कहा हो, 'ओवर एंड स्टॉप'।

"अभी सोये हैं नहीं और उठने की बात पहले।" पत्नी ने अपनी टिप्पणी दी।

चेतन की मूँदती हुई आँखों ने सोने से पहले देखा, गली के कोनेवाले मकान की बुढ़िया दूध की खाली बोतलें लिये मिल्क-बूथ की ओर आ रही हैं।

"यह साली न मरेगी, न किसी को चैन से सोने देगी।" चेतन के आस्तिक मन ने सोने से पहले प्रार्थना की ओर सो गया।

सहसा कुछ हुआ। जो कुछ हुआ, उसके अनेक पक्ष हैं। यदि निर्माणवादी दृष्टि

से देखा जाये तो, 'चेतन जाग गया', ध्वंसवादी तोड़क-फोड़क दृष्टि से 'चेतन की नींद टूट गयी', क्रान्तिकारी दृष्टि से 'चेतन की अवस्था में क्रान्तिकारी परिवर्तन हुआ', वह सोये से जाग गया। उसने देखा—अँधेरा अभी काफी था, पर अँधेरे में स्वतः हटने की प्रतीक्षा में बैठे रहने से तो कभी प्रकाश नहीं हुआ। उसने कलाई में बँधी घड़ी देखी—तीन बजकर तेरह मिनट हुए थे।

घड़ी ने जैसे उसे डंक मार दिया। वह एकदम हड़बड़ाकर उठ बैठा।

वह बुढ़िया तो बारह बजे ही अपनी बोतलें बूथ के सामने रख आयी थी और लोग भी रख आये होंगे। और वह अभी तक सोया ही पड़ा था। अब जायेगा, बोतलें लाइन में रखेगा, तो उसकी बारी आते-आते दूध खत्म हो जायेगा। सन्तों को बहुत पहले ही पता था कि देर तक सोनेवालों को दूध नहीं मिला करता, इसलिए बहुत पहले से वे 'उठ जाग मुसाफिर भोर भई, अब रैन कहाँ जो सोवत है' की चेतावनी देते रहते थे। अपना यह क्षीर-प्रिय देश लोगों को सदा दूध लाने के लिए सवेरे-सवेरे जगाता रहा है, चाहे वह 'सन्ध्या' करने के बहाने हो, गंगा स्नान के बहाने हो या उषा-वर्णन के बहाने। पर जगाता वह दूध लाने के लिए ही है।

उसने घर का ताला खोला और बोतलें लेकर, 'हटो व्योम के मेघ मन्थ से, स्वर्ग लूटने हम आते हैं। दूध! दूध! ओ वत्स, तुम्हारा दूध खोजने हम जाते हैं' के अन्दाज में वह मिल्क बूथ की ओर चल पड़ा।

बूथ के सामने बोतलों की दूर तक लाइन लगी हुई थी, जैसे हनुमानजी के मन्दिर में मंगलवार को दर्शनार्थियों की लगती है। लोग शायद रात-भर बोतलें ही रखते रहे थे। मुहल्ले में सन्तों की वाणी का जो इतना प्रचार हो रहा था, उसका यह परिणाम तो होना ही था। जिस मुहल्ले में 'रात गँवाई सोई के...' का कीर्तन होगा, वहाँ लोग क्यों सोयेंगे, वे तो रात का सदुपयोग मिल्क-बूथ के सामने बोतलों की लाइन लगाने के लिए करेंगे। उसने सन्तों की बात नहीं मानी। रात-भर सोता रहा। अब बोतलें रखने पर तो दूध की बारी कल ही आयेगी।

उसने सुना, दूर कहीं कोई लाउडस्पीकर उपदेश दे रहा था—

कल मरना सो आज मर, आज मरना सो अब।
पल-भर में पुलिस आयेगी, बहुरि मरेगा कब?

साले जीने भी नहीं देते!—उसने बहुत भेद-भरे स्वर में स्वयं को सूचना दी—बारह बजे रात तक काम करो-मरो और तीन बजे फिर दूध के लिए दौड़ पड़ो, फिर उस पर भी दूध नहीं मिलेगा। उसे लगा 'दिनकर' ने भी उसके समान ही पीड़ित होकर लिखा होगा : "कब्र-कब्र में अबुध बालकों की हड्डी रोती है। 'दूध-दूध' की कदम-कदम पर सारी रात सदा होती है।" पर आगे कवि ने लिखा, "'दूध-दूध' दुनिया सोती है।" यह बात गलत है। दूध दुनिया को सोने नहीं देता। सुबह बच्चे बिना दूध के रह

जायेंगे और उसे चाय भी नहीं मिलेगी।

"बड़ी आयी दिल्ली दुग्ध योजना"—उसने मुँह चिढ़ाया—यह तो 'दिल्ली जगाओ योजना' है। दिल्ली मिल्क स्कीम—फार्स, टोटल फार्स। धोखा...'

और सहसा उसने अपनी बोतलें जमीन पर जोर से दे मारीं। जोर का पटावा बजा और दोनों बोतलों के टुकड़े हँसते-किलकारियाँ मारते बिखर गये। वह बड़ी प्रसन्नता से उन्हें देखता रहा, जैसे कोई बच्चा अपने खिलौनों की बढ़ती हुई जनसंख्या को देखकर प्रसन्न होता है। फिर उसने अपनी जेब में से टीन का बना हुआ 'दिल्ली दुग्ध योजना' का अपना टोकन निकाला और भरसक उसकी गेंद बनाने का प्रयत्न करता रहा। जो गेंद बनी, न वह गोल थी, न उछलती थी, न सुन्दर थी। उसने उसे अँधेरे आकाश की ओर उछाल दिया और पलटकर यह भी नहीं देखा कि न्यूटन के सिद्धान्त के अनुसार अभी भी पृथ्वी में गुरुत्वाकर्षण शक्ति है या नहीं।

उसने नजर उठाकर देखा। उससे कुछ दूर, मिल्क-बूथ के एकदम पास कुछ लोग सन्तरी के समान खड़े बूथ की रक्षा कर रहे थे और उसकी ओर देखने का कष्ट उठाकर उसे ओबलाइज भी कर रहे थे।

उसने अँधेरे में, अपने बिना ब्रश किये हुए दाँत दिखाकर नहीं चिढ़ाया। उन लोगों की ओर से कोई प्रतिक्रिया नहीं हुई। उसने अपनी बायीं आँख दबायी और बड़े मैत्रीपूर्ण ढंग से बोला, "दूध की दो बोतलों के लिए रात-भर जागते हो कमीनो! सालो, तुम्हें नींद नहीं आती? अनिद्रा की बीमारी है तुम्हें? अबे रात-भर की नींद बहुत मूल्यवान है। दो बोतल दूध तो उसका पासंग भी नहीं है। इतनी-सी चीज के लिए रात-भर जागना कहाँ का न्याय है?"

उनकी ओर से उत्तर नहीं आया तो स्वयं ही बोला, "नहीं है न! तो सालो, फिर अन्याय क्यों सहते हो? मत सहो। आओ मेरे साथ। देखो मैं कैसे विरोध करता हूँ।"

उसने फिर उनकी ओर देखा। वे लोग या तो इतनी दूर थे कि उसकी बातें नहीं सुन पा रहे थे या फिर बहरे थे। वैसे सामान्यतः लोग विद्रोह की बात सुनते ही बहरे न हों, तो भी बहरे हो जाते हैं। या फिर चेतन बोल ही बहुत धीरे रहा था।

सहसा वह जोर से हँसा—मुक्ति की हँसी! ज्ञान की हँसी!

उसने लाइन में पड़ी बोतलों को उठा-उठाकर पटकना और ठोकरें मारना आरम्भ किया...

"अबे क्या कर रहा है।" बूथ के पास खड़ी जड़ भीड़ जोर से चीखी और उसकी ओर झपटी जैसे डूबते सूर्य की ओर अन्धकार झपटता है।

उनके पास पहुँचने तक वह बीस-बाईस बोतलें तोड़ चुका था। पर जैसे भगवान के अवतार के बाद राक्षस अधिक अत्याचार नहीं कर पाते, वैसे ही उस भीड़ के पास आ जाने पर वह और अधिक बोतलें नहीं तोड़ सका। क्वार्टर सेंचुरी की तमन्ना

उसके मन में ही रह गयी।

अब भीड़ ने 'जय बजरंग बली' नारा लगाकर बोतलों का प्रतिशोध लेने के लिए उसकी हड्डियाँ तोड़नी शुरू कर दीं।

"मैं दूध की दो बोतलों के लिए रात-भर नहीं जागूँगा," टूटती हुई हड्डियाँ चीख रही थीं, "और तुम्हें भी नहीं जागने दूँगा।"

लोगों ने कुछ नहीं कहा, वे अन्धे-बहरे होकर अत्यन्त अनुशासित रूप में अपने कर्त्तव्य का पालन करते जा रहे थे। राम नाम की लूट को वे लूटते जा रहे थे। बाद में पछताने को कोई भी तैयार नहीं था। ऐसा सार्वजनिक महोत्सव फिर हो या न हो। किसी को इतने मुक्तहस्त पीटने का ऐसा सुनहरा अवसर फिर आये या न आये। लोगों ने उसे पीट-पीटकर लहूलुहान कर दिया था, पर वह मंसूर के अवतार-सरीखा अपने 'अनल-हक' पर डटा हुआ था, "मैं रात-भर नहीं जागूँगा...।"

12

पाठकों से निवेदन है कि अब तक जो कुछ हुआ सो हुआ, कम-से-कम इस अध्याय को वे गम्भीरता पढ़ें। बात एक संसद की है, जो हम सबके लिए सम्माननीय है। सावधान!

लोक-सभा का अधिवेशन आरम्भ करवाकर घड़ी की सुइयाँ बहुत आगे नहीं बढ़ी थीं कि सारे विपक्षी दलों के सदस्यों ने अपनी टिड्डी-शक्ति एकत्रित कर शासक दल पर आक्रमण कर दिया।

टिड्डियाँ बड़ी भयंकर चीज हैं और मानव जाति की घोर शत्रु मानी जाती हैं। कहते हैं कि एक बार टिड्डियों ने पठानों के एक गाँव पर आक्रमण करने की मूर्खता की। सारे गाँव में खबर फैल गयी—दुश्मन आया है। सारे समर्थ पुरुषों ने अपनी-अपनी बन्दूकें सँभाल लीं और गाँव की सीमा पर आकर मोर्चा सँभाल लिया। टिड्डियों का दल अभी दूर था, पर दो-एक बहकी हुई टिड्डियाँ वहाँ आ गयीं। एक टिड्डी एक पठान की नाक पर बैठ गयी। दूसरे ने बन्दूक सँभाली और दाग दी। टिड्डी मर गयी और वह नाकवाला पठान भी शहीद हो गया। पीछे का टिड्डी दल किसी और दिशा में मुड़ गया। वह इस गाँव की ओर आया ही नहीं। सब लोग गाँव में लौटे। पूछा गया, मुकाबला कैसा रहा? जवाब मिला : "खूब, मुकाबला बराबर का रहा। एक आदमी दुश्मन का मरा, एक आदमी हमारा मरा। बाकी दुश्मन डरकर भाग गया।"

पर संसद भवन में टिड्डियाँ नहीं आयी थीं, केवल विपक्षी दलों के सदस्य मिलकर टिड्डी दल के समान बलवान् हो गये थे। टिड्डी-दल-निर्माण से पहले वे लोग स्वयं भी नहीं जानते थे कि वे इतना सशक्त आक्रमण कर सकेंगे। न सत्ताधारी दल इस आक्रमण के लिए तैयार था—कौन जानता था कि इजराइल इतनी तीखी मिर्च सिद्ध

होगा, जिसे चबाने के प्रयत्न में अरब राष्ट्रों के साथ-साथ महाशक्तियों की नाक और आँखों में पानी बहने लगेगा।

बात एक टिड्डी के समान बहुत छोटी थी।

सुबह के समाचार-पत्रों में एक समाचार प्रकाशित हुआ था कि कल शाम एक व्यक्ति केन्द्रीय सचिवालय की सीढ़ियों पर गिरकर बेहोश हो गया था। (लोग आजकल गिरने से पहले स्थान अच्छी तरह चुन लेते हैं। अपने घर के बाथरूम में गिर पड़े, तो क्या लाभ? वहाँ कोई देखनेवाला भी नहीं होगा। फिर गिरकर बेहोश होना ही सुविधाजनक है। गिरकर मरना अत्यन्त निरर्थक चीज है, जब बेहोश होने से भी उतनी ही पब्लिसिटी मिलती है, तो मरा क्यों जाये। और यदि मरना ही है तो फिर गिरने की तकलीफ क्यों उठायी जाये, गिरे बिना भी तो मरा जा सकता है। मरना तो मरना ही है)। तो वह व्यक्ति केन्द्रीय सचिवालय की सीढ़ियों पर गिरकर बेहोश हो गया था; और उसके आसपास के लोगों ने उसे उठाकर वेलिंगडन अस्पताल पहुँचाया था। (कोई समय था जब गिरे हुओं को उठाने पर बहुत बल दिया जाता था। सारे सुधारक इसी बात पर जोर देते आये हैं कि गिरे हुए लोगों को उठाया जाये। जो व्यक्ति इस काम में सबसे आगे-आगे रहता था उसे 'पतित पावन' की उपाधि दी जाती थी। उपाधि के साथ नकद पुरस्कार नहीं था। इसलिए यह उपाधि बहुत लोकप्रिय नहीं हो सकी। पर तब बात केवल उठाने तक की थी, अस्पताल पहुँचाने की नहीं। जब से अस्पताल खुले हैं, लोग गिरे हुए को उठाते हैं और सीधे अस्पताल पहुँचा देते हैं, जैसे रास्ते में गिरी हुई कोई चीज उठाकर पास के थाने में पहुँचा दी जाती है)। अस्पताल में डॉक्टरों ने उसका परीक्षण करके बताया था कि उस व्यक्ति के पेट में कम-से-कम पिछले अड़तालीस घंटों से अन्न नहीं गया था। (पता नहीं अन्न को यह बुरी आदत कहाँ से पड़ी है कि किसी के पेट में जाता है, किसी के पेट में नहीं जाता। कुछ लोग होते हैं कि न किसी रिश्तेदार के घर जायेंगे, किसी के घर नहीं जायेंगे। आमतौर पर प्रचलन यह है कि अमीर रिश्तेदारों के घर जाया जाये और गरीब रिश्तेदारों के घर न जाया जाये। आप अपने से अधिक अमीर रिश्तेदार के घर जायें और वह अपने से अधिक अमीर रिश्तेदार के घर। इसे ट्रैफिक पुलिसवाले 'एक-पक्षीय-मार्ग' या 'वन-वे ट्रैफिक' कहते हैं। इसमें सबसे बड़ा लाभ यह है कि दुर्घटनाओं की सम्भावना बहुत कम हो जाती है। कहते हैं कि रामलुभाया एक बार चोरी के अपराध में पकड़े गये। पुलिसवालों ने पूछा, "तुम्हारी जमानत देनेवाला तुम्हारा कोई अमीर रिश्तेदार इस नगर में है?" रामलुभाया बोले, "हैं तो बहुत सारे, पर मैं गरीब हूँ न! इसलिए वे मुझे पहचानते नहीं।" पुलिसवालों ने कहा, "अच्छा अमीर न सही तुम्हारा कोई गरीब रिश्तेदार है, जो तुम्हारी जमानत दे सके?" रामलुभाया बोले, "बहुत सारे। पर वे गरीब हैं न! इसलिए उन्हें मैं नहीं पहचानता।") डॉक्टरों ने यह भी बताया कि वह भूख से काफी दुर्बल हो गया है;

किन्तु अब वह खतरे से बाहर है।

होश में आने के पश्चात् उस व्यक्ति ने बताया कि उसका नाम गणपत कालिया है और वह वित्त-मन्त्रालय में सेक्शन अफसर है (वैसे यह सूचना देने के लिए उसका होश में आना आवश्यक नहीं था। यह वह बेहोशी में अपने आइडेंटिटी कार्ड से भी बता सकता था। वैसे इससे उसकी बेहोशी में भी कोई अन्तर नहीं पड़ा था। बेहोश व्यक्ति 'बेहोश' ही कहा जायेगा, चाहे वह सेक्शन अफसर हो या स्वयं सेक्रेटरी। यह समाज का विचित्र अत्याचार है कि वे लोग क्लर्क को भी बेहोश ही कहते हैं और सचिव को भी। होना यह चाहिए कि अफसरों की कोटियों के अनुसार ही उनकी बेहोशी के लिए भी पृथक्-पृथक् संज्ञाएँ होनी चाहिए। भाषा की इस कंगाली पर कोई भी प्रसन्न नहीं है।) पर इसके बाद की सूचनाएँ महत्त्वपूर्ण थीं। उसने बताया कि पिछले अड़तालीस घंटों से उसके घर में अन्न नहीं है; क्योंकि उनके घर में राशन समाप्त हो चुका है ('राशन' उस वस्तु का नाम है, जो प्रत्येक सप्ताह या मास में समाप्त होकर गृहस्वामिनी को परेशान करती है और प्रतिक्रियावश गृहस्वामिनी गृहस्वामी को परेशान करती है। इस प्रकार पति-पत्नी में झगड़ा करनेवाले दुष्ट तत्त्वों में सबसे पहला नाम राशन का है)। उस व्यक्ति ने कहा कि राशन की दुकान पर लगी लम्बी 'क्यू' में खड़े होकर अपमानित होने से वह इंकार करता है। न वह किसी सदाव्रत के लिए क्यू में खड़ा होगा, न लंगर की क्यू में और न राशन की दुकान की क्यू में। अतः न वह इस महीने राशन लाया है, न लायेगा। वह अपनी नौकरी ईमानदारी से कर रहा है, सरकार द्वारा माँगे गये सारे टैक्स, बिना किसी आपत्ति के दे रहा है, तो फिर यह उसका मौलिक नागरिक अधिकार है कि उसके परिवार की आवश्यकतानुसार अन्न उसे सुविधा तथा सरलतापूर्वक मिले। सरकार का टैक्स लेकर सुविधाएँ न देना वैसे बेईमान दुकानदार का व्यवहार है, जो पैसे लेकर सौदा न दे। अतः वह उसका विरोध करता है।

अन्त में समाचार-पत्रों ने कुछ और सूचनाएँ दी थीं। (यह शायद इसलिए किया गया था, क्योंकि शेष सूचनाएँ गणपत कालिया नामक व्यक्ति ने दी थीं और ग्राहकों से मूल्य समाचार-पत्र ले रहा था। अतः मूल्य के उन पैसों को न्यायोचित ठहराने के लिए कुछ सूचनाएँ समाचार-पत्रों ने भी दी थीं। उन सूचनाओं के अनुसार गणपत कालिया का वक्तव्य गलत नहीं था, क्योंकि उसके परिवार के अन्य लोगों—जिनमें उसकी अस्वस्थ पत्नी, सड़क दुर्घटना में पीड़ित पुत्र तथा एक युवती पुत्री सम्मिलित हैं—के भूखे होने के समाचार की पुष्टि कर ली गयी थी!

सुबह इस समाचार को सबने पढ़ा था, पर किसी ने भी उसे विशेष महत्त्व नहीं दिया था। वस्तुतः समाचार-पत्रों में इस प्रकार के समाचार छापना एकदम निरर्थक है। 'बेड-टी' या 'ब्रेक-फास्ट' के समय समाचार-पत्र में यदि किसी के भूख से बेहोश होने या मर जाने का समाचार पढ़ा जाये, तो उसका क्या महत्त्व हो सकता है। जब

लोगों का पेट भरा होता है या भरा जा रहा होता है तब किसी के भूखे होने की बात अच्छी नहीं लगती। खाते हुए किसी जानवर को भी आसपास किसी भूखे जन्तु का आभास मिलते ही वह झपट पड़ता है। उसी प्रकार मनुष्य भी खाते हुए अपने आसपास भूख की चर्चा नहीं सुनना चाहता। पर खाद्य-मन्त्री का भाषण दोपहर के कुछ आसपास हुआ था। उस समय तक लोगों का पेट उतरा भरा हुआ नहीं था, जितना कि सुबह समाचार पढ़ते समय था। खाद्य-मन्त्री ने अपने भाषण में बड़े गर्व से यह कहा कि उन्होंने इस वर्ष की आवश्यकतानुसार पर्याप्त अन्न एकत्रित कर लिया है और अगले वर्ष तक देश इस क्षेत्र में आत्मनिर्भर हो जायेगा। भूखे पेटों को भरे पेट की यह बात बुरी लगी। सभी को अपनी-अपनी भूख याद आ गयी। सबको वैसे ही आग लग गयी, जैसे बारूद में चिंगारी पड़ने से लग उठती है या भारत की विजय से पाकिस्तान में आग लग जाती है। आग लगने पर विस्फोट होते ही हैं। सारे विपक्षी सदस्यों में विस्फोट हो उठा।

विपक्षी दल के नेता सबसे पहले उठ सके, वे उठे, और जो उठ खड़ा हो वह बोलता भी है। जिसे बिना विरोध के बोलने दिया जाये, वह अच्छे मूड में बोलता है। इन सारे सिद्धान्तों का ध्यान रख, उन्होंने बड़े अच्छे मूड में अपना भाषण आरम्भ किया :

"माननीय अध्यक्ष महोदय,

महामान्य खाद्य-मन्त्री का भाषण मैंने काफी धैर्य से सुना (जो मेरे स्वभाव के एकदम विरुद्ध है)। उनके भाषण से मेरा काफी मनोरंजन हुआ (जिसके लिए मैं उनका आभारी हूँ)। पेट तो मेरा उससे नहीं भरा, पर जी भर गया और परिणामस्वरूप मेरी आँखें भी भर आयीं। मुझे आश्चर्य होता है (वस्तुतः होता नहीं, पर यह मेरी शैली है) कि जिस देश के समाचार-पत्रों में कुछ ही घंटे पूर्व यह समाचार प्रकाशित हुआ हो कि उस देश के वित्त-मन्त्रालय के एक सैक्शन अफसर राजधानी के केन्द्रीय सचिवालय की पतित पावनी, पवित्र सीढ़ियों पर, भूख से बेहोश होकर गिर पड़े हों, उस देश के खाद्य-मन्त्री किस निर्लज्जता से (या बेशरमी! मेरा ही आसरा) यह घोषणा कर रहे हैं कि वे देश की आवश्यकतानुसार अन्न जमा कर चुके हैं। यदि आपके पास आवश्यकतानुसार अन्न है (हमें विश्वास है कि कम-से-कम आपके घर में तो होगा ही) तो उसे खुले बाजार में क्यों सस्ते दामों नहीं बिकने देते? क्यों उसे राशन की कुछ गिनी-चुनी दुकानों तक ही सीमित रखे हुए हैं? आप क्यों अपने सम्मानित नागरिकों को बाध्य करते हैं कि वे अन्न-जैसी वस्तु के लिए, दफ्तर से लौटने के बाद भी क्यू में घंटों खड़े रहें और स्वयं को अपमानित अनुभव करें। मैं श्री गणपत कालिया का हार्दिक प्रशंसक हूँ कि उन्होंने अपनी बेशरम सरकार के मुँह पर एक करारा तमाचा मारा है (जो उसे नहीं लगा और मिस्टर कालिया स्वयं

ही बेहोश हो गये हैं)। ऐसा अर्थशास्त्र इसी देश में जन्म ले रहा है कि देश के पास इतना अन्न हो कि उसको सँभालकर रखने के लिए देश के पास कोई स्थान न हो और फिर भी अन्न का राशन करना पड़े या उसका मूल्य दिन-प्रतिदिन बढ़ता जाये। (सावधान! यह सूचना बाहर देशों में न जाने पाये, नहीं तो वे लोग अपनी अर्थशास्त्र की पुस्तकें लिखने की ग्लानिमात्र ने आत्महत्या कर लेंगे)। मैं चाहूँगा कि अन्य लोग भी (जिनमें मैं निश्चित रूप से सम्मिलित नहीं हूँ) मिस्टर कालिया के समान ही अपने राशनकार्ड फाड़ दें और बमों के बहिष्कार के समान ही राशन की दुकानों का भी बहिष्कार कर दें।"

वक्ता के एक ओर बैठते ही खाद्य-मन्त्री दूसरी ओर से इस प्रकार उठ खड़े हुए, जैसे वे दोनों सी-सॉ खेल रहे हों और एक के नीचे आते ही दूसरा स्वतः ऊपर आ जाता हो।

वे बोले, "मैं नहीं जानता कि मानवीय सदस्य के भाषण में कितना सार है, क्योंकि सपरेटा दूध बहुत सारा दिखता है, किन्तु उसमें से मक्खन सौ ग्राम भी नहीं निकलता। यदि राशन लाकर ही नहीं, उसे पकाकर, थाली परोसकर आपके समाने रख दी जाये और आप अपने हाथ से कौर उठाकर अपने मुँह में नहीं डालेंगे, तो आपका पेट नहीं भरेगा...।"

शासक दल के (जागते हुए) सदस्यों ने धड़ाधड़ तालियाँ बजा दीं। वातावरण सजग हो उठा। जो सदस्य भाषणों को न समझने के कारण बोर होकर सो गये थे, वे भी तालियों के शोर से जाग गये। उबासियों और अँगड़ाइयों के बीच उन्होंने शोध करना आरम्भ किया कि आखिर तालियाँ किस बात पर बजी थीं।

जैसे सोने के लिए लेटना अनिवार्य है, आदमी खड़ा-खड़ा नहीं सो सकता, वैसे ही शोध के लिए बोर होना, अँगड़ाइयाँ और उबासियाँ लेना अनिवार्य है। यदि कोई शोधकर्ता बोर हुए बिना शोध कर लेता है, तो निश्चित रूप से उसका शोध निम्न कोटि का है। इस बोरियत का प्रतिकार करती है कॉफी। इसलिए शोध-कार्य के साथ कॉफी भी अनिवार्यतः जुड़ गयी है। जिस प्रकार अनुमति-पत्र के बिना कोई व्यक्ति सैनिक कार्यालयों में नहीं जा सकता, उसी प्रकार कॉफी का कप पिये बिना कोई व्यक्ति शोध-गृह में प्रवेश नहीं कर सकता। कदाचित् यही कारण है कि शोधार्थी लोग पुस्तकालय में कम और कॉफी हाउस में अधिक दिखायी पड़ते हैं। कहीं-कहीं तो ऐसा भी होता है कि कॉफी के कपों में एक नियत संख्या पी लेने पर, शोध-कार्य पूर्ण मान लिया जाता है।

उन सदस्यों के शोध आरम्भ करने पर भी सारे भवन में एक विचित्र-सी आलसी गुनगुनाहट फैल गयी। अध्यक्ष ने स्कूल मास्टरों के समान मेज पर छड़ी बजाकर शान्ति स्थापित की।

खाद्य-मन्त्री फिर बोले, "मित्रो! एक व्यक्ति की सनक यह प्रमाणित नहीं करती

कि देश में अन्न नहीं है (यह तो तभी प्रमाणित हो सकता है, जब देश का हर व्यक्ति सनक जाये)। आप राशन की किसी भी दुकान पर चले जायें और देखें कि वहाँ आवश्यकतानुसार अन्न है या नहीं (पर कृपया केवल देखें ही, माँगें नहीं! क्योंकि कुछ चीजें शोभा के लिए ही होती हैं)। सरकार ने इस बात का प्रबन्ध किया है कि प्रत्येक परिवार को उसकी आवश्यकतानुसार अन्न मिले (शर्त यह है कि उसे परिवार का कोई भी सदस्य कम से कम चौबीस घंटे क्यू में खड़ा होने की क्षमता रखता हो, राशन की दुकानवाले लालाजी की खुशामद कर सकने में समर्थ हो; और कम तुलता और रसीद में अधिक लिखा जाता देखकर भी चुप रहने का संयम उसमें हो) और इसीलिए राशन की व्यवस्था की गयी है; किन्तु यदि कोई नागरिक बाजार से राशन लाने से इंकार कर दे तो इसमें सरकार का क्या दोष। इस तर्क से तो यही सिद्ध हो सकता है कि इस देश में कुछ भी उपलब्ध नहीं है (यहाँ तक कि चोर, डाकू, बेईमान और मन्त्री तक नहीं) क्योंकि कुछ भी आपको बैठे-बिठाये अपने घर पर नहीं मिल सकेगा। सम्माननीय विपक्षी सदस्य यदि देखना चाहें तो स्वयं देख सकते हैं कि यह तर्क कितना हास्यास्पद है। एक व्यक्ति के पागलपन के लिए सरकार को श्रेय देना अनुचित है (हाँ, सारा ही देश पागल हो जाये तो बात और है)। जब तक अन्न के अभाव के कारण, कुछ लोगों की मृत्यु की सूचना न मिले (जिसकी प्रतीक्षा हम बड़ी व्याकुलता से कर रहे हैं) तब तक अन्न के अभाव की बात को स्वीकार नहीं किया जा सकता।

खाद्य-मन्त्री अपना भाषण समाप्त कर बैठ गये और सत्ताधारी दल के सदस्यों ने तालियों की ड्रिल आरम्भ कर दी। जब ड्रिल नासमझ बच्चे की माँगों के समान खिंचती ही चली गयी और सलामी का कोई भी आभास न मिला तो अध्यक्ष को स्वयं उसे सलामी देनी पड़ गयी। तालियों की गड़गड़ाहट रुक गयी।

तालियाँ रुकने का अनिवार्य परिणाम—प्राकृतिक स्थिर नियमों के अनुसार—दूसरे नेता का खड़े होना है। वे बोले :

"हमने खाद्य-मन्त्री का स्पष्टीकरण सुना, पर खेद के साथ कहना पड़ता है कि वह खाद्य-मन्त्री का नहीं खाद-मन्त्री का स्पष्टीकरण लगा, क्योंकि उनका कोई भी तर्क मस्तिष्क को प्रभावित करता नहीं—उस मस्तिष्क को जिसमें 'ग्रे-मेटर' है, उस मस्तिष्क की बात मैं नहीं कहता, जिसमें खाद भरी है।

"उनका कहना है कि बाजार में पर्याप्त अन्न है। ऐसी स्थिति में पुनरावृत्ति का जोखिम उठाकर भी मैं अपने पूर्व के विपक्षी दल से वक्ता का प्रश्न दोहराऊँगा कि यदि अन्न का अभाव नहीं है, तो उसे राशन की कुछ दुकानों तक ही सीमित क्यों रखा गया है? पर्याप्त अन्न होते हुए भी उसे बेचने का अधिकार गिने-चुने राशन-विक्रेताओं को देना क्या यह सिद्ध नहीं करता कि (श्रीमन्त) सरकार ने अपने कुछ (अत्यन्त) प्रिय व्यापारियों को आश्रय देने के लिए राशन की यह (काली)

व्यवस्था लागू की है...।"

इस बार विपक्षी दलों के सदसय अपनी हथेलियों को पीटकर ही सन्तुष्ट नहीं हुए। वे सत्ताधारी दल के सदस्यों को पीट नहीं सकते थे, इसलिए उन्होंने अपने सामने के मेजों को खूब अच्छी तरह पीटा (यह समझकर कि फर्नीचर भी तो सत्ताधारी दल की ही सम्पत्ति है)। और 'शेम-शेम' के गोले दाग दिये।

वक्ता फिर बोले : "माननीय मन्त्रीजी कहते हैं कि बाजार में अन्न है और उसे लेने नहीं जानेवाला व्यक्ति पागल है। मैं उनसे पूछता हूँ कि वे यही तर्क दिल्ली परिवहन की बसों के विषय में क्यों नहीं देते? आप कह सकते हैं कि बस तो सड़कों पर चलती थीं, उसमें चढ़ नहीं पानेवाले पागल हैं। बात यह है कि कौन-सी चीज कहाँ उपलब्ध है, कहाँ नहीं। चीजें तो सारी उपलब्ध हैं। बाजारों में दुनिया-भर की चीजें दुकानों के शोभा-गवाक्षों में सजी हुई हैं। साधारण व्यक्ति उसे पा ही तो नहीं सकता। मूल बात तो नागरिक अधिकारों की है। श्री गणपत कालिया नितान्त सत्य कहते हैं, जब वे कहते हैं कि वे दिन-भर दफ्तर में सरकार की सेवा में रहते हैं तो उनके पास न इतना समय होता है न शक्ति कि दफ्तर से लौटकर वे राशन की दुकान पर पंक्ति में इस प्रतीक्षा में खड़े रहें कि जब तक उनकी बारी आये, तब तक दुकान बन्द हो जाये। कितने दुख की बात (बल्कि अत्यन्त लज्जा की बात) है कि एक व्यक्ति जिसकी पत्नी बीमार हो, जिसके बेटे का शरीर (किसी महाभाग की कृपा से) सड़क-दुर्घटना में चूर-चूर होकर प्लास्टर में जकड़ा पड़ा हो और जो अपना सारा समय तथा शक्ति सरकार की सेवा में लगा देता हो, सरकार उसके लिए अन्न तक नहीं जुटा सकती। ऐसी (निकम्मी) सरकार से तो सरकार का न होना ही अच्छा है...।" और फिर विपक्षी दलों के सदस्यों की तालियों के मधुर स्वर के पार्श्व-वाद्य-संगीत के बीच उन्होंने अपना भाषण समाप्त किया, "श्री गणपत कालिया के ही समान, इस देश का प्रत्येक नागरिक आज समाज और सरकार के होते हुए भी उसी प्रकार जी रहा है, जैसे आदिम व्यक्ति जंगल में जीता था या जैसे सौतेली माँ की छाया में एक यतीम बच्चा जीता है। प्रत्येक व्यक्ति अपना कुआँ स्वयं खोदता है और पानी पीता है। जब सामाजिक दायित्व पर नागरिक अधिकार नाम की कोई वस्तु ही नहीं है तो सरकार को टैक्स क्या मन्त्रियों और उनके परिवारों के पोषण के लिए लिया गया दान है?"

फिर तालियाँ बजीं और बजती ही चली गयीं, जैसे अंग्रेज भारत में आये थे और आते ही चले गये थे। सत्ताधारी दल के तीन सदस्य बोलने के लिए एकसाथ उठ खड़े हुए थे, जैसे बोलना भी दल की टिकट पाने जैसा ही कोई काम हो। पर तालियाँ थीं कि सड़क पार करते हुए सूअरों के झुंड के समान रुक ही नहीं रही थीं।...और सहसा शासक दल के बेंचों से भी तालियाँ बजनी आरम्भ हो गयीं (न्यूटन ने कहा है न, हर क्रिया के बराबर और विरोधी प्रतिक्रिया होती है)। तालियाँ बजती

गयीं, बजती गयीं। फिर फर्नीचर बजने लगा (है न छूत की बीमारी) सहसा किसी जूता कम्पनी के विज्ञापनस्वरूप, एक चप्पल उड़ती हुई आयी और शासक दल के बेंचों पर पड़ी। फिर भवन में घमासान देश-सेवा आरम्भ हो गयी, जो बड़ी देर तक चली और अगले दिन उसका बड़ा मनोरंजक वर्णन समाचार-पत्रों में छपा।

13

डिपो की कैंटीन में लोग मच्छरों के समान भिनभिना तो नहीं रहे थे, पर भीड़ कम भी नहीं थी। तीस-चालीस कंडक्टर और ड्राइवर इधर-उधर बिखरे हुए, इसी ढंग से बैठे थे, जिस सुथरे ढंग से अपने देश में लोग गलियों में अपनी सवारियाँ पार्क करते हैं। सन्तों ने कहा है न, बाहरी बन्धन आवश्यक है, मूल चीज तो भीतरी बन्धन है। वैसे ही अब ड्यूटी का बाहरी बन्धन समाप्त हो गया था, लोग अपने भीतरी बन्धन से ही जब मन होता था, डिपो में आ बैठते थे। ड्यूटी का यह भीतरी बन्धन उन्हें तब पुकारता था, जब घर में पत्नी से लड़ाई हो जाती थी या बच्चे तंग करने लगते थे या मिलने-जुलनेवाले बोर करने लगते थे। घर और ड्यूटी-स्थान दो सपत्नियों के समान हैं। एक में परेशान करते ही दूसरी याद आने लगती है। सरकार को चाहिए कि वह जनता को घरों में इतना परेशान रखे कि वे दफ्तर से ऐसे चिपके रहें, जैसे गिरने के भय से छिपकली छत से औंधी चिपकी रहती है।

अधिकारी लोग बैठे-बैठे बोर ही जाते तो दिन में एक-आध बार किसी-न-किसी रूट पर एक न एक बस चलाकर पब्लिक की नब्ज देख लेते थे। रोगी की अवस्था सुधरने पर ही नहीं आ रही थी। रोगी शायद भूल ही गया था कि इससे भी भिन्न उसकी कोई अवस्था हुआ करती थी। लोग समय से कुछ आगे बढ़ गये थे और परिवहन व्यवस्था के न होने के आदी हो गये थे। वे भूल गये थे कि ऐसी भी कोई व्यवस्था कभी उनके नगर में थी। इसलिए, कभी-कभार जब वे आदिम युग में इस अवशेष को सड़क पर ढेर-सा धुआँ उगलकर हवा गन्दी करते देखते तो उन्हें उस पर कुछ उसी प्रकार का क्रोध आता था, जैसे सामान्यतः एक भयंकर विशालकाय डायनोसोर को रिंग रोड पर टनों गोबर त्यागते देखकर आयेगा। बसें अतीत स्मृति के रूप में संग्रहालय में रखने योग्य वस्तु बन गयी थीं। नगर का सारा व्यापार बसों के अभाव में भी अत्यन्त सुविधापूर्वक चल रहा था।

पर इस सारी स्थिति के परिवहन व्यवस्था के कर्मचारी एकदम प्रसन्न नहीं थे (जैसाकि उन्हें चाहिए था)। वे लोग आधुनिक युग में पालकी उठानेवाले कहारों के समान निरर्थक हो गये थे। एक अफवाह बड़े जारों पर थी कि शीघ्र ही केन्द्रीय सरकार दिल्ली परिवहन को अनावश्यक घोषित कर बन्द कर देगी। परिवहन व्यवस्था के कर्मचारियों के मन में वैसी ही पीड़ा थी, जैसी भरी रसोई में से, बेचने के लिए, छाँटकर अलग कर दिये गये बर्तन के मन में होती है या मेटर्निटी वार्ड में जाकर

बाँझ स्त्री के मन में होती है। अफवाह में (जैसाकि होना चाहिए था) यह बात भी सम्मिलित थी कि परिवहन के कर्मचारियों में से जितने लोगों को सम्भव होगा, अन्यत्र खपाने का प्रयत्न किया जायेगा। किन्तु दूसरे स्थानों पर कितने लोग खप पायेंगे—इसका किसी को पता नहीं था। ऑपरेशन के पश्चात् बन्ध्या भी माँ बन ही जायेगी, इसकी गारंटी तो भारतीय मानक संस्थान भी नहीं दे सकता।

गारंटी देना बड़ा लाभदायक धन्धा है। पहले गारंटी केवल दुकानदार दिया करते थे। फिर बड़ी-बड़ी फर्में देने लगीं। आपने एक वर्ष की गारंटी पर मशीन खरीदी। तीसरे दिन मशीन खराब हो गयी। आपने मशीन कम्पनी को वापस कर दी। कम्पनी ने तीन सौ बासठ दिन मशीन अपने पास रखकर वापस लौटा दी—वर्ष-भर की गारंटी पूरी हुई। अब गारंटी देने का काम सरकार और सरकारी एजेंसियाँ करती हैं। यहिया खाँ बांगलादेश में शरणार्थियों के वापस लौटाने की गारंटी नहीं दे सके, इसलिए उनका शासन समाप्त कर दिया गया। जो गारंटी दे दे, वह शासक हो जाता है, जो न दे सके, वह डिस्पैचर।

तो परिवहन के कर्मचारियों को गारंटी देनेवाला कोई नहीं था, इसलिए वहाँ एक अनिश्चित-सी चिन्ता थी। वे लोग निश्चित नहीं थे कि उन्हें कोई चिन्ता करनी चाहिए या नहीं।

बहुत देर के बाद एक मेज से आवाज उठी, जैसे कब्रिस्तान में लाशों के दफना दिये जाने के बाद पिशाच बोला करते हैं, “मैं तो पहले ही कहता! तुम कंडक्टर-ड्राइवर हो, हिटलर-यहिया खाँ के नाती-पोते नहीं। पर तब तो तुम समझते थे कि बस तुम्हारे बाप को दहेज में मिली है। जिसे बस में बैठा लिया, उस पर जैसे अहसान किया। बसों को वक्त से बेवक्त तुम लोग करते रहे। स्टॉप पर खड़ी सवारियों की भीड़ की उपेक्षा कर, खाली बसों को दौड़ाने का कम्पीटीशन तुम करते रहे। ईश्वर को बनायी जनता से तू-तड़ाक तुम करते रहे। अब लिया है जनता ने बदला। करो सालो, क्या करते हो अब!”

“देख भाई! यह समय इन बातों का नहीं है।” किसी दूसरे ने ऊँचे स्वर में कहा, “इस प्रकार सोचो तो सारा दोष हमारा ही नहीं है। हम कह सकते हैं, लोग लाइन क्यों नहीं बनाते थे। हमारे मना करने पर भी, पहले से ठुँसी हुई बसों में जबर्दस्ती चढ़ जाते थे। चलती बसों से लटक जाते थे। बार-बार कहने पर भी टिकट नहीं खरीदते थे। धोखा देते थे, झूठ बोलते थे, झगड़ा करते थे। हमें सरकारी कर्म्रचारी न समझकर, अपनी माँ के दहेज में आया दास समझते थे।”

“मैं भी यही कहता हूँ।” एक वृद्ध ड्राइवर अपनी लम्बी दाढ़ी को हाथ में भींचकर बोला, जैसे वह दाढ़ी न होकर माइक या स्पीकर टेबल हो, “यह समय इसलिए नहीं है कि हम देखें कि दोष किसका है—उसका या हमारा। दोष तो उसका है जिसने हमें बनाया। न वह हमें बनाता, न हम मुसीबत में फँसते। पर खैर, ‘समरथ को

नहिं दोष गोसाईं।' वह समरथ है, उस पर तो हम मुकदमा चला नहीं सकते। देखना तो यह है कि अब हम क्या करें।" उसने रुककर स्कूल मास्टर के समान निरीक्षण किया—सब लोग उसकी बात सुन रहे हैं न, कोई आपस में फुसफुसा तो नहीं रहा, "कल यदि सरकार, दिल्ली परिवहन को अनावश्यक घोषित कर बन्द कर दे; और हमारे दो-चार अफसरों और लीडरों को अच्छी-अच्छी नौकरियों पर सुन्दर तितलियों के समान चिपका दे और बाकियों को कीड़ों-भुनगों के समान दुत्कारकर भगा दे कि और नौकरियाँ नहीं हैं, तो तुम क्या करोगे?"

"गले में फाँसी लगा लेंगे या 'खू' में कूद पड़ेंगे," एक कोने में बैठे कंडक्टर ने इस वीरता से अपना चमड़े का थैला मेज पर पटका, जैसे कहा हो कि वह धरती फोड़कर पाताल में घुस जायेगा या चाँद पर चढ़ दौड़ेगा।

"खू में मत कूदा शैदाइयो! वह तुम्हारी माँ की गोद नहीं है।" उस बूढ़े ड्राइवर ने फिर कहा, "पर कम-से-कम इतना सोच तो लो कि तब क्या करोगे? कुछ करोगे भी या डबल घंटी देकर, आगे चल पड़ोगे।"

"करना क्या है।" एक जवान कंडक्टर ने मूँछों पर इस अन्दाज में अँगुली रखी, जैसे अँगुली राइफल के घोड़े पर रखी हो, "हम लड़ मरेंगे।"

"हाँ! लड़ने की ही कसर है।" बूढ़े ने फिर कहा, "मरने का प्रबन्ध तो हो ही चुका है।"

जवान कंडक्टर ने क्षण-भर रुककर लोगों को देखा कि वे लोग लड़कर मरने को तैयार हैं या उसको मार बैठने की सोच रहे हैं। वह ट्रेड यूनियनों में काफी काम कर चुका था कि किस समय मर्द का खून खौलते पानी के समान हो जाता है और उसका हृदय रूपी अंडा उसमें जाकर पूरी तरह उबलकर सख्त हो जाता है। तब उसके हृदय में पत्नी तथा बच्चों का प्यार, बूढ़े माँ-बाप की ममता तथा भाई-बहनों का स्नेह, अंडे की जर्दी-सफेदी के ही समान उबलकर सख्त हो जाते हैं।

जवान कंडक्टर भाषण की मुद्रा में चीखकर बोला, "हम मर्द हैं और जवान हैं। आप मेरी मानें, हम धनिये-पुदीने की गड्डियाँ नहीं हैं, जिन्हें पीसकर उनकी चटनी बनायी जा सके। वैसे जो कुछ हमारे साथ हो रहा है, इसमें साफ-साफ हमारी विरोधी यूनियन की बदमाशी है।" उसके मस्तक पर विरोधी यूनियन का प्रेत उसी प्रकार स्थापित हो गया था, जैसे रेडियो और दूरदर्शन का एरियल मकान की छत पर स्थापित होता है, "मैं तो तभी कहता था कि दूसरी यूनियन मत बनने दो। अब खाओ पपीता। यह सब तुम्हारे उन्हीं जवाइयों का किया-कराया है। अब होगा यह कि विरोधी यूनियनवालों को तो सरकार दूसरों विभागों में कोट में लगे फूल के समान टाँक लेगी और तुम आलू-छोले या गँडेरियों की रेढ़ी लगाना।" वह फिर रुका और इस बार इतनी जोर से चीखा जैसे उसके शरीर में हजारों जोंकों ने एकसाथ डंक मार दिये हों और अब वह रो देगा, "मैं कहता हूँ, हमें दूसरी यूनियन पर उसी

प्रकार टूट पड़ना चाहिए, जैसे पचास मंजिला मकान भूचाल में टूटकर पृथ्वी पर गिरता है। हमें उनकी हस्ती मिटा ही नहीं देनी चाहिए—उनके अस्तित्व में फर्श को धो-पोंछकर साफ भी कर देना चाहिए।"

उसका गला रुँध गया था। वह चुप हो गया (जैसाकि गला रुँध जाने के बाद हो जाना चाहिए। पर न तो लोगों ने तालियाँ बजायीं, न उसका समर्थन किया और न ही जनता में जोश आया। लगा कि अत्यन्त जोशीले भाषण के बाद भी उसके साथ वही किया जा रहा है, जो पाकिस्तान की जनता ने जनरल आगा मुहम्मद यहिया खाँ के साथ किया। लोग पहले के समान ही उदासीन-से बैठे बीड़ियाँ पी रहे थे और चाय के प्याले को घूर रहे थे या फिर दिल्ली परिवहन प्रदत्त मजबूत चमड़े के बैगों को कसकर पड़कर शून्य में घूर रहे थे।

घूरने की क्रिया का हमारे जीवन में वही स्थान है, जो ताश के पत्तों में जोकर का होता है। जहाँ कोई पत्ता न लगे, वहाँ जोकर लग जाता है। और जब कोई काम न हो तो आदमी घूरने लग जाता है। यहि हमें कोई बुरा-भला कहे, गाली दे या पीट दे तो उत्तर में कोई भी प्रतिक्रिया व्यक्त करने पर हम और अधिक पिट सकते हैं, पर घूरने से हमको कोई नहीं रोक सकता। किसी बात की प्रतीक्षा हो और समय खाली हो तो लोगों को घूरकर वह समय निःशुल्क बिताया जा सकता है। पाकिस्तान जब कभी भी अपने देश की जनता की गरीबी से परेशान हो जाता और कुछ नहीं कर पाता तो भारत को घूरने लगता है।

रामलुभाया को आरम्भ से ही घूरने की बहुत आदत थी। अपने छात्र जीवन में जब उन्होंने एक लड़की को बहुत घूरा तो लड़की ने बोर होकर अध्यापक से शिकायत कर दी। अध्यापक ने डाँटकर पूछा, "क्यों घूर रहे थे?"

रामलुभाया तड़ककर बोले, "इसे कैसे पता चला कि मैं घूर रहा था?"

"मैंने स्वयं अपनी आँखों से देखा है।" लड़की बोली।

"तो इनका देखना देखना है और मेरा देखना घूरना?"

परिणाम यह हुआ कि अध्यापक ने उस लड़की को बहुत डाँटा कि वह क्लास में लड़कों को घूरती है। वस्तुतः रामलुभाया के घूरने से अध्यापक महोदय भी डर गये थे।

एक बार अपने विदेश-भ्रमण में सागर-तट पर धूप में सिंकती एक विदेशी तरुणी को रामलुभाया ने पेट-भर घूरा। तरुणी कुछ नाराज हो गयी और उसने पुलिस में शिकायत कर दी। पुलिसवालों ने रामलुभाया को मजिस्ट्रेट के सामने प्रस्तुत किया और उस पर एक महिला को घूरने का अभियोग लगाया।

मजिस्ट्रेट काफी समझदार चीज था। उसने निर्णय लिखा, "किसी महिला को घूरना उसके आकर्षण की स्वीकृति है, अपराध नहीं।

पर कैंटीन में बैठे कंडक्टर-ड्राइवर शून्य को घूरकर उसकी प्रशंसा नहीं कर रहे

थे, क्योंकि शून्य 'महिला' नहीं है। जवान और जोशीले कंडक्टर के भाषण के बाद वहाँ और अधिक भयंकर चुप्पी छा गयी थी। बांगलादेश को यहिया खाँ ने खूब घूरा था। परिणाम यही हुआ कि उसके घर में भयंकर चुप्पी छा गयी। जवान कंडक्टर का मन चाह रहा था कि या तो वह अपना सिर फोड़ ले या फिर सामने बैठे लोगों का मुँह नोच ले। निश्चित रूप से अपने घर में छाई भयंकर चुप्पी को देखकर सदर मुहतरम जनरल आगा मुहम्मद यहिया खाँ तथा उनके योग्य उत्तराधिकारी मिस्टर जुल्फिकार अली भुट्टो का जी भी यही चाहा होगा। पर मन की इच्छा सदा पूरी नहीं होती। बड़ों ने कहा है—मारनेवाले से बचानेवाला अधिक शक्तिशाली होता है। हम विश्वशक्ति उसी को मानते हैं, जो स्वयं मारे तो नहीं पर मार खाते हुए को बचाने का बहाना कर तुरन्त उपस्थित हो जाये।

तभी उस वृद्ध ड्राइवर ने एक बार फिर से अपना मुँह खोला, जैसे पहला कौर खाकर, भोजन करनेवाला व्यक्ति, दूसरे कौर के लिए अपना मुँह खोलता है, "वाह मेरे शेर! तुम्हारा कोई जवाब नहीं। न निक्सन और न चाओ-एन-लाई। बेड़ा गर्क होने में कोई कसर है, तो वह तुम पूरी कर दो। लड़ मेरा। मरने का सबसे सीधा और सरल मार्ग यही है। आपस में लड़ मरो, ताकि नौकरियाँ तो जायें ही, उससे पहले ही श्मशान घाट चले जाओ, कुछ अस्पतालों के बिस्तरों पर करवटें बदलो, कुछ जेलों में आराम करो। शाब्बाश, शाब्बाश कुँआरी यूनियन की औलाद! शाब्बाश!"

जवान कंडक्टर के मन में आया कि अपना चमड़े का थैला जोर से मारकर, वृद्ध ड्राइवर के सिर को कृतार्थ कर दे। पर फिर उसे लगा कि सब लोग उस बूढ़े-खूसट से ही सहमत हैं। ऐसे समय में तो बड़े-बड़े न्याय-युद्ध बन्द करने पड़ते हैं, यह तो मामूली-सी बात थी। आखिर राष्ट्र संघ की इतनी-सी महत्ता तो मान ही लेनी चाहिए।

इस बार फिर सबसे पहलेवाला व्यक्ति बोला, "मैं भी यही कहता हूँ कि आपसी झगड़े भुला दो। आपसी झगड़ा तो फुर्सत का शगल है भाई। जब फिर से सब कुछ ठीक-ठाक हो जायेगा, तो फिर आपस में लड़ लेंगे। अपने देश की इस परम्परा को तो हमें निभाना ही चाहिए। इस समय आपस में लड़ मरने का कोई लाभ नहीं है। इस समय तो हम सबको मिलकर एकदम एक हो जाना चाहिए—एकदम पिल-बॉक्स की दीवार! और हमें अपनी सरकार से सीधे ऐसे जा टकराना चाहिए, जैसे जंगली सूअर अपने शिकार से जा टकराता है। हमें सरकार को बता देना चाहिए कि हमें नौकरियों से निकाल देना ढाका में पाकिस्तानियों से आत्म-समर्पण करा लेने के समान सरल नहीं है। दिल्ली परिवहन कोई पके केले का छिपका नहीं है, जिसे केला खाकर अनावश्यक घोषित कर नाली में फेंका जा सके। और सरकार को यह सब जता देने के लिए, हम मीटिंग करें, जुलूस निकालें, भूख-हड़ताल करें और अपनी सरकार को वैसे ही हिला दें, जैसे रसोई के बर्तनों को चोरी से भीतर घुस आयी

बिल्ली हिला देती है!"

"किस सरकार को?" इस बार वृद्ध ड्राइवर के चेहरे पर विनोद पेट्रोल ड्यूटी कर रहा था, "उस सरकार को जो पहले से हिल चुकी है। जब तक तुम अपने आन्दोलन की तैयारियाँ करोगे, तब तक शायद यह सरकार ही न रहे, मेरे बच्चो!" वह जोर से हँसा, "दिल्ली परिवहन को सरकार अनावश्यक घोषित नहीं करेगी, उसे जनता ने अनावश्यक घोषित किया है। और जिस रास्ते पर पब्लिक जा रही है, उसी रास्ते पर चलती रही तो सरकार भी वार्डरोब में ढँके पुराने फैशन के कोट के समान बेकार हो जायेगी। सब लोग अपना काम स्वयं कर लेंगे, अपना बोझ अपने कन्धे पर उठा लेंगे, कष्ट सहने को तैयार हो जायेंगे, तो फिर सरकार का क्या काम?"

"तो तुम क्या चाहते हो चाचा?" जवान कंडक्टर उस परम्परागत झगड़ालू पत्नी के समान हाथ झटककर बोला, जो घर बैठी सयानी लड़की के लिए योग्य वर न खोज सकनेवाले पति से झगड़ती है, "चुपचाप बैठे देखते रहें और रामधुन गाते रहें?"

"वह कर सको तो सबसे अच्छा।" वृद्ध ने उसकी बदतमीजी का बुरा नहीं माना, जैसे दुनिया राष्ट्रपति निक्सन की बदतमीजियों का बुरा नहीं मानती, "नहीं तो या तो जनता को पंगु बनाओ या बसों को बहुत आवश्यक प्रमाणित करो, ताकि बसों का धन्धा चले और तुम्हारी नौकरियाँ बनी रहें।"

"चाचा ठीक कहते हैं," एक धार्मिक यूनियन लीडर बोला, "चाचा की बात बहुत सही है। वेद कहते हैं : 'हे प्रभु! हमें इतना शक्तिशाली बना कि लोग हमारे मित्र बनें।' चाचा ठीक कहते हैं, अपने को इतना उपयोगी बनाओ कि पब्लिक तुम्हें अनावश्यक न कह सके। मेरा अपना सुझाव यह है कि दिल्ली परिवहन का अपना एक अच्छा, बड़ा, जनसम्पर्क विभाग बनाया जाये और जब तक स्थिति सामान्य न हो जाये, तब तक सारे फालतू कंडक्टर-ड्राइवर और ट्रैफिक इंस्पेक्टरों को उसी का काम करने के लिए कहा जाये। उस जनसम्पर्क विभाग का काम यह हो कि वह जलसे करे, जुलूस निकाले, इश्तहार बाँटे, गली-गली कीर्तन करता फिरे। मतलब यह है कि वह इस बात का प्रचार करे कि 'बस' पब्लिक के लिए कितनी जरूरी चीज है। घर-घर जाया जाये, लोगों को समझाया जाये। पब्लिक के बच्चों को उनके स्कूलों से घरों तक और घरों से स्कूलों तक मुफ्त पहुँचाया जाये। उन्हें बसों में बैठने के लिए प्रोत्साहित करने के लिए पुरस्कारस्वरूप बिस्कुट और टाफियाँ दी जायें, इत्यादि। इस प्रकार जनता को ललचाया जाये, बहकाया जाये, मनाया जाये कि लोग बसों में यात्रा करने के लिए तैयार हो जायें।"

"वह सब करते रहना", वृद्ध ड्राइवर के साथ बैठे व्यक्ति ने कहा, "पर एक काम अभी कर डालो। यूनियन को इस बात के लिए तैयार रखो कि सरकार ने हममें से किसी एक को भी नौकरी से निकाला तो यूनियन स्ट्राइक का केवल नोटिस

ही नहीं दे देगी, वरन् सचमुच स्ट्राइक कर देगी।"

"स्ट्राइक!" वृद्ध समय की आवाज के समान जोर से हँसा, "जैसे साले, अभी तुम चौबीसों घंटे ड्यूटी ही करते रहते हो। सुनो, सुनो! आज नपुंसक भी बलात्कार की धमकी दे रहा है।"

14

बड़े सरकारी अस्पताल में भगदड़ मची हुई थी। वैसे तो सरकार अस्पताल बनाती ही इसलिए है कि उसमें भगदड़ मची रहे। वस्तुतः अपने देश में अज्ञान बहुत फैला हुआ है। जिस किसी से बात करो, वही अपने-आपको बहुत दुखी समझता है। अपने आपको दुखी समझने का दम्भ वह इसीलिए करता है, क्योंकि वह दूसरे का दुख नहीं जानता।

पिछले दिनों रामलुभाया कुछ बीमार हो गया। काफी कष्ट में रहा, जैसाकि अक्सर बीमार लोग रहते हैं। अपनी पीड़ा के ताप में तपकर रामलुभाया ने सत्य का यह अनमोल रत्न पाया कि इस संसार में सभी बीमार हैं।

उन दिनों जो भी रामलुभाया से मिलता, वही तुरन्त पूछ बैठता, "भई, क्या बता है? ठीक तो हो? तुम्हारे चेहरे पर तो अब वह पहले जैसी रौनक ही नहीं रही।"

उन्हीं दिनों, रामलुभाया ने यह भी जाना था कि रौनक नामक एक महत्त्वपूर्ण चीज होती है जो बड़े शहरों, बाजारों, पार्कों और मेले-ठेले में तो होती ही है–कभी-कभी चेहरे पर भी होती है, और पहले वह रामलुभाया के चेहरे पर भी थी, किन्तु अब नहीं है। अपने देश में किसी चीज को खोकर ही उसका मूल्य जाना जाता है; जैसे बांगलादेश के शरणार्थी। जब तक शरणार्थी थे, हमें संसार की सहानुभूति मिलती रही और हम उस सहानुभूति पर पलते रहे। जैसे ही वे शरणार्थी हमने खोये, संसार का रुख बदल गया। तब कहीं जाकर हमें उन शरणार्थियों का मूल्य मालूम हुआ। एक सच्चे देशभक्त के रूप में रामलुभाया ने भी अपने चेहरे की रौनक खोकर ही उसका मूल्य पहचाना था।

रामलुभाया ने अपने देश की पुलिस परम्परा में रिपोर्ट लिख ली कि 'रौनक' गुम हो गयी है। अंग्रेजी का समय होता तो रिपोर्ट तक न लिखी जाती। अब रिपोर्ट तो लिखी जाती है। परतन्त्रता तथा स्वतन्त्रता में यही मौलिक अन्तर है। किन्तु गुमी हुई चीज का पता लगाना, स्वतन्त्र भारत की पुलिस के लिए भी आवश्यक नहीं है।

पर जब कोई रामलुभाया से पूछ बैठता, "क्या हुआ है?" तो उसे उत्तर देना ही पड़ता। गणतन्त्र में उत्तर देना ही पड़ता है। प्रश्न पूछा जाये तो संसद में भी उत्तर देना पड़ता है, उत्तर दिये बिना गति नहीं है। रामलुभाया भी कह देता, "अस्वस्थ हूँ।"

आगे का वार्तालाप अस्वस्थता की टेक्निकल डिटेल में खो जाता। रामलुभाया को बताना पड़ता कि अस्वस्थता से उसका क्या तात्पर्य है। लोग पूछते, "क्या होता है?" वह कह देता, "दिल डूबता है।" उत्तर मिलता, "डूबता है तो डूबने दो। सूर्य रोज डूबता है। क्या फर्क पड़ता है। गैस होगी। मुझे भी थी। मेरा दिल तो डूबता था। पूरे छः वर्ष डूता रहा। मरकर बचा हूँ। कोई क्या सहेगा इतनी तकलीफ जो मैंने सही है।" रामलुभाया को लगता, किसी ऐसे ही मरीज ने वह पंजाबी लोकगीत लिखा होगा : "मैयों तेरे नाल कट्टी के होर को कट्टे वी नां।"

कोई कहता, "ब्लडप्रेशर लो होगा। मुझे भी था। दिन-भर पड़ा रहता था। आज भी उसी प्रकार तकलीफ में हूँ। पर अपनी विल-पावर के बल पर जी रहा हूँ।"

रामलुभाया ने पाया कि लोग हाल उसका पूछते हैं और बीमारी अपनी सुना जाते हैं। अपनी बीमारी और कष्टों की चर्चा प्रत्येक व्यक्ति कुछ इस शहीदाना ढंग से करता है कि रामलुभाया सेंत-मेंत में ही अपने-आपको उसके सम्मुख तुच्छ मानने लगता है। इस प्रकार प्रत्येक व्यक्ति अपना बड़प्पन जताकर चला जाता है और रामलुभाया स्वयं को कोसता रह जाता है।

अपनी इस मूर्खता से उबरने के लिए रामलुभाया ने नया नारा लगाया, "मेरा लिवर खराब है।" पर जिस पहले मित्र को उसने यह बताया, उसी ने अपने माथे पर त्यौरियाँ चढ़ाकर, बहुत ऊँचाई से रामलुभाया पर, एक घृणाभरी दृष्टि डाली और होंठ भींचकर बोला, "तुम्हारा केवल लिवर काम नहीं करता, मेरे पेट में तो अलसर है। चौबीसों घंटे पीड़ा से तड़पता हूँ और फिर भी हँसता हूँ। तुम तो जरा-सी बात में चीं बोल गये।"

रामलुभाया फिर अपनी हीन भावना से पीड़ित हो उठा। उस समय इस भावना से उबरने के लिए और उस मित्र के सामने अपनी महत्ता जताने के लिए, उसके सामने एक ही विकल्प था और वह मित्र की ही मुद्रा में ईंट का जवाब पत्थर से देता, "तुम्हें अलसर है, मुझे तो कैंसर है। पर ऐसी अशुभ बात, अपने ही विषय में रामलुभाया के मुँह से निकली नहीं और अपने उस मित्र की दृष्टि में वह सदा के लिए तुच्छ होकर रह गया।

कुछ ऐसी ही बात इलाज को लेकर भी हुई। जो व्यक्ति रामलुभाया के स्वास्थ्य के विषय में पूछताछ करता था, वह स्वयं भी भुक्तभोगी निकलता था; और इस अधिकार से दवाओं के विषय में रामलुभाया को काफी बड़ा डोज पिलाता था। किन्तु दवाओं के विषय में दिया गया वह भाषण रामलुभाया के इलाज के लिए कम, उसे उसकी अल्पज्ञता जताने के लिए अधिक होता था। जब कोई व्यक्ति दवाओं के नाम गिना-गिनाकर रामलुभाया को यह सुझाता कि वह कितना मूर्ख है कि इतनी छोटी-छोटी बातें भी नहीं जानता तो वह अपने रोग और शारीरिक कष्ट को भूलकर अपने ज्ञान के अभाव से ही पीड़ित हो जाता था। अन्त में उसने उसका

भी निराकरण खोज निकाला। जब कोई व्यक्ति अपनी प्रयुक्त रामबाण दवाओं के नाम गिनाकर गर्व की दृष्टि रामलुभाया के चेहरे पर डालता तो वह होंठ बिचकाकर कह देता, "यह दवा भी खायी थी, कोई लाभ नहीं हुआ।" इस उत्तर से जहाँ वह अपनी हीन भावना से उबर जाता है, वहीं यह भी जता देता था कि उसका रोग, अन्य लोगों के रोग से अधिक गम्भीर है। अतः वह दूसरों से अधिक गौरवशाली व्यक्ति है।

पीड़ा सहन करना, वस्तुतः गौरव का द्योतक माना गया है। जो जितनी अधिक पीड़ा सह सका, वह समाज में उतना ही महान् माना गया। रामलुभाया ने जब से इस सत्य को पाया है, अस्पतालों को वह बड़ी श्रद्धा-भरी नजर से देखने लगा है। पहले वह समझता था कि अस्पतालों की चारदीवारी के भीतर के लोग दुखी हैं, पीड़ित हैं। अब वह मान लेता है कि वे लोग महान् हैं तथा गौरव और महानता की उपलब्धि के लिए ही अस्पतालों में पड़े हुए हैं।

जो लोग दूसरों की परेशानी को नहीं जानते, वे अज्ञानी हैं, अतः अपनी पीड़ा की कूपमंडूकता में ही स्वयं को महान् मानते चले जाते हैं। इस कूपमंडूकता को दूर करने के लिए सरकार ने अस्पताल बनवाये हैं; ताकि वहाँ की भगदड़ में जनता एक बार भी फँस जाये तो वास्तविक परेशानी की कुछ झलक पा जाये।

पर आज भगदड़ रिवर्स गेयर में चल रही थी। जनता में कम अस्पताल के स्टाफ में अधिक भगदड़ थी। वे मेडिकल सुपरिंटेंडेंट, जो दूरबीन से कभी नहीं देखे जा सकते थे, आज ऊपर से लेकर नीचे तक के सभी डॉक्टरों के साथ सशरीर अस्पताल में उपस्थित थे। और तो और वे हाउस सर्जन, जो या तो अस्पताल के कैंटीन में पाये जाते थे या किसी सुन्दर युवती रोगिणी के फील्ड ऑफ ग्रेविटी में, भी वास्तविक अस्पताल के भीतर, बड़ा गद्यात्मक मूड धारे, ठोस यथार्थ के समान उपस्थित थे। 'नर्स' नामधारी सारे जीव—ड्यूटी पर थे। अस्पताल के व्यापक स्टाफ में से एक भी जन्तु छुट्टी पर या ऑफ ड्यूटी नहीं था।

अस्पताल में आपात्कालीन स्थिति घोषित कर दी गयी थी।

अस्पताल के सामनेवाले लान्स के टैंटों की पंक्तियाँ गाड़ दी गयी थीं—जैसे बारातियों, शरणार्थियों या युद्ध-बन्दियों के आने पर गाड़ी जाती हैं। नन्हे-नन्हे फूलों की क्यारियों का भी किसी ने ध्यान नहीं रखा था। लोगों की सौन्दर्य भावना टैंटों की भीड़ कुचली जाकर ऐसे मर गयी थी, जैसे नगर के मुख्य चौराहे पर, भारी गाड़ियों की भीड़ से कोई बीमार चुहिया दबकर मर जाये। टैंटों को अधिक-से-अधिक संख्या में ठूँसकर कुछ इस प्रकार गलाया गया था, जैसे बारात में जाकर लोग अपने पेट में अधिक-से-अधिक चीजें ठूँसते हैं। अस्पताल के स्थायी वार्डों में रोगियों के बिस्तर फर्श पर लगा दिये गये थे और उनकी चारपाइयाँ इस आपत्कालीन वार्ड में भेज दी गयी थीं, जैसे आत्म-सन्तुष्ट, गृहस्वामी, अभ्यागतों से कहता है, आज तुम

चारपाइयों पर सो लो, हम तो रोज ही सोते हैं। इस समय सारे अस्पताल में एक भी टूटी-फूटी चारपाई तक पड़ी नहीं रह गयी थी, जैसे घर में गरीब रिश्तेदारों के जाने पर फटी-पुरानी चादरें भी उपयोग में आ जाती हैं। अस्पताल के कम्पाउंड में स्थित डॉक्टरों, नर्सों, यहाँ तक कि चपरासियों तक के घरों से सारी चारपाइयाँ मँगा ली गयी थीं।

पुलिस की गाड़ियाँ और अस्पताल की एम्बुलेंसें इस धड़ल्ले से ला-लाकर रोगियों को पटक रही थीं, जैसे बोझ ढोनेवाले मजदूर बाहर खड़े ट्रक से अनाज की बोरियाँ ला-लाकर व्यापारी के गोदाम में पटकते हैं। चींटियों की पंक्ति के समान, रोगियों का ताँता क्षण-भर के लिए भी टूट नहीं रहा था। नर्सों की कमी के कारण, पुलिस के जवान ही, मरीजों को ला-लाकर वार्ड में पटक रहे थे।

मेडिकल सुपरिंटेंडेंट अत्यन्त चिन्तित मुद्रा में, उस महिला के समान एक चारपाई से दूसरी चारपाई तक आज-जा रहे थे, जिसके सारे-के-सारे जवान बेटे किसी दुर्घटना में पीड़ित होकर साथ-साथ की चारपाइयों पर पड़े हों। आज उनके चेहरे पर स्वाभाविक रौब-दाब नहीं था। उनका चेहरा वर्षा की बूँद के लिए तड़पती, ताप से पीड़ित, जगह-जगह से फट गयी, दरारों-भरी धरती के समान वीरान था।

टहलते-टहलते मेडिकल सुपरिंटेंडेंट एक चारपाई के पास जाकर रुक गये।

"कोई आशा डॉक्टर चड्ढा?" उन्होंने पूछा।

डॉक्टर चड्ढा ने अभी-अभी रोगी को सुई चुभोयी थी। सिरिंज अभी भी रोगी की बाँह में ही थी। वे उसे इस प्रकार पकड़े खड़े थे, जैसे मोची जूता सीते हुए सुआ चमड़े में आर-पार कर, अचानक आ गये नये ग्राहक की ओर देखने लगता है। उन्होंने स्प्रिट भीगी रुई से वेन को दबाया और सिरिंज बाहर खींच ली। उन्होंने कोई उत्तर नहीं दिया। वे अभी भी मरीज के चेहरे को अपनी नजरों से छेदे जा रहे थे, जैसे उनकी नजरें, नजरें न हों—सेलाइन वाटर, ग्लूकोस या रक्त पहुँचानेवाली सुइयाँ हों। मरीज का चेहरा उनके सारे प्रयत्नों के बावजूद ऐसे ही जड़ था, जैसे पूर्ण बहुमत होने पर सत्ताधारी दल विरोधी दलों की आवाजों के प्रति हो जाता है।

डॉक्टर चड्ढा ने अपनी दृष्टि मरीज के चेहरे से हटाकर, स्टैंड पर लटकी हुई ग्लूकोस की शीशी पर टिका दी, जैसे हैंगर पर से उतारकर कोट किल्ली पर टाँग दिया हो। शीशी में से बूँद-बूँद टपकनेवाला तरल पदार्थ मरीज के शरीर में न जाकर नली में ही इस प्रकार जमा होता जा रहा था, जैसे टिकट न होने के कारण हॉल में प्रवेश न मिलने से थियेटर के बाहरी दरवाजे पर भीड़ बढ़ती जाती है।

उन्होंने मेडिकल सुपरिंटेंडेंट की ओर देखा और रॉकिंग डौल के समान निराशा में सिर हिला दिया, 'ये लोग कुछ भी एब्जार्ब नहीं कर रहे हैं।"

"हम उनमें से एक को भी नहीं बचा पाये हैं।" मेडिकल सुपरिंटेंडेंट डॉक्टर चड्ढा के गले लगकर रोने लगे, "यदि यह सब इसी प्रकार चला तो मन्त्रीजी के

अस्पताल पहुँचने से पहले ही या तो मुझे आत्महत्या कर लेनी होगी या इसी प्रकार एक चारपाई सँभाल लेनी होगी।"

"आप व्यर्थ कि चिन्ता न करें सर!" डॉक्टर चड्ढा ने अपना रूमाल सुपरिंटेंडेंट की ओर बहती हुई नाक साफ करने के लिए बढ़ा दिया, "इसमें हमारा कोई दोष नहीं है। जिस स्टेज पर उनको हमारे पास लाया जा रहा है, उस स्टेज पर डॉक्टर तो क्या चीज है प्रधानमन्त्री भी कुछ नहीं कर सकते। हमारे पास तो उनको इसलिए लाया जा रहा है कि हम उनका परीक्षण करके उन्हें मृत घोषित कर दें। डॉक्टरों का यही तो, महत्त्व है, नहीं तो इंजेक्शन तो नर्सें और कम्पाउंडर भी लगा सकते हैं। "इसे देखिये," उन्होंने साथवाली चारपाई की ओर इशारा किया, "इसे हमने कल ही डिस्चार्ज किया था और आज फिर बेरंग लिफाफे के समान लौट आया है। न्यूटन ने पृथ्वी के गुरुत्वाकर्षण की बात तो ही थी, पर अस्पताल के गुरुत्वाकर्षण का पता वह भी नहीं लगा सका। वह हमारे हिस्से पड़ा है। ये लोग अन्न का दाना भी पेट में नहीं डालेंगे, तो बचेंगे कहाँ से। अब तो इनकी अँतड़ियों की यह हालत हो गयी कि कुछ एब्जार्ब ही नहीं करतीं।"

"मुझे बचाओ, मैं क्या करूँ।" मेडिकल सुपरिंटेंडेंट परेशानी में दोनों हाथों से छाती पीटकर मरनेवालों का स्यापा करते हुए बोले, "मन्त्रीजी अभी यहाँ आ जायेंगे। तब मैं उनको क्या उत्तर दूँगा। वह कमबख्त गणपत कालिया, कल शाम को मुझसे बिना पूछे ही मर गया था, उसकी पत्नी और बेटा आज सवेरे मर गये हैं। उन्हें तो मरना ही था, मर गये—साले मेरी हत्या कर गये। अभी तक हमने उनकी मृत्यु की न्यूज को डिसक्लोज नहीं किया है। लोगों को पता चलेगा तो जानते हो वे इस अस्पताल की ईंटों को करतालों के समान बजाते हुए सारे नगर में कीर्तन करते फिरेंगे।"

"सर!" डॉक्टर चड्ढा बोले, "गणपत कालिया की लड़की भी नहीं रही।"

"शी आलसो।" सुपरिंटेंडेंट ने चेहरा अपनी हथेलियों में छिपा लिया, "हे भगवान्! अब क्या होगा।"

एक जवान लड़की का मरना बहुत बड़ी ट्रेजडी है। वस्तुतः यह घनघोर पाप है। इस प्रकार की मृत्यु से उसके असंख्य प्रेमियों, विवाह के लिए अनेक प्रत्याशियों तथा अपने पुत्र से उसका विवाह कर सकने की इच्छा रखनेवाले कई सम्भावित ससुरों को बहुत कष्ट होता है। इसलिए जवान लड़कियों को कम-से-कम मरना नहीं चाहिए।

रामलुभाया के पड़ोस में बहुत पहले एक जवान लड़की आत्महत्या करके मर गयी थी। रामलुभाया को वह किस्सा आज तक याद है। उसके पड़ोसी यूनिवर्सिटी में अंग्रेजी के प्रोफेसर थे। उन्होंने अंग्रेजी में ऑक्सफोड से पी-एच.डी. की थी। अनेक वर्षों तक अंग्रेजों को अंग्रेजी पढ़ाते रहे थे और अंग्रेजी की शुद्धता के उतने ही पक्षपाती थे, जितना हिटलर आर्यों की रक्त की शुद्धता का था।

उन्हीं प्रोफेसर साहब की एक जवान लड़की थी, जो अपनी आयु की इच्छानुसार

एक जवान लड़के से प्रेम करती थी। प्रोफेसर साहब वर्षों तक अंग्रेजी पढ़ाने के बावजूद भी भारतीय पिता थे; और भारतीय पिताओं को वह लड़का कभी पसन्द नहीं आता, जिससे उनकी बेटियाँ प्रेम करती हैं। प्रोफेसर साहब को भी लड़का एकदम पसन्द नहीं था। उन्होंने न केवल उस लड़के के साथ अपनी बेटी का विवाह करने से इंकार कर दिया, बल्कि लड़की का उस लड़के से मिलना-जुलना भी बन्द करवा दिया।

लड़की सही किस्म की प्रेमिका थी। उसने पिता के इस अत्याचार को सहन करना अस्वीकार किया और आत्महत्या का कारण बताते हुए अपने पिता के नाम एक पत्र लिखकर उसने आत्महत्या कर ली।

प्रोफेसर साहब को सूचना मिली। पत्र भी उनके हाथ लगा। लगे जार-जार रोने। पत्र पढ़ते जायें और रोते जायें। आखिर में उन्होंने अपना सिर पीट लिया। जब उन्होंने सिर पीटा तो मित्रों-सम्बन्धियों ने उनका हाथ पकड़ लिया, "सब्र कीजिये प्रोफेसर साहब! मरनेवाली तो अब मर गयी, वह लौटकर नहीं आयेगी।"

प्रोफेसर साहब ने बड़ी मुश्किल से आँसू पोंछे और टूटती हुई हिचकियों के मध्य से बोले, "अरे साहब! मरनेवाली तो खैर मर गयी, पर अंग्रेजी कम्पोजिशन की इतनी गलतियाँ!"

पर डॉक्टर चड्ढा ने गणपत कालिया की बेटी की मृत्यु पर कुछ नहीं कहा। वे चुपचाप खड़े रहे : न वह लड़की कोई पत्र लिखकर मरी थी, न वे अंग्रेजी के प्रोफेसर थे। इसलिए उनका चुप रह जाना ही अच्छा था।

"डॉक्टर चड्ढा!" सहसा मेडिकल सुपरिंटेंडेंट ने अपने चेहरे पर से हथेलियों का घूँघट हटाया, "इसी वार्ड में मेरे लिए भी एक बेड लगवा दीजिये। दोपहर से मैं भी अन्न खाना छोड़ रहा हूँ। मेरा नौकर भी राशन के लिए घंटों लाइन में खड़ा रहता है।"

15

'दिल्ली दुग्ध योजना' के मैनेजर के कमरे में भीड़ लगी हुई थी।

जब गुस्सा एक स्थान पर इकट्ठा हो जाता है तो किसी को चोट लग जाती है। कुछ मकड़े इकट्ठा हो जाते हैं तो जाला लग जाता है। लोग इकट्ठा हो जायें तो भीड़ लग जाती है। तो मैनेजर के कमरे में भीड़ लगी हुई थी। हुआ यह था कि नगर के विभिन्न कोनों में भेजी गयी दूध की गाड़ियाँ एक-एक कर वापस आ चुकी थीं। जो जाता है वह लौटता ही है (यह प्रकृति का अटल नियम है)। इसलिए गाड़ियाँ जाकर लौटती ही थीं। पहले भी लौटती थीं, अब भी लौटती हैं। पर पहले मैनेजर के दफ्तर में भीड़ नहीं लगा करती थी। जब से जनता ने दिल्ली दुग्ध योजना का बहिष्कार किया था, तब से लौटी हुई गाड़ियों का मैनेजर साहब को रिपोर्ट देना अनिवार्य हो

गया था : अतः उनके दफ्तर में रोज ही भीड़ लगती थी।

"सब लोग आ गये?" मैनेजर ने पूछा।

"जी हाँ।" पास बैठे एक क्लर्क ने कहा।

उस क्लर्क ने हाथ में कलम पकड़ रखी थी। उसकी गोद में अनेक कागज पड़े हुए थे : वह शायद रिपोर्ट लिखने की तैयारी में था। उसने अपनी बात के समर्थन के लिए "क्यों जमूरे?" शैली में उपस्थित लोगों पर नजर डालीं पर कोई कुछ नहीं बोला।

"क्या रिपोर्ट है?" मैनेजर ने पूछा।

"बोलो भाई?" क्लर्क ने कहा।

लोगों ने एक-दूसरे की ओर चूहों के उस दल के समान देखा, जो बिल्ली के गले में घंटी बाँधने की तैयारी करके आया था : कौन घंटी बाँधे? अन्त में एक लम्बा-सा व्यक्ति बोला, "साब! कल शाम को दूध की जो बोतलें हम बूथ में रखकर आये थे, वे अब तक बासी हो गयी थीं (दूध की यह बड़ी बुरी आदत है, कि रात को रखे तो सवेरे तक बासी हो जाता है), इसलिए उन बोतलों को लौटा लाये हैं और ताजा दूध की बोतलें (स्वगत : 'बासी होने के लिए') इसलिए रख आये हैं, कल अब जनता दूध लेने के लिए आये, तो कम-से-कम उसे दूध ताजा तो मिले। (स्वगत : वैसे हमें पूरा विश्वास है कि जनता कल भी दूध लेने के लिए नहीं आयेगी, और दूध बासी होकर ही रहेगा।")

मैनेजर के मुँह का स्वाद कसैला हो गया। उसे ताजा दूध के बासी होने की प्रक्रिया एकदम पसन्द नहीं आयी थी। उसने अपने मुँह का कसैलापन उपस्थित भीड़ के चेहरे पर थूका, "और?"

और कोई बोल तो नहीं रहा, यह देखने के लिए लम्बे आदमी के साथवाले ने इधर-उधर उसी सावधानी से देखा, जिस सावधानी से एक होशियार ड्राइवर किसी भीड़-भड़क्केवाले चौराहे पर इधर-उधर देखता है। और कोई नहीं बोल रहा है यह देखकर उनके चेहरे पर वही प्रसन्नता झलकी जो सड़क खाली पाकर नौसिखिये अनाड़ी ड्राइवर के चेहरे पर झलकती है। उसने खखारकर गला साफ किया, जैसे चौराहा पार करने से पहले हार्न बजाया हो और बोला, "साब! हम ताजा दूध की बोतलें बूथ में रख आये हैं और खाली बोतलें वापस ले आये हैं।"

"खाली बोतलें!" मैनेजर खुशी से अपनी कुर्सी पर उछल पड़ा। उसके चेहरे पर वही प्रसन्नता थी जो ग्यारह बेटियों के बाप को बारहवीं बार 'बेटा' सुनने से होती है, "यानी लोगों ने हमारे बूथ से दूध लिया?"

"नहीं साब!" उस व्यक्ति ने कुछ हिचकिचाकर अपनी समझदारी की व्याख्या की, "हमने सोचा कि बासी दूध यहाँ वापस लाकर ही क्या करेंगे। उसे हम वहीं, बूथ के पासवाली बड़ी नाली को पिला आये हैं। एक बात और है साब! आज शाम

को दूध ले जाने के लिए भी खाली बोतलों की आवश्यकता पड़ेगी।"

मैनेजर के माथे पर त्योरियों का मेला लग गया। वह अपनी जन्मसिद्ध अधिकार याद कर अपने क्लर्क को घूरने लगा।

"उस फेंके गये दूध के पैसे कौन देगा?" मैनेजर ने घूरने को कोमा लगाकर अपने क्लर्क से पूछा।

"इनके प्रोविडेंड फंड में से काट लेंगे साहब!" क्लर्क ने पूरी निश्चिन्तता से उत्तर दिया।

"तुम्हारा मतलब है कि आज की पेमेंट के लिए, मैं इनके रिटायर होने की प्रतीक्षा करूँ?" मैनेजर ने अपनी नजरों के भाले चलाये, "और तुम्हें मालूम है कि हरियाणा और उत्तर प्रदेश के वे सारे ग्वाले, जिनसे हम दूध खरीदते हैं, अपनी पेमेंट के लिए सत्याग्रह करने अपनी भैंसों के साथ दिल्ली आ रहे हैं। उनको मैं कहाँ ठहराऊँगा?"

"एक भैंस को मैं अपने घर ठहरा लूँगा।" क्लर्क ने उदार प्रस्ताव रखकर आँखें मिचमिचायीं।

"तुम ईडियट हो!" मैनेजर ने उसे कम्पलिमेंट देकर उसकी उपेक्षा कर दी, "हाँ! और बोलो।"

"जी, मेरी गाड़ी में से चार बोतलें बिकी हैं।" तीसरे व्यक्ति ने महानतम विजय की घोषणा की।

"वैरी गुड।" मैनेजर ने जोर से दायीं हथेली का मुक्का मेज पर मारा और फिर बायें हाथ से दायें को सहलाते हुए कहा, "वैरी गुड! आई से वैरी गुड। हमारा काम दुबारा शुरू हो रहा है, पर हो तो रहा है। वाह! वाह! मैं तुम्हें पुरस्कार दिलवाऊँगा। मैं तुम्हें 'भारत-रत्न' और महावीर-चक्र के लिए रिकमेंड करूँगा (पर वे मेरी रिकमेंडेशन मानेंगे नहीं)। लोगों ने हमारा दूध पीने के लिए खरीदना आरम्भ कर दिया। "मैनेजर उस मेंढक के समान बार-बार अपनी कुर्सी पर उछल रहा था, जिससे अनेक लाल चींटियाँ चिपक गयी हों, "कैसे बेचीं तुमने चार बोतलें?"

"जी! वह..." वह व्यक्ति हकलाया, "वे तो मेरी घरवाली ने रख ली हैं, और साब! उसने पैसे भी नहीं दिये हैं। कहने लगी, 'तुम कौन उस दूध की खीर बनाओगे। नालियों की गन्दगी ही तो बढ़ानी है...' साब! मैं उससे भी उतना ही डरता हूँ..." उस व्यक्ति ने सहसा बोलना बन्द कर, अपनी समस्त शक्ति सिर खुजलाने के मोर्चे पर लगा दी।

सिर खुजलाना एक बड़ा महत्त्वपूर्ण काम है। सिर खुजलाना, शारीरिक कष्ट को प्रकट करता है। इसका अर्थ है कि सिर में जूएँ हैं। सिर खुजलाकर लोग अपनी परेशानी भी प्रकट करते हैं और आगे की बात न कहने का यह स्थानापन्न भी है।

"नैवर माइंड!" मैनेजर की प्रसन्नता का बैरोमीटर उसी प्रकार उत्फुल्ल रहा, "दैट्स ए वैरी गुड आइडिया। तुम सब लोग रोज अपने-अपने घर दस-दस बोतलें ले जाया करो। तुम भी तो आखिर पब्लिक ही हो। तुम साले आज तक स्वयं को पब्लिक से अलग क्यों समझते रहे हो? तुम लोग हमारा दूध ले रहे हो, यानी पब्लिक हमारा दूध ले रही है। साली पब्लिक की ऐसी-तैसी। हमें अपनी बिक्री दिखानी है, बिक्री हम कैसे भी करें...।"

मैनेजर ने रुककर क्लर्क की ओर देखा और बोला, "ओ चमगादड़! सुना तुमने। तुम भी दस बोतलें अपने घर ले जाना और खीर बनाकर अपने दादा का श्राद्ध करना।"

क्लर्क ने अपनी आँखें फिर से मिचमिचायीं और उसके होंठों पर मुस्कराहट केंचुए-सी रेंग गयी। उसने उपस्थित भीड़ पर फव्वारे के समान अपनी दृष्टि छिड़की और अपनी बाँह से कन्धे पर लम्ब बनाते हुए जोर से चीखा, "मैनेजर साहब...।"

"जिन्दाबाद!" सामूहिक चीख ने छत पर बैठे कबूतर उड़ा दिये।

"और सुनो!" मैनेजर साहब के चेहरे पर सौ-सौ मुगल-उद्यान खिल आये, "सौ-दो सौ बोतलें मेरी गाड़ी में भी रख देना। घर जाऊँगा तो रास्ते में लोगों से पूछता जाऊँगा। शायद कुछ बोतलें बिक ही जायें। आखिर यह भी तो सेल्समैनशिप का ही एक अंश है। हाँ, जाओ...।"

और लोगों ने सचमुच ही मैनेजर की बात मान ली। इस प्रकार की आज्ञाकारिता, वे लोग केवल 'जाने' के आदेश के सन्दर्भ में ही दिखाते थे।

16

लाला गोकुलचन्द की साइकिल कुछ इस प्रकार लदी-फदी थी, जैसे पुराने समय के फेरीवालों का गधा लादा हुआ होता था। उन्होंने अपनी साइकिल को यत्न से स्टैंड पर खड़ा किया और हिला-डुलाकर देखा...कहीं गिरेगी तो नहीं। साइकिल अड़ियल टट्टू के समान स्थिर खड़ी थी, उसके गिरने की कोई सम्भावना नहीं थी! साइकिल की ओर से ध्यान हटा तो वे अपनी ओर से सचेत हुए। उन्हें लगा, साइकिल ही नहीं उनके अपने पैर भी संकोच में जकड़े हुए अड़ियल टट्टू ही हो रहे थे। वे सोच रहे थे, पता नहीं लोग उनके साथ कैसा व्यवहार करेंगे। मन का गिरगिट बार-बार नकार में सिर हिला रहा था। शायद लोग उनके साथ अच्छा व्यवहार नहीं करेंगे। हो सकता है, लोग बुरा ही मान जायें। पर अब जब वे निकल ही पड़े थे, तो पीछे हटने का कोई अर्थ नहीं था। वे पाकिस्तानी सैनिक तो थे नहीं, कि गर्व से वीरतापूर्वक पीछे हटने की घोषणा करते।

वे लोकल बस के समान साइकिल के पास से नाले और गेट को अलग स्टॉप मानकर रुक गये। पहले सावधानी से इधर-उधर ताका, जैसे भीतर न जाना हो, चोरी

से अमरूद तोड़ने हों, फिर जिद्दी बच्चे जैसे अड़ियल हाथ को समझा-बुझाकर उसे गेट के कुंडे को खटखटाने के लिए तैयार किया। पर, फिर भी जब घर के भीतर कोई प्रतिक्रिया नहीं हुई तो वे न्यूटन को कोसते हुए गेट के भीतर घुसे, जिसने कहा था कि प्रत्येक क्रिया की समान तथा विरोधी प्रतिक्रिया होती है। इस कोठी ने न्यूटन के सिद्धान्तों को झुठला दिया था।

बरामदे में उन्हें अनेक बटन दिखायी पड़े, जैसे बिजली के बटन न हों, दीवार पर हारमोनियम बनाने का प्रयत्न किया गया हो। उन्होने बड़े ध्यान से उन बटनों को देखा : उनमें से एक पर घंटी का चिह्न बना हुआ था। लाला गोकुलचन्द ने इस प्रकार काँपती अँगुली से वह बटन दबाया, जैसे चाहते हों कि भीतर की घंटी न ही बजे। पर घर के भीतर की कहीं घंटी बजी और साथ ही लालाजी की हृदय-गति का तबला भी द्रुत पर आ गया। उन्होंने अपने माथे पर उभर आयी बूँदों को छोटे तौलिये के आकार के अपने बड़े रूमाल से इस अन्दाज से पोंछा, जैसे असमय मंच पर आ जानेवाले अभिनेता को निर्देशक तुरन्त वहाँ से हटा देता है। खखारकर गला साफ किया, जैसे देखना चाहते हों कि उनका साउंड-बॉक्स खराब तो नहीं हो गया। गला है तो क्या हुआ, है तो मशीन ही। इसलिए उससे काम लेने से पूर्व 'हेलो-हेलो। टेस्टिंग-टेस्टिंग' के अन्दाज में खखारकर देख ही लेना चाहिए। लालाजी अब दरवाजा खोलकर बाहर आनेवाले अपरिचित से बातचीत करने के लिए पूरी तरह तैयार थे।

भीतर से किसी के आने की आहट हुई और दरवाजा खुल गया।

लाला गोकुलचन्द ने देखा, दरवाजा खोलनेवाली एक तरुणी थी। वे पहले से भी अधिक संकुचित हो उठे। उन्हें लगा कि उनके गले के माइक की बैटरी काफी कमजोर हो गयी है।

"कहिये!" तरुणी ने कहा।

"जी।" हिन्दी फिल्मों में दम तोड़ते हुए व्यक्ति के स्वर में लालाजी बोले, "मैं आपके डाकघर से आया हूँ।"

"क्या काम है!" तरुणी अधखुला दरवाजा खोलकर बाहर आ गयी।

"काम!" लालाजी हकलाये, "मुझे तो कोई काम नहीं है...।"

उन्होंने तरुणी की ओर देखा। उसकी आँखों में अपनी कॉन्फिडेंशियल फाइल नजर आयी, उस पर उनके विरुद्ध बड़े सख्त रिमार्क दिये गये थे। स्पष्टतः यह उन्हें अच्छा आदमी नहीं समझ रही थी। उसके मन में उनके प्रति अविश्वास और सन्देह था। यह बात लालाजी के लिए असह्य थी। आज तक के अपने जीवन में उन्होंने किसी की भी आँखों में ऐसे भाव नहीं देखे थे। उनकी कॉन्फिडेंशियल फाइल में आज तक किसी भी अफसर ने उनके विरुद्ध रिमार्क नहीं दिये थे। वे जीवन में जो कुछ भी थे, अपनी ईमानदारी और साहस के बल पर थे। गाँव के एक डाकिये से

राजधानी के ब्रांच डाकघर के डाकपाल बन जाना, किसी रिश्तेदार के कारण सम्भव नहीं हुआ था। और फिर उन्होंने यहाँ आकर कोई पाप नहीं किया था।

अपनी ईमानदारी को याद करते ही जैसे उनके भीतरी किसी मन्त्री ने नये बने बाँध का बटन दबा दिया और साहस का करोड़ों लीटर पानी उनके भीतर उमड़ पड़ा। मन्त्री के बटन दबाने का चमत्कार उन्हें आज ही मालूम हुआ था, नहीं तो वे इसी भ्रम में पड़े थे कि वे हजारों कीड़े-मकोड़े, जिन्हें लोग मजदूर कहते हैं, वे ही बाँध का निर्माण करते हैं। वे जान गये थे कि मजदूरों का ईंटों-सीमेंट ढोने का आत्मविश्वास गलत था, मन्त्री का बटन दबाने का आत्मविश्वास ही सही था।

वे निस्संकोच हो गये और बाँध में लहराते प्रवास के सबल आत्मविश्वास से बोले, "आपको कुछ चाहिए? मैं आपको पोस्टकार्ड, अन्तर्देशीय, लिफाफे इत्यादि दे सकता हूँ। (वैसे मैं दम्भ नहीं करता। देनेवाला तो ऊपर बैठा है। पर आप इस समय मुझे उसी का निमित्त मानें।) एक्सप्रेस लिफाफे इस समय स्टॉक में नहीं हैं। यदि आप ऑर्डर दे दें, तो कल आपके घर पहुँचा दिये जायेंगे। मेरा डाकिया दे जायेगा। नहीं, आपको उसके लिए कुछ अतिरिक्त नहीं देना होगा। हम 'फ्री होम-डिलिवरी' सेवा आरम्भ कर रहे हैं।...आप मनीऑर्डर करवाना चाहें, रजिस्ट्री करवाना चाहें, पार्सल करवाना चाहें, तो करवा लें। आज न करवाना चाहें, तो जब करवाना चाहें, वह दिन बता दीजिये, हमारा आदमी आ जायेगा।"

वे उसी प्रकार से आकस्मिक ढंग से रुके, जैसे खुली सड़क पर तेजी से गाड़ी दौड़ाता हुआ ड्राइवर, बीच सड़क में बैलों को लड़ते देखकर सहसा रुक जाता है।

तरुणी अब तक उन्हें चुपचाप देखती जा रही थी, केवल उसकी आँखों में उनके प्रति अविश्वास का तापमान बढ़ता जा रहा था।

"हमें कुछ नहीं चाहिए।" अन्त में वह बोली और अविलम्ब भीतर चली गयी।

उसने भीतर जाते ही, फटाक् से दरवाजा बन्द कर चिटकनी चढ़ा ली, जैसे बाहर लाला गोकुलचन्द न खड़े हों, कोई पागल भैंस हो, जो बन्द दरवाजे पर भी टक्कर मार सकती हो।

लाला गोकुलचन्द का अगला वाक्य मुँह में ही जम गया, जैसे तापमान के सहसा बहुत गिर जाने से बहता हुआ पानी जमकर बर्फ हो जाता है। उसके दाँतों के नीचे उस वाक्य की बर्फ चरमरा रही थी।

लालाजी 'लौटकर बुद्धू घर को आये' शैली में अपनी साइकिल के पास आ गये। तरुणी के व्यवहार ने उनके आत्मविश्वास के जलपोत को तरपीडो कर दिया था। जलपोत कब का डूब गया था और उसके बचे-खुचे मलबे में भी संकोच का खारा पानी समुद्र की लहरों के समान 'जल-राशि राशि-जल पर चढ़कर' पछाड़ खा रहा था। पहले ही घर में उनके साथ जो व्यवहार हुआ था, वह एकदम उतसाहवर्धक

नहीं था। पर, उसके लिए वे उस तरुणी को दोष भी नहीं दे सकते थे। उसे क्या पता था, लालाजी किस मजबूरी में यह काम कर रहे हैं। उसने तो यही समझा होगा कि वे कोई चोर या ठग हैं। या फिर किसी गिरोह ने सरकार से छिपाकर नकली कार्ड-लिफाफे छापे हैं और वे उस गिरोह के एजेंट के रूप में उन्हें बेचने आये हैं। कार्ड-लिफाफे, कार्ड-लिफाफे हैं, कोई टींडे-बैंगन तो हैं नहीं, कि फेरीवाले घर-घर बेचते फिरें...और फिर कोई उन्हें अपना मनीआर्डर या पार्सल कैसे दे देगा, रेडियो का लाइसेंस तक तो कोई बिना आइडेंटिटी कार्ड देखे दिखता नहीं है। किसी को इस बात का विश्वास ही कैसे होगा कि वह अपनी चीज सही हाथों में दे रहा है। न वे कोई साधु-महात्मा हैं और न जनता उनके चमत्कार में विश्वास करनेवाली गृह-वधू, जो घर का सोना-गहना निकालकर उनके हाथों पर धर देंगी।

उन्होंने बहुत गलत रास्ता अपनाया था। वे सोच रहे थे—आदमी गलत रास्ता अज्ञान के कारण अपनाता है और अज्ञान मोह के कारण होता है। उन्हें अपनी नौकरी का मोह इस रास्ते पर ले आया था। उनके सामने कलवाले उस व्यक्ति का चेहरा घूम गया। उसे एक्सप्रेस लिफाफा नहीं मिला था तो वह कितना भन्नाया था। गरजकर बोला था, "यह डाकखाना है या पैखाना। पता नहीं ये इतने सारे कबूतर क्यों पाल रखे हैं सरकार ने। हरामखोर कहीं के।"

लालाजी ने अपनी पच्चीस वर्षों की नौकरी में किसी को इस प्रकार व्यवहार करते हुए पहली बार देखा था : वैसे ही जैसे हिन्दी फिल्मों में नायक पहली बार नायिका जैसी सुन्दर लड़की को देखता है या अध्यात्म के क्षेत्र में मोक्ष पाकर पहली बार मुक्त 'ज्ञान' को देखता है। अब तक लालाजी ने डाकघर के विभिन्न काउंटरों के सम्मुख लोगों को घंटों पंक्ति में चुपचाप खड़े देखा था, जैसे आदमी ने हों, घर का कबाड़ा हों, जिन्हें किसी उपेक्षित स्थान पर रखकर भूला जा सकता हो। और बारी आने पर भी जब उन्हें इच्छित वस्तु नहीं मिली तो उन्होंने किसी को इस प्रकार चीखते-चिल्लाते और डाकपाल का अपमान करते नहीं देखा।

पर समय का गिरगिट रंग बदल रहा था, बदल चुका था। 'निष्ठुर परिवर्तन' आ चुका था, जिसकी सूचना देना प्रत्येक चिन्तक अपना पुनीत कर्त्तव्य समझता है। पहले किसी ने परिवहन व्यवस्था, दुग्ध योजना तथा राशन व्यवस्था का बहिष्कार करते भी तो नहीं सुना था। यह बात लालाजी के मन में बहुत दिनों से थी। परिवहन व्यवस्था के बहिष्कार के बाद उन्होंने जब कभी डाकघर में लोगों को पंक्ति में खड़े प्रतीक्षा करते देखा, उनका हृदय काँप गया था। यह पंक्ति खतरे की रेखा थी—डेंजर मार्क। यह समय की चेतावनी थी। खतरे की घंटी जिसने नहीं सुनी, वह बाद में पछताया।

खतरे की घंटी हो या विश्वविद्यालय में पीरियड खत्म होने की घंटी। घंटी एक महत्त्वपूर्ण चीज है। इसका अनुभव रामलुभाया को भी है।

रामलुभाया विश्वविद्यालय में क्लास ले रहे थे। वे रस-मग्न थे। उनकी आँखें बन्द थीं। हृदय मधुमती भूमिका में डूबा हुआ था। मस्तिष्क भाष्यों के वन में खो गये मृग-शावक के समान छलाँगें लगा रहा था। उनकी वाणी में ओज था...

सहसा एक छात्रा ने उन्हें टोक दिया, “आचार्य! घंटी बज गयी है।”

रस भंग हो गया। आँखें खुल गयीं। हृदय मधुमती भूमिका से सीढ़ियाँ उतरता हुआ आर्ट्स फैकल्टी के कमरा नम्बर चौदह में उतर आया। मन भाष्यों को भूल उद्दंडता की समस्या की चट्टान से सिर फोड़ने लगा। वाणी भीरु हो गयी...

“पर अभी मेरा व्याख्यान तो चल रहा है।” रामलुभाया ने कहा।

“घंटी का बजना सत्य है या व्याख्यान का चलना?” छात्रा ने दार्शनिक मुद्रा बनायी।

“घंटी एक चपरासी बजाता है और व्याख्यान आचार्य देते हैं। परम्परा के अनुसार आचार्य महत्त्वपूर्ण हैं, आधुनिकता के अनुसार चपरासी। परम्परा के अनुसार व्याख्यान सत्य है, आधुनिकता के अनुसार घंटी का बजाना...।” रामलुभाया रुक गये। उन्होंने ध्यान से कन्या को देखा, “पुत्री! तुम यहाँ व्याख्यान सुनने आती हो या घंटी सुनने?”

“निश्चित रूप से घंटी सुनने के लिए आचार्य!” छात्रा अत्यन्त स्पष्ट चिन्तन तथा सरल अभिव्यक्ति की विश्वासिनी थी।

रामलुभाया का मन देश के आर्थिक पतन से दुखी हो उठा। कितनी दुर्भाग्यपूर्ण अवस्था है। वे जानते थे कि वह छात्रा विश्वविद्यालय से चौदह मील दूर रहती थी। सुबह बहुत जल्दी घर से चलकर, नौ बजे विश्वविद्यालय पहुंच जाती थी। डेढ़ घंटे तक उसे यूनिवर्सिटी-कैफे में अपनी इच्छा के विरुद्ध पराये लड़कों के साथ बैठना पड़ता था, तब कहीं वह गरीब पहली घंटी सुन पाती थी। इसी प्रकार इस पवित्र भारत-भूमि के लाखों युवक-युवतियों को अपने जीवन के बीस-बाईस वर्ष इन घंटियों के चक्कर में नष्ट कर देने पड़ते हैं। यह ईश्वर की दी हुई पवित्र थाली का सरासर अपव्यय है—‘हीरा जनम अमोल था, कौड़ी बदले जाई।’—रामलुभाया के मन ने आप्त-वचन उद्धृत किये—क्या हमारी सरकार अपने देश के इन अभिशप्त युवक-युवतियों के लिए कुछ नहीं कर सकती? लगता है सारा पीतल चोरबाजार में चला जाता है और पर्याप्त संख्या में घंटियाँ बन नहीं पातीं। देश के भावी कर्णधारों को घण्टियाँ मिल नहीं पातीं और वे लोग अपनी आत्मा की, घंटियाँ सुनने की शाश्वत प्यास को बुझाने के लिए विश्वविद्यालय की ओर दौड़े चले आते हैं और प्रत्येक आचार्य इस गलतफहमी में उलझा पड़ा है कि छात्र उसका व्याख्यान सुनने के लिए दौड़े चले आ रहे हैं। हाय रे भ्रान्ति!

रामलुभाया का मन एक और जिज्ञासा लेकर उठ खड़ा हुआ—हमारे युवा वर्ग में घण्टियों का इतना मोह क्यों है? क्या घण्टियों की ध्वनि में भी सन्तों के अनहद

नाद की तरह कोई संगीतात्मकता होती है, जिसे आज तक उनका मन सुन नहीं पाया? नहीं! घंटियों में ऐसा कोई संगीत नहीं होता, नहीं तो कम -से-कम सन्त लोग समाधि न लगाकर, विश्वविद्यालय में क्लासों में आ बैठते।

रामलुभाया का मन देश की राजनीतिक और सामाजिक परिस्थितियों को उलटने-पलटने लगा। शीघ्र ही उन्हें लगा कि इसके लिए हमारा शासन और समाज दोनों ही समान रूप से दोषी हैं। आखिरकार शासन को ही क्या सूझी है कि उसने नियम बना लिया है कि दिन में छः-सात घंटियों की औसत से ग्यारह वर्षों तक घंटियाँ सुननेवाले किशोर-किशोरी को हायर सेकेंडरी, चौदह वर्षों तक घंटियाँ सुननेवाले को बी.ए., बी.एस-सी., बी.कॉम तथा सोलह वर्षों तक सुननेवाले को एम.ए., एम.एस-सी., एम.कॉम की डिग्री मिलगी। और वे घंटियाँ भी शिक्षा विभाग के सरकारी मान्यता प्राप्त केन्द्रों की होनी चाहिए। मन्दिरों या वैसी ही अन्य गैर-सरकारी संस्थाओं की घंटियों की कोई सार्थकता नहीं है, नहीं तो चूरन बेचनेवाला घंटियाँ बजा-बजाकर अपना चूरन भी बेचता जायेगा और डिग्रियाँ भी प्राप्त करता जायेगा।

उन्हें लगा, सारा दोष सरकार का ही नहीं है। समाज भी इस प्रकार के घंटी-जंजाल में फँसा है। विवाह से पूर्व प्रत्येक लड़के-लड़की से पूछा जाता है कि उसने कितने वर्षों तक सरकारी विद्या-मन्दिरों की घंटियाँ सुनी हैं। उनके अपने सगे भाई के घर में यही चक्कर चल रहा है। उन्हें आज तक जितने लड़के मिले हैं वे चौदह-वर्ष-घंटी-श्रोता हैं; पर उनके भाई सोलह-वर्ष-घंटी-श्रोता को खोज रहे हैं। वैसा कोई लड़का उन्हें मिल नहीं रहा। प्रत्येक लड़का दो वर्ष कम घंटियाँ सुनने के कारण अस्वीकृत हो रहा है और उनकी भतीजी कुँआरी ही बैठी ही है। उनकी बहन उन्हें रोज कोसती है, "बड़े आचार्य बने बैठे हो। बिट्टो के लिए एक लड़का ऐसा नहीं खोज पाते, जिसने परमात्मा की कृपा से सोलह वर्षों तक घंटियाँ सुनी हों।" पर रामलुभाया अपने आचार्यत्व के हाथों बाध्य हैं। वे किसी को दो वर्ष भाषण तो पिला सकते हैं, घंटियाँ नहीं सुना सकते। इससे तो अच्छा होता कि चपरासी होते। उनके भाई साहब जिस किसी लड़के को चुनते वे घंटियाँ बजाकर उसकी दो वर्षों की कमी पूरी कर देते। कम-से-कम उनकी भतीजी तो कुँआरी न रहती।

लाला गोकुलचन्द ने समय रहते ही खतरे की घंटी सुन ली थी। उन्हें सदा यही आशंका रही थी कि अब डाक-तार-घरों के बहिष्कार की बारी है। लोग बहुत बदल गये हैं। जब लोग बसों, दूध और राशन के बिना अपना काम चला रहे हैं, तो डाकघरों में ही ऐसा क्या रखा है, जिसका अभाव जनता को खटकेगा।

रात-भर ये विचार सैबरों ओर मिराजों के समान उन्हें तंग करते रहे थे और उनका शरीर विमान-भेदी तोपों के समान कोण बदलता रहा था; और जब उन्होंने एक निर्णय ले लिया तो मानो शत्रु की वायुसेना समाप्त करके शान्ति से सो गये। आज सवेरे से डाकघर में एक भी आदमी नहीं आया था, जैसे वह डाकघर न हो

'नो मैंस लैंड' हो गया। अन्त में, वे अपने निर्णय को पूरा करने के लिए डाकघर का सामान साइकिल पर लादकर, सरकार की आय बढ़ाने के लिए चल पड़े थे।

पर जैसे प्रेमी अपनी प्रेमिका के घर जाते हुए यह नहीं सोचता कि प्रेमिका के माँ-बाप भी घर पर होंगे, उसी तरह साइकिल लादते हुए लाला गोकुलचन्द ने यह नहीं सोचा था कि लोग उन्हें इस प्रकार अविश्वास की दृष्टि से देखेंगे और चोर तथा उठाईगीरा समझेंगे। उन्होंने नहीं सोचा था कि दुनिया में ईश्वर को न पहचाननेवाले नास्तिक या मुहल्ले में उन्हें न पहचाननेवाले अज्ञों का भी अस्तित्व हो सकता है। डाकघर में अपनी मेज पर बैठे, डाकियों से रौबपूर्वक बातें करते किसने उन्हें नहीं देखा होगा। पर मेज पर बैठे अपने विषय में सोचना और बात है और मुहल्ले में आकर वास्तविकता का सामना करना और बात। ईश्वर भी जिस दिन इसी प्रकार वास्तविकता का सामना करने के लिए संसार में उतर आयेगा, उसी दिन यह समझ पायेगा कि उसकी औकात क्या है।

उन्होंने फिर से अपना डाकपालत्व याद कर आत्मविश्वास और साहस बटोर तथा अगली कोठी में घुस गये। चुपचाप घंटी बजायी और दरवाजा खुलने की प्रतीक्षा में अपने चेहरे पर शराफत और रौब की दूब बिछाने का प्रयत्न करने लगे, ताकि उस दूब को देखकर अविश्वास के चमरौधे दूर ही रुक जायें और उनके उतसाह को कुचल न पायें।

अकस्मात ही दरवाजा खुला और एक अधेड़ पुरुष बिना बाँहों की बनियान और धारीदार पाजामे में इस शान से बाहर निकल आया, जैसे वह उस समय अपनी पूरी यूनिफार्म में हो। इससे पहले कि लाला गोकुलचन्द सँभलते और कुछ कहते, उस व्यक्ति ने ही चार्ज कर दिया, "अरे लालाजी आप?"

गोकुलचन्द ने परम पिता परमात्मा का धन्यवाद किया कि उसने इस व्यक्ति से उन्हें पहचनवाया, नहीं तो कौन किसको पहचानता है। गोकुलचन्द उस व्यक्ति को नहीं पहचानते थे, पर वह उन्हें अवश्य पहचानता था। लालाजी का बड़प्पन का आत्मविश्वास, जो उस तरुणी ने डुबा दिया था, आज फिर से लौट आया था। और आत्मविश्वास के लौटते ही वे ऐसे सहज हो गये थे, जैसे बिना नमकवाली जायकाहीन सब्जी में नमक पड़ते ही वह स्वादिष्ट हो जाती है।

बोले, "जी हाँ! मैं ही आपकी सेवा के लिए उपस्थित हुआ हूँ।"

"आज्ञा कीजिये।" वह व्यक्ति भयंकर रूप से शालीन था।

यहाँ पर लालाजी को थोड़ा-सा प्रयत्न करना पड़ा, पर फिर वे किसी अत्यन्त दक्ष फेरीवाले के समान अपनी चीजों की सूची गिनवा गये।

उस व्यक्ति की आँखें पहले से कुछ अधिक फैल गयीं, जैसे घटिया कागज को छूते ही स्याही फैल जाती है। वह स्तम्भित-सा लालाजी को देखता रहा, फिर धीरे से बोला, "आप जरा भीतर आ जायें।"

लालाजी कोई किशोरी सेल्स गर्ल तो थे नहीं कि उस पुरुष के साथ घर के भीतर जाते हुए डरते। उलटे उन्हें अपना सम्मान बढ़ता हुआ नजर आया। वे भीतर चले गये। उस व्यक्ति ने उन्हें सोफे पर बैठाया, ठंडा पानी मँगवाकर उन्हें पिलाया और फिर बोला, "क्या बात है लालाजी! आप यह सब क्यों कर रहे हैं?"

"बड़ी सीधी-सी बात है।" लालाजी कुछ इस प्रकार बोले, जैसे ज्यामिति की किसी समस्या का समाधान कर रहे हों, "बसोंवालों, दूधवालों या राशनवालों के समान हमारा धन्धा भी बन्द हो जाये, इससे पहले ही मैंने कुछ करने का फैसला किया है। शत्रु आक्रमण करने आपके सिर पर पहुँच जाये, इससे अच्छा क्या यह नहीं कि आप बढ़कर उसकी भुजा थाम लें। ऐसी स्थिति में युद्ध सीमा के इस पार हुआ या उस पार, उससे क्या फर्क पड़ता है।...आप मेरा विश्वास करेंगे, आज सुबह से डाकघर में एक पोस्टकार्ड तक नहीं बिका।"

"बड़ी दुखद स्थिति है।" वह व्यक्ति इतने सहानुभूतिपूर्ण स्वर में बोला, जैसे लालाजी के किसी निकट सम्बन्धी के मरने पर अफसोस कर रहा हो, "पर लालाजी! सरकारी आज्ञा के बिना आप डाकघर का सामान अपने थैलों में लिये घूम रहे हैं.. .डाकघर न हुआ, मनिहारी की दुकान हो गयी है।"

"समय बदल गया है महाशय! स्थिति सदा एक-सी नहीं रहती।" महात्मा बुद्ध के उपदेशों के पश्चात् समय की परिवर्तनशीलता तथा नश्वरता पहली बार लालाजी के स्वर में ही इतनी जोर से ध्वनित हुई थी। उनका स्वर बहुत शुष्क तथा व्यवसायोन्मुख था, "आप कुछ लेंगे?"

एक ही दिन में उनका व्यवहार सरकारी नौकर से बदलकर स्वतन्त्र व्यापारी का-सा हो गया था।

वह व्यक्ति समझ गया कि लालाजी किसी सेमिनार में भाग लेने नहीं आये हैं, वे व्यापार के लिए आये हैं। सैद्धान्तिक बहस से उन्हें कोई प्रयोजन नहीं था। वह बोला, "नहीं, अभी तो किसी चीज की आवश्यकता नहीं है। जब चाहिए होगा स्वयं उपस्थित हो जाऊँगा।"

लाला गोकुलचन्दजी के चेहरे से तनाव एकदम गायब हो गया था, सहसा वे एकदम दीन हो गये थे। उन्होंने घिघियाते हुए ट्रम्प चला, "एक पोस्टकार्ड ही ले लीजिये।"

"नहीं लालाजी! मुझे सचमुच जरूरत नहीं है।" उस व्यक्ति की मुद्रा अफरकर खाये हुए उस व्यक्ति के समान थी, जिसे एक रोटी और खाने को कहा जा रहा हो।

"देखिये! मेरी नौकरी का सवाल है।" लालाजी की आँखें गीली हो आयीं, "घर में पत्नी है, बच्चे हैं। ऐसे तो सब भूखे मर जायेंगे।"

पर उस व्यक्ति को दया नहीं आयी। अपने 'क्षत्रिय वचन' पर अड़ गया—एक

बार कह दिया सो कह दिया। वह कुछ नहीं लेगा।

'क्षत्रिय वचन' अपने देश के इतिहास का बीहड़ वचन है। जनक ने धनुष-यज्ञ की बात कह दी सो कह दी। आज चाहे राम जैसे 'वर' सामने खड़े हों, सीता का विवाह तो उसी के साथ होगा, जो धनुष-यज्ञ की शर्त पूरी करेगा। दशरथ ने भी इसी क्षत्रिय वचन के पीछे राम को वन भेज दिया। बाद का सारा इतिहास यही बताता है कि किस प्रकार 'क्षत्रिय वचन' को आधार बनाकर हमारे राजाओं ने अपने देश का बेड़ा गर्क किया।

ऐसा ही एक क्षत्रिय एक बार रामलुभाया से टकरा गया। रामलुभाया उन दिनों जनगणना विभाग में थे।

"आपकी आयु क्या है?" रामलुभाया ने पूछा।

"तीस वर्ष।" क्षत्रिय ने बताया।

पाँच वर्षों बाद गली जनगणना में रामलुभाया फिर आये।

"आपकी आयु क्या है?" रामलुभाया ने फिर पूछा।

"तीस वर्ष।" उत्तर मिला।

"पाँच वर्ष पहले भी आपकी आयु तीस वर्ष थी?" रामलुभाया को आश्चर्य हुआ।

क्षत्रिय गर्व से मुस्कराया। बोला, "एक बार जो कह दिया, उससे हम कभी नहीं टलते। असल क्षत्रिय हम ही तो रह गये हैं, इस देश में।"

लाला गोकुलचन्द को बाध्य होकर उठना पड़ा, पर जाते-जाते भी वे 'पुनश्च शैली' में बोले, "जब भी कभी आपको कुछ चाहिए हो, हमारे ही डाकघर से खरीदें महाशय। यह न हो कि सैर करने कनाट प्लेस जायें और वहीं के डाकघर के सामान खरीद लायें। अपने मुहल्ले के डाकघर का ध्यान रखियेगा। हमारा आप पर और डाकघरों से अधिक अधिकार है।...या फिर जरूरत पड़ने पर मुझे बुलवा लें, मैं ही उपस्थित हो जाऊँगा।"

उस व्यक्ति ने 'पुनश्च' को भी कोई महत्त्व नहीं दिया।

"बहुत अच्छा।" उसने दरवाजा बन्द कर लिया।

17

पुलिस की गाड़ी भयानवे दुःस्वप्न के समान गली में घुसी तो सारी गली में जैसे भय की छाया जाड़े की धुँध के समान उतर आयी। सारे मकानों के दरवाजे बन्द हो गये और खिड़कियाँ खुल गयीं, जैसे अधिक मार खाकर बच्चे का मुँह बन्द हो जाता है और आँखें खुल जाती हैं। लोग अपनी खिड़कियों की सलाखों तथा छतों की मुँडेरों से चिपक गये। गली जैसे चमगादड़ों की एक भीड़ से ढँक गयी थी।

गाड़ी बिना इधर-उधर देखे, सेठ राधाशरण के द्वार पर जाकर ऐसे रुकी, जैसे

मोह-ममता से निर्लिप्त कोई भक्त अपने इष्टदेव की प्रतिमा के सामने जाकर अपनी गति के वाक्य पर फुल-स्टॉप लगा देता है। घर का दरवाजा भीतर से बन्द था और बाहर से कहीं कोई नजर नहीं आ रहा था। गली में कोई कुत्ता भी भौंक रहा था। शायद आदमी ही इतने आ बसे थे, कि कुत्तों के लिए कोई जगह ही नहीं रह गयी थी।

एक सब-इंस्पेक्टर गाड़ी से उतरा। उसके बाद एक हैडकांस्टेबल और चार कांस्टेबल उतरे। सब-इंस्पेक्टर ने टीम के कप्तान के समान अपने खिलाड़ियों को मैदान में बिखेरना आरम्भ किया। हैडकांस्टेबल और एक कांस्टेबल मकान के पिछवाड़े में भेज दिये गये।

"कोई पीछे से निकल भागना चाहे तो धर लेना माँ के यार को।" सब-इंस्पेक्टर ने पुलिस शब्दावली में आदेश दिया, "खड़े देखते मत रहियो। तुम्हें उसकी फोटो उतारने नहीं भेज रहा हूँ।...और हाँ! किसी दीवार के पास मूतने भी मत बैठ जाइयो। नहीं तो तुम जनेऊ ही ठीक करते रह जाओगे और वह भाग जायेगा।"

मकान को अच्छी तरह घेर-घारकर सब-इंस्पेक्टर ने दरवाजा खटखटाया।

"कौन है रे?" भीतर के किसी महिला की चिंचाड़ का स्वर उठा, "अरे देखिये भाई, कौन आ मरा सवेरे-सवेरे। अरे किसे रात-भर श्मशाम में चैन नहीं मिला रे, कि सूरज फूटे ही करमजला यहाँ आ गया। अरे चन्नो! देख भई। दरवाजा खोल। देख कहीं मुन्नी की माँ तो नहीं आ गयी सवेरे-सवेरे जमावन माँगने। लोग न दूध खरीदें, न दही जमावें। हमारे घर के जमावन माँग-माँगकर ही लोग मोटाये जा रहे हैं। अरे कुत्ता पत्तल चाट-चाटकर भी मोटा हो जात है रे!"

इस सिंह-गर्जना से घर के भीतर और बाहर की स्तब्धता कुछ और गहरी हो गयी। किसी दिशा ने कोई उत्तर नहीं दिया। 'बच्चन'जी ने 'जड़ खँडहर भी आवाज जवाबी देता है' तो लिख दिया, पर शायद इस पर विचार नहीं किया कि जीवित आदमी चुप रह जाता है। रामलुभाया ने बहुधा देखा है, तो जितना जड़ होता है, वह उतना ही जवाबी आवाजें देता है। जीवित मनुष्य सोच-समझ लेता है कि किस स्तर की जवाबी आवाज देनी है, किसकी नहीं। सेठ राधाशरण के घर में जितने लोग थे, वे सब जीवित थे, इसलिए किसी ने उत्तर नहीं दिया। बाहर खड़ा सब-इंस्पेक्टर भी जीवित था, इसलिए कुछ नहीं कह रहा था। किसी चन्नो ने दरवाजा नहीं खोला।

सब-इंस्पेक्टर ने अपनी छड़ी से दरवाजे को पीट दिया, जैसे झाड़ी में छुपे जन्तु को बाहर निकालने के लिए झाड़ी पर अन्धाधुन्ध छड़ियाँ बरसायी जाती हैं, या शत्रु को उसके ठिकाने से बाहर निकालने के लिए वायुयानों से बम बरसाये जाते हैं। और अन्त में यह सिद्ध करने के लिए कि यह कृत्य किसी अनधिकृत व्यक्ति द्वारा नहीं, स्वयं वर्दीधारी पुलिस इंस्पेक्टर ने किया है, उसने दरवाजे पर अपने पुलसिया बूटों की दो-तीन मुहरें लगा दीं।

"कोई बोलेगा नहीं रे।" उसी नारी-स्वर ने फिर चीत्कार किया, "पीटे जाओ, पीटे जाओ किवाड़ को। तुम्हारे बाप ने बनवाकर दिया था न। तोड़ दो, तोड़ दो। पैसे तो लगते ही नहीं। लकड़ी तुम्हारे खानदानी जंगल से काटकर लाये थे न हम, या हमारा किवाड़ तुम्हारे बाप की अर्थी की लकड़ी का बना है...।"

सिंह-गर्जना दरवाजे के निकट आती जा रही थी और बोले गये शब्द, जड़े नगीनों के समान स्पष्ट होते जा रहे थे। सब-इंस्पेक्टर भी उस अदृश्य स्वर से आतंकित हो उठा, जैसे वह नारी-स्वर न हो, शत्रु का तोपखाना हो जो बिना कुछ देखे-भाले गोले दागता आ रहा था। जाने दरवाजा खोलने से पहले वह अपनी अद्‌भुत प्रहार शक्ति का कौन-कौन-सा चमत्कार दिखाये और सब-इंस्पेक्टर को, स्वयं को प्रकट होने से बचाने के लिए, अपने सिपाहियों के सम्मुख सब कुछ चुपचाप सुनना पड़े।

"यह स्त्री व्यर्थ ही घर बैठी अपनी ईश्वरीय प्रतिभा नष्ट करती जा रही है," सब-इंस्पेक्टर ने सोचा–"यह तो बहुत योग्य और सफल पुलिस अधिकारी बन सकती है। जिस हल्के में उसे भेज दिया जाये वहाँ के सारे चोर-बदमाश इसके कोसने को सुनकर ही भाग जायेंगे।"

सब-इंस्पेक्टर ने उस आवाज को शोर में डुबोकर अश्रव्य बनाने के लिए दरवाजा और जोर से भड़भड़ा दिया।

वह नारी-स्वर ऐन दरवाजे के पास आ चुका था। इस भड़भड़ाहट से वह स्वर वैसे ही फट गया, जैसे नींबू की बूँद पड़ जाने से दूध फट जाता है, "ठैर मरे। मैंने तेरी हड्डियाँ ऐसे ही न तोड़ीं तो मेरा नाम भी चन्नो की माँ नहीं।"

और दरवाजा ऐसे खुला, जैसे भयंकर लड़ाई के बाद शत्रु का प्रतिरोध सहसा समाप्त हो गया हो। सामने सुरसा की कल्पना को मूर्त रूप देता हुआ एक विराट् नारी-शरीर था। पुलिस की वर्दी देखकर उसे कुछ ज्ञान-लाभ हुआ। वर्दी का ज्ञान-लाभ से कहीं-न-कहीं कोई सम्बन्ध अवश्य है। यही कारण है कि हमारे ऋषि-मुनि, साधु-महात्मा लोग ब्रह्म-ज्ञान के लिए भी 'लँगोटी' नामक वर्दी का सदुपयोग करते थे।

ज्ञान-प्राप्ति के पश्चात् जीव की आँखें खुल जाती हैं और वह मोहमाया से दूर भागता है। पुलिस-वर्दी से प्राप्त ज्ञान के कारण उस सुरसा-शरीर की आँखें काफी विस्तार से खुल गयीं और वह छिटककर पुलिसरूपी मोह-माया से वैसे ही लुढ़कता-पुढ़ता दूर भागा, जैसे जंगली साही भागता है। उस भागने की प्रक्रिया में भी उसका टेप-रिकार्डर अविराम काम करता जा रहा था।

सुरसा शरीर के ज्ञान-लाभ से सब-इंस्पेक्टर का ज्ञान लुप्त हो गया। उसकी समझ में नहीं आ रहा था कि वह क्या करे। क्या वह घर के भीतर घुसे? वह बाहर ही खड़ा प्रतीक्षा करे?

तभी एक उदर-प्रधान स्थूल पुरुष शरीर, रोड इंजन के समान धीरे-धीरे सरकता

हुआ, घर के भीतरी भाग से बाहर आया। उसके हाथ में गुटका रामचरितमानस था। शायद आपात्कालीन स्थिति की घोषणा हो जाने के कारण वह व्यक्ति मानस-पाठ के बीच में से ही उठ आया था।

"सेठ राधाशरण?" सब-इंस्पेक्टर से पूछा।

"जी।" सेठ के कन्धों पर बड़ा फुटबाल कुछ डगमगाया, "कहिये दास को कैसे याद किया?"

"जी, याद मैं क्या करूँगा।" सब-इंस्पेक्टर नम्रता से दोहरा हो गया, "बचपन में पहाड़े तक तो कभी याद हुए नहीं। इस समय तो थाने तक आपकी परेड करवाने की इच्छा से उपस्थित हुआ हूँ।"

"जी, किस खुशी में?" स्पष्ट था कि सेठ जो काम करते हैं, किसी-न-किसी खुशी में ही करते हैं।

"आपके ऊपर यह आरोप है कि आपने राशन के अधिकृत व्यापारी होकर भी, अन्न राशनकार्ड के स्वामियों को न देकर काले बाजार में बेचा है।"

"मैंने?" सेठ राधाशरण का चेहरा भद्दे गोभी के फूल के समान हँस पड़ा, "इंस्पेक्टर साहब! यही एक काम मैं नहीं करता। आपको जिसने भी सूचना दी है, काफी गलत सूचना दी है।"

"सब यही कहते हैं।" सब-इंस्पेक्टर ने पूर्ण आत्मविश्वास के साथ कहा।

'सब यही कहते हैं' के साथ जुड़ी हुई एक बड़ी प्रसिद्ध घटना रामलुभाया को याद है। कहते हैं कि इंग्लैंड के एक प्रधानमन्त्री अपनी कार को स्वयं ड्राइव करते हुए जा रहे थे। रास्ते में कार खराब हो गयी। उन्होंने उतरकर उसे स्वयं ठीक करने का बहुत प्रयत्न किया, पर कार ठीक नहीं हुई। उन्होंने देखा, स्थान सुनसान था। आसपास कोई आबादी नहीं थी। रात घिर आयी थी, अँधेरा और जाड़ा बढ़ते जा रहे थे। उन्होंने कार को वहीं छोड़ा और सड़क पर आगे की ओर चलने लगे। काफी दूर जाकर उन्हें एक भवन दिखायी पड़ा। वे भवन के फाटक पर पहुँचे। वहाँ एक बन्दूकधारी सन्तरी खड़ा था। प्रधानमन्त्री समझ गये कि वह सरकारी भवन था।

वे बोले, "मैं इंग्लैंड का प्रधानमन्त्री हूँ। मेरी कार खराब हो गयी है। मुझे रात बिताने के लिए स्थान चाहिए।"

सन्तरी ने आगे बढ़ उन्हें बाँह से पकड़ा और भीतर ले जाते हुए बोला, "हम भी बहुत देर से तुम्हें खोज रहे थे, अच्छा हुआ कि तुम स्वयं ही आ गये।"

प्रधानमन्त्री उसकी अशिष्टता के कारण पर विचार कर ही रहे थे कि उसने ले जाकर उन्हें एक कमरे में धकिया दिया और दरवाजा बाहर से बन्द कर दिया।

प्रधानमन्त्री ने खिड़की की सलाखों को अपनी मुट्ठियों में भींच लिया और चीखकर बोले, "तुम यह क्या कर रहे हो! जो कुछ तुम कर रहे हो, तुम्हें इसका दंड भुगतना पड़ेगा, मैंने पहले ही कहा है, मैं इंग्लैंड का प्रधानमन्त्री हूँ।"

सन्तरी मुड़कर हँसा, "यहाँ जितने लोग आते हैं, सब यही कहते हैं। प्रधानमन्त्री से कम तो कोई आता ही नहीं।"

वह भवन इंग्लैंड का प्रसिद्ध पागलखाना था।

पर यह सब-इंस्पेक्टर इस घटना के विषय में कुछ नहीं जानता था। वह इतिहास में भी सदा, पहाड़ों को याद करने के ही समान काफी कमजोर रहा था। इसलिए उसका 'सब यही कहते हैं' वाक्य, किसी का अनुकरण न होकर, सर्वथा मौलिक वाक्य था। यदि वह अनुकरण होता तो अरस्तू के अनुसार 'कला' होता, पर मौलिक होने के कारण, वह किसी भी सिद्धान्त कला के अन्तर्गत नहीं आयेगा।

"आपके पास क्या प्रमाण है?"

"हमारे पास प्रमाण है।" सब-इंस्पेक्टर का स्वर आरी के समान तीखा हो गया, "तुम्हारी दुकान से राशन पाने के अधिकारी भूखे मर रहे हैं। तुम्हारी दुकान है या अकाल-पीड़ित क्षेत्र? और भूख से पीड़ित रोगियों की इतनी अधिक संख्या है कि सरकारी अस्पताल में अलग से आपात्कालीन वार्ड खोलना पड़ा है। तुम समझते हो यह सारा प्रबन्ध तुम्हारे ससुर की बारात को ठहराने के लिए किया जा रहा है? उन रोगियों में कोई भी बच नहीं रहा है—लोग धड़ाधड़ मर रहे हैं। तुम्हें पता भी है, अस्पताल में मेडिकल सुपरिंटेंडेंट ने घबराकर आत्महत्या कर ली है।"

"होगा। पर मेरा उससे क्या सम्बन्ध?" सेठ राधाशरण के स्वर में साहित्य के उन आचार्यों का भाव था, जो पूछते हैं, 'राजनीति से हमारा क्या सम्बन्ध है?' "मैं तो सुबह से शाम तक दुकान पर बैठा रहता हूँ, पर कोई आता ही नहीं। बहुत पहले गणपत कालिया नाम के एक व्यक्ति ने पगलाकर अपना राशनकार्ड मेरी दुकान पर फाड़ दिया था। तब से ग्राहक कम होने लगे; और अब तो कोई आता ही नहीं है।"

सब-इंस्पेक्टर का क्रोध बिजली के हीटर के समान सहसा जल उठा, "तुम्हें राशन की दुकान का लाइसेंस लोगों को राशन बेचने के लिए दिया गया है या सुबह से शाम तक दुकान पर बैठे रहकर सन्तरी-ड्यूटी करने के लिए? जब लोगों ने अपने हिस्से का राशन नहीं लिया, तो तुम्हारे पास अन्न बचा या नहीं?"

"हाँ, बचा हुआ पड़ा तो है।" सेठ राधाशरण ने स्वीकार किया।

"तो जमाखोरी का अपराध तो सिद्ध हुआ।" इंस्पेक्टर ने अपनी आवाज का वाल्यूम ऊँचा कर सिपाहियों को कहा, "बैठाओ ससुर को गाड़ी में।"

"ठहरो इंस्पेक्टर साहब!" सेठ राधाशरण कबीर-विरोधी स्वर में धैयपूर्वक बोले, "इतनी जल्दी क्या है?"

"अबे अनपढ़!" सब-इंस्पेक्टर का ज्ञान चलते-चलते अँगूठे में चोट खाकर क्रुद्ध हो उठा, "तूने कभी पढ़ा नहीं—'जो कल करना सो आज कर, जो आज करना सो अब।'" फिर पूछता है क्या जल्दी है। हमें और भी कोई काम है कि तेरा ही स्यापा

करते रहेंगे। तेरे जैसे अनपढ़ों ने ही देश का बेड़ा गर्क कर रखा है।"

सेठ ने अपनी कछुए की चाल नहीं छोड़ी। उसी प्रकार धैर्य से बोला, "इंस्पेक्टर साहब! पहले यह तो बताओ कि लोग यदि राशन लेने नहीं आते, तो जमाखोरी से बचने के लिए मैं अन्न को फेंक देता या सदाव्रत खोलता?"

इस बार सब-इंस्पेक्टर का गुस्सा, अपने पिछले गुस्सों का रिकार्ड तोड़ गया। उसने सेठ जैसा कूढ़-मग्ज पहले कभी नहीं देखा था। अब तक तो सब-इंस्पेक्टर अपने-आपको ही बड़ी चीज समझता था, पर आज उसने अपने से भी बड़ा गधा अपने सामने पाया था। वह पुलिस जगत पर बड़े बाहरी जगत की शिष्टता के सारे कुप्रभावों को धूल के समान झाड़कर, वास्तविक पुलिस रंग में जगमगा उठा, "साले! तुम्हारी गोबर से भरी खोपड़ी में इतनी-सी भी बात नहीं आती कि तुम्हारे ऊपर सरकार को फेल कराने के अपराध का आरोप है। हरामी कहीं के! तुम अपनी दुकान पर लाइन लगवाते हो। उल्लू के पट्ठे! वह राशन की दुकान है या वेश्या का कोठा!"

अब सेठ राधाशरण के आत्मविश्वास की कंकरीट की दीवार में भी दरारें पड़ने लगीं। सचमुच इस अपराध की ओर उसका ध्यान ही नहीं गया था। आत्मविश्वास की दीवार की दरारों में से उसके आँसुओं की बूँदें टपकने लगीं। वर्षा के साथ पार्श्व-संगीत के रूप में गड़गड़ानेवाले बादलों के समान उसके आँसुओं के साथ उसका गला गिड़गिड़ाया। बिजली की चमक के समान, कड़ककर उसके हाथ जुड़ गये। 'बन्दौं चरण-कमल हरि राई।' शैली में उसका कण्ठ फूटा, "इंस्पेक्टर साहब! अब आगे से यह भूल कभी नहीं होगी। और चाहे मैं हजारों भूलें करूँ, पर यह भूल मेरे वंश में अब कोई नहीं करेगा। अब मेरी दुकान पर लाइन कभी नहीं लगेगी। पर कृपा करके यह बताइये कि लोग राशन लेने के लिए, दुकान पर कब से आनेवाले हैं?"

"लोग दुकान पर नहीं आयेंगे।" सब-इंस्पेक्टर ने राजनीति के आदि-पिता कौटिल्य के अर्थशास्त्र की व्याख्या की, "तुम लोगों के घर-घर जाकर अन्न पहुँचाओगे। अपनी दुकान पर तुम गेहूँ पीसनेवाली चक्की भी लगवा लो और उचित समय पर गेहूँ साफ करवाकर, पिसवाकर, आटा लोगों के घर भिजवा दिया करो।"

"बहुत अच्छा सरकार!" सेठ ने पुष्टिमार्गी रंग में पूर्ण आत्मसर्पण कर, सब-इंस्पेक्टर के पाँव पकड़ लिये, "एक कृपा और कर दो भगवन्!"

"क्या?" सब-इंस्पेक्टर शरणागत-वत्सल मुद्रा में खड़ा हो गया।

"राशन की दुकान के लाइसेंस के साथ, सरकार से यह अनुमति भी दिलवा दीजिये कि मैं कम-से-कम सौ-दो सौ शादियाँ कर सकूँ।"

"क्या मतलब?" इंस्पेक्टर का जाता हुआ क्रोध वापस लौटते देखकर सेठ समझ गया कि इंस्पेक्टर बहुत अच्छा शास्त्रीय नर्तक है, जो क्षण-क्षण सरलता से अपनी

इच्छानुसार मुद्राएँ बदलने में दक्ष है।

"मतलब यह कि," सेठ ने इंस्पेक्टर की रौद्र मूर्ति को चरणामृत के छींटे दिये, "आज आटा पिसवाकर लोगों के घर पहुँचाने की बात है। क्या पता कल लोग कहें कि रोटियाँ पकवाकर भेजो। तो मेरी इतनी पत्नियाँ तो हों कि वे सारे शहर की रोटियाँ पका सकें।"

"साले, तुम्हें रोशन की दुकान छोड़कर योजना मन्त्रालय में भर्ती हो जाना चाहिए।" सब-इंस्पेक्टर की सूखे खेत जैसी गम्भीर मुद्रा पर प्रशंसा और प्रसन्नता की कीचड़ चमकी, "अच्छा एक एप्लिकेशन लिख दो। जरूरी कार्रवाई में तुम्हारी मदद करूँगा।"

18

प्रधानमन्त्री ने अपने घर पर मन्त्रिमंडल की एक विशेष आपत्कालीन बैठक बुलायी थी।

सिवाय विदेशमन्त्री के शेष सभी मन्त्री ठीक समय पर आ गये थे। विदेशमन्त्री एक मित्र देश के निमन्त्रण पर वहाँ गये हुए थे। अपने यहाँ शिष्टाचार का एक साधारण नियम यह है कि हम कहीं जाते अपनी इच्छा से हैं और लौटते आतिथेय की इच्छा से हैं। इसी नियम के विस्तृत प्रपंच में एक धारा यह भी है कि हम जब किसी के निमन्त्रण पर उसकी इच्छा से उसके घर जाते हैं, तो लौटते अपनी इच्छा से हैं। इसी नियम के अधीन विदेशमन्त्री मित्र देश के निमन्त्रण पर वहाँ गये थे और अपनी इच्छा से लौटनेवाले थे; पर उनकी इच्छा अभी लौटने की नहीं थी। वैसे भी वर्तमान समस्या अपने देश से सम्बद्ध थी, इसलिए विभाग की दृष्टि से उनका यहाँ होना बहुत आवश्यक नहीं था। उनका काम विदेशों में अपने देश के लिए समस्याएँ उत्पन्न करना था, जिसे वे बड़ी दक्षता से पूरा कर रहे थे।

सभी मन्त्रियों के आ जाने पर प्रधानमन्त्री ने अपनी विशेष देखभाल में कमरे के सारे दरवाजे बन्द करवा दिये; और बाहर अपने निजी तथा विश्वसनीय सेवकों को बैठा दिया। रात को हम दरवाजे इसलिए बन्द करते हैं कि बाहर से कोई भीतर न आये; और दिन को दरवाजे इसलिए बन्द करते हैं कि भीतर से कोई बाहर न जाये। प्रधानमन्त्री ने दरवाजे इसलिए बन्द करवाये थे कि न कोई बाहर से भीतर आये, न भीतर से बाहर जाये। जब हमारा दृष्टिकोण यह होता है कि न कोई बाहर से आकर हममें मिले और न कोई हममें से बाहर जाकर दूसरों से मिले, तो उसे हम शुद्धतावादिता कहते हैं। रक्त तथा धर्म की शुद्धता के लिए बहुधा इस प्रकार के काम किये जाते हैं। पर प्रधानमन्त्री का यह काम शुद्धता के लिए नहीं, भेद के लिए था। ऐसा बहुत ही असाधारण स्थिति में होता था। आज प्रधानमन्त्री बहुत ही सावधान, गम्भीर तथा चिन्तित थे।

प्रधानमन्त्री की गम्भीरता को देखते हुए शेष मन्त्री भी उन स्कूली बच्चों के समान चोंचबाजी छोड़कर चुपचाप बैठ गये थे, जो मास्टर को नाराज देखकर चुप हो जाते हैं। वे कार्रवाई के आरम्भ किये जाने की प्रतीक्षा उस बारात के समान रहे थे, जो दूल्हे द्वारा खाना आरम्भ करने की राह देख रही होती, ताकि वे भी खा सकें।

प्रधानमन्त्री सब ओर से आश्वस्त होकर मन्त्रियों के साथ आ बैठे। उन्होंने स्वराष्ट्रमन्त्री की ओर देखा और बोले, "अब क्या स्थिति है?"

प्रधानमन्त्री के स्वर में किसी गम्भीर रोगी के स्वास्थ्य के विषय में पूछने की-सी चिन्ता थी।

स्वराष्ट्रमन्त्री इस प्रकार की अनौपचारिक बातचीत के लिए तैयार नहीं थे। वस्तुतः वे प्रधानमन्त्री की किसी भी बात के लिए तैयार नहीं होते थे। तैयार नहीं होना, जीवन का एक बड़ा स्वस्थ सिद्धान्त है। भारत सन् 1962 में चीन का करारा तमाचा यह कहकर हजम कर गया था कि हम तैयार नहीं थे। इजराइल से बार-बार पिटते रहकर भी अरब देश यह कहकर सन्तुष्ट रहते थे कि वे तैयार नहीं थे। किसी भी कार्यक्रम से आप यह कहकर पीछे हट सकते हैं कि आप तैयार नहीं हैं। स्वराष्ट्रमन्त्री आज तक अपनी सारी अयोग्यता 'मैं तैयार नहीं हूँ' के बोर्ड के नीचे ही छिपाये बैठे थे।

पर इस समय इस उत्तर से काम नहीं चलता, इसलिए सँभलने के लिए थोड़ा-सा समय लेकर बोले, "स्थिति में कोई विशेष परिवर्तन नहीं आया। दार्शनिक धरातल पर मेरी बात गलत हो सकती है, कोई भी स्थिति अधिक समय तक समान नहीं रह सकती। पर मैं दर्शन की बात नहीं कर रहा, मैं राजनीति की बात कर रहा हूँ। जो परिवर्तन आया है, वह हमारे लिए शुभ नहीं है, इसलिए हम उसे परिवर्तन नहीं मानते : जैसे पाकिस्तानवाले बांगलादेश के अस्तित्व में आने के परिवर्तन को परिवर्तन नहीं मानते।"

वे फिर बोले, "बसों का बहिष्कार अब पुरानी बात हो गयी है। एक बार बहिष्कार करने के बाद कभी भी कोई सवारी बस में नहीं बैठी। रघुकुल के विषय में कहा जाता था कि 'प्राण जायें पर वचन जाई।' हमारी जनता के व्यवहार से पता लगता है कि यह सारी जनता रघुकुल की ही सन्तान है या यदि ऐसा नहीं है तो यह जनता भी वहीं पढ़ी है, जहाँ रघुकुलवाले पढ़ा करते थे।

"दूसरा बहिष्कार राशन का हुआ है और वह छूत की बीमारी के समान फैल गया है। (मैं पहले ही कहता था कि अपने देश के लोगों में छूत का प्रतिवाद करने की क्षमता नहीं है—पर तब तो किसी ने मेरी सुनी ही नहीं)। लोग और कुछ भी खा लेते हैं, पर राशन की दुकान के पास नहीं फटकते, जैसे वैष्णव लोग मांसाहारी भोजनालय के अन्दर प्रवेश नहीं करते। यदि लोगों को कुछ भी खाने को न मिले तो वे भूखे मर जाते हैं, पर राशन का अन्न नहीं खाते। अब तक राजधानी में ही

ढाई सौ व्यक्ति मर चुके हैं। सबसे दुखद स्थिति यह है कि इन मृतकों में सरकारी अस्पताल के मेडिकल सुपरिंटेंडेंट भी हैं। कहते हैं न, शेर भूखा मर जाता है, पर घास नहीं खाता। तो अपने देश के ये शेर घास खाने से इंकार कर भूखे मरते जा रहे हैं। मैंने वन-पशु-रक्षा-मन्त्रालय से कहा है कि किसी प्रकार वह इन शेरों की रक्षा करे। पर लगता है कि अब तक वह असमर्थ ही रहा है।

"तीसरा बहिष्कार दिल्ली दुग्ध योजना का है। सारा का सारा दूध या तो कर्मचारियों के घर जाता है या नालियों में बहाना पड़ता है। कर्मचारियों के घर जाना भी नालियों में होने के ही समान है, क्योंकि उस दूध का मूल्य हमें नहीं मिलता। मुझे लगता है कि दुग्ध योजना के कर्मचारी स्वयं यह चाहते हैं कि यह बहिष्कार चलता रहे और उनके घर खीर पकती रहे। मैं अपने सहयोगियों को बता देना चाहता हूँ कि दुग्ध योजना के कर्मचारियों का यह दृष्टिकोण विश्वशक्तियों के समान है, जो यह चाहती हैं कि छोटे-छोटे देश लड़ते रहें और उनके घर सोना बरसता रहे। मैं विश्वशक्तियों से अपील करता हूँ कि वे दुग्ध योजना के कर्मचारियों का-सा अपना यह रवैया बदल लें। नहीं तो हम भी उनसे दूध लेना बन्द कर देंगे।

"चौथा बहिष्कार डाक-तार विभाग का है। डाक-तारघर खाली पड़े हैं। मुझे इस बात से शिकायत नहीं है कि डाक-तारघर खाली क्यों पड़े हैं। शिकायत मुझे यह है कि उन डाक-तारघरों में निठल्ले कर्मचारी पड़े सोते रहते हैं और हम उन भवनों को किराये पर भी नहीं उठा सकते। हम किसी अनावश्यक कर्मचारी को नौकरी से निकाल भी नहीं सकते, क्योंकि तब स्थिति के और भी बिगड़ जाने का भय है। स्थिति के बिगड़ने से मेरा तात्पर्य यही है कि जो कर्मचारी पड़े सो रहे हैं, वे उठकर भौंकने लगेंगे। उनको जगाने से हमें मीर ने यह कहकर रोक दिया था, 'सिरहाने मीर के आहिस्ता बोलो, अभी तो रोते-रोते सो गया है'।

"वैसे सामान्य जीवन एकदम सहज है। लोग मशीनों के समान एक निर्णय ले लेते हैं और उसमें चिपके रहते हैं, इसके लिए चाहे उन्हें कितना ही कष्ट क्यों न सहना पड़े। वे उन मकोड़ों के समान हो गये हैं जो आदमी के शरीर को डंक मारने के लिए उसके साथ चिपक जाते हैं तो फिर चाहे उनके टुकड़े हो जायें, वे आदमी के शरीर को नहीं छोड़ते।"

प्रधानमन्त्री ने अपनी नजरों की तोप शिक्षा, जन-कल्याण तथा संस्कृति विभाग के मन्त्री पर टिका दी, "आपका क्या विचार है, ऐसा क्यों हुआ?"

शिक्षामन्त्री तनिक कसमसाये, जैसे मच्छर के काटने पर सोया हुआ आदमी कसमसाता है और बोले, "यह हमारी संस्कृति की विशेषता कहिये या शिक्षा का प्रचार कि हमारी जनता एक नयी चेतना की मशाल लेकर आगे बढ़ रही है। पर मैं आपको विश्वास दिलाता हूँ कि वह मशाल उजाला करने के लिए है, आग लगाने के लिए नहीं। महात्मा बुद्ध की बात जनता ने ढाई हजार साल बाद मानी है, पर मान

ली है। देर आयद, दुरुस्त आयद। महात्मा बुद्ध ने कहा था कि अपना दीपक आप बनो। जनता अपना दीपक आप बन रही है। जनता ने इस बात का संकल्प किया है कि वह आत्मनिर्भर बनेगी और अपने सम्मान का मूल्य चुकाकर वह सुविधाएँ स्वीकार नहीं करेगी। अपने सम्मान का मूल्य देना एक महँगा सौदा है। वस्तुतः यह आन्दोलन बढ़ती हुई कीमतों और महँगाई के विरुद्ध है। यह एक जाग्रत राष्ट्र का चिह्न है...।"

"मन्त्री महोदय!" प्रधानमन्त्री की तीखी आवाज ने उनकी बात बीच में ही इस प्रकार रोक दी, जैसे रेफरी की सीटी तेजी से चलते हुए खेल को रोक देती है, "आप क्या इतनी-सी बात भी नहीं समझते कि कटड़े को भैंस की आवश्यकता तभी तक होती है, जब तक वह दूध के लिए उस पर आश्रित होता है। सरकार की सत्ता तभी तक है, अब तक जनता आश्रित है। जिस घर के लोग अपने हाथ से पानी तक नहीं पी सकेंगे, वहाँ नौकर बहुत जरूरी होता है। जिस देश की जनता जितनी आरामपसन्द, सुविधाप्रिय और आश्रित होगी, वहाँ की सरकार उतनी ही सत्ता-सम्पन्न होगी। यदि घर के लोग स्वयं अपने हाथों खाना पकाकर खा लेंगे, बर्तन साफ कर लेंगे, घर की सफाई कर लेंगे, कपड़े धो लेंगे तो नौकर की उसी दिन छुट्टी कर देंगे। ऐसी स्थिति में आश्रितों का आत्मनिर्भर होना राजद्रोह है। यह सरकार का तख्ता पलट देने की दुरभि-सन्धि है। और आप गधों के से स्वर में बेताल, बेसुरा जनता की जाग्रति का गीत गा रहे हैं। सरकार की सुरक्षा के लिए आवश्यक है कि जनता अधिक-से-अधिक आलसी और आरामपसन्द हो। कष्ट सहने को तैयार लोग क्रान्ति की बाढ़ ले आते हैं, जिसमें हमारी सरकार जैसी पचासों सरकारें डूब जाती हैं; और उनका कोई अवशेष तक शेष नहीं बचता, जो उनके बाद उनकी मूर्खता का परिचय दे सके। मैंने आपको शिक्षामन्त्री इसलिए बनाया था कि आप लोगों को अधिक से अधिक सभ्य बनायें। सभ्यता का अर्थ जाग्रति नहीं, आश्रयप्रियता है। उन्हें चाहिए कि बस-स्टॉपों, रेलवे स्टेशनों, राशन की दुकानों तक डाकघरों में ही नहीं, अस्पतालों, दफ्तरों तक अन्य स्थानों पर भी लम्बी-लम्बी पंक्तियों में धैर्य से, बिना किसी प्रतिरोध के खड़े रहें; और अपनी इस आश्रित पंक्ति-प्रियता पर गर्व करें तथा स्वयं को आत्मनिर्भर लोगों से अधिक सभ्य एवं उन्नत मानकर उनसे घृणा करें। उनके जीवन में जब तक यह कृत्रिमता नहीं आती, हमारी सरकार स्थायी नहीं हो सकती। सहज तथा अकृत्रिम लोग बहुत खतरनाक होते हैं।

"पर आपने यह सब तो नहीं ही किया, बल्कि जब जनता में आत्मनिर्भरता तथा कष्ट सहने की तत्परता जैसी भयंकर प्रवृत्तियाँ जनमीं और फैलीं तो आपने उनकी रोकथाम का भी कोई प्रयत्न नहीं किया। आप क्या समझते हैं कि यह जनता कल रेलों, पुलिस, सेना तथा अन्य सरकारी संस्थानों का बहिष्कार नहीं कर देगी। इस प्रकार तो एक ऐसे समाज का निर्माण होगा जिसे शासन की आवश्यकता नहीं होगी।

क्या आपके कूढ़-मग्ज को नहीं सूझ रहा कि यह बहुत ही भयंकर स्थिति है?"

प्रधानमन्त्री चुप तो हो गये थे, पर उनकी नजरों की सुइयाँ अब भी शिक्षामन्त्री को चुभ रही थीं। शिक्षामन्त्री को कुछ सूझ भी नहीं रहा था कि वे क्या कहें। वे पाठ घर से याद करके चलनेवाले जन्तु थे। समय पर उन्हें कुछ नहीं सूझता था। सामान्य अवसरों पर बोलने के लिए उन्होंने अपने विभाग से सम्बद्ध 'शिक्षा और समाज', 'शिक्षा और राजनीति', 'छात्रों का कर्त्तव्य' तथा ऐसे ही दो-चार और निबन्ध याद कर रखे थे। यदि इन निबन्धों में से भी काम न चले तो उनके पास एक अमोघ अस्त्र था, जिसके प्रयोग से वे अपनी पत्नी से छुटकारा पाया करते थे। उन्होंने उसी का प्रयोग किया।

बोले, "सदा के समान एक और भूल हो गयी श्रीमन्! आगे से नीति-निर्धारण आपकी देखरेख में ही होगा।"

"आप इस आशय के निबन्ध प्राइमरी स्कूलों के पाठ्यक्रम में निर्धारित करवा दें," प्रधानमन्त्री ने अपनी देख-रेख में नीति-निर्धारिण आरम्भ किया, "कि आत्मनिर्भरता सामाजिक दृष्टि से पिछड़ेपन का सर्वप्रधान गुण है। केवल आदिम मनुष्य ही आत्मनिर्भर था, इसलिए वह मनुष्य नहीं, पशु था। कष्ट सहने की प्रवृत्ति जंगली प्रवृत्ति है। सभ्य केवल वे लोग हैं, जो सरकारी सेवाओं पर आश्रित रहते हैं, क्योंकि सरकारी सेवाएँ केवल सभ्य देशों में ही उपलब्ध होती हैं।"

"बहुत अच्छा श्रीमन्!" शिक्षामन्त्री ने कुछ इस ढंग से सिर झुका दिया जैसे किसी बड़े आदमी की मृत्यु पर उसके सम्मान पर लगे राष्ट्रीय झंडे झुका दिये जाते हैं।

"और आप," प्रधानमन्त्री स्वराष्ट्रमन्त्री की ओर घूमे, "इस विद्रोह और विप्लव को दृष्टि में रखते हुए राष्ट्रपतिजी के द्वारा देश के आपत्कालीन स्थिति घोषित करवाइये। आप संसद में इस आशय के विधेयक उपस्थित कीजिये जिनमें एक फर्लांग से अधिक पैदल चलने को अपराध घोषित किया जाये, निजी सवारी में परिवार के बाहर के लोगों को लिफ्ट देना अपराध हो। प्रत्येक व्यक्ति के लिए दिन में तीन बार भोजन करना अनिवार्य हो, जिसका प्रमाण उसे डॉक्टरी परीक्षण द्वारा देना होगा। सप्ताह में कम-से-कम एक पत्र लिखना प्रत्येक व्यक्ति के लिए अनिवार्य घोषित किया जाये। लोगों को अधिक-से-अधिक आश्रित और पंगु बनाइये; और जब वे लोग पंगु, आश्रित, आलसी तथा आरामपसन्द बन जायें तो उन सुविधाओं को धीरे-धीरे कम करते जाइये, जैसे व्यापारी लोग किसी चीज के पहले मुफ्त नमूने बाँटते हैं, घर-घर चीजें पहुँचाते हैं, बाजार को उस वस्तु से भर देते हैं; और जब लोगों को उस चीज की आदत पड़ जाती है तो वह चीज धीरे-धीरे बाजार से गायब कर लोगों को लूटते हैं। इन सारे कामों के लिए यदि आप आवश्यक समझें तो प्रतिरक्षा मन्त्री से पूरी सहायता लीजिये। यदि यह सब नहीं किया गया तो यह सरकार नहीं रहेगी और

तब आप मन्त्री भी नहीं रहेंगे।

"जी, बहुत अच्छा!" स्वराष्ट्रमन्त्री ने साष्टांग दंडवत् किया।

"ओऽम् जय जगदीश हरे...।"

प्रधानमन्त्री ने बैठक समाप्त कर दी!

19

यह पहला व्यक्ति जब फिर बस-स्टॉप पर बहुत सवेरे से आकर खड़ा हो जाता है। उसके पीछे लम्बी पंक्ति लगती है—अनन्त! 'अनन्त' कुछ लोग आकाश तथा ईश्वर को भी कहते हैं। वे इस शब्द के प्राचीन अर्थ हैं—आउट ऑफ डेट। अब 'अनन्त' से तात्पर्य है 'लम्बी पंक्ति'। लोग बसों में से ऐसे लटके हुए होते हैं जैसे बेल में घीया या पौधे में बैंगन। बसों के साथ लटके हुए उन लोगों में से रोज कोई-न-कोई पके आम के समान टपक पड़ता है और किसी अन्य सवारी के द्वारा इस्त्री कर दिया जाता है, उसके सारे बल निकल जाते हैं।

राशनिंग अधिकारी के दफ्तर के बाहर लम्बी पंक्तियाँ लगती हैं। लोग जल्दी बारी पाने के लिए शाम को जाकर जगह घेरे हैं (जैसे गणतन्त्र दिवस की पेरड देखने आये हों), रात-भर पंक्ति में सोते हैं, (सुबह तक यदि जीवित बचे तो) अगले दिन दफ्तर की छुट्टी कर अपना राशनकार्ड बनवाते हैं। सरकार के विभिन्न विभागों के कर्मचारी अपना ट्रांसफर राशनिंग विभाग में उसी उत्कंठा से करवाना चाहते हैं, जिस उत्कण्ठा से तालाब के किनारे जमीन पर पड़ी हुई मछली तालाब के पानी में गिर पड़ना चाहती है।

दिल्ली दुग्ध योजना के टोकन बनवाने के लिए सौ-सौ रुपये उत्कोच में दिये जाते हैं। मिल्क-बूथ के सामने रात-भर दूध की खाली बोतलों का विराट् सम्मेलन होता है; और दूध वितरित करनेवाली दुग्ध-बाला लोगों की बारी आने से पहले ही घोषणा कर देती है, "दूध नहीं है।"

डाकघरों में एक मनीआर्डर फार्म लेने के लिए लोगों के सिर शेषनाग के समान अनेक कर दिये जाते हैं।

जनता बहुत सभ्य और उन्नत हो गयी है। देश में स्थायी और सशक्त सरकार है। भीतरी-बाहरी सुरक्षा है।